浙大学术精品文丛

明代文学复古运动研究

廖可斌 著

商务印书馆

2008年·北京

图书在版编目(CIP)数据

明代文学复古运动研究/廖可斌著. 一北京:商务印书馆,2008
(浙大学术精品文丛)
ISBN 978-7-100-05871-1

Ⅰ.明… Ⅱ.廖… Ⅲ.文学运动一研究一中国一明代
Ⅳ.I209.48

中国版本图书馆CIP数据核字(2008)第076536号

浙大学术精品文丛
明代文学复古运动研究
廖可斌 著

商务印书馆出版
(北京王府井大街36号 邮政编码 100710)
商务印书馆发行
北京瑞古冠中印刷厂印刷
ISBN 978-7-100-05871-1

2008年11月第1版 开本880×1230 1/32
2008年11月北京第1次印刷 印张14⅞
印数4 000册

定价:30.00元

《浙大学术精品文丛》总序

近代以降，西学东渐，接受西方先进科学技术成为开明人士的共识。杭州知府林启(1839—1900)会同浙江巡抚和地方士绅，积极筹备开设一所以西方科学体系为主要课程的新型学堂。经清廷批复，求是书院于 1897 年 3 月在杭州设立(1901 年改为浙江大学堂)。这是近代中国最早的几所新型高等学府之一。

求是书院几经变迁，到 1928 年，成为国立浙江大学。1936 年，杰出的气象学家和教育家竺可桢(1890—1974)出任校长，广揽英才，锐意改革，很快使浙江大学实力大增，名满东南。抗日战争期间，全校师生在竺可桢校长的率领下，艰苦跋涉，举校西迁，在贵州遵义、湄潭办学，一时名师云集，被英国著名科技史家李约瑟誉为“东方剑桥”。

浙江大学的人文社会科学研究历史悠久，底蕴深厚，名家辈出。1928 年，浙大正式设立文理学院，开设中国语文、外国语文、哲学、心理、史学与政治等学科。1936 年增设史地学系，1939 年，文理学院分为文学院、理学院，1945 年成立法学院，后又陆续增加哲学系、人类学系、经济学系等系科和一批文科类研究所。与求是书院同年创建的杭州育英书院，1914 年成为之江大学。陈独秀、蔡元培、陈望道、胡适、蒋梦麟、马叙伦、马一浮、郁达夫、夏衍、吴晗、胡乔木、施蛰存、郭绍虞、林汉达、经亨颐、汤用彤、谭其骧、劳乃宣、邵裴子、宋恕、蒋方震、许寿裳、沈尹默、邵飘萍、梅光迪、钱穆、马寅初、张荫麟、张其昀、贺昌群、钱基博、张相、夏承焘、姜亮夫、朱生豪、王季思、严群、许国璋、王佐良、薄冰、方重、裘克安、戚叔含、李浩培、孟宪承、郑晓沧等著名学者曾在这两所学校学习或任教。

1952年全国院系调整,浙江大学一度变为以工科为主的高等学府。它的文学院和理学院的一部分,与之江大学文学院、理学院合并成为浙江师范学院,后演变为杭州大学。它的农学院和医学院则分别发展为浙江农业大学和浙江医科大学。1998年9月,同根同源的原浙江大学、杭州大学、浙江农业大学、浙江医科大学合并成为新的浙江大学,这是新时期中国高校改革的一项重要措施,新浙大是目前国内学科门类最齐全、规模最大的研究型综合性大学之一。

新浙江大学成立后,人文社会科学得到了更大、更好的发展机遇。目前,浙江大学拥有文学、哲学、历史学、语言学、政治学、艺术学、教育学、法学、经济学、管理学等人文社会科学的全部一级学科,门类齐全,实力雄厚。而在人文社会科学与自然科学、技术科学的学科交叉和相互渗透方面,浙江大学更具有明显优势。为了有力推动浙江大学的人文社会科学研究,新世纪之初,学校确立了"强所、精品、名师"的文科发展战略,从机构、成果、队伍三方面加强建设,齐头并进。《浙大学术精品文丛》就是这一发展战略的重要组成部分。

自然科学、人文科学和社会科学共同构成了人类的知识系统,是人类文明的结晶。历史与未来,社会与人生,中国与世界,旧学与新知,继承与创新……,时代前进和社会发展为人文社会科学的研究提供了广阔的空间。在经济全球化与文化多元化的时代趋势下，人文社会科学的地位和重要性正日益凸现，每一个有责任感的学者，必将以独立的思考，来回应社会、时代提出的问题。编辑这套《浙大学术精品文丛》，正是为了记录探索的轨迹，采撷思想的花朵。

浙江素称文化之邦，人文荟萃，学脉绵长。自东汉以来，先后出现过王充、王羲之、沈括、陈亮、叶适、王守仁、黄宗羲、章学诚、龚自珍、章太炎、鲁迅等著名思想家、文学家、史学家、科学家，南宋后更形成了“浙江学派”，具有富于批判精神、实事求是、敢于创新的鲜明学术传统。浙江大学得地灵人杰之利，在百年发展史上集聚和培育了大量优秀人才，也形成了自己“求是创新”的优良学风。《浙江大学学术精品文库》将以探索真理、关注社会历史人生为宗旨，继承优良传统，倡导开拓创新的精神，力求新知趋邃密，旧学转深沉。既推崇具有前瞻性的理论创新之作，也欢迎沉潜精严的专题研究著作，鼓励不同领域、不同学派、不同风格的学术研究工作的同生共存，融会交叉，以推进人文社会科学的健康发展。

《浙大学术精品文丛》是一套开放式的丛书，主要收纳浙江大学学者独立或为主撰写的人文社会科学领域的学术著作。为了反映浙大优良的学术传统，做好学术积累，本丛书出版之初将适当收入一些早年出版、在学界已有定评的优秀著作，但更多的位置将留给研究新著。为保证学术质量，凡收入本丛书者，都经过校内外同行专家的匿名评审。“精品”是我们倡导的方针和努力的目标，是否名实相符，真诚期待学界的检阅和评判。

同样诞生于 1897 年的商务印书馆向以文化积累和学术建设为己任，盛期曾步入世界出版业的前列，而今仍是在海内外享有盛誉的学术出版重镇。浙江大学和商务印书馆的合作有着悠久的历史。早在1934年，商务印书馆就出版过《国立浙江大学丛书》。值得一提的是，浙大历史上有两位重要人物曾在商务印书馆任职。一是高梦旦(1870—1936)，他1901年任刚刚更名的浙江大学堂总教习，次年以留学监督身份率留学生赴日本考察学习。1903年冬他应张元济之邀到商务，与商务共命运达三十余年，曾任编译所国文部部长、编译所所长，主持编写《最新教科书》，倡议成立辞典部，创意编纂《新词典》和《辞源》，为商务印书馆的发展做出了重要贡献。一是老校长竺可桢，他1925—1926年在商务印书馆编译所史地部主持工作，参加了百科词典的编写。在浙江大学努力建设世界一流大学的今天，百年浙大和百年商务二度携手，再续前缘，合作出版《浙大学术精品文丛》，集中展示浙大学人的研究成果。薪火相继，学林重光，愿这套文丛伴随新世纪的脚步，不断迈向新的高度！

序

钱伯城

中国文学史和古典文学研究，是一片丰盛而广阔的园地。当然，在这片园地上，还有许多领域有待开拓，也还有许多问题有待解决。前数年，曾有一次“重写文学史”的讨论。那次讨论，最终未能展开，也没有什么结果。虽然学术界似乎没有十分重视这次讨论，但这个问题的提出，据我看并不是空穴来风，更不是无的放矢，倒是说明某些老观念已不能适应新形势，值得文学史研究者和古典文学研究者们深入思索。视野再开阔一点，像这样的讨论(虽然中途夭折)，或许对整个学术界也不无启发。好多年来，学术界盛行集体写书，其中集体编写的中国文学史就有多种，此风至今未泯。集体写书有个好处，可以博采众议，集思广益；但也带来副作用，虽不公开以“权威”自居，人们却以“权威”视之，既是“权威”，写的书就成了“定本”，诸本皆废，唯此独尊，后来者更是裹足不前。但学术上的任何所谓“权威”、“定本”，其实只是一家之言，同样应该容许争论、批评和重新审议。大家都承认这句话：真理愈辩愈明。倘换个说法，也即是：真理不辩不明。而学术的悲哀，莫大于不辩。不辩意味着屈从和无所用心，其特征便是不动脑筋，人云亦云。无以名之，我姑名之为思想上的一种“懒汉现象”。这种现象倘生生不息，绵延无已，则学术将面临停滞不前以至奄无生气的危机。

关于中国文学史的研究，就其著作出版情况来看，可说两多两少。两多是通史与专史多，两少是断代史与专题研究少（单篇论文不在内）。断代史也是一种小型的通史，所以最少的是专题研究著作，不是说没有，而是在已出版的文学史著作中从数量到质量真可谓凤毛麟角。这种情况说明，中国文学史研究长期来有一种追求大而全的宏观气势的风尚，同时这也反映一种忽视具体课题研究，不愿作深入扎实、细致、艰苦工作的倾向。我这样说，绝没有贬彼褒此的意思。通史与专题著作，只有体裁之别，而无高低之分，这是不言自明的。不过当前应该更多填补的是专题研究的空白点。但是，不论是何种著作，从当前中国文学史研究的总体观察，我想至少有三个方面的问题还需要加以考虑。

第一是政治与文学的关系。有一段时期，大家遵循一条“文学是阶级斗争晴雨表”的理论，把一部文学史写成了阶级斗争史。“文革”期间，大家又遵循一条“儒法斗争”为主线的理论，虽然那时没有来得及写出一部以这条主线为纲的新的文学史，但有的作者已忙不迭地把自己已出版的文学史改写成儒法斗争史，并正式修订出版或准备出版。那时还出现了两部经过“特批”而出版的“大批判”式的专题著作，把杜甫与韩愈这两位“儒家”打翻在地。今天的研究者不会再受这种极“左”理论的束缚，但如何处理好政治与文学二者之间的分合关系，仍是一大题目。

第二是文学自身的发展规律。文学是时代的产物，一代有一代的文学，这已成为文学史研究的一条规律。但是，文学首先是心灵的产物，有它自己独立的世界——心灵的世界。文学不应仅是时代的附庸，更不是时代的应声虫。已出的一些文学史，几乎有一个共同的公式，每一章节的开始，必是一段时代、社会背景的概述，下面方入文学正题。每一个时代都有初盛晚衰，因之文学随着也有了初盛晚衰。这里就有了一个问题：文学当然离不开时代，但是文学有没有自身的发展规律？比如人，有青年、壮年、老年以至死亡的发展规律。人与时代、社会也是密不可分的，但人的成长不是以时代的初盛中晚衰来区分的。人有自己的成长发展规律。一代一代的人，从生到死，重复着这条规律。文学同人一样，也应有自己的发生、发展以至衰亡的规律。一代一代的文学，经历着这个过程。文学史所研究的，应该就是这个过程，而不是现有一些文学史所描述的那个依附于时代盛衰的公式化的过程。我很希望看到一部突破公式化的崭新文学史的出现。

第三是如何摆脱传统诗文评的影响。我这是有感而发，因为好多年前看过一部以集体名义编写的中国文学史，其中对一些作家、作品的评论，大都似曾相识，原来差不多都是从一些诗话、词话、文论中摘录而来的。有的改头换面，有的则是直录原语。传统的诗文评有许多精辟之见，可以引用，也可融会贯通为我所用，但如受其片言只语的牢笼，必将为其所误，丧失主见。举例说，如本书所揭示，明代复古派之长期遭受冷落误解，逐渐变形，与明清两代诗文评的剿袭成说、不读原书、妄加评论是分不开的，这在有些文学史中就可看到它的明显影响。

这些想法，是不是悬鹄过高？我看不是。在廖可斌君这部研究明代文学复古运动的著作中，我的这些想法以及由此产生的几个问题，已经得到部分的答复和论证。这是一部专题著作，而且是一部攻坚之作，论辩之作。攻的是中国文学史和古典文学研究中的一个难题——明代文学复古运动。辩的是有关这次运动的来龙去脉、思想内涵、群体关系、文学成就及其功过影响等等，可以说存在着一系列的复杂问题。这里需要廓清几代人的耳食之言，拨开长年来似是而非的迷雾，深入细致地爬梳清理，还其本来面目，正其历史位置。我不能说本书已经完美地达到了这一步，但我可以说本书在这方面已经迈出了可喜可贵的一步。对本书的评价，应由学术界特别是文学史和古典文学研究者来作出评判；对作者所依据的材料和所持的论点，可以提出驳难指正。如果由此而能引发对文学史和古典文学研究中的某些历来以为不成问题的问题，重加审视和深入思考，我想这对当前学术研究来说不无裨益。我所感到欣慰的，可斌好学深思，认真读书，独立思考，孜孜为文。唯认真读书，所以能探本溯源，发现问题；唯独立思考，所以能提出自己的见解，勇于争辩，不说空话；唯孜孜为文，所以能处繁华之世，而从事乎寂寞之途，不趋附时尚，作热门文章。韩愈说，“学所以为道，文所以为理”。此道此理，若换作今日的道理，这两句话亦可适用于今天，可斌这本书庶几乎当之。故乐为之序。

1994 年 7 月 2 日于上海

目 录

引　言

中国的先贤们常将“事功”与“文章”进行比较，认为前者转瞬即逝，后者则千古不朽。曹丕在《典论·论文》中所说的“盖文章经国之大业，不朽之盛事”云云，便不断地为世人所引述。许多仁人志士投身艰苦的文学艺术事业，都把这一信念当作自己的精神支柱。然而事实证明，文学家及其作品，并没有获得历史淘汰的豁免权。只有那些恰应文学艺术发展的辉煌时代的召唤而生，或致力于某些具有灿烂前景的文学艺术样式，并取得了相应成就的骄子们，才能在人类文学艺术史上占有一席之地。而那些正逢整个文学艺术的发展处于停滞、衰落、倒退或过渡期登上文坛，或将毕生精力倾注于某些已成黄昏夕阳的文学艺术样式的人们，尽管往往进行过异常艰难的探索，付出了同样甚至更多的劳动，其建树却既比不上前人，也逊色于来者。虽然他们在短时期内也可能享有赫赫声誉，但不久就会被无情的历史浪潮淹没。本书所要重点讨论的明代复古派，就属于后一种情况。

在中国文学发展史上，明确以复古为口号的文学思潮有四次，即唐初陈子昂倡导的诗文复古运动，中唐韩愈、柳宗元倡导的古文运动，北宋梅尧臣、欧阳修等倡导的诗文复古运动及明代的复古运动。前三者都得到了后人的充分研究和高度评价，唯独明代复古运动一直遭到冷落，或者说声誉不佳，这是许多古典文学研究者都曾注意到的一个现象。

明代复古运动，从正式兴起的弘治年间算起，到余音袅袅的明末清初，绵延了约一个半世纪。它前潮未平，后波又起，高峰期几乎席卷了整个文坛。与前几次复古运动相比，其历时之久与规模之大，都有过之而无不及。尤其值得注意的是，明代复古运动曾引起过非常激烈的文学论战。复古派对中唐以下特别是宋、元至明前期的诗文给予了尖锐批评，反复古派又对复古派的理论和创作进行了猛烈攻击，复古派内部也产生过种种矛盾，爆发过多次争论。复古派的领袖们自命宣尼不死，其追随者们亦誉之为李、杜再生，而反对者则讥之为"庸妄巨子"、"佣乞小儿"。揎拳捋袖，言人人殊。复古派得势时，人人都依之成名，成为一种时髦；它失势时，则群起攻之，把它骂得体无完肤，一文不值，又成为一种风尚。风卷云飞，变幻莫测，明代中晚期的文坛于是搅得天翻地覆，构成了整个中国古代文学史上最热闹的一幕。

错综复杂的历史现象，展示出富有诱惑力的研究前景。隐藏在明代中晚期文坛这种表面现象背后并导致这种状况的根本原因是什么？就复古派本身而言，一种文学主张能令一代又一代众多才识卓绝的文学家深信不疑，并前赴后继为之贡献毕生精力，其中就没有任何合理因素或历史必然性吗？如果有，那么它们与复古主张的谬误性又是怎样扭结在一起的呢？而这种现象在整个中国古典文学的发展演变过程中又具有怎样的逻辑意义呢？这些都应是饶有兴味的研究课题。遗憾的是，迄今为止，明代复古运动作为一种研究对象的丰富含蕴，似乎还没有被人们充分认识到。当它本身烟消云散之后，其影响乃是异常的寂寥。起初还有个别人跳出来叫骂一通，偶尔也有几个人出来说几句公道话。不久人们连这点兴趣也失去了。提起复古派的人越来越少，辗转相传的只是几则有关复古派的最简略的口号和遗闻轶事，而它们也根据人们的兴趣和想象逐渐变形，距事实的本来面目越来越远。这是有清一代的大致情况。20世纪前半叶，传统文化受到严厉批判，以“复古”为宗旨的明代复古派理所当然地再一次被唾弃。由攻击复古派而登上文坛的公安派受到人们的青睐，它对复古派的种种嘲笑和指责，遂被奉为不刊之论。近几十年来，人们更是无暇去翻阅复古派作家们留下的卷帙浩繁的著作，只能沿袭成说，并根据新的理论模式，想当然地给它加上“形式主义”、“复古倒退”等名号。总之，随着岁月的流逝，堆在复古派上面的历史积垢是越来越厚重了。虽然也有一些学者力图刮垢磨光，对复古派作过中肯的评价，但总的来看，这些意见尚未引起人们的充分注意。

笔者无意为明代复古派作简单的翻案。不可否认，与古代文学艺术中仍然焕发着盎然生机的其他部分相比，复古派确实早就基本上生命枯竭了。现在研究它，不啻重新挖掘出一块年代久远斑驳陆离的化石或失去光彩的出土文物。但就在那些完全僵死的古化石和古文物中，考古学家们不是还仿佛能听到远古时代的山崩地裂、海水沸涌之声仍在其中回荡，还仿佛能看到千百年前金戈铁马奔腾驰逐的雄伟场面仍在其上映现吗？只要我们抛弃就事论事的简单思维方法，抱有充分的耐心去探索，就会发现明代复古派这块文学化石中，也跃动着时代的脉搏，蕴含着一群活生生的灵魂，记录着中华民族特别是中国知识分子一段复杂曲折的心路历程。它给我们的启示，也是同样的丰富。

在本书中，我们首先也将像考古学家一样，对复古派做一些清理复原工作,对它的真实面目作出比较全面、准确的描述。然后,我们将力求站在宏观的高度,将明代复古运动放到明代文学思潮以至整个中国古代文学思潮发展史的广阔背景中进行考察。同时,通过对它的解剖,把握明代文学思潮的脉络,并为观照整个中国古代文学思潮发展史提供一个有益的视角。也就是说,以历史复原为起点,以逻辑建构为目的;在宏观中审视微观,从微观中透视宏观。当然,这些只是笔者的主观愿望,很可能难以实现,或者充其量只能算是一个初步尝试。

第一章 明代文学复古运动诞生的宏观历史背景：古典审美理想和古典诗歌审美特征的发展变迁

明代文学复古运动，直切论之，是对明中叶以后日趋尖锐的种种社会矛盾的反映；远而言之，则是对明初以来思想文化的高压政策和萎靡不振之诗风文风的反动。关于这两点，以前的研究者们大都或多或少地认识到了。然而明代文学复古运动的出现，还有着更深刻的历史原因，它实际上是整个中国古典审美理想和古典诗歌审美特征发展变迁的必然结果。复古派批判的对象，并不仅仅是明前期的台阁体，更不只是以李东阳为代表的茶陵派。他们是在对中国古典诗歌的审美特征及其发展变迁轨迹作了全面深刻的反思之后，才提出复古的主张的。因此，只有把明代复古运动放到整个中国古典审美理想和古典诗歌发展变迁这一深广的背景中考察，我们才能真正认清它的来龙去脉与重要意义。

不同民族、不同时代的人们，都有特定的关于主体与客观世界、理性与感性、意与象等之间审美关系的理想，这就构成了不同时代、不同民族的审美理想。特定时代的文学艺术，就是当时特定的审美理想的表现。因此，整个人类文学艺术发展史，便可以看成是各种审美理想不断嬗替的历史。就某一特定时代的审美理想而言，它又有一个从萌芽、发展到完美实现然后又逐步解体以至消亡的发展过程。同时，每个民族在每个时代特定的审美理想，都有与之相适应的特定的文学艺术形态。随着前者的发展变迁，后者也相应地有一个从萌芽、发展到繁荣兴盛然后又趋于衰落以至消亡的发展过程。在这二而一的发展过程中，主体与整个人类社会和自然界的关系，主体的感性与理性的关系，意与象的关系等，由分渐趋于合，又由合渐趋于分，呈现为一种有规律性的展开运动，这就是文学艺术发展的基本轨迹。

纵观中华民族审美理想的发展，大致可划分为三个阶段，即原始时代、古典时代和近现代。所谓中国古典审美理想，即指在漫长的中国封建社会时期占主导地位的审美理想。它既不同于中国原始时代的审美理想，也不同于中国近现代的审美理想，虽然它们之间存在着源流关系。它与中华民族在封建时代特定的生产生活方式、社会结构、思维模式等密切相关，是一个相对稳定、封闭的体系，具有一系列特定的美学范畴和质的规定性。随着中国封建社会生产生活方式、社会结构及人们的思维模式等的逐步演化，这种审美理想也经历了一个由诞生、发展走向完备然后又趋于解体以至衰亡的过程。它是中国封建时代一切文学艺术创作的内在灵魂，当时的音乐、绘画、书法、雕刻、建筑等，都要受它的制约。但与这种古典审美理想最相适应，对它作了最充分体现的，则是硕果辉煌的中国古典诗歌。二者的命运也可谓休戚与共，息息相关。

迄今为止，对中国古典诗歌以至整个中国古典文学发展史的研究，大致存在着两种情形。一种是每每从描绘某个时代经济、政治等方面的状况入手，侧重于对文学产生和发展的外部条件历史背景的分析。另一种则是侧重于考察文学本身的体裁、题材、技法、语言及风格特征等因素，把一部诗歌史或文学史基本上处理成了一部体裁变迁史、题材拓展史、技法进化史、语言蜕变史、风格流变史。当然，还有试图把上述两个侧面结合起来的，但往往显得生硬。其实社会的经济、政治等方面的情况对文学艺术的影响并不是直接的，其间有一个重要的中介，即某个民族在某个时代特定的审美理想，也就是这个民族在这个时代特定的心灵。它对文学艺术起着直接的决定作用，或者说，文学艺术只不过是它的外在物化形态。因此人们常说，一部文学史，实质上就是一个民族的心灵史。这种审美理想自然要受包括经济、政治等因素在内的整个社会现实的制约，但它有自己独立的存在形态、嬗替过程和作用机制。对社会经济、政治等方面的描述，并不能充分揭示它神秘的姿容。如果我们仅仅停留在对社会经济、政治等方面情况的罗列，而忽视了这一中介，那么我们对文学发展史的描绘分析，就总有隔靴搔痒、不中肯綮之感。同样，对文学的体裁、题材、技法、语言、风格等的考察是十分必要的，这些因素往往对文学的发展变化具有重要意义。但是，直接主宰文学命运的并不是它们，更不是它们中之一种。而且，这些因素本身往往也要受文学艺术的内在灵魂即蕴含于其中的审美理想的制约。我们如果仅从这些方面说明文学的发展变化，就还不是探本之论。总之，只有弄清中国古典审美理想的丰富内涵，我们才能真正认识到中国古典诗歌以至整个中国古典文学艺术的民族审美特征；只有弄清中国古典审美理想发展变迁的历史轨迹，我们才能真正把握中国古典诗歌以至整个古典文学艺术发展变化的内在脉搏与规律。

一、古典审美理想和古典诗歌审美特征的形成及其要素

中国古典审美理想,是中华民族传统文化的重要内容。以华夏文化为主体的中华民族传统文化,是华夏诸民族相互交流融合的产物,它大约在春秋末年大体臻于成熟。孔子及其门徒组成的儒家学派对之作了最全面精辟的总结,成为中华民族传统文化(包括审美理想)的集大成者。高度抽象的理论概括往往具有超前特征,文化本身也具有很强的延续性。孔子及其门徒的一整套学说(包括美学思想),遂成为此后中国封建时代占统治地位的思想。他们所概括的中国古典审美理想的基本内容是:

1. 情与理的统一

至迟从西周时代开始,农业就已成为华夏民族主要的生产方式。与狩牧业、渔业、商业等相比,从事农作物耕耘的农业可以说是最平淡无奇的生产方式。农人日日面对着和从事着的,是他早已熟悉的环境和生产过程,不可能有意外收获,也很少有彻底破产和死亡的危险。因此它排除一切不切实际的幻想,也不欢迎过分的冲动与激情,需要的是脚踏实地辛勤劳作的韧性和耐心。这样,保持内心的安宁,保持感情与理智的和谐统一,就成为一种理想的审美境界。《尚书·尧典》中首先提出“诗言志”。《毛诗序》也说“诗者,志之所之也。在心为志,发言为诗”;然而它接着又说:“情动于中而形于言,言之不足故嗟叹之,嗟叹之不足故永歌之。”有人把后面这段话也概括为三个字:“诗缘情”。这里就对诗歌或者说整个文学艺术的本质提出了两种解释。自孔颖达以来的许多学者

曾指出，所谓“志”和“情”实际上是二而一的东西①，但这种说法似还嫌笼统。从字义上讲，“情”一般指人的情感，“志”的含义则比较含混，既可指人的情感，又可指人所抱有的某种理性观念，还可理解为兼二者而有之。看来当初人们提出这两种解释，并不是偶然的。它可能包含如下考虑：说“诗缘情”，是为了突出诗歌以至所有文学艺术的最根本的特征，乃是表达人的情感；而又说“诗言志”，则是为了防止因倡导“诗缘情”而出现无节制地宣泄主观情感的弊端，强调情与理和谐统一的审美理想。我们的这种猜测不是没有根据的。后代诗歌走向偏重个人情感的轨道时，就曾以“诗缘情”作为理论根据；而诗歌理论家力图纠正这种倾向时，则往往以“诗言志”为口号。

值得指出的是，强调情与理的统一，表面上看来似乎主要指理对情的制约作用，却不意味着情必须单方面地从属于理，理可以绝对地压制情。它要求达到的是一种情与理的和谐相容。在这里，情是自由的，又是自觉合乎理的；理是自觉的，也是自然合乎情的。排斥理的情和排斥情的理，都是不受欢迎的。按照这种原则，人的情感不应毫无节制地加以宣泄，也不应受到强制性的压抑，而应该予以适当的表现。因此《论语·八佾》中说“乐而不淫，哀而不伤”，《左传·襄公二十九年》记载季札说“哀而不愁，乐而不荒”，都没有否定“乐”与“哀”的合理性，只是要求有所节制，不至于“淫、荒”而已。应该说，这是一种比较合理的审美理想。至于弃“诗缘情”之说，而单提“诗言志”，又把“志”解释为只是指一定的理性观念，或所谓“道”等，乃是后代理论家对孔子学说进行改造的结果，并不符

---

① 孔颖达《毛诗正义·诗大序正义》。

合孔子等人的原意。

2. 美与善的统一

中华民族有重群体、重伦理的传统。个人利益必须与群体利益相一致。个人的情感和自由，必须与社会的伦理要求相统一。任何人都要对自己的一切行为，包括文学艺术创作的社会效果负责。它们只有在符合社会伦理道德规范，并且有助于这些伦理道德规范的巩固和维护，即在被肯定是善的情况下，才可能被认为是美的。尽美而又尽善，才是最高的审美境界。这一点在儒家总结的传统审美理想中占有突出地位。孔子认为“诗三百，一言以蔽之，曰思无邪”(《论语·为政》)，即认为《诗经》中所有诗歌的主要价值，就在于没有邪僻的情欲意念。他总结诗歌的社会作用是“可以兴，可以观，可以群，可以怨”(《论语·阳货》)；《毛诗序》进一步将它具体化：“先王以是经夫妇，成孝敬，厚人伦，美教化，移风俗。”

还必须指出的是，孔子等人是在肯定“诗言志”、“情动于中而形于言”，即肯定诗歌表达人的主观思想感情作用的同时，强调诗歌上述社会功用的。在他们看来，这两者并不矛盾。因为在他们所设计的理想社会里，个人的思想感情与社会的伦理道德规范是和谐统一的。社会伦理道德规范不脱离个人的思想感情，它对后者起制约作用，但也承认其合理性，决不一味地压制。对个人来说，社会的种种伦理道德规范也不是强加的、异己的东西，他相信它们的合理性，自觉地遵守和维护它。他把自己与整个社会融为一体，关注它的命运，主动承担自己的责任。他自然而然地追求自由与快乐，但与社会伦理道德规范却和谐一致。他可能热情讴歌这个社会，也可能对它进行批评指责，目的都是为了维护社会的正面理想。他不把自己置于社会之外，从根本上对它产生怀疑、绝望，因此态度总是“哀而不伤”、“怨而不怒”、“温柔敦厚”的。后来对这一审美理想的理解出现两种歧异。一是侧重于表现个人的思想感情，倾泻愤怒、痛苦和悲哀，对社会进行尖刻的嘲笑讽刺，以为这就是诗歌“兴、观、群、怨”的作用；一是侧重强调社会伦理道德规范的要求，进行刻板生硬的说教，否定个人丰富复杂的思想感情的价值，钳制主体自由，以为这就是诗歌“经夫妇，成孝敬……”的作用。这些都已背离古典审美理想的宗旨，不合孔子等人的原意。

3. 意与象的统一

中华民族较早就开始并长期从事小农经济的生产，使他们与自然界的花草虫鱼等自然物象形成了异常亲密的关系。他们在现实生活中追求一种人与自然物象的和谐统一，在思维活动中也习惯于用自然物象来寄寓主观意念，追求一种意与象的完美结合。更重要的是，主要作为文学艺术的内容方面的要求的情与理的统一、美与善的统一等，与主要作为文学艺术的形式技巧方面的要求但含义又不止于此的意与象的统一，相互之间存在着深刻的内在联系，彼此具有一定的对应关系。意与象结合得十分完美的作品，往往是情与理、美与善和谐统一的作品。与此相反，偏重于意的作品，往往是理压倒情、求善过于求美的作品；而偏重于象的作品，则往往是情溢于理、求美过于求善的作品。因此，孔子等人在强调情与理、美与善的统一的同时，也很重视意与象的统一。孔子谈人的修养问题的一段话：“质胜文则野，文胜质则史，文质彬彬，然后君子。”（《论语·雍也》）可以理解为对文学作品的意与象关系的论述，它就强调了二者的和谐统一。《毛诗序》中说：“故诗有六义焉：一曰风，二曰赋，三曰比，四曰兴，五曰雅，六曰颂。”《周礼·春官·大师》中也有类似说法。其中“赋、比、兴”特别是后二者，都是讲诗歌的意蕴与形象的关系。但它们与作为诗歌体裁的“风、雅、颂”等并提,表明人们对意与象相统一的审美理想的认识,还不如对情与理、美与善相统一的审美理想的认识那样充分。

4. 诗乐结合

情与理的统一,美与善的统一等,都可以归结到一个核心,即中和之美。而诗与乐相结合,则是这种审美理想的最完美体现。《尚书·尧典》中就把诗与乐并提,而把“和”当作它们完美结合的审美极致:“诗言志,歌永言,声依永,律和声,八音克谐,无相夺伦,神人以和。”《毛诗序》中也有大致相同的说法。

每个民族的早期诗歌都由口头流传的歌谣而来,都有诗乐合一的历史。但别的民族强调诗与乐的结合,一般只限于要求诗歌有声律节奏之美。中国古典审美理想强调诗乐合一,则还有着更深刻的含义。音乐艺术具有神奇的陶冶净化作用,能使人进入一种物我两忘、雍容平和的审美境界中,而这正是崇尚中和之美的中国古典审美理想所孜孜追求的。强调诗乐结合的目的,就是要使诗歌也具有这种特质,也能产生这样的效果。换句话说,诗乐结合,不仅是要求诗有音乐的声律节奏,而且要求诗有音乐的境界,音乐的精神。要实现这一目的,诗歌不仅要声律节奏流美和畅,而且要格调典雅正大,意象浑朴圆融。更重要的是,诗歌必须包含一种情与理、人与自然、个人与社会和谐一致的内在意蕴。后代的诗歌尽管在讲究声律节奏方面可以达到锱铢必较的地步,我们却分明感觉到它不一定具有诗乐合一中和之美的审美特征,原因就在于它丧失了这种格调、意象和内在精神。

以上几点,就是孔子等人总结提出的中国古典审美理想的主要内容。它们之间的关系是这样的:个人自由的要求与客观世界特别是社会伦理道德观念的和谐，也就是美与善的统一，是整个古典审美理想的基石，而它又是以现实生活中主体与客观世界之间的和谐统一，即和谐的现实社会生活为前提的。只有达到了美与善的统一，代表个人自由的情才能与代表社会伦理道德规范的理达到统一。这样，人的感性及感性所感知的客观物象才能与理性及理性思辨中形成的意念相统一。又只有在这一系列条件下，才能构成诗和乐结合的中和之美，最后凝结成具有这种审美特征的文艺作品。反过来，具有诗乐合一中和之美的审美特征的文艺作品，首先给人以和谐的总体感受，然后审美思辨对其中意与象的统一进行认知，从而领悟到情与理相统一的内在意蕴。受其感染，心情归于平和，个人欲望要求得到陶冶调节，自觉与社会伦理道德要求相统一。这样人与客观世界之间就能达到和谐统一，于是整个现实社会生活也就达到了和谐。简言之，和谐的现实社会生活通过和谐的审美理想中介产生和谐的文学艺术，和谐的文学艺术又作用于和谐的审美理想中介导致和谐的现实社会生活。这个以现实为起点，又以现实为终点，以"和"为核心的圆圈，就是中国古典审美理想的基本轮廓。

上面表述的是中国古典审美理想的极致，它像任何理论体系的终极标准一样，永远不可能完全实现。中国古典审美理想也像整个中国传统文化一样，富于辩证精神和弹性。孔子等中国古典审美理想的奠基人都明白，从现实社会生活到人们的内心世界以至文艺作品中的意象，都不可能绝对地和谐统一。和谐总是与矛盾冲突并存，相对的和谐统一要靠一定的矛盾运动才能达到。因此，他们允许甚至倡导个人与社会之间、情与理之间有一定的矛盾冲突，即所谓"和而不同"。如不仅强调"群"，也强调"怨"；不仅主张“颂”,也主张“刺”等,以求由此达到相对的和谐统一。总之,只要这种个人不满情绪的表现和情感宣泄保持在一定的限度内,那么它们就仍然符合或基本符合古典审美理想。因此,在这种古典审美理想起主导作用的中国古典文学艺术中,并不乏带有一定狂狷精神的作品,也常常有不平之鸣。有情胜于理的,也有理胜于情的;有质胜文的,也有文胜质的。以雍容平和为主格调的文艺作品,也往往并不是一味的玄羹清瑟,而是多种情调旋律的复合。这些都没有超出古典审美理想的范围,而且恰恰是这些风格千姿百态的作品,汇成了以古典审美理想为灵魂的中国古典文学艺术的洋洋大观。只有那些向某一方向走得太远的作品,才算是从根本上违离或者突破了中国古典审美理想。

二、从“比兴说”到“情景说”——先秦至六朝古典审美理想和古典诗歌审美特征的发展

孔子等人对中国古典审美理想的概括,是在对“郁郁乎文哉”、“尽美也,又尽善也”的往古盛世的神往中,在相对独立的理论研究领域里进行的。至于他们亲身经历的春秋战国时代,则正是一个“礼崩乐坏”,社会矛盾异常尖锐,社会秩序极其混乱的时代。人们在现实生活中享受不到自由与安乐,主体与客观世界遂产生严重对立。个性不愿受不合理的社会伦理道德规范的束缚,情与理因而发生分裂。这样,强调主体精神的独立性,指斥批判社会现实,进而倡导人的感性要求,倾泻个人的情感等,遂成为这个时代艺术精神的主流。这主要体现在《诗经》、《楚辞》和颇具诗意的庄子散

文中。

《诗经》的《国风》中的许多诗歌，描写男女之间的爱情，就不那么受理性的节制；《国风》和《雅》中的许多作品，指斥社会现实，批判荒淫残暴的统治者，也不那么温柔敦厚。产生时代越晚的作品，这种特征就越突出。司马迁曾赞扬屈骚："《国风》好色而不淫，《小雅》怨悱而不乱，若《离骚》者，可谓兼之矣。"（《史记·屈原列传》）但按传统审美理想看来，屈骚已经是过分偏重于抒写个人情志了。故正统史学家班固批评他"露才扬己，竞乎危国群小之间，以离谗贼"；"责数怀王，怨恶椒、兰，愁神苦思，强非其人，忿怼不容，沉江而死，亦贬絜狂狷景行之士。多称昆仑冥婚宓妇虚无之语，皆非法度之政，经义所载。谓之兼《诗》《风》《雅》而与日月争光，过矣"（《离骚序》）。庄子的哲学思想一般被认为是一种避世、出世的思想。所谓避世与出世，也就是主体与客观社会现实发生矛盾冲突形成严重对立的情况下，主体从现实社会中脱离出来，退回到主体精神本身。

与上述思想旨趣相应，先秦的文学艺术总的来说还没有达到意象完美统一的水平。它们常常运用所谓"比兴"手法，现代人在讨论形象思维时，曾追溯到"比兴"之说。不过，认为"比兴"手法是原始形态的形象思维则可，过分拔高它，说它是已经成熟的形象思维则不可。因为形象思维指的是用形象进行的思维。在这里，形象的运动不仅是思维的外壳，它就是思维本身。形象也不是用来表达意蕴的工具，它就是意蕴本身。人们感受到了形象，也就感受到了意蕴。而"比兴"，按朱熹的解释，"比者，以彼物比此物也"；"兴者，先言他物以引起所咏之词也"。这里形象与意蕴的结合还是勉强的，形象似乎是临时拉来作为表现某种意蕴的工具，两者之间一般还是一种类似和暗示的关系。人们接触形象，并不一定就能领会意蕴，往往要借助注解。正如刘勰在《文心雕龙·比兴》篇中所说的那样："关雎有别，故后妃方德；尸鸠贞一，故夫人象义。义取其贞，无从于夷禽；德贵其别，不嫌于鸷鸟。明而未融，故发注而后见也。"

庄子哲学的宗旨在于追求一种"至道"。由于这种"至道"是主体脱离现实生活进行独立思考所形成的抽象观念，因此没有与之天然相合的物象，寻找表达这种观念的物象极其困难，或者说任何物象都不能完全传达它的意蕴。但庄子毕竟想将自己领悟到的这种"至道"一吐为快，于是不得不降格以求，姑且以一些"重言"、"寓言"、"卮言"来阐明。"重言"即援引一些有身份人的话；"寓言"是挑选一些具体物象事件表达抽象的道理；"卮言"是随物生感、随心而发的一些话，也就是比寓言更加"谬悠"、"荒唐"、"曼衍"、"恣纵"、"无端崖"(《庄子·天下篇》)的比喻。"寓言"选取物象非常随意，"卮言"采用的物象更加飘忽不定，这与屈骚中随意选取多种物象以表达某种主观情志的方式是一致的，它们共同体现了先秦诗文特别是诗歌的审美特征。

从秦汉至六朝，是中国封建社会由形成向繁荣兴盛发展的时期，也是中国古典审美理想和古典诗歌的发展期。社会先后经历了秦至西汉的空前强盛、东汉前期的相对稳定、东汉末年至三国时代的衰乱、西晋的短暂一统和江左的苟且偏安等时期，人们的主体精神也随之经历了从倾倒于客观社会现实到强烈地怀疑和否定客观社会现实、又从追求主体理性精神的独立到追求主体感官的愉悦等几个阶段。这一时期的审美理想，时而侧重于客观物象，时而侧重于主观情志；时而侧重于理，时而侧重于情。诗文领域也就呈现出铺采摛文的体物大赋、哀婉愤激的抒情小赋和文人五言诗、玄言诗、山水诗和艳情诗等相继代兴的局面。人们一直在服从封建伦理道德要求与争取主体情志的自由之间徘徊，对情与理、意与象等的体认，也分别在人们对玄理的思考、对山水的观照、对艳情的描摹等过程中得到深化与发展。经过这一系列过程，人们的理性思维能力、情感体验能力和把握客观物象的技巧等，都得到了增强和提高，为古典审美理想的充分实现和古典诗歌的繁盛准备了条件。

古典诗歌审美特征的种种变化，也在作为当时文学创作经验之总结的汉魏六朝文学理论中体现出来，尤其集中反映于它们对意与象关系的探讨。陆机的《文赋》第一次将情与物并提，他描述创作活动中思维的过程是："其致也，情曈昽而弥鲜，物昭晰而互进。"这里不再是先有情志，然后寻找物象来表达。"情"与"物"已处于同等地位，它们在艺术思维中是同时运进的了。刘勰继承陆机的思想，并在此基础上再迈进一步，终于推出了比较完整的意象统一说。他指出，创作过程的思维活动中意与象的关系是："故思理为妙，神与物游"；"神用象通，情变所孕；物以貌求，心以理应。"(《文心雕龙·神思》)这就是说，作者的意(神)活动(用)，(物)象即随之运行(通)；而情感的种种变化，也就孕育在这种运行着的(物)象中。在这里，意与象的关系就不仅仅是平等、并行，而是和谐统一(一"求"一"应")、水乳交融的。在《物色》篇中他更指出："物色之动，心亦摇焉"；"目既往还，心亦吐纳。春日迟迟，秋风飒飒。情往似赠，兴来如答。"这就是说，不仅情(意)在运行过程中必须与物象水乳交融，而且很多时候情某身就是由物象的感染引起的。于是，情意与物象的关系，就不再是松散的、偶然的，而是牢固的、必然的了。什么样的物象就引起并表达什么样的情意，什么样的情意也只由某种特定的物象表达最合适，艺术思维也就不应该、而且不必要再去随意采择堆砌多种物象以反复地表达某一种情意。文艺作品中的意象，就将变得简练准确、圆融流丽起来。读者接触到某种特定的物象，也就感受到某种特定的情意，不再需要依靠众多的注解。

大致与刘勰同时的钟嵘，在《诗品序》中提出了“滋味说”：“五言居文词之要，是众作之有滋味者也”；又认为最好的诗歌应能使“味之者无极，闻之者动心”。只有在意与象已经水乳交融不可分割的情况下，人们才会以“味”这种概念来描绘它的总体效果。因此，“味”可以说是比“意象”、“情景”更进一步的概念。它的提出，仍是以当时创作领域中的实践为基础的。南朝的某些诗人，在当时诗坛侧重意和侧重象的左右摇摆中，确实找到了一个结合点。他们的某些作品，基本上实现了意象的完美统一，因而与后来盛唐诗歌已十分近似，难以分辨，如与刘勰、钟嵘同时的谢朓的许多作品就是如此。刘勰的《文心雕龙》具备众体，笼罩古今；钟嵘《诗品》则专门品味近代五言诗，而不及文章和四言诗，所以他能更敏感地发现和更及时地反映诗歌创作中出现的新动向。

总之，从秦汉到六朝，创作与理论相互推动；在创作和理论领域中，重意与重象交替进行。人们对意与象的关系的认识日趋明确，意与象的完美结合，正在被积极地探索着。

三、"意境说"——古典审美理想的实现与盛唐诗歌的审美特征

唐代,特别是盛唐时期,是中国封建社会发展的高峰。这时,经济繁荣,国力强盛,整个社会呈现着一派兴盛景象。政治上,这也是中国历史上最开明的时期之一。门阀制度被打破,大批出身寒素的知识分子登上仕途。统治者重贤纳谏,与臣民的关系不特别紧张。因为统治集团具有自信心,所以并没有强行实行思想管制,儒、释、道三教并存,人们具有信仰的自由。统治者也不特别强调各种伦理道德规范,等级之别、男女之别并不森严,人们的感情可以得到相当自由的表现和交流。社会伦理道德要求并不脱离和违背人们的主体要求,显得自由、宽松、近情近理;人们的主体要求也并不过度膨胀,显得有节制、有教养。他们珍惜热爱这种生活,自觉维护社会的伦理道德理想,不把污浊、偏激、丑陋、粗野、琐碎的事物和情绪抛向社会。他们歌颂现实,那是出于一种真诚的信仰,而不是出于什么外在的要求或功利的考虑。他们批判现实,但对一切都持一种高尚的宽宏态度,即使是安史之乱这样严重的事件。个人不必有意压抑自己的情感要求,而又与整个时代精神相一致,充满自豪感和蓬勃向上的热情,整个民族心胸开阔,性格乐观,言行自然。情与理,个人与社会,都处于一种前所未有的和谐中。

在这种现实背景下,文学艺术创作高度繁荣。人们感觉不到主体与客观、理想与现实的尖锐对立,因此不必脱离现实生活,去苦苦寻求某种特殊的理想,或孤独地品味某些内心的情绪,然后又

费力地去捕捉挑选剪裁外在物象来表达它。理想就在现实生活中，意与象本来已相统一。表现现实也就展示了理想，描绘客观也就反映了主观。加上此时诗歌创作的艺术技巧已高度发达，诗歌艺术形式已发展成熟，于是诗人们创作起来就似乎不假思索，不事雕琢，毫不费力，只是把自己感知的生活内容熟练地讲述描绘出来。由于整个过程都是自然而然的，所以唐代特别是盛唐的诗人，虽然创造了意象完美结合的典范，却似乎没有多少技巧经验可言。在他们的作品里，我们很难指说哪是“彼物”，哪是“此物”；哪是“他物”，哪是“所咏之词”；哪是意，哪是象。因为他们脱口而出所吟唱的，就是其真实感觉情致本身。一切物象都浸透着主体精神，二者已经完全统一。我们也用不着猜测、附会，只要接触到作品，作品的意蕴就已扑面而来，沁入我们的身心。因为他们的内在精神是舒畅圆满的，这种内在精神的表现过程也是轻松自然的，所以在他们的诗作中，便蕴含着一种宁静清穆、高旷雍容的音乐美，能把读者带进一种深永的和谐境界。以上是就当时整个时代诗歌的共性，即所谓“盛唐气象”而言。肯定这种共性，并不否认各个诗人独特风格的存在。由于时代的不同（即就盛唐诗人而言，也有处于初、盛之交、正盛与盛、中唐之交几种情况），地域的不同，以及各自生活经历、兴趣个性不同等，每个诗人诗作中所展示的生活面、所表现的情调，以及所撷取的境象、所喜爱的体裁、词语、韵部等，都会各有特色，这就构成了各个诗人的特有风格。但是，我们不妨再说一遍，在所有盛唐诗人的诗歌中，都或隐或显、或强或弱地贯穿着一种乐观旷达的时代精神，或淡或浓地洋溢着一种热情而宁静的时代气息。

还在中唐之时，诗僧皎然就试图以他出世人所特有的冷静超脱的眼光，对盛唐诗歌进行观照和分析。然而，除了对某些具体技法作点零散、不系统的剥离评说外，他实在对这个浑然一体的存在无可奈何，至多只能摹写一下它的外貌，或描述一下对它的主观感受和印象，如所谓“索回盘礴、千变万态”、“修江耿耿、万里无波”（《诗式》）等等。出于同样的原因，晚唐诗论家司空图更大规模地采用了这种方法。他在《诗品》中用生动形象的语言，对“雄浑、冲淡、纤秾”等多种诗歌风格进行了描摹。皎然通过对古典诗歌（主要是唐代诗歌）的仔细玩味，提出了“意中之静”、“意中之远”的概念；司空图在此基础上又提出了“韵外之致”、“味外之旨”的概念，后人把这些说法归纳成“意境说”。“意境说”的实质，就是强调诗歌除本身的意象达到完美统一（合一为“韵”、“味”）外，还应该有“不尽之意”，还留给读者以想象回味的余地。这就对诗歌提出了更高要求，并表明意与象的统一已经不成为核心问题了。唐诗这种可感受可摹写但很难加以分析的特性，皎然、司空图的意境说，正是唐代诗歌特别是盛唐诗歌审美特征的体现。

四、理性化与俗化——古典审美理想的解体与中唐至南宋时期古典诗歌的分化和衰落

情与理，个人与社会，意与象等的统一，就是唐代特别是盛唐诗歌的灵魂，也是它的艺术魅力的根本所在。这种统一将永远令后代人怀念、神往，因此唐诗特别是盛唐诗歌将具有永恒的艺术生命力。

不过，这种统一还是一种有限的统一。它是在人们的情感与

理性、个人的主体精神与社会伦理道德要求、主观情志与客观物象的丰富性达到一定水平时所形成的一种统一。随着上述诸因素的进一步发展,这种统一必然被打破。主体精神与客观存在统一在一起,主体精神毕竟还没有获得完全的独立自觉性。意与象结合在一起,思维基本上还停留在知性直观的水平,还缺乏准确深刻性。主体精神必然愈来愈不满于这种状况,终将突破这种统一,向自我发展的更高层次迈进,这就势必造成古典审美理想的解体。

但是,中国古典审美理想解体的根本原因,不在思维的内部运动,而在社会现实的变化。安史之乱后,中国封建社会开始走下坡路,各种社会矛盾逐渐加剧,社会肌体发生分离,各个社会阶层之间曾一度融洽轻松的关系变得紧张起来。人们从和谐统一的梦幻中清醒过来,对现实产生不满,个人与社会之间产生对立。宋代以后,坊市制的打破,促进了市镇经济的繁荣和市民阶层的扩大。市民生活成为社会生活中的一个重要方面,对人们的生活观念、方式等产生深刻影响。科学技术和生产工艺的进步,使物质越来越丰富,也刺激了人们的感官欲望。而在同时,统治集团为了维护自己的统治,加强对人心世风的控制,又强行倡导一系列脱离违背人们自然的生活要求的伦理道德规范。这样,主体自由与社会伦理道德要求之间,主体的感性与理性之间,矛盾冲突就越来越严重,再也无法保持平衡与和谐。

人们要摆脱这种状况,只有两种选择:一是克制压抑自己的感情欲望,放弃个人现实生活中的自由,自觉遵循一种理性原则,追求道德上的高尚,获得精神上的自我满足。唐中叶时初露端倪、至两宋而大盛的理学,就是人们这种心理趋向的产物。

另一种选择就是抛弃主体与客观社会现实相统一的理想,放弃对高尚的社会伦理道德目的的追求，退回到个体本身，退回到个人的感性世界中。在这种潮流里，个人的生活、感情以至买卖、艳遇等，才是唯一真实有意义的东西。个人的心理、性格、经历、命运等等，成为人们最关注的问题。对是非、真假、善恶、美丑等一系列社会公认的评判标准、价值观念，人们往往采取怀疑、嘲弄的态度。人们往往力求摆脱社会现实，将个人孤立起来，给自己制造一个特定的生活天地，陶醉于自己所钟爱的彩袖玉钟、梅妻鹤子、霜时蟹、炼丹炉、青楼梦等等。这种思想潮流直至明代晚期才蔚为大观，但它的源头也在中唐前后。

在这两种思潮并行发展的时代里，能够真正做到终身信奉理学的那一套观念，刹那也不动心，处处按之而行，从未失控失态的人，可以断定决不会有。至于基本上做到这些，类似苦行僧的理学信徒，应该说是有的，但也极少。同样，作了第二种选择，而且形成了明确的思想观念，从不动摇，并敢于向社会挑战的人，也基本上没有，或者说直到中国封建社会后期才出现了极少数的几个人。因此绝大多数的人，都是把自己分成两面，一面去应付外部世界，理性占上风；一面保存自我，感性占上风。这就造成了普遍的人格分裂，造就了封建社会后期越来越严重的整个民族的双重人格化。一方面，人们对越来越不合理的封建伦理道德规范表示信奉和服从，甚至为了掩饰另一方面实际上的不信奉不服从，还可以把这种信奉和服从表演到极端化的程度，表现出一种极度的理性，接近没有血肉生命的木石、机器。另一方面，人们私下里又越来越贪婪地追求感官欲望的满足，甚至因为平常总受到前一方面压抑的缘故，一有机会便表现为尽情纵欲、发泄，表现为极度的感性化，近似没有理智的禽兽。总之，社会现实中的矛盾渗透到每个人的内心深处,又在形形色色的生活中表现出来。整个人的精神领域和现实世界都弥漫着一层浓厚的虚伪的迷雾,其下隐藏着的是无数的污浊:灵魂的苦恼、焦虑、自欺、盘算、得意、恐惧,以及生活中的尔虞我诈、装模作样等等。特定的现实生活,是古典审美理想的土壤;特定的心灵境界,是古典审美理想的源泉。土壤变质,源泉污染,古典审美理想又怎么能不破灭,它所孕育的古典艺术之花又怎么能不凋谢呢?

文学是语言的艺术,而语言乃是人们的整个思维活动(包括艺术思维)的物质外壳。因此,如果说审美理想是社会现实生活与文学艺术之间的中介,那么语言又是审美理想与文学之间的中介。随着人们的社会现实生活、思想观念和思维方式的变化,语言也必然发生变化。中唐以后古典审美理想的解体及其对古典诗文创作的影响,在很大程度上是通过文学语言这一中介来体现和实现的。

中国古代思维模式具有天人合一、知行合一、直观把握等特点,它们决定了中国古代语言的一系列特征。例如,汉语的文字一直保持一定的象形特征。汉语的词汇中,大量抽象的概念都是由某种具体的物象表达的,它们既有表层意义,又有不完全确定的深层隐喻义,可以留给人以想象引申的余地。又如上古至中古的汉语中,主动与被动一直没有很明确的语法形态标志。主语和宾语的主动与被动关系,主要由上下文即语境决定,这样,句式的变换就非常灵活,人们造句时选择和调整句式也就非常自由,可以根据押韵、对仗、选词等方面的需要随意安排。有时这种主语宾语谁主动谁被动关系不确定的情况,也能给读者留下自由发挥的余地,造成一种特殊效果。再如,古汉语中许多词汇的词性不确定,既可以是名词,也可以是动词。因此,人们往往把基本上属于名词的词当动词用，把基本上属动词的词当名词用。形容词与动词、名词之间也存在这种情况。这样往往可以丰富表现技巧，如化动为静、化静为动等等。其他民族的语言及现代汉语中也都存在这种情况，但都不如古代汉语那样突出。很明显，古代汉语的这些特征对中国古典文学特别是古典诗歌的构成和审美特征具有重要影响。

中国封建社会模式在盛唐臻于成熟。与此相应，中国古代思维模式，在此前感性与理性长期发展的基础上，此时也达到一种相对圆满，古代汉语也随之达到一种相对完善，同时也就产生了盛唐诗歌。中唐特别是宋代以后，这种圆满和完善又被打破、超越。社会生活的发展变化，引起了人们的思维活动和语言的重大变化。例如，市镇经济的繁荣、市民生活的发展，就给语言增添了许多新因素。在文字方面，为了记账、写商品招牌和传抄通俗文艺作品等，人们创造了许多新的俗字。汉语史的研究证明，中唐至两宋是汉语俗字滋生最繁盛的时期。在词汇方面，首先是词汇量大大增加。表示新事物的名词、表示新活动的动词、描写新现象的形容词，以及对旧事物、原有的活动和现象作更具体更生动更细腻描写的词大量产生，同时还出现了许多新的语气词、谚语、成语、切口等。这个时期也是汉语史上新俗词产生最多的时代之一，这一点同样已为近年来取得很大进展的近代汉语俗语词研究所证明。其次是词式的演变。表现为词缀增多；词的双音节化继续发展；三音节和四音节词不断产生等。又次是词性的发展。由于词汇量丰富了，为每个词的分工专门化与词性的确定提供了条件。名词与动词逐步分工。原本属于实词的“子、儿、头”等逐步虚化为固定的名词词尾，使名词的词性有了明确的形态标志。“着、了”本来也是实词，魏晋时期实词性还很强，到唐代就基本上虚化为动词词尾，成了动词词性的形态标志。副词词尾“地”起源于南北朝，盛行于中唐以后。形容词词尾“底”在唐代禅师语录中已常常出现。同时，表复数的名词和代词词尾“们”及表动作次数的动量词也产生并被普遍运用起来。在语法方面，主要起语法作用的虚词增多。判断句由过去的一般不使用系词到普遍使用系词，使主语谓语的关系更牢固。被动式进一步完善，除了继续沿用原有的“为……所”等句式外，“被”字句成为表被动的主要形式，主语与宾语的主动被动关系更加明确。处置式产生于三国时代，至此时也臻于完善。宾语特别是较长的宾语，可以用介词“把、将”等把它们提到谓语前面，使谓语与宾语的关系变丰富了。语法上的这些变化，都使句子变得更完整，句式更加定型化。

佛教的传播，理学的兴起，也引起了语言的变化。在文字方面，人们在翻译和抄写佛经的过程中，也创造了不少新俗字。在词汇方面，佛教和理学也都创造贡献了许多新词。有些词原就存在，但是靠了佛教和理学的传播才广泛被运用，成为汉语中的常用词汇。前者如“菩萨、佛、和尚、罗汉、世界、刹那”等；后者如“道、理、性、气、良心”等。如果说市民生活主要刺激了人们感性的丰富发展，对汉语词汇的影响最明显，那么佛学、理学则主要是促进了人们理性思维能力的提高，对汉语语法的影响最大。佛学、理学使我们民族的抽象思维能力大大提高，也使我们民族语言的逻辑性大大增强。

总之，随着社会现实生活的变化、古典审美理想的解体及人们的感性与理性的分别发展，语言也呈现出感性化与理性化两种发展倾向。语言领域里的这种变化，马上对文学领域产生影响。首先是古典诗歌受到冲击。那些新创造出来的俗字，大多是旧体字的简写，另一些则是根据形声规则造出来的。简体字笔画减少，线条更抽象化，象形的特征进一步丧失。形声字的形旁也只有表示类别的抽象意义。因此它们都不具备刺激起人们的想象的功能。新的词汇不是太尖巧、太浅露、太俗气，便是太抽象、太枯燥。它们都不宜于入诗。不是有过"诗人不敢题糕字"的传说吗？诗歌理论家不是反复强调不能用过分尖新浅露的字眼，否则就将"入于词曲"；"理语"、"学究语"、"头巾语"也决不可入诗吗？词性的确定、量词的运用，使人们无法再产生动与静、一与多之类的联想。语法进步了，句子完整了、定型了，但对诗歌创作来说，它们却变得呆板了，不再适宜于进行跳跃式的散点透视和意象的自由组合。词体加长，在长短固定而且字数有限的诗句中，调配的余地就很小了，因此变得很难处理。总之，古代汉语与古典诗歌正相适应的时代已经过去。新的语言已经不太适宜进入古典诗歌中。一旦进入，就会导致古典诗歌的本来面目变形，本有审美特征丧失。想用这种语言再写出那种浑朴圆融的古典诗歌，已经不可能了。虽然中国古代诗文作家们一直都基本上坚持用上古汉语，即典雅的语言写作，但是，既然新的语言已经成为人们日常的生活和思维活动所用的语言，它们就总不免会渗入人们的艺术思维活动，融入其作品。杜甫、白居易等人的诗作中就出现了许多新词汇和新的语法现象，即是明证。而且，当某种文学艺术形式与人们现实生活中的思维活动已有了相当大的距离，人们觉得用它来表达自己的思想感情已经感到困难时，这种文学艺术形式显然就已面临着危机，开始不可逆转地走向衰落了。

语言的变化也发出了对新的文学形式的呼唤，这是它对文坛冲击的另一个方面。首先，它要求有一类新的文学形式——灵活自由，不避鄙俗，能大量容纳新的俗字、俗词、俗语，从而生动展示出这个时代千姿百态的生活画面，充分表达人们细腻曲折的心理活动和情感体验。其次，它还要求出现另一类文学形式，能充分容纳种种新的概念，运用新的语法，从而充分反映人们逻辑思维能力的提高，把这个时代理性思考的丰硕成果准确地表述出来。总之，语言的发展变化，代表这个时代的社会现实，代表这个时代审美理想的特定形态，对文学的内容、形式和风格情调等提出了变革的强烈要求，同时也为这种变革准备了材料。

主体精神向理性化方向发展所遵循的一系列理性原则，脱离活生生的感性世界，属于纯知解性的东西，因此本质上不是诗的材料，只适宜由散文表达。而思维与语言的理性化方向的发展，又为这种表达提供了条件。因此，几乎是与理学的萌芽同步，散文（古文）的创作在中唐兴盛起来。入宋以后，随着理学的发展，古文的创作更趋繁荣。自此理学便与古文结下了不解之缘。从唐宋八大家到元代的姚燧、虞集（他们两人被黄宗羲推为元代古文家之冠），再到元末明初的浙东派、明中叶的唐宋派，以至清代的桐城派、湘乡派等，著名古文家几乎都与理学有牵连，其中大多数人就是正牌的理学家。他们的散文大多用词简练准确，句子长短伸缩自如，句法严密。句与句之间，段与段之间，逻辑性都很强。与过去带有一定诗的性质的赋、骈文相比，理性思辨水平确实大为提高了。同时，几乎每个作者都摆出一副得道者的道貌岸然的姿态，每篇文章都在高谈神圣的道义和事理。有的声色俱厉，盛气凌人；有的则表现出循循善诱的样子，娓娓道来。这些作品一般都文气充沛，说理透辟，确实能够在一定程度上征服读者。但个人细腻曲折的感情体验，丰富多彩的生活画面等，一般在这里没有位置。

应主体精神的感性化方向发展的要求，在思维与语言感性化方向发展的基础上产生的文学形式，是同样兴起于中唐、至宋而大盛的词、小说，及滥觞于两宋、至金元而大盛的散曲与戏剧。“歌筵舞席，浅斟低唱”是典型的词境。虽经部分词人加以开拓，但词的意境、题材始终比诗狭窄得多，基本上限制在个人生活特别是言情的范围里。“咏绣鞋”、“咏指甲”，甚至“咏喷嚏”、“咏秃头”、“咏胡须”等，算是散曲有特色的俗化题目。而“闲适”、“隐逸”、“道情”、“赠妓”等，则是散曲最常用的几类题材。大量的俗字、俗词、俗语，以及俗物、俗情、俗态等，都进入了词曲中。审美境界由诗的浑厚圆融变为词的精工密丽，再变为曲的尖新刻露，审美趣味也由雅变俗。在这里我们可以看到，日常生活确实得到了绘声绘色的摹写，人的内心世界确实得到了更加细腻生动的刻画，种种主观情绪确实得到了淋漓痛快的发泄，这些都使读者感到词曲比诗更显得亲切自然，贴合人情。沈雄《古今词话》引王岱语云：

> 诗以温厚含蓄、怨不怒、哀不伤、乐不淫为旨；词则欲其极怒极伤极淫而后已，元气于此尽矣。观唐以后诗之芜涩，反不如词之清新，使人怡然适性，不惟不欲少留元气，若以不留元气为妙者。是时代升降、学力短长各殊。气运至此，不容不变动；人心之巧，不容不剖露，即作者当亦不自知其何故。

钱允治《国朝诗余序》也说：

> 诗降而词，斤骨尽露，去汉乐府千里矣。词降而曲，略无蕴藉，即欧、苏所不屑为，而情至之语，令人一唱三叹。此无他，世变江河，不可复挽者也。

他们对由诗到词再到曲的发展变化的描述是准确的，但对这种发展变化的内在原因并不清楚，于是只好笼统地归于所谓“气运”。

魏晋南北朝时期出现的《搜神记》等志怪小说，尚带有上古初民神话传说的性质。同一时代出现的《世说新语》等轶事小说，描写的基本上是上层贵族按照某种被认为是高雅脱俗的生活理想而表现的言行举止，因此本质上属于雅文学的范畴。中唐兴起的传奇小说则是在民间说话艺术的基础上产生的，反映的大都是市井生活。市民、妓女、普通士子等成为小说中的主人公，人物的性格、心理、感情、命运成为描写的主要内容。因此，无论是在内容、形式还是在审美情趣上，唐代传奇小说都与魏晋南北朝的志怪、轶事小说有着本质的不同，而开启了宋代以后话本小说及由话本小说蜕变出来的各种体裁的小说的先河。

总之，古典审美理想瓦解了，个人与社会、情与理、意与象分裂了。于是，从整个文坛来看，散文与词、小说等应运而生，分头蓬勃发展。而诗歌则好似被抽走了灵魂与血肉，生命日趋枯萎。诗歌家族子孙繁衍，支庶日众，作家作品越来越多，但它真正兴盛的时代已经一去不复返了。其次，就诗歌家族内部而言，从中唐开始，实际上也分化出两种倾向。一是理性化、散文化，以诗言理叙事。以诗代论，特别是以诗为史成为最高目标。在语言方面，按照散文的思辨的方式改造诗句，多用抽象词、虚词，使之变得枯涩散缓。另一种倾向是感性化、俗化、技巧化。诗人或自适，或自伤，或颓然自放，倾诉个人的情绪，描写琐碎的日常小事，把曾经被古典审美理想视为粗俗而拒于门外的种种题材、物象、意念、词汇等都拉进诗歌中，使诗歌的格调变浅变俗。有的诗人说："诗在灞桥风雪中，驴子上"，尚犹自可；有的则说："寻常言语口头话，便是诗家绝妙词"；有的更说："诗从乱道得"；"我平生作诗，得猫儿狗子力"。另外一些诗人则刻意讲究诗歌的字法句法，单纯追求形式美，使诗风变巧变奇变怪，于是也有了“两句三年得，一吟双泪流”、“吟安一个字，捻断数行须”之类的说法。

文学理论始终是文学创作的风向标。从中唐开始，中国古代文学理论讨论的中心又转移到所谓“文”与“道”的关系问题上来，提出了“文以明道”的概念。

这一命题有两层含义。在第一层含义中，“文”指文学作品的形象、文采、表现技巧等形式因素，即象；“道”指文学作品的思想内容，即意。这表明在艺术思维活动中，意与象已相互脱离，作者必须将它们分别考虑了。意味着象对意的表达已经不是水乳交融自然而然，而是它在被迫地执行一项强加的使命了。

在第二层含义中，“文”指整个文学，“道”指孔孟至程朱所代表的正统儒家思想。在这里，整个文学已经失去了自己的独立性，成为抽象理性观念的附庸。

中唐时期韩愈在《答李翊书》、《答尉迟生书》等文中，已将“根”与“实”、“气”与“言”、“本”与“末”并提，并有“仁义之人，其言蔼如也”的说法，这是意象分裂的征兆和“文以明道”说的萌芽。第一个明确提出“文以明道”口号的是与韩愈同时的柳宗元。他在《答韦中立论师道书》中说：“始吾幼且少，为文章以辞为工。及长，乃知文者以明道，是固不苟为炳炳烺烺、务采色、夸声音而可以为能也。”韩愈虽然将两个方面并提，还只是讲根茂才能实遂，气充才能言宜。柳宗元则将文与道对立起来，明显地重道轻文，认为文采之美往往妨碍“明道”。在此同时及稍后，裴度、李翱、李汉等人也纷纷发表了相似的意见。

不过，终唐之世，“道”基本上还是指文学作品的思想内容，含义还比较宽泛，如柳宗元说自己在“文”中所要“明”的“道”，乃是“辅时及物之道”。《老子》、《庄子》、《离骚》、《史记》也还在他“旁推交通”的范围之内。当时“文以明道”的要求，也基本上限于针对古文提出，尚未延及诗歌领域。入宋以后，自柳开、石介而下，“文以明道”已成为寻常话头。从梅尧臣开始，对诗也提出了这种要求。到周敦颐的《通书》中，“道”便专指理学家们的性命义理之学，文学(其实只能说是文章)被看作是阐述这种思想的手段。自此以后，“文道”问题成了整个文学理论围绕旋转的中心。几乎每个文学理论家都要在这个问题上喋喋不休一番，而其观点则千篇一律。直到明中晚期，代表新的审美理想的文学观念——“情趣”说兴起，它一度被冷落。然而不久它便卷土重来，以其本相和种种变相，一直在整个文学理论体系中占有显赫位置。

综上所述，中唐时期，中国古典文学和文学理论发生了一系列重大变化：古文、词、传奇小说的诞生；诗歌的分化与衰落；“文以明道”说的提出等等。这一系列重大变化同时发生，并不是巧合，而是必然的；不是互不相干的，而是有着共同的根本原因，这就是中国古典审美理想的解体。往后看，词与曲及戏剧有直接联系，传奇小说与话本小说及后来的长、短篇小说一脉相牵。因此，中唐时期，整个中国封建社会后期的文学格局——诗＋古文＋词(曲、戏剧)＋小说——已基本形成。然而，这个时期古典文学发生的最重要的变革，还不在这些外部形式上的发展，而在于蕴藏在整个文学创作内部的人生态度、思维方式、审美情趣的根本变化。由此我们可以得出这样的结论：中唐时期文学发生的变化，不仅在唐代文学发展史上具有重要意义，而且在整个中国古典文学发展史上具有重要意义；中唐不仅是中国封建社会由兴盛走向衰落的转折点，也是整个中国古典文学发生重大变化的转折点。

被称为中国古典诗歌发展史上的里程碑的伟大诗人杜甫，正生活在盛中唐之交。他既是盛唐以前中国古典诗歌发展的集大成者，又是中唐以后中国古典诗歌发展变化的开路人。诗歌由于古典审美理想的瓦解而出现的分化，即从他的创作开始。唯其处于将分而未分阶段，所以几种倾向都在他的诗作里有了萌芽。他的作品中有说理而近腐的，有过于琐碎而俗的，也有过分讲究字法句法声律而巧的。对这一点，后来许多诗论家都注意到了。如明代李东阳在《麓堂诗话》中指出：

> 汉魏以前，诗格简古。世间一切细事长语皆着不得，其必久而渐穷。赖杜诗一出，乃稍为开扩，庶几可尽天下之情事。韩一衍之，苏再衍之，于是情与事无不可尽，而其为格，亦渐粗矣。

胡应麟在《诗薮》中更对此作过详尽论述：

> 盛唐一味秀丽雄浑。杜则精粗、巨细、巧拙、新陈、险易、浅深、浓淡、肥瘦靡不毕具。参其格调，实与盛唐大别。其能荟萃前人在此，滥觞后世亦在此。且言理近经，叙事兼史，尤诗家绝睹。其集不可不读，亦殊不易读。
>
> “力侔分社稷，志屈掩经纶”，欧、苏得之而为论宗；“江山如有待，花柳更无私”，程、邵得之而为理窟；“鲁、卫弥尊重，徐、陈略丧亡”，鲁直得之而为沉深；“白屋留孤树，青天失万艘”，无已得之而为劲健；“烟花山际重，舟楫浪前轻”，圣俞得之而为闲澹；“江城孤照日，山谷近含风”，去非得之而为浑雄。凡唐末、宋、元人，不皆学杜，其体则杜集咸备。
>
> 杜七言律，通篇太拙者，“闻道云安曲米春”之类；太粗者，

"堂前扑枣任西邻"之类;太易者,"清江一曲抱村流"之类;太险者,"城尖径仄旌旆愁"之类。杜则可,学杜则不可。(《诗薮·内编》卷四、卷五)

杜甫之外,当时还有部分诗人的部分作品保留了盛唐诗歌的格调意象,但分化已成为主流。韩愈是理性化的代表,后人对他的诗作有一个简明扼要的批评,那就是"以文为诗"。准确地说,韩愈的诗是理性化而兼技巧化。元稹、自居易、张籍、王建等是俗化的代表,故有"元轻白俗"之说;李商隐、温庭筠、韩偓等人的诗歌专写个人的哀怨情思;李贺诗兼感性化与技巧化两种特征;孟郊、贾岛、姚合、马戴、曹邺等人则是技巧化的代表。

如果说中晚唐诗歌还以感性化、俗化、技巧化为主流,那么入宋以后则是理性化、技巧化为主流。因为这时候词兴盛了,它分担了描写个人情思的任务。苏轼在某种意义上可以说是杜甫第二,他的诗作也是利钝杂陈、精粗毕具,理性化、感性化、俗化、技巧化的特征都有。以黄庭坚为代表的"江西诗派"受理学的影响很深,有些诗人本来就是理学家,其诗作内容上多谈理,艺术技巧上则求生避熟。北宋还有理学家邵雍等人的理学诗,更是赤裸裸地以诗谈理学,且不讲究诗歌的体裁法度要求,随意而发,满口理学话头,把诗歌的理性化、散文化发展到了恶劣的境地。

五、严羽等人的呐喊

诗歌是侧重写情的艺术,它是从情的方面要求情理合一的,所以情感、形象乃是诗歌艺术的命脉之所在。中晚唐诗歌以俗化、技巧化为主,大部分诗人偏重写情,虽已不尽合情与理相统一的古典审美理想,但毕竟还保留了诗歌的大部分质素,还有诗味。因此对诗坛已经发生的变化及面临的危机,当时人还几乎没有察觉,或者还不觉得很严重。至宋代江西诗派及理学诗派起,以理为诗,以学问为诗,以诗谈理,便彻底走到了诗歌艺术的反面。于是终于有人出来说话了。这个人就是严羽。中国古典诗歌发生重大变化多年后,他第一个起来大声疾呼。他敏锐地感觉到,诗味已经变了,或者说越来越不像诗了,于是他对《诗经》以来特别是唐宋以来的诗歌进行"熟参",即细心地品味辨别,于是发现:"大历以前分明别是一副言语,晚唐分明别是一副言语,本朝诸公分明别是一副言语。"在此基础上,他对盛唐和盛唐以上的诗歌的特征以至诗歌的本质进行了思考,终于认识到:

> 夫诗有别材,非关书也;诗有别趣,非关理也。然非多读书,多穷理,则不能极其至,所谓不涉理路不落言筌者上也。
>
> 诗者,吟咏情性也。盛唐诸人,惟在兴趣;羚羊挂角,无迹可求,故其妙处,透彻玲珑,不可凑泊。如空中之音,相中之色,水中之月,镜中之象,言有尽而意无穷。
>
> 诗有词理意兴。南朝人尚词而病于理;本朝人尚理而病于意兴;唐人尚意兴而理在其中;汉魏之诗,词理意兴,无迹可求。

这表明,严羽已经体认到了中国古典诗歌中蕴含的古典审美理想的部分重要特质。回过头来,他对宋诗,特别是江西诗派和理学诗派给予了尖锐批评:

> 近代诸公乃作奇特解会,遂以文字为诗,以才学为诗,以议论为诗。夫岂不工,终非古人之诗也。盖于一唱三叹之音,有所歉焉。且其作多务使事,不问兴致,用字必有来历,押韵

必有出处，读之反复终篇，不知着到何处。其未流甚者，叫噪怒张，殊乖忠厚之风，殆以骂詈为诗，诗而至此，可谓一厄也。然则近代之诗无取乎？曰有之，我取其合于古人者而已。国初之诗，尚沿袭唐人，王黄州学白乐天，杨文公、刘中山学李商隐，盛文肃学韦苏州，欧阳公学韩退之古诗，梅圣俞学唐人平淡处。至东坡、山谷始自出己意以为诗，唐人之风变矣。山谷用工尤为深刻，其后法席盛行，海内称为江西宗派。近世赵紫芝、翁灵舒辈，独喜贾岛、姚合之诗，稍稍复就清苦之风，江湖诗人多效其体，一时自谓之唐宗，不知只入声闻辟支之果，岂盛唐诸公大乘正法眼者哉？嗟乎，正法眼之无传久矣！

严羽将“以文字为诗，以才学为诗，以议论为诗”并提，又以“诗有别材，非关书也；诗有别趣，非关理也”并提，而具体举例中所提的苏轼、江西诗派等，基本上都属于以书为诗，以文字、才学为诗一类，以理、以议论为诗则没有着落。钱钟书先生认为这实际上是针对以邵尧夫为代表的理学诗派的。“于‘理’语焉而不详明者，慑于显学之威也。苟冒大不韪而指斥之，将得罪名教，‘招拳惹踢’”(朱子《答陈肤仲书》中语)。[①] 按钱先生之说可信。严羽所列“诗体”中，就不仅有“山谷体”、“东坡体”、“后山体”、“陈简斋体”，也有“邵康节体”。这表明他确实已经注意到了理学诗派，可为钱先生之说的旁证。

严羽还提出了一系列力图恢复古典审美理想、挽救诗歌衰运的主张。如提出当以汉魏盛唐为师，入门须正，立志须高，求第一义之悟；学诗应先去五俗，一曰俗体，二曰俗意，三曰俗句，四曰俗

① 《谈艺录》，第545页。

字，五曰俗韵；不必太著题，不必多使事；下字贵响，造语贵圆；语忌直，意忌浅，脉忌露，味忌短，音韵忌散缓，亦忌迫促等等。这都是对症而开的药方。

在严羽前后，还有不少诗论家也察觉到了中国古典诗歌内部所发生的重大变化，对中唐以后诗歌创作中的理性化和感性化倾向，特别是对宋代诗歌中的“以议论为诗，以才学为诗”的现象提出过批评，其中最早的要数张戒，严羽的某些观点也是从张戒《岁寒堂诗话》中吸收来的，只是张戒对古典诗歌审美特征的体认不如严羽明豁，批评理性化和俗化倾向的态度亦不如严羽激切，故较少为人注意。张戒认为，诗以言情为本，必须“音节铿锵抑扬，态度温润清和，金声而玉振之，辞不迫切，而意已独至”；“微而婉，正而有体”。他反对作诗以押韵为工，以咏物为工；认为元、白、杜牧等人的诗“词意浅露，略无余蕴”。对于苏轼、黄庭坚等人“以议论作诗”、“专以补缀奇字”等，他更给予了尖锐批评，以为“诗人之意扫地矣”。作为拯救措施，他也提出了向古人学习的主张，“苏、黄习气净尽，始可以论唐人诗；唐人声律习气净尽，始可以论六朝诗；镌刻之习气净尽，始可以论曹、刘、李、杜诗”（俱见《岁寒堂诗话》）。刘克庄云：“唐文人皆能诗，柳尤高，韩尚非本色。迨本朝，则文人多，诗人少。三百年间，虽人各有集，集各有诗，诗各自为体，或尚理致，或负才力，或逞辩博，要皆文之有韵者耳，非古人之诗也。”（《后村先生大全集》卷九十四《竹溪集序》）范晞文《对床夜语》备录严羽、刘克庄诸人之说，对它们显然持肯定态度。又引萧德藻语云：“诗不读书不可为，然以书为诗不可也。老杜云：‘读书破万卷，下笔如有神。’读书而至破万卷，则抑扬上下，何施不可？非谓以万卷之书为诗也。”（《对床夜语》卷二）则萧德藻也持这种看法。又周密《浩然斋雅谈》卷上云："宋之文治虽盛，然诸老率崇性理，卑艺文。朱氏主程而抑苏，吕氏《文鉴》去取多朱意，故文字多遗落者，极可惜。水心叶氏云：洛学兴而文字坏。至哉言乎！"这更是明确指出，宋代诗文之衰敝，主要责任在程朱理学。金人王若虚则将宋代之诗与文分别看待，以为"扬雄之经，宋祁之史，江西诸子之诗，皆斯文之蠹也。散文至宋人，始是真文字，诗则反是矣"（《滹南遗老集》卷三十七《文辨四》）。总之，南宋时期，特别是南宋末年，通过对中国古代诗歌特别是宋代诗歌发展道路的反思，批判古典诗歌创作中的理性化和俗化倾向，力图保持和恢复古典审美理想和古典诗歌的审美特征，已成为当时许多有识之士的共识。后来明代复古派的复古理论，可以说即肇端于此。

六、南宋末至明前期古典诗歌的继续分化和衰落

严羽等人的意见，并没有引起当时整个诗坛的注意。虽然严羽自信甚坚，自许为"参诗精子"；认为自己对盛唐以上诗歌的分析是"李杜复生，不易吾言"；认为自己"说江西诗病；真取心肝刽子手"，但就连他的出继叔吴景仙也不相信。也许正像人们常说的那样，越是真知灼见，就越难为世人接受吧。于是中国的古典诗歌，就按照原有的轨道，继续不可逆挽地滑落。其实在严羽之前，江西诗派已经发生了一些变化。南渡后，原属江西诗派的一些诗人，如陆游、杨万里、范成大等人，以江西诗派的传宗心法"参活句"为契机，抛弃了点化典故、求生避熟的套路，转而任凭天机，有触斯应，口随心，手随口，任意挥洒，于是言理与俗化两种特征结合起来了。

南宋末的江湖诗人，则如严羽所说，“独喜贾岛、姚合之诗”，属技巧化一路。“永嘉四灵”倡学唐诗，在某种程度上可以说是张戒、严羽、萧德藻、刘克庄等人的诗歌理论在诗歌创作领域中的反映。但其时南宋王朝之残山剩水也已处于风雨飘摇之中，整个民族缺乏一种刚强自信的心胸气魄，所以四灵派的诗作格调就不可能雄浑高古，而不得不走入孤吟苦思的狭窄胡同，与俗化技巧化之诗风为邻。元代前期诗风承宋诗余波，有以刘因为代表的理学家诗派，有从谢翱而下的求奇求怪一派。元末明初，主要有以杨维桢为代表的吴中诗派，兼技巧化与俗化两种特征。又有浙东诗派，基本上是南宋以来一直非常兴旺的浙东理学宗派的附生物，其代表人物是宋濂、刘基、王祎、胡翰等。他们念念不忘的就是“文以明道”，如宋濂就反复强调：“明道之谓文，立教之谓文，可以辅俗化民之谓文”；“大抵为文者，欲其辞达而道明耳。吾道既明，何问其余哉”；“文之至者，文外无道，道外无文……道积于厥躬，文不期工而自工”。[①]他们将这种主张也贯彻到诗歌领域，认为若夫“宫羽相变，低昂殊节，而浮声切响，前后不差”，与“辞气浩瀚，若春云满空，倏忽而聚散”，以及“斟酌二者之间，不拘不纵，而臻乎厥中”，都不是“诗之美者”。只有“发乎情，止乎礼义”，才是诗歌的最高境界。他们虽然也说“诗发乎情”，但强调此“情”必须经过“礼义”的矫正过滤，去其“忳”者“郁”者“乐”者“艳”者（《文宪集》卷六《霞川集序》），则它实际上与邵雍《伊川击壤序》中所说的“性情”一样，不过是“性理”、“道”的代名词罢了。受这种观念的束缚，浙东诗人的诗作大多夹杂理语，寡于情致，质木无文。与浙东派大约同时，元末明初还有

① 《文宪集》卷二十六《文说》、卷二十五《文原》、卷七《徐教授文集序》。

所谓闽中诗派、粤中诗派，则基本上属于俗化一系。

明永乐年间以后，长期在文坛占统治地位的，是以解缙及“三杨”（杨荣、杨溥、杨士奇）为代表的台阁体。台阁体作家大多耳闻目睹甚至亲身经历了明初统治者对知识分子的残酷迫害，深受理学熏陶的心灵变得更加麻木，既不敢描述当时的生活现实，也不敢抒写自己的真实感受，唯知对最高统治者歌功颂德。在学术思想和文学观念上，他们比浙东派更趋“纯正”、保守，连“史”、“汉”、“战国”、百家之书也都排斥在取法的范围之外。[①] 在散文方面，一以欧、曾为师，追求所谓雍容典雅的风格，而流于卑冗不振；在诗歌方面，则极力推崇邵雍，理学气味十足（见杨士奇《东里集》卷二《滁州重建醉翁亭记》，危素《说学斋稿》卷二《武伯威诗集序》等）。此后，从景泰到弘治初，还产生了以薛瑄、吴与弼、陈献章、庄昶等为代表的正宗理学家诗派，他们都模仿邵雍，以玩物为道，以诗言理，将许多理学话头掺进诗中，使其变得不伦不类。如庄昶《游茅山》诗有句“山教太极圈中阔，天放先生帽桶高”、《与王汝昌魏仲瞻雨夜小酌》有句“赠我一杯陶靖节，答君几首邵尧夫”之类，就曾受到后人的嘲笑。陈献章似乎比庄昶稍为讲究一些，但他的《白沙集》中，也有“但闻司马衣裳大，更见伊川帽桶高”这样的句子。至于“筋斗”、“样子”、“打乖”、“个里”之类的词句，也是俯拾即是。[②] 这无疑是将古典诗歌的理性化和俗化倾向发展到了极端。

从唐中叶到明中叶，伴随中国古典审美理想的解体，中国古典诗歌已经在逐步衰落的道路上滑行了几百年。早期的分化，如韩

① 见解缙《文毅集》卷七《送刘孝章临庐陵序》；胡广《颐庵文选序》。

② 《定山集》卷四、《白沙集》卷八《寄定山》；参见《艺苑卮言》卷五、《升庵诗话》卷七。

愈、孟郊、元稹、白居易、李贺、李商隐等人的诗歌，同时还具有开拓题材、丰富表现技巧的意义。江西诗派还可算别开生面。以后的诗派便一蟹不如一蟹，言理的愈来愈肤浅烂熟，写日常生活的越来越庸俗琐碎，艺术技巧方面也黔驴技穷。总之，到明中叶时，中国古典诗歌确实到了“极鄙极靡、极卑极滥”的地步。如果突破古典审美理想而建立新的审美理想、抛弃古典诗歌而创造新的艺术形式的条件还不成熟，那么，重倡古典审美理想，整顿古典诗歌创作的局面，力图恢复古典诗歌的审美特征，就成为人们唯一的选择，因而也成为一种时代要求。

第二章 复古运动的滥觞——茶陵派

明代文学复古运动产生的深刻历史必然性既如上述，但作为一股声势浩大的文学思潮，它不可能在一夜之间突然高涨，而是经历了一个长期酝酿孕育的过程，并有前驱者为之导夫先路。这个前驱，远而言之，则是指严羽等人；近而言之，则有以李东阳为首的茶陵派。他们先于复古派对复古理论诸问题作了筚路蓝缕的探索，并进行了复古的初步实践，为复古运动高潮的到来作了充分准备，从而构成整个明代文学复古运动的一个必要阶段。我们要对明代文学复古运动进行完整的考察，就不得不从茶陵派谈起。

一、茶陵派的形成

李东阳是茶陵派的领袖，他的祖籍在茶陵（今湖南茶陵），茶陵派由此而得名。明英宗正统十二年(1447)，李梦阳出生于北京，英宗天顺八年(1464)中进士，选庶吉士，此后长期在馆阁任职，循升至礼部右侍郎兼侍读学士。弘治八年(1495)，孝宗命他兼文渊阁大学士，进入内阁，参与机务，这是他进入内阁的开始。由于李东阳政治地位很高，又喜爱文学，热心奖掖后进，所以周围集中了一大批文学之士。何良俊《四友斋丛说》卷八云：

李文正当国时，每日朝罢，则门生群集其家，皆海内名流，其座上常满，殆无虚日，绝口不及势利，其文章亦足领袖一时。正恐兴事建功或自有人，若论风流儒雅，虽前代宰相中亦罕见其比也。

李东阳的《麓堂诗话》，可以说是茶陵派的理论纲领。它首次刊行于正德初，但它并非一时一地所作。李东阳的文学理论主张，在弘治中应已基本成熟。所以，茶陵派形成的上限，当即在弘治八年左右。弘治末年，“前七子”复古派兴起。正德七年(1512)，李东阳退休，四年后去世，前七子遂在文坛上占领袖地位。虽然茶陵派的许多成员嘉靖年间尚在世，但该派的文学宗尚比较流行的状况在正德中已告结束，前后约十几年。

茶陵派的形成，也有着具体的历史背景，这首先是指台阁体的衰落。以往人们一般把永乐初到弘治中期都笼统划为台阁体盛行的时期，其实台阁体真正垄断文坛的时间，只是从永乐初到正统末的四十多年。正统十四年八月发生的“土木堡之变”是明代社会由前期进入中期的转折点。它像一个晴天霹雳，震撼了明王朝，也震撼了当时文坛。自此各种社会矛盾日益加剧，所谓“永、宣盛世”的局面不复存在，以歌功颂德为职志的台阁体文学失去了客观基础，自然趋于衰落。随着现实的变化，人们的感受、心境和审美趣味都发生变化。台阁体那种所谓“雍容典雅”的诗文风格，此时便暴露出其虚伪贫乏的本质，渐渐遭到人们的厌弃。与此同时，一部分诗文作家开始描写社会现实，指斥时弊，如张楷、张弼、马中锡等。另一部分诗文作家则试图突破台阁体一味追求雍容典雅风格的局面，追求奇异与艳丽，如所谓“景泰十子”等。

明前期诗文创作的衰落，与当时统治者推行的高压知识分子政策和文化政策密切相关。洪武、永乐两朝对士大夫的杀戮和迫害，其残酷程度在中国历史上是少见的。它不仅使大批文学家夭折，也使幸免于难的文人噤若寒蝉，吞声而不敢言。与此同时，他们还大力倡导程朱理学，对敢于申言"异端邪说"者严加惩处，以禁锢知识分子的精神自由。[①] "土木堡之变"后，统治者虽仍然时施强暴，但已不复有朱元璋、朱棣父子那样开国君主的绝对权威，士大夫的境遇有所改变，地位有所提高。《菽园杂记》卷二载：

僧慧暕涉猎儒书，而有戒行，永乐中尝预修《大典》，归老太仓兴福寺，予弱冠犹及见之（按《菽园杂记》作者陆容生于正统元年[1436]，见慧暕当在景泰七年[1456]前后），时年八十余矣。尝语座客云："此等秀才，皆是讨债者。"客问其故，曰："洪武间，秀才做官吃多少辛苦，受多少惊怕，与朝廷出多少心力。到头来，小有过犯，轻则充军，重则刑戮，善终者十二三耳。其时士大夫无负国家，国家负天下士多矣，这便是还债的。近来圣恩宽大，法网疏阔，秀才做官，饮食衣服，舆马宫室，子女妻妾，多少好受用，干得几许好事来？到头全无一些罪过。今日国家无负士大夫，天下士大夫负国家多矣，这便是讨债者。"

随着政治环境的松动，思想方面的统治也开始解冻，士大夫们的主体精神开始复苏。他们不再像"永、宣之世"的先辈那样，"祖法国是，心心目目，畏毫发离去，即皇恐大罪不可赦"；"视周、程、朱子之说如四体然，唯恐伤之"。[②] 而是开始进行独立的思考，并对程朱理学提出种种质疑和不满。黄佐《翰林记》卷十一即载："成化

---

① 参见《殿阁词林记》卷十四。

② 《明文海》卷二三七赵贞吉《刘文简公集后叙》；卷二三九黄佐《眉轩存稿序》。

以后，学者多肆其胸臆，以为自得，虽馆阁中亦有改易经籍以私于家者。此天下所以风靡也夫。”

台阁体和茶陵派创作队伍的主体，都是正在翰林院或曾在翰林院任职的官僚。探讨台阁体的衰落和茶陵派的形成，就不能不对这一时期内翰林院的学风和诗风文风的变化予以特别注意。正统以前，翰林院庶吉士多在内阁教习，皇帝还时常亲自过问培养情况，教学内容以“究竟名理，涵养道德，熟悉政事”为本。故其时翰林诸人为文，乃一依台阁体之轨辙，以宣扬程朱理学、歌功颂德、粉饰现实为能事。正统以后，庶吉士改在翰林院内教习，皇帝及内阁大臣不再过问，思想方面的控制也不像以往那样严密，于是庶吉士们“大都从事辞章”，“而道德政事则忽弃焉”。(《殿阁词林记》卷十)于是翰林院诗文创作的风尚发生转变，即变得比较注重诗文本身的审美要求和审美特征。作为纯粹文学流派的茶陵派，遂得以从中蜕生并分化出来。

另外，在明前期文坛上先后占主导地位的浙东派和台阁体作家，都带有明显的地域色彩。台阁体作家以江西作家为主体。《列朝诗集·乙集》“周叙”条载：“国初馆阁，莫盛于江右，故有‘翰林多吉水，朝士半江西’之语。”①浙东派作家多是得朱子嫡传的浙东“北山学派”的传人，江西派则多承也得朱子嫡传的江西“双峰学派”的余泽。② 因此这两派又是兼“道统”和“文统”于一身。随着科举考试的推行，朝中士大夫无论在政治上还是学术文化上的地域色彩逐渐淡化，科甲年第成为士大夫之间最重要的联系纽带。

---

① 另见《翰林记》卷二十。

② 见《宋元学案》卷八十二《北山四先生学案》、卷八十三《双峰学案》、卷九十三《草庐学案》等。

台阁体的最后一位重要作家杨溥卒于正统十一年，次年李东阳才出生，他们之间没有什么师承关系。茶陵派的主要成员有两批，一批是与李东阳同年中进士并同入翰林院者，主要有谢铎（太平人）、张泰（太仓人）、陆釴（太仓人）、陈音（莆田人）等；另一批是李东阳的门生，即他担任乡试、会试考官和殿试读卷官时所录取的士子，以及他在翰林院教过的庶吉士，主要有邵宝（无锡人）、石珤（藁城人）、罗玘（南城人）、顾清（华亭人）、鲁铎（竟陵人）、何孟春（郴州人）、储巏（泰州人）、陆深（上海人）、钱福（华亭人）。由所列可以看出，茶陵派来自全国各地，而以吴中人士居多，与浙东派、江西派则很少瓜葛。总之，在总的政治和思想文化背景有所松动的条件下，摆脱了理学统绪，因而能在一定程度上突破程朱理学文学观的束缚，对文学特别是诗歌本身的审美特征和要求进行探讨，是茶陵派有别于台阁体的主要特征。

二、茶陵派的诗歌理论

茶陵派的文学主张，主要见于李东阳的著作，其要点如下：

1. 诗文有别

李东阳最重要的文学主张，就是诗文有别。他在《镜川先生诗集序》中说：

> 《诗》与诸经同名而异体，盖兼比兴、协音律、言志厉俗乃其所尚。后之文皆出诸经，而所谓诗者，其名固未改也，但限以声律，例以格式，名虽同而体尚亦各异。（《怀麓堂集》卷二十八）

在《沧洲集序》中他又说：

> 诗之体与文异，故有长于记述，短于讽咏，终其身而不能变者，其难如此。……盖其所谓有异于文者，以其有声律风韵，能使人反复讽咏以畅达情思，感发志气。（《怀麓堂集》卷二十五）

几乎在他所有比较重要的论文的文章中，李东阳都要把这一观点阐述一遍。并且这不是他一人的主张，而是茶陵派作家的共同主张。[①] 我们知道，在我国古代文论中，广义的"文"包括诗歌与散文两大类，散文又包括文艺性散文和各种应用文。道学家的文学观注重的是"文以载道"，根本就不注意"文"内部的这些区别，并且有意利用"文"的含义的模糊性，首先将文学散文与各种应用文混为一团，然后又将诗与散文混为一团，实际上是以应用文（主要是论理文与纪事文）吞灭了文艺性散文和诗歌，从而抹杀了诗歌和文艺散文的本质，从整体上否定了文学的独立性。诗歌是文艺性的"文"的代表，因此所谓"诗"与"文"的关系，实质上就是文学与非文学的关系。李东阳强调诗文有别，实质上就是强调文学与非文学的区别，强调文学的独立性。

诗与文最明显的区别，就是诗必须讲究声律节奏，因此李东阳反复强调："夫文者，言之成章，而诗又其成声者也。"[②]值得注意的是，李东阳所强调的诗之"声"，并不仅仅指声律节奏，而是有更深的含义：

> 诗在六经中别是一教，盖六艺中之乐也。乐始于诗，终于律，人声和则乐声和。又取其声之和者，以陶写情性，感发志

① 《怀麓堂集》卷六十三《春雨堂稿序》、卷六十四《瓠翁家藏集序》。

② 《怀麓堂集》卷六十三《春雨堂稿序》。

意，动荡血脉，流通精神，有至于手舞足蹈而不自觉者。后世诗与乐判而为二，虽有格律，而无音韵，是不过为俳偶之文而已。（《麓堂诗话》，本章引此书不再注）

这就是说，“声”主要指的是乐。如果有“格律”而无乐，则作品仍不过是“俳偶之文”。如前所述，诗乐结合是中国古典审美理想和古典诗歌审美特征的要点之一，它实际上凝聚了两者的全部要求，如美与善的统一、情与理的统一、意与象的统一等。李东阳通过对诗的音乐特征的把握，实际上已朦胧触及中国古典审美理想和古典诗歌审美特征的主要内容，虽然他并没有自觉意识到这一点。

因此，把李东阳的诗歌理论仅仅概括为重声律的理论，还是一种比较表面的认识。李东阳对中国古典诗歌审美特征的把握，并不止这一方面。如前引各段中，他就还强调了诗歌“言志”、“畅达情思”、“陶写情性，感发志意，动荡血脉，流通精神”的功能，即诗歌言情的特征。他的这些分析，都立足于文学艺术本身的角度，因此与理学家的论调就很不相同。他还对古典诗歌意象统一的特征进行了探索，认为“诗贵意，意贵远不贵近，贵淡不贵浓”，“意象”不能“太著”，要“超脱”等。

因为李东阳也是在诗歌理化倾向泛滥的情况下重新探讨中国古典诗歌的审美特征，他的体会看法便往往与严羽的观点不谋而合。他认为：“唐人不言诗法。诗法多出宋，而宋人于诗无所得。所谓法者，不过一字一句，对偶雕琢之工，而天真兴致，则未可与道。其高者失之捕风捉影，而卑者坐于粘皮带骨，至于江西诗派极矣。唯严沧浪所论超离尘俗，真若有所自得，反复譬说，未尝有失。”李东阳与严羽两人的诗歌理论一脉相承这一事实，很早就有人指出来了。如王铎的《麓堂诗话序》就单将严、李二人并提。

2. 批评诗的理化与俗化

在探讨古典诗歌审美特征的同时，李东阳对中唐后特别是宋元以下诗歌的理化俗化倾向进行了批评。他指出："诗太拙则近于文，太巧则近于词。宋之拙者，皆文也；元之巧者，皆词也。"二者之中，他对以理化为主要特点的宋诗尤为不满，认为"宋人于诗无所得"；认为"宋诗深，却去唐远；元诗浅，去唐却近"。又批评欧阳修诗"视格调为深，然校之唐诗，似与不似，亦门墙藩篱之间耳"；批评苏轼诗伤于"快直"；批评黄庭坚诗"筋骨有余，肉味绝少"。诗的理化主要有两种表现，一是以诗言理，一是以诗叙事。针对这两种情况，李东阳指出，诗应该"贵情思而轻事实"，若"正言直叙，则易于穷尽，而难于感发"，并引述严羽的话说：

> 诗有别材，非关书也；诗有别趣，非关理也。然非读书之多明理之至者，则不能作。论诗者无以易此矣。彼小夫贱隶妇人女子，真情实意，暗合而偶中，固不待于教。而所谓骚人墨客学士大夫者，疲神思，弊精力，穷壮至老而不能得其妙，正坐是哉。

这就是说，"真情实意"是诗歌的根本。只要有了它，读书不多明理不至也还能暗合而偶中；如果没有这个根本，以堆砌事实论述道理为能事，则永远不可能达到诗歌的妙境。

关于俗化问题，李东阳认为："质而不俚，是诗家难事……至白乐天令老妪解之，遂失之浅俗"；"杨廷秀学李义山，更觉细碎；陆务观学白乐天，更觉直率，概之唐调皆有所未闻也"。他描绘当时的诗坛是"俗句俗字"充斥，恨不得以盛唐诗法"为之点化"。对于过分讲究技巧的倾向，如李贺诗"过于刿𬬻，无天真自然之趣"等，李东阳也提出了批评。

3. 主张学古

通过对古典诗歌审美特征的体认，以及对这种审美特征变迁过程的考察，李东阳自然而然地得出了诗的"时代格调"各自不同的结论，他指出：

> 今之歌诗者，其声调有轻重清浊长短高下缓急之异，听之者不问而知其为吴为越也。汉以上古诗弗论。所谓律者，非独字数之同，而凡声之平仄，亦无不同也，然其调之为唐为宋为元者，亦较然明甚。

李东阳也像严羽一样，相信只要经过了"熟参"，具备了"具眼"和"具耳"，眼主格，耳主调，就能从一首诗的格调上辨出它是哪个朝代哪一诗人所作。《麓堂诗话》就记载着他自己辨别唐代白居易和同时代的陆钇的诗，两次均无差错。

通过这种熟参，也就自然会发现，盛唐是中国古典审美理想实现最完满的时期，中国古典诗歌的审美特征，是从中唐特别是宋代以后开始丧失的。因此，李东阳也提出了近似严羽"第一义"之说的观点，主张超宋元而上，以汉唐为师：

> 汉唐及宋，格与代殊。逮乎元季，则愈杂矣。今之为诗者，能轶宋窥唐，已为极致。两汉之体，已不复讲。（《怀麓堂集》卷二十八《镜川先生诗集序》）

> 宋诗深，却去唐远；元诗浅，去唐却近。顾元不可为法，所谓"取法乎中，仅得其下"耳。

> 六朝宋元诗，就其佳者，亦各有兴致，但非本色，只是禅家所谓"小乘"，道家所谓"尸解仙"耳。

这种不同时代的不同格调，是由许多种因素共同构成的，包括不同的生活内容、思维方式、语言习惯，以至某字的读音等。这些因素，有的可以分辨，有的则难以指认。因此，凡是熟悉中国古典诗歌的人，都能感觉出不同时代的诗歌格调味道不同，但要仔细解释其所以然则又很不容易，学习古诗的格调也往往难以着手。其中比较明显的是一些语言因素，人们在寻找接近古诗的途径时，也就往往在它上面下工夫，探究古代诗人是怎样安排字、句、音韵，以构成那种特殊的格调的。李东阳虽然反对"粘皮带骨"地谈一些过"卑"的诗法，但也不知不觉地把目光落在这些因素上，从而对如何学古提出了许多具体的意见，如：

古诗与律不同体，必各用其体乃为合格。然律犹可间出古意，古不可涉律。古涉律调，如谢灵运"池塘生春草"、"红药当阶翻"，虽一时传诵，固已移于流俗而不自觉。

长篇中须有节奏，有操、有纵、有正、有变，若平铺稳布，虽多无益。唐诗类有委曲可喜之处，惟杜子美顿挫起伏，变化不测，可骇可愕，盖其音响与格律正相称。回视诸作，皆在下风。

诗用实字易，用虚字难。盛唐人善用虚，其开合呼唤，悠扬委曲，皆在于此。用字不善，则柔弱缓散，不复可振，亦当深戒，此予所独得者。夏正夫尝谓人曰："李西涯专在虚字上用工夫，如何当得？"予闻而服之。

人但知律诗起结之难，而不知转语之难，第五第七句尤宜著力。

五七言古诗仄韵者，上句末字类用平声，惟杜子美多用仄，如《玉华宫》、《哀江头》诸作，概亦可见。其音调起伏顿挫，独为矫健，似别出一格，回视纯用平字者，便觉萎弱无生气。自后则韩退之、苏子瞻有之，故亦健于诸作。此虽细故末节，盖举世历代而不之觉也。偶一启钥，为知音者道之。若用此太多，过于生硬，则又矫枉之失，不可不戒也。

不过，李东阳并不主张完全模仿古人。他认为只要"博学以聚乎理，取物以广乎才，而比之以声韵，和之以节奏，则其为辞高可讽，长可咏"，不必"必为唐必为宋，规规焉俯首缩步，至不敢易一辞出一语"，"必模某家、效某代，然后谓之诗"。如果这样，"纵使似之，亦不足贵矣，况未必似乎？"[①]他认为最可取的是守法而不泥于法，拟议之中有变化。例如，"律诗起承转合，不为无法，但不可泥。泥于法而为之，则撑柱对待，四方八角，无圆活生动之意。然必待法度既定，从容闲习之余，或溢而为波，或变而为奇，乃有自然之妙，是不可以强致也。若并而废之，亦奚以律为哉？"

李东阳的这种主张，在他的拟古乐府诗创作中得到了集中体现。拟古乐府是李东阳用力最深的一种体裁，他对此也颇为自豪。他认为，乐府诗当以汉魏之作为师。汉魏以后的乐府诗有两种情况，一是"重袭故常"，即袭用古题，模仿古调；另一种是"无复本义"，用新题，而且"于声与调"也"不暇恤"。他认为前者"泥古诗之成声，平侧短长，句句字字，摹仿而不敢失，非惟格调有限，亦无以发人之情性"。后者则失去了古乐府诗那种特殊的韵味，也不可取。他的主张是，在题目上，不必因袭古题，可以"因人命题"，"缘事立义"，在声调上，也不必字字句句生硬地模仿汉魏之作，只要"往复讽咏，久而自有所得，得于心而发之乎声，则虽千变万化，如珠之走盘，自不越乎法度之外矣。如李太白《远别离》、杜子美《桃竹枝》，皆极其操纵，曷尝按古人声调，而和顺委曲乃如此"。这样，学了古人，却又有自己的自由创造。不是亦步亦趋，作品的句式声

① 《怀麓堂集》卷二十八《镜川先生诗集序》。

律等不一定与汉魏之作相同，却继承了其内在特质。汉魏以下，关于乐府诗的创作，许多诗人作过种种尝试，应该说，李东阳的主张确实是有得之言，是比较合理的。他的拟古乐府诗创作实践了这种主张，从艺术角度来看，也较有特色。

综上所述，李东阳及茶陵派的文学主张，是文学家的文学主张，与浙东派、江西派的理学家文学主张是不同的。其核心就是要把文学从理学思想的统治下解放出来，超明代台阁体以至整个宋元诗歌而上，直以汉唐为师，恢复古典诗歌的审美特征，因此基本上就是复古的主张。但茶陵派在理论和创作上都还存在很多局限。首先，它虽然已在很大程度上摆脱了理学的束缚，并对诗歌的理化倾向提出了批评，但态度还不够明朗。它把矛头对准整个宋元诗特别是宋诗，却没有将之直接对准理学。相反，李东阳还对朱熹、陈献章、庄昶的诗给予了较多的赞扬，这就使他对理学及诗的理化倾向的批评更加缺少力度。其次，茶陵派与台阁体没有完全划清界限。它的成员大多是内阁与翰林院的上层官僚，因此在一定程度上可以说是新的台阁派。人很难跳出自己所处的圈子说话，李东阳在《倪文僖公集序》等文中，就多次把“馆阁之文”与“山林之文”并提，以为不可偏废。从实用的角度看，“馆阁之文”自然是每个时代都似乎少不了的。但从文学的角度来看，它们是没有什么价值的。将二者混在一起，就势必对文学本质的认识不够明晰，对文学风格的理解也会出现偏差，往往单纯强调“典则正大”一体（《怀麓堂集》卷二十九）。

在创作上，茶陵派作家对社会的关注不够，基本上是把诗歌当成个人怡情娱志的工具。因此他们的作品字句或许很典雅，精神上则不免流入俗化。李东阳“历官馆阁，四十年不出国门”，很少接触具体的社会现实。他的有些诗，乃为“猫忽被踏以死”、“鱼瓶遂坏”、“堕马伤足”之类事件而作。茶陵派其他作家的情况也差不多，只能在书卷中寻生活，作品大多出于应制或应酬，往往以“观画”、“书扇”、“饮酒”、“对雪”等文人情趣为主要题材。《麓堂诗话》载：“曩时诸翰林斋居，闭户作诗，有童仆窥之，见面目皆作青色。彭敷五以‘青’字韵嘲之，几至反目。予为解之，有曰：‘拟向麻池争白战，瘦来鸡肋岂胜拳。’闻者皆笑。”这一记载生动反映了当时茶陵派诗人的生活和创作状况。在艺术风格方面，茶陵派作家也基本上沿袭台阁体追求雍容典雅的风尚，只是少了一些腐气，增添了少许秀润。就中罗玘走得稍远一点，他为文“好为奇古，而率多怪险饾饤之辞。居金陵时，每有所造，必栖居于乔树之颠，霞思天想以构脉意。或时闭坐一室，客有于隙间窥者，见其容色灰槁有死人气，皆缓屦以出”。他曾为都穆之父作墓志铭，“铭成，告少卿（都穆）曰：吾为此铭，瞑去四五度矣”（《明文海》卷一五四黄省曾《与陆芝秀才书》）。罗玘如此刻意追求“奇古”，其诗文风格自然与萎靡不振的台阁体文风不同。但他的行为基本上还属于一种对台阁体的反拨，尚未达到系统而明确的正面建树。以上这些因素，致使茶陵派不可能彻底清除“台阁体”的影响，全面掀起恢复古典审美理想的运动，从而根本改变文坛的面貌。这些任务，有待于复古派来完成。

我们在这里还要顺便指出，正因为抨击程朱理学、厌弃台阁体诗文、力图恢复古典审美理想和古典诗歌的审美特征，在当时已成为一种时代的必然要求和广大知识分子的共同心理趋向，所以在当时文坛上，在台阁体之外另树壇坫的，虽以茶陵派为代表，却并不限于茶陵派，而是还有吴中作家群体等也不容忽视。元代末年，依赖相对安宁的环境和张士诚集团及吴中大地主大盐商们的扶助，吴中文学活动曾相当繁荣。明朝建国后，因为与张士诚集团的关系等原因，吴中文人受到残酷迫害，精英丧失殆尽，吴中文学活动亦骤然归于消歇。直到景泰、天顺年间，吴中文化才渐渐得到恢复，至成化、弘治时更得到蓬勃发展，涌现了大批知名的文人学士，代表人物是沈周、吴宽、王鏊、文征明、祝允明、杨循吉、唐寅等。他们继承了吴中文人的传统，除诗文创作外，大都还精于书法、绘画艺术等。在思想上，吴中作家群体的显著特点是明确抨击理学。沈周、吴宽、王鏊等人尚比较节制，杨循吉、祝允明、唐寅等则是一些不拘礼法之士。钱府《合刻杨南峰先生全集序》称杨循吉“于书无所不窥，博览冥搜，饮食都废……雅不喜宋人议论，而于考亭尤多掊击。又最恶近世学术，不然其说”（《明文海》卷二五二）。祝允明生于天顺四年，弘治元年 29 岁时刊行《读书笔记》，对道学即多有抨击。在《烧书论》、《学坏于宋论》等文中，他更对宋学（主要是理学）展开了猛烈批判，以为古代经典的“古说”“宋人都掩废之”；“凡学术尽变于宋，变辄坏之”（《怀星堂集》卷十）。他还有《祝子罪知录》十卷，专门是非前人，自商汤、周武、伊尹、周公、孟轲而下至于程颐、朱熹、许衡、吴澄等，莫不弹击。其议论不无偏颇之处，但在当时思想学术界万马齐喑之时，这无疑具有振聋发聩的作用。对于理学家，他主要揭露了他们的口是心非、虚伪狡诈：“道学之名甚尊，伪学之利甚厚，莫不小祸于初，而大获于后。官不峻而势益张，权愈失而力转重，时君通国莫敢撄其锋，以是黠子从之如狂。自古以来，窃名利者，无若此徒之捷也。”文征明则主要批评了理学门徒们的不学无术、孤陋寡闻：

宋之末季，学者习于性命之说，深中厚貌，端居无为，谓足以涵养性真，变化气质。而究厥所存，多可议者。是虽师授渊源，惑于所见，亦唯简便易趋，偷薄自画，假美言以护所不足，甘于面墙，而不自知其堕于庸劣焉尔。呜呼，玩物丧志之一言，遂为后学深痼，君子盖尝惜之。(《明文海》卷二一二《何氏语林叙》)

在诗文创作方面，沈周等人也继承了吴中诗人的传统风格。这种风格是由吴中诗人特定的生活环境和创作氛围决定的，吴宽描写沈周创作状况的一段话，实可借来概指吴中作家群：

其宅居江湖间，不减甪里之胜。宾客满座，樽俎常设；谈笑之际，落笔成篇。随物赋形，缘情叙事。古今诸体，各臻其妙。溪风渚月，谷霭岫云，形迹若空，姿态倏变。玩之而愈佳，揽之而无尽。(《瓠翁家藏集》卷四十三《石田稿序》)

像这样“不经意写出”，于题材、格调都不复留意，便往往不免落入俗化一路。文征明曾对何良俊说：“我少年学诗，从陆放翁入门，故格调卑弱，不若诸君皆唐声也。”(《明文海》卷一二三)《四库总目提要》认为文氏之语是“如鱼饮水，冷暖自知，皎然不诬其本志然”。顾璘《国宝新编》评唐寅诗“托兴歌谣，徇情体物，务谐里耳，罔避俳文”；评祝允明诗：“有触斯应，无间猥鄙”(《明文海》卷一二三)。王世贞则说道：“祝希哲如盲贾人张肆，颇有珍玩，位置总杂不堪”；“唐伯虎如乞儿唱《莲花落》，其少时亦复玉楼金埒”(《艺苑卮言》卷五)。但无论如何，就冲破理学思想的束缚而言，吴中作家群的理论和创作是具有积极意义的，对复古派的兴起也是有利的。

尤其值得注意的是，吴中部分作家在对台阁体等表示不满的同时，还对它的渊源以至整个中国古典诗歌的发展历程作了初步反思，并提出了某些非常接近茶陵派和复古派理论的观点，其中较有代表性的是桑悦。

桑悦，常熟人，自号江南才子，又“以孟轲自况，班、马、屈、宋以下不论也”。成化元年中举，三次参加会试，都因试文中有“我去而夫子来也”、“腹中有长剑，一日几回磨”之类的“怪词险语”而被黜（《殿阁词林记》卷十四）。当时桑悦才29岁，礼部误填为69岁，按例选授泰和县训导，不许再参加会试。桑悦自往申辩，台阁大臣邱濬等人因忌其“狂”，故意不予改正。后升长沙通判，又以催科无绩调柳州，会父丧归，遂不出。在当时文坛上，他与李东阳交谊颇深。

从“景泰十子”以来，人们即已厌弃台阁体，但态度一直还比较委婉；桑悦则对台阁体提出了明确而尖锐的批评。当时有人向他问起翰林文学，他答道：“虚无人。举天下亦唯悦最高耳，其次祝允明，其次罗玘。”邱濬是台阁体后期的领袖人物，曾让桑悦评阅自己的文章，假托另外某人所作，桑悦心里明白，故意说道：“您难道认为我桑悦不怕脏吗？怎么让我看这样的文章呢？”邱濬十分尴尬，请桑悦自己写，桑悦一挥而就。①

台阁体的诗论文论，反复强调的就是要“皆出于性情之正”，（杨荣《杨文敏集》卷十一《省愆集序》）其实质就是要求人们在诗文中只能抒写与封建伦理道德规范完全一致的所谓平和之思。桑悦对此提出异议：

> 正《风》、《雅》皆作于周之盛世，是时诗人皆饮天地之和以发声，故其辞盎然太虚，摹化无迹。《九罭》、《伐柯》诸诗，略申情志，其风遂变，矧《风》、《雅》变之之极，安得不愤激风云而气撼山岳哉？就以周公所作论之，《大明》、《东山》之间，又不能

① 见万历重刻本《思玄集》附录管一德《桑悦传》、杨循吉《墓志铭》、李东阳《送桑民怿训导泰和》诗小序等。

无升降矣，况其下者乎？继而《离骚》之作，比兴略备，真有三百篇遗意。盖原之词本为忧国畏谗郁抑不平而作，又安得不驰骛于变《风》、《雅》之末流哉。……降至魏晋，乱日多而治日少，则能诗如曹子建、阮嗣宗、张茂先、陶渊明辈，将何所饮以发和平之音耶？大抵三百篇后，取其诗之上薄《风》、《雅》，当味其意之浅深如何，不可专论其辞之平不平也。(《思玄集》卷五《唐诗分韵精选后序》)

这种观点与台阁体的主张形成鲜明对照，显然是有为而发。它明确地为"不平之鸣"张本，反映了当时社会现实的变化对文学提出的要求，也为"土木堡之变"后部分清醒的文学家直陈时弊、愤激不平的诗文创作实践提供了理论依据。

台阁体的诗歌创作曾受到高棅所选《唐诗品汇》一书的影响。《明史·文苑传》称"终明之世，馆阁以此书为宗"。台阁体文人除此书所选外，几乎不知道别的唐诗，更不遑论汉魏六朝之作。针对这种情况，桑悦指出，《唐诗品汇》所选，只不过得唐诗中"柔熟之一体，唐人诗技要不止此"；"是书盛行，学者终生钻研，吐语相协，不过得唐人之一支耳"，并认为"欲为全唐者，当于三百家全集观之"(《跋唐诗品汇》)。在《又跋》中他进一步指出："唐人诗三百家，大抵赋多而比兴少，句多而意少，其杰出者陈子昂、李太白、杜子美、韩昌黎四家耳。并唐三百余家之意，不如陈、李、杜、韩之四家；并陈、李、杜、韩四家之意，又不如晋阮籍《咏怀诗》、汉古诗之数十首；并汉、晋数十首之意，又不如《清庙》、《生民》之数篇。《清庙》、《生民》之诗，所谓言有尽而意无穷者也。"(《思玄集》卷九)在《唐诗分韵精选后序》中他还说：

诗犹海也，三百篇为其蓬岛，汉、魏、晋为其弱流，而唐则犹其中之亶夷诸洲。学操舟之士至海门而震叠，苟望洲之畔岸，心意俱饱，复何有希冀者乎？吕侯之选此诗，盖剪其荆棘去其旁岐，诱人至止是洲，而予申以是言，又欲过此而往，直溯弱流而至蓬岛也。况我朝治隆唐、虞，尚何古之不可复哉！

凡此种种，都是超宋元而往，取法乎上的意思，这已与复古派的主张非常相似。他在这里还明确提出了"复古"的口号，特别值得引起重视。

桑悦的诗文创作可以说部分实践了自己的理论主张。他以长于作赋擅名一时。他认为作赋"当师司马相如、扬雄"，六朝则"格卑甚不足为"；"当尽变陈言，若肤浅率易，则不足为赋矣"。关于赋这种体裁，后来复古派的意见似乎即不出桑悦所论。桑悦运用宋以后已很少有人问津的汉大赋体，作了洋洋数万言的《两都赋》，一时被叹为奇观。他又有仿阮籍之作的《感怀诗》五十四首，仿郭璞之作的《游仙诗》五首等，抒写平生感慨，"意思深长"，可视为明中叶复古派诗文创作之先声。

三、茶陵派与复古派

茶陵派与复古派的关系，是一个历来聚讼纷纭的问题。复古派前七子的代表人物李梦阳一方面说："我师崛起杨与李，力挽一发回千钧。"(《空同集》卷二十《徐子将适湖湘余实恋恋难别走笔长句述一代文人之盛兼寓祝望焉耳》)肯定李东阳是复古派的开路人；一方面又对李东阳的文学理论和创作给予过批评，说他"承弊袭常"，"工雕浮靡丽之词，取媚时眼"(《空同集》卷四十七《凌溪先生墓志铭》)。前七子中的其他人如康海、王九思等也批评过李东阳，后来的人往往抓住这些言词作文章，其中最突出者是钱谦益。复古派所要否定的明明主要是台阁体以至整个中唐以后的诗文，钱谦益为了攻击复古派，却不惜歪曲事实，把复古派说成是一些“偭背师门”之徒，给人们造成一种假象，似乎复古派攻击的主要目标就是茶陵派。其实，复古派阵营中的人，对茶陵派与前七子之间的关系是清楚的。如王世贞一方面指出李东阳等人“趣不及古，中道便止；搜不入深，遇境随就”，同时也认为“长沙之于何、李”，犹“陈涉之启汉高”（《艺苑卮言》卷五、卷六）。胡应麟也强调“成化以还，诗道旁落，唐人风致，几于尽隳。独李文正才具宏通，格律严整，高步一时，兴起李、何，厥功甚伟”（《诗薮续编》卷一）。钱谦益之后的清代评论家，只要是尊重历史者，也都肯定复古派与茶陵派之间的继承关系，而对钱谦益的歪曲表示不满。如王士禛《池北偶谈》即指出：“海盐徐丰厓《诗谈》云：本朝诗莫盛国初，莫衰宣、正。至弘治西涯倡之，空同、大复继之，自是作者森起，于今为烈。当时前辈之论如此。盖空同、大复皆及西涯之门。牧斋撰《列朝诗集》，乃力分左右袒，长沙、何李，界若鸿沟，后生小子，竟不知源流所自，误后学不浅。”

前七子对李东阳的抨击，主要是由于政治方面的原因。这留待后面详述。在文学方面，一方面，他们确实受到了李东阳及茶陵派的启发。他们的许多观点，就是直承李东阳的主张而来的。正是靠李东阳等人开始清扫近世诗坛的迷雾，把人们的目光重新引到宋元以前，前七子才得以渐渐深入以至后出转精。但另一方面，复古派在理论和创作上又确实超越了茶陵派。反过来看，他们当然又会对李东阳及茶陵派的理论和创作不满。某些运动的后起者超越了前驱者，进而对之提出批评，乃是常见的现象。复古派继承了茶陵派又批评过茶陵派，这两者并不矛盾。

总之，在文学方面，特别是在文学理论主张方面，茶陵派与复古派一致的地方是主要的，不一致的地方是次要的。它们的矛盾分歧，主要在政治方面。某些在文学上的相互攻击，实亦挟带有政治因素在内。没有后一方面的原因，它们的整个关系至少不会恶化到那种地步。我们对它们在这两个方面的关系要予以分别对待，既不能因为强调它们在文学理论主张上的一致而回避它们在政治上的矛盾，也不能因为后者而忽视前者，这样庶几可以澄清茶陵派与复古派的关系这桩文学史上的公案。

第三章　复古运动第一次高潮兴起的历史条件及发展过程

经过长期发展，弘治、正德间，明代文化出现了全面繁荣的局面。与此同时，明代文学复古运动的第一次高潮也蓬勃兴起。它打破了明代文坛自明初以来长达一百多年恹恹不振的状态，开启了明代文学的新纪元。《明诗纪事·丁签序》云："明中叶有李、何，犹唐有李、杜，宋有苏、黄。空同诗如巨灵赑屃，凿石开山；大复诗如美女婵娟，倾城绝代。皆一代作者也。"同书《丙签序》又谓："有明诗流，吴下擅于青邱（高启），越中倡于犁眉（刘基），八闽工于膳部（林鸿），东粤盛于西庵（孙蕡），西江妙于子高（刘崧），各有轨辙，不相沿袭。自茶陵崛起，笼罩才俊，然当时倡和袭其体者，不过门生执友十数辈而已。暨前、后七子出，趋尘蹑景，万喙一声。"

一、复古运动第一次高潮兴起的历史条件

1. 弘治、正德间的社会政治与士大夫的心态

我们前面已经指出，明代文学复古运动，是中国古典审美理想和古典诗歌审美特征发展变迁的必然产物，是明初以来思想文化

暨文学发展的必然结果。但是，这场文学复古运动之所以在明中叶弘治、正德年间诞生，与当时特定的社会政治背景是分不开的。

弘治一朝，是明代政治最开明的时期。封建时代的君主专制制度，使每个朝代的政治清明与否，很大程度上取决于皇帝个人的品性。孝宗朱祐樘幼年时饱受宪宗宠妃万贵妃迫害，生母纪氏也被逼死，因此颇知人世艰辛。明代皇帝即位后荒淫昏庸，多因年幼时和宫中太监厮混在一起，为其所诱不务正业之故，如英宗、宪宗、武宗、熹宗莫不皆然。负责照料朱祐樘生活的老太监覃吉，是明代寥寥可数的几个忠厚正直的宦官之一，他经常引导朱祐樘克己向学，所以朱祐樘登位后，比较能体察民情，勤于政事。弘治初，在成化末年就已任大学士的奸臣万安、尹直、刘吉等还在朝，其后相继罢斥。孝宗任用马文升、王恕、何乔新、彭韶、戴珊、刘大夏、徐溥、刘健、谢迁等一代名臣，朝政一清。孝宗对这些元老相当尊重，经常在一起讨论政事，倾听他们的意见。如马文升年高重听，孝宗与之议事，常重复几次，以便让他听清。及出，又命左右扶他下阶。[①]又如何良俊《四友斋丛说》卷十八载：

> 昔孝宗尝问一内侍云："今各衙门官，每日早起朝参，日间坐衙，其同年同僚与故乡亲旧亦须燕会，那得工夫饮酒？"内侍答云："常是夜间饮酒。"孝宗曰："各衙门差使缺人，若是夜间饮酒，骑马醉归，哪讨灯烛？今后各官饮酒回家，逐铺皆要笼灯传送，两京皆然。"虽风雪寒凛之夕，半夜叫灯，未尝缺乏。乃知孝庙体悉群臣，可谓备极，故德泽在人，至今犹念之不忘。

孝宗对士大夫的优礼，由此可见一斑。明朝中后期士子，历数

---

① 见《明史纪事本末·弘治君臣》及《明史》中诸人传记。

“列祖列宗”的“深仁厚泽”，往往是先提开国的太祖，其次便及孝宗。由此也可见孝宗的行为给当时士大夫的心灵以多么深远的影响。

对于朝臣的直言讽谏，孝宗也颇能容纳。弘治十八年，李梦阳上疏指陈朝政“二病”、“三害”、“六渐”并及皇后之弟寿宁侯张鹤龄、建昌伯张延龄，斥其招罗无赖，敲诈百姓。张鹤龄摘疏中有“陛下宠张氏”语，指为诽谤皇后，罪当斩。皇后之母金夫人也在孝宗面前哭诉。孝宗由于早年失母，对外家颇为宽纵。但他认为李梦阳是“直臣”，不愿处罚。在不得已的情况下，才将李梦阳下狱，但旋即下令释放，仅夺俸三月。金夫人哭诉不已，孝宗也不予理睬，并警告张鹤龄不得再滋事端。①

统治者实行比较开明的知识分子政策和文化政策，使士大夫阶层的自信心增强。明初以来，政治上先是强化君权，削弱臣权；重武官，轻文官；重藩府，轻外僚；重官体，轻士体。然后是重宦官佞幸外戚而轻朝臣。士大夫特别是广大普通知识分子的社会地位很低。弘治年间，这种情况有所改变。仍以李梦阳为例，他出狱后不久，在路上遇到张鹤龄，乘着酒醉，把张大骂了一顿，还用马鞭打掉了张两颗门牙，张因孝宗警告之故，竟不敢予以计较。正德中，李梦阳任江西提学副使。按规定，副使属总督管辖，李梦阳则与之相抗，为总督陈金所恶。都御史俞谏代陈金总制江西军务，令布、按二司诸官长跪以见，李梦阳独直立。俞谏问：“足下何官耶？”李梦阳缓缓答道：“公奉天子诏督诸军，吾奉天子诏督诸生。”竟不拜而出。李梦阳又命令诸生不得谒见地方官，即使谒见，也长揖不

---

① 《空同集》卷三十九《秘录附》。

跪。按规定，按察司官员五日会揖巡按御史一次，李梦阳亦不往，御史江万实因此深恨李梦阳。某次两人发生争执，李梦阳即率领诸生，手持锁链，要锁御史，江只得关门躲避。淮王府校尉与诸生为事相争，李梦阳抓住校尉痛打一顿。淮王大怒，奏于朝廷，朝廷派大理卿燕忠前往调查审理，诸生万余人为之讼冤。[①] 李梦阳的这一系列举动，不仅在明前期是根本不可能的，而且在整个封建社会后期也是少见的。复古派其他成员也大多敢于蔑视权贵，自尊自信。他们的行为，体现了当时知识分子对明初以来高压知识分子政策和文化政策的不满，以及为改变这种现实而进行的斗争。

经过弘治朝君臣励精图治，在明前期发展的基础上，当时社会经济、政治、文化都呈现出兴盛景象。李梦阳《熊士选诗序》中说：

> 曩余在曹署，窃幸侍敬皇帝（孝宗）。是时国家承平百三十年余矣。治体宽裕，生养繁殖，斧斤穷于深谷，马牛遍满阡陌。即闾阎而贱视绮罗，粱肉糜烂之，可谓极治然。是时海内无盗贼干戈之警，百官委蛇于公朝，入则振珮，出则鸣珂，进退理乱不婴于心。盖暇则酒食会聚，讨订文史，朋讲群咏，深钩赜剖，咸得大肆力于弘学。於乎亦极矣！（《空同集》卷五十二）

这段话很容易使我们联想到经常为人们引述的杜甫的《忆昔》诗，该诗描写了开元、天宝年间唐王朝空前繁荣的景象，而那正是盛唐文学艺术特别是盛唐诗歌兴盛的历史背景。

社会的繁荣，本阶层地位的提高，使当时知识分子的精神大为振奋。自明初以来，明朝士大夫就抱有一种强烈的幻觉，以为明朝

---

① 《明史李梦阳传》；《艺苑卮言》卷六。

建国是天地重辟，日月重光，是古今历史发展的一大运会，恢复唐、虞盛世的机会来到了。王世懋《窥天外乘》中的一段话，比较典型地反映了他们的这种心理。他认为，周朝号称国祚八百，但穆王以后，即已名存实亡。“三代而后，汉唐为盛”。然“汉祚三百，移于新莽；光武中兴，事同别构，而百年后寻复乱矣”。“唐之天下尤不足言”，始则武周革命，继有安史之乱，其后“河北亡于藩镇，京邑播于吐蕃”。唯明朝建国，至其时已两百多年，“而四壁晏如”。为什么能如此？他认为世人称述明朝法度之完善等等，都是尚“未窥其大”：

盖儒者有元会运世之说，佛氏亦有大劫小劫之谈……盖孔子五十学《易》，而“系”《易》之《终》曰：物不可穷也，故受之以“未济”终焉，呜呼尽之矣。《易》道阴阳，唯是华夷界限，内阳外阴，乾坤所由不毁也……鞑靼实生漠北，东扫完颜，西并西域，遂长驱江南，混一区宇，犬羊之祻，于兹极焉。何者？夷狄乱华，自古未能一统。故石虎色忧于受命，苻坚寝废于饮江。而独元氏一统百年，幅员广于汉、唐，腥膻遍于宇内矣。又刘、石诸胡皆久住中国，窃效华风。魏文都洛，夷风丕变。即辽、金二氏崛起北庭，犹知杂用中华文物，以饰其蠢陋。而独胡元敢肆凭陵，以夷变夏。衣冠、言语、国书、官制多仍其俗。当斯时也，乾坤若为之倒置，人物或几乎销变，岂非佛氏所谓二劫之极，二《传》所谓“未济”之终耶？天若不生真主，生人祻乱安极？是用厚集于我太祖高皇帝，龙起濠上，鼎定金陵，铲漠剜吴，长驱关、洛；捣胡窟于幽、蓟，歼逋孽于应昌。衣冠文物，焕若神明。中原父老，宁当与汉官威仪同其涕泪哉！原夫自古开创之君，皆在中原。而我朝独自南混北，意若曰元起漠北，阴之极也。今自南之北，明以阳而胜阴也。盖自骊山烽举之后，迄于洪武建元，而天地始为之位置，日月始为之开朗，山川始为之洗涤。故语功则远驾乎尧、舜，论正则陋视乎殷、周。谓之曰乾坤一小开辟，讵不然欤？即以比于洪濛之初，臣不能知，要难以中世汉、唐为例矣。（《丛书集成初编》本《凤洲杂编》二附王世懋《窥天外乘》）

明代士大夫的这种心理，确实与其他王朝建立后士大夫的心理有所不同。究其实质，乃是封建社会发展到末期时回光返照现象在人们心目中的折射反映。但当时的知识分子并不明白这一点。他们是真诚信仰这种幻觉的。方孝孺在建文时就有志“驾轶汉、唐，锐复三代”，“慕古王政”，如井田制、官制等，“欲见诸行事”，并毅然以道德、政事、言语自命，盖欲并帝王圣贤而兼之。方孝孺虽然在“靖难之变”中被杀，但明代士大夫并没有放弃这种信念。弘治年间的社会现实，又一次唤起了他们的这种幻觉。他们对封建主义的政治理想充满憧憬，对封建主义社会制度抱有信心，从而成为封建主义伦理道德原则的自觉维护者。个人与社会、主体与客观世界又达到了某种程度的统一。他们把自己的命运与封建王朝的命运紧密联系在一起，积极地关注现实，主动地参与现实，对生活充满热情，有一种奋发向上的精神。他们把远古盛世当作奋斗的目标，以远古圣贤自期，以千秋功名自许，鄙视世俗之人蝇营狗苟的生活态度。为了实现这种理想，他们不惜肝脑涂地。正是在这种信念的驱使下，李梦阳几次下狱而不悔，复古派其他诸子也大多以劲节直声著称。也正是在这种信念的驱使下，正德年间为弹劾刘瑾、为谏阻武宗南巡；嘉靖年间为议大礼、为弹劾严嵩；天启年间为弹劾魏忠贤，众朝臣都前赴后继，视死如归。而文学复古运动往往与之相伴，二者密切相关。有明一代朝臣进谏之激切，受祸之酷烈，在整个中国古代历史上都是相当突出的。出现这种状况的根本原因就在于，中国封建主义社会制度的自我调节能力，在明代来了最后一次较有力量的爆发；中国封建主义的政治理想，在这时放射出了最后一道耀眼的光环。因此，明代大规模的文学复古运动的出现，并不是偶然的、孤立的现象，它是整个封建主义文化在末日即将到来之前力图自振的表现之一。复古派诸子对古典诗歌审美特征的向往和追求，对古典审美理想的向往和追求，是以对封建主义的社会理想和人生理想的信仰和追求为基础、为根本的。他们的文学复古运动，与他们敢于与恶势力抗争的政治活动以及劲直忤世的生活态度之间，有着内在的必然联系。把握明代士大夫特别是复古运动诸子的上述心理十分重要。这是他们的精神支柱，也是复古运动蓬勃兴起和发展的内在动力。不了解这一点，就不能理解他们对古典诗歌的审美特征和古典审美理想为何那样的锲而不舍，孜孜追求，也就不能明白明代文学复古运动的深刻思想根源。

正当孝宗越来越"明习政事"，准备"以次革烦苛，除宿弊"，致天下于太平的时候，他却于弘治十八年五月去世。他平生也有许多过失，如对最耿直的老臣王恕就稍难容忍。但他一生中最大的失误，就是没有注意对太子的教育。也许是自己幼年生活比较悲惨的缘故，他对太子朱厚照颇为骄纵。结果朱厚照与刘瑾等日事游戏，继位后仍然不理政务，刘瑾等乘机擅权，包括复古派大部分成员在内的正直朝臣饱受其荼毒。正德五年，刘瑾伏诛，不久便爆发了刘六、刘七农民大起义，江西、四川等地的农民起义也接连发生，战火燃遍了大半个中国，时人比之"安史之乱"。正德七年，刘

六、刘七农民大起义刚刚被镇压下去，武宗又调边军入禁中，晨夕驰逐以为乐。江彬、钱宁等得宠用事，十二年开始引诱武宗出京到处游玩。正德十四年宁王朱宸濠反于南昌，几乎酿成了又一次"靖难之变"。总之，武宗一朝，国事可谓败坏至极。这对刚刚激起满腔热情的士大夫无疑是一个沉重的打击。但是，已经升起的理想之火不会马上熄灭。而且刘瑾伏诛后，受害的朝臣大都重新起用，使他们产生了新的希望。后来的内阁大臣如刘忠、费宏、杨一清、杨廷和、蒋冕、毛纪也都比较正直，尽力维持政局，保护正人。而武宗只管游玩，对士大夫的批评不闻不问。他游玩至居庸关时，守关御史张钦把钥匙藏起来，仗剑坐于关前，坚决不奉诏开门，他不得不往回走，事后也不予追究。对于文学之士以诗文的形式进行的讽刺，他更不在意。于是，"苍生不幸诗家幸"，动乱的社会现实，正好成为关注时代命运的诗文作家们笔下的题材。文学家们描绘现实生活，批判统治者的荒淫腐朽，抒写自己的忧愤，创作了一大批内容充实、格调悲怆而高昂的好作品。如果说复古运动的第一次高潮兴起于弘治末，那么它取得实绩则主要在正德中。

2. 民风、士风、学风的变化及复古运动与阳明心学的关系

从各种有关资料来看，弘、正之际，也是明代的社会生活习俗、民风、士风、学风等发生显著变化的关键时期。顾炎武《天下郡国利病书》卷三十二引《歙县风土论》：

> 国家厚泽深仁，重熙累洽，至于弘治盖綦隆矣。于是家给人足，居则有室，佃则有田……妇人纺绩，男子桑蓬，臧获伏劳，比邻敦睦……寻至正德末嘉靖初则稍异矣。商贾既多，土田不重。操赀交接，起落不常。能者方成，拙者乃毁。东家已富，西家自贫。高下失均，锱铢共竞。互相凌夺，各自张皇……

这些描述反映的问题不外两个方面，一是小农自然经济遭到破坏，二是市镇商业经济趋于繁荣。这种现象虽至正德末嘉靖初才显著，但弘治年间已初露端倪。

受现实生活中种种新因素的刺激，士大夫阶层的生活态度和思想情趣发生变化，越来越乐于追求感官娱乐，物质欲望日甚。《菽园杂记》卷十二记载当时社会上用纸的情况："洪武年间，国子监生课簿仿书，按月送礼部，仿书发光禄寺包面，课簿送法司背面起稿，惜费如此。永乐、宣德间，鳌山烟火之费，亦兼用故纸，后来则不复然矣。成化间，流星爆杖等作，一切取榜纸为之，其费可胜计哉?"《四友斋丛说》卷三十四载："宪、孝两朝以前，士大夫尚未积聚。如周北野佩，其父舆为翰林编修，北野官至郎中，两世通显，而其家到底只如寒士。曹定庵时中，其兄九峰时和举进士，有文章。定庵官至宪副，弟时信亦京朝官，与李文正结社赋诗，门阀甚高，其业不过中人十家之产……至正德间，诸公竞营产谋利，一时如宋大参恺、苏御史恩、蒋主事凯、陶员外骥、吴主事哲，皆积至十余万。"

日常生活中的种种现象，自然对人们的思想观念产生影响。鼓吹禁欲主义的程朱理学开始受到怀疑和嘲弄，程朱理学在意识形态的一统天下被打破，思想界出现了解冻局面，与正统儒学相抵触的异端邪说纷纷重新露头。《菽园杂记》卷十云："国初书版，唯国子监有之，外郡县疑未有，观宋潜溪《送东阳马生序》可知矣。宣德、正统间，书籍印版尚未广。今所在书版，日增月益。天下右文之象，愈隆于前矣。但今士习浮靡，能刻正大古书以惠后学者少。所刻皆无益，令人可厌。上官多以馈送往来，动辄印至百部，有司所费亦繁。"杨一清《五子书序》认为，像《鬻子》、《鹖冠子》、《子华子》、《尹文子》、《公孙龙子》这样的著作也有可取。钱福为《百川学海》作序，认为士大夫应该博闻多识，并抨击理学门徒“名物不分，而高谈性理；制度莫识，而任作礼乐”。像《战国策》这样历来为理学家摈斥的古籍，也在这时重新出版。穆文熙《七雄策纂序》云：

夫以《国策》所载，皆策士倾危之术。汉唯子长、孟坚、刘向氏治之，而唐以下至宋元士皆讳言之。故有谈苏、张之说者，则人皆视之为魍魉魑魅而不食其余。故其书历千百载，皆秦灰遗烬，豕亥鲁鱼半居其间，而无善本，晦斯极矣。迨至我明弘，正间，乃刻于大梁，而李献吉序之，为始显。近刻于金陵，为再显。(《明文海》卷二一七、卷二一三)

《战国策》湮没不彰上千年，而在明代弘、正之际重见天日，且序出李梦阳之手，颇值得玩味。

与此同时，理学阵营内部也发生分化，诞生了白沙之学和阳明之学。《明史·儒林传》指出：“原夫明初诸儒，皆朱子门人之支流余裔，师承有自，矩矱秩然。曹端、胡居仁笃践履谨绳墨，守儒先之正传，无敢改措。学术之分，则自陈献章、王守仁始。宗献章者曰江门之学，孤行独诣，其传不远。宗守仁者曰姚江之学，别立宗旨，显与朱子背驰，门徒遍天下，流传逾百年。其教大行，其弊滋甚。嘉、隆而后，笃信程、朱，不迁异说者，无复几人矣。”阳明心学的性质、兴起和流传的原因以及对文学的影响等，都是很复杂的问题。但有一点无可怀疑，那就是：王学，特别是由它衍生出的左派王学和异端思想，反映了当时人们突破程朱理学的束缚、呼唤思想解放和个性自由的时代要求。

钱钟书先生在《谈艺录》中指出，最早将阳明心学与复古运动并提的是董其昌。董氏《容台集·文集》卷一《合刻罗文庄公集序》说：“成、弘间师无异道，士无异学，程朱之书立于掌故，称大一统。

而修词家墨守欧、曾，平平尔。时文之变而师古也，自北地始；理学之变而师心也，自东越始也。”钱先生在引述董氏之语后说：“有明弘、正之世，于文学则有李、何之复古模拟，于理学则有阳明之师心直觉。二事根本牴牾，竟能齐驱不倍。”①人们之所以对二者“能齐驱不倍”感到困惑，是因为认为它们是“根本牴牾”的；之所以认为它们“根本牴牾”，又是因为相信了历来流行的对复古派的定论：“复古模拟。”实际上，复古派力图恢复古典审美理想，强调情与理的统一，就是针对宋元以来单纯倡导“存天理、灭人欲”的程朱理学而发。在当时程朱理学占统治地位，统治思想向“理”一边倒，要求情欲绝对服从天理的情况下，复古派重新强调情与理的统一，这意味着什么呢？其实质不就是肯定情的合理地位吗？因此，复古派在“复古”的口号下，表达的乃是一种新的时代要求。复古运动与阳明心学，一属文学，一属哲学，它们的产生，在各自的领域里都有着深远的历史原因，但同时又都是明朝弘治、正德间特定社会现实的产物，是同一时代母亲生产的一对孪生姊妹。它们的同时兴起，不是偶然的，而是必然的；不是互不相关的，而是有着密切的内在联系。在思维内容和思维形式上，它们之间存在着差异和矛盾。但在突破程朱理学、倡导主体精神、反映当时个性解放的时代要求这种根本性质上，二者是一致的。它们可以说是当时进步思潮的两条支流。

对于复古运动与阳明心学以及当时整个思想界的状况的关系，对于复古运动作为一种代表新的历史要求反对程朱理学的进步思潮的性质，后来的研究者多忽焉不察，但当时的保守派理学家却相当灵敏地觉察到了。试举二例：

---

① 《谈艺录》，第 303、613 页。

黄佐，广东香山人，正德十六年进士，官至少詹事兼翰林学士。尝与王守仁辩论。所作《春夜大醉言志》诗落句云："倦游却忆少年事，笑拥如花歌《落梅》。"而自注道："欲尽理还之喻。"王世贞一针见血地指出："盖此公作美官讲学，恐人得而持之也，可发词林一笑。"黄佐在《眉轩存稿序》中说：

> 成化以前，道术尚一，而天下无异习。学士大夫视周、程、朱子之说如四体然，唯恐伤之。以故词虽往往弗华，而每根于理质。唯亡大斫，而气亦沛然以昌，其风俗朴茂可想见也。佐童时，未有知思效先秦，而宋之弃，修词驳如也。(《明文海》卷二三九)

薛应旂，武进人，嘉靖十四年进士，学于江右王学保守派巨子欧阳德。任南京吏部考功郎时，与任南京兵部武选郎中的浙中王子左派代表人物王畿学术观点不合，欲借王畿"以正学术"，遂乘考察将其置于罢斥之列。他在《遵岩文粹序》中说：

> 何(景明)之言犹或近于理道，李(梦阳)则动曰"《史》、《汉》"、"《史》、《汉》"。一涉于六经诸儒之言，辄斥为头巾酸馅，目不一瞬也。夫"《史》、《汉》"诚文矣，而六经诸儒之言，则文之至者。舍六经诸儒不学，而唯学马迁、班固文，类"《史》、《汉》"亦末技焉耳，何关于理道？何益于政教哉？(《明文海》卷二四〇)

很明显，他们都是把复古运动与当时思想潮流的变化联系起来看的。他们已经意识到，复古派否定宋、元至明前期的诗风、文风，实际上是否定宋、元至明前期的"道术"，也就是程朱理学。因此，复古运动并不仅仅是一场文学运动，而且是一种对正统思想的统治无益有害的危险的思潮。他们的分析，对我们认识明代复古运动的来源、性质和意义，倒是很有参考价值。

二、第一阶段：在茶陵派卵翼下

明代士子，一生命运全系于一第。在考取进士博得一官以前，一般只能老老实实地记诵《四书》和自己所选某一“经”的章句训诂，揣摩八股文法，不敢分心从事“吟风弄月”的诗文创作。而且其时诗文爱好者们分处各地，不能相互影响交流，也很难形成必要的创作氛围。只有了结了“人生世上”的这件“本等大事”，丢掉八股文这块敲门砖后，士大夫们才能在休沐之暇，以及养病、守丧、罢官闲居及退休后的日子里真正读点书，写点诗文。也只有中进士后，才能瞻京都之伟丽，览天下之名胜风物，开开眼界，长点见识，得些诗材；才有了同年、师生、同事、上下级等关系，获交“海内俊乂”，得以与志同道合者讨论艺文，相互酬唱。又因为明人把科第看成了命根子，因此很重视师生、同年关系，往往亲如父子兄弟，并往往以此为纽带而结成政治上相互支持的派系，文学主张也趋于一致，从而形成特定的文学流派。在洪武、建文年间的“荐举”、“征辟”基本结束之后，嘉靖末年的“山人文学”和万历年间的“老举子文学”兴起以前，情况尤其如此。因此，判断某个人什么时候开始他的文学生涯，判断某种文学流派和文学运动的起止兴衰，士子们的科甲年第是一个主要标志。

复古运动第一次高潮的领袖李梦阳于弘治五年(1492)中陕西乡试第一名，弘治六年中进士。根据上述原则，我们姑把本年当作复古运动第一次高潮的开端。李梦阳于嘉靖八年(1529)九月二十九日在开封家中去世，而当年新科会试第一名唐顺之，后来是“唐宋派”的主将；殿试第一、二名（状元、榜眼）罗洪先、程文德，后来都成为著名理学家。名列“嘉靖八才子”的另外几人如陈束、任瀚、吕高、李开先等，也于是年中进士。虽然这些人（包括罗洪先、唐顺之在内）登第之初还迷恋过一阵复古派的文学主张，但不久即弃去，或讲理学，或讲道教的服食飞升之术，或欲以事功立名，或以声妓自娱。总之，大约在嘉靖十二年（1533）前后，士大夫的风尚和文坛的流向已变。复古运动第一次高潮虽然余波逶迤不息，但高峰已过，因此我们把本年看作它基本终止的下限。

这四十年左右的时间，又可大致划分为几个阶段。其中从弘治六年到弘治十五年，是复古运动第一次高潮的酝酿期。在这一期间已经加入复古派阵营的还有：杭济、许天锡（皆为弘治六年进士）；王九思、刘麟、边贡、顾璘、熊卓（皆为弘治九年进士）；王守仁、杭淮、朱应登、张凤翔（皆为弘治十二年进士）等。

这一阶段中，复古派尚未从茶陵派中分离出来，上述诸人大多都还在模仿学习李东阳，如许天锡在翰林院为庶吉士，“以能诗为李长沙所知”（《列朝诗集·丙集》“许天锡”条）。王九思“馆选试《端阳赐扇》诗，效李西涯体，遂得首选，有名史馆中。时人语曰：上有三老，下有三讨，盖是时先生（王九思）为检讨也。”（《渼陂集》中张治道撰《渼陂先生续集序》）

与此同时，复古派诸子还常与茶陵派成员互相倡和。李梦阳《朝正唱和诗跋》云：

诗倡和莫盛于弘治，盖其时古学渐兴，士彬彬乎盛矣，此一运会也。余时承乏郎署，所与倡和则扬州储静夫、赵叔鸣，无锡钱世恩、陈嘉言、秦国声，太原乔希大，宜兴杭氏兄弟，郴李贻教、何子元，慈溪杨名父，余姚王伯安，济南边庭实……其

在南都则顾华王、朱升之其尤也。诸在翰林者，以人众不叙。(《空同集》卷五十九)

这里提到的储静夫(瓘)、乔希大(宇)、何子元(孟春)及“诸在翰林者”，都是茶陵派中人。

李梦阳本人弘治六年中进士后，旋遭父母连丧，回家守制。弘治十一年返京，方正式授官为户部主事，不久出监三仓。十四年因忤权贵下狱，十五年又榷舟河西务。他在这一阶段中居京的时间不多，名声也还不大。顾璘《重刻刘芦泉集序》即云：“余自弘治丙辰(九年)举进士，观政户部，获与二泉邵公国贤、空同李君献吉、芦泉刘君用熙友……时献吉名尚未盛。”(《凭几集·续编》卷二)

三、第二阶段：反刘瑾斗争及与茶陵派脱钩

从弘治十五年(1502)到正德六年(1511)是复古运动蓬勃高涨的阶段。在政治上，复古派与外戚特别是宦官刘瑾集团进行了顽强的抗争，同时也对以李东阳为代表的向刘瑾等屈膝投降的上层官僚集团进行了批评。在文学上，复古派终于与茶陵派脱钩，走向独立与成熟。

弘治十五年和十八年的新进士中，又有不少人加入到复古派阵营中来，其中知名者有康海、何景明、王廷相、王尚䌹、何塘(以上俱为十五年进士)、徐祯卿、王韦、郑善夫、孟洋、崔铣、殷云霄(以上俱为十八年进士)。他们的加入，使复古派增添了新的生力军，阵容更加壮大。

后来讨论前七子复古运动者，往往强调李梦阳、何景明两人的地位，而忽视了康海的作用。其实康对复古运动的兴起，特别

是对转变散文文风所作的贡献，毫不比李、何逊色。康海为诸生时，为文就已“脱去近习，上追汉魏”。杨一清提学陕西，深为赞赏。十五年春殿试，他的制策又被孝宗皇帝看中：“是时孝宗皇帝拔奇抡才，右文兴治。曰：我明百五十年无此文体，是可以变今追古矣。遂列置第一。而天下传诵则效，文体为之一变。”（《明文海》卷四三三张治道撰《康海行状》）最高统治者通过科举考试这一杠杆加以肯定，迅速产生广泛而强烈的影响，标志着酝酿已久的复古运动引起了全社会的注意，前七子复古运动从此进入一个新阶段。

复古运动作为一场文学运动，与政治斗争是紧密交织在一起的。复古诸子以文学为手段进行政治斗争，又通过参加政治斗争扩大复古派的影响，推动复古运动的发展。弘治十八年三月，李梦阳准备弹劾张鹤龄，与时任太常博士的边贡和兵部主事王守仁商量，王鼓励之。疏上，李梦阳直声震天下，使复古派声誉大振，也使复古派诸子更加群情激昂。从正德元年三月起，刘瑾弄权，朝政大坏。本月兵部尚书刘大夏罢，四月吏部尚书马文升罢，以阉党焦芳代之。十月大学士刘健、谢迁同罢，焦芳入阁。十一月削户部尚书韩文职。二年三月，刘瑾更大规模地迫害朝臣，矫诏榜“奸党”53人之名于朝堂，勒令致仕。复古派诸子多投入到反刘瑾集团的斗争之中，并因此受到迫害。下面是他们在这一阶段的经历。

李梦阳，弘治十八年出狱不久进户部员外郎，正德元年进郎中。九月替户部尚书韩文等草疏攻刘瑾。二年正月夺官，二月离京回开封家中。三年五月十七日被逮北上，刘瑾必欲置之于死地，赖康海、何景明等设计救免，八月释归。五年八月刘瑾伏诛，六年四月十七日复官之命始下，五月出发赴任江西提学副使。[1]

许天锡，弘治六年中进士后选庶吉士，授吏科给事中，正德初转工科都给事中，三年六月卒。《武宗实录》谓忤刘瑾自缢死，《世宗实录·嘉靖十七年》又谓"以查盘内库，发逆瑾奸状。瑾矫诏逮问，遣人杀之"。（《空同集》卷六十一《许子诔》）

刘麟，弘治九年中进士后授刑部主事，历员外郎、郎中。正德初出知绍兴府，刘瑾修郎署时旧怨，罢职为民。瑾诛，起知西安府。（《列朝诗集·丙集》"刘麟"条）

边贡，弘治十八年由太常博士升兵科给事中。正德初官太常寺丞，因忤刘瑾，正德四年出知卫辉府，五年调知荆州府，六年升陕西提学副使，丁父丧归。九年冬补河南提学副使，又丁母丧归。（《华泉集》）

顾璘，弘治九年中进士后请疾归南京，十二年起授广平知县，十五年征为南京吏部主事，历员外郎、郎中。正德四年出知开封府，忤镇守太监王宏及武宗幸臣钱宁，下狱。八年贬全州知州。（《浮湘稿》）

熊卓，弘治九年中进士后授平湖知县，征为御史。正德二年三月被刘瑾列入"奸党"罢官，四年卒于家。（《列朝诗集·丙集》）

王守仁，正德元年二月上封事营救因弹劾刘瑾被除名的给事中戴铣等，下狱，廷杖四十，谪贵州龙场驿丞。刘瑾遣人于途中杀之，王设计得免，三年春始抵谪所。瑾诛，升庐陵知县，寻擢南京刑部主事，迁员外郎，正德七年进南京太仆寺少卿。（《王文成全书》

① 《空同集》卷三十九《秘录附》、卷四十《秘录后附》、卷四十八《述征记后记》、卷九《述愤》、《发京师》等。

卷三十二《年谱》）

何景明，弘治十五年中进士后授中书舍人，五月奉正德改元诏使云南。正德元年返京，时刘瑾气焰已炽，景明上书吏部尚书许进等，劝他们不要妥协。正德三年告病归信阳家中，四年免官，父母连丧。瑾诛后，正德七年，以李东阳荐复官，因得罪权贵钱宁等，前后任中书舍人一职共九年，正德十一年才升吏部员外郎。（《大复集》卷一《述归赋序》、附乔世宁撰《何先生传》）

王廷相，弘治十五年中进士后选庶吉士，十七年授兵科给事中，十八年守丧归，正德三年复任，谪亳州判官。四年升高陵知县，免归。五年复官御史，巡山东盐政。六年秋巡按陕西，因得罪镇守太监廖堂下狱，贬赣榆县丞。十一年升宁国知县，十二年任松江府同知，转四川提学佥事。十六年升山东提学副使。嘉靖二年晋湖广按察使。官至兵部尚书提督十二团营、加太子太保，二十年罢官归，二十三年九月七日卒，年七十一。（《王氏家藏集》卷首张卤撰《少保王肃愍公传》）

何塘，弘治十五年进士，选庶吉士，授编修。忤刘瑾，致仕归，瑾诛复官。（《柏斋集》）

崔铣，弘治十八年进士，选庶吉士，授编修。忤刘瑾，出为南京吏部主事。瑾诛，复为编修。（《明史·崔铣传》）

另外，徐祯卿弘治十八年中进士后授大理寺左寺副，因失囚降国子博士。正德六年三月病卒于京中，年仅三十三。王九思正德元年由翰林检讨改吏部主事，进员外郎、郎中。正德五年以刘瑾党贬寿州同知，六年十二月复被劾，罢官归关中。康海中状元后授修撰，十六年归关中，正德元年返京复任，三年遭母丧归，五年以刘瑾党罢官。王九思、康海与刘瑾同为陕西人，王九思与翰林院同僚同改郎署之职时独得吏部，显然与刘瑾有关，他无疑在某种程度上受到刘瑾利用。康海本不欲与刘瑾交往，只因为救李梦阳才不得不与之周旋，对此各种史料皆无异词。他们之列入瑾党罢官，主要是李东阳等人借机泄愤的结果。

总之，在与刘瑾集团的斗争中，复古派绝大多数成员都坚定地站在正义力量一方，并因此或逮，或罢，或谪，或被害。他们的文学活动也因此遭到破坏。李梦阳《朝正唱和诗跋》的后半部分说：

自正德丁卯（二年）之变，缙绅罹惨毒之祸，于是士始皆以言为讳，重足累息。而前诸倡和者，亦各飘然萍梗散矣。赖皇帝明圣，断殛元恶，伸拔英类，于是海内之士复矫矫吐气，此又一运会也。而顾君（璘）适以开封知府岁觐都下，乃有朝正倡和之诗，盖余不聆此音者数年矣。今一旦见之，谁谓异于空谷跫然者哉！然唱和者五人而已，而其诗顾犹多忧谗念归之辞，则余不知所谓矣。

不过，虽然复古派表面上被镇压下去了，他们的精神力量并没有被摧毁，而是变得更坚韧、更深沉。在偏僻的家园，在谪戍的途中，在黑暗的监狱里，复古派诸子仍然吟唱出了许多悲愤慷慨的诗篇。

同时，在另一条战线上，复古派也终于与茶陵派分道扬镳。两者关系出现明显裂痕，大约始于康海入翰林院时。当时李东阳为大学士，而以文衡自任，“一时为文者，皆出其门。每一诗文出，罔不模效窃仿，以为前无古人”。李东阳也颇以此自得。康海入翰林院后，“独不之仿”，而与李梦阳、王九思等“为文社，讨论文艺，诵说先王”，李东阳“大衔之”（《渼陂集·渼陂续集》卷中《康公神道碑》）。弘治十八年，李梦阳在陆深处见到徐祯卿的诗文，叹其“铿铿乎古之遗声”，徐来书欲缔交，李乃作《与徐氏论文书》，该书中心观点是诗当以情为本，这与李东阳及茶陵派的诗论主张还大体一致。但书中针对徐祯卿相互唱和的提议，对中唐以下元、白、韩、孟、皮、陆等“连联斗押，累累数千百言不相下”的陋习给予了批评。(《空同集》卷六十二)茶陵派作诗正是以“叠韵竞侈联篇”为特点的。李梦阳之语殆有所指，则已经表露出对茶陵派一定程度的不满。

正德元年二月，徐祯卿南下，李梦阳写的送行诗不仅对李东阳高度赞扬，谓“我师崛起杨与李，力挽一发回千钧”；而且对台阁体也予以肯定，有“宣德文体多浑沦，伟哉东里廊庙珍”之句。按李梦阳这里是换了评价角度的。封建时代的文学家，不管他身处下僚时对台阁廊庙中的那种御用文章进行过多么犀利的批评，他内心深处的愿望仍是自己有朝一日能致身“纶扉”，成为所谓“文宗”。他们对台阁文人，抱着一种既鄙视又妒嫉歆羡的心理。李梦阳写作此诗时，正逢他出狱不久、声誉大振之时，他正处于最兴奋自信的情绪状态。诗中历数千年文运，隐然已以一代“文宗”自期，评价角度便不知不觉发生了转移。

李东阳生于正统十二年(1447)六月初九日，其60寿辰当正德元年(1506)六月初九日。李梦阳作于此时的《少傅西涯相公六十寿诗三十八韵》诗颇值得玩味。除道德、功业外，李东阳在文艺方面以诗文与书法俱佳自负。李梦阳有诗文名，当着重从这个方面去赞颂李东阳。可他不然。全诗76句，只有“文章班马则，道术孟颜醇”一联中的前一句言其文学成就，而且只提文而不及诗。紧接着乃大写特写李东阳的书法造诣：“绝艺邕斯上，高情颉籀邻。一挥惊霹雳，只字破风尘。绚练王侯宅，苍茫海岳滨。幽劖光汤窟，巨榜照嶙峋。星灿将军碣，云垂学士珉。崖题半吴楚，墨刻遍齐秦。”(《空同集》卷二十八)扬其书法,正所以抑其诗文,其用意明眼人一见便知。这表明,李梦阳等人已完全扬弃李东阳及茶陵派的诗文风格,只是尚未显斥之而已。

正德三年,康海母亲去世。按当时惯例,是要“持厚币请台阁人为志铭”的。[①] 康海却自己写了“行状”,请王九思作墓志铭,段德光作传,正被逮至京的李梦阳作墓表。“一时文出,见者无不惊叹,以为汉文复作,可以洗近文之陋矣”。此举直接伤了李东阳等人的面子,侵犯了他们的利益,因此他们更加忌恨康海等人,“因呼为‘子子股’,盖以数公为文称‘子’故也”。不久刘瑾伏诛,李东阳等便以康海与之同乡为由,列入瑾党罢官。

李东阳等借清除阉党之机排斥异己,如果他们本身无可指摘,众人也会心服,偏偏他们自己又与刘瑾集团瓜葛颇深。正德元年十月,阁议驱除阉党时,刘健、谢迁声色俱厉,至推案大哭,唯李东阳语稍缓。刘瑾侦得之,罢刘、谢而留李,李遂为首辅。刘、谢离京,李执手流泪。刘正色道:“何哭为?若当日多出一语,与我辈同去矣。”李默然无语。[②] 他掌朝政期间,一意阿顺刘瑾及其党羽焦芳。彭孙贻《明史纪事本末补编》云:

---

① 陆容《菽园杂记》卷十五:“古人诗集中有哀挽哭悼之作,大率施于亲交之厚,或企慕之深,而其情不能已者,不待人之请也。今仕者有父母之丧,辄遍求挽诗为册。士大夫亦勉强以副其意,举世同然也。盖卿大夫之丧,有当为神道碑者,有当为墓表者,如内阁大臣三人,一人请为神道,一人请为葬志,余一人恐其以为遗己也,则以挽诗序为请。皆有重币入贽,且以为后会张本。既有诗序,则不能无诗,于是而遍求诗章以成之。亦有仕未通显,持此归示其乡人,以为平昔见重于名人,而人之爱敬其亲如此。以为不如是,则于其亲之丧有缺然矣。于是人人务为此举,而不知其非所当急。甚至江南铜臭之家,与朝绅素不相识,亦必夤缘所交,投贽求挽。受其贽者,不问其人贤否,为活套诗若干首以备应付。及其印行,则彼此一律,此其最可笑者。”

② 《明史纪事本末·刘瑾乱政》。

瑾虽擅权，以不甚通晓文义，故奏疏处分，亦未尝不送阁。于时李东阳等秉笔，不胜观望。本至，必先问此事云何。重大者，差堂候官持疏河下询之，然后舐笔。故瑾益骄，大肆罗织，廷臣捕鞫无虚日。[①]

事实证明，李东阳由于贪恋富贵，客观上已经起了助纣为虐的作用。正因为如此，他自己的门生也看不过，除罗玘上书请削门生籍外，黄绾也上书斥其"因循隐忍"。崔铣是当时及后来公认的正人，他也是李的门生。《艺苑卮言》中记载着他们师生亲密无间的逸事。[②] 但他为罗玘文集作序时也尖锐指出："往西涯公处刘瑾、张永之际，不可言臣节矣。"(《明诗纪事》丁签卷十三)

软骨头的领袖，往往最乐意于招纳软骨头的门徒。李的门下，既有罗玘这样的骨鲠之士，也有邵宝这样的恇怯之辈。钱谦益《列朝诗集》载："公(邵宝)举南畿，受知于西涯。及为户部郎，始受业西涯之门，西涯以衣钵门生期之。越三十年，以侍郎予告，西涯作《信难》一篇以贻之，以欧公之知子瞻及子瞻之服欧公者为比，盖西涯之绝笔也。"(《列朝诗集·丙集》"邵宝"条)看来邵宝是李东阳最得意的门生了。邵氏何如人也？《四友斋丛说》中的一条记载为他画了像：

刘瑾擅国日，邵二泉先生与同官。一人以公事往见，此人偶失刘瑾意。瑾大怒，以手将桌子震地一拍，二泉不觉蹲倒，遗溺于地。二泉甫出，而苏州汤煎胶继至。瑾与汤最厚，常以兄呼之。瑾下堂执汤手而入，因指地下湿处语汤曰："此是你

---

① 《明史纪事本末补编》(彭孙贻)卷五《宦官贤奸》。

② 见《明文海》卷一七八罗玘《上西涯先生论时务书》；《艺苑卮言》卷六。

无锡邵宝撒的尿。”

李开先曾一针见血地指出：“西涯为相，诗文取絮烂者，人才取软滑者；不惟诗文靡败，而人才亦从之。”钱谦益对这种说法大不以为然。他将邵宝与罗玘等人并称李门“六君子”，以为“皆直道劲节，抗议论而犯权幸，砥柱永陵之朝，皆长沙所取之人才也，而以软滑目之，其可乎？”（《列朝诗集·丙集》）真不知钱氏何所得而云然。

平心而论，李东阳对亲附自己的门生，确实是颇为热心加以关怀奖掖的，这是事实；但他对与自己操守主张不一致的文士则处心积虑加以排斥打击，这也是事实。何良俊《四友斋丛说》卷十五云：“李西涯长于诗文，力以主张斯道为己任。后进有文者，如汪石潭、邵二泉、钱鹤滩、顾东江、储柴墟、何燕泉辈，皆出其门。独李空同、康浒西、何大复、徐昌谷自立门户，不为其所牢笼，而诸人在仕路亦遂偃蹇不达。”在刘瑾事件之前，李东阳等就将复古派成员朱应登等或补南京冷曹，或放州县外任。刘瑾事件之后，他们不仅对康海、王九思乘机泄愤，而且对在与刘瑾集团的斗争中表现最突出的李梦阳、王守仁等也因心虚而存有戒忌，或迟迟不予复官，或补于外职。李东阳等人在刘瑾事件中的表现固已为复古派诸子所不满，事后的这种行为更令复古派诸子难以容忍，于是他们与李东阳等终于翻脸，分道扬镳。当然，具体到每个人，其对李东阳的态度又各有不同。康海、王九思是批评李的政治表现，鄙弃其诗文风格，兼有个人私怨，因此态度最激切。（见《渼陂集》中《杜子美沽酒游春》杂剧、《碧山乐府》之《贺新郎》词、卷十《漫兴十首》等）李梦阳、崔铣等人则基本上限于批评其政治表现与诗文风格。何景明则因得到过李东阳一荐的缘故，一直没有明确攻击过他。李东阳谢政家居后，何景明尚有《怀西涯先生》等诗（《大复集》卷二十五）。

嘉靖六年，李梦阳作《凌溪先生墓志铭》，其中云："（朱应登）年二十，举进士。时顾华玉璘、刘元瑞麟、徐昌谷祯卿号江东三才子，凌溪（朱应登）乃与并奋竞骋……而秉文者承弊袭常，方工雕浮靡丽之词，取媚时眼，见凌溪等古文词，愈恶抑之，曰：是卖平天冠者。于是凡号称文学士，咸不获列于清衔。"（《空同集》卷四十七）经过刘瑾之乱，李梦阳等与李东阳等在政治上、文学上的裂痕进一步加深。此时李东阳已去世有年了，李梦阳遂得放言不讳。如果说康母墓志铭事件标志着复古派与茶陵派关系的公开破裂，那么李梦阳的这篇《凌溪先生墓志铭》，则算是对二者的关系作了一个最后清算。

四、第三阶段：作家群落

从正德六年到嘉靖初，是复古运动第一次高潮继续深入发展的阶段。经过刘瑾之乱，复古派的一些成员离开了人世。如许天锡、熊卓、徐祯卿；一些成员放弃了对古典审美理想的追求，弃文入道，如王守仁、何塘、崔铣等。受到刘瑾迫害的其他诸子于五、六年间先后复官，但由于执政者的排挤，他们没能在京师重聚，而是分处各地。康海、王九思则回到关中，闲居终老。于是复古运动第一次高潮呈现出分头发展的局面。以复古派的几位主将为骨干，形成了若干作家群。它们是：以李梦阳为首的开封作家群；以何景明为首的信阳作家群；以康海、王九思为首的关中作家群；以顾璘为首的南京作家群。其中南京作家群又还附属有两个小的作家群，即以刘麟为首的吴中作家群和以郑善夫为首的闽中作家群。下面分别加以略述。

1. 以李梦阳为首的开封作家群

李梦阳正德六年五月赴任江西提学副使，九年与总督陈金、布政使郑岳等相讦，系广信（今上饶）狱两月，结果被给予冠带闲住的处分。六月，溯江上至襄阳，欲在其地安家，以大水不果，乃返开封。正德十四年，宁王朱宸濠叛乱被平息，朝廷发现李梦阳官江西时曾为之撰写过《阳春书院记》，一些忌恨李梦阳的人欲置之于死地。何景明等上书当朝大臣杨一清等，为之讼冤。最后赖刑部尚书林俊力救得免。嘉靖八年八月，李曾就医于京口（今镇江），九月卒于家，终年58岁。

李梦阳正德二年二月归家后，即在开封的康王城筑河上草堂，其东又筑翛然台，其南筑需于堂，常与亲友会饮游猎于繁台、晋丘一带。在江西的三年，按当时官僚职权规定，主要任务是督导诸生读《四书》、《五经》，应付科举，所以不可能发展更多的诗友。正德九年再度罢归后，家居15年，他更加负气放旷，治园池，招宾客，日与侠少年驰逐于荒山峻岭之中。在这期间，虽路过或官于开封的人常去拜访他，各地的诗友还时时以通信的方式继续酬唱，但与他交往最繁的还是当地的一些亲友。他们有李梦阳的妻弟左国玑、姊子曹嘉，以及祥符人田汝耔、李濂、歙人郑作、程诰等。另外，宛平人张诗浪游南北，会李梦阳于开封，歌诗酬赠；吴人黄省曾致书李梦阳称弟子，李就医京口，黄乘舟往候，拜受其全集而归；吴人袁袠以刑部主事出使开封，对李梦阳深为服膺；山阴人周祚，遣使数千里致书梦阳称弟子。由于领袖人物李梦阳的个性，又由于成员多属燕赵中原豪杰和嵚奇磊落之士，开封作家群的风格特征是慷慨悲歌，颇有侠气。

2. 以何景明为首的信阳作家群

何景明正德七年复任中书舍人，十一年升吏部员外郎，十三年出任陕西提学副使。由于劳累过度，十六年二月发病，四月加重，六月告归，七月二十九日到达信阳家中，八月五日卒，终年 39 岁。

李梦阳自正德二年二月离京后，再未回京任职。何景明则从正德元年五月到三年，七年至十三年都在北京，与知名文学家顾璘、郑善夫、杨慎、薛蕙等颇多交往，实际上成为复古派在京中的领袖。提学陕西时，又曾与康海、王九思相聚。当时王廷相任四川提学佥事，两人以境地相接，职任相同，共同商订条教，且约为境上之会。总之，何景明在知名文学家中交游要比李梦阳稍广。何景明在复古派中的地位能上升到与李梦阳并列，且人们在评价李、何时多扬何而抑李，原因很多，上述情况无疑也是原因之一。

较早追随在何氏旗帜下的有何之妻弟孟洋、郏县人王尚絅等。稍晚入于何氏之门者有戴冠、樊鹏（俱信阳人）、孙继芳及其子孙宜（华容人）。何景明的为人及文学创作都以沉稳深秀为特点，这也为信阳作家群所共同仿效。

3. 以康海、王九思为首的关中作家群

康海、王九思两人同里、同官、同以刘瑾党罢归，志趣也相投，还是儿女姻家（王女玉英嫁为康子栗妻）。因此他们回关中后，常相过从，挟声伎酣饮。写作乐府歌曲，遍游浒东、鄠、杜间，以寄其怫悒。康卒于嘉靖十九年十二月十四日，年六十六。王卒于嘉靖三十年，年八十一。

王世懋《对山集序》说："夫文至弘、正间盛矣。于是关中称十才子，而康先生德涵为最。"所谓"十才子"究指哪些人，已难确考。见于康、王两家文集与其交游最密者，有张治道、何塘、吕柟、马理、韩邦靖等。另外，正德初，朱应登以提学副使至陕西；正德末何景明又至；嘉靖初，李开先以户部主事饷军宁夏，也路过关中，都与康、王等人酬唱流连，给关中作家群的文学创作活动带来了活力。

康、王、张属于不拘礼法的文人，何、吕、马、韩却都是理学家。他们能相安无事，而且情谊甚笃，除地域关系外，在康海等人这方面，他们虽然日以声伎自娱，但那不过是为了排遣失意不得志的苦闷罢了。他们为人居官一般都比较正直，闲居林下仍然系心国事。在吕柟等人这一方面，吕柟属于由薛瑄开创的河东学派，马、韩属于王恕开创的三原学派，都讲究"体验身心"、"悃愊无华"、"无事乎张皇"，不必欲人人同己，故他们能相互谅解。[①] 康海等人的诗文都以"质直"、"疏爽"为特色，这与吕柟等人所信奉的重事理而不重文采技巧的文学主张也有相通之处。

4. 以顾璘为首的南京作家群

南京作家群形成的历史，可上溯至弘治九年。是年顾璘中进士，观政工部，旋请疾归南京家中，与尚未仕家居的陈沂、王韦肆力为文，时称"金陵三俊"。弘治十二年，朱应登中进士，来南京任户部主事，遂并称"江南四大家"。其后顾璘等人或家居，或官南曹，很多时间都在南京。嘉靖初，边贡来任南京太常少卿，后升至南京户部尚书，也加入了南京作家群。顾璘卒于嘉靖二十四年，终年70岁。边贡卒于嘉靖十一年，终年57岁。除上述诸人外，南京作家群的成员还有顾璘从弟顾瓛、蒋山卿、赵鹤、景旸、王宠等。

南京江山佳丽，士女清华，地连吴越，风流弘长，因此游赏者指为仙都，居留者夸为乐土。南京官员曹事甚简，往往与幽人韵士觞咏淋漓，流连诗酒。《四友斋丛说》卷十五载：

顾东桥（璘）文誉藉甚，又处都会之地，都下后进皆来请

---

① 《明儒学案》"河东学案上"、"河东学案下"、"三原学案"；《四友斋丛说》卷十五、卷二十三。

业，与四方之慕从而至者，户外之屦常满。先生喜设客，每四五日即一张宴，余时时在其坐。先生每燕必用乐，乃教坊乐工也，以筝琶佐觞。有小乐工名杨彬者，颇俊雅，先生甚喜之，常诧客曰：蒋南泠（山卿）诗所谓"消得杨郎一曲歌"者，正此子也。先生每发一谈，则乐声中阕。谈竟，乐复作。议论声发，音吐如钟。每一发端，听者倾座，真可谓一代之伟人。

特定的环境和生活内容，自然影响了南京作家群的文学主张和创作风格。大约他们也注重作品的情感、文采、格调，批评中唐以来理化和俗化的倾向，主张以汉魏盛唐为师，在根本主张上与整个复古派保持一致。但持论和实践都不很严格。在学古中，也不强调专学某格某体，而主张自然出于情性，因质就长，各随所宜，其作品以"风调"胜。① 他们对北方复古派的一些做法颇不以为然，而北方诸子对南方盟友的不尽遵号令也常加批评，"犹以吴音少之"（《四友斋丛说》卷二十六）。

以刘麟为首的吴中作家和以郑善夫为首的闽中作家都与南京顾璘等人关系密切。刘麟本南京人，弘治末与顾璘、徐祯卿号"江东三才子"。正德初被刘瑾罢官后，喜爱吴兴风土，遂移家其地。瑾诛，起知西安府，历官至工部尚书，其间又两度引疾归田，致仕后优游山水，年八十八始卒。与孙一元、龙霓、吴琉、陆昆、施侃等结社，号"苕溪五隐"；又与孙、吴、陆及张寰等结"湖南雅社"，还与入仕后一直在吴、越及南京任职的殷云霄（本寿张人）相倡和。郑善夫自弘治十八年登进士到嘉靖二年去世，在外任职的时间总共只有三年左右，其他时间一直居于闽县家中。正德六年十一月至七

① 《明文海》卷一二三《国宝新编传赞》；《息园存稿·文》卷九《与陈鹤论诗》。

年七月，他以户部主事理浒墅关，与孙一元、殷云霄等人结下了深厚友谊。十五年以礼部员外郎请告归，路过浙江，当时顾璘正在台州知府任，盘桓竟月乃去。在家期间，他主要与傅汝舟、高瀔、林钺、林春泽（俱侯官人）等相倡和。刘麟等人的诗文大多随意而出，不矜格调，已与吴中诗文的传统风格相近，而与复古派有了一定的距离。郑善夫等闽中作家则一意学杜甫，注重格调，讲究锻炼字句，有时还走向另一个极端，流入险怪艰涩。

总的来看，这一阶段中，复古派的影响由京中蔓延到各地，复古派的队伍也不断扩大，从而形成了一个全国性的文学运动。除上述几个作家群外，其他地域的文学家实际上大多也服膺复古派的主张。不为复古派所牢笼，或对复古主义持有异议的作家不是没有，但为数极少，根本无法形成可与复古派相抗衡的力量。一种明确的文学主张席卷全国，获得广大文学家的共同响应，这不仅在明前期文坛上是不曾有过的，而且在整个中国古代文学史上也是没有先例的。一方面，它标志着中国传统文化的发展更趋成熟，因为某种文化观念传播的速度和广度是衡量整个文化形态成熟程度的标志之一。另一方面，它也应该引起我们对它的历史必然性和合理性的更认真的思考。

五、余波：六朝初唐派与中唐派

李、何、康、王等倡导的复古主张，是在散文方面以先秦两汉为师，尤以《史记》为楷模；在诗方面，古体学汉魏，近体学盛唐，而尤以杜诗为宗。但当复古运动发展到正德末嘉靖初时，作为其余波，出现了以学六朝初唐为主的六朝初唐派和以中唐为榜样的中唐派。

学六朝初唐的倾向较早出现于南京作家群，当时李梦阳还在世，他马上就觉察到了，其《章园饯会诗引》云：

> 今……人士咸于六朝之文是习是尚，其在南都为尤甚。予所知者，顾华玉（璘）、升之（朱应登）、元瑞（刘麟）皆是也。南都本六朝地，习而尚之固宜，庭实（边贡）齐人也，亦不免何也？

如果说南京作家还只是在学汉魏盛唐的同时旁及六朝初唐之体，或者说是因为地域文化传统的影响而不自觉地趋于六朝初唐，那么杨慎则是专门地、有意地推崇学习六朝初唐。杨慎正德六年中状元，授翰林修撰。嘉靖三年，因议大礼下狱，谪戍永昌卫（今云南保山县）。此后除省父病、奔父丧两度短期回四川家中外，一直生活在戍所，直到嘉靖三十八年（1559）七月六日病卒，终年72岁。

杨慎才华富赡，学问渊博，又以风流倜傥自许，这是他对六朝初唐诗文产生兴趣的主观原因。他为倡导六朝初唐诗文做了大量工作。他认为："六代之作"，"其旨趣虽不足以影响大雅，而其体裁实景云、垂拱之先驱，天宝、开元之滥觞"，"有唐诸子，皆效法于斯，取材于斯"；"昧者顾或尊唐而卑六代，是以枝笑干，从溢非渊也"。因此，他特别推崇《文选》，并将它没有收录的诗辑为《选诗外编》、《选诗拾遗》，并编有骈体文选《群公四六》。他还认为，与他大约同时兴起的所谓初唐派作家还只停留在学初唐的阶段，"寻滥觞于景云、垂拱之上，著先鞭于延清、必简之前"，不知"五言起于成周，俪律本于西汉"，至六朝胎体已具，因此他又编有《五言律祖》。[1]

---

① 《升庵集》卷二《选诗外编序》、《选诗拾遗序》、《五言律祖序》、《群公四六序》。

杨慎迫于当时流行看法，往往不得不也说六朝初唐之作"盖'缘情绮靡'之说胜而'温柔敦厚'之意荒矣，大雅君子，宜无所取"。实则他终生沉酣于六朝初唐诗文，几乎把它当成了最高典范和最完美境界。《升庵诗话》中评某人某诗"似六朝"、"有初唐风致"等，不仅不是贬语，而且也不是一般的赞语，而简直是最高的评价。他自己的诗文创作也以色泽秾丽、情辞斐然为特色。据他作于嘉靖三十八年六月的《病中永诀李、张、唐三公》诗自注，吴懋、杨士云、王廷表、胡廷禄、张含、李元阳、唐锜号"杨门七学士"，七子皆滇人。另外与杨慎倡和者还有安磐、兰廷瑞等，其创作皆追摹杨慎。

正德十二年，王廷陈、江晖、马汝骥等中进士，并同选庶吉士，皆醉心六朝初唐之体，于是学六朝初唐成为一时风气。不过他们旋即遭罢斥而星散。嘉靖初，罗洪先、唐顺之等也曾共为六朝初唐之体。

与六朝初唐派基本上同起并行的是中唐派，其代表人物是薛蕙（正德九年进士）、高叔嗣（嘉靖二年进士）、皇甫兄弟（冲，嘉靖七年举人；涍，嘉靖十一年进士；汸，嘉靖八年进士；濂，嘉靖二十三年进士）。他们的诗作都以"沉雅"、"精洁"、"清音藻思"取胜，颇类中唐的韦应物、柳宗元，以及"大历十才子"等。

李梦阳等批判中唐以来诗歌创作中的理性化和俗化倾向，引导人们超宋元而上，以汉魏盛唐为师，力图恢复中国古典诗歌的审美特征，不啻重新打开了古典诗歌艺术王国的大门。首先映入他们眼帘的，自然是远处耸入云表、可以遥遥望见的《诗经》、《楚辞》、建安诗歌等几座高峰，和相距较近，辉煌夺目的盛唐诗歌艺术宫殿，以及相距更近、看得更清晰的杜甫诗歌这座无所不有的宝库。于是人们纷纷起而仿效。但是，趋者众而取向寡，歌手多而调式单，势必出现剿袭雷同之弊。因此，随着复古运动的深入发展，后来者纷纷旁搜侧出，转而学六朝初唐与中唐。后来王世懋曾指出："学老杜不如学盛唐。"为什么呢？因为"老杜结构自为一家言"，风格特征十分鲜明。学杜甫，读者一眼就能辨出师法的蓝本，稍不似则众嗤其非；庶几似之，则又以为效颦而已。"盛唐"则"散漫无宗，人各自以意象声响得之"，相互剿袭雷同的可能性就比较小了（《艺圃撷余》）。其实盛唐各家风格特征已很鲜明，因而已"各具家数"，六朝初唐与中唐才是真正的"散漫无宗"。师法六朝初唐与中唐，若有意若无意，妙在似与不似之间，合处人不嫌其似，变处人不觉其离，所师不必一家，所取不必一格，因而不必受某种特定格调的束缚，可以在一定程度上本以性情，自然出之，从而避免生硬模仿古人之弊。这就是复古运动第一次高潮的余波趋向学六朝初唐和中唐的艺术方面的原因。当然，发生这种变化，还有更深刻的社会现实和思想方面的原因，详见下文。

六、归宿：弃文入道

复古派诸子对古典审美理想和古典诗歌审美特征的向往和追求，是以他们对封建主义的社会理想和人生理想的追求为基础、为根本的。弘治朝比较开明的政治和比较宽松的知识分子政策与文化政策，唤起了明代士大夫自明初以来就一直怀有的重建"汉唐盛世"、复睹"三代之治"的理想，这是复古派的精神支柱，也是复古运动蓬勃兴起的内在动力。正德初年刘瑾扰乱朝政，残酷迫害士大夫，虽没有使他们刚刚建立起来的社会理想、人生理想和审美理想彻底摧毁，但毕竟给它们造成了重大创伤。后来国事日非，变乱叠起，也使士大夫们越来越失望。他们发现，所谓“唐虞盛世”的局面只不过是一个幻影，自己的艰苦斗争几乎没有什么结果。于是，他们对个人与社会、情与理相统一的社会理想和人生理想的信念发生动摇。武宗死后，兴王世子朱厚熜奉遗命入继皇位，是为世宗。朱厚熜年纪虽小，性情却特别刚愎。他由藩王世子入承大统，恐怕朝臣轻视，乃大示淫威以相弹压。登基不久，他便提出要违反惯例，追尊自己的生父兴献王为皇帝，杨廷和、毛澄、汪俊、蒋冕、乔宇、毛纪等元老大臣一致反对，结果先后遭罢斥，而迎合朱厚熜旨意的张璁、桂萼等人骤升要职。嘉靖三年七月，杨慎等229名朝臣为谏阻朱厚熜正式尊自己的生母为皇太后，跪伏左顺门，高呼请愿。朱厚熜大怒，命逮杨慎等190余人下狱，为首者戍边，四品以上夺俸，五品以下廷杖，当场杖死16人，而朱厚熜卒如其愿。嘉靖五年至六年间的“李福达之狱”，又是朱厚熜在张璁、桂萼、郭勋等人支持下，借机制造的一次大规模迫害士大夫的事件。自此衣冠丧气。

由于对现实感到失望，士大夫们不得不先后放弃个人与社会、情与理相统一的理想，转入个人的内心世界，对自我的价值、地位、生命本身的意义等进行理性思考，追求主体精神的独立和人格的完善。在这方面，王守仁可以说是一个先知先觉者。他早在弘治十五年就发出了“吾焉能以有限精神为无用之虚文”的感叹。十八年开始讲学，门人始进。正德初贬居贵州龙场驿，悟到“吾心即是天理”，创立了“致良知”的心学。继王守仁之后，崔铣、何塘、王廷相等也先后脱离复古派阵营，加入了理学家的行列。

据宋仪望《徐迪功祠堂记》，徐祯卿晚年与王守仁相交，“语及圣门易简之旨，遂翻然大悟”，临卒，请王守仁为作墓志铭，王称他

"学凡三变,卒乃有志于道"[①]。又据理学家黄绾的《少谷子传》、郑原岳的《郑继之先生传》,郑善夫正德七年会黄绾于浒墅关,八年会王守仁于毗陵,"慨然有味乎性命之学",又与湛若水、吾谨等相交。郑善夫还写信给好友孙一元、傅汝舟等,劝他们"逊志而同归"。嘉靖二年他在武夷山遭风雪得病,卒致于死,本就是为了去赴与王守仁等的约会。(《少谷集》附录)

顾璘、薛蕙晚年也与崔铣、王廷相、吕柟、王慎中等讲学,往复辩难。薛蕙还"乐于释道二家,淡泊自守,注《老子》以自见"(《考功集》卷四、卷七、卷九、卷十)。高叔嗣晚年亦归心道学,刻《日程》以自励。(《苏门集》卷八)

这些人或宗儒,或崇释老。宗儒者中,也有的恪守程、朱之说,有的笃信阳明心学。但在追求主观理性精神的独立这一点上则是一致的。由于这种主观理性精神是一种纯抽象的概念,用文学艺术的形式很难表达。而且这里的要旨在于内心的信仰,文学艺术的表达也显得是多余的了。即使有时仍采用文学艺术的形式来表达某种悟道的感受,那么理性观念也是占绝对主导地位的。表达这种理性观念是唯一目的。因此,当复古派的成员弃文入道时,他们也就有了重道轻文的观念,并对自已早年从事复古的文学生涯感到后悔。如王廷相在《答王舜夫》中说:"仆早岁问学,无所师承,亦随众致力词藻,怅怅贸贸于无益之途,积十余稔。及壮年以来,知自悔悟,回视少年,已自浪过者多,不可一二复追矣,至今恨然。大抵体道之学,缓急有用于世;诗文之学,君子固不可不务,要之辅世建绩寡矣,而不适用也。"(《王氏家藏集》卷二十七)据方豪《题少

① 《明文海》卷三六九宋仪望《徐迪功祠堂记》、卷四三二王守仁《徐祯卿墓志铭》。

谷先生遗稿》，郑善夫病危时叹息道："诗文小技，害道，而吾为之，吾悔之矣。向非石龙、南洲二公忠诲夹持，吾有出头时耶？"(《少谷集》附录)顾璘《与后渠书》说自己老年文字"惟信手拈出，取适情达意而已"。他巡抚湖广时，曾命取《尚书》、《礼记》、《四书》以迄程、朱等人之文，编为《文端》，训导诸生，以为"天下之正学"所在，并说"若夫《文选》、《文苑》渚书，正词人雕虫之小技，吾方悔其少习，乃愿诸生勿蹈吾后也"。[①] 薛蕙也写信给王廷相，劝他为文不必求工，"其近于怨调、宫体、豪气太露者，一切弗录"。薛蕙晚年不仅认为"古来诗人唯一陈简斋"，而且还对邵雍的《击壤集》发生了浓厚兴趣，亹亹称述不绝。他总结自己的一生是："早岁修辞拟草玄，中年探赜强知半。尔来懒漫太无似，只有《楞伽》堆案前。"(《考功集》卷四、卷七、卷九、卷十)高叔嗣准备钻研理学，觉得诗文已成无用之物，因此给自己的居处取名"焉文堂"，给自己的诗文集题名《焉文堂集》(《苏门集》卷八)。

另外一些士大夫，在对现实感到失望之后，乃走向另一个极端，放情任诞，追求感性刺激。在文学创作上，也沉酣于刻露的情感、华丽的词藻、怪奇的技巧等，如杨慎、王廷陈、江晖。

总而言之，由社会现实的变化引起的士大夫阶层的思想观念和心理状态的变化，才是复古运动第一次高潮余波的诗风文风趋于六朝初唐与中唐以及复古派诸子纷纷弃文入道的根本原因。弘治朝的开明政治和比较宽松的知识分子政策及文化政策只是一个偶然现象。这一现象转瞬即逝后，封建主义社会制度仍按照它中唐以来既定的轨道，不可逆挽地继续向高度专制和极端腐败的方

---

① 《凭几集》卷五《与后渠书》；《凭几集续编》卷二《文端序》。

向发展。武宗和世宗的行径，便是这种发展趋势的两个标志。于是，士大夫集团的主体精神又恢复了与客观社会现实相对立的状态，主体精神内部情与理又重新分裂，作为它们的外在物化形态的文学创作中的意与象也再呈分化的态势。六朝初唐派的作品无疑带有感性化、技巧化的倾向，往往情不胜辞；中唐派的作品则带有理性化的倾向，往往辞不胜意。两者的共同特点则是主观化的色彩增强，反映社会现实生活的作品比前期复古派大为减少，干预生活的意识明显减弱。大多数诗文都在抒写作者内心的意绪，咀嚼自我的情感，题材显得相当狭窄。读杨慎、薛蕙、高叔嗣等人的作品，虽然每首都艳丽夺目，或楚楚动人，但读多了，也有千篇一律、"鹦鹉语不过数声耳"的感觉。同时，蕴含在作品中的生活热情也明显减退，往往笼罩着一层浓厚的感伤情调。总之，六朝初唐派与中唐派的出现，既意味着复古运动的深入发展，也预示着古典审美理想的重新瓦解和复古运动的危机。等到最后一批六朝初唐派作家——嘉靖八才子等——更大规模更彻底地弃文入道，复古运动的第一次高潮遂告基本结束。

第四章　前七子的文学理论

如前所述，明代复古运动，实质上就是一场力图恢复古典审美理想及古典文学特别是古典诗歌的审美特征的文学运动。复古派的文学理论，即以此为中心。他们对明前期文坛上的“台阁体”、“陈、庄体”的诗风文风给予了猛烈抨击，并进而对中国古典诗歌的审美特征及其发展变迁轨迹作了深入的体认和反思，对中唐以来诗歌创作中的理性化和俗化倾向进行了批评。作为正面主张，他们强调诗文必须表达真情实感，反映重大社会现实问题；注重作品的文采和形式技巧，力图使诗歌重新具有高尚之“格”和流美之“调”；倡导超宋元而上、以汉魏盛唐为师。下面拟就重情采、重格调、倡导学古三个方面，对前七子的文学理论作一初步探讨。

一、强调诗歌的情感特征

针对中唐以下特别是宋元以来诗歌创作中理性化倾向尤为泛滥的情况，复古派作家把强调诗歌的情感特征和形象性特征放在自己的文学理论主张的首位，从多方面进行了阐述。

1. 情为诗本

前面曾指出，关于诗歌以至整个文学的本源、本质，中国上古时期有两种说法，一是“诗缘情”，二是“诗言志”。其中“志”兼有情、理二义，后代理学家往往利用它来兜售“文以明道”的观念。有鉴于此，复古派诸子都不约而同地选择了“诗缘情”之说。李梦阳在《梅月先生诗序》中指出：

情者，动乎遇者也。……故遇者物也，物者情也。情动则会心，会则契神，契者音所谓随寓而发者也。……故天下无不根之萌，君子无不根之情。忧乐潜之中而后感触应之外，故遇者因乎情，诗者形乎遇。（俱见《空同集》卷五十一）

在《鸣春集序》中他又说：

天下有窍则声，有情则吟。窍而情，人与物同也。然必春焉者，时使之也。（俱见《空同集》卷五十一）

情以物迁，辞以情发，情由物见；诗歌的本源就是情，情又是客观社会现实生活感触的产物，它最终又必须通过所感触的物象表现出来。这里对“物”（遇、时）、“情”、“诗”三者之间关系的描述是相当准确的。

徐祯卿在前七子中以善作深湛之思著称，《谈艺录》便是他刻苦思索成果的结晶，其中对诗歌的情感特征，从各个侧面进行了相当全面的阐述。他认为，从诗歌的本源和本质来看，“诗以言其情”，“诗者，所以宣元郁之思，光神妙之化者也”；从文学史的角度来看，诗歌兴衰的历史，在某种意义上就是诗歌的情感特征显晦的历史；从具体创作过程中的艺术思维活动来看，“情”既是它的源泉，又在整个过程中起支配作用：

情者，心之精也。情无定位，触感而兴。既动于中，必形于声，故喜则为笑哑，忧则为吁嚱，怒则为叱咤。然引而成音，气实为佐；引音成词，文实与功。盖因情以发气，因气以成声，因声而绘词，因词而定韵，此诗之源也。

朦胧萌坼，情之来也；汪洋漫衍，情之沛也；连翩络属，情之一也；驰轶步骤，气之达也；简练揣摸，思之约也；颉颃累贯，韵之齐也；混沌贞淬，质之检也；明隽清圆，词之藻也。高才闲拟，濡笔求工，发旨立意，虽旁出多门，未有不由斯户者也。

从作品的既成形态来看，徐祯卿认为，不同的诗歌体裁，如“歌”、“行”、“吟”、“曲”、“引”等，只是为了表达不同种类情感的需要，“因情立格”而设立的。“夫情既异其形，故辞当因其势”，“合是而视，则情之体备矣”。而从文学的欣赏接受过程来看，诗歌之所以能感动人，也就是因为它蕴含着丰富而真挚的情感：

夫情能动物，故诗足以感人。荆轲变徵，壮士瞋目；延年婉歌，汉武慕叹。凡厥含生，情本一贯，所以同忧相瘁，同乐相倾者也。故诗者风也，风之所至，草必偃焉。……若乃欷歔无涕，行路必不为之兴哀；诉难不肤，闻者必不为之变色。故夫直戆之词，譬之无音之弦耳，何所取闻于人哉！（《迪功集》卷六）

由此可见，作为前七子复古运动主要文学理论著作之一的《谈艺录》，已建构了一个相当完整的以“情”为核心的诗歌理论体系，它与倡导文由道生、文随道而盛衰、道胜者文不期然而自至、文以明道的理学家文学观形成鲜明对照。

复古派并不是一个铁板一块的存在，它既包含着多种不同的风格流派，也经历了一个发展变化过程。不同风格流派和不同时期加入复古派阵营的作家之间，文学主张并不完全一致。如康海长期与吕柟、何塘、马理等人交往，也沾染了一些理学家气息。王廷相更是兼具有理学家身份。但在强调“诗缘情”这一点上，他们与李梦阳、徐祯卿基本相同，至多不过在“发乎情”之说的后面，补上一句“止乎礼义”，从而把古典审美理想表述得完整一些而已。如康海在《太微山人张孟独诗集序》中说：“夫因情命思，缘感而有生者，诗之实也。比物陈兴，不期而与会者，诗之遣也。”(《对山集》卷四)王廷相在《巴人竹枝歌序》中说：“嗟乎，君臣朋友夫妇，其道一致，而夫妇之情尤足以感人。故古之作者，每藉是以托讽，而孤臣怨友之心于此乎白，因之感激以全其义分者多矣。是故温柔敦厚者，诗人之体也；发乎情止乎义理者，诗人之志也；杂出比兴，形写情志，诗人之辞也。”(《王氏家藏集》卷二十)

2. 诗歌的情感特征与风格多样化

关于文学的内容，理学家文学观反复强调的就是“道”。关于文学的风格，理学家文学观也只倡导所谓雍容平易一体，而对其他各种风格，特别是偏于激昂悲怨的风格，则尽力排斥。如台阁体的领袖之一杨荣就认为：“君子之于诗，贵适性情之正而已”，“苟非出于性情之正，其得谓之善于诗哉？”(《杨文敏集》卷十一《省愆集序》)强调以情为本的复古派文学理论则不同。它认为，人有七情，情因感遇而生，人们的感遇又千差万别，因此人们的情感是多种多样的，文学的风格也应该随之而多种多样。李梦阳在《张生诗序》中说：

> 夫诗发之情乎，声气其区乎，正变者时乎。夫诗以言志，志有通塞，则悲欢以之，二者小大之共由也。……夫雁均也，声嗅嗅而秋，雝雝而春，非时使之然邪？故声时则易，情时则迁，常则正，迁则变；正则典，变则激；典则和，激则愤。故正之世，“二南”铿于房中，“雅”、“颂”铿乎庙廷。而其变也，风刺忧惧之音作，而“来仪”、“率舞”之奏亡矣。(《空同集》卷五十一)

康海在《题紫阁山人(子美游春)传奇》中也认为:

> 夫抉精抽思,尽理极情者,激之所使也;从容舒徐,不迫不露者,安之所应也。故杞妻善哀,阮生善啸,非异物也。情有所激,则声随而迁;事有所感,则性随而决,其分然也。(《渼陂集·杜子美游春记》卷首)

李、康等人表面上是强调各种创作风格的合理性,实际上则侧重于为"风刺忧惧"、"怨激不平"的风格张目。这既是针对台阁体那种雍容平易的诗文风尚而发,也与明中叶各种社会矛盾逐步加剧的现实有关。

3. 情感与文采

人们的情感活动,直接与外在物象相关联。特定的情感,往往由特定的物象引起,于是后者就成为前者特定的表征。情感的内涵往往非常复杂微妙,很难用准确的概念予以表述。只有特定的耐人寻味的物象,才能传达出它的生动丰富性。总之,文学的情感特征,决定了文学的形象性特征。复古派强调文学特别是诗歌必须以情为本,也就自然会重视它的形象性。据谢榛《四溟诗话》载:

> 空同子曰:古诗妙在形容,所谓水月镜花,言外之意。宋以后,则直陈言矣。求工于字句,心劳而日绌也。
>
> 黄司务问诗法于李空同,因指场圃中菉豆而言曰:颜色而已。此即陆机所谓"诗缘情而绮靡"是也。(《四溟诗话》卷二)

"诗缘情而绮靡"之说,确实比较准确地揭示了诗歌的情感特征与形象性特征之间的关系。而"颜色而已"一语,则足见在李梦阳看来,形象性对于文学特别是诗歌来说是何等重要。

重视文学特别是诗歌的形象性特征,也是复古派作家共同的主张。"前七子"之一王廷相的诗歌理论主张主要见于《与郭介夫学士论诗书》，这也是一篇很有分量并在当时产生过很大影响的文章。复古派的另一位重要作家郑善夫从未与王廷相见面，但所作《漫兴》诗中有句云："海内谈诗王子衡，春风坐遍鲁诸生。"当即指此文。文中说：

夫诗贵意象透莹，不喜事实粘著。古谓水中之月，镜中之影，可以目睹，难以实求是也。三百篇比兴杂出，意在辞表；《离骚》引喻借论，不露本情。……斯皆包蕴本根，标显色相，鸿才之妙拟，哲匠之冥造也。

言征实则寡余味也，情直致而难动物也。故示以意象，使人思而咀之，感而契之，邈哉深矣，此诗之大致也。（《王氏家藏集》卷二十八）

所谓"意象透莹"、"水中之月"、"镜中之影"等，就是指意象达到完美统一的审美理想。

4. 情感特征与"赋、比、兴"和"风、雅、颂"

作为中国古代诗歌发展之源头的《诗经》，在体例上分"风、雅、颂"三类，在表现方法上有"赋、比、兴"三种。其中"风"以言情为主，"雅、颂"则以叙事陈理居多；相应地，"风"大量运用的是"比、兴"手法，"雅、颂"则多用"赋"体。后代诗歌逐步丧失其情感特征，主要表现就是用诗来谈理叙事。推厥所由，自然可以远溯《诗经》中的"雅、颂"与"赋"。因此，复古派虽然以恢复《诗经》为源头的中国古典诗歌传统作宗旨，却不是没有选择和侧重的。为了倡导诗歌的情感特征，批判诗歌理化的倾向，他们往往特别强调《诗经》中的"风"体和"比、兴"手法，而对"雅、颂"两体和"赋"的手法则不太感兴趣，对后代人承继"雅、颂"和"赋"的传统，专门以诗言理述事尤为不满。李梦阳在《弘德集自序》中引王叔武的话指出，《诗经》

之后，"风"的传统就受到削弱，"夫孟子谓《诗》亡然后《春秋》作者，'雅'也。而'风'者亦遂弃而不采，不列之乐官，悲夫!"文中又指出："诗有六义，'比、兴'要焉。夫文人学子，比兴寡而直率多，何也？出于情寡而工于词多也。夫途巷蠢蠢之夫，固无文也。及其讴也，咢也，呻也，吟也，行咕而坐歌，食咄而寤嗟，此唱而彼和，无不有比焉兴焉，无非其情焉，斯足以观义矣。"(《空同集》卷五十一)这就是说，诗歌"比、兴"表现方法与它的情感特征是密切相关的。"文人学子"的作品"比、兴"寡而"赋"多，就是因为"情寡而工于词多"。强调诗歌的"比兴"手法根本上也就是为了强调诗歌的情感特征。

5. 关于杜甫诗歌

《诗经》以下，理性化倾向比较突出、对后世影响较大的，是杜甫的诗歌。复古派作家在反思中国古典诗歌的发展变迁轨迹，追寻理性化倾向的来龙去脉时，注意到了这一点。复古派作家大多把杜甫诗歌当作主要学习目标之一，有人甚至把复古派的诗作风尚归结为"学杜甫"三字，亦不无道理。但复古派作家们并不迷信杜甫。对杜甫诗中显露出来的理性化和俗化倾向，尤其是对他大量以诗言理叙事的做法，复古派作家就普遍表示不满，认为这违背了"诗言情"的传统，开启了后世以诗言理叙事的现象泛滥成灾之源。何景明在《明月篇序》中说：

> 仆读杜子七言歌诗，爱其陈事切实，布词沉著，鄙心窃效之，以为长篇圣于子美矣。既而读汉、魏以来歌诗，及唐初四子者之所为，而反复之，则知汉、魏固承三百篇之后，流风犹可征焉。而四子者虽工富丽，去古远甚，至其音节，往往可歌。乃知子美辞固沉著，而调失流传，虽成一家语，实则诗歌之变

体也。夫诗本性情之发者也，其切而易见者，莫如夫妇之间。是以三百篇首乎“雎鸠”，六义首乎“风”。而汉、魏作者义关君臣朋友，辞必托诸夫妇，以宣郁而达情焉，其旨远矣。由是观之，子美之诗博涉世故，出入夫妇者常少；互兼“雅”、“颂”，而风人之义或缺，此其调反在四子之下与？(《大复集》卷十四)

杜甫在宋代以后被尊为“诗圣”，人们一般不敢对他的诗作提出非议。何景明的这篇文章提出了与传统说法明显不同的见解，因而引起了当时及后来评论者的广泛注意。但人们大都把它的意义理解得很狭窄。对它持否定态度者不必论。对它持肯定态度者，也认为它只是针对“七言歌行”这一种体裁而言，讨论的也只是七言歌行的音调问题，如四库馆臣即作如是观。[①] 实际上本文是从谈七言歌行入手，而涉及整个诗歌；其中所说的“调”，也不只是与音韵有关，而是还包括诗歌的情感、文采等因素。不这样理解，就不能解释何景明为何不专谈七言歌行，不专谈音韵问题，而是上升到整个“诗”的高度，把话题转到“性情”、“陈事”、“博涉世故”以及“风、雅、颂”三义等问题上。只有音韵和谐而又情真意切、文采灿然的作品，才会给人以“流转”的美感。杜甫的七言歌行以及其他体裁的部分作品，之所以“调失流转”，根本原因并不在音韵，而在于它们近于“雅、颂”之体，以“陈事”、“博涉世故”，即言理叙事为能，在一定程度上丧失了“风人之义”，违背了诗缘情的传统。因此，何景明这篇文章的主要意义，在于它表达了作者对中国古典诗歌审美特征及其发展变迁过程的探索和反思，在于它重新强调了诗歌言情的本质特征。

---

① 《四库全书》本《大复集》卷首提要。

复古派其他作家对杜甫的批评，也大都集中在他的某些作品“事理填塞”，在一定程度上丧失了诗歌的情感特征这一问题上。何景明《明月篇序》的重要意义，由此可以得到印证。如王廷相在对古典诗歌的审美特征作过一系列分析后指出：“若夫子美《北征》之篇，……漫敷繁叙，填事委实，言多趁帖，情出附辏，此则诗人之变体，骚坛之旁轨也。浅学曲士，志乏尚友，性寡神识，心惊目骇，遂区畛不能辨矣。”（《王氏家藏集》卷二十八《与郭介夫学士论诗书》）又如郑善夫在复古派作家中学杜最为用力，然据焦竑《笔乘》：“予家有善夫批点杜诗，其指摘疵颣，不遗余力，然实子美之知己。……尝记其数则，一云：诗之妙处，正在不必说尽，不必写到真，而其欲说欲写者，自宛然可想。虽可想而又不可道，斯得风人之旨。杜公往往要到真处尽处，所以失之。一云：长篇沈著顿挫，指事陈情，有根节骨格，此杜老独擅之能，唐人皆出其下，然正不以此为贵，但可以为难而已。宋人学之，往往以文为诗，雅道大坏，由杜老启之也。”（《明诗纪事》丁签卷四“郑善夫”条）

在复古派诸子中，对杜甫批评最激烈的还是杨慎。他认为，中古以来，诗歌领域影响最大的是杜甫，学术领域影响最大的是朱熹。然诗歌、学术之坏，即自二人始。欲复兴诗歌与学术，首先必须清除他们的影响，不为他们所牢笼，因此杨慎给自己定的座右铭是“训诂章句求朱子以前六经，永言缘情效杜陵以上四始”。（《明文海》卷二四七周复俊《杨升庵集序》）在诗歌方面，他特别强调作品的情感和文采。陆机在《文赋》中提出诗歌作为文学体裁之一的特征是“缘情而绮靡”。后代正统理论家都不以为然，认为此说忽视了诗歌的“风人之义”等等。现代评论者亦每给陆说冠上形式主义的帽子，把它看作是六朝形式主义诗风在理论领域的反映。但杨慎却明确地把“诗缘情而绮靡”当作正面主张(《升庵诗话》卷十四“魏收”条)。杨慎对杜甫诗歌的批评,也是针对杜诗喜言理叙事的理性化倾向而发,其意见集中在对杜甫绝句的评价和对“诗史”之说的辨析两点上。

杨慎认为,在唐代诗歌中,七言绝句最能体现中国古典诗歌的审美特征。他说:“予尝品唐人之诗,乐府本效古体,而意反近;绝句本自近体,而意实远。欲求‘风、雅’之仿佛者,莫如绝句。唐人之所偏长独至,而后人力追莫嗣者也。”按杨氏的说法有一定道理。诗歌的内容与形式的发展是相互适应的。唐代诗歌几种主要体裁成熟的时间略有先后。大致说来,七言歌行和五言律在初唐已臻于完善;七言绝句最兴盛的时期正当盛唐;七律则至盛中唐之交的杜甫才完全成熟。至七律而中国古典诗歌形式的发展遂告大成,其七言八句饱满均衡的结构模型也似乎是告于大成的一种标志。但上升的顶点也就是下降的起点。如果说中国古典审美理想在盛唐诗歌中得到了最完美的体现,中唐诗歌就已显示出古典审美理想趋于分化的迹象;那么在体裁上,最完美地体现了中国古典审美理想的乃是七言绝句,至七言律则已露出理化、俗化、技巧化的苗头。如果把盛唐诗歌比作整个中国古典诗歌回廊中的一座美轮美奂的宝塔,那么七绝则是镶嵌在它上面的一颗玲珑晶莹璀璨夺目的明珠。这里完全是一片浑沦的情感,一种神化无迹的意象。着不得丝毫道理,掺杂不得任何事实典故,也不能有半点斧凿痕迹。偏偏是在这一体裁上,作为中国古典诗歌之集大成者的杜甫几乎无能为力。因为他已是诗歌理化、俗化、技巧化倾向的开启者,已习惯于在诗中言理、叙事,并讲究技巧。所以杨慎认为,七绝这种体裁,“擅场则王江宁,骖乘则李彰明,偏美则刘中山,遗响则杜樊川。少陵虽号大家，不能兼善。一则拘于对偶，二则汩于典故。拘则未成之律诗，而非绝体；汩则儒生之书袋，而乏性情。故观其全集，自‘锦城丝管’之外，咸无讥焉。近世有爱而忘其丑者，专取而效之，惑矣。”关于唐代七言绝句谁最擅场，哪一首作品是压卷之作，复古派作家各有各的选择。但在杜甫不善此体，而其原因又在他往往以诗言理、叙事，讲究技巧化，忽视了诗歌的“兴致”、情感这一点上，他们的看法则基本一致。

后人曾把杜甫的诗歌称作“诗史”，杜甫诗歌大量言理叙事的特点，在这一概念中得到了集中反映。但宋代以后，人们都把它看作对杜甫诗的最高评价，也看作诗歌创作应该追求的最高目标。按“诗史”之说可以作两种理解，一种是指诗人保持了诗歌言情的本质特征，而情则是受社会现实生活感触的产物。诗人通过展示自己丰富复杂的感情经历，从而折射地反映社会现实生活及其发展变化。另一种是指诗人在一定程度上抛弃了诗歌言情的本质特征，直接用它纪事，使之几乎变成有韵的历史著作。如果说杜甫诗歌本身还兼有这两种特征，或者说还是以前者为主，只是已表现出后一种特征的某些迹象的话，那么宋代以后的诗论家，则主要是从后一方面来理解“诗史”这个概念的含义的。后来以诗证史、以史证诗成为一种风尚，往往弄到穿凿附会、胶柱鼓瑟的地步，即与对“诗史”概念的这种理解有关。因此，“诗史”概念的提出，“诗史”成为大多数诗人所追求的最高目标，在某种意义上，正是中国古典审美理想趋于瓦解、古典诗歌的审美特征趋于丧失的表现。复古派作家在探索和考察中国古典诗歌的审美特征及其发展变迁过程时，就自然会对这一流行概念的合理性产生怀疑。前面已经提到，杨慎的老师李东阳（杨慎正德二年举四川乡试，随父杨廷和居京中,即师事李东阳,与茶陵派诸子相倡和)就曾强调过“诗在六经中别是一教”,强调过“诗”与“文”(包括典章之文、记载之文、论理之文等)的区别。可能受到他的启发,杨慎对把“诗”与“史”混为一谈的“诗史”之说提出了尖锐批评:

> 宋人以杜子美能以韵语纪时事,谓之“诗史”。鄙哉宋人之见,不足以论诗也。夫六经各有体。《易》以道阴阳,《书》以道政事,《诗》以道性情,《春秋》以道名分。后世之所谓史者,左记言,右记事,古之《尚书》、《春秋》也。若诗者,其体其旨,与《易》、《书》、《春秋》判然矣。三百篇皆约情合性而归之道德也,然未尝有道德字也,未尝有道德性情句也。“二南”者,修身齐家其旨也,然其言“琴瑟”、“钟鼓”、“荇菜”、“芣苜”、“夭桃”、“秾李”、“雀角”、“鼠牙”,何尝有修身齐家字耶?皆意在言外,使人自悟。至于“变风”、“变雅”,尤其含蓄。言之者无罪,闻之者足以戒。如刺淫乱,则曰:“雝雝鸣雁,旭日始旦”,不必曰“慎莫近前丞相嗔”也;悯流民,则曰“鸿雁于飞,哀鸣嗷嗷”,不必曰“千家今有百家存”也;伤暴敛,则曰“维南有箕,载翕其舌”,不必曰“哀哀寡妇诛求尽”也;叙饥荒,则曰“牂羊羵首,三星在罶”,不必曰“但有牙齿存,可堪皮骨干”也。杜诗之含蓄蕴藉者,盖亦多矣,宋人不能学之。至于直陈时事,类于讪讦,乃其下乘末脚,而宋人拾以为己宝,又撰出“诗史”二字以误后人。如诗可兼史,则《尚书》、《春秋》可以并省。(《升庵诗话》卷十一)

按杨慎之说不免稍过偏颇。即就他举以为例的《诗经》而言,也不是没有一些叙事说理的诗句。王世贞《艺苑卮言》卷四即评论杨慎此说云:“其言甚辩而覈,然不知向所称皆兴比耳。《诗》固有赋，以述情切事为快，不尽含蓄也。语荒而曰：'周余黎民，靡有孑遗'；劝乐而曰：'宛其死矣，它人入室'；讥失仪而曰：'人而无礼，胡不遄死'。"但杨慎意在批评古典诗歌创作中的理性化倾向，其基本观点无疑是合理的。

6. 对理学家倡理贬情论的批判及对"性、情"、"理、气"相互关系的哲理思辨

对后世诗歌创作的理性化倾向影响最大的，还不是杜诗，而是宋代理学。复古派作家对杜甫诗歌提出过那么多尖锐的批评，但这并不意味着否定杜诗。恰恰相反，杜甫仍然是复古派作家最崇敬的榜样。他们之批判杜甫，主要是因为后代人特别是宋代理学家及受理学影响较深的诗人，在倡导以诗言理叙事时，常以杜甫为口实。因此，他们对杜甫的批评，如杨慎对"诗史"之说的辨析等，要说是批评杜甫，倒不如说主要是批评宋以后人特别是理学家们对杜甫的误解、歪曲和利用。宋代理学诞生后，便从思想内容、思维方式等各方面向诗坛发起全面渗透，于是诗歌创作领域中的理性化倾向更加广泛地蔓延开来。复古派作家在反思古典诗歌审美特征的发展变迁轨迹时，注意到了宋诗与唐诗之间的这种显著差异，也注意到了这一变化的发生与理学的关系。因此，他们在批评中唐以后诗歌创作中的理性化和俗化倾向时，都把矛头对准宋诗及理学，抨击最烈。李梦阳在《缶音序》中说：

诗至唐，古调亡矣，然自有唐调，可歌咏，高者犹足被管弦。宋人主理不主调，于是唐调亦亡。黄、陈师法杜甫，号大家。今其词艰涩，不香色流动，如入神庙，坐土木骸，即冠服与人等，谓之人可乎？

夫诗比兴错杂，假物以神变者也。难言不测之妙，感触突发，流动情思，故其气柔厚，其声悠扬，其言切而不迫。故歌之心畅，而闻之者动也。

宋人主理作理语，于是薄风云月露，一切铲去不为。又作诗话教人，人不复知诗矣。诗何尝无理，若专作理语，何不作文而诗为邪？今人有作性气诗，辄自贤于"穿花蛱蝶"、"点水蜻蜓"等句，此何异痴人前说梦也。即以理言，则所谓"深深"、"款款"者何物邪？《诗云》："鸢飞戾天，鱼跃于渊。"又何说也？（《空同集》卷五十二）

按所谓"自贤于'穿花蛱蝶'、'点水蜻蜓'等句"者，指北宋理学家程颐。《河南程氏遗书》卷十八记程颐语云："某素不作诗，亦非是禁止不作，但不欲为此闲言语。且如今言诗无如杜甫，如云'穿花蛱蝶深深见，点水蜻蜓款款飞'，如此闲言语，道出做甚。"自程颐生出这番议论后，历代的理学门徒们奉为名言。作诗者专门咏叹"太极圈儿大"之类，以为这才不是"闲言语"：不能作诗者则利用它来护短，表示对诗人和诗歌的轻蔑。李梦阳的犀利讽刺，表现了复古派的文学主张与理学家文学观的尖锐对立。

在复古派诸子中，对理学家的批判，也要数杨慎最为激烈。他的高明之处在于，他不在作诗是否有意义、文学作品的文采是否重要这类理学家们提出的命题上与之争辩，而是径指要害，直接指斥理学家们本身的文章腐陋不堪，揭露其实因自己空疏寡才而借贬低文学以自掩饰的丑恶面目。如他在《陆、韩论文》中说：

陆机《文赋》云"谢朝华于已披，启夕秀于未振"，韩昌黎云"唯陈言之务去，戛戛乎其难哉"，李文饶曰"文章如日月，终古常见而光景常新"，此古人论文之要也。近世以道学自诡而掩其寡陋者曰：吾不屑为文。其文不过抄节宋人语录，又号于人

曰：吾文布帛菽粟也。予尝戏之曰：菽粟则诚菽粟矣，但恐陈陈相因，红腐而不可食耳。一座大笑。（《升庵集》卷五十二）

理学家在文学上倡理而贬情，是以其“道在物先”的哲学本体论和“理在气先”的人性论为根据的。他们认为，“道”脱离天地万物而存在，天地万物由它而生。与此相应，人性也分成“道理之性”和“气质之性”两个方面。前者可脱离后者而存在，它是天赋的，由“道”而生的，后者则是后天的。“道理之性”受到“气质之性”（情、欲）等的蒙蔽就会产生恶。文学的功用就在于表现和倡导这种“道理之性”，劝善去恶。王廷相是一个理学家，但他的思想具有唯物主义倾向。他认为，先天地万物的“道”是不存在的，道就在物中；与此相应，脱离“气质之性”或曰情、欲的“道理之性”或曰性、理也是不存在的，性、理就在气、情之中：

人具形气而后性出焉。今曰性与气合，是性别是一物，不从气出，人有生之后，各相来附合耳。此理然乎？人有生气则性存，无生气则性灭矣。（《王氏家藏集·雅述上篇》）

这样，文学要单独反映所谓“道”，专门表现和倡导所谓道理之性，便是不可能的，或者是不真实的。文学要展示人性，就必须描写其丰富复杂的感情生活。王廷相的哲学思想与重情的文学主张之间，应该有内在联系。

杨慎是文学家，他对理学命题的辩难兴趣不大。他写作了《性情说》、《广性情说》等，力图论证性情不分，其目的是为“诗缘情”说找理论根据。他认为：

《尚书》而下，孟、荀、杨、韩至宋世诸子言性而不及情，言性情俱者《易》而已。《易》曰“利贞”者，性情也。庄子云：“性情不离，安用礼乐。”甚矣，庄子之言性情有合于《易》也。……

合之则双美，离之则两伤。举性而遗情，何如曰死灰；触情而忘性，何如曰禽兽。古今之言性情者，《易》尽之矣，庄子之言有合于《易》者也。（《升庵集》卷五《性情说》）

杨慎的这段话，典型地表达了复古派对宋代理学家等“言性而不及情”的强烈不满，以及他们力图实现情与性（理）相统一的理想。

由于杨慎对情与性（理）的关系作过比较深入的思考，并且直接用它作为自己的文学观点的理论基础，因此他对“诗缘情”特征的阐述，就显得比较有深度。他在《李前渠诗引》中说：

诗之为教，逖矣玄哉。婴儿赤子，则怀嬉戏抃跃之心；玄鹤苍鸾，亦合歌舞节奏之应。况乎毓精二五，出类百千。六情静于中，万物荡于外。情缘物而动，物感情而迁。是发诸性情而协于律吕，非先协律吕而后发性情也。以兹知人人有诗，代代有诗。古之诗也，一出于性情。后之诗也，必润之以问学。性情之感异衷，故诗有邪有正。问学之功殊等，故诗有拙有工。此皆存乎其人也。或政遇醇和，则膏泽醉乎肸蠁；时值腐麩，则劳苦形于咏谣，皆复关乎其时也。（《升庵集》卷三）

后来的浪漫派文学理论家李贽、袁宏道等，提倡文学专门描写个人的真情、性灵。他们往往推崇“童心”、“婴儿赤子之心”，把它们看作与封建伦理道德规范相对立的存在。杨慎的观点，在某些方面已经超出了复古主义理论的范畴，而接近李贽、袁宏道等人的主张。

7. 提倡向民歌学习与李梦阳“晚年悔悟”问题

不管理学家们如何倡理而贬情，人的感情都是禁灭不了的。宋以后文人创作的诗文中越来越没有情感的位置，于是它们乃通过民间歌谣及种种新兴的通俗文学形式表现出来。民间歌谣等较少受封建伦理道德观念的束缚，辞以情发，出自天然，因此往往感情深永，真挚动人。拿它们与文人学士填塞事实、牵率道理、堆砌词藻、玩弄技巧的作品相比，真假判然。复古派作家在回顾了文人诗歌逐步丧失言情的根本特征的历史后，自然对情真意切的民间歌谣等产生兴趣，并发出由衷的赞美。沈德符《万历野获编》载：

> 元人小令，行于燕赵，后浸淫日盛。自宣、正至成、弘后，中原又行《锁南枝》、《傍妆台》、《山坡羊》之属。李空同先生初自庆阳徙居汴梁，闻之以为可继《国风》之后。何大复继至，亦酷爱之。（《万历野获编》卷二十五）

由于喜爱民间歌谣及其他同样具有感情真挚的特点的民间文艺，复古派作家往往对之进行整理，并加以学习模仿。据说有人向李梦阳请教作诗之法，李梦阳告诉他，只要到外面去听听《山坡羊》、《打枣竿》之类的歌谣，就会明白作诗的奥秘。[①] 李梦阳本人的诗作中，有不少模仿民间歌谣几乎达到惟妙惟肖程度的作品，如《郭公谣》、《空城雀》、《欸乃歌》（分别见《空同集》卷六、卷七、卷八）等。何景明曾搜集上古至汉代的民间歌诗93首，编为《古乐府》三卷。（《大复集》卷三十四《古乐府叙例》）正、嘉之际南京散曲创作兴盛，与复古派作家边贡、顾璘等人的倡导不无关系。康海、王九思更是大量从事散曲戏剧创作，康有《沜东乐府》，王有《碧山乐府》。两人都作过以中山狼故事为题材的杂剧，王另外还有《杜子美游春记》杂剧。嘉靖初，李开先用当时流行的《傍妆台》曲调写了

---

① 《中国古典戏曲论著集成》第三册《词谑》。

一百支新体小令，王九思一一和之。[1] 康海尤妙于挝鼓歌曲，老乐工自叹弗如。临卒别无长物，大小鼓却有三百余副。王九思将学填曲，以厚币延请名师，杜门学按琵琶、三弦，历三年而后出手。[2] 可以说，明代中晚期通俗文学兴盛的局面，就是由前七子始开风气的。

李梦阳对民间歌谣推崇到何种程度，还可由下列事实见出，他为收录了自己弘治、正德间的诗文，即凝聚着他毕生心血的《弘德集》作序时，就只谈向民歌学习的问题，而不及其他。表明向民间歌谣学习，写出有情的"真诗"，乃是他终生为之追求的目标。现代研究者大多注意到这篇序，但由于受对复古派的传统评价的影响，认为复古派的文学主张就是一味模仿古人等，因而想当然地把李梦阳的话看作他的"晚年悔悟"之词，看作是他在所谓"回头猛省"、"有所彻悟"后对复古运动的自我否定。[3] 由于这种说法广泛流传，复古派重情的文学主张被掩盖，复古运动的真实性质和意义也长期得不到正确的认识和评价。现在还是让我们再看看这篇序：

> 李子曰：曹县盖有王叔武云，其言曰：夫诗者，天地自然之音也。今途咢而巷讴，劳呻而康吟，一唱而群和者，其真也，斯之谓"风"也。孔子曰："礼失而求之野。"今真诗乃在民间。而文人学子，顾往往为韵言，谓之诗。……
>
> 李子于是怃然失，已洒然醒也。于是废唐近体诸篇，而为李、杜歌行。王子曰：斯驰骋之技也。李子于是为六朝诗，王

---

① 《渼陂集·碧山乐府》卷六《南曲次韵》。

② 《万历野获编》卷二十五等。

③ 参见郭绍虞主编：《中国历代文论选》第三册，第57—58页。中国社会科学院文学研究所编：《中国文学史》第三册，第881页。

子曰:斯绮丽之余也。于是诗为晋、魏,曰:比辞而属义,斯谓有意。于是为赋、骚,曰:异其意而袭其言,斯谓有蹊。于是为琴操、古歌诗,曰:似矣,然糟粕也。于是为四言,入“风”出“雅”,曰:近之矣,然无所用之矣,子其休矣。李子闻之,暗然无以难也。自录其诗,藏筐笥中,今二十年矣,乃有刻而布者,李子闻之惧且惭,曰:予之诗,非真也,王子所谓文人学子韵言耳,出之情寡而工之词多者也。然又弘治、正德间诗耳,故自题曰《弘德集》。每自欲改之以求其真,然今老矣。曾子曰“时有所弗及”,学之谓哉!(潘之恒蒐校本《空同集》卷首《诗集自序》)

按《万历野获编》说,“李空同先生初自庆阳徙居汴梁,闻之……何大复继至,亦酷爱之”。李梦阳之父李正成化十八年任周王府封丘王教授,即携梦阳居汴梁。弘治三年,李梦阳19岁,与周王府广武郡君的仪宾左梦麟之女成婚于汴梁。[①] 是李梦阳至迟在弘治年间就对民间歌谣发生了兴趣。何景明初至汴梁的时间不可确考,但至迟不晚于弘治十一年中举时。又《诗集自序》中提到的王叔武,与李梦阳同于弘治六年中进士,又同在户部任职。[②] 序中又说,作该序时距听到王叔武的那番话已“二十年”,是李梦阳在弘治中就已深信“真诗乃在民间”之说。序中也说得很明白,李梦阳确实有过“怃然失”、“洒然醒”的经历,但那是在早年,而非晚年;他不是复古20年后才“洒然醒”,而恰恰是在“洒然醒”,即明白了诗必须写真情、真诗乃在民间之后,才开始复古的。而复古的目的也就

---

① 《空同集》卷三十九《家谱》、卷四十五《左氏墓志铭》。

② 《空同集》卷五十五《送梁处州序》。

是为了不作后代常见的文人学子之韵语，摆脱以诗言理叙事倾向的影响，恢复诗缘情的传统。李梦阳最后说自己的诗仍属“文人学子韵言”，则是对自己的努力或者说整个复古运动的成果还不满意而已，并不意味着对复古运动的否定。

总之，批评中唐以后诗歌创作中的理性化倾向，批判理学家倡理而贬情的观点，强调诗歌的情感特征，重视民间歌谣等，乃是李梦阳以及前七子共同的、一贯的、也是最重要的文学主张。复古运动的根本目的，就是为了恢复古典诗歌表达真情实感的优良传统及其他一系列审美特征，或者说是力图以古典诗歌特别是民间歌谣等表达真情实感的优良传统，来矫正中唐以来文人诗歌创作中的理性化倾向。因此，复古派强调复古与强调诗歌必须表达真情实感这两者是相互统一的，复古并不等于形式主义。

二、重格调

表达真情实感，达到情与理、意与象的完美统一，是中国古典诗歌审美特征的首要内容，但还不是它的全部。因此，复古派作家在突出强调诗歌的情感特征和形象性特征的同时，还对中国古典诗歌的审美特征进行了更全面的探讨，从而提出了“格调”的概念。

人类社会的各种历史现象，往往只有在它接近尾声，甚至已经成为往事后，人们才可能对它的性质和发展过程进行全面系统的研究总结。中国古典审美理想和古典诗歌也是如此。唐代以前，就有不少美学家、诗歌理论家对中国古典审美理想和古典诗歌的审美特征进行探讨。但由于当时中国古典文学艺术的实践还有限，他们对这些问题所作的总结概括就不够全面细致。中唐以后，中国古典审美理想和古典诗歌的兴盛期已过，对它们的本质特征进行比较深刻系统的反思已成为可能。但由于理学思想的影响，这种总结概括又偏移到“文以明道”、“诗史”等命题上，在一定程度上违离了中国古典审美理想和古典诗歌审美特征的本来面目。当然，在这一时期内，仍有不少美学家和诗歌理论家程度不一地摆脱了理学思想的束缚，对这些问题作过独立思考，并且有很多重要的发现，其中成绩最突出的是严羽和李东阳。复古派作家则在他们已取得的成果的基础上，继续进行了探索。

首先让我们看看复古派几位主要人物各自的心得。

李梦阳在《潜虬山人记》中说：“李子曰：夫诗有七难，格古；调逸；气舒；句浑；音圆；思冲；情以发之。七者备而后诗昌也，然非色弗神。宋人遗兹矣，故曰无诗。”（《空同集》卷四十八）这里所说的“七难”，实际上也就是李梦阳所认为的中国古典诗歌七个方面的美学要求，也即其审美特征。

在《驳何氏论文书》中，李梦阳又把中国古典诗歌的审美特征归纳为：“柔澹者思；含蓄者意也；典厚者义也；高古者格；宛亮者调；沉著雄丽清峻闲雅者才之类也，而发于辞；辞之畅者，其气也。中和者，气之最也；夫然，又华之以色，永之以味，溢之以香。是以古之文者，一挥而众善具也。然其翕辟顿挫，尺尺而寸寸之，未始无法也，所谓圆规而方矩也。”（《空同集》卷六十二）

徐祯卿《谈艺录》中说：“大抵诗之妙轨，情若重渊，奥不可测；词如繁露，贯而不杂；气如良驷，驰而不轶。由是而求，可以冥会矣。”他又认为，“思或朽腐而未精，情或零落而未备，词或罅缺而未博，气或柔犷而未调，格或莠乱而未叶，咸为病焉。”这就是说，诗歌必须“思”精”、“情”“备”、“词”“博”、“气”“调”、“格”“叶”。

王廷相在《与郭介夫学士论诗书》中说："然措手施斤，以法而入者有四务……何谓四务，运意、定格、结篇、炼句也。意者诗之神气，贵圆融而忌暗滞；格者诗之志向，贵高古而忌芜乱；篇者诗之体质，贵贯通而忌支离；句者诗之肤骸，贵委曲切忌直率。是故超诣变化，随模肖型，与造化同工者，精于意者也；构情古始，侵'风'匹'雅'，不涉凡近者，精于格者也；比类摄故，辞断意属，如贯珠累累者，精于篇者也；机理含混，辞少意多，不犯轻佻者，精于句者也。夫是四务者，艺匠之节度也。一有不精，则不足以辑翥翰涂，驰迹古苑，终随代汩没尔。"

中国古代文学理论所用概念的含义往往相当模糊，很难对它们作明确的界说和归类。李、徐、王三人所论，已涉及了上十个概念，似乎大致可以归为两组。第一组包括格、思、意、义、法、篇、句等，基本上可以"格"为代表；第二组包括调、气、情、音、色、词、味等，基本上可以"调"为代表。关于"格"的要求，李梦阳等人共同的看法是要"高古"。其中"高"主要是指作品的思想境界即思、意、义等要高尚、精深，而不落于"凡近"；"古"主要指作品的句法、篇法、词语等要古雅含蓄，而不落于"浅俗"。关于"调"的要求，李梦阳概括为"宛亮"。分别言之，"宛"指作品所蕴含的情、气、音、味要委婉和畅，"亮"指作品的词藻、文采要明丽鲜亮。

复古派人人讲格调，非复古派的历代文学评论家也常常使用这个概念，这表明"格调"确实是中国古典文学特别是古典诗歌中的一种客观存在。但是，"格调"究竟指什么，它们之间的关系如何，却一直没有得到明确的阐释。笔者认为，"调"就是指诗歌作品中情与理、意与象、诗与乐相结合所构成的具有动态特征的总体形态，或者说混合流："格"即指这种混合流的境界、层次之高下。

“格”就是“调”之“格”，它并不脱离“调”而单独存在。每一种“调”，都有它自己的或高或卑的“格”。王世贞说：“才生思，思生调，调生格。思即才之用，调即思之境，格即调之界。”(《艺苑卮言》卷一)已经涉及格与调之间关系的奥秘。

达到了情与理、意与象、诗与乐的一定程度的统一，具备了情、气、音、味、词藻、文采等，就具备了文学的基本特征，就形成了“调”，作品就成其为文学了。但这种文学作品的品质之高卑，则主要由其中所包含的“思、意、义”等决定。正像整个“格”都不脱离“调”而存在一样，“思、意、义”等也不脱离作品的“情、气”等而存在，实际上也就是“情、气”本身的“思、意、义”。“情”始终是文学作品特别是诗歌的主要描写对象，要求作品的“思、意、义”要高尚、精深，也就是要求作品中所表达的情感应该与社会现实生活密切相关，具有较大的普遍性，包含高尚深刻的思想意义，而不只是个人狭隘的日常生活情绪，不只是一些庸俗的感官欲念。这样作品的“格”才能“高”。

作品的“思、意、义”等决定其“格”之高下，这不难理解。作品的句法、章法、字词等也是决定作品之“格”的重要因素，则似乎需要作一些解释。文学是语言的艺术，作品的思想内容等等，都要通过语言表现出来。语言的特征，实对作品的风格有重要影响。古雅含蓄的句法、篇法、字词等，与高尚精深的“思、意、义”等相互适应。一篇语言熟烂鄙俚的作品，其思想境界往往也很卑下。即使本有某种较深刻高尚的思想感情，也会因这种语言而被糟蹋得面目全非。

“调”与“格”的关系，有似于中国古代文学理论中另一对重要概念即“风”与“骨”的关系。只不过“格调”主要就作品本位而言的，“风骨”则主要是从欣赏的角度而言的。“风”指作品的整个艺术感染力，“骨”则指这种感染力内在的高度和强度。联系起来看，作品的“调”生“风”，“格”则生“骨”，故又有“风调”、“骨格”之类的概念出现。这种概念正好说明了它们之间的对应关系。刘勰在《文心雕龙·风骨》篇中，把作品的“情”归于“风”的范畴，而把“辞”归于“骨”的范畴，并反复强调了“辞”对“骨”的重要性。

是以怊怅述情，必始乎风；沉吟铺辞，莫先于骨。故辞之待骨，如体之树骸；情之含风，犹形之包气。结言端直，则文骨成焉；意气骏爽，则文风生焉。……

故练于骨者，析辞必精；深乎风者，述情必显。捶字坚而难移，结响凝而不滞，此风骨之力也。若瘠义肥辞，繁杂失统，则无骨之征也；思不环周，索莫乏气，则无风之验也。

“骨”是否完全就是指文辞，如黄侃先生《文心雕龙札记》中所说的那样，还值得商榷。因为所谓“结言端直”云云，显然就不仅是指文辞本身要简劲明快，而是还含有文辞所表达的思想内容应该高尚精深的意思。不过，在刘勰看来，“辞”是影响作品的“骨”即“格”的一个重要因素，则是毋庸置疑的。

清代文论家刘大櫆也强调了“字句”对整个作品的“神气”的意义。他所说的“神气”大致相当于整个“格调”。他说：“神气者，文之最精处也；音节者，文之稍粗处也；字句者，文之最粗处也。然论文至于字句，则文之能事尽矣。盖音节者，神气之迹也；字句者，音节之矩也。神气不可见，于音节见之；音节无可准，以字句准之。音节高则神气必高，音节下则神气必下。”（《论文偶记》）

总而言之，作品的字、词、字法、词法、句法、章法等，并不是纯形式的因素。它们对作品的“格”，从而对整个作品的“格调”有极其重要的意义。中国古典诗歌的审美特征，与它所特有的字、句、字法、词法、句法、章法等是相互适应的。中唐以后古典诗歌的审美特征逐步丧失，与这一系列因素内部发生的变化有很大关系。要恢复古典诗歌的审美特征，创作出符合古典审美理想的“格”“高”的作品，就必须对这一系列因素予以充分注意。

由此可见，“格调”一词所包含的内容是相当丰富全面的。过去的评论者以“重格调”来概括复古派文学理论主张和创作的特点，未尝不可。只是人们一般都没有对“格调”的内涵进行仔细辨析，往往认为它只是指作品的音律等方面的要求或特点，这就把它的含义理解得太狭隘了。按照复古派的理论，古典诗歌的审美特征，分言之则有诸多方面，合言之则“格调”一词可以大致概括。这一概念，实际上包括了美与善的统一、情与理的统一、意与象的统一、诗乐结合中和之美等各个方面的内容。

严羽把古典诗歌的审美特征总结为五个方面：“诗之法有五：曰体制，曰格力，曰气象，曰兴趣，曰音节。”其中前两个方面相当于李梦阳等人所说的“格”，后三个方面相当于李梦阳等所说的“调”。严羽虽然将五个方面并列，但强调的则主要是“兴趣”，属于“调”的方面。这是因为，严羽批评的对象主要是江西诗派。江西诗派的诗人“以文字为诗，以才学为诗，以议论为诗”，又讲究琢章炼句，无一字无来历，这样，格不高的情况就还不突出，最突出的问题乃是“多务使事，不问兴致”，专为理语，枯燥乏味，调乏流转。严羽对症下药，所以特别强调“兴趣”。李东阳将“格”“调”并提，认为“诗必有具眼，亦必有具耳。眼主格，耳主声。闻琴断，知为第几弦，此具耳也；月下隔窗辨五色线，此具眼也……试取所未见诗，即能识其时代格调，十不失一，乃为有得”。但是，李东阳强调最力的则还是音律，也属于“调”的方面。因为他承浙东派、台阁体诗文盛行之后，批评的主要对象仍是诗歌中的理化倾向。另外，严羽可以说是一个职业诗人，终生沉酣于对诗歌韵味意象的品究，对社会现实生活不太关心；李东阳虽为朝廷重臣，但立身处世都比较平庸。他基本上是把诗歌看作文人韵事，看作怡情的消遣品，不重视诗歌的社会作用，这也是他们侧重于强调诗歌的“调”而忽略诗歌的“格”，特别是忽视诗歌的思想内容的原因。

复古派批评的主要对象仍然是理学家文学观及诗歌的理化倾向，因此他们同样特别强调诗歌的情感、文采、音节，重视诗歌的“调”。但是，复古派作家大都积极参与了社会现实生活中的政治斗争，有自己的政治理想。他们的政治理想与审美理想相互融汇在一起。因此，他们特别重视作品的思想内容，强调作品应该有“风人之义”，即反映社会现实生活，力求使作品具有高尚的旨趣、深厚的意蕴。同时，他们也注意到，诗歌高尚的旨趣和深厚的意蕴，是与古雅含蓄的句法、篇法、语言等相互适应的。古典诗歌那种浑朴圆融的意境，是由特定的法度、语言等因素共同构成的。离开了这些具体因素，那种浑朴圆融的意境就不复存在。要恢复古典诗歌的审美特征，就必须从学习、模仿古典诗歌特定的法度、语言等做起。因此，复古派除了重视诗歌的“调”外，又特别重视诗歌的“格”，即它的思想内容与法度、语言等。

单纯强调诗歌的兴趣、音韵，而不重视诗歌的思想内容与法度、语言等，这种所谓“兴趣”、音韵就还显得空洞飘忽，难以捉摸。一方面，没有充实的思想内容，作品就缺乏社会意义，难以引起较大的震动和普遍的关注；另一方面，没有具体的法度、语言等因素作基础，作品的“格”也就难以得到保证。因此，单纯讲究兴趣、音韵的诗歌，往往从理化的迷雾中走出来，又跌进了俗化的泥坑。严羽、李东阳的诗歌理论不是没有涉及“格”的方面，但强调重视得还不够，他们的创作实践更没有充分体现这种主张，因此就很难与一般俗化的诗歌划清界限。复古派作家则不仅在理论上强调作品的“格”要“高”、“思”要“精”、“意”要“含蓄”、“义”要“典厚”，同时强调必须从学习古代作家作品的法度、语言入手，使恢复古典诗歌审美特征的主张落到实处，而且在创作上也积极反映社会生活，指斥黑暗现实，歌唱政治理想与人生理想，并注意学习模仿古代作家作品的法度、语言。总之，复古派是以重视诗歌的“调”，即情感、文采、音韵等方面的主张，来批评理学家文学观及诗歌的理化倾向；同时又以强调诗歌的“格”，即思想内容、法度和语言等方面的主张，来反对诗歌中的俗化倾向。这就是复古派和严羽、李东阳等人之间的区别所在，也是复古派能在恢复古典审美理想和古典诗歌的审美特征方面取得一定成效并引起较大反响的原因之一。

格调既是一个共时的概念，也是一个历时的概念。作为共时概念，格调指中国古典诗歌的审美特征；作为历时概念，它又是指中国古典诗歌的审美特征在不同历史时期的具体表现形态。各个时代人们的思想感情、思维方式、语言习惯等不同，各个时代的诗歌便具有了不同的格调。于是复古派强调“格调”，也就有了两层意义。一是注重对中国古典诗歌一般审美特征的体认，二是注重考察中国古典诗歌审美特征发展变迁的轨迹，也就是中国古典诗歌的发展变迁史。当然，复古派作家进行后一项工作，主要目的还是在寻求最充分地体现了中国古典诗歌审美特征的时代格调，以为师法的榜样。因为他们的主要身份不是诗史研究者，而是诗人。他们探寻的结果，是确认汉、魏、盛唐时代诗歌的格调正是他们所寻求的目标。几乎复古派的任何一种主张都遭到后代评论者特别是清人的口诛笔伐。分担抨击复古派的"格调说"主攻手任务的是翁方纲，他写了上、中、下三篇《格调论》，其上篇云："诗之坏于格调也，自明李、何辈误之也。李、何、王、李之徒，泥于格调而伪体出焉。非格调之病也，泥格调者病之也。……古之为诗者，皆具格调，皆不讲格调，格调非可口讲而笔授也。唐人之诗，未有执汉、魏、六朝之诗以目为格调者；宋之诗，未有执唐诗为格调；即至金、元诗，亦未有执唐、宋为格调者。独至明李、何辈，乃泥执《文选》体以为汉、魏、六朝之格调焉；泥执盛唐诸家以为唐格调焉。于是不求其端，不讯其末，唯格调之是泥；于是上下古今，只有一格调，而无递变递承之格调矣。"（光绪刻本《复初斋文集》卷八）按翁氏之说实自相矛盾。复古派对中国古典诗歌在不同时代的格调进行过认真探讨，翁氏也承认复古派以《文选》体为汉、魏、六朝之格调，以盛唐诸家为唐格调等等，又怎么能说复古派"不求其端，不讯其末"，"上下古今，只有一格调，而无递变递承之格调"呢？其次，诗有格调，是一种客观存在，翁氏似亦未予否认。他要反对的，实在于复古派师法汉、魏、盛唐格调的主张。而他的理论根据，不过是"古之为诗者，皆具格调，皆不讲格调"；"唐人之诗，未有执汉、魏、六朝之诗以目为格调者；宋之诗，未有执唐诗为格调者"之类。这简直不构成任何理由。汉、魏、唐、宋、金、元人都未讲格调，或是因为中国古典诗歌当时还未得到充分发展，人们对它的审美特征及其发展变迁轨迹还无法获得明晰而完整的认识；或是古典审美理想的解体及古典诗歌审美特征的丧失还没有达到极端严重的地步，还没有引起人们的共同注意。至明代复古派时，中国古典诗歌已经走过了漫长历程，古典审美理想解体和古典诗歌审美特征的丧失已发展到无以复加的地步。同时,人们对中国古典诗歌的审美特征及其发展变迁过程的认识也日渐深入。在此基础上,复古派作家对中国古典诗歌的审美特征进行更深入的体认,提出“格调”的概念来概括它,并对不同时代的格调进行辨析,不是很自然的事情吗?难道前人没有写过《格调论》,他翁方纲也就不能写吗?要言之,翁方纲洋洋洒洒的三篇《格调论》,除指出复古派在学古方面过于模拟这一复古派自己已屡屡言之的问题外,实无多大意义。

三、提倡学古

1. 关于学古的目标

认为学古是明代文学复古运动的唯一宗旨,属于望文生义。但学古无疑是前七子的重要文学理论主张之一。古典诗歌出现理性化与俗化倾向后,其审美特征逐步丧失。要恢复古典诗歌的审美特征,写出优秀的作品,除了积极投入社会现实生活,用诗歌表达真情实感外,还要摆脱近代理性化和俗化诗风的影响,向古代作家作品学习,这也是一个自然得出的结论。因此,复古派特别强调学古,并以此得名。其领袖人物李梦阳与何景明之间那场引人瞩目的论争,也主要围绕这一问题进行。世人往往即据此评判复古派。所以,我们有必要对复古派的学古理论及李、何之争的实质进行探讨。

首先,关于前七子的学古理论本身,有几种沿袭已久的说法须予辨正。

第一,过去人们一般把前七子的复古主张概括为所谓“文必秦汉,诗必盛唐”。其中“文必秦汉”之说只有康海、王九思两人提过,前七子其他成员大多只注重论诗，其成就也主要在诗歌方面，故这里暂不加详细讨论。至于“诗必盛唐”这种说法则是不太准确的，它容易使人产生错觉，以为前七子在诗歌方面不取前，不取后，仅仅取法“盛唐”。其实前七子中从来没有人提过“诗必盛唐”的口号，他们取法的范围也不是这样狭窄。李梦阳的看法是：“三代以下，汉魏最近古”（《空同集》卷六十二《与徐氏论文书》），六朝诗可学，但必须“择而取之”（同上卷五十六《章园饯会诗引》）；元、白、韩、孟、皮、陆以下不足学（《与徐氏论文书》）。何景明自称“学歌行近体，有取于（李白、杜甫）二家，旁及唐初盛唐诸人，而古作必从汉、魏求之”（《大复集》卷三十四《海叟诗序》）。康海、王九思两人意见完全相同，都主张“文必先秦两汉，诗必汉魏盛唐”（《渼陂集·渼陂续集》卷中《康公神道碑》；《渼陂集》卷首康海《渼陂集序》等）。徐祯卿《谈艺录》未涉及近体诗。在古体诗方面，他认为：“魏诗，门户也；汉诗，堂奥也”；“唯汉氏不远逾古”（《迪功集》卷六《与李献吉论文书》）。王廷相说：“余尝谓诗至三谢，当为诗变之极，可佳亦可恨耳，唯留意五言古者始知之”（《王氏家藏集》卷二十七《答黄省曾秀才》）；“律句，唐体也。天宝、大历以还，等而下之。晚唐不足言。苏、黄有高才远意，格调风韵则失之。元人铺叙藻丽耳，古雅含蓄何能相续”（《寄孟望之》）。

从上面所引可以看出，对于学古应取法的榜样，前七子的看法基本一致，即古诗以汉魏为师，旁及六朝；近体诗以盛唐为师，旁及初唐，中唐特别是宋元以下则不足法。如要对此加以概括，那么比较准确的说法应是“诗必汉魏盛唐”，或“诗必盛唐以上”。

在对古典诗文特别是古典诗歌审美特征发展变迁过程的考察中，何景明得出了这样一个结论。“夫文靡于隋，韩力振之，然古文之法亡于韩；诗弱于陶，谢力振之，然古诗之法亦亡于谢。”（《大复集》卷三十二《与李空同论诗书》）由于陶渊明、韩愈等是历来公认的诗文大家，所以自何景明在《与李空同论诗书》中阐述这一观点后，遂成为众矢之的，清代人攻之尤力。毛先舒、章学诚曾撰文辩难，杭世骏甚至斥何景明为“病狂”。（毛先舒《诗辩坻·辩何篇》；章学诚《与汪龙庄书》、《上朱大司马论文》。俱见郭绍虞主编《中国历代文论选》第三册引）钱谦益则更据为攻击复古派的口实，以为何景明此说是将陶、谢、韩的诗文“一言抹杀”，“大言无当，矫诬轻毁”；是“欲希风枚、马，方驾曹、刘，割时代为鸿沟”。（《列朝诗集·丙集》“何景明”条）后来的评论者大多对钱氏等人的话信之不疑，且随声附和，认为何景明的这段话典型地体现了复古派食古不化，看不到文学发展的必然性，以及好为大言以欺世的弊病。其实这基本上是一个误会。

首先，“诗弱于陶”句中之“弱”，赐策堂本、文渊阁《四库全书》本《大复集》都作“弱”，而钱谦益、毛先舒、章学诚所引都作“溺”，当以本集为是。“弱”可理解为指法度散易，气韵婉惬，并不意味着完全否定，“溺”则含有完全否定之意，两字轻重有别。五言诗的发展以晋宋之际为界，晋以上犹存古法，宋以下已开始向近体演进，这是诗歌史家大致公认的事实。陶渊明是上一阶段的最后一位重要作家，他的诗歌以自然为宗，与汉魏古诗古雅凝重的风格相比，法度、气韵确实要“弱”一些。谢灵运欲以整练救之，然已有意作诗，与陶渊明以上作家的无意出之，特别是“苏、李之天成，曹、刘之自得”不同，而且注意锻句炼字，渐事骈偶，已启五言诗由古体向近体演化之机。说“古诗之法亡于谢”，未尝不可。

古典散文在六朝时严重骈俪化，唐代韩愈等人倡导古文运动，以散行单句的“古文”代替专门讲究排偶、辞藻、音律和典故的“骈文”，文风为之一变。但韩愈等人倡导的“古文”，与秦汉以上的散文写法并不一样。秦汉以上散文分论说文与纪事文两种，纪事文以事为本，论说文以论为本，都无意讲究文章的词藻章法，形式往往相当自由，甚至散漫无宗。韩愈等人乃有意为文，讲究“惟陈言之务去”，注意文章的篇法、句法。自韩愈及唐宋各大家的散文流行，中国古典散文的风格明显变化，谓“古文之法亡于韩”，也并非没有根据。

至于说何景明是必欲将谢、韩等“一言抹杀”，食古不化，“割时代为鸿沟”云云，则完全不合何氏这段话的原意。何景明只说“古诗之法亡于谢”、“古文之法亡于韩”，目的在于指出谢、韩给中国古典诗文带来的变化，并无责备谢、韩的意思。何景明这篇《与李空同论诗书》的中心论点，就是每个诗文作家都应该“拟议以成其变化”，即在遵循文学创作一些基本法则的前提下，不沿袭古人，不为古法所限，而“自成一家之言”。谢、韩不尽守古法，而能“振”起诗文，并自成大家。何景明正是运用这一事实来论证自己的观点。因此，何景明恰恰是主张诗文必须发展变化的，他对谢、韩的创新也是持肯定态度的。钱谦益故意将何景明的话改为“文亡于韩”，然后加以攻击，这是他又一次运用歪曲事实的惯用手法。

实际上，何景明只不过指出了文学发展史上一种普遍存在的现象，即旧“法”不得不变为新“法”，新“法”生则旧“法”不得不废。苏轼《书黄子思诗集后》一文中说：“予尝论书，以谓钟、王之迹，萧散简远，妙在笔画之外。至唐颜、柳，始集古今笔法而尽发之，极书之变，天下翕然以为宗师，而钟、王之法益微。至于诗亦然，苏、李之天成，曹、刘之自得，陶、谢之超然，盖亦至矣。而李太白、杜子美以英玮绝世之姿，凌跨百代，古今诗人尽废。然魏晋以来高风绝尘，亦少衰矣。”(《经进东坡文集事略》卷六十)苏轼这段话与何景明所论若合符契，然则钱谦益、杭世骏辈也要斥苏轼为“病狂”了。盖钱谦益及清代人大多对复古派先就抱有偏见，没有细审何景明的话的原意，便生出种种指责。而他们的崇古意识更甚，如章学诚一方面也赞成“韩子文起八代之衰，而古文失传，亦始韩子”，一方面却又说：“夫昌黎道德文辞，并足泰山北斗，信阳何所见闻，敢此妄议，杭(世骏)氏斥之是也。”似乎牵涉到陶渊明、韩愈这样的名家，便即使是历史事实，也不能“妄议”了。相比之下，我们倒应该佩服何景明的勇气。要说食古不化，恐怕最甚者还是清代学者自己。

第二，前七子标举汉魏盛唐，是就学古应取的最佳典范而言，并不是说除此之外的诗歌就一无可取。他们是在对中国古典诗歌的发展变迁轨迹进行深入体认的基础上作出这一抉择的。之所以要取法汉魏盛唐，是因为入门须正，必须取法乎上。好比现代的教科书必须精选名家名篇，不可能稍有价值的就入选。李梦阳曾说：“且夫图高不成，不失为高；趋下者，未有能振者也。”又说：“学其似，不至矣，所谓法上而仅中也。过则至、则超矣。”(《空同集》卷六十二《与徐氏论文书》；《王氏家藏集》卷二十三《李空同集序》)这已把他们的意图交代得很清楚。至于中唐特别是宋元以来的诗歌创作，虽不乏优秀篇章，但大多已不免浸染理性化或感性化之风，已部分地丧失了古典诗歌的审美特征。从它们入手，起点就不高。有如现代的文学或音乐教学，如首先就让学生接触大量浅薄庸俗的作品，其影响往往根深蒂固，很难消除。然而，对后代人来说，宋元以来的生活内容、思维方式、语言习惯等，无疑要比汉魏盛唐时代的生活内容、思维方式、语言习惯等接近得多，因此人们又最容易接受其影响。一旦入乎其中，便很难自拔。复古派诸子对此有深切体会，因此他们主张在选取师法的榜样时，一定要严格划清界限。

在前七子之前，严羽、李东阳等就已对诗歌的理性化和感性化倾向进行过批评，并提出了与前七子主张相似的观点。如严羽曾指出："学诗者以识为主，入门须正，立志须高，以汉魏晋盛唐为师，不作开元、天宝以下人物。若自退屈，即有下劣诗魔入其肺腑之间，由立志之不高也。行有未至，可加工力；路头一差，愈骛愈远，由入门之不正也。"(《沧浪诗话》)李东阳也说："宋诗深，却去唐远；元诗浅，去唐却近。顾元不可为法，所谓'取法乎中，仅得其下'耳。近日儿童村学教以胡曾《咏史诗》，入门先坏了声口矣。"(《麓堂诗话》)在前七子之后，王世贞说："李献吉劝人勿读唐以后文，吾始甚狭之，今乃信其然耳。记闻既杂，下笔之际，自然于笔端搅扰，驱斥为难。"(《艺苑卮言》卷一)《红楼梦》第四十八回写香菱向黛玉学诗，"香菱笑道：'我只爱陆放翁的诗：重帘不卷留香久，古砚微凹聚墨多。说的真有趣。'黛玉道：'断不可学这样的诗。你们因不知诗，所以见了这浅近的就爱，一入了这个格局，再学不出来的。'"黛玉之语，表达的应是作者曹雪芹的见解。以上各家所言，都是经验之谈，足见严格选取师法榜样之重要。

至于一般地评论诗文，复古派并不总是这样严分界域。六朝、初唐还被不少复古派作家奉为取法的榜样，固不必论。中唐以下的诗文也常为他们旁采泛览。王世贞《艺苑卮言》卷六说："惟《空同集》是献吉自选，然亦多驳杂可删者。余见李嵩宪长称其'黄河水绕汉宫墙，河上秋风雁几行。客子过壕追野马，将军韬箭射天狼。黄尘古渡迷飞挽，白月横空冷战场。闻道朔方多勇略，只今谁是郭汾阳’一首，李开先少卿诵其逸诗几十余首，极有雄浑流丽，胜其集中存者。尔时不见选，何也？余往被酒跌宕，不能请录之，深以为恨。”按李梦阳自选集究竟为何不收“黄河水绕汉宫墙”一诗，王世贞并未交代。清初周亮工《书影》乃解释说，这是因为诗中用了郭汾阳（子仪）的典故，属于中唐之事，与李梦阳本人倡导的不读中唐以后书的主张自相矛盾，怕贻人口实，故削之不载云。《四库总目提要》又转引周亮工之说，以为李梦阳自坚门户之证。实际上李梦阳诗作中用中唐以后典故者岂止于此。即就郭子仪的典故而言，他的力作《石将军战场歌》中就有“岂说唐朝郭子仪”之句，又有“天生李晟为社稷”之句，李晟亦与郭子仪同时而稍后之人。《空同集》卷二十九还有《无题戏效李义山体》一首，可见李商隐等人的作品李梦阳也曾寓目。周亮工之说只不过是一种传闻猜测之词，并不可靠。后代人却爱其新颖，转相引述，至成定论。能够在社会上广泛流行的往往是一些最简单的口号，最新奇的传说，而它们往往最容易厚诬古人。附会在明代复古派身上的这类口号传说实在太多，可惜在此不能一一予以辨正。

李梦阳尚且如此，复古派其他作家更不曾自缚手脚。何景明《大复集》卷二十四《寄君山》有“旧井潮深柳毅井”之句，用中唐李朝威小说《柳毅传》的典故。卷二十六《寿西涯相公》有“十年天下先忧泪”之句，《奉寄泉山先生》有“苍生尚系裴公望，白发宁忘范老忧”之句，皆用宋范仲淹《岳阳楼记》典故。后一例“裴公”指裴度，也是中唐人物。[①] 康海、王九思虽在前七子中最明确地提出了“文

---

① 参见钱钟书：《谈艺录》，第 410 页。

必先秦两汉，诗必汉魏盛唐”的主张，但他们在泛览旁采上几乎没有什么拘忌。据王九思《康公神道碑》，康海“喜唐宋韩、苏诸作，尤喜苏洵《嘉祐集》”。又据何良俊《四友斋丛说》卷二十三，康海曾批评苏轼《范增论》结尾处“忙杀”，即过于急促，而前七子的同道之一朱应登则为苏轼辩护，可见他们都曾于苏轼集用心。王九思《渼陂集》卷二有《读寒山子诗四首》，《渼陂续集》卷上有《林居杂吟学寒山子五首》、《再次韵学寒山子二首》等，可见他对中唐诗僧寒山的诗颇感兴趣。

总之，前七子标举汉魏盛唐，而否定中唐以下特别是宋元以来的诗歌，都是就学古应取的榜样而论的。这不仅是复古派的主张，也是大多数有过学习古典诗歌的亲身经历的人的共同看法，是符合学习古典诗歌的实际的，因此无可厚非。为了强调中唐以下诗歌虽有可取但不足为法，复古派对它们的批评不免有过激之处，但当时复古派要转移风气，把古典诗歌从严重理性化和感性化的状态中挽救出来，出现这种情况并不难理解。即使如此，他们对中唐以下诗文的态度，也不像后人所认为的那样绝对。后代评论者一是没有把他们论取法的典范和一般地评论诗文两种情况区别开来，认为复古派是将中唐以下诗文一笔抹杀，觉得不能接受；二是大多缺乏真正学习古典诗歌创作的实践经验，不能充分体会到“入门须正”、“取法乎上”的重要性，于是将这种主张轻易否定了。

2. 学古的原则和方法：李、何之争与学古主张内部的分歧

关于李、何之争的实质，有人把它主要理解为两人所崇尚的两种不同风格——“雄奇豪放”与“清俊响亮”——之争。不能说没有这种因素夹杂其中。李梦阳对中国古典诗歌审美特征的体认稍过狭隘，没有充分认识它的弹性，侧重强调了其中“柔澹、沉著、含蓄、典厚”的主调，而对“清俊响亮”的风格有排斥之意。何景明反驳道：“譬之乐，众响赴会，条理乃贯；一音独奏，成章则难。故丝竹之音要眇，木革之音杀直。若独取杀直，而并弃要眇之声，何以穷极至妙，感情饰听也。”何氏的这种说法无疑是正确的，也是符合中国古典诗歌的实际的。不过，李梦阳批评何景明“以俊语亮节自安”，根本上是因为他认为这样势必会忽视对体裁法度的讲求，会“乖于先法”。因此，风格之争是次要的，谨守古法与否才是争论的焦点所在。

对于这场论争，后来还有一种观点相当流行，即认为这只是一场名利之争。如钱谦益就说：“仲默初与献吉创复古学，名成之后，互相诋諆，两家坚垒，屹不相下。”(《列朝诗集·丙集》“李梦阳”、“何景明”条)文士好名，文人相轻，自古而然，李、何当也难免。不过他们主要还是为了共同的事业。世俗中人骤见其词气之激烈，必以为他们的关系已严重恶化，然而事实并非如此。李开先《闲居集》之十《何大复传》、王世贞《艺苑卮言》卷六都记载，何景明临卒时遗嘱墓文必出李梦阳手，只是因为何氏的门人亲友自作主张才未果，可见李、何总终还是相互信任的。知名人物交恶事件闹得满城风雨，往往是其一些不识大体的追随者及一些从中渔利的人拨弄的结果，李、何之争亦然。我们不否认这场争论与名利有关，但如果把它看成一场纯粹的名利之争，则有诬二人之本心，且将忽略这场争论的实际意义。

另一种观点是将李、何之间的分歧概括为李主模拟、何主变化。或者说李由古入，仍由古出；何由古入，不由古出。这些说法有一定道理，但都不够准确。何景明在《与李空同论诗书》中，提出的学古原则是“拟议以成其变化”、“以有求似”。在《述归赋序》中，他又说自己对作品“矩法”的态度是“闭户造车，出门合辙”（《大复集》卷一）。所谓“拟议”、“求似”、“合辙”等，表明何景明不是不重模拟，未尝“不由古出”。李梦阳也不是不重变化，未尝不把“成一家之言”当作最高目标。在《驳何氏论文书》中，他表示也反对那种“窃古之意，盗古形，剪截古辞以为文”，即纯粹从事模拟、剽窃的做法。认为这样“创作”出来的东西，“谓之影子诚可”。他主张诗文创作应遵循古典诗文内在的普遍的规律，即大量古典作品中“所必同”的规则。在此基础上，每个作家都可以自由创造，形成自己的个性风格：“获所必同，寂可也，幽可也，侈以丽可也，岿可也，巨可也。守之不易，久而推移，因质顺势，融熔而不自知。于是为曹为刘为阮为陆为李为杜，即今为何大复，何不可哉！此变化之要也。故不泥法而法尝由，不求异而其言人人殊。”在《答周子书》中，他又说学古的最高境界是“积久而用成，变化叵测矣。斯古之人所以始同而终异，异而未尝不同也”（《空同集》卷六十二）。

由于人们总认为李梦阳只是一味地强调“尺尺寸寸”于古法，故对他的文学主张产生了不少误解，甚至把他本来是强调“变化”的主张也误认为是强调死守古法的主张。例如，徐祯卿早年浸染吴中风尚，后转而学古，又似乎稍稍有走向另一极端，即太重模拟古人，太重法度格调，而自由变化略显欠缺的倾向。他的《谈艺录》只论古体，不及近体；独推汉、魏，不及晋、唐，即与这种倾向有关。他专擅五言古，所师法确实不出汉、魏，取境不免稍狭，则容易露出蹊径。如《留别边子》（《迪功集》卷三）之仿“苏、李赠诗”、《送王诞敷之官长沙》（同上）之仿张衡《四愁诗》等，模拟的痕迹都比较明显。因此，李梦阳在《徐迪功集序》中说：

夫追古者未有不先其体者也。然守而未化，故蹊径存焉。

> 虽然，辞荣而耽寂，浮云富贵，慷慨俯仰，迪功所造诣，予莫之竟究矣。今观其文，温雅以发情，微婉以讽事，爽畅以达其气，比兴以则其义，苍古以蓄其词，议拟以一其格，悲鸣以泄不平，参伍以错其变。该物理人道之懿，阐幽剔奥，征记名实。即有蹊径，厥俪鲜矣。修短细大，又曷论焉？（《空同集》卷五十）

在这里，李梦阳一方面肯定了徐祯卿"辞荣而耽寂"，潜研深思，取法乎上，"议拟以一其格"所取得的成就。同时也指出，徐祯卿尚未达到"积久而用成，变化叵测"的境地，还停留在对古体古法"守而未化"，"故蹊径存焉"的阶段。总之，李梦阳的本意正是强调仅仅守古法还是不够的，还必须再进一步加以变化。可是，钱谦益在《列朝诗集》中却说，李梦阳这段话的意思是对徐祯卿虽加入了复古派阵营，但"江左风流故自在也"表示不满，必欲人人死守古法，与己相同而后可。钱氏之淆乱事实，一至于此。而后代人出于想当然，竟也对钱氏之说信之不疑。

复古派的其他作家，也大多主张在学古的基础上加以自由变化创造。这里仅以王廷相、王九思为例，王廷相说：

> 工师之巧，不离规矩；画手迈伦，必先拟摹。风、骚、乐府，各具体裁；苏、李、曹、刘，辞分界域。欲擅文囿之撰，须参极古之遗。调其步武，约其尺度，以为我则，所不能已也。久焉纯熟，自尔悟入。神情昭于肺腑，灵境征于听闻，开合起伏，出入变化，古师妙拟，悉归我闼。由是搦翰以抽思，则远古即今，高天下地，凡其形象之属，生动之物，靡不综辑为我材品。敷词以命意，则凡九代之英，三百之事，及夫仙圣之灵，山川之精，靡不会协为我神助。此非取自外者也，习而化于我者也。故能摆脱形模，凌虚构结，春育天成，不犯旧迹矣。乃若诸家所

谓雄浑、冲淡、典雅、沉著、绮丽、含蓄、飘逸、清俊、高古、旷逸等类，则由夫资性学力好尚致然。所谓万流宗海，异调同工者也。究其六辔在手，城门之轨，则一而已。（《王氏家藏集》卷二十八《与郭介夫学士论诗书》）

王九思也说：

> 呜呼，文岂易为哉！今之论者，文必曰先秦两汉，诗必曰汉魏盛唐，斯固然矣。然学力或歉，模仿太甚，未能自成一家之言，则亦奚取于斯也。（《渼陂集·渼陂续集》卷下《刻太微后集序》）

总之，既强调学古，又强调变化，乃是复古派作家共同的主张。何景明所说的"拟议以成其变化"，可以看成复古派在学古问题上的理论纲领。在学古的一般原则上，复古派成员之间仍无重大分歧。

李梦阳与何景明的分歧，主要还在学古的方法问题上，或者说他们的一系列分歧，都主要由在这一问题上的不同主张所引起。学习前人的创作，历来有两种方法：一是注重前人创作的体裁法度，从揣摩模仿它们具体的字法、句法、篇法等入手，以达到对众体众法的熟练掌握。临创作时，根据所要表达的内容意蕴的具体情况，选择运用适当的体裁法度，加以灵活的变化组合。所作无一不合于古人，但并不与古人雷同。另一种方法则是不斤斤于具体的体裁法度，广采可为楷模的前人名作，涵泳熟参，从总体上领会其神情意象，而体裁法度已包含在其中。久之自然悟入，心神俱化。临创作时，自由吐属，而宛然合于古人。李梦阳倡导的是前一种方法，何景明倡导的则是后一种方法。何在《与李空同论诗书》中说："追昔为诗，空同子刻意古范，铸形宿模，而独守尺寸；仆则欲富于材积，领会神情，临景构结，不仿形迹。”李梦阳在答书中，只就何景明对自己所倡导的方法所作的批评进行了反驳，于何景明对自己所倡导的法所作的概括则未予否认，并承认自己对“法”确实是“尺尺而寸寸之”的。这说明何景明对两人在学古的方法问题上的不同主张的概括是准确的。

由于两人都主张学古，所以都强调学习前人创作中之“法”。但由于学古的入手处不同，看待前人创作的着眼点不同，李、何所强调的“法”的具体含义并不同。“法”本身有许多不同的层次，何景明注重从总体上领会前人作品的神情意象，而不斤斤于具体的体裁法度，因此他所强调的“法”，只是文学创作或者说一般写作的最基本的一些规则。他说：“仆尝谓诗文有不可易之法，辞断而意属，联类而比物也。”所谓“辞断而意属”，是说一篇作品虽然分句、分段、分章，但文气要连贯，内容要统一，结构要完整。所谓“联类而比物”，出自《韩非子·难言》，是指文章中要运用大量的事物作例证，并要把同类的例证安排在一起。总之，前者主要指结构，后者主要指例证。因此李梦阳说：“辞断而意属者，其体也，文之势也。联而比之者，事也。”

很明显，何景明所强调的这种“法”，几乎适用于一切写作。没有突出文学创作的表情性、形象性等特征，更没有触及古典审美理想的特定要求和古典诗歌的审美特征。因此，在李梦阳看来，要实现复古的目的，仅仅以这些规则为“法”是远远不够的。古典审美理想和古典诗歌的审美规范要求作品的“思”要“柔澹”，“意”要“含蓄”，“义”要“典厚”，“格”要“高古”，“调”要“宛亮”，“辞”要“畅”，“气”要“中和”，还要“色”“华”，“味”“永”，“香”“溢”。而仅仅遵循“辞断而意属，联类而比物”的规则，创作出来的作品就不一定能达到这些要求，还可能“情思涩促，语佥而硬，音生节拗，质直而粗，浅谫露骨，爰痴爰枯”。如前所述，古典诗歌的这些审美特征，是与它特定的句法、章法、语言等因素相适应的。李梦阳所强调的“法”，就是与古典诗歌的审美特征相适应的这些特定的句法、章法、语言等。在《再与何氏书》中，李梦阳对这些因素作了一个大致的分析：“古人之作，其法虽多端，大抵前疏者后必密，半阔者半必细，一实者必一虚，叠景者意必二。此予之所谓法，圆规而方矩者也。”在《答周子书》中，他又提到了“开阖照应，倒插顿挫”之法。包含在中国古典诗歌中，与古典诗歌的审美特征相适应的特定的法度，与这种审美特征一样，是确确实实存在的，又是难于辨析指陈的。它们都给人以“白云回望合，青霭入看无”、“遇之匪深，即之愈稀”的感觉。也就是说，从总体上进行感受时，便分明感觉到它们的存在；真正深入进去作具体的分析，则又觉得不易捕捉，难中肯綮。及至陈述出来，其高者往往“失之捕风捉影”，卑者则又往往显得“粘皮带骨”。因此这是一件费力而不讨好的事情。李梦阳《驳何氏论文书》、《再与何氏书》、《答周子书》、《答吾谨书》等文中，对前人之作中“法”的存在的真实性，对遵守这些“法”的必要性，都侃侃而谈，词气果决。至于这些“法”究竟包括哪些内容，则只在《再与何氏书》中略作陈说，在《答周子书》中稍稍涉及，且以“大抵”之类的语气出之，似有不得已的意味，原因即如以上所述。大谈特谈“法”的李梦阳，所得也只不过是这样的寥寥数条，不免有些使人失望。但是，倘若不想堕入为李梦阳及整个复古派所鄙弃的那种专门琢磨一些零散细碎的字法句法章法的纯技巧化的泥坑，李梦阳又还能再多说些什么呢？必须承认，李梦阳对古典诗歌特定的法度的探讨，与他对古典诗歌审美特征的探讨一样，是不够全面，也不尽准确的。但也必须肯定，李梦阳所说的这几条，确实是中国古典诗歌，特别是作为古典诗歌发展之完备形态的近体诗中常用的法则。要写出符合古典审美理想、具备古典诗歌审美特征的诗歌，尤其是近体诗，也确实不能不遵循这些法则。

由于学古的方法不同，所遵循的“法”不同，学古的结果也就有异。按照何氏的主张，模拟的痕迹就不太明显。然因没有具体的体裁法度可依凭，所谓总体感受的可塑性就很大。临创作时，就很容易随创作者的思维习惯等而变形，从而违离古法。更值得注意的是，这种主张还为学古者开了一个方便之门。人们可以“领会神情”、“自开户牖”为借口，不对前人创作的体裁法度进行细致钻研，临创作时师心独造，任意挥洒。李梦阳指出，按何氏的主张推演下去，就有“扇破前美”、使“古之学废”的危险。这种担心不是没有道理的。

按照李氏的主张，学古便落到实处，复古便有了一些具体保障。但因谨守古法，模拟痕迹便很明显。虽然作者对前人作品的法度作了一些变化组合，如所谓“班圆倕之圆，倕方班之方”等等，但还是一望而知某体效某家，某句来自某篇。而且，时时都要把“法”放在优先考虑位置，便不免为“法”而损害内容。于是，虽然李梦阳也赞同“拟议以成其变化”的原则，强调“积久用成，变化叵测”，但实现的只是“拟议”，“变化”则成了一句空话。何景明批评李氏的作品“高者不能外前人”，“徒叙其已陈，修饰成文，稍离旧本，便自杌捏。如小儿倚物能行，独趋颠仆”，也是符合事实的。

李梦阳倡导的方法，其弊端相当明显。何景明倡导的方法，则似乎符合文学创作中继承与创新的一般规律。所以当时的非复古派及后代的评论家，以贬李褒何者居多。人们往往把何氏的主张看作是对复古派“以拟古为复古的理论”的“修正”，但当时复古派中人并不这样认为。他们对中国古典诗歌有着相当深入的体认，经历过复古的实践，深知“体裁法度”的重要性。因此，虽就个人关系而言，他们之中亲何疏李者居多，但对两人所倡导的学古的方法，则多是李而非何。前引徐祯卿、王廷相的言论，即与李梦阳的主张相近。薛蕙左袒何氏的倾向最为明确，但他推崇何氏的“俊逸”，不喜李梦阳的“粗豪”，只涉及两人不同的创作风格，并未对他们倡导的学古方法加以评论。顾璘在《国宝新编传赞》中对何景明评价甚高，但又指出：“夫文章之道，初慎师承，乃能立体；驯臻妙境，始自成家。观其与李氏论文，直取舍筏登岸为优。斯将尽弃法程，专崇质性，苟为己地，固非确论。”

在学古的实践上，包括何景明本人在内，整个复古派基本上采用的是李梦阳所倡导的方法。何景明对李梦阳的批评，可以看成是对包括他自己在内的整个复古派的批评。何景明提出的方法，基本上只限于理论探讨的范围内。实际上它与严羽、李东阳所倡导的学古的方法大致相同，而严、李的实践也并不成功。因此，如果说李梦阳所倡导的方法使复古派的创作不可避免地带有因袭模拟等种种弊端的话，何景明所倡导的方法则将使复古运动完全归于流产。这表明，在当时的历史条件下，重新倡导古典审美理想，力求恢复古典诗歌的审美特征，已不可能有远大前途。要谨守与古典审美理想和古典诗歌的审美特征相适应的一系列古“法”，就势必妨碍现实生活内容和思想感情的自由表达；要摆脱模拟，因任质性，就势必冲决古典审美理想和古典诗歌的审美特征。也就是说，古典审美理想和古典诗歌的审美特征，与现实社会生活及人们的思想感情、思维习惯等，已经相当不适应。复古派的理想，即一方面反映现实生活，表达真实丰富的思想感情，一方面力求符合古典审美理想，恢复古典诗歌的审美特征，也就是李梦阳所说的“以自我之情，述今之事，尺寸古法，罔袭其辞”，内部存在着根本矛盾。在相互辩难中不自觉地暴露了复古派学古主张的内部矛盾，揭示了古典审美理想和古典诗歌的审美特征，以至古典诗歌这种艺术形式本身，已经与现实社会生活以及人们的思想感情、思维习惯等相当不适应这一事实，从而也就宣告了复古运动总体上的失败。这才是李、何之争的深刻意义之所在。

第五章　复古运动第一次高潮的诗文创作

我们说明代复古运动归于失败，乃是就总体而言，就其发展前景而言，这并不意味着复古派的作品一无可取。恰恰相反，我们认为复古派作家创作过许多优秀的作品，其价值不容忽视。这主要源于以下因素：

首先，复古派力图恢复主体与客观世界、情与理相统一的古典审美理想，强调主体精神特别是主体情感的地位，具有反程朱理学的进步倾向。在创作上，复古派作家也注重描绘丰富多彩的感情世界，展示自己的人格。他们的许多作品都个性鲜明，感情真挚动人，远非那些枯燥呆板地论道说性的道学家诗文所可同日而语。

其次，复古派的成员，大都属于当时统治集团中比较正直的士大夫。复古运动第一次高潮的作家，就与外戚、宦官、昏君等黑暗势力作过坚决斗争。他们热诚地关注现实，积极地干预现实，揭露批判社会生活中的丑恶现象，歌颂封建主义的社会理想和人生理想，而后者在当时毕竟还具有一定的历史合理性。复古派作家为之而进行的斗争，就还具有一定的积极意义。他们记录自己的这种斗争经历的诗文，也就还具有一定的审美价值。这些篇章内容充实，情调激昂慷慨，往往有很强的艺术感染力，远非那些一味地歌功颂德或专门沉溺于咏叹狭隘卑琐的个人感官欲念的作品所可比拟。

第三，由于当时封建主义的统治还很牢固，社会现实生活还没有发生根本性的变化，古典审美理想仍然还是占主导地位的审美理想，古典诗歌这种文学形式与当时的社会生活及人们的思想感情和思维习惯等就仍有较大的适应性，因而也就还具有一定的生命力。复古派作家对古典诗歌在体裁、法度、语言等方面的种种要求都作过认真的探索，并进行过刻苦的创作实践。他们的不少作品，或沉郁顿挫，或情词婉惬，做到了“格高”、“调逸”、“意畅”、“音圆”等，在一定程度上具备了古典诗歌的审美特征，能给人以一种特定的审美享受。中国古典诗歌虽没有也不可能像他们所希望的那样重新出现可与汉、魏、盛唐诗歌媲美的繁盛景象，但在经历了数百年的分化衰落之后，在他们手中也确实曾一度略有起色。较之那些肤廓熟烂鄙俚浅俗而又毫无创新意义的东西，复古派的大多数作品还是较为可读的。

复古派创作的弊端也是显而易见的。这主要表现为：第一，复古派作家始终没有从根本上怀疑和否定封建主义社会制度及伦理道德规范，而是力图维护它们，这种思想就具有较大的历史局限性。复古运动打破了程朱理学在思想领域占垄断地位的局面，开启了明代晚期进步思想潮流的先河。但当后者蓬勃高涨之时，复古运动所负的进步历史使命也就基本完成。后者更彻底地突破程朱理学的束缚，更旗帜鲜明地为主体情感高唱赞歌，更大胆地追求个性解放。它已对封建主义具有一定的叛逆精神，已突破古典审美理想，而开始孕育带有近代色彩的新的审美理想。与它相比，复古运动便不免黯然失色，包含在复古派作家作品中的思想观念，便往往显得陈腐。第二，复古运动既没有创造新的文学形式，也很少提供新的表现手法。在题材、语言等方面，也基本上没有进行开拓与创新。复古派大多数作品，包括他们的许多力作，都明显存在着模仿前人作品的痕迹，给人以似曾相识的感觉。

本节准备讨论复古运动第一次浪潮的创作。由于这次浪潮中的作家很多，他们的诗文集又往往卷帙浩繁。所以此处只能挑选几位比较重要的作家的少量有代表性的作品，作一举例性的分析介绍。

一、李梦阳

李梦阳弘治六年中进士踏入仕途，但要到弘治末正德初，他才成为政坛上引人瞩目的人物。他的文学创作也在这时臻于成熟，形成了自己的特色。

为与权贵势力抗争，李梦阳曾几度下狱。他用诗文记载了自己坎坷的一生，抒写种种感慨，也折射地反映出那个时代的社会现实。弘治十八年四月，他因弹劾张鹤龄下狱，作有《述愤》十七首（《空同集》卷九）；正德三年，他因弹劾刘瑾事再度被捕，离家北上途中作有《离愤》五首（同上），在狱中又作有《秋夜叹》：

> 君不见梁上蝠飞走掠蝇虫，蝇虫四散不受掠。而我胡在缧绁中，岂即运命委霜雪。要知腐草生华风，沉吟彻夜不能寐。此时天风雨将至，但闻虫声啾啾复唧唧，鸿雁嗷嗷忘南北。
>
> 臭虫多足蚊有翅，当我眠时忽而至。愤闷披衣坐叹息，竟

夜搔爬无气力，寒霖萧萧响荆棘。君不见吹灯无烟四壁暗，野狐跳梁鬼啾唧。（卷十九）

当时刘瑾必欲置李梦阳于死地，李的处境十分险恶。《离愤》描写与亲友告别时的情景，虽有模仿"苏李别诗"及曹植《赠白马王彪》等作品的痕迹，然语语皆吐自肺腑，悲怆感人。《秋夜叹》则更是直陈情事，无所依傍。其中对于监狱里阴森黑暗景象的描绘十分真切，非亲身经历者不能道。它实际上是当时权阉肆虐、小人得志的黑暗社会现实的一个缩影。诗人在作品中刻画了自我的形象，面对这种恐怖的现实，他虽有些焦躁不安，但绝没有屈服。他蔑视那些跳梁的丑类，相信"腐草"终将"生华风"，正义终将战胜邪恶。李梦阳敢于与恶势力顽强斗争的精神，以及他负气不屈的个性，都在诗中得到了表现。

作于弘治十八年末的《乙丑除夕追往昔写愤五百字》，也是一首内容充实的好作品。作者回顾孝宗的业绩，感激知遇之恩，继写当时边关危急的形势与武宗登位后的稗政：

大敌敢余侮，吾徒尽乘障。呜呼榆台役，弃我六千壮。踉跄战士骨，躐跋将军帐。二竖固轻率，腐尸亦云当。所恨国威辱，北鄙气凄怆。钲鼓凝皇情，何以慰宸况。凄凄建未月，临门遣征将。纨袴作元戎，京军本浮宕。翻使沿边卒，束手遭棰掠。揭孳云中城，谁复扼其吭。敌来风雨声。敌去横拍唱。千村与万落，人烟莽荡荡。婴儿贯高槊，志妇经衣桁。狐狸叫破垒，落日悄漭沆。此辈诚鼠窃，反复亦难量。骐骥驾盐车，虚名缚肮脏。世岂乏颇牧，贱或执鞭杖。琐琐登坛子，饱之则飞飏。吁此良太枉，国气何由畅。水旱而秋霜，阴阳叠骄亢。皇天虽至公，视之但坱坱。臣当历服始，谬进大夫行。退朝实愤切，欲吐畏官谤。

自土木堡之变后，蒙古部落对明朝边庭的侵扰一直没有停息。弘治十三年，蒙古和硕部寇大同，明军大败；十四年夏，和硕部及小王子部共十万骑分道入寇，明朝以保国公朱晖为大将军，率京军往御。朱晖以世袭得职，是个纨袴子弟。京军平时最喜欢耀武扬威，临阵对敌则胆小如鼠。结果蒙古军队深入到固原、宁夏境内，杀伤遍野。朱晖出师共费160万两帑银，仅斩三个无名首级而还，直到武宗即位，一直没有得到追究。李梦阳在战后曾负责运送军饷到前线，耳闻目睹了事实的真相。他的上述诗句，就是针对这些史事而发。它显然是模仿杜甫的《北征》而作，就反映现实的真实性与生动性而言，可以说不比杜诗逊色。而批判现实态度之激切，则有过于杜作。

李梦阳自幼生长边陲，对边患有切肤之感。加上他平生以豪侠自许，所以描写边塞的风光，反映边患日益严重的现实，批评朝廷在军事上的失误，表达自己为国效力的愿望等，便成为他的诗歌中常见的主题。如《诸将》、《忆昔》(俱见卷三十六)等组诗，都是直书其人其事。又如下面两首诗：

边烽日夜至，飞符来会兵。羊牛飞高寨，鸡犬皆震惊。壮士按剑起，鞍马若流星。枹急万人靡，笑上受降城。生系五单于，归来献天庭。

胡儿追野马，迸蹄若惊鸿。一马带双箭，堕我边壕中。敢望不敢近，踌躇各按弓。抽身复北去，天寒沙碛风。(卷十五)

这些作品意象飞动，气势雄浑，用古典诗歌的审美标准来衡量，可称佳作。(《塞上杂诗》)

宋代以后，随着封建专制统治的加强，封建帝王的权威变得不可侵犯。在文学作品特别是正统诗文作品中，批评现实的矛头转而指向所谓奸臣，极少对准帝王本人。明代复古派作家对这种现象提出了挑战。明武宗是中国历史上少有的浪子皇帝，几乎每个复古派作家都创作了不少直接讽刺批判武宗荒唐行径的作品。其中有一些题目是一倡众和，李梦阳很可能是首倡者。正德七年，武宗调宣府、大同等地的边军入驻紫禁城，由江彬、许泰等率领；又令宫中的太监组成一支队伍，与边军玩打仗的游戏，晨夕驰逐，甲光照宫苑，呼噪声达于九门。李梦阳为此作了《内教场歌》（卷六）：

雕弓豹鞬骑白马，大明门前马不下。径入内伐鼓，大同耶？宣府耶？将军者许耶？（一解）

武臣不习威，奈彼四夷。西内树旗，皇介夜驰。鸣炮烈火，嗟嗟辛苦。（二解）

武宗又在江彬等人的怂恿下，自号威武大将军，出京四处游乐，一路闹得鸡犬不宁。李梦阳为此作了《君马黄》：

君马黄，臣四骊，飞轩驳骁交路逵，锦衣有嚯都且驰。前径狭以斜，曲巷不容车。攘臂叱前兵，掉头麾后驱，毁彼之庐行我舆。大兵拆屋梁，中兵摇楣栌。小兵无所为，张势骂蛮奴。尔慎勿言谍者来，幸非君马汝不夷。（卷八）

这些作品采用了近乎滑稽的喜剧性的笔调，这对刻画武宗及其党羽的丑恶嘴脸是十分合适的。诗中的讽刺不是委婉的“微讽”，而是辛辣的嘲讽。

如果说李梦阳居家期间接触的社会现实还有限，在京任职时观察到的主要还是上层社会的腐败现象，那么他在江西任提学副使时则更广泛地认识了下层社会的现实，了解了人民的苦难。当时江西农民起义遍地爆发，朝廷调广西少数民族武装（时称狼土兵)前往镇压。这些军队烧杀掳抢,比农民起义军和朝廷的军队更甚。朝廷因为要靠他们平“贼”,所以不加制止,老百姓深受其害。李梦阳写了《土兵行》,生动描绘了土兵的野蛮行径:

豫章城楼饥啄乌,黄狐跳踉追赤狐。北风北来江怒涌,土兵攫人人叫呼。城外之民徙城内,尘埃不见章江途。花裙蛮奴追妇女,白夺钗镮换酒沽。父老向前语蛮奴,慎勿横行王法诛。华林桃源诸贼徒,金帛子女山不如。汝能破之惟汝欲,犒赏有酒牛羊猪,大者升官佩绶趋。蛮奴怒言万里入尔都,尔生我生屠我屠。劲弓毒矢莫敢何,意气似欲无彭湖。彭湖翩翩飘白旆,轻舸蔽水陆走车。黄云卷地春草死,烈火谁分瓦与珠。寒崖白日岂尽照,大邦鬼魅难久居。天下有道四夷守,此辈可使亦可虞。何况土官妻妾俱,美酒大肉吹笙竽。

李梦阳另外还有《叫天歌》、《招安歌》、《贼逃歌》、《愍灾歌》、《愍旱歌》(俱见卷八)及《豆莝行》、《馀干行》(俱见卷十九)等,都是描写江西天灾人祸的作品,作者虽然对农民起义持敌视的态度,但他在这些诗作中描写官府的压榨、朝廷军队的暴行、老百姓的苦难等,客观上无疑揭示了广大农民走上反抗道路的必然性。

总的来看,李梦阳在创作实践中基本上遵循了他自己提出的主张,即“以我之情,述今之事,尺寸古法,罔袭其词”。因此,他的诗作大都有“情”有“事”,内容充实。即使是那些古题乐府诗和以“杂诗”为总名的大量五言古诗,也并非为写作而写作。只要读者熟悉当时的史实和作者的生平,大都可以考见本事。有些作品并不一定具体有所指,但蕴含着诗人的感慨,透露出总的时代氛围,体现出诗人的个性,也不应该被简单划进所谓形式主义之列。

在古典诗歌的结构、语言、音律等方面的法度技巧上,李梦阳确实下过很深的工夫。据王九思说："予始为翰林时，诗学靡丽，文体萎弱。其后德涵、献吉导予易其习焉。献吉改正予诗者，稿今尚在也，而文由德涵改政者尤多。然亦非独予也，唯仲默诸君子，亦二先生有以发之。"(《对山文集》卷首"诸家评语")正德十一年，李梦阳之妻左氏去世，李梦阳写了《结肠篇》三首悼念她。宋元以来，士大夫写诗文悼念妻妾已成稀见之事。有些作家偶一为之，也以赞"妇德"为主，似乎悼念的不是自己的妻子，而是一位朋友、同事。李梦阳则并不讳言自己对妻子的一往情深，写出了真挚深永的夫妇之爱。这也是复古派重情文学主张的体现。值得注意的是，这三首诗曾被当地音乐家谱成歌曲，以《结肠操谱》的题目出版(已佚)。[①] 可见由于李梦阳注重对古典诗歌音律的探究，他的诗作确实达到了"可歌咏"、"可被管弦"的要求。

在体裁方面，李梦阳运用较多的乐府诗、五古、七言歌行和七律几种体裁。他的乐府诗主要学两汉，五言古学汉魏，七言歌行兼学盛唐诸家，七言律则主要学杜甫。如前所述，中国古典诗歌具有一系列特定的审美规范。具体到古典诗歌的各种体裁，它们又各自有着种种特定的法度要求，各种体裁的法度要求的严格程度也不一样。在这几种体裁中，五古和七律的法度最严，李梦阳对它们也用力最深。我们可以《秋怀八首》(卷二十九)为例。这组诗大致作于弘治十八年秋天，当时孝宗去世不久，武宗刚刚继位。弘治一朝的清明政治使士大夫对明王朝的前途充满希望，武宗继位后的稗政又预示着一场深重的危机。李梦阳当时刚从狱中释出，声誉鹊起，充满自信；但目睹时事，又不禁为之深深忧虑。总之，当时的

---

① 见 *Dictionary of Ming Biography*, p. 843, Columbia University Press, 1976。

社会现实正处于一种特殊的状态，李梦阳本人的思想感情也非常复杂。这组诗触景生情，抚今思昔，感慨平生，系念国事，格调沉郁顿挫，苍凉雄浑，内容不可谓不丰富而深刻，其中第六首对辽东边患的预告更是高出时人：

> 大同宣府羽书同，莫道居庸设险功。安得昔时白马将，横行早破黑山戎。书生误国空谈里，禄食惊心旅病中。女直外连忧不细，急将兵马备辽东。

从全组诗的结构来看，第一首第一联“龙池放舶他年事，坐对南山忆往时”，若有意若无意，以“忆”字引出全组诗。尾联“谷口子真今得否？攀云骑马任吾之”，又以“任吾之”三字带出下面各首的展开性叙说，有如人体之颈，过渡自然。以下各首，视点时在京城，时在边疆，意绪飘忽，似散漫无宗，信笔所之，但又贯穿一种共同的意念，内在脉络依约可寻，深得杜甫七律组诗结撰之法。在语言方面，全组诗以苍凉悲壮为主色调，但并不因此流于枯燥低沉。作者每每缀以秀笔，如老树着花，一方面使画面生机流动，一方面更衬托出苍凉悲壮的主色调。诗人无时无刻不系念时事，但并不粘着于这一主题，更不愿以直接的议论出之，而是在若不经意地指点描摹之中，自然寄寓这种意蕴，让读者去品味。如第四首：

> 苑西辽后洗妆楼，槛外芳湖静不流。乱世君臣那在眼，异时松柏自深愁。雕栏玉柱留天女，锦食秋花隐御舟。万古中华还此地，我皇亲为扫皇州。

此诗开头好像在咏吟辽朝帝后的风流佳话[①]，笔触亦婉丽媚妩。但诗人似马上从辽朝帝后咏风弄月，联想到武宗的荒嬉。“雕

---

① 参见《明诗纪事》丁签卷一“李梦阳”条下。

栏”一联，似是实写，又似描绘诗人的一种幻觉。诗人因此而深为忧虑。但突然间意念承前思余绪一转：由辽朝联想到同为少数民族建立的元朝。元朝不是被明太祖征服了吗？天命既以“皇州”复归中华，则明朝国运正长，事久终将自定，不必为之忧虑了。

总之，从这组诗来看，李梦阳谋篇布局、遣词造句的艺术功力也不可谓不深湛。单独地来看，或设想这组诗作于唐代，我们肯定会对它给予较高评价。但是，由于有杜甫的名作在前，七律这种体裁的法度要求又特别严格，不允许作者随意别出心裁，这组诗就至多只能达到肖似杜甫《秋兴》的水平，而不可能超越它。平心而论，李梦阳这组七律与杜甫的《秋兴》组诗之间，艺术水平的差距并不大。但杜诗在前，好比获得了发明专利，自然身价百倍。李诗在后，即使质量与前者相差无几，我们对它的评价也不得不大打折扣。

相比之下，乐府诗与七言歌行两种体裁的法度要求不那么固定。乐府诗包括古题乐府诗和即事名篇的新题乐府诗两种。李梦阳创作的古题乐府诗，往往谨遵汉魏古作的句格，所受的束缚也较大。新题乐府诗和七言歌行则句式、句数不一定，句法、章法就不那么呆板。胡应麟指出：“凡诗诸体皆有绳墨，唯歌行出自《离骚》、乐府，故极散漫纵横”；“古诗窘于格调，近体束于声律，唯歌行大小短长，错综阖辟，素无定体，故极能发人才思”。（《诗薮内编》卷三）在语言方面，新题乐府和七言歌行也相对自由一些，不总要求古雅含蓄。这样，后代作者自由变化的余地也就宽一些，即使稍离法度，也还算合格。在主观方面，李梦阳为人豪雄不羁，这种个性也适宜由七言歌行来抒写。因此，李梦阳的乐府诗和七言歌行较少受古法的束缚，模仿的痕迹也不是那样显著。他的七言歌行如前面所举的《秋夜叹》、《土兵行》及《去妇词》（卷十八）、《奉送大司马刘公归东山草堂歌》（卷二十）、《玄明宫行》、《石将军战场歌》、《林良画两角鹰歌》（俱见卷二十二）等，都是很优秀的作品。王世贞认为李梦阳的各体诗歌中，以七言歌行写得最好（《艺苑卮言》卷六），这是符合事实的。下举《石将军战场歌》为例：

清风店南逢父老，告我己巳年间事。店北犹存古战场，遗镞尚带勤王字。忆昔蒙尘实惨怛，反复势如风雨至。紫荆关头昼吹角，杀气军声满幽朔。健儿饮马彰义门，烽火夜照燕山云。内有于尚书，外有石将军。石家官军若雷电，天清野旷来酣战。朝廷既失紫荆关，吾民岂保清风店。牵爷负子无处逃，哭声震天风怒号。儿女床头伏鼓角，野人屋上看旌旄。将军此时挺戈出，杀敌不异草与蒿。追北归来血洗刀，白日不动苍天高。万里风尘一剑扫，父子英雄古来少。天生李晟为社稷，周之方叔今元老。单于痛哭倒马关，败军半死飞狐道。处处欢声噪鼓旗，家家牛酒犒王师。休夸汉室嫖姚将，岂说唐朝郭子仪。沉吟此事六十春，此地经过泪满巾。黄云落日枯骨白，沙砾惨淡愁行人。行人来折战场柳，下马坐望居庸口。却忆千官迎驾初，千乘万骑下皇都。乾坤得见中兴主，日月重开再造图。枭雄不数云台士，杨、石齐名天下无。呜呼，杨、石齐名天下无，安得再生此辈西备胡。

这首诗追忆土木堡事变后，也先进逼京师，石亨等人率军将他击退的经过。钱谦益在《列朝诗集》中曾附录此诗，举其疵瑕，倍加诋諆。如说诗中既把石亨比作方叔、李晟，又比作霍去病、郭子仪，过于累赘；前面将石亨与于谦并提，结尾又忽举“杨（洪）、石”，过于突兀，不相照应等，都比较中肯。不过，钱氏另外还指出李梦阳将石亨比作方叔、郭子仪是“拟人非其伦”，这则可能并不是李的疏忽，而是他有意为之。自程朱理学流行后，所谓“忠奸”的观念深入人心。世俗论人往往只注重这一点，如认为“忠”则平庸亦取，如认为“奸”，则虽然其人有种种可嘉之处，也不顾事实，一笔抹杀。石亨立了大功之后，渐渐骄狂起来，最后终于以罪下狱死。在深受程朱理学熏染的人看来，这种人当然是十恶不赦，不值一提了。李梦阳写作此诗，尊重历史事实，明确肯定石亨及其侄子石彪的功绩，很可能就包含有故意与理学家们唱反调、回击上述世俗之见的意图在内，因此它具有特殊的意义。从艺术方面看，这首诗以“父老告我”开头引出下文，顺畅自然；又以感叹现实作结，完整而有余意，都颇具匠心。中间叙事与写景相互交织烘托，声调激昂，意象壮阔，生动再现了六十年前那一幕惊心动魄的历史场面，而且全诗官名地名都用今称，构思也基本上出自己创，没有明显的模拟痕迹。所以，这首诗虽有钱谦益所指出的那些疵瑕存在，其艺术价值仍不容否定。

复古派的文不如诗，这一点在李梦阳的创作中表现得尤为突出，这是因为，虽然古典散文也像古典诗歌一样具有种种审美规范和体裁法度方面的要求，但它们的伸缩性要大得多。散文与人们的日常思维习惯和口语的距离，一般也比诗歌与人们日常思维习惯和口语的距离要近。因此，中唐特别是宋元以后的人写作古典诗歌，稍离法度，便失去了古典诗歌的本来面目，而写作散文，虽不尽遵古法，问题也并不明显，甚至还因此而别开生面。明代复古派倡导复古，而诗胜于文；稍后的唐宋派主张不受古法束缚，以无法为法，讲究文从字顺，直抒胸臆，其诗散缓俗滥，其散文创作却取得了较大成就，上述古典诗歌和古典散文两种体裁的不同特点是其中的一个重要原因。在复古派作家中，李梦阳守法最严。他的诗歌虽因此而带有过于模拟等弊病，但毕竟也因此而还不失古典诗歌的本来面目。在散文创作中他也运用同样的方法，模仿《左传》、《战国策》以至《尚书》的句法章法，问题就显得严重了。《四库总目提要》评李梦阳的诗如“武库之兵，利钝杂陈”，“其文则故作聱牙，以艰深文其浅易。明人与其诗并重，未免怵于盛名”，这是符合事实的。

古典散文又包括多种体裁，这些体裁的法度要求的严格程度也不一样。其中赋的法度要求比较特殊，也比较固定，其他体裁的法度要求则宽松一些。因此，李梦阳作赋师法汉代以上作品，还不是很令人难以理解和接受。《空同集》开头三卷收赋共约二十篇，这些作品基本上都是有为而发，如《疑赋》描绘现实生活中是非倒置、黑白混淆的现象；《钝赋》抨击小人之工巧，而感叹自己的拙直；《述征赋》、《宣归赋》叙述自己的遭遇，表达不为挫折而屈服的信念；《吊申徒狄赋》、《吊鹦鹉洲赋》借古讽今，抨击昏君与权贵等，大都沉痛悲愤，感情激越。在语言、构思上，则基本上都可见模仿前代作品的痕迹，与他的诗歌中的情况相似。

他的其他体裁的散文，其词句之佶屈做作，则确实到了令人生厌的地步。例如他的《少保兵部尚书于公（谦）祠重修碑》（卷四十一），本可以作成一篇好文章，却故作递进之法，拖沓重复，语言也佶屈聱牙。何良俊、王世贞都很推崇此文，认为它是李梦阳散文的代表作，事实上只能说它比较典型地反映了李梦阳散文创作的弊病。其他如《游白鹿洞记》（卷四十八）纯是一记里谱，过于琐碎；《方山精舍记》、《潜虬山人记》（卷四十八）过于做作。而占了很大比例的赠序文字，则基本上是同一个模式。当然，他的散文中，也有一些较为可读的篇章。如《太白山人传》（卷五十八）就不太矜于法度，叙事相当流畅，写人亦颇传神，语调也比较轻松自然。

综上所述，李梦阳的创作艺术形式上的弊病比较明显。但我们不能因此而否定它们内容的真实丰富性。他的诗与文及诗文的各种体裁的作品因袭模拟的程度也不一样，应该具体分析。在复古运动的第一次浪潮的作家中，李梦阳运用的体裁最全面，涉及的题材也最广泛，现存诗文的数量也最多，颇有大家的气派。但因此也就“利钝杂陈”，精粗毕具。加上他力求以气势胜，易流于草率，于是可供指责之处便较多。当时及后来的评论者，往往对何景明和徐祯卿表示推崇，或给予较多肯定，而对李梦阳则批评过苛。平心而论，李的创作成就总体上要高出何、徐。正如王世贞所说：“李才大，固苞何孕徐”；“李所不足者，删之则精；二子所不足者，加我数年，亦未至矣”（《艺苑卮言》卷六）。因此，无论从对复古运动的倡导之功来看，还是就创作成就而言，要推选出复古运动第一次浪潮的代表作家，如果举两人，则应是李、何；如只举一人，则只能是李梦阳。

二、何景明

在当时的政治斗争中，何景明似不如李梦阳勇敢，但比李更勤于思考。就两人反映现实生活的重大问题的作品而言，何作的数量不如李作，但有些篇章的质量则胜过后者。何景明也作有《玄明宫行》（《大复集》卷十四）：

> 君不见玄明宫中满荆棘，昔日富贵今寂寞。祠园复为中贵取，遗构空传孽臣作。雄模壮丽凌朝廷，远势连袤跨城郭。忆昨己巳年来事，秉权自倚熏天势。朝求天子苑，暮夺功臣

第。江艘海舶送花石,戚里侯门拥金币。千人力尽万牛死,土木功成悲此地。碧水穿池象溟渤,黄金作宫开日月。虹霓屈曲垂三梁,蛟龙盘拏抱双阙。城中甲第更崔嵬,亲戚弟兄皆阀阅。撼里歌钟宾客游,排门冠剑公卿谒。生前千门与万户,死时不得一丘土。石家游魂泣金谷,董相燃脐叹郿坞。宫前守卫无呵呼,真人道士三四徒。石户苍苔生铁锁,玉阶碧草摇金铺。星宫昼开见行鼠,日殿夜祷闻啼狐。游客潜归翠羽帐,市子屡窃金香炉。桑田须臾变沧海,桃树不复栽玄都。我朝中官谁最贵,前有王振后曹氏。正统以前不得闻,成化以前未有此。明圣虽能断诛罚,作新未见持纲纪。天下衣冠难即振,中原寇盗时复起。古来祸乱非偶然,国有威灵岂常恃。玄明之宫今已矣,京师土木何时止。南海犹催花石纲,西山又起金银寺。君不见金书追夺铁券革,长安日日迎护敕。

玄明宫是刘瑾擅权时主持建造的一所规模宏大的寺院,曾花费大量的人力物力,寺院附近的数千家居民也被迫迁移。李、何二人的作品,都通过描写玄明宫当日之侈丽及刘瑾倒台后迅速倾圮的情景,揭露权阉给人民带来的深重灾难,讽刺其佞佛祈福之愚蠢可笑。但李作仅至此即止。何作则再进一层,指出刘瑾之能肆虐是因为武宗昏庸(“明圣”云云显然是反语),现在刘瑾虽已被处死,但武宗并没有醒悟过来,而是变本加厉,而佞幸之徒也在重步刘瑾的后尘。这样作品就更具有现实意义。何景明的另外一些诗作,如《点兵行》(卷十四)描写京军之腐败、《游猎篇》(卷十四)描写武宗之荒嬉、《乐陵令行》(卷十四)描写山东之战乱、《长安大道行》(卷十四)描写刘瑾之作威作福不可一世等,也不比李梦阳同类题材的作品逊色。

对于下层劳动人民的苦难生活，何景明似比李梦阳观察得更为细致，也更富于同情心。如他的《岁晏行》（卷十一）：

旧岁已晏新岁逼，山城雪飞北风烈。徭夫河边行且哭，沙寒水冰冻伤骨。长官叫号吏驰突，府帖连催筑河卒。一年征求不少蠲，贫家卖男富卖田。白金纵有非地产，一两已值千铜钱。往时人家有储粟，今岁人家饭不足。饥鹤翻飞不畏人，老鸦鸣噪日近屋。生男长成聚比邻，生女落地思嫁人。官家私家各有务，百岁岂止疗一身。近闻狐兔亦征及，列网持矰遍山城。野人知田不知猎，蓬矢桑弓射不得。嗟吁今昔岂异情，昔时新年歌满城。明朝亦是新年到，北舍东邻闻哭声。

这首诗对当时劳动人民的贫苦生活作了一个扫描式的全面描绘。他的《东门赋》（卷一）则对准其中一个催人泪下的场面，作了细致入微的刻画，给读者的印象尤为深刻：

步出东门，四顾何有。敝冢培累，连畛接亩。有一男子，饥卧冢首。傍有妇人，悲挽其手。两人相语，似是夫妇。夫言告妇，今日何处？于此告别，各自分去。前有大家，可为尔主。径往投之，亦自得所。我不自存，实难活汝。妇言谓夫，出言何绝。念我与君，少小结发。何言中路，弃捐诀别。毕身奉君，不得有越。夫闻妇言，此言诚难。三日无食，肠如朽菅。仰首鼓喙，思得一餐。大命旦夕，何为迁延。即死从义，弗如两完。妇谓夫言，尔胡弗详。死葬同沟，生处两乡。饱为污人，饿为义殇。纵令生别，不如死将。夫愠视妻，言乃执古。死生亦大，尔何良苦。死为王侯，不如生为奴虏。朱棺两葬，不如生处蓬户。生尚有期，死即长离，潜寐黄泉，美谥何补。夫妇辩说，踟蹰良久。妇起执夫，悲啼掩口。夫揖辞妇，抆泪西走。十声呼之，不一回首。

诗中的“夫妻”在患难时刻都只为对方着想，作者越是写出他们之间感情之深笃，他们的悲惨遭遇也就越令人同情。自汉乐府诗《东门行》以来，这类题材的作品并不少见。这篇赋也有模仿《东门行》等作品的痕迹，但描写的现象触目惊心，作者虽通篇未加一句评说，但同情叹息的神态隐约可见，故仍然十分动人。

在艺术风格上，李梦阳以气势恢弘取胜，何景明则以流丽含蓄见长；李属于扩张式，何属于收缩式；李属于壮美，何属于优美。他们对自己的诗歌风格作过评价，认为李尚典厚沉着，何喜清俊响亮。这种说法是大致准确的。以上是就总体效果而论。仔细分析起来，还可以发现他们之间许多不同点。如李梦阳诗歌中叙事的成分较多，何景明的作品则抒情写景的成分较多；在体裁上，李对七律用力最深，何则写作五律较多。《大复集》中诗共 26 卷，五律就占了 8 卷。在用韵上，李多用洪韵，何则多用细韵；在句式句法上，李特别注意正插倒插、开合照应、参差错落等技法，何景明的七言歌行则基本上都是整齐的七字句，很少变化。五言律中间两联一般人都用重句，何景明则浑若不知者，顺势写下。这样，虽缺少那种腾挪多姿、抑扬顿挫之致，却容易形成婉转流丽的效果。在手法上，李梦阳往往用带点夸张性的粗线条笔法勾勒大场面，何景明则多用细腻的笔触刻画细节。例如下面这首《春兴》（卷十七）：

二月已过半，三月来逡巡。柳叶细可采，桃花开太频。白马过游客，黄鹂呼醉人。红颜楼上女，端坐独伤春。

即使是比较壮观的场面和比较险峻的景象，何景明也能通过运用上述手法，将之化为清丽可喜。他在使滇途中作的《津市打渔

歌》和《黄陵庙》(俱见卷十一)就是如此。下面仅举前者:

大船峨峨系江岸,鲇鲂鲅鲅收百万。小船取速不取多,往来抛网如掷梭。野人无船住水浒,织竹为梁数如罟。夜来水长没沙背,津市家家有鱼卖。江边酒楼燕估客,割鬐砍鲙不论百。楚姬玉手挥霜刀,雪花错落金盘高。邻家思妇清晨起,买得兰江一双鲤。簁簁红尾三尺长,操刀具案不忍伤。呼童放鱼瀓波去,寄我素书向郎处。

此诗两句一转韵,读起来轻松自然。句式回环成文,并多用叠声词,又给人以流丽之感。特别是后半篇写到"楚姬玉手",又想象"邻家思妇"怜鱼思人的意态,更使全篇带上了柔美的情调。设想李梦阳写作同一题目的作品,按他的兴趣爱好,他就很有可能要写到江上波浪之汹涌,鱼鳖之光怪陆离,并联想到龙宫之类。

何景明也作有《秋怀八首》(卷二十四),与李梦阳的写法就不一样,如其第八首。

袅袅西风歇众芳,天高溪谷回烟霜。孤城落雁冲寒水,万树鸣蝉带夕阳。尘满一区杨子宅,蓬生三径蒋公堂。相过未有求羊辈,醉里狂歌亦自长。

它所撷取的物象是"袅袅西风"、"烟霜"、"夕阳鸣蝉"等,与李作中的"古驿风沙"、"冻霜"、"暮云羌笛"色彩情调不同;李作中几乎首首叙事,句句实景,何作则都是泛写;李作中的诗人自我形象是忧愤深广的,何作中的诗人自我形象是比较超脱的。其他如用词、语气等,两组诗之间的差别也不少。

何景明的诗作模仿前人作品的情况也很普遍,《大复集》前三卷是赋,第四卷全是模仿《诗经》的四言诗;第五、六两卷全是仿乐府杂调辞的作品，共83首；第七、八、九三卷也全是仿汉魏六朝古诗而作的五言古诗。他的大量五言律诗，则以学初盛唐诸家为主，又带一点齐梁五言古的风味。当时及后来的人们批评李梦阳过于模拟，而很少对何氏提出这种指责，主要原因有三：一是李、何之争中，李强调尺尺寸寸于古法，何则提出过“舍筏登岸”之说，这就给人一种李重模拟、何重变化的印象。实际上如前所说，何氏的主张只是一种理论上的设想，实践中是行不通的，他本人也并未做到这一点。二是李梦阳比较注重句法、章法的模拟，这种模拟一往而知；何景明则注重意象的模拟，这种模拟不是那样刺眼。下面将他的五古和五律各举一首：

西陆移修晷，素节多寒阴。端居屏营虑，凄气惨人心。浮飙委时卉，零落伤青林。仰见孤雌翔，玄鸟无遗音。蟋蟀何愁苦，终夜长哀吟。感物兴慨叹，忧思孰能任。(《杂诗》)

曙色空窗里，鸣禽更好音。幽栖忘盥栉，偃卧问晴阴。卷幔山云起，开门雪野深。不愁泥泞路，骑马度西岑。(《晓起见雪》)

这些作品，初读时不会马上发现某句似古人某句，但读完全诗，特别是读过许多首后所得的总体印象，则很容易与汉魏六朝至初盛唐诗人的作品留在我们脑海中的印象相混合。

与第二个原因相关联的第三个原因，是李梦阳注重写作七律，而七律乃是法度最严，也最易落套的一种体裁。人们认为李梦阳的诗模拟太甚，这种看法很大程度上即来自于读他的七律诗所得的感受。何景明写作的七律诗相对较少，而且似乎没有特别用力，给人的印象就不深。

由于同样的原因，何景明也和李梦阳一样，以七言歌行写得最好，其次是五律。七律则是他的弱项，往往深沉不够，缺乏力度，有些篇章颇伤流易，近于“元、白体”。

在散文方面，何景明的赋作为数不少，其中亦不乏优秀篇章，总体上也以清思秀句取胜。如《别思赋》、《后别思赋》(卷二)等。他的《七述》(卷三)模仿枚乘的《七发》，但命意却与枚作不同。赋中先后描绘了大都会之游观、贵公子戚里之宴谯、声妓之娱、田猎之乐、山泽之游、遗世之遁等七种人生乐事，作者表示都不感兴趣。他所期望的乃是为“应世之大人”，“秉持仁义，服被礼乐，入则辅明主，出则施声教”。这篇赋反映了何景明以至所有复古派作家的人生理想，也表现了他们与后来的浪漫派在人生理想上的区别。复古派的这种观念未免有些陈腐，但也包含有积极用世的可取的一面。

何景明有《何子》上、下篇，辨析一些治政礼乐、经义等方面的问题，大多言简意赅，不乏精警之处。他似比李梦阳善于议论。但“古文”的其他常用体裁，如铭、诔、传、记、赠序等，何景明则撰作不多，也乏名篇。

评价复古派作家的创作成就有两种标准：一是古典诗歌散文特定的审美标准；一是文学创作的一般审美标准，如反映生活的广度和深度、艺术形式上的完美程度及为艺术创新所作贡献之大小等。这两种标准并不完全统一，甚至还有相互矛盾的地方。用后一种标准来衡量，李、何的创作成就可以说不相上下，不过，把他们一起放到中国古典诗歌作家群体中来看，李梦阳的个性特征要鲜明一些、引人瞩目一些。用前一种标准来衡量，则似可以比较肯定地说李胜于何。

三、徐祯卿

徐祯卿的创作给人的总体印象，便是何良俊所说的“精洁”。《迪功集》是他自选，共六卷，诗仅182首，文仅24篇。就体裁而言，他作得最多也最擅长的只是五古一体，其他体裁特别是近体诗写得很少。他也写过几首七言歌行，如《赠钱元抑》（卷一）、《唐生（寅）将卜筑桃花之坞谋家无资贻书见让寄此解嘲》（卷三）等，虽力图作壮语，终是气力不济，且章法颇凌乱，难称合作。就每篇作品的篇幅来看，徐的诗文也多是寥寥数语即止。他有《济淮赋》、《述征赋》、《怀归赋》、《申祇赋》、《喜雨赋》（俱见卷五）等作品，古代作家同类题材的赋作一般都是鸿篇巨制，徐作则皆不过百十来字。就作品的内容而言，徐的诗文较少直接涉及当时社会生活中的重大题材，基本上限于抒写自己郁怨的情怀以及友朋之间的惜别想念之情，总不出一个“情”字。

不过，就徐氏写个人情感的作品来看，有些篇章确实情深意挚，词气温婉，十分动人，如《送萧若愚》（卷三）：

> 送君南下巴渝深，予亦迢迢湘水心。前路不知何地别，千山万壑暮猿吟。

诗中以“巴渝深”写友人前去的路途漫漫，以“迢迢湘水”比自己脉脉无尽的惜别之情。“不知何地别”一问，表现出诗人因伤感而心神恍惚的情态，同时传达出一种人生如浮梗飘萍、聚散不定的意绪。最后一句写景，更增凄凉。

徐祯卿的赋作中比较有特点的是《丑女赋》（卷五）。据记载，徐祯卿与同里人陆深同中进士，同有文名，本来都有希望被选作庶吉士。陆因才貌双全被选中，徐却因体短貌丑而被淘汰，被派任大理寺左寺副这个他不喜欢的职务，从此一蹶不振。《丑女赋》显然寄托了他对亲身经历的感愤在内：

伊何赋形，获此丑疾。厉阴乘阳，女夺男质。眉阔丰吭，突颏仰鼻。多言舌浊，连引齁齂。形如死豕，勇憨多力。槁发短秃，面目黧黑。脂不能赭，粉不能白。三十不嫁，守信闺阈。供老杵臼，蚤夜弗息。鸡鸣入机，没晷下织。复有巧慧，刺绣缘饰。世无梁鸿，孰求子匹。东家有女，窈窕丽色。绝世无双，娇媚轻侧。越户窥墙，靡识刀尺。观者称艳，竟欲求得。世降道凉，好色贱德。《新台》废耻，《谷风》见黜。周嬖妲己，靡吝丧国。晋爱骊姬，宗子销骨。冶容作厉，实犹鬼蜮。敢告世人，敬监明则。

因为作者对社会上“好色贱德”的陋俗有切身感受，所以此赋的情调相当愤激。前面夸张形容丑女之丑，是一种通过自我暴露以发泄愤懑的心理在起作用。末尾的警告，尤为激切严厉。赋中将丑女的勤劳正直与美女的懒惰轻浮作比较，作品的意义就不再限于讨论面目长相之美丑，而是上升到了抨击所有善于以柔言佞色取悦于世者，而为一切禀性正直却受到不公正对待的人鸣不平的高度。

徐祯卿的创作拟古的痕迹也相当明显。在他本来数量不多的作品中，一望而知仿前人某篇的就占了相当比例。《迪功集》卷一所收的乐府诗，往往掇拾汉乐府诗的现成句子入篇。卷二赠答诗，卷三送别诗，模仿“苏李别诗”及其他汉魏古诗的痕迹也灼然可见。有些作品不易辨出师法的蓝本，是因为徐祯卿融汇前人之作时臻妙境。如他的《在武昌作》一诗：

洞庭木叶下，潇湘秋欲生。高斋今夜雨，独卧武昌城。重以桑梓念，凄其江汉情。不知天外雁，何事乐南征。

此诗抒写孤身滞留他乡者感秋风而思家的心绪，情景交融，转承自然。王士祯《池北偶谈》卷十八推崇此诗为“千古绝调，非太白不能作”。但钱钟书先生指出，此诗亦本韦应物《新秋夜寄诸弟》及《闻雁》二诗。韦应物前一首诗中有句曰“高梧一叶下，空斋秋思多”；后一首诗中有句曰“故乡渺何处，归思方悠哉。淮南秋雨夜，高斋闻雁来”。[①]

徐祯卿的诗文创作取得了一定成就，是人们公认的事实。当时复古派及接近复古派的作家都认为这是徐氏后期创作遵循复古轨辙，摆脱了早年浸染的吴中风尚的结果。反对复古派的人则恰恰相反，认为这是因为徐祯卿尚未深染复古派习气，尚未尽失本来面目的缘故。应该说前一种看法比较接近事实。如上所述，徐祯卿的创作受复古思想的影响不是还不太深，而是已经很深。他赋性深秀，长于写情。然而只是在他接受了复古派的主张，特别注重作品的格调后，他的诗歌风格才由浮薄靡丽趋于精练含蓄。如果他照早年创作的路子走下去，他的诗文创作成就大概就是唐寅等人所达到的那种水平。当然，他在从复古主张受益的同时，也受了其害。

人们曾将徐祯卿与李、何并列，称为鼎足。有人甚至将他置于李梦阳之上，这显然过分了。徐氏的作品以简洁精练取胜，但篇目少而篇幅短，未尝不是一种藏拙之法。他的诗文反映的生活内容比较狭窄，风格也比较单一，其成就距李、何实有相当距离。

---

① 见《谈艺录》，第292、603页。

四、康海、王九思

《对山集》卷一《制策》后附张治道《跋》云："余过浒西，对山尝与余论文曰：文以理为主，以气为辅。出于身心，措诸事业，加诸百姓，有益于人国，乃为可贵也。"注重有用于世，是康海文学主张和诗文创作的特点。当时的科举程式之文，一般都四平八稳。而康海在殿试时作的这篇制策，却指陈时弊，直抒己见，且词气剀切，实属难得。罢官家居以后，康海一方面沉酣声色以排遣郁闷，一方面仍热心关注时事。如他的《上邃庵先生》（卷二）论当时兵事日繁，赋饷日急，政弊民困的状况，并揭发派往四川、湖广、陕西剿"贼"的军队所上首级"皆山居平民"之首级；《答王汝言》（卷二）论贪官污吏；《与镇西将军曹公书》（卷二）论宁夏兵变等，都洞察时弊，切中要领。尤为难得的是，他自己终身放废，却还热心地奖掖荐举人才。嘉靖初，李开先以公事过陕西，与康海等人相会，康海对李的才华十分赏识。当时任吏部尚书的唐龙来信询问康海的情况，康回信并不提自己的事，而向唐龙大力推荐李开先，惓惓言之再三，实为感人。

康海虽被加上刘瑾同党的恶名，其心地实际上十分正直，绝非蝇营狗苟之辈。形之于文，便自然有一种堂堂正大高迈之气，使人震慑。《与彭济物》（卷二）一文，充分展示了他的个性。彭泽是个以"狠横"著名的人（《万历野获编》第628页），时任总制陕西军务。他见康海赋闲，便想请康来给自己做幕宾，康海写了此信予以拒绝。信中申明自己有"不可于当世者五"，"甚不宜出就官职者二"，实际上是对当时社会上特别是官场中的种种丑恶现象进行抨击。

特别是信中的最后一段,写到自己不宜复出的原因:

一时同黜之人,固有不幸而被污者。然罪大恶极,羞谈于妇人女子之口,尚十之九。彼莫不觊幸仆出以为先容之地,而当时宰执又率崇私爱而乏分别。苟引其私人,必援仆为喻。是所以用仆者,非必实知其为人而真明其有诬也。如此则是以贤者之身而为不肖者之资矣。《语》有曰:君子非其招不往。以不贤人之招招贤人,如之何其可往焉。今众人虽以不肖谓仆,而仆未尝一日不以贤君子自谓。己以此自谓而人以彼谓己,盖所谓嘑尔而与,乞人不屑者也。

此文盖仿嵇康《与山巨源绝交书》,其中对彭泽的指斥可谓犀利。康海宁愿废旷终生,也不愿与卑鄙小人同流合污,成为别人行私的工具。没有正直的胸襟,就说不出这样的话。

康海也注重学古,但由于他生长西北,赋性疏直;早年欲以事功名世,不愿做一个职业文学家;晚年又颓然自放等原因,他不屑于细致琢磨古代作家作品的体裁法度,而只注意从总体上领会其神气。《四溟诗话》卷二载:"徐伯传问诗法于康对山,曰:熟读太白长篇,则胸次含宏,神思超越,下笔殊有气也。"康海在散文方面一意学司马迁,其学法大概也与他在诗歌方面学李白差不多。可以说何景明提出的"富于材积,领会神情;临景构结,不仿形迹"的学古方法,康海倒是在一定程度上付诸实践了。由于古典散文和古典诗歌法度的宽严程度不同,康海将此法用于散文和诗歌创作的结果便不一样。古典散文的法度具有较大的伸缩性,稍离法度也还不妨,所以康海的散文创作便取得了一定成就。他的散文只是直抒胸臆,一一道来,并没有刻意模仿《史记》等作品的章法句法,这就避免了李梦阳等人散文的那种生硬模拟之弊。正如清人张洲所说："夫对山以质直之笔，抒写胸臆。其所论述，率取意达以止，隽爽高迈。为能绝去雕绘之习，而言简情赅，古气流溢，味之靡穷。"(《四库全书》本《对山集》后附张洲《对山集后序》)有趣的是，康海所修地方志著作《武功志》，也贯穿着这种风格。该书一反地方志向来体例，并不面面俱到，而是择其要者、大者、特殊者言之，每则寥寥数语，以简古取胜。当时号为"奇书"，后世修舆记者亦"举以为法则"。①

古典诗歌的法度则要严格得多。康海在诗歌创作中也追求"直抒胸臆"，不遵古法，甚至"时人名号爵里，韵至便押"(《对山集》卷首王世懋序)，便行不通了。因此，无论是复古派还是反对复古派的评论家，都认为康海的诗歌"粗率"、"殊不足取"。"文过于诗"，是对康海诗文创作的定评。由于古典诗歌内部各种体裁的法度要求宽严不一样，总的来说近体要比古体法度严格，故康海的诗作中近体尤不足观，某些古体诗则因为质直古朴，别具一格，还较为可读。如为教训耽于嬉戏的外甥而作的《示习方》(卷九)，长辈对不肖晚辈恨铁不成钢的神情声口如闻似见，颇为感人。

日本学者八木澤元根据康海的姓氏、籍贯及有关他的父祖和他本人的相貌特征的记载，判断康海大约是回族人②，因此从小就对歌舞戏曲特别爱好，大概与遗传有关。他学击鼓、弹琵琶等，就不像王九思那样费力。康海《题紫阁山人子美游春传奇》自言："予曩游京师，会见馆阁诸书，有元人传奇几千百种，而所躬自阅涉者才十二三。"(《渼陂集·杜子美游春记》卷首)当时翰林院的其他官

---

① 《四库全书》本《对山集》卷首"提要"。参见《武功志》，该志有《四库全书》本等多种版本。

② *Dictionary of Ming Biography*, p. 694.

僚大概是不会对这些东西感兴趣的，康海却“阅涉”了，尽管只及十之二三。康海本人的戏曲创作，今存者有《沜东乐府》(收散曲260多篇，编入《散曲丛刊》)；《王兰卿贞烈传》杂剧(脉望馆钞校本、《孤本元明杂剧》本)；《东郭先生误救中山狼》杂剧(《盛明杂剧》本、《酹江集》本)。其中引人注意的是《中山狼》杂剧。关于这则杂剧是否康海作，康海是否为讥刺李梦阳之忘恩负义而作此剧，此剧与马中锡的散文《中山狼传》有何关系，《中山狼传》是明代马中锡作还是宋代谢良作，马中锡是否为讥刺李梦阳而作此文等等，是几百年来众说纷纭、莫衷一是的一桩公案，须另撰文专门考论。笔者的基本看法是，此剧可能为康海所作，但不可能是讥刺李梦阳的。康、李交情一直很好，不存在李梦阳“忘恩负义”之事。该剧敷衍一个早已家喻户晓的寓言故事，结构情节也极为简略，沈德符以为“太单薄”，不过“古杂剧”而已(《万历野获编》第648页)，这种看法是符合实际的。总之，康海、王九思等人戏曲创作的意义，主要不在它们本身，而在于它们标志着戏曲艺术一个新的历史时期的开端。

人们有充分理由将王九思与康海并称，但不应因此而忽视他们之间的区别。就人品而言，王实远不及康。刘瑾擅权时，王九思在吏部这个要害部门任职。如果说康海被列为刘瑾党羽基本上属于冤枉，则王九思被列为刘瑾党羽多少有一些根据。故当时及后来人为康海辨冤者甚多，而替王氏说话者则很少。被罢官后，康海还能时时将个人的穷通际遇放在一边，忧心时事。王九思则对自己此次挫折耿耿于怀。《渼陂集》开卷就是《梦吁帝赋》，申诉冤枉，自比屈原，未免不伦不类。此后的许多作品，如《渼陂集》卷七《与刘德夫书》、卷八《送丰原学先生序》等，都是为此而作，且反复陈述的都只是个人的荣辱得失，境界大大低于康海谈及同一问题的作品。在家庭生活中，王九思与兄弟相争，闹得不可开交(见《渼陂集》卷二《怨诗》、《悔诗》)；又公媳不和，直斥其媳为“悍妒妇”，责其子惧内，一无所成(见《渼陂续集》卷中《长男瀛墓志铭》)。我们不能单凭一个作家的家庭生活来判断他的整个人品，但至少由此可以看出他的为人的一个侧面。《渼陂集》卷九《游山记》记述王九思、康海等陪何景明游览鄠、杜一带的风景名胜，一路上康海、何景明都几次半开玩笑半认真地说王九思“俗”，殆有微意。

就文学创作而言，康海重事理、重气势，王则比较注意言情写景，才情华藻似比康海稍优。康海与吕柟、马理等人交往颇密，受理学的影响较深。王九思对理学则始终未得入门，其《与吕仲木先生书》、《泾野别集序》等文(《渼陂续集》卷中、卷下)，意在讨论理学，但连皮相之见也谈不上。因基本上未受理学的影响，王九思在文学创作中尽可发抒才情，这也算是他的难得之处。康海长于散文，其散文的价值在很大程度上又源于作者正直的个性气质与高爽的胸襟气魄。王九思的散文立意既俗，见解也平庸，所以不足称。但他的诗歌创作特别是戏曲创作的成就则高于康海。当其感情真实时，便往往有佳作。其词采和艺术技巧，便非康海所能具备。如作于正德五年谪官赴寿州(今属安徽)途中的《九日》：

客里逢秋秋更哀，细风晴雨负登台。思亲畏说秦山远，忆弟惊看楚雁回。异国浊醪难独醉，故乡黄菊莫争开。帆樯落日聊回首，滚滚长波万里来。(《渼陂集》卷五)

此诗糅合前人如杜甫、白居易等的“重九”诗而不露痕迹，句句真情实景，开阖自然，使读者很容易联想起唐代“失节文人”宋之问的《度大庾岭》。

王九思似乎缺乏独立的文学主张。他参加复古派基本上是由于文学以外的原因。他早期本从李东阳学诗，后来因为与康海的个人关系，而与复古诸子相来往。被罢官后，他更明确地站到复古派阵营中来，是因为复古派诸子此时已开始攻击李东阳的诗文，而他也因为罢官一事对李东阳深怀不满。大约在正德初年，因为追随李、康的缘故，他也力图“炼句证体”，讲究作品的格调，写过一些模古的作品，如《杂诗》十五首(《渼陂集》卷二)等。但正如王世贞《艺苑卮言》卷六所评，“如汉武求仙，欲根正染，时复遇之，终非实境”。不久，随着他生活态度的颓然自放，他的创作态度也露出擅以俗体写俗情的本来面目。他自述晚年的创作状况是：“引睡书过眼抛，写怀诗信口胡嘲”；“吟诗四十载，学海足生涯。汉魏二三子，唐人几百家。拈髭空锻炼，得意谩矜夸。不见少陵老，情真语自佳。”[①]据张治道《渼陂先生续集序》，王九思晚年双目失明，“而求文与诗者日踵其门”，往往由王九思口授，书者代笔。这种草率创作的应酬诗文，自然不可能有什么价值。据康海《碧山乐府序》和王九思《碧山诗余自序》，王九思早年没有作过词曲，“自罢寿州后始为之”。他后期创作的主要精力已移于词曲，主要成就也在这方面。甚至他晚年作的诗也像曲，词也像曲。前者如《再次韵学寒山子二首》(《渼陂续集》卷上)；后者如《贺新郎·寿州作》(《碧山乐府》卷五)。

王九思的词曲所表达的内容，不外个人的牢骚、艳情、闲趣等。由于这些内容与词曲特别是曲的艺术形式相互适应，王九思写来就显得得心应手。他的散曲中确有一些堪称当行的作品，如《偶书》：

---

① 《渼陂集·碧山乐府》卷一《雨中偶成》；《渼陂续集》卷上《吟诗》。

一点朱唇，任是无情也动人。语吐龙涎喷，歌啭莺声嫩。嗏，樊素出芳尘。压碎红裙。笑饮琼卮，带雨樱桃润。肠断苏州总为君。(《渼陂集·碧山乐府》卷二)

王九思写艳情的散曲，大都作于60多岁以后，因此谈不上什么真情实意。此首散曲也包含一种玩赏女色的庸俗情趣。然描摹神态，确实十分生动，多有俊语。《红楼梦》第六十三回，宝玉拿着宝钗抽的牡丹花签只管颠来倒去念，原来上面写的是“任是无情也动人”。

王九思的散曲中，写得最多而且最好的，还是咏闲适之趣兼讽世的作品。如《康对山阻雨》套数，题目本属无谓，但作者由此生发丰富联想，亦庄亦谐，写出了康海的豪迈个性，对当时的世态人情予以嘲笑。使事贴合而巧妙，写景状物亦笔力劲健，足以使读者赏心悦目，并发出会意的微笑。又如《归兴》：

一拳打脱凤凰笼，两脚蹬开虎豹丛，单身闯出麒麟洞。望东华，人乱拥，紫罗襕老尽英雄。参详破邯郸梦，叹息杀商山四翁，思量起华岳三峰，思量起华岳三峰。掉臂淮南，回首关中。红雨催诗，青春作伴，黄卷填胸。骑一个蹇喂儿南村北垅，过几处古庄儿汉关秦宫。酒盏才空，鼾睡方浓。学得陈抟，笑杀石崇。

又如他的《矮窗小榻》：

鹿腿木支成榻，羊毛毡衬几层，窗儿矮枕儿横。也无有青楼兴，也无有黄粱梦警。一睡一个大天明，常被俺孙儿唤醒。

前一首回忆罢官经历，后一首写晚年闲居境况。罢官后的生活是否真的这般美好很难说，要是如此，他也就不会对李东阳等那样恨之入骨了。作品用一种夸张戏谑的笔调，把闲适之趣淋漓尽致地表达出来。作者的真实心情作者清楚，读者也清楚。但这些作品至少能给作者和读者带来短暂的解脱的快慰。从写作技巧来看，王九思善于巧妙地组合语言，使平常习见的语词意象在新的组合中获得一种特殊艺术效果。而且，无论是在立意还是在遣词造句上，王九思都大有一种“俗就俗到底”的勇气，不像有些诗人作散曲仍要顾惜诗人的面目，这样就把散曲的艺术特征发挥到极致。总之，王九思是明代最出色的散曲作家。王世贞《艺苑卮言附录》一云：“敬夫与康德涵俱以词曲名一时，其秀丽雄爽，康大不如也。评者以敬夫声价，不在关汉卿、马东篱下。”（《弇州山人四部稿》卷一五二）就散曲而言，此说不属溢美。在戏曲领域经历一百多年的沉寂之后，王九思等人灭灶再起[①]，且在理论上为之张本：“风情逸调，虽大雅君子有所不取，然谪仙、少陵之诗，亦往往有艳曲焉。或兴激而语谑，或托之以寄意，大抵顺于情性而已。”（《渼陂集·碧山续稿自序》）这实际上是开了明中晚期大量写风情及讽世的戏曲的先声，奏响了明中晚期戏曲以至整个通俗文艺繁荣的序曲，其功尤不可没。

王九思的杂剧《杜子美游春》为影射李东阳而作，剧中的反面人物李林甫与李东阳颇多近似之处：两人都姓李；李林甫任宰相十九年，李东阳担任大学士十八年；李林甫善画能诗，李东阳以诗文书法名重一代；李林甫口蜜腹剑，以柔佞著称，李东阳亦号温雅。

---

① 在王九思前后及同时，写作散曲已成为士大夫特别是西北士大夫的风尚。王世贞《艺苑卮言附录》一：“赵王之《红残驿使梅》，杨邃庵之《寂寞过花朝》，李空同之《指冷凤凰生》，陈石亭之《梅花序》，顾未斋之《单题梅》，皆出自王公，脍炙人口。然较之专门，终有间也。王威宁越《黄莺儿》只是诨语，然颇佳”；“北调如李空同、王浚川、何粹夫、韩苑洛、何太华、许少华，俱有乐府，而未之尽见。”

剧中似以杜甫指康海，而以岑参自拟。剧中第三折是岑参邀杜甫到渼陂庄游赏，此为历史事实，杜甫诗中吟及此事，而王九思也确曾邀康海到渼陂做客。总之，就绾合史事构撰情节这一点而言，此剧可谓颇具巧思，胜过康海的《中山狼》。但是，作品过于注重发泄私愤，没有写出杜甫之胸怀人品，对社会现实揭露也不够。似乎杜甫也像作者一样，痛恨李林甫只是因为个人的恩怨，这样就限制了作品的思想价值。艺术方面，四折都是杜甫的"独角戏"，都是他一人在唱，回忆往事，赏景，骂人。虽然这是元杂剧本有的体例，但也可见王九思对剧本的戏剧性还不够重视。至于王九思的《中山狼》杂剧，则与康海同名杂剧相似。王九思对杂剧的体例是十分清楚的，《杜子美游春》即完全按照杂剧体例写作。而此剧原题为《中山狼院本》，盖王九思本来就是把它当"院本"而不是"杂剧"来写的。至明朝前中期，虽戏剧领域早就有了成熟得多的戏曲样式——南戏、杂剧，但"院本"之类较古老的戏曲样式实际上仍在演出。后代研究者因明代多有一、二折的杂剧，遂将康海、王九思的《中山狼》也当作杂剧，可能并不合他们的原意。如把这两个剧本看作院本，则其情节人物之简略，语言之朴拙等，便都不难理解了。

五、王廷相

从弘治朝末期到正德初，王廷相在翰林院做庶吉士和任兵科给事中，留心政务，与李梦阳、何景明等集中精力于诗文创作不同。正德初复古派活动最频繁时，他又正逢回家服丧，此后又放外任，所以他早年在复古派阵营中名声不显。嘉靖六年以后，他因"议大礼"合世宗之意，又交好当时炙手可热的翊国公郭勋，故官运亨通，而在此时“七子”名目渐定[①]，他遂得列名其中。

王廷相既是理学家，又官至宫保，这在前七子中都是独一无二的，这种身份对他的文学观和诗文创作都产生了影响。他在《石龙集序》中说：“明道而不切于政，则空寂而无实用；稽政而不本于道，则陋劣而非经术，不足以通天下之情，亦不足以协万物之宜。……夫今之人刻意模古，修辞非不美也；文华而义劣，言繁而蔑实，道德政事寡所涉载，将于世奚益？谓不有歉于斯文也哉？”(《王氏家藏集》卷二十二）唐龙为《王氏家藏集》作序也说：“是故道者言之实也，政者言之干也。……斯集也，以道为实者也，以政为干者也。”(《王氏家藏集》卷首）综合王氏所有流存下来的作品来看，唐龙的话是符合实际的。他的《夏小正集解》一卷、《丧礼备纂》六卷、《慎言》十三卷、《雅述》二卷等都是经学理学著作；《奏议集》十卷、《公移集》三卷、《驳稿集》二卷等都属政论公文。剩下的诗文中，也还有不少论政论学之作。总之，这类文字在他的整个著述中占了较大比重。但王廷相又不是不懂文学与一般论政论学著作之区别的人，这在我们前面已多次引及的他的《与郭介夫学士论诗书》中已可见出。虽然他的诗文多少有一些理学气息，但这种情况并不严

---

① 何景明正德三年作《六子诗》：王九思、康海、李梦阳、边贡、何塘、王尚䌹，加何景明本人为七人。徐祯卿登第不久，何景明使滇去；何氏返京，徐又已南下；徐再至京，何又请告归；何重至京，则徐已前卒，故二人交往不多，《六子诗》亦不及徐。王九思作于嘉靖十二年左右的《漫兴十首》(《渼陂集》卷六），第一首与第二首以李梦阳、康海、何景明、边贡和王九思为“五子”，并说：“五子之中我滥竽，未应沧海有遗珠。且看吴下徐昌谷，何似闽南郑善夫。”则“五子”中没有徐祯卿、王廷相。然而康海作于嘉靖十一年的《渼陂集序》云：“我明文章之盛，莫极于弘治时，所以复古昔而变流靡者，唯时有六人焉：北郡李献吉、信阳何仲默、仪封王子衡、鄠杜王敬夫、吴兴徐昌谷、济南边庭实，金辉玉映，光照宇内，而予亦幸窃附于诸公之间。”则至迟在嘉靖十一年时，“七子”名目已经形成，王廷相亦已列名其中。

重，突出的问题倒在过于模拟。

王廷相对李梦阳十分敬重。他只比李梦阳小一岁，却愿奉之为师。他的《翩翩者鹊》、《硕人篇》都为赞颂李梦阳而作（分别见《王氏家藏集》卷一、卷二），前一首云："翩翩者鹊，唯鸠从之。我友敬慕，实维我师"；"瞻企靡及，中心怆而"。这种崇拜后来发展到迷信的地步，以至于他为《李空同集》作序时，竟以为："杜子美虽云大家，要自成己格尔。元稹称其薄《风》、《骚》，吞曹、刘，固知其溢言矣。其视空同规尚古始，无所不极，当何以云。"（《王氏家藏集》卷二十三）杜甫诗歌的难能可贵之处正在于"自成己格"，他固然没有像李梦阳那样拟古谣谚，拟《风》、《骚》，但李梦阳的这些拟作并没有什么价值，王廷相的话才真是"溢言"了。王廷相的诗歌理论本来持论颇高，见解也比较通达，但也许与这种对李梦阳的迷信有关，他在模拟古作上花了很大力气。他的诗集从卷一到卷七标明模拟古歌、《诗》、《骚》、乐府、阮籍《咏怀诗》者固不论，其他篇章模拟的痕迹也十分明显。他在致薛蕙的信中说："夫文章贵得肯綮，知之复能运用之为妙也。严沧浪论诗非不妙，盖唐人以来所罕见者。至其所自作，才一二分而止耳，可不谓难与？"（《王氏家藏集》卷二十七）这可能是他的有感之言。

与他的诗相比，他的散文则大多自出机杼，疏通畅达，辞采华茂。他为李梦阳、何景明的文集及自己的《华阳稿》、《近海集》所作的序，都笔调超逸，纵横变化，文采斐然。李、何二集序尤注精力，论其人，记其事，述其文，有感慨，有议论，一唱三叹，情深意长，而踔厉风发，淋漓酣畅。除不免有过情之誉外，确实是后世序文中难得的佳作。他的《放鹤赋》、《悼时赋》、《猛虎赋》、《梦讯帝赋》、《靖志赋》、《苦旅赋》等多写他早年直道见诬、累遭贬谪的悲愤，皆内容充实，气激言直。如他由监察御史贬赣榆县丞后作于正德十年二月的《梦讯帝赋》中间一段云：

彼媮嫚而浊婪兮，善淫朋而作俑。世不以为戮兮，反被华而服宠。术巧佞以糜蘖兮，敉典型于何有。既糅乎帝之纪兮，又加余以谗口。岁五改而再斥兮，余颠越其焉极。虽蹈海之不悔兮，余何忘情于鬼蜮。同托体于玄化兮，何独蹇而离尤。彼何辟而畅志兮，此何淑而殷忧。余由乎古人之所履兮，曾夙夜之敢止。苟致福之不由我兮，何天道之可恃。

自屈原《离骚》之后，后人写自己直道见诬之愤的作品多不出其藩篱，王廷相诸作亦然，但他的自身感慨还是在作品中得到了凸现。

王廷相的《狮猫述》是一篇很值得一读的杂文，其辞曰：

狮，西域兽也，毛披拂毵毵。猫亦有然者，故曰狮猫。余往在京时，曾畜其一，而生四子，咸躯白尾黑，姣然可爱，且性质荏顺，声气清窈，卧融轩如团雪，腾危栏若奔星，真闺阁之奇观也。女郎尤其怜之，置之几榻为闺宾焉。时屋宇新构，无鼠，初不觉其害事也。及来南都，鼠多且黠，缘壁上下，穴屋巅，昼满承尘，跳掷作扑扑声，以杖触之不畏。然夜伺人寝寂，乃群下地，环室而走，相触踏惊跃，若转斗，若嬉戏，嘈嘈啾啾，彭彭剥剥，不辨时而散去。登几庋，缘筐匮，翻书帙，穿囊袱，磕撞柈瓮，拂响弦索，咀龁格格，左喧右聒，驱之仍来，寂而忽作，令人中夜不得寐，虽有智力，无所从而施之。乃呼童子，问猫所在。童子曰：室无猫，故然。翼日乃集猫闭之室，鼠始闻猫鸣，伏于穴不即出，久之一二稍稍动作，骚肩刺促，如试猫然。乃猫则偃然而卧，若弗闻者。数日，鼠知猫果不为己害也，乃益狎习不避，举穴出矣。余篝灯候之，见鼠之逼猫也，撇勒搪突，恣行无忌；猫之见鼠也，逡巡前却，若有逊避之状。嗟嗟怪哉异乎，猫以捕鼠为职也，乃今与鼠习，失职矣，色相之美夫焉足取？然犹不忍弃之，乃市他猫为捕鼠计，至则群居而嗃嗃，而斗且啮，他猫不堪其苦，咸遁去，余始知其无能而害事也。乃尽数乞诸人，复市他猫蓄之，且捕且食，尽数月，鼠患方已。

谚云：猫有三品，辟、疾、食。厥声怒赫，鼠闻之战栗，眼光夜炯炯直射，鼠见之，伏不能动，即威鼠竭穴去，不待捕，故曰辟；遇鼠缩身迅奋如猫鹰，百中无脱遗者，故曰疾；盗合启藏，馋口饱腹，终夜贪卧，呼呼念诵，如困僧败禅，与鼠相忘，故曰食，此品之最下者，其狮猫之谓乎？

浚川子曰：吾观于狮猫，而知国有狮臣焉。容悦谄媚，色相之可爱也；贪贿嗜势，窃食之馋也；沓沓怠缓，捕击无能也；嫉贤妒才，群噬非类也。有一于此，足以蠹国。人主知爱而不知恶，知恶而不知异，则贤路关格，奸宄蟠据，朝无君子，而国事日非矣。此林甫、卢杞之所以乱唐也。其视猫之为害，巨海一沤者耶。

这篇杂文的主题是揭示世界上事物外表与本质的不一致，与柳宗元《黔之驴》、刘基《卖柑者言》等命意相近。作者也许受到柳、刘之作的启发，但有新的开掘。可以说，柳、刘之作的含义只到此文“色相之美夫焉足取”为止，而此文则在此之后再翻进一层，写出狮猫捕鼠则无用，内讧害事则有余，寓意就更为深刻了。在写法上，作者对狮猫的外貌神态、老鼠为害及猫、鼠相狎之状都观察得极为细致，描写得极为生动。王廷相是一个非常注意观察体验的思想家，他曾批评“世儒”“崇尚虚静而无明物察伦之学”，以为“如人知越在南，必亲至越而后知越之故，江山风土，道路城域，可以指掌而说，与不至越而想象以言越者大不侔矣”。[①] 他曾专门排比考察过历代的天象与人事，对天象预示人间祸福的传统观念进行了有力驳斥。他还指出，一个孩子从小就被别人抱养，长大后就会只认得养父母，在路上碰到亲生父母，也将以路人视之。他又观察到蜾蠃取桑虫（螟蛉）之子是作为蜾蠃幼虫的食料，纠正了自《诗经·小雅·小宛》篇以来人们一直抱有的一种误解。总之，王廷相可谓爱观察成癖，他对狮猫、鼠的观察描绘，即源于他的这种个性。同时，如果是一个纯粹的理学家，关心的只是把某种观念表述清楚，那么《狮猫述》一文只要几十个字就可了事。但那就会质木无文，索然寡味。或许仍能给人以教戒，却不可能给人以赏心悦目的快感了。王廷相不是这样，他对各个细节都进行仔细的刻画，把猫、鼠写得栩栩如生。这好似朱熹批评苏轼的那样，“于没紧要处”大作文章，但文学之不同于哲学也正在于此。如此文开头大写狮猫色相之美，即与后面写其无能与害事形成反衬；极写鼠之肆无忌惮，又使狮猫有呼之欲出之势，引起读者强烈的心理期待，与后文写狮猫之无能引起的失望形成巨大反差，增强了艺术效果。由此可见，王廷相确属兼具理学家与文学家双重身份的人，至少是一个很懂文学的理学家。即使到了晚年，他有弃文入道、重道轻文的倾向，但仍坚持了诗文必须有情感有文采的主张。顾璘、薛蕙都写信劝他不要再耽于文采，如薛蕙《答王浚川先生论文书》云：“窃观先生之作，较其工且多于古人，皆不啻过之，故宜更少约之。其近于

① 《王氏家藏集》卷首唐龙序；卷二十七《与薛君采二首》。

怨调、宫体、豪气太露者，一切弗录。此数者他人有之以为美，在先生则当弃而去之耳，去之者皆止于礼义与?”(顾璘《凭几集》续编卷二《启浚川公》;薛蕙《考功集》卷九)由此可见，王廷相之诗文多“近于怨调、宫体、豪气太露者”，其晚年在重道轻文方面也没有像薛蕙等人走得那样远。

王廷相早年与李梦阳等人以气节相砥砺，敢于与黑暗势力抗争。其时的文学创作中，也有不少直接指斥现实的作品，加卷二《怨天谣》写矿民暴动;《虎人歌》和卷十三《西山行》、卷十八《玄明宫》写宦官之横肆;卷三《赭袍将军谣》及卷五《君马黄》等指斥武宗之荒嬉等等。晚年官位渐崇，身处世宗这样刚愎自用的君主身边，又与张璁、桂萼、方献夫、郭勋、夏言、严嵩、汪鋐等忮刻之臣共事，于是一变而为谨小慎微。嘉靖十八年他曾谏阻世宗幸承天，世宗不予理会，他奉命随驾护卫，则又尽心尽力。掌都察院时，他很少弹劾僚属。提督团营时，他又处处隐忍，与掌团营的郭勋处理好关系。只是在嘉靖二十年，新建的太庙遭火灾，世宗命群臣自察并互察时，他才对严嵩招权纳贿之状稍有暗示。[①] 他在这一时期的文学创作也很少再涉及世事。《内台集》七卷及续集三卷是他嘉靖十二年入为都御史后所作，其中一方面是颇多志得意满之言，如卷一《甲午书怀四十韵》、《乙未书怀》等;另一方面是十之七八为奉和世宗及与上述诸同事唱酬之作，以及其他赠酬诗文。他早年不曾作词，晚年乃为之，《内台集》卷三存词66首，这可能与当时的首辅夏言有关，因夏言以爱作词曲著名，王廷相之用心可谓良苦。但事出

---

① 郑晓《今言》载王廷相荐唐神仙取悦世宗事，何良俊叹为“凤德之衰”，见《四友斋丛说》卷十。

凑泊，终非当行，多流于粗率，至有以词论养德学道之事者，如《满江红·怀贺水部》；又有以词论诗论学者，如《水调歌头·和答桂洲夏公（言）论诗》、《水调歌头·奉和夏桂洲谈玄》、《水调歌头·奉和夏桂洲论学》等。官场与文学为仇，自古而然，王氏的经历又是典型一例。

六、边贡、顾璘

前七子中，就对推动复古运动的贡献而言，李、康、何最为重要，其他人次之；就创作成就而言，李、何诗文兼备，康海、王廷相以文胜，徐祯卿、边贡则以诗见长。但王廷相、徐祯卿在文学理论上都有一定建树，徐祯卿的赋也颇有特点。边贡的散文最不足称。当时人对文艺性散文与理论著作及一般应用文的界限仍不很清楚，但总有一些艺术性较强、较有情采的作品，边贡的文集则全为碑文、墓志铭、贺表等所充斥，且无一有独到见解或体现出作者个性者。就诗而言，边诗境界较狭窄有似徐祯卿之作，然精洁不如后者。边贡诗中真正反映时事和抒写感慨的作品，与复古派其他诸子的诗集相比，比例是最低的；而像寿诗、挽诗、贺诗、赠诗、和诗等的比例又是最高的。这些诗的内容又不外祝贺对方官升得快之类。自李梦阳等批评中唐以来诗人"连联斗押"、"叠韵竞侈联篇"的陋习后，复古派诸子总的来说写作这种作品是比较少的，边贡可能是唯一的例外。综合上述几方面看，边贡在前七子中地位最不重要，甚至在不属七子的郑善夫等人之下。

但边贡当时曾与李、何、徐一起并称"弘正四杰"。何良俊甚至认为："世人独推何、李为当代第一，余以为空同关中人，气稍过劲，未免失之怒张。大复之俊节亮语，出于天性，亦自难到。但工于言句，而乏意外之趣。独边华泉兴象飘逸，而语尤清圆，故当共推此人。”(见《四友斋丛说》卷二十六。按《四库全书总目提要》“《华泉集》”条以此段话属胡应麟，误)关于前者，胡应麟曾作解释：“弘、正并推边、何、徐、李，每怪边品第悬远，胡得此称。及读献吉送昌谷诗，‘是时少年谁最文，太常边丞何舍人’；仲默赠君采，亦有‘十年流落失边、李’之句，则李、何于边，正自不浅。余细阅当时诸家，若仲凫、德涵、敬夫、子衡，诗皆非长；华玉、继之、升之、士选辈或调正格卑，或格高调僻，独边视诸人差为谐合，不得不尔。若君采、子业，年宦稍后，元非同列。”(《诗薮·续编》卷一)这个解释十分中肯。据此，单就诗而言，边贡列名“四杰”也未尝不可，只是如袁袠所说：“李、何、徐、边，世称四杰，边稍不逮，只堪鼓吹三家耳。”(《列朝诗集·丙集》“边贡”条)关于何良俊推边贡第一，原因有二：一是如陈子龙在《皇明诗选》中指出的那样：边诗“才力雄健不及李梦阳、何景明，善于用长、意境清远不及徐祯卿、薛蕙。善于用短，而夷犹于诸人之间，以不战为胜。无凭陵一世之名，而时过事移，日久论定，亦不甚受后人之排击”。(《皇明诗选》卷八)二是边贡虽为济南人，但曾长期宦于留都，美风姿，善交游，癖求金石书画，颇有东南士大夫风尚。何良俊为吴人，对边贡的为人及诗文风格自然觉得情趣相投，持论遂不免有偏。后来崇边而抑何、李者，不是吴人便是济南人。明清人把边贡看成是“济南诗派”的开创者。清代王士祯曾校刻《华泉集》，作为《渔洋三十六种》之一。这既是出于对乡贤前辈的尊重，也因为他们的诗歌宗尚有相通之处。

边贡诗的特点在于工稳清圆。在各种体裁中，他最擅长的是五律。兹举《幽寂》一首为例：

幽栖耽蓬户，凄凉怀旧吟。莺啼非故国，草色乱春心。落日黄云暮，阴风碧海深。嗷嗷北来雁，二月有归音。

这首诗应是他在南京任职时所作，描写自己见春色而思念故乡的情绪，笔致含蓄蕴藉，颇耐人寻味。宋征璧（尚木）评曰："三四一联，不过十字，中有无限诗情。"（《皇明诗选》卷八）边贡的其他作品，如《华泉集》卷一《庭皋》、卷三《夜中不寐登楼有怀》，以及曾为王世贞所称道的"庭际何所有"一诗等（《艺苑卮言》卷六），风味大多与此相同。

不过，边贡的这些作品，说有清逸的情致则可，说有什么遥深的寄托则不可。他的诗与他的文一样，最大的局限在于立意不高。他前期也曾以风节著称，诗作中也有《筑桥怨》（《华泉集》卷二）等揭露宦官罪恶的作品。后期生活上既以诗酒自娱，创作上也失去了前期的现实主义特色。正德后期，武宗先是在北部边疆到处游乐，后来又以平定宁王朱宸濠叛乱为名到江南胡闹，沿途骚扰不已。臣僚因谏阻被杖死者十几人，罢官者数十人。几乎每一位正直的作家都对武宗这一荒唐行径给予了揭露和讽刺，而边贡《书事》诗却说："六军南下九秋时，江寇平来庙算奇。不信土人传接驾，似闻天语诏班师。闾阎稼穑真须问，水陆兵戈恐未宜。东海细臣瞻巨斗，北枢终夜几曾移。"（《华泉集》卷六）诗中似有微言而讽之意，然故作"古人忠厚语"，"未免纽造"不自然（《艺苑卮言》卷六）。至其《迎鸾曲二十首和刘希尹之作》（卷七），则已纯为谀佞之词。如其中两首云："南幸三吴北幸幽，乾坤开辟两神州。文儒自守高皇训，武将谁分圣主忧"；"石头城如银虎盘，金陵山似玉龙蟠。休讶六军停跸久，本来江左是长安。"都故作解事地为武宗南巡辩护，令人齿冷。当时薛蕙与严嵩为同年举人，颇相唱和。及严嵩专权，薛蕙即谢绝往还，并削去旧作，不留一字。边贡《华泉集》乃以送严嵩奉世宗之命祭祀承天显陵之作为压卷。《四库总目提要》的作者认为《华泉集》刻于边贡身后，为其里人刘天民所编。时当严嵩权势日炽之时，可能是刘天民无识，以趋炎附势为荣，而非边贡本意。但从边贡后期的创作情况来看，这种编排也许与他的本意相去不远。

《列朝诗集》等都评顾璘诗"矩镬唐人，才情烂然；格不必尽古，而以风调胜"。所谓风调，即指其诗风神情调俊爽流丽。顾璘本南京人，通籍后多次家居，又长期官于南都。其《山中集》是家居时所作，卷一《幽居十二咏和鲁南（陈沂）》，所写的都是煮茗、焚香、洗砚、检书、扫径、拭几、养蒲、灌花等，这与李梦阳在大梁群山峻岭间奔腾驰逐及康海、王九思在关中挝鼓唱曲的生活形成鲜明对照。总之，他质性上属于东南文人，自然对吴越的诗文风尚感到亲切。自与复古派诸子缔交后，他基本上接受了复古理论，但有时又情不自禁地对吴越诗文创作啧啧称赏，露出本来面目，如对祝允明、唐寅的作品他就很感兴趣。他自己的创作也徘徊夷犹于这两者之间，一方面努力为古体、北体，一方面又不由自主地为近体、吴体。不过总的来说，他的诗作还是保持了一定的格调，注重含蓄，少写实，少议论，不为戏谑俚俗之体，不为肤浅烂熟之语。兹举两首作品为例：

迟日照东轩，淑景媚清晓。暖吹荡轻花，晴光悦幽鸟。披衣俯前楹，茸茸见新草。感时思故乡，怀人伤远道。南望登高台，长河波浩浩。〔《客居杂言》（《息园存稿》卷四）〕

闲馆投壶白昼长，桤林鸣雨送飞觞。千山湿翠云垂地，万壑平流水映堂。尘世几回逢酩酊，瘴乡三伏遂清凉。休辞枥马喧东道，爱对庭中短烛光。〔《夏日雨中与客饮朱别驾宅》

(《浮湘稿》卷三)〕

前一首五古婉丽清雅，显然有谢灵运诗的影子。《四库总目提要》谓顾璘诗“远挹晋安之波”者，大约即指此类。后一首七律为贬全州知州时作，全州地极荒僻，与屈原、贾谊、柳宗元等谪所相近，但诗人不以此为念。全诗音节响亮，句式流走，境界开阔清新，意兴旷达。由此可见，顾璘诗以风调胜的风格，根本上源于他比较超脱开朗的个性气质。

顾璘晚年为时风所移，以讲学自得，亦有悔文之论。拿他的《息园存稿》中的早期之作与《凭几集》、《凭几集续编》中作于官湖广巡抚时的作品相比，前者文采斐然，而不免模拟痕迹，后者则信手而出，变化十分显著。不过，他作于晚年的《与陈鹤论诗》，是其一生文学思想的总结，仍然基本坚持了复古的主张，倡导“准则古人，锻炼成体”；指出“宋元祐诸贤遂倡道学，及其季也各有纤琐繁芜之陋”；又说：

> 诗之为道，贵于文质得中。过质则野，过文则靡；无气弗壮，无才弗华，无情弗蕴。杜宗“雅”、“颂”而实，其弊也朴，韩昌黎以及陈后山诸君是也；李尚“国风”而虚，其弊也浮，温庭筠以及马子长诸君是也；王、岑诸公依稀“风”、“雅”而以魏、晋为归，冲夷有余韵矣，其弊也易而俚，王建、白乐天以及梅圣俞诸君是也。
>
> 今世论诗者，言“风”、“雅”则妄耳。上汉、魏，次李、杜、王、岑诸贤。今贤虽众，畴能訾议，则词林之规矩在是的矣。举六朝则曰靡弱，举唐初则曰变体未纯，虽承先生之常谈，其实确论乎，外是谬矣。(《息园存稿·文》卷九)

他的《寄后渠》一文，一方面劝崔铣悔弃嗜酒工文之癖，另一方面却仍对屈原、庄子、荀况、贾谊、司马迁、苏洵、陈子昂、李白、杜甫、王维、岑参、韦应物等表示深服。(《凭几集续编》卷二)这些人中,按正统理学家的眼光看来,有些就是畔于大道的,有些又是纯粹的文人。总之,多年的复古实践在他的思想深处烙下了抹不去的印痕。他晚年也没有完全"废文",只不过是追求一种"得之心应之于手"、"直吐胸次,无所钻研粉藻于笔墨蹊径"的境界而已。与一般理学家的重道轻文,还是有区别的。

七、郑善夫

就直接反映社会现实而言,郑善夫在复古派作家中是最突出的,大概在所有明代文学家中也是首屈一指的。他的仕宦生涯正好与正德一朝相始终,举凡宦官专权、武宗荒嬉、边军入大内、刘六刘七农民大起义、云贵川少数民族起义、宁王叛乱、武宗南下骚扰等重大事变,无一不在他的诗作中得到反映。当时就有许多评论者拿他与杜甫相比(见《少谷集》卷二十四"附录下"邵捷春《少谷集序》等),也有人对他的这种创作倾向不以为然,认为"时非天宝,地靡拾遗",殆为"无病呻吟"(林爊《福州府志·文苑传》)。然正德一朝的国事可谓败坏之极,诗人如此描写,并非无因;他蒿目时艰,百忧丛集,直陈感慨,语出肺腑,亦与无病呻吟者完全不同。

同样的时代背景,有的人能深刻感受到时代的悲凉,若不胜其忧;有的人则浑然不觉:这与每个人的生活经历和个性气质的差异有关。郑善夫是一个有远大志向的人。对人生,对社会,他都极有责任感。在《偶书》中他曾自抒怀抱:"神龙栖九渊,志在天汉表。始终养神德,用九仍初九。安能逐蛙蟆,泥蟠东西沼";在《志士篇》

中他又说:“河伯夸秋水,未知东海深。众人尚雷同,安识志士心。志士有苦心,心苦道自舒。上山思采玉,入海贵探珠。至宝非外假,真诠岂予诬。独行何凉凉,阔遵诉周衢。”(《少谷集》卷二)同时,郑善夫一直体弱多病,早年而孤,弟妹七人皆赖之抚养成人,并竭力为之婚嫁。又以其田赡养族母、姑、妹之孀居者,又葬外家贫不克葬者二十二棺,皆借贷于高利贷者。通籍后长期家居,生活时时陷于贫困。总之,郑善夫个人的生活也充满不幸,沉重的负担使他深感人生之艰难。国事家事皆撄于心,进一步铸成了他落落寡合、多愁善感的心理特征,对整个人生和世事都抱一种悲观忧郁的态度。他自己所说的“志士多苦心”一语,颇可用以概括他的为人。以这种心灵去感受当时的现实,激起的自然多是急管哀弦的心曲。

郑善夫的诗很少为吟风弄月应酬唱和而作,绝大多数都是登眺感遇忧世念乱的篇章,许多作品即以《忧叹》、《百忧行》、《复叹》等为题。翻开《少谷集》,正德朝那种黑暗压抑遍地狼烟动荡不安的社会生活氛围便弥漫在读者眼前,而诗人那愁苦憔悴的身影神情亦在其中映现。我们不必挑选,只是随便捡取两首作品为例,因为这类作品在《少谷集》中触目皆是:

三元今夕到,群盗几时平。河洛新流血,齐梁日请兵。羽书连乐国,鞞鼓动神京。大将真无敌,元凶未就烹。地悲杀气盛,天苦岁功成。进退吾何据,椒盘空复情。〔《除夕二首》之二(卷六)〕

延陵昨夜飞羽书,吴人今日尽移居。江阴室垆半成烬,京口士卒多为鱼。不知貔虎为谁用,只恐豺狼乘我虚。向者山东只数骑,将军何事更趑趄。〔《寇至二首》之一(卷七)〕

郑善夫的诗歌具有强烈的现实主义精神,却没有取得应有的艺术成就，这是一个值得我们深思的问题。诗歌毕竟不等于历史，交代历史事实不是它的全部任务，它必须能给人以美感，在这里，艺术形式和技巧的完美是十分重要的。郑善夫的诗歌虽然首首写时事，写战乱，却没有哪一首像杜甫的《三吏》、《三别》那样，对战乱中各种人物的命运、形象特别是心理活动进行了那样准确细腻的刻画，也没有哪一组诗像杜甫的《秋兴》那样，通过精心创造的意象含蓄而深刻地反映宏阔的时代画面。在谋篇布局、遣词炼字、选声择韵诸方面，郑诗更不能与杜诗同日而语。郑善夫似乎每次都急于倾吐某种感受，不遑妥帖安排，精心锤炼，便草草写出。有时一句之内意象不统一，有时一首之内意象不相关；句式平直，缺乏开阖变幻之致；音调蹇塞而不流畅响亮。这样的诗，不能给人以完整深刻的印象，自然也就不可能具有强烈而深永的艺术魅力。王世贞评郑善夫诗"得杜骨"而不得其"肉"(《艺苑卮言》卷六)，是对郑诗上述特点的形象概括。

郑善夫的散文多用奇字，故意改变通常句法，有时又作似可解似不可解语，往往佶屈聱牙，大约与李梦阳散文同病。他作于嘉靖二年秋的《愍竹赋》(《少谷集》卷一上)颇足注意。此赋为"议大礼"之事而作，他认为"议大礼"的双方都是君子，对他们的互相残害表示悲伤。其中一段云：

> 何金玉之琅琅兮，乃变此杀伐之余酷。皇天震怒苟罔不摧折兮，松柏则介而独留。余悲夫同类之相攻兮，况复值此凛秋。丽洵美于三益兮，溯前古而则尔。吾清明之内惧兮，盖君子而相诋。嗟芝兰之难荣兮，荆棘丽而附赘。纵向昔之非同好兮，不愈于槿蒺之与菉葹。

其大意是：君主既已如此凶暴，诸位君子应相互爱惜才是。不能互相残害，共同成为君主淫威的牺牲品。“议大礼”中，杨廷和、蒋冕、毛澄等人多负雅望，即张璁、霍韬等人也多清操自守，当时已有公论。郑善夫不会对杨廷和等轻加贬斥，又与王学门徒相往还。王学门徒当时多站在张璁等人一边。郑善夫对他们也比较了解，故能作此劝勉。历来诗文特别是赋多言芝兰赍葹不同室，君子小人不同群。此赋则言君子互不相容，发前人所未发，揭示的却是一种相当普遍的社会现象。它作于郑善夫临终前，情真意切，无雕琢刻钵之弊，颇为感人。

八、杨慎

“缘情而绮靡”，既是杨慎诗歌理论的核心，也是他的诗歌创作风格的高度概括。他的诗以情为本，很少用来铺叙时事；而情又包孕在文采之中。在他的笔下，世界的色彩是那样绚丽，争奇斗艳，令人目不暇接。虽然不免镂金错采之讥，但毕竟能使人赏心悦目。如他的友人张含曾诵梁人《烛赋》，他增损其辞作《华烛引》，意犹未尽，再作拟制一篇，仍然绮语联翩，如不可穷。前者写华烛高烧时人物动植的各种情态，后者则专写烛光下男女欢爱的情思。这里举后者为例，即此可以领略杨慎诗歌的大致风貌：

紫霞西没白日阴，兰膏明烛洞房深。蛾飞迥向莲台度，萤熠平临桂柱沉。鹤露雁霜惊早寒，寸心斗酒奉君欢。火斋蟠烟全的皪，铜荷垂烬半阑干。座中碧玉好名倡，清矑曼睩烂齐光。烛花剪作双蝴蝶，蜡泪融成两凤凰。便面障眉扫蛾绿，搔头坠髻渲鸦黄。绮结交窗窗拂晓，金钲销香香满絮。星翻汉回奈若何，顾影徘徊送君去。〔《拟制华烛引》(《升庵集》卷十

三)〕

他的另一部分作品,较多受到乐府民歌的影响。在保持辞采华美的风格的基础上,要显得流丽轻松一些。如《题柳》诗:

垂杨垂柳挽芳年,飞絮飞花媚远天。金距斗鸡寒食后,玉蛾翻雪暖风前,别离江上还河上,抛掷桥边与路边。游子魂销青塞月,美人肠断翠楼烟。

杨慎在黔中的三十几年的流放生活,除了人们注意到的风情自遣的一面外,也有抑郁悲苦的一面。他忍受着长期流放的苦闷、对家乡亲人的思念,以及遭受当地一些庸鄙官吏折辱的辛酸。特别是在暮年,老死异乡,心境更加凄凉。所以他的诗歌也不尽是剪红刻翠之词,而是时时抒写怀抱。这些作品形式上也脱去脂泽,风格苍凉沉郁。如《春兴》八首之一(《升庵集》卷二十六):

遥岑楼上俯晴川,万里登临绝塞边。碣石东浮三绛色,秀峰西合点苍烟。天涯游子悬双泪,海畔孤臣谪九年。虚拟短衣随李广,汉家无事勒燕然。

如果说此时诗人在抑郁无聊中还含有期待的话,那么他临终前所作的一些诗便充满绝望,更显沉痛了。如《升庵集》卷二十九《七十行戍稿·杨林病榻罗果斋太守远访》诗云:

荒店晨炊冷灶烟,忽闻五马暂流连。关山尽是销魂路,樽酒翻为迸泪筵。遥想生还成梦幻,纵令死去有谁怜。眼前难缩壶中地,何问灵均楚国天。

杨慎70岁那年,私自从云南回四川,巡抚王昺命人用锁链将他押回云南,此诗即作于是时。“关山”一联,悲不自禁。结句蕴含对刻薄寡恩的世宗皇帝的满腔郁怨。一代才人结局如此凄凉,令人不能不为之一掬同情之泪。

杨慎的散文与他的诗歌一样文采斐然，除此之外，还有辩博的特色。杨慎本以博闻强记见长，但论诗主情采，故在诗中并不求奇好僻。只有在散文中，他的这一特点才得到充分展现。他的赋、文往往是辞采与考据相结合，而以论辩贯穿其中。可以打个比方，辞采是肌肤，考据是骨节，论辩则是血脉。他的序、跋、铭、诔、祭文等也多能变化格局，或质或文，或骈或散，或议论风生，或考辩精详。不像有些作家，每种文体只有一个套路。这也是以他丰富的学殖为基础的。如《李太白诗题辞》辨李白之籍贯，《新都县八阵图记》论诸葛亮八阵图之事，都使读者有新的收获。另外，因为杨慎才情横溢，又豪放不羁，他常常以文为戏，他的文章大多都有诙谐色彩。《药市赋》写草药名目，可视为他逞博的作品的典型；《蚊赋》、《后蚊赋》、《戏作破蚊陈露布》等，可视为他以文为戏的例子，而《凤赋》则似兼有上述几种特点。兹录其中两段：

其和鸣也，小音金，大音鼓。音如箫自歌，翰如干自舞。昏鸣曰固常，旦鸣曰发明，昼鸣曰保章，举鸣曰长翔，集鸣曰归昌。节节足足，喈喈邕邕。其音英英，凄凄锵锵。延颈奋翼，五彩备明。举随八风，气应时雨。徊幽岛，翔玄圃，过昆仑，轶底柱。风穴暮宿，弱水濯羽。……臣闻缥青者曰鸾，黔黄者曰䴏，饶紫者曰鹫，多白者曰鹄，得凤体而分者也。西有鸩雀，东有谏珂，北有定甲，南有锦驼。鹞鸃飞光而暎天，绶鸡曳彩而骈罗，窃凤形而似者也。且羽嘉生蜚翼，蜚翼生凤凰，凤凰生鸾鸟，鸾鸟生鷉，鷉之变乃产妖鸟，是曰羽虫之孽。德下衰则得其分，德又下衰则得其似，德极下衰则得其孽。臣恐千百世之后，淡见而甘闻，诬天而矫神，必求凤而弗能，将歌舞羽孽而珍贶咎征。天无口，孰分其然否？神无喙，孰析其真伪？诚乎

几何，矫枉实多。(《升庵集》卷一)

世人心目中的凤凰只是一个笼统的概念，只是把它当成美丽吉祥的化身。杨慎则就此生发出这样一篇文字。前段写凤凰鸣声之分别，已使人讶为新奇。后面对真假凤凰的描写和议论，更显得冷峻深刻。世间事物似是而非者比比皆是，而历代帝王假托凤凰之类以为祥瑞者又不计其数，杨慎此文，足以使人有冷水浇背之感。这是仅就其一般意义而论。明世宗就是一个喜欢玩弄祥瑞把戏的君主，当时藩王臣僚多有以献白兔、白龟之类邀宠者。此赋的写作年月难以确考。若为具体指斥世宗君臣的闹剧而作，则文中“德极下衰则得其孽”、“歌舞羽孽而珍觊咎征”云云，真可谓犀利辛辣之极了。

杨慎的戏曲创作亦颇知名，系于他名下的有《廿一史弹词》二卷，杂剧《太和记》、《宴清都洞天玄记》，散曲《陶情乐府》等。其中《太和记》一般认为是许潮的作品。《宴清都洞天玄记》由兰茂《性天风月通玄记》改编而成。《廿一史弹词》明末始刊行，疑非杨慎作，而是出于明末人之手。杨慎与继室黄峨夫妇俱善词曲，当时传为佳话。近人任讷辑两人散曲为《杨升庵夫妇散曲》。杨慎之作脱不去学者气，不如黄峨之作真率纵恣为本色当行。

九、薛蕙、高叔嗣

薛蕙12岁即以能诗闻，王廷相谪亳州通判，激赏之，以为“可继何、李”。正德九年中进士后，授刑部主事，当年因病返里。十一年一月返京，改吏部主事，历员外郎、郎中，十五年八月再次请疾归。嘉靖三年四月，撰《为人后解》、《为人后辨》等，入京奏上，下狱，寻释出，复职给事中，又补外，受亳州知州颜木一案牵连，罢职归。以后屡荐不出。嘉靖二十年卒于家，年五十三。

薛蕙进入仕途后，一开始遇到的就是种种令人失望的现实，不像李梦阳等人还经历过一段政治比较开明的时期。因此，他也不像李梦阳等人那样，对现实抱有积极参与的热情，而是兴趣转向自我，主要关注的是保持自己的操守，不与黑暗势力同流合污。其文学创作也呈现向内转的趋向，较少直接描写客观现实，而是注意展示自己的内心世界，描写心中的憧憬，咏叹遭受打击后的苦闷，抒发力图解脱的愿望。即使对现实有所指斥，其态度也由李梦阳等人的那种激切的正面批判规劝变为侧面的冷嘲热讽。如他的《皇帝行幸南京歌》十首中写道："吴王雉翳春依草，宋帝羊车夜逐花。总是南朝旧时事，我皇行乐倍繁华"；"三月江南莺乱啼，江边桃叶映春堤。不是行宫淹北上，金陵花月使人迷。"（《考功集》卷八）以历代亡国之君比武宗，揭露他此行的目的就是寻花问柳。这种辛辣的讽刺，就与讲究温柔敦厚甚至故作忠厚语者大不相同。

薛蕙为人洁身自好，不嗜荣利，在仕途上难进易退。他的很多作品，都是这种品格的自我写照。例如《孤雁赋》，其序云："涡水上有孤雁，随人家畜鹅鹜辈以取食，人或逐之，辄飞去，入左右洲渚间，然终不远去也。予游城西，有野人指示，予心恻然伤焉，因作赋云。"该赋以孤雁自喻，写出了自己高洁的人品与不得不混迹尘俗的忧伤。其中写孤雁不得不与鹜鹅同群一段，哀婉凄恻，尤为感人：

> 于是沦形晦迹，亡精失志，牢落远迁，踯躅无寄。痛众雉之一隔，慕同类之难值。伺晨凫而朝征，逐驾鹅以宵寐。岂卑湫之敢辞，耻众目之猜忌。声未鸣而先绝，翅将举而复坠。呻

吟幽僻，周旋林垧。践广野之严霜，食潢汙之流萍。延性命以苟存，非初心之所营。遭志意之摧毁，中无故而或惊。况畏悸之丛至，迫末路之惸惸。避缯缴而往来，困鹰隼之纵横。思逸乐之无遗，忧栗纷其相婴。若乃阳律毕谢，阴气时作。天清日迥，草枯木落。明月出兮皎皎，野露皓以漠漠。恋南游于朱厓，怀北栖于玄朔。魂魄竦而怵惕，顾形影之寂寞。吐哀响之嘹唳，志激昂而将跃。动幽谷之虚籁，停高门之晓柝。闻之者怊怅而自怜，见之者歔欷而不乐。

在诗歌创作方面，薛蕙以五言见长，取法晋、宋之际的陶、谢和中唐的韦、刘，追求一种“清远”的风格。据《诗薮》，薛蕙曾说过：“曰清曰远，乃诗之至美者也，灵运以之。‘白云抱幽石，绿篆媚清涟’，清也；‘表灵物莫赏，蕴真谁为传’，远也；‘岂必丝与竹，山水有清音’，‘景仄鸣禽夕，水木湛清华’，清与远兼之矣。”（《诗薮·外编》卷二）所谓“清”，主要指物象清丽；所谓“远”，主要指思致悠远。所谓“清远”，则是二者达到完美的融合。薛蕙很早就对老庄思想产生兴趣，并注《老子》以见志，情怀旷达超逸，有得于老庄恬退之旨，故他的诗作做到了不仅与陶、谢、韦、刘等形似，而且神似。他的五言诗几乎篇篇立意都差不多，反复咏叹的就是观物悟道、物我俱化的感受。如《雨霁闲望》（《考功集》卷三）：

池边风袅袅，竹里影微微。薄暮西山曲，萧条凉雨归。伏槛看秋色，四睇乱清晖。夜猿连谷响，迷鸟隔云飞。朝市名仍系，林壑兴难违。眷言返初服，蘅杜尚芳菲。

薛蕙大约正德中至嘉靖初比较集中精力作诗，嘉靖九年至十五年主要工作是撰写《老子集解》。嘉靖十五年后又重新作诗，但已是“邵尧夫体”。（《考功集》卷十《老子集解序》）他是前七子复古运动的作家中放弃复古初衷比较彻底的人物。

高叔嗣，祥符（今属河南）人。嘉靖二年中进士后，授工部主事，三年改吏部，历员外、郎中，七年告归，筑读书园以居。十年春返京任原职，因为友人辩白遭谤，十二年春出为山西参政，分守冀南，改守冀宁。十六年升湖广按察使，寻病卒，年仅三十七。

从为人到创作风格，高叔嗣都与薛蕙十分相似。但同中又有不同。他们都洁身自好，落落寡合，但薛蕙有味乎老庄之旨，生活态度总的来说比较豁达超脱，性格也稍露圭角。高叔嗣则气质更为孱弱，对家乡、朋友、亲人的感情更加挚永，对人世的苦难、生命的短暂、人生的渺小等更为敏感，因此他的诗作的情调较之薛作更为清婉，感伤色彩更浓。他与徐祯卿的诗风也颇相近，但徐诗力摹汉魏古体，感情表达得比较含蓄浑成；高叔嗣则对内心感受咀嚼得更细腻。例如他的《归自萧氏园作》：

> 到来日已暮，归去恋柴门。空自山当舍，其如酒满樽。心知柳叶长，愁见桃花频。立马一回首，令人思故园。

在不该有愁的时候，他心头也罩着一层淡淡的愁云。对自己客居的“柴门”，已经依恋如此，更何况“故园”呢。

高叔嗣有时也力图作旷达豪迈语，但往往不由自主地又转入忧伤。如《由关子岭发兵入绵上》写自己率军巡行的经历，开头云：“儒衣曾事主，羽檄且征军。敢奋一朝画，而邀百战勋。”然而紧接着他便写道：“深山连古木，落日断黄云。愁思荒村夕，诛求不忍闻。”诗人本图作豪言壮语，但第二句中一个“且”字，已见其勉强；“深山”以下，更转入社会生活的另一方面。又如《省中夏日述怀》前一段云：“聊遣尘事营，宴坐适心欢。重门永日影，开帘新雨残。山城方觉暑，水木湛生寒。夕气冒川泽，晴霞映林峦。”到此为止，诗人的心境都显得悠然自得。但接下去却写道："顾怀职司忧，眷然发长叹。华居岂不崇，斯人讵获安。先民计日食，所戒在空餐。薄俗匪足矜，要使寸衷殚。"诗人又在忧念民间疾苦，深恐自己尸位素餐了。高叔嗣在《栗陈州诗序》中说："余曩者尝学于斯艺，思所折衷。性弱，复善忘，不能为弘丽之词。"(《苏门集》卷五)看来确实如此。

陈束与高叔嗣交契最深，他在《苏门集序》中说："先生雅性亢洁，不喜凡庸。虽迹在周行，而情欢在野"；"屡仕通显，非其素衷。是以即事赋怀，每有忧生之叹。"高叔嗣无论是前期在京中任职时，还是后期在山西和楚中任职时，都深怀身被宦羁的苦闷。只有在中间家居阶段，他的情绪才欢愉起来，如作于此时的《寄忆茂钦员外》："闲居已可欢，况复乘佳月。山莺日自鸣，园树皆争发。出从草际归，行傍树头歇。临流或漱齿，倚杖乃散发。此时正忆汝，振珮趋丹阙。"茂钦为李舜臣字，李是高叔嗣的又一位挚友。此诗描写田园生活的乐趣，轻松自然，末尾两句略含调侃意味，这在高叔嗣诗中是很少见的。

高叔嗣的散文不如其诗，颇有佶屈艰涩之病。崔铣论文宗尚理舒文畅，故认为高叔嗣之文不如其诗；李梦阳论诗文皆强调法度，故认为他诗不如文，当以崔评为是。但他的散文中也有一些好的篇章，主要是那些回忆身世抒写怀抱的作品，如记由京中赴任晋藩途中经历的《西征记》，几篇诗集自序和自跋等，皆娓娓道来，情深意挚，具有很强的感染力。

后来的评论家，包括复古派阵营中的一些成员，对薛蕙、高叔嗣特别是后者的诗作曾给予极高评价。如王世贞历数明代诗人，一般都是褒贬兼具，对高叔嗣、薛蕙则是有褒无贬。评高诗"如高山鼓琴，沉思忽往，木叶尽脱，石气自青；又如卫洗马言愁，憔悴婉笃，令人心折。”评薛诗“如宋人叶玉，几夺天巧；又如倩女临池，疏花独笑。”(《艺苑卮言》卷五)其倾倒之状溢于言表。有人甚至推高叔嗣为明代诗人第一(《明诗纪事》戊签卷二“高叔嗣”条)。他们的诗作为什么会受到如此推重，我以为主要是因为他们既继承了李梦阳、何景明等人的复古主张，又对之作了某些修正的缘故。李、何等人横制颓波，力倡复古，在理论主张和创作实践上不免有矫枉过正之失。六朝初唐派和中唐派作家总结其经验教训，在某些方面便可后出转精。在学习的榜样上，如我们在第三章中已指出的，李、何等人古体学汉魏，近体学盛唐，取法过于狭窄，便不免剿袭雷同之弊。高叔嗣等人则把取法的范围延至六朝初唐和中唐。《升庵诗话》卷十三云：“何仲默枕藉杜诗，不观余家，其于六朝初唐未数数然也。与予及薛君采言及六朝初唐，始恍然自失。”由此可见他们之间的差异。其次，在学古的目标上，李、何等人为摆脱理性化和俗化诗风的影响，特别强调诗歌的格调。强调过头了，不免自缚手脚，风格亦趋于单一。高叔嗣等人既注意向古人学习，“谢绝品流，因心师古。涉周、秦之委源，酌二京之精秘，含晋余润，契唐本宗”(陈束《苏门集序》)，努力保持作品的格调，不使之过分理性化、俗化，变滥、变卑；又尽量避免生硬模仿古人，也不一味追求高古浑融的格调，而是“自举胸情”，“每有属缀，伫兴而就”(同上)，这样的作品给人的感觉就比较亲切自然，不像那种虚浮空洞的作品易使人厌。

在体裁方面，六朝初唐派与中唐派最显著的特点便是较少作七律、七绝，前者最常用的是七古和五律，后者则专工五律。胡应麟论写作七律之难道：

古诗之难，莫难于五言古；近体之难，莫难于七言律。五十六字之中，意若贯珠，言如合璧。其贯珠也，如夜光走盘，而不失回旋曲折之妙；其合璧也，如玉匣有盖，而绝无参差扭捏之痕。綦组锦绣，相鲜以为色；宫商角徵，互合以成声。思欲深厚有余，而不可失之晦；情欲缠绵不迫，而不可失之流。肉不可使胜骨，而骨又不可太露。词不可使胜气，而气又不可太伤。庄严，则清庙明堂；沈著，则万钧九鼎；高华，则朗月繁星；雄大，则泰山乔岳；圆畅，则流水行云；变幻，则凄风急雨。一篇之中，必数者兼备，乃称全美。故名流哲匠，自古难之。

胡氏又比较七律与五律等体裁说：

七言古差易于五言古，七言律顾难于五言律。何也？五言古意象浑融，非造诣深者难于凑泊；七言古体裁磊落，稍才情赡者辄易发舒。五言律规模简重，即家数小者结构易工；七言律字句繁靡，纵才具宏者推敲难合。

可是，李梦阳、何景明等人偏要迎难而上，特别注意学杜甫，尤其喜欢作七律。盖杜甫诗是古典诗歌王国中最令人瞩目的一座宝库，而为杜甫所独擅的宏丽精严的七言律诗，乃是其中的镇库之宝，最早闯进这座宝库中的人，必然对之叹羡不已，进而仿效，殊不知大非易事。虽使尽解数，仍露出种种不足。六朝初唐派与中唐派的作家知难而退，转而在七古、五律等体裁上用心，似不甚费力，而已粗成小致。又胡应麟在论孟浩然诗时说道：

孟五言不甚拘偶者，自是六朝短古。加以声律，便觉神韵超然，此其占便宜处。英雄欺人，要领未易勘也。（《诗薮·内编》卷五、卷二）

按六朝初唐派与中唐派作家正是深谙此妙，他们的七古稍加声律以增其流丽，五律则稍不拘于声律以成其古雅，似古非古，似律非律，有一种特殊的审美效果。

总之，高叔嗣等人可以说是扬长避短，只求“小就”。也正因如此，他们的诗歌创作不免存在种种不足，主要是规模不宏，反映的生活面狭窄，并构成了另一种风格单一。王世贞等人的评论，很大程度上出于一种深深感到复古派创作模拟雷同之弊端后不禁心折于稍稍异趋者的逆反心理。相比之下，还是王世懋对此作过比较冷静的思考，他认为：“诗有必不能废者，虽众体未备，而独擅一家之长。如孟浩然洮洮易尽，止以五言隽永，千载并称王、孟。我明其徐昌谷、高子业乎？二君诗大不同，而皆巧于用短。徐能以高韵胜，有蝉蜕轩举之风；高能以深情胜，有秋闺愁妇之态。更千百年，李、何尚有废兴，二君必无绝响。所谓成一家言，断在君采、稚钦之上。庭实而下，益无论矣。”（《艺圃撷余》）王世懋既肯定了高叔嗣等人的独到成就，又委婉含蓄地指出了他们的局限性，这种评价应该说比较恰当。

第六章　复古运动第二次高潮兴起的历史条件及发展过程

明代文学复古运动的第一次高潮在嘉靖前期趋于低落，代之而在文坛上占主导地位的，是以唐顺之、王慎中为代表的唐宋派。一时间，人们纷纷改弦易辙，文坛流向发生根本转变。用李攀龙、王世贞等人的话来说，是"家传户诵""晋江（王慎中）、毗陵（唐顺之）二君子之作"。（《沧溟集》卷十六《送王元美序》）按钱谦益的说法，则是"王道思、唐应德倡论，尽洗一时剽拟之习。伯华（李开先）与罗达夫（洪先）、赵景仁（时春）诸人左提右挈，李（梦阳）、何（景明）文集，几于遏而不行"（《列朝诗集·丁集上》"李开先"条）。然而不久，复古运动便灭灶再起，卷土重来，以更加汹涌之势，掀起了它的第二次高潮，即后七子复古运动。

一、复古运动第二次高潮兴起的历史条件

1. 反严嵩斗争与复古运动第二次高潮

复古运动第二次高潮的兴起，与嘉靖年间的社会现实，特别是反严嵩斗争密切相关。明世宗朱厚熜在位时间长达四十六年。登

基之初，他的主要心思都放在"议大礼"上。当时的重大事件，如李福达之狱、变更祀典等，都是"议大礼"风波的延续。此后他的兴趣转到迷信道教、祈求长生。早在嘉靖二年，他就在宦官崔文等引导下，建醮宫中。嘉靖二十一年冬，他险些被不堪忍受折磨的宫女们勒死，事后他干脆搬到西苑居住，专事修醮，20多年不回朝理事。他的打醮活动开始只持续一两天，后来举行得越来越频繁，每次长达十几天，通宵达旦。道士邵元节、陶仲文都官拜礼部尚书，陶仲文还被封为少保、少傅、少师、柱国、恭诚伯。其他术士妖人段朝用、王金、蓝道行等也备受宠幸。朝中大臣皆以"修醮赞玄"为首务，大学士多以书写青词得入阁，夏言、严嵩、袁炜等固不待言，贤能者如徐阶、高拱亦不能免。为了兴建各种祀殿、雷坛，打醮、赏赐幸臣，国库为之空虚，民力为之耗竭。

朱厚熜虽然长期不理朝政，却始终把大权牢牢掌握在自己手中。他主要运用了两种手段，一是故意纵容朝臣的派系斗争，从而便于自己控制；二是以严法重刑待下，以树立自己的权威。他先是利用张璁、郭勋等人排挤了在"议大礼"中反对自己的大批朝臣，然后利用夏言等排挤张璁、郭勋等，接着又利用严嵩排挤夏言，最后又利用徐阶等排挤严嵩。在他的导演下，朝臣势如水火，互相倾轧。朱厚熜对待臣僚极为残酷，平时他对朝政不闻不问，一旦国事边防出了什么变故，他便杀大臣以诿过。嘉靖中长期在刑部任职的王樵作有《西曹记》，记载嘉靖中严法重刑有数条。如边方巡抚、总督本系文臣，以前失事者重者充军而已。嘉靖时乃比依"守边将帅守备不设为贼所掩袭因而失陷城寨斩罪"，"文臣比依将官自此始"。丁汝夔、杨守谦、张经、李天宠、王忬等大臣就是因此法不当杀而被杀的。另一条是谏官弹劾不当，以前本依"对制上书诈不以实”与“风宪官挟私弹事”本律，一般不过夺俸、罢谪，嘉靖朝始而加以廷杖，后更比依“子骂父死罪”，比依“子骂父之法自此始也”（《明文海》卷三四五）。凡是对朱厚熜的种种荒暴行径敢于谏阻的人，都遭到杀戮或残暴迫害。即使朱厚熜宠幸过的人，往往也没有好结局，如郭勋死于狱中、夏言弃市、仇鸾戮尸、严世蕃被杀等。总之，整个嘉靖朝的政治，都充满着恐怖气氛。

由于皇帝迷信长生，大臣热衷于结党营私，导致国事败坏，边防松弛，边患日益严重。在北方，蒙古吉囊、俺答等部几乎每年都要入侵。西至延绥，中及大同、潞、泽、宣府，东抵辽阳，所过之处，关隘尽破，杀人盈野，然后饱掠而去。明军损兵折将，畏敌如虎，往往只在蒙古军队撤退时尾随其后，斩几个老弱病残甚至是内地百姓的首级报功。嘉靖二十九年，俺答部入古北口，长驱直入，大掠京畿地区八日，并包围北京，构成对明王朝的严重威胁，史称“庚戌之变”。在南方，自嘉靖二十年起，倭寇连年骚扰东南沿海地区。他们与内地奸猾相勾结，横冲直撞，如入无人之境。南直隶、浙江、福建、广东等地人民饱受蹂躏。

后七子基本上都是嘉靖中期进入仕途的青年官员，只有谢榛一人例外。他们都曾在中央政府任职，对世宗的荒淫残暴、朝政的腐败黑暗等，都有较清醒的认识。他们大多与黑暗势力进行过坚决斗争，并因此遭到打击。“庚戌之变”发生时，包括谢榛在内的后七子全在北京。严峻的局势，给这些刚进入仕途的青年官员上了印象深刻的一课，自此他们一直对边防问题非常关注。王世贞、宗臣、徐中行的家乡都在东南一带，都曾受到倭寇的骚扰。宗臣之父为避倭患，不得不从兴化移家南京。宗臣、吴国伦及较迟加入复古派阵营的汪道昆，在任地方官时都亲身投入了抗倭斗争。他们的这些经历和感受，都在其文学创作中得到表现。

不过，世宗不同于孝宗和武宗，嘉靖一朝的政治环境也不同于弘治、正德时。世宗秽行百端，他除用严法重刑钳制臣僚特别是言官外，还特别忌讳人们以诗文方式进行批评，故当时讥讪之禁甚严。朱厚熜于嘉靖十八年回承天兴献王府故地重游，一路上骚扰勒索，还闹出不少笑话，失火差一点被烧死，幸得陆炳救出。原左副都御史河南巡抚胡缵宗为此写了一首七律："闻道銮舆晓渡河，岳云飘渺护晴珂。千官玉帛嵩呼盛，万国衣冠禹贡多。锁钥北门留统制，璿玑南极扈羲和。穆天八骏空飞电，湘竹英、皇泪不磨。"仇人王联告讦，指"穆天、英、皇"为诅咒世宗像舜、周穆王那样出游不返。朱厚熜大怒，捕胡下狱，欲处死刑，很久后才释放。胡当时已 80 余岁，仍杖三十。[1] 这样的诗比正德中李梦阳、何景明等讽刺武宗的作品要温和得多，李、何并未因此受祸，胡缵宗却差一点因此丢了性命。嘉靖朝发生的科场案也很多，在这方面严嵩充当了朱厚熜的帮凶。嘉靖十六年九月，刚当上礼部尚书的严嵩劾应天乡试"品骘文字不书名，大不敬"。刚入阁的夏言又谓："策以戎祀为问，多讥讪语，当置于理。"遂命官校逮系典试官右谕德江汝璧、洗马欧阳衢下诏狱，提调监试府尹孙懋等南京法司究问，同考官舒文奎等各行所在巡按即讯。结果江汝璧谪市舶提举，欧阳衢谪南雄府判，所取举人全部不准参加会试。同年十一月，严嵩又奏广东乡试录中"圣谟、帝、懿、四郊、上帝"等俱不抬头，又称"陈白沙、伦迂冈"有失"君前臣名"之义，出题亦"参错不经"。世宗大怒，命将监临余光法司鞫问，提调布政使陆杰、监视按察使蒋淦等巡

① 《万历野获编》636 页；《艺苑卮言》卷七。

按、都御史鞫问，试官学政王本才等各巡按官鞫问，所取举人也一律不准赴会试。嘉靖二十二年，巡按御史叶经监山东乡试，叶此前曾劾严嵩贪污受贿，严已于嘉靖二十一年八月入阁，遂摘试录中语以为讥讪，激世宗怒，遣锦衣卫逮叶经及教授周矿、提调布政使陈儒等至京治罪。叶经惨死杖下，周矿等各降边方杂职。嘉靖三十五年，赵文华又讦奏吏部尚书李默所出部选试题有"汉武征四夷而海内虚耗，唐宪复淮、蔡而晚业不终"为谤讪，严嵩助之，世宗大怒，李默收系拷问，竟死狱中。在世宗的严法重刑及奸佞的深文罗织下，当时士大夫言语文字都十分谨慎，不能大胆地揭露社会现实，更不敢直接批评世宗。包括后七子在内的许多正直士大夫，遂把批判的矛头转向权臣，尤其集中在长期秉政的严嵩及其党羽身上。

严嵩在《明史》中被列入《奸臣传》。近年来，海内外有些人士，为了乡邦荣誉等原因，提出要为他翻案。我们认为，争论严嵩对皇帝是"忠"是"奸"，没有多大意义，但评价历史人物，是非还是要讲的，主要应该看他们在历史上的实际行为及其客观效果。综论严嵩行事，第一大特点是贪婪。还在南京任礼部尚书时，言官就弹劾他收受贿赂。入京为礼部尚书时，正逢考选译字生等，他又索取贿赂。宗室的有关事务归礼部管理，严嵩遇事也都要索取贿赂。及至入阁后，权力更大，胃口也更大，伙同其子严世蕃，公开卖官鬻爵，门庭若市。大小官员俱以贿赂之有无多少为进退，吏部和兵部主管文武官吏人事任免的文选司和职方司郎中，被称为严嵩的两"管家"。"将官既纳贿于嵩，不得不剥削乎军士；有司既纳贿于嵩，不得不滥取于百姓。"上行下效，贪污成风，贿赂公行，恬不为怪。严世蕃生活奢侈到令人难以置信的地步。最后抄家时严嵩家中仅白银一项就抄出 200 多万两，其他珍宝异货、古字画等不计其数。[①]

严嵩的第二个特点是任用私人，排斥异己。凡是揭露过他的劣迹的人，他迟早都要想方设法予以陷害。如御史叶经杖死；童汉臣、谢瑜俱以他事谪去；给事中周怡下狱；厉汝进谪为典史，寻以大计削籍；沈束杖于庭，长系镇抚司狱；国子司业赵贞吉廷杖，谪岭南；刑部郎中徐学诗下镇抚司拷讯，斥为民；御史王宗茂谪平阳县丞；赵锦系狱，削籍为民；兵部郎中周冕系狱，削籍；给事中吴时来、主事张翀、董传策俱下狱，廷杖，谪戍岭南；锦衣卫经历沈炼谪佃保安，严嵩党羽杨顺、路楷诬之为白莲党，连其二子一起杀害；兵部员外郎杨继盛也被杀害。其他如抗倭名将俞大猷因不善奉迎，为严世蕃所恶，逮下锦衣卫狱，俞大猷向人借了 3000 两银子送给严世蕃，才得免死，罢职发大同立功。大同总兵周尚文爱护士卒，作战勇敢，多次击退蒙古军队的入侵。因他签书后军都督府事时曾准备弹劾严世蕃的不法行为，严嵩谢过方免，自此严氏父子恨之入骨，多次想陷害他。世宗要靠周尚文抵御蒙古，故严氏阴谋未能得逞。周尚文死后，严嵩格恤典不予，使将士解体。与此同时，严嵩任用亲信，把持朝政。严世蕃官至工部侍郎，时有“大丞相、小丞相”之称。奸佞仇鸾坐废已久，因行贿严世蕃，得为宣大总兵，后拜平虏大将军，暗中与蒙古相通，致使北方边防糜乱至极。沿海发生倭乱后，严嵩推荐义子赵文华于嘉靖三十三年和三十五年两次视师。赵文华初官主事，因受贿谪为州判，靠行贿严嵩，得复入为郎，升至工部侍郎。到浙江后，他装模作样祷告东海海神镇倭，凌轹官

---

① 见《中国历史研究资料丛书》之《冰山录》、《画经眼录》。

吏，搜刮财物。返京后，大肆贿赂严氏父子，得升尚书加太子太保。严嵩还任用亲信鄢懋卿总理天下盐运，掌握财政大权。在吏部、刑部等要害部门，严嵩也都安插有亲信。

严嵩的第三大罪状是迎合世宗，助纣为虐。嘉靖十七年，他奏请正式称朱厚熜之父兴献王为睿宗，神主祔太庙，因此获得世宗宠信。十八年二月，夏言等奏称景云现，严嵩请世宗御朝受群臣贺，并作《庆云赋》及《大礼告成颂》奏上，世宗大喜。二十年春，是时京师已连年大旱，元日那天下了一点雪，夏言、严嵩立即作颂称贺。世宗日事斋醮，严嵩遂精心写作青词，并陪朱厚熜住在西苑。他入阁时已 62 岁，却乐此不疲，精力过于少壮。由于严嵩等一味柔佞取容，世宗遂得为所欲为。

欲为严嵩翻案者，多强调他的才华、能力和勤劳。其实连王世贞等人也不否认这些。可惜严嵩的才华、能力和勤劳等，没有用在富国强兵、整顿政治上，而是主要用于迎合世宗、任用亲信、排斥异己方面了。据史料记载，严嵩虽贵为首辅，但从不摆架子，对人总是一团和气。但他表面是一套，背后则另是一套。他不惜降低身份去巴结小宦官。这些人到夏言府中，夏言以奴婢视之；到严嵩府中，严嵩亲自下阶迎接，牵手入内，赏以果饵金钱，这是为了刺探世宗的动静。他需要时可以跪在夏言床前，求他保全自己和儿子，一旦时机有利，便百般挑唆，怂恿世宗杀夏言。“庚戌之变”中，他一方面答应替丁汝夔等人说情，要他们掩盖事实真相，以免牵连到自己，可在世宗要杀丁汝夔等人时，他却见死不救。说这是“和蔼”、“平易近人”，倒不如说是阴险狡诈更准确些。连颇蒙严氏知遇，所著《四友斋丛说》也因替严嵩讲好话而受到指责的何良俊，在该书卷九中也如实指出：“严介溪为南宗伯时，余尝见之。其谦虚爱才之意，暖然可掬。及在政府，但以言语诱人，未尝着实举行。”严嵩倒也网罗到几个人才如胡宗宪等为之效力，但历史上的奸佞哪个不拉几个人才为其支撑局面？这只能说是这些人才的不幸，而不能算是奸佞的功德。总之，严嵩总体上是一个应该予以否定的历史人物，这一点不容怀疑。

后七子复古派成员基本上都参加了反对严嵩及其党羽的斗争。后七子复古运动不仅是一场文学运动，而且具有浓厚的政治色彩。在它的发展前期，它与反对严嵩集团的斗争紧密相关。在某种程度上甚至可以说，没有反严嵩集团的斗争，就没有后七子复古运动。

2. 唐宋派与嘉靖中叶文坛风尚

唐宋派由“嘉靖八才子”脱胎而来，“嘉靖八才子”指李开先、唐顺之、陈束、任瀚、吕高、熊过、赵时春、王慎中。前六人是嘉靖八年(1529)的同年进士，后两人则于嘉靖五年登第。他们早年都曾是前七子复古派的信徒。“嘉靖八才子”之名起于嘉靖十年左右(《李开先集·闲居集》之五《吕江峰集序》)，得名之由仍是因为他们奉信复古派特别是其余波的主张，诗学六朝初唐，文仿先秦两汉。大约在嘉靖十二年至十五年间，“嘉靖八才子”的文学宗尚发生急遽转变。而对这一转变起直接推动作用的，即是当时已风靡于士大夫之间的阳明心学。转变的先锋人物是王慎中，但转变最彻底、影响最大的是唐顺之。据李开先《遵岩王参政传》，王慎中嘉靖十四年三月谪常州通判，署江阴令，寻升南京户部主事、南京礼部员外郎、郎中。南京曹事闲简，他“益得肆力问学，与龙溪王畿(时任南京兵部主事)讲解王阳明遗说，参以己见，于圣贤奥旨微言，多所契合。曩唯好古，汉以下著作无取焉。至是始尽发宋儒之书读之，觉其味长，而曾、王、欧氏文尤可喜，眉山兄弟犹以为过于豪而失之放。以此自信，乃取旧所为文如汉人者悉焚之。但有应酬之作，悉出入曾、王之间。唐荆川见之，以为头巾气。仲子（王慎中）言：'此大难事，君试举笔自知之。'未久，唐亦变而随之矣"（《李开先集·闲居集》之十）。又据李开先《荆川唐都御史传》，唐顺之"素爱崆峒（李梦阳）诗文，篇篇成诵，且一一仿效之"。嘉靖十一年在京与赴廷试的王畿相交，已知王学端绪。"及遇王遵岩，告以自有正法妙意，何必雄豪亢硬也。唐子已有将变之机，闻此如决江河，沛然莫之能御矣。故癸巳（嘉靖十二年）以后之作，别是一机轴。"（《李开先集·闲居集》之十）唐宋派的另一位重要作家茅坤自称："仆少喜为文，每谓当跌宕激射似司马子长，字而比之，句而亿之。苟一字一句不中其垒黍之度，即惨恻悲凄也。唐以后若薄不足为者。"他又是在唐顺之引导下转向的，时间约在嘉靖二十年前后。①

如前所述，阳明心学与前七子复古运动同兴起于弘、正之际，它们都是当时思想文化领域解冻的产物，都具有摆脱束缚、张扬主体精神的性质，所以二者曾"并行而不倍"。但是，复古派的目标，是恢复个人与社会、情与理完美统一的古典审美理想，这样，它摆脱束缚、张扬主体精神的程度就有较大局限。阳明心学则更大力倡导人的"良知"，即主体精神，它在追求主体精神的独立上便先走了一步。回过头来看，复古派的主张就不免显得落后过时了。因此，阳明心学与复古派联袂走过很短一段路程后，便撇后者而去，并将复古派成员纷纷吸引过去，最后几乎吞灭了前七子复古运动。而在它孕育下诞生的唐宋派，则走到了复古派的反面，成为与之相

① 见《白华楼藏稿》卷一《与蔡白石太守论文书》、《复唐荆川司谏书》。

对抗的文学流派。

受阳明心学的影响，唐宋派力图突出地表现主体精神，把是否具足独立的主体精神，即所谓“一段精神命脉骨髓”、“千古只眼”、“千古不可磨灭之见”、“本色”等，看作衡量作品价值的首要标准。[①] 他们之所以从学秦汉转为学唐宋，就是因为秦汉散文的语言与明代语言差距较大，学习它们就不得不尽力学其词汇、语法等，否则就不像，这就势必影响主观思想感情的自由表达。唐宋散文的语言则与明代语言差别较小，学习它们就用不着时刻留心词汇、语法等是否露了马脚，尽可把主要注意力放在淋漓尽致地展示主体精神上。也就是说，倡导表现独立自觉的主体精神才是唐宋派的根本特征，主张学什么乃是次要的，后者是由前者决定的。与这种思想旨趣相应，唐宋派在艺术上也不追求，甚至是有意突破主体与客观世界、意与象的统一，力图使主体精神得到充分凸现，并把这作为文学创作的唯一目的。他们认为，只要具“一段精神命脉骨髓”，“即使未尝操纸笔呻吟，学为文章，但直摅胸臆，信手写出，如写家书，虽或疏卤，然绝无酸馅习气，便是宇宙间一样绝好文字”。如不具备这种“真精神与千古不可磨灭之见”，则即使“绳墨布置、奇正转折”等无一不工，也不免为下格。根据这种主张，他们提倡所谓“开口见喉咙”；“率意信口，不调不格”等等。[②]

唐宋派追求主体精神的独立，倡导主体精神的自由表达，往后看，它是晚明浪漫文学思潮的先导；往前看，则它又是古典审美理想解体及由此引发的古典诗文创作中理性化和俗化倾向的继续发

① 《荆川先生文集》卷七《答茅鹿门知县》。

② 《荆川先生文集》卷七《答茅鹿门知县》、卷六《答皇甫百泉郎中》。

展。唐宋派一身而兼二任，于是也就有了合理与不合理的双重性质。唐宋派倡导新的审美理想，并推尚与之相适应的文学形式，如更加口语化的诗文、通俗小说等，从文学发展的总趋势来看，它无疑具有积极进步意义。但是，唐宋派对其自身的性质没有达到充分自觉，也没有明确意识到古典审美理想及和它相适应的古典文学形态与带有近代色彩的新的审美理想及和它相适应的新的文学形态之间的根本差别，在倡导新的审美理想时，也把它施加于古典诗文，以它作为衡量古典诗文的标准，把它当作古典诗文创作应该追求的理想境界，而忽视甚至是有意蔑弃古典诗文创作应遵循的审美规范及一系列体裁、法度、语言等方面的要求，这就好比将现代时装套在古代皇宫嫔妃的身上，就未免荒谬了。由于古典诗歌和古典散文审美规范和法度要求的宽严程度不一，唐宋派此举在古典诗歌和古典散文领域中的效果也就不同。古典散文的审美规范和法度要求相对来说伸缩性较大，变化不易为人察觉。因此唐宋派的散文还不难为人们所接受，甚至不失为一种创新。古典诗歌的审美规范和法度要求严格得多，唐宋派力图在古典诗歌领域内也推行他们的主张，甚至得出“三代以下之文未有如南丰，三代以下之诗无有如康节者”之类的结论，[①]其荒谬性就暴露无遗了。

唐宋派的创作实践，也证明他们把新的审美理想加于古典诗歌是不合理的。唐顺之、王慎中皆诗不如文，晚年诗不如早年诗，乃是公论。王世贞云：“近时毗陵一士大夫（按即唐顺之），始刻意初唐精华之语，亦既斐然。中年忽窜入恶道，至有‘味为补虚一试肉，事求如意屡生嗔’；又‘若过颜氏十四岁，便了王孙一裸身’；又

① 《荆川先生文集》卷七《与王遵岩参政》；卷十七《跋自书康节诗送王龙溪后》。

《咏疾》则‘几月囊疣是雨淫’;《阅箭》则‘箭箭齐奔月儿里’;《角力》则‘一撒满身都是手’;《食物》则‘别换人间蒜蜜肠’等语，遂不减定山‘沙边鸟共天机语，担上梅挑太极行’，为词林笑端。”[1]王慎中承认自己晚年“诗律益下”，所作《论学示友人杂诗十首》等满篇理学话头，近似歌诀。[2] 钱谦益指出：其“诗体初宗艳丽，工力深厚。归田以后，掺杂讲学，信笔自放，颇为词林口实，亦略与应德相似云”。茅坤《白华楼稿》有诗集《吟稿》十卷，但他承认自己不擅此道。其《刻吟稿题辞》云：“予少好诗，释褐初犹时时共二三知已互相酬和。已而或谓予于文章颇多澹宕激昂，倘及驰骤睥睨古作者之林，而于诗歌之什则疲矣，稍稍低徊厌弃。”唐宋派的其他追随者情况也差不多。如项乔《瓯东录》10 卷中，诗仅 67 首，而且十之七八都是应酬之作，鄙俚空泛，味同嚼蜡。蔡汝楠晚年也耽于邵雍、陈献章等的性理诗[3]。《列朝诗集》引顾玄纬之论曰：“子木诗出杨用修，所选者为艺林珍赏。晚年率易应酬，如出两手。”归有光后来被人归入唐宋派，他也不长于诗。钱谦益编次《震川先生文集》时，仅录得诗一卷，置于《别集》之末。

总之，由于唐宋派的文学主张顺应了阳明心学风靡后广大知识分子的心理要求，加上唐宋派与当时执政的严嵩集团之间有特殊关系、唐宋派作家多为当时公认的八股文大家等政治、科举方面的原因，唐宋派的诗文风尚迅速在当时文坛广泛流行。但它的局限和弊端也马上暴露出来，于是人们又对唐宋派产生不满。朱衡（嘉靖十一年进士）在《题李北山诗序》中说：

---

① 《明诗纪事》戊签卷九引《艺苑卮言》，《历代诗话续编》本《艺苑卮言》无此条。

② 《王遵岩文集》卷二十四《与江午坡书二》，又见同书卷七。

③ 见嘉靖四十三年刻本《自知堂集》卷十五《击壤诗抄后语》等。

自余释褐从学士谈诗，已厌薄李、杜，喜初唐。一二抉奇之士，不以则效齐、梁诸人语，补缀凑泊，性灵丰蔀，譬诸割锦不可衣，涂泽朱铅，形状离焉，盖诗至此弊矣。而栋文者忧之，怯刷炫冶，崇冲淡，直吐胸臆。惩吹之过，又至捐景遗物，率易直截，乏温厚之旨。夫诗有六义，感物而兴。其感非外，其兴非内。情由物触，物以情融。综荡万有，包并三才，以言以讽，而后为诗之教。若夫语心指性，则文焉耳，而乌取于诗？于以救弊，而不觉其流之弊至斯也。(《明文海》卷二六五)

同时，前七子复古派作家对中国古典诗歌审美特征及其发展变迁轨迹的体认是十分深刻的。唐宋派古典诗歌创作的失败，更证明了前者的合理性。而且，在思想深处，明中叶的士大夫仍不甘心放弃对古典审美理想的追求。于是，当人们从对唐宋派的狂热追随中冷静下来时，重续前七子复古运动余绪，进行恢复古典审美理想和古典诗歌审美特征的又一次努力，便成为文坛的必然趋向。

二、第一个十五年

后七子指李攀龙、王世贞、谢榛、梁有誉、徐中行、宗臣、吴国伦，其领袖人物是李攀龙、王世贞。李于嘉靖二十三年中进士，观政吏部，次年以疾告归，二十五年还京，聘充顺天乡试同考官，二十六年(1547)正式授官为刑部主事，而王世贞即于是年中进士，因此，我们以这一年作为后七子复古运动的开端。自此到嘉靖四十一年(1562)的大约15年，是后七子复古运动发展的第一阶段。

复古派诸子在中进士并正式参加复古运动以前，大都对八股文之外的古代诗文有一定兴趣，并有了复古的意向。如李攀龙、王慎中来督山东学政，很赏识他的八股文，考试将他名列前茅。“然于鳞益厌时师训诂语，学间侧弁而哦若古文辞者，诸弟子不晓何语，咸相指于鳞为狂生，于鳞夷然不屑也，曰：‘吾不狂，谁当狂者。’”中进士，以疾告归，“益发愤励志，陈百家言，拊而读之，务钩其微，抉其精。取恒人所置不解者，拾之以积学。盖文自西汉以下，诗自天宝以下，若为其毫素污者，辄不忍为也。”（《沧溟集》附殷士儋撰《墓志铭》；王世贞撰《李于鳞先生传》）又如王世贞，据他自述，“年十五时，受《易》山阴骆行简先生。一日，有鬻刀者，先生戏分韵教余诗，余得‘漠’字，辄成句云：‘少年醉舞洛阳街，将军血战黄沙漠。’先生大奇之，曰：‘子异日必以文鸣世。’”当时因要揣摩八股文，怕父亲责备，不敢染指古诗文创作，“然时时取司马、班史、李、杜诗窃读之，毋论尽解，意欣然自愉快也。”（《艺苑卮言》卷七）《弇州山人四部稿》卷十四有《将赴计偕呈诸同志》、卷二十三有《丁未计偕将出门夕》等诗，都作于中进士前。梁有誉“弱冠补博士弟子员，即厌训诂帖括语”。与欧大任、黎民表等讲业于黄佐门下，“以古诗文共相劘切”。嘉靖二十二年中举，次年会试不第，乃肆力经史百家诸子，罔不研究著述，日以不辍。间出文咏，惊诸长老，以为复古文者必梁公实。嘉靖二十八年入南京国子监，准备次年会试，与徐中行相遇，两人相得甚欢，遍游名山，“扬榷古今诗道，间行道上，慷慨悲歌怀古，人莫识之”（《兰汀存稿》附欧大任撰《梁比部传》，梁有贞撰《梁比部行状》）。宗臣《陆长庚母夫人序》云：“予往在草莽时，则长庚时时共予治博士家语，顾非其好也，辄太息罢去，乃独亟称司马子长、杜少陵。当是时，闻其言者相与共目笑之，而予独嗟嗟异焉，于是时时过长庚草堂，长庚辄与予几而谈，细剖深语。”（《宗子相集》卷十五）又如吴国伦，据其《绿槐堂稿序》：“予初为举子业，未尝有大人长者之游，稍稍离训诂而自匠其意，又不习为俳偶语，以故诸少年见而异之，至私相谓吴生好古而不达，无能为也，予亦少有惑志。”适逢王交(《绿槐堂稿》作者)谪楚，激赏之，吴方自信(《甔甀洞稿》卷三十九)。至于谢榛，长李攀龙19岁，长徐中行22岁，长梁有誉24岁，长宗臣30岁，长王世贞31岁。他生于弘治八年(1495)，不知是否考过秀才，反正很早就以诗歌写作谋生。据《四溟诗话》卷三："予自正德甲戌(按即正德九年)，年甫十六(按当为十九)，学作乐府商调，以写春怨……请正于乡丈苏东皋，东皋曰：'尔童年爱作艳曲，声口似诗，殆非词家本色。初养精华而别役心机，孤此一代风雅何邪！'因教之作诗。澹泊自如，而不坠厥志。迄今五十余年，皤然一叟，唯诗是乐。"

七子诗社的前身，是吴维岳、王宗沐、袁福征等人在刑部结的诗社。吴维岳嘉靖十七年中进士，授江阴知县。王宗沐、袁福征二十三年中进士，授刑部主事，适逢吴维岳入京为刑部主事，于是共结诗社，而吴维岳尤为同社推重，这是刑部结社的开始。二十六年李先芳、王世贞中进士，同观政大理寺。李先芳未第时，诗名即已"籍甚齐、鲁间"，至是遂加入吴维岳等人的诗社。当时王世贞才21岁，然已有志复古。李先芳很欣赏他的见解，遂介绍他与自己的同乡李攀龙相识[①]。不久李先芳授官为新喻知县去。二十七年，王世贞授刑部主事，与吴维岳、王宗沐、李攀龙等同部，诸人遂

① 李攀龙《沧溟集》卷十六《送王元美序》："先是濮阳李先芳亟为元美道余，及元美见余时，刚稠人广座中，而已心知其为余。稍益近之，即曰：文章经国大业，不朽盛事，今之作者论不与李献吉辈者，知其无能为也。"王世贞《艺苑卮言》卷七："伯承(李先芳)前已通余于于鳞，又时时为余言于鳞也，久之，始定交。自是诗知大历以前，文知西汉而上矣。已于鳞所善布衣谢茂秦来。"

纳之入社。不久吴维岳出为山东提学副使去，王宗沐亦出任外职。二十八年，京中只剩下李攀龙、王世贞，而李此前已与谢榛相识，由李介绍，谢加入诗社。〔《四溟诗话》卷三："己酉岁（嘉靖二十八年）中秋夜，李正郎子朱延同部李于鳞、王元美及余赏月，因谈诗法。"〕嘉靖二十九年，徐中行、梁有誉、宗臣、吴国伦、余曰德、张佳胤、高岱、魏裳皆中进士，徐、梁、宗、余、高、魏皆授刑部主事，吴国伦中书舍人，张佳胤滑县知县。徐中行最先加入诗社，梁有誉紧随其后。宗臣寻调为吏部主事，亦时时来会。高岱、魏裳、刘子成（嘉靖二十三年进士，授潮阳知县，是时亦入为刑部主事）等亦"衡从其间"（《甔甀洞稿》卷三十七《刘景韶墓表》），于是复古派阵营始为壮大。从嘉靖三十年到三十一年春，是复古派诸子活动最集中最频繁的一段时光。凡休沐之暇，都在一起商榷唱和，不许有不同的主张，甚至不许有另外的交往。王世懋《徐方伯子与（中行）传》云："子与居其间最为乐易矣，然业已好之，不愿为两端自解"；"诸君子既刻厉相责课，务在绝他游好，一意行其说，即流辈有时名者，视之蔑如也"；"而侧目者日益众"（《王奉常集》卷十四）。仅以王世贞《弇州山人四部稿》为例，作于嘉靖三十一年春的酬唱之诗就有《人日同茂秦、于鳞、公实、子与夜集子相考功分韵》（卷三十）、《正月十四日夜与茂秦、于鳞、子与、子相集灵济宫公实馆分韵得灯、微二字》（卷二十三）、《早春同于鳞、公实访谢茂秦华严庵》（卷二十三）、《四月一日同于鳞、子与诸君水头放舟六首》、《后九日重与应、李诸君水头放舟四首》、《病中于鳞、子与、公实、子相夜过》、《病中承三子各以五言二律相问率尔有答》（俱卷二十四）等。

嘉靖三十一年春，诗社的几名骨干成员遂倡为"五子诗"，"用以记一时交游之谊"。每个人各写"五子"，实际上共为六子。就在这前后，由徐中行介绍，吴国伦也加入诗社，[①]但与诸人交谊尚浅，所以没有列名“五子”（六子）[②]。不久，谢榛离京赴晋中。夏秋之际，梁有誉请病假，回南海家中。秋，王世贞出使淮南复审案件，年底便道回到太仓家中。十月，宗臣也请假回家治病，于是京中只剩下李攀龙、徐中行、吴国伦。诸子共同聚会的局面告一段落。嘉靖三十一年底，李攀龙出任顺德知府。三十二年三月，吴国伦请假回兴国葬妻，年底方返京。秋，王世贞返京。三十三年春，谢榛再游京师，与王世贞、徐中行、吴国伦相聚。不久徐中行出使江北复审案件，便道回湖州长兴家中。宗臣复至京补原职，与徐中行相遇于黄河北岸。当年十一月三日，梁有誉在家中去世，年三十六。三十四年初，梁有誉讣闻至京，王世贞、宗臣、吴国伦设灵位哭于京邸，并以书报在顺德的李攀龙和还在家中的徐中行。在这前后，张佳胤入为户部主事。张任滑县知县时，逢李攀龙来任顺德知府，遂以诗为贽。李大为赞赏，写信给京中诸子，谓“有一当齐秦赋者，张肖甫也。公实不死矣”。张至京，与余曰德共往见王世贞，遂共入社。[③] 不久，余曰德出使浙中复审案件。十月，张佳胤奉使广东，王世贞等托他前往祭奠梁有誉。当年年底至三十五年初，李攀龙以顺德知府上计京师，与王世贞、徐中行、吴国伦重聚，而宗臣“以

---

① 《甔甀洞稿》卷五十二《复敬美书》。

② 《四溟诗话》卷四：“嘉靖壬子（三十一年）春，予游都下，比部李于鳞、王元美、徐子与、梁公实、考功宗子相诸君延入诗社。一日，署中命李画士绘《六子图》，列坐于竹林之间。”时尚不及吴。又梁有誉作于嘉靖三十一年夏秋间的《喜归述怀留别李于鳞、徐子与、宗子相、王元美四子一百韵》亦不及吴，可见是时吴与诸人交谊尚不深。然梁归家后又有《寄吴舍人明卿》，可见他离京前至少已与吴国伦相会。见《兰汀存稿》卷三、卷五。

③ 《弇州续稿》卷一百二十三《张公（佳胤）墓志铭》。

职事在省中，凡再易朔，不得通一语。”[①]李攀龙随即返回顺德，王世贞同日出发谳狱畿辅地区，徐、宗、吴三人送之。没过几天，吴国伦谪江西按察司知事。王世贞闻讯，返京送之。宗臣病重，徐中行儿子病危，不能前来送行。当年夏天，徐中行谳狱江南，京中只剩下宗臣一人。九月，李攀龙擢陕西提学副使。十月，王世贞出为青州兵备副使。宗臣作《二华篇》、《古剑篇》送二人，受到吏部同事张九一的赞赏。张于嘉靖三十二年中进士，除黄梅知县，考最，入为吏部主事，至是遂相与定交入社。（《宗子相集》卷二十四《报王元美》）三十六年春，宗臣出为福建参议分守汀州，不久徐中行亦在途中闻命，赴任汀州知府。后七子遂无一人留京。王世贞约作于嘉靖三十八年的《慰明卿再谪长短歌二章和李于鳞》，回忆诸子几年间聚会酬唱的经历，颇为生动地反映了他们当时神采飞扬的精神状态：

> 日者岁之丙辰（嘉靖三十五年）前，五星犹闻在奎壁。片语高呼白雪飞，寸心未让青云色。吾宗少年强解事，吴郎目摄遗其舄。岂唯吴郎众辟易，但语吾曹少坚敌。司空挝鼓尽裸袒，武安行酒半膝席。小儿仅呼杨德祖，一钱可拟程不识。倘问曹中理公事，君其且看西山碧。

出京以后，诸子除频繁以书信往来外，零星的聚会仍然不断。如王世贞嘉靖三十五年秋谳狱畿辅时，会李攀龙于顺德，又会谢榛、卢柟、李攀龙于大名。三十七年夏，李攀龙自陕西提学副使任上谢病归山东历城家中。三十八年五月，王世贞辞青州兵备副使，

---

① 《宗子相集》卷三《子夜吴歌小序》。参见《沧溟集》卷八《初至京与元美、明卿、子与分韵》、《除夕元美宅》、《留别元美辈四子》。

赴京侍父难，途中再与李攀龙相见。徐中行嘉靖三十五年夏出使江南，与谪官江西的吴国伦都经过顺德府属下的瘿陶县，与正在巡视的李攀龙相会。徐在途中又会去福建赴任的宗臣于华阳，会正谳狱浙中的余曰德。至汀州后，与宗臣时相往来。三十七年，余曰德来任福建按察副使，参与酬唱。吴国伦三十六年量移南康推官，三十八年转归德推官，返家，三十九年二月北上赴任。徐中行三十七年当入计，途中闻父丧归家。三十九年秋服满赴京，补汝宁知府，四十年春赴任，与吴国伦及谪为陈州同知的张佳胤相酬唱。宗臣三十八年升福建提学副使，三十九年二月卒于任，年三十六，余曰德为之料理后事。①

后七子的结社，除了社会现实和文学本身的发展等深刻历史原因外，还有一些具体的契机。这里首先应该提到的是卢柟案件。谢榛嘉靖十五年前后曾游京师，与在北京国子监肄业的浚县人卢柟相识。后谢榛至彰德（今河南安阳），受到赵康王朱厚煜的款待，并与崔铣、王廷相等人酬唱。卢柟回浚县后，因恃才傲物，得罪了县令蒋宗鲁②。嘉靖十九年六月，贫民张果偷了卢家的麦子，卢将他狠打了一顿。几天后，张死在一座因大雨倒塌的土屋下。张母告状，说是被卢打死。蒋遂将卢柟逮捕，二十年正月发回家，不久重逮，判处死刑。卢在狱中不断写作诗赋诉冤。可能因谢榛的作用，赵王知道此事，并刻印了卢柟的《幽鞫》、《放招》等四篇赋。谢榛拿着这些赋入京，向京中贵人为卢柟鸣冤，曰："生有一卢柟，视

---

① 《弇州续稿》卷一百十二《余公（曰德）墓志铭》。

② 卢柟家是浚县的富户，一次蒋宗鲁约定拜访卢柟，卢柟作好了准备，久等不来，便自己喝得大醉。蒋到达时，卢已酣睡，蒋衔恨而去。又有人在蒋面前进谗，说卢柟曾讥评过蒋的诗文，蒋更大怒。

其死而不救，乃从千古哀沅而吊湘乎？”嘉靖二十七年，于上年中进士的陆光祖被任命为浚县知县。他查阅了全部案卷，于三十一年冬将卢柟释放。三十二年夏，陆光祖升南京礼部主事，去。卢出狱后，常到邻近的滑县去见正任知县的张佳胤。三十四年底，又到彰德见赵王，受到热情款待。他的不幸遭遇并没有使他改变自己的性格，仍然好使酒骂人。后来他又到南京见已任南京户部郎中的陆光祖，遍游东南山水，大约嘉靖三十九年因大醉而死。

卢柟案件使谢榛至京与李攀龙、王世贞等相识。李、王也为卢柟的平反作了努力。卢柟有《孟龙川自京师旋为余言秋部李沧溟闻冤慨然有脱囚之志寄上》诗，谢榛《赋得长歌答许左史殿卿兼伤李廉宪于鳞》诗回忆道：“西署为郎谈义士，鲁连排难宁专美。龙也柟也一梦里，欲达哀情托山鬼，九泉有知长已矣。”（《四溟山人全集》卷二）是明确指出李攀龙曾参与其事。卢柟《与王凤洲郎中书》云：“往年谢逸人四溟状柟冤诬，明公哀其恫恩，为柟白请上官，蠲出垂死之齿。既又为之诗以志喜。”（《蠛蠓集》卷一）张佳胤也可能给予过合作。总之，卢柟事件在一定程度上成了诸子最初结识的纽带。他们在这一事件中的举动，也为复古派获得了声誉。

其次，复古派诸子开始多在刑部任职，他们能在这里结社赋诗，一场声势浩大的文学运动之所以在刑部而不是在别处发源，这与刑部的特殊性有关。按明朝中央六部中，除尚书、左、右侍郎各一人外，吏、兵、礼、工四部都是下设四司，基本上是每司郎中一人，员外郎一人，主事一至二人。只有刑部和户部按十三布政使司设十三司，每司郎中一人，员外郎一人，主事二人。这样，只有户部和刑部的官员人数最多。[①] 明代官员比起唐、宋、元及清朝来，总的来说较精简，后来虽有增损，但文职官员变化不大，增加较多的是武职官员。正因如此，明代的官员，不管在中央还是地方任职，都相当繁忙。我们经常看到明代官员劳累致疾，这是可信的。明代士子入仕前专门揣摩八股文，入仕后即埋头公务，这也是明代的文学创作和学术研究成就不如前后各代的原因之一。相对来说，明朝中央各部中，只有刑部官员比较空闲。同时，在各衙门中，刑部的气氛相对也自由轻松一些。吏部掌管人事大权，凡入吏部任职者，互相之间很少交往，与别的衙门的官员也少通闻问，这几乎是一个不成文的规定。兵部事关机密，科道要避结党之嫌，情况也差不多。唯刑部官员断案需要相互商讨，同僚可以不拘形迹自由交往。于是刑部大院中的白云楼，便成了刑部官员经常聚会酬唱的地方。另外，户、兵、工等部的官员，接触的都是些枯燥的钱粮甲仗工料数目，久而久之，文思自然荒落，文笔自然生疏。刑部官员则不然，谳牍（即审讯记录、判决书）必须自己动手，不能请吏役代笔。当时还有比较看谁的谳牍写得既简练准确又生动活泼的风尚。从一些文言或白话小说中，我们还可以读到这样的篇章[②]。久而久之，刑部官员的写作能力就得到了锻炼和提高。

关于刑部的上述特点，明代人多有言及者。如王樵在《西曹记》中说：

> 国初稽古建官，止六卿之职。以钱谷刑狱事视诸司为剧，故分其子部各十有三，如外藩之数。承平以来，讼狱稀简，西

---

① 见《明史·职官志》。

② 如《醒世恒言》卷八《乔太守乱点鸳鸯谱》。《震川先生集》别集卷九也收有“审单”数则，归有光曾把这些审单录寄朋友，并谓中有深意，非苟作者。

曹号为无事。郎官日以其三时治事，而以其余挟策读书。晡衙既散，桧阴寂寂，静如太古，有留而弗去者焉。他曹僚友不常接，接或以迹相拘，不能相洽。唯西曹燕叙以齿不以官。事至分理，有疑相酌。政事之外，道义切磋，真有朋友之义焉。且牍必自成，不假吏手，故居是官者多精于吏事。刑虽一职，而诸事之情伪无不在焉。

由于刑部具有这些进行文学活动的有利条件，刑部官员向来就有喜欢结社酬唱的传统。如松江华亭人陈章字一夔，成化十四年进士，授刑部主事，历员外郎、郎中。“在刑部时，与屠元勋、林待用、陈汇之、秦廷贽、王存敬、赵栗夫相唱和”（《明诗纪事》丙签卷七“陈章”条）。又如张治道（正德九年进士）任刑部主事时，与同僚薛蕙、胡侍、刘储秀为诗社，“都下号为‘西翰林’”（《列朝诗集小传》丙集“张治道”条）。又如陈凤（嘉靖十四年进士）任职刑部时，与僚友唱酬于白云楼，称“西台雅集”（《明诗纪事》戊签卷十九“陈凤”条）。后七子在刑部结社，就是继承这一传统。当时人也常常强调刑部的有利条件和传统对后七子复古运动兴起的重要作用。如殷士儋给李攀龙作的《墓志铭》说：“授刑部广东司主事，既曹务闲寂，遂大肆力于文辞。”欧大任《梁比部传》云：“乃授比部郎……居曹无事，得以博综邃学，多所撰著。求当于古作者，不屑为今人诗。”王世懋《欧桢伯（大任）西署集序》亦云：“比部事简而徒众，诸郎多肆力为文章，若李、徐辈及余兄元美先后声施矣。”（《王奉常集》卷六）

后七子复古运动开始不久，就与当时执政的严嵩及其党羽发生了冲突。嘉靖二十九年十二月，刑部郎中徐学诗上疏请罢严嵩及其子严世蕃，被杖，削籍为民。日暮负伤出京，亲友无一人相送。“俄闻有策蹇驴朗吟‘去国一身轻似叶，高名千古重如山’者”，原来是谢榛前来相送(《明诗纪事》己签卷八"谢榛"条)。嘉靖三十年,李攀龙任刑部郎中,"有边将触法不至死者,柄臣子(严世蕃)怒其不赂,必欲置诸辟,而竟不能夺之于鳞从末减。后其人至大帅,果大著勋伐云"(殷士儋撰《李攀龙墓志铭》)。王世贞官刑部时,有奸人阎姓者犯法,匿锦衣都督陆炳家,世贞搜得之。陆炳托严嵩出面说情,王世贞不予理睬。又据欧大任《梁比部传》,梁有誉中进士后,"敛避权贵,无所造谒。袁州(严嵩)当国,建安(李默)为冢宰,闻其才子,计致门下,逊谢不往。"徐中行在京中颇受其妻子的舅父顾应祥的庇护。徐中行加入李攀龙、王世贞等人的诗社也出于顾应祥的介绍。而顾应祥乃是严嵩的政敌,嘉靖二十九年七月由南京兵部右侍郎升刑部尚书,三十年二月即因得罪严嵩出为南京刑部尚书。

嘉靖三十二年一月,兵部员外郎杨继盛上疏劾严嵩"十大罪"、"五奸",后七子坚决站在杨继盛一边,遂与严嵩集团形成公开对立。杨继盛下狱后,王世贞曾请自己的座师国子司业王材出面说情,王是严嵩的亲信,但严氏父子予以拒绝。① 王世贞、徐中行、宗臣、吴国伦等时时带上食物到狱中看望杨继盛,"间一相慰语,慷慨欷歔,泣数行下"。杨继盛于嘉靖三十四年十月被杀,临刑前,其妻张氏上疏请代夫受刑,为严嵩所抑,不得达,据说疏稿即出王世贞手。行刑时,王世贞、宗臣、吴国伦又哭祭于刑场,并为之料理后事②。这场事变之后,后七子已视严嵩及其党羽如鬼蜮,严嵩集团

① 见《弇州续稿》卷一百九十五《与王胤昌》;汪道昆《太函集》卷二十一《杨忠愍公集序》。

② 汪道昆《杨忠愍公(继盛)集序》:"元美从徐子与及诸郎哭忠愍郊外,治其丧。"吴国伦《甔甀洞稿》卷五十《奉汪伯玉司马书》:"及检《忠愍集序》,人子与名,似非实录。盖忠愍以乙卯冬服刑,子与方决囚江北,不与事。哭郊外与经纪后事者,国伦与元美、子相三人耳……华亭公(徐阶)为忠愍作志,遗子相而及子与,已为失考,今奈何专属子与乎?"

也对后七子恨之入骨了。

嘉靖三十五年春，吏部尚书李默因严嵩、赵文华的构陷下狱，后竟拷死狱中。李默一直是严嵩的政敌，在一定程度上又是后七子的保护人之一。嘉靖三十年宗臣由刑部主事调为吏部主事，即出于李默的赏拔。三十年冬李默曾遭严嵩构陷免职，宗臣随之请疾归里。三十二年李默复任吏部尚书，即邀宗臣同返京复职。王世贞等人在杨继盛事件中的表现，深受李默赞许。他将张佳胤由户部主事调为兵部主事（《弇州续稿》卷一百二十三《张公（佳胤）墓志铭》），又准备让徐中行由刑部员外郎转给事中或御史，因严嵩阻挠未果。李默下狱后，徐中行正好办理此案。他感李默之恩，拟轻典，严嵩、赵文华等怂恿世宗不允，竟杀之。王世贞作有《纪戊午正月李公事有感四首》，悼念李默。其中一首云："岂谓夔龙席，翻然百态生。何人善阴中，为尔出阳惊。骠骑新门客，尚书旧履声。君恩与朋好，愁绝向谁鸣。"（《弇州山人四部稿》卷二十六）

李默一倒，复古派诸子之祸旋踵而至。吴国伦嘉靖三十三年由中书舍人升兵科给事中，本出于严氏父子的汲引。严氏的目的大概是想分化瓦解这个团体，于是首先争取入社最迟、当时还未得列名"六子"的吴国伦。可吴国伦却不领严氏父子这份情，在杨继盛事件中坚决与其他诸子站在一起。严氏父子大怒，遂于三十五年春首谪之为江西按察司知事。三十六年量移南康推官，严氏父子意犹未释，欲乘当年京察斥逐之，因徐阶力争，得再谪归德推官，又是两年不调，吴国伦只好自请罢归。王世贞在刑部任职时间最长，早该转官，吏部两次推为提学副使，皆为严氏父子否决，后命为青州兵备副使。这两种职务级别相同，但前者是有实惠又有声望且易升迁的职务。吴、王既出，严氏打击的目标转向宗臣、徐中行。

宗臣写信给王世贞说："我辈已触诸贵人大怒，李与足下幸远，吴又谪，独日夜急者仆也。"(《宗子相集》卷二十四)不久，宗臣、徐中行均出任外职。张佳胤也因与李默及王世贞等人的关系，由礼部郎中谪为陈州同知。

嘉靖三十八、三十九年间，严嵩集团借王忬事件对后七子进行了又一次残酷打击。王忬即王世贞、王世懋之父，嘉靖二十年中进士，因在"庚戌之变"中立了大功，颇受世宗信任，累升至蓟辽总督。严嵩父子对地位迅速上升的王忬早已产生敌意，但表面上却装作十分热情地拉关系，号称通家，王世贞与严世蕃的关系也似乎非常随便。王世贞年轻气盛，又从心底里鄙视严氏父子，因此言谈之间颇为不恭，与复古派诸子聚会时也常常讥讽严氏父子。严世蕃曾向王家索要一幅古画，王家请高手临摹一幅送去，知情者向严氏告了密。王忬在军中听到杨继盛遇害的消息，曾表示愤慨，"弹指出血"(《弇州山人四部稿》卷九十八《先考思质府君行状》)。因此种种，严氏父子对王家怀恨在心。继王世贞之后，王世懋又于嘉靖三十八年春中进士。严嵩把严世蕃和几个孙子召集在一起，大骂他们不争气，严世蕃更加恼怒，伺机报复。当年二月，蒙古军队突破蓟辽防线，渡过滦河，大掠内地五日，京师震动。严嵩党羽都御史鄢懋卿遂起草弹章，命属下御史方辂弹劾王忬，逮下锦衣卫狱。锦衣卫狱送上审讯记录，严世蕃削去其中提及王忬所立功劳的部分，交给刑部。王忬系文臣，法不当死，刑部尚书郑晓拟谪戍，再驳，乃比守边武将守备不设失陷城寨律，于嘉靖三十九年十月朔弃市。王忬亦以能诗文著称，曾以巡按监湖广乡试。吴国伦嘉靖二十八年中湖广乡试第一名，即出他的赏拔。后来因为王世贞的关系，王忬与李攀龙、宗臣、徐中行等也多相唱和，实际上也是复古派的靠山之一。他的被杀，使复古派的政治处境更加不利。王世贞兄弟扶丧归里不久，张九一也因他们在北京侍父难时曾给予关照，由吏部文选郎中迁南京尚宝少卿，寻谪广平同知。

嘉靖四十一年五月严嵩倒台时，后七子复古派的主要作家，除梁有誉、宗臣、卢柟已去世外，李攀龙、吴国伦、王世贞兄弟都闲居在家，徐中行及张佳胤、张九一等都在谪所①。谢榛也因为赵康王已死，回到山东临清家中②。从活动情况来看，后七子复古运动此时处于低潮。不过，王世贞等人周围都聚集了大批文人，复古派的影响实际上在进一步蔓延。

后七子复古运动诞生后，除政治上与严嵩集团相抗争、文学上与唐宋派相对峙外，本身内部也发生分化，各位成员之间产生了种种名利之争。这些事情本属琐屑，甚至近于无聊，但从中我们可以窥见当时文人风尚和文坛状况。而且，钱谦益等人曾抓住这些东西渲染，以丑化复古派，因此有必要花费一些笔墨加以澄清。

后七子复古派阵营中发生的某些分化，并非尽出于名利之争。如吴维岳、袁福征、王宗沐、李先芳等最初曾相与结社酬唱，后来他们或因任外职以去，或文学主张有分歧，或兴趣发生转移，从而脱离了复古派的中坚层，没有列名“五子”、“七子”，乃是很自然的事

---

① 只有余曰德是例外，他是严嵩的同乡，又是严世蕃的妻子的亲属，是在严嵩倒台后因受牵连被罢职的。见《弇州续稿》卷一百十二《余公墓志铭》；《徐天目先生集》卷十三《琐闱管见序》。

② 嘉靖三十九年，赵王朱厚煜卒，风闻死因不明，系为地方官所制，自经而死。诏逮辅导官及彰德府官究问，地方官有弃市、远谪者。谢榛以游客不与府事，而祸不及，返回山东。见《列朝诗集小传》乾集下“赵康王”条；《李开先集·闲居集》之二《谢四溟自赵府惠书与诗附使酬谢即用原韵》。

情。例如王宗沐，后来“久历藩臬”，又师事理学名家欧阳德，成为王学门徒。[1] 道不同不相与谋，他自然要与复古派分道扬镳了。又如吴维岳，据王世贞《吴峻伯先生集序》，王世贞任青州兵备副使时，李攀龙家居，适吴维岳来任山东提学副使，“数使候于鳞，于鳞辄谢病不复见。余得交关其间，以谓于鳞，于鳞曰：‘夫是膏肓者有一毗陵在，而我奈之何？为我谢吴君，何渠能舍所学而从我。’峻伯不尽然，曰：‘必是古而非今，谁肯为今者，且我曹何赖焉，我且衷之。’故峻伯卒而新都汪伯玉著《状》云：‘济南以追古称作者，先生即逡巡师古，然犹以师心为能。且持论宗毗陵，其独造盖有足多者。所谓毗陵，则武进唐应德也。’盖实录云”（《弇州续稿》卷五十一）。则吴维岳后来实际上已成为唐宋派的追随者。又如李先芳，因与诸子结社，仕途上遇到麻烦，他胆怯了，文学主张也发生动摇。后来，李先芳的兴趣主要转到学术研究方面，有《折衷录》、《蓬玄杂录》、《五岳志略》、《阐微录》、《安攘新编》、《拾翠轩杂纂》、《医家须知》、《一壶千金》、《老子本义》、《阴符经解》、《壶天玉镜》、《濮州志》等著作，又以词曲自娱，遂与复古派异趋[2]。

钱谦益攻击后七子，与攻击前七子所用手法相同。首先是利用世人重道德评价的心理，从人格上贬低后七子，把他们刻画成一

---

① 《明儒学案·浙中王门学案五》。

② 《弇州山人四部稿》卷一百十七《与李于鳞》：“伯承视足下及仆，仅杯酒然诺交。新喻事起，足下过仆，弹指出血，刺刺不休也。伯承竟惩创收桑榆耳，于鳞自忘之耶？”又卷七十一《王氏金虎集序》叙结社不久，“无何，众讙然呶詈之。虽濮阳（李先芳）亦稍稍自疑，引避去。”《沧溟集》卷二十九《与余德甫》之四：“李伯承亦以疏归，寻惠刻稿，其在吾党虽有臭味，然落落耳。”卷三十《与王元美》之七：“（李先芳）走示新刻十本，寻为读之，推意就辞，未合而战，遽劣长驱，沾沾自爱也。”又《皇明诗选》卷十一李先芳《早春文昌阁》条下宋征舆评：“伯承殊孟浪，宜其见轻于同人。此首亦粗具形致耳。”

批贪名好利、过河拆桥式的人物，尽力引起人们的反感。然后貌似公正地进行翻案，把某些“受排挤”、“被冷落”的人物树起来，置于声名久著的人物之上，这样他就扮演了一个千古独秉公心的角色。《列朝诗集》丁集上李先芳“小传”云：

始伯承未第时，诗名籍甚齐鲁间，先于李于鳞。通籍后，结诗社于长安，元美隶事大理，招延入社，元美实扳附焉。又为介元美于于鳞。嘉靖七子之社，伯承其若敖、蚡冒也。厥后李、王之名已成，羽翼渐广，而伯承左官落薄，“五子”、“七子”之目皆不及伯承。伯承晚年每为愤盈，酒后耳热，少年用片语挑之，往往努目嚼齿，不欢而罢。邢子愿以台使按吴，访弇州而归，伯承与极论其始末。语已，目直上视，气勃勃颐颊间，拍案覆杯，酒汁沾湿，子愿逡巡不敢应。后为伯承志墓，亦略及之。余闻之卢德水如是。今之论者，奉历下为晋楚，揶揄伯承，使之捧盘盂而从小邾之后。余录伯承诗，次于于鳞之上，使伯承之魂，为之默举，且以间执耳食者之口也。

钱谦益这一段描绘，真可谓绘声绘色，妙笔生花。然而这种辗转听来的传闻（李先芳—邢侗—卢德水—钱谦益）是否属实，却成问题。李攀龙的《送王元美序》、王世贞《艺苑卮言》卷七等，都多次提到李先芳当初的介绍引荐之功。李先芳出知新喻后，王世贞等人还时时念起他，如《弇州山人四部稿》卷二十三就有《春日过李三于鳞小饮适谢茂榛至有怀伯承明府》、《有怀伯承因答于鳞》；卷三十又有《答伯承新喻》等诗。对高岱，李攀龙《诗删》也录其诗甚多，“盖亦追其筚路蓝缕之绩”（《列朝诗集小传》丁集上“高岱”条）。王世贞后来又收李先芳、吴维岳入《广五子》，盖亦出于同一意图。则李攀龙、王世贞等人并非忘恩负义。李先芳似乎也没有那样愤愤不平，他作有《五哀诗》悼念亡友，其中怀李攀龙一首云："鲍山宿草几经秋，历下犹传白雪楼。白雪调高人寡和，鲍山云尽水空流。断肠梦魂通今夕，握手交情忆昔游。晓倚东门占紫气，真人倘许驾青牛。"情真意切，"心折于鳞如此"。倘若李先芳对王世贞等果真怀忿不已，那也只能说是李先芳本人不够明智。难道最初发起者就要一直做领袖吗？某人介绍另两人相识，这两人共同努力获得了成功，这时介绍人突然跑过来说全是他的功劳，这合理吗？况且结社与复古运动并不是一回事，前者只不过为后者提供了某种契机。李攀龙等人明确提出复古的口号，倡导一系列理论主张，并进行大量创作实践，他们可以说已从根本上改变了诗社的性质。李先芳等还要以缔造者自居，未免太不自爱。至于钱谦益置李先芳于李攀龙等人之上，《四库全书总目提要》固已言之："今观其诗，才力实出攀龙下。明末攻攀龙者，遂欲以跻攀龙之上，非笃论也。"陈田《明诗纪事》己签卷四"李先芳"条亦云："《东岱山房集》近体差有合作，较其才力，安能与数子争雄。于鳞所云'读伯承新刻，推意就辞，未合而战遂劣'，非苟论也……牧斋乃欲次伯承诗于于鳞之上，伯承有知，亦不敢自居矣。"

李攀龙等与谢榛交恶事件，也是明代文学史上的一桩著名公案。人们谈论这一事件，超过了探讨复古派文学理论和创作本身。据李攀龙《戏为绝谢茂秦书》(《沧溟集》卷二十五)，谢榛最初在赵康王府中，"王帷妇人而笑之"，几乎把他当倡优看待。比起后来人极力赞美朱厚煜如何"嗜学博古"、"折节爱宾客"(《列朝诗集小传》乾集下)，李攀龙的话也许更接近真实。后世藩王，真有几人还能像汉淮南王、梁孝王那样"爱士"？不久谢榛至京，投靠某大长公主家。这位大长公主似乎也不是什么"爱士"之人，她令管家"先亟断席”，让谢榛坐开。管家“乃置恶啮马”于谢榛邸中，“辄怒马使踶于庭，溅沃其冠”。不久又迁谢榛于“传舍”，相当于家庭招待所，“使与骑奴同食”，“传舍长”三投谢榛的鞋子于门外。一年后，又迁之于“僦舍”，即一般的旅店。旅店主人逼谢交纳房租，谢榛只好来见李攀龙。开始他们十分投契，《四溟山人全集》卷二有《雪夜过李于鳞宅适已醉卧因留宿作》一诗，颇可见其亲密之状。但不久两人之间即生出芥蒂。李攀龙生性严冷，在刑部任职时“多拓落杜门”，“疆直自遂”（《沧溟集》卷二十六《答董学士用均》）。只喜闭门读书作诗，唯与同心之人时相切磋。谢榛则是靠以诗为贽遍交名流维持生计的人，李攀龙自然看不惯，说他是“不询于我，非其族类，未同而言，延颈贵人，倾盖为故，自言多显者交，平生足矣”。谢榛《四溟诗活》卷三有一段话可与此相印证：“己酉（嘉靖二十八年）岁中秋夜，李正郎子朱延同部李于鳞、王元美及余赏月，因谈诗法。予不避谫陋，具陈颠末，于鳞密以指掐予手，使之勿言，予愈觉飞动，亹亹不辍，月西乃归。于鳞徒步相携曰：‘子何太泄天机？’予曰：‘更有切要处不言。’曰：‘何也？’曰：‘其如想头别尔。’于鳞默然。”谢榛还在为此沾沾自喜，不知李攀龙“默然”中已蕴含着深深不满。

现代论者一般都相信《列朝诗集小传》“谢榛”条下的一段话，认为后七子结社之初，谢榛“以布衣执牛耳”；“诸人心师其言，厥后虽争摈茂秦，其称诗之指要，实自茂秦发之”。钱氏之说有两个根据。第一，诸人初作《五子诗》，“咸首茂秦，而于鳞次之”。第二，谢榛在《四溟诗话》卷三中说：“予客京时，李于鳞、王元美、徐子与、梁公实、宗子相诸君召余结社赋诗。一日，因谈初唐盛唐十二家诗集并李、杜二家，孰可专为楷范，或云沈、宋，或云李、杜，或云王、孟。予默然久之，曰：‘历观十四家所作，咸可为法。当选其诸集中之最佳者，录成一帙，熟读之以夺神气，歌咏之以求声调，玩味之以裒精华，得此三要，则造乎混沦，不必塑谪仙而画少陵也。夫万物一我也，千古一心也，易驳而为纯，去浊而归清，使李、杜诸公复起，孰以予为可教也。'诸君笑而然之。是夕，梦李、杜二公登堂谓余曰：子老狂而遽言如此，若能出入十四家之间，俾人莫知所宗，则十四家又添一家矣，子其勉之。"按《宗子相集》卷四、《兰汀存稿》卷一的《五子诗》，都是嘉靖三十一年春的原作，没有经过改动，它们确实皆以谢榛居首，以下依次是李、徐、梁（或宗）、王。但这个次序显然按年龄排列，大约诸子结社之初，大家还比较谦虚，还能"相序以齿"，谢榛不过以年长居首而已。观宗、梁两人的《五子诗》，于谢榛都侧重言其重友谊、贫贱而不废游吟，于李攀龙则已明确奉之为领袖。如宗臣"李攀龙"一首云："大雅久寂寞，作者徒纵横。之子起海岳，吾道维其盟。中心寡所谐，长揖谢群英。眷言二三子，斗酒欢相迎。冥思何可测，奇语频相惊。仰并云霞翔，俯与江河倾。高冥坠白日，非君谁与擎。瑶篇一以出，纷纷诎时名。譬彼《韶》、《濩》奏，缶音空尔鸣。功名亦垂世，无乃非其情。"王世贞《艺苑卮言》卷七也明确说明，自己是在与李攀龙定交后，才"诗知大历以前，文知西京而上"。他的《李于鳞先生传》又说："其同舍郎徐中行、梁有誉、不佞世贞及吴舍人国伦、宗考功臣相与切劘千古之事，于鳞咸弟蓄之。为社会，时有所赋咏，人人意自得。最后于鳞出片语，则人人自失也。"徐中行《五君征容跋》也说："往吾党为词盟燕市时，梁公实、宗子相踔厉起，而谢山人亦以布衣引重。至振兴封殖，则吾于鳞、元美力也。"（《徐天目先生集》卷十九）至于谢榛的那段自述，显然有夸饰的成分。当时他已琢磨作诗技法多年，其他诸子大多刚丢下八股文这块敲门砖，他们就择韵、用字等具体技法向谢榛请教是很自然的,《四溟诗话》卷三就记载有宗臣向他请教警句作用的经过。但是,明确提出复古的主张并领导这场文学运动的,则是李攀龙。

谢榛与复古派诸子的冲突首先可能还是发生在他与王世贞之间。王世贞门庭显赫,当时其父正受世宗宠信,官位日崇,自己亦以少年中第,春风得意。他只是因李攀龙的关系才与谢榛相交,可能一开始就不怎么把他放在眼里。而谢榛偏又倚老卖老,俨然一副师长教训晚辈的神情。可能他们结识不久,王世贞就对谢榛不大客气。因此李攀龙《戏为绝谢茂秦书》说"元美偃蹇(按应为放诞不羁之意),我实嘱尔,时尔实有豕心……二三兄弟将疏间之,我用恐惧……不以所恶废向,绥静二三兄弟,尔乃克还无害"。

嘉靖三十二年李攀龙赴任顺德知府,谢榛就在附近而不入见。李攀龙派仆役带上礼物去请,谢榛认为李没有亲自拜访,礼节太疏,把仆役骂了一通,并将礼品丢在路上,声称"昔在长安邸中,殊厌贵人,曾尔一守臣也何?"李攀龙于是作怀诸子诗,去谢榛而进吴国伦①。谢榛"亦悔过之",请人向李表示愿"同好弃恶,复修旧德"。李攀龙"犹未怿,是以不报",谢乃"恶声滋至"。当年秋冬之际,李攀龙按部太行山"称诗"(论诗),谢榛"有二心于吴生",乃寄信给吴国伦,攻击李攀龙"称诗如此,他何用粪土为"。然"吴生固甚憎尔,是用告我。元美恶尔之二三其德,亦来告我曰:'眇君子不得志于称诗,女则使然,今日之事我为政……不佞恶其无成德,是

① 中华书局1986年版《历代诗话续编》本《艺苑卮言》卷七有关此事一段作:"又明年(嘉靖三十二年),而余以使事竣还北,于鳞守顺德出,茂秦登吴明卿。"按此段标点有误,"出"字后逗号应移至"德"字后。

用宣之，以惩不一。’二三兄弟备闻此言，是用痛心疾首”。①

嘉靖三十二年末，谢榛还是到了顺德郡城，临别时还接受了李攀龙的馈赠。《四溟山人全集》卷五有《岁暮宴李太守于鳞宅》二首，诗中说：“为郎殊客礼，领郡重予招。积雪留孤馆，飞觞动几宵。”次年年初谢榛由顺德赴京，李攀龙《沧溟集》卷八有《于郡楼送茂秦之京》诗。同时有书致王世贞：“茂秦穷来归我，我犹尚哀怜之。即论太行诸篇，吾见其胆破，无复向时倔强气，为可喜。蜡后过郡斋，见某无少厌薄意，即自咄咄向家人语云：‘大恩久不报，何能重为诋焉。’某稍举足下与明卿微辞，则吞声。行之日，复解颜我不腆之赠，属某全交，臾某纳污，然不敢谓某易与矣。”(《沧溟集》卷三十《与王元美》之二)

嘉靖三十三年春，谢榛再至京师。(《四溟诗话》卷三：“嘉靖甲寅春，予之京。”)这时顺德有人到京中告发李攀龙某事，谢榛似与该人同行。李攀龙托王世贞、宗臣为居间，宗似不甚留意，王则出力甚多。而谢榛至京后似做了一些对李攀龙不利的事情②，照李攀龙的说法就是：“尔且以鄙邑之顽民，行而即长安贵人谋我，天诱其衷，元美弗二，尔是以不克逞志于我。”大约就在此后不久，李攀龙作了《戏为绝谢茂秦书》。

---

① 朱彝尊《静志居诗话》：“迹其隙末，乃因明卿入社，四溟喻以粪土，由是布恶于众。元美别定五子，遽削其名。”按朱氏此说似出于想当然。谢被斥不是因吴国伦入社，谢“喻以粪土”者是针对李攀龙。

② 《沧溟集》卷三十《与王元美》之一：“某不幸中于流言，足下爱我，乃能缕缕为语，如污己者。”又参见卷二十九《与宗子相》诸书及《与吴明卿书》等。《弇州山人四部稿》卷八十二《魏顺甫(裳)传》：“所最庄事于鳞，亦以于鳞故推东郡谢生。一日，谢生恨于鳞，数其郡不法事，众默然。顺甫独前质之曰：‘为先生见之耶？抑闻之人耶？’生遽曰：‘亦闻之人耳。’顺甫曰：‘于鳞之善先生，天下莫不闻……裳请改事矣。’遂拂衣去。谢生谮乃败。”

在谢榛看来，双方交恶，纯粹是因为自己对诸子的诗作进行了直率的批评，而诸子又不肯接受的缘故。《四溟山人全集》卷一《杂感寄都门旧知》云："嗟哉处流俗，冥心可无醉。鸱鸮为家祥，凤鸾非世瑞。奈何君子交，中道两弃置。不见针与石，相合似同类。文字生瑕疵，邓林叶纷坠。有家早归欤，独歌以卒岁。岁寒元气塞，偃仰待春事。"卷三又有《登城歌》云："直言数兮生衅尤，枳棘当途兮我孔忧。登高楼兮望九州，孰为友生兮嗟未休。"《四溟诗话》中不乏这种"直言"的例子，如卷三中有云："都下一诗友过余言诗，了不服善。余曰：虽古人诗，亦有可议者，盖擅名一时，宁肯帖然受人诋诃。又自谓大家气格，务在浑雅，不屑屑于句字之间。殊不知美玉微瑕，未为全宝也。"这位"不服善"者，很可能就是复古派诸子中某人。

但诸子之厌薄谢榛，似也不尽由谢榛之"直言"，也因为谢榛本人后来诗格逐渐退化。《沧溟集》卷二十九《与余德甫》之四云："谢茂秦见怀五言，视昔故不较。"卷三十《与王元美》之七又云："昨一饷边使者为谢茂秦寄二诗见怀，似犹栖栖晋、代间。先是得寄许殿卿者盈牍，如《五台山》辈不下数十首，并与《游燕集》一语不较。元美亦前识其有今日乎。"《艺苑卮言》卷七云："余为比部郎，尝与蔡子木（汝楠）臬副、徐子与主事、吴明卿舍人、谢茂秦布衣饮。谢时再游京师，诗渐落，子木数侵之。"同卷又谓："谢茂秦年来益老诗。尝寄示拟李、杜长歌，丑俗稚钝，一字不通。而自为序，高自称许，其略云：'客居禅宇，假佛书以开悟。暨观太白、少陵长篇，气充格胜，然飘逸、沉郁不同，遂合之为一，入乎浑沦，各塑其像，神存两妙，此亦摄精夺髓之法也。'此等语何不以溺自照。"宗室朱安氵从谢榛学诗多年。其《与谢四溟论诗书》云："庚戌（嘉靖二十九年）以后……《游燕集》一出，艺林增重焉。人皆传诵，始知有谢四溟也。仆观今日佳制，有可议者，不敢隐然以负知遇……今《适晋稿》似不如《游燕集》，而《中州行稿》又不如《适晋稿》矣。至于寄两京之名宦，以诗做人情，失古吟咏性情之旨。和李、杜之长篇，如合婚之用月老，牵张家而配李家也。格虽是，而无复《游燕集》之音响矣。何大复之抟沙振皮铎之喻是也。此无他，多作之故也。"（见《明文海》卷一六一）

徐渭在《廿八日雪》诗中指出，复古派诸子排斥谢榛，就因为他们都是进士出身，且多属同年，而谢榛只是一介布衣。后来钱谦益、朱彝尊都引述了徐渭这一看法。毫无疑问，这是李攀龙、王世贞等人摈斥谢榛的重要原因，但不是唯一原因。同时，明代人重科第，除使功名得意者蔑视布衣外，还带来了另一方面的后果，即科举不顺遂的人，对这个问题特别敏感，往往对功名得意者产生敌意，有时不免出现挟带个人意气的偏见。如徐渭之论谢榛事件，讥后七子创作为"鸟音"；归有光讥王世贞为"庸妄巨子"等，都多少包含这种因素在内，也不能不察。

关于谢榛与李攀龙等人关系的破裂，《明史·谢榛传》等都说"攀龙遂贻书绝交"。案《沧溟集》中，除《戏为绝谢茂秦书》外，没有正式绝交的书信。此文通篇仿《左传·成公十三年》"晋侯使吕相绝秦"一段，以"秦"射"茂秦"。然既出于"戏"，则并非严"绝"可知。后来诸子与谢榛仍有来往，并时时提到他。如吴国伦认为自己的写作水平超过了宗臣、谢榛等，李攀龙复信不以为然："眇君子虽耄，而绳墨犹存。"（《沧溟集》卷二十九《与吴明卿书》）李攀龙的《古今诗删》，据王世贞序，成于李去世前数年。其中五律一体收谢榛27首，比李梦阳（26首）还多。王世贞曾合刻卢柟骚赋、俞允文五古、谢榛五律(《艺苑卮言》卷七),可见谢榛的诗歌创作特别是五律一体的技巧和成就,李、王等人一直予以肯定。当时有人劝李攀龙不以前过"终弃茂秦",李答曰:"奉使三秦(指赴任陕西提学副使)时,已许见诸新乡,从未减矣。近复闵其老而愈悖,三判其诗,笔削不定,何肯更念旧恶也。"(《沧溟集》卷二十六《答顾天臣书》)仅从谢榛本人的诗集来看,王世贞出守青州后,谢有《王元美镇青州赋此寄怀》(《四溟山人全集》卷六),有句云:"北海开樽日,何人共醉歌";李攀龙自陕西归,谢有《寄李学宪于鳞二首》(卷十),有句云:"千年白雪调,谁和郢中音。"都似有往游之意。嘉靖四十三年,徐中行任长芦盐运判官,谢有《暮秋寄怀徐子与时宦长芦》(《四溟诗话》卷四)。吴国伦谪江西时,谢有《吴给事明卿谪江西诗以寄之》(《全集》卷十三)。隆庆中王世贞兄弟请疾归里,谢有《闻王麟州员外同乃兄凤州廉宪告病南归赋此寄怀》(卷十六)。他又作有《南海飓风歌伤梁比部公实兼寄梁中翰思伯》(卷二),其中云:"帝京旧社同竹林,独叹于今半鬼录。"自注:"此谓有誉、宗臣、李攀龙诸公。"谢榛还作有《闽中兵宪徐子与、黔南学宪吴明卿自都下相别历二十年矣孟春癸卯夜予梦二君话旧既寤仍梦同渡漳河吊古因思社友存殁相半悲哉》(卷三)、《赋得长歌答许左史殿卿兼伤李廉宪于鳞》(卷二)等。末一首中有句云:"书中泪渍尚盈纸,旧交为失沧溟子。"最后,谢榛万历三年客死河北时,徐中行以福建按察使述职京师路过该地,将所带钱物赠给谢榛之子,并写有《哭于鳞墓甫三载谢茂秦死于赵而诸子生计甚微乃出橐中装遗之……》诗:"济南泣不尽,那更为君挥。交岂浮云变,书缘万里稀。游燕辞赋定,客赵子孙微。大有聊城感,翻如丁令威。"徐中行此举,算是为谢榛与复古派诸子的交情作了一个差强人意的收场。

除吴维岳、李先芳、谢榛等人先后分化外，其他诸子之间实际上也产生了激烈的名利之争。嘉靖三十一、三十二年间，吴国伦加入诗社，而“五子”（六子）的名目已定。吴国伦定的排挤对象似为宗臣。三十三年初，王世贞、吴国伦、宗臣在京，吴、宗发生争执。据《宗子相集》卷二十四《报徐子与》：“舍人（吴国伦）因起殴，几折吾齿。”又卷二十三《报李于鳞》：“吴生忘赖，耳目纵横，意常驾仆。仆发短心甚，颇得意于此生。此生矫厉，非仆当之，几负矣，足下以为如何？”李攀龙《与吴明卿书》云：“元美书来，亟言足下似欲据子相上游者，乃足下自亦谓宗、谢所不及，而梁、徐未远过也。明卿明卿忘赖哉，三子者不可谓非海内名家矣……明卿今见其胜之尔，即一日千里，某何敢私诸二三兄弟乎？”（《沧溟集》卷二十九）李攀龙此时似还未对吴国伦予以首肯①。不久，李攀龙因宗臣对自己被顺德府民告讦一事周旋不力，颇有不满，遂在作怀五子诗时，去掉谢榛，加入吴国伦，并置于宗臣之上。《宗子相集》卷二十三《又报李于鳞》抱怨说：“足下……怀诸子，仆句更奇。吴生乃以足下后仆于生，遂为信抑，恐足下不然也。”吴国伦可能为报答李攀龙，为李出过力而受到牵累，故《宗子相集》卷二十三《又报李于鳞》说：“吴生之谪，固足下波及矣。”宗时在吏部，应该了解内情。此后李攀龙与宗臣的关系一直不好，《沧溟集》卷三十《与王元美》之四云：“广陵生游我二人者已甚尔。今既已他补，其尚释憾哉。”似乎李还想进一步报复宗臣，因宗臣外补、王世贞又有劝告才作罢。而吴国伦与宗臣的关系后来又有好转。《甔甀洞稿》卷四十九《与王元美》：

---

① 《弇州续稿》卷一百十二《余公（曰德）墓志铭》亦言及当时情形：“时明卿好狎侮，以加子相，辄不肯受；加子与则受；公翛然其间，亡所加，即加之，公亦夷然弗屑也。”

“又数子中,仆于子相意更相属,业已约为婚姻。”从嘉靖三十三年起,李攀龙多次作《怀五子诗》。但他正式重定“五子诗”,则是嘉靖三十七年自陕西归家后,次序为王世贞、吴国伦、宗臣、徐中行、梁有誉,而将卢枏、谢榛另称为“二子”。吴国伦嘉靖三十九年赴任归德推官前作《复李于鳞书》,其中云:“《五子篇》遂雁行国伦,国伦何敢不自爱?”(《甔甀洞稿》卷四十九)

可是不久吴国伦与李攀龙之间也发生了冲突,起因是吴国伦的两次所谓“境外交”,其一发生在嘉靖四十年左右。《甔甀洞稿》卷五十二《复敬美书》:“若曰仆有境外交,而于鳞心薄之,则于鳞大谬矣。向见于鳞语及谢方伯事,仆不识谢方伯为何人。已追思仆理归德时,射洪谢中丞适抚山东,与归德守陈君同年,书与守,云欲传当代诸公诗,所得李、王、宗、徐者多,独明卿不数首,幸为多索见寄。其寓书于仆,亦复云然。仆始录近体诗一卷,可三十首,附书太守报之……会于鳞见谢中丞谈及仆诗,且知有书,遂疑仆使使中丞而不及己,以为有外交。”其二发生在嘉靖四十一年吴国伦赴任邵武知府后。他读到王世贞的《艺苑卮言》,对其中“厚与吴中诸词家,而独遗一峻伯(吴维岳)”表示不满,结果惹怒了李攀龙和王世贞[①]。李攀龙似又通过写怀诸子诗的方式以示进退。王世懋《王奉常集》卷三十二《与吴明卿》:“于鳞狷介,曩实注情足下。以足下有境外交,遂使子与得跻而上。”《沧溟集》卷三十《与徐子与》之十二:“足下……《寄于鳞起家浙宪》二章,大自格气,非明卿所及矣,

---

① 《甔甀洞稿》卷五十二《报元美书》:“向以足下《卮言》厚与吴中诸词家。而独遗一峻伯,故得微讽。乃于鳞谓之党峻伯,君子亦党乎?”按吴国伦不满于《艺苑卮言》的真实原因,是其中几乎评价赞美了所有复古派作家的作品,唯独没有提吴国伦。参见该书王世贞自序及卷七各条。

有是哉，大器晚成乎！元美亦云邵武近稿辄不振，至乃阿党峻伯，以畔正始。”看来李攀龙在复古派阵营中不仅以领袖自任，而且以家长自居。

在李攀龙与谢榛、吴国伦等人的冲突中，王世贞一直站在李攀龙一边，维护他的领袖地位，但两人的关系也出现过危机。王世贞任青州兵备副使时，曾与李攀龙论诗。《艺苑卮言》卷七：“于鳞一日酒间，顾余而笑曰：‘世固无无偶者，有仲尼，则必有左丘明。’余不答，第目摄之。遽曰：‘吾误矣，有仲尼，则必有老聃耳。’其自任诞如此。”①

下面还谈一谈“七子”名目的问题。后人多称“后七子”，但当时复古派诸子自己定的名目则是“五子（六子）”。最初作五子诗是如此，李攀龙重订五子诗是如此，隆庆末或万历初王世贞作《五子篇》仍是如此（见后），万历中吴国伦心目中的概念还是如此。（《甔甀洞稿》卷五十二《报元美书》：“海内所称六子，唯吾两人尚留。”）不过，“七子”的名目也很早就已出现。钱大昕认为，“当明卿入社之始，茂秦犹未绝交，当时因有七子之目”；“盖自茂秦、公实二人一摈一死，遂以德甫（余曰德）、肖甫（张佳胤）补七子。”②按钱大昕此说有据。王世贞《余公（曰德）墓志铭》：“亡何梁生死，谢生解，而公与司农郎蜀人张肖甫继入”；“于鳞慎许可，其置公于七子中，恒犹愦愦。至是乃贻书世贞曰：大江以西，余生一人而已。”这样，“七子”指哪些人，便有了两种说法。因前一种说法比较合理，所以它得到后世公认。除此之外，顾起纶作于隆庆末的《国雅品》，又说七

① 又见《弇州山人四部稿》卷七十七《书与于鳞论诗事》。

② 转引自黄云眉《明史考证·王世贞传》引《潜研堂文集》。

子是指李、王、徐、宗、梁、吴和张佳胤。[1]《明儒学案·浙中王门学案五》"王宗沐"条下说王宗沐也是"七子中之一也"。《艺苑卮言》卷七又有"或称七子，或八子"之说。可见当时的异说还不少。

三、第二个十五年

从嘉靖四十一年(1562)到万历五年(1577)的大约15年，是后七子复古运动发展的第二个阶段。严嵩垮台后，徐阶为首辅，务为宽和之政。特别是在嘉靖皇帝死后，他借草遗诏的机会，革除嘉靖朝的弊政，将朱厚熜宠幸的方士付法司治罪，停止一切斋醮工程及额外的珠宝、织物征收。对受朱厚熜和严嵩迫害的臣僚纷纷予以平反昭雪，死者恤录，生者召用。"诏下，朝野号恸感激"。徐阶还广开言路，注意保护言官，于是"朝士侃侃"，益为发舒。徐阶本人"好读书，为古文辞"，曾从王守仁门人游，主持过心学的大型讲会，与文人学士保持良好关系。在他的推动支持下，总的政治氛围和文学创作背景趋于轻松，社会上讲学和聚众结社吟诗作文的风气又兴盛起来。后七子因参加过反严嵩的斗争，徐阶更注意加以结纳，王世贞、徐中行等也自愿列于门墙。在徐阶等人的援引下，复古派诸子先后重返政治舞台。此时前辈文坛耆宿都已谢世(杨慎、王慎中嘉靖三十八年卒；唐顺之嘉靖三十九年卒；李开先隆庆二年卒)，复古派诸子则因在反严嵩集团的斗争中表现出高尚气节而受到人们的尊敬，影响更加扩大。如果说在前一阶段中复古派与唐宋派呈分庭抗礼的局面，那么这一时期文坛便基本上成了复古派

---

① 《历代诗话续编》下册《国雅品》。

的一统天下。

不过，复古运动也并未出现期望中的繁荣兴盛。这首先是因为复古主义具有较大的历史局限性。随着时代的发展，它的积极意义日渐消失，逐步暴露出保守落后的性质。它不能作为一种崭新的审美理想，带来文坛的根本变革。其次，在反严嵩集团的斗争结束后，复古运动似乎失去了强有力的精神支柱。复古派诸子年齿渐长，声望渐高，同时却失去了往日的那股锐气。他们虽然对隆、万间的政治斗争及各方面的社会现实仍表示关注，并在文学创作中有所反映，但不再以激烈批评者的面目出现，基本上满足于以文名自高和仕途上的平稳升迁。由于奔走仕途，忙于吏事，他们重新聚会讨论诗文的机会很少。即使聚在一起，也不外是回忆往日的光荣，互相恭维一番。因为失去了政治上和文学上的奋斗目标，大家的注意力反而更集中到计较名位上。为声名所吸引，这时候另有一些作家和晚辈学子也投入到复古阵营中来，但他们对复古理论很少有新的发展，创作也缺乏特色，往往醉心于对后七子亦步亦趋，依附成名。王世贞等人忙于撰造“广五子”、“续五子”、“四十子”之类的名目，许多文士也以能列名其中而自满自得。“复古”渐渐失去实质性的意义，而变成了一块在文坛上自我标榜和互相标榜的招牌。

客观方面，徐阶因对隆庆皇帝朱载垕多有谏阻，于隆庆二年七月罢职。继任者高拱“尽反阶所为”，受到徐阶提携的复古派诸子这一阶段仕途上并不十分得意。隆庆六年六月，张居正与宦官冯保等密谋逐去高拱，成为首辅。张居正与王世贞为同年进士，但此时地位悬殊，而王世贞又以文名自负，不肯依附，所以他们之间的关系并不融洽。除开私人关系，张居正是一个果断务实的政治改革家，他重视的是钱谷兵马，是“课吏职，信赏罚，一号令”。大约在他看来，喜为纷纭的文人与文学是没有什么用处甚至有害的东西。因此他当政期间力戒浮议，厉禁讲学[①]，包括复古派在内的文人的境遇都颇不妙。王世贞《何仁仲诗序》回忆说：“曩执政课持考功法而溼束士大夫，亡不以音律讳者，今且毋讳矣。”（《弇州续稿》卷四十三）王世懋《与吴明卿》云：“向之婴儿人主，仇雠名士，赫羲熠熠，而名足下乡人者，石火电光，一瞬立尽。傅丽之徒，兽骇禽散。”（《王奉常集》卷三十二）从这些话中，我们不难窥见复古派诸子在张居正当政期间的处境及他们对张居正的看法。

与政治上的尊上抑下相应，当时还有所谓“文章之道复归翰林”的说法。黄凤翔等于隆庆二年中进士，选入翰林院。《明史》卷二一六《黄凤翔传》称：“馆阁文字，是科为最盛。”这届翰林后来入阁者多至七人：王家屏、陈于陛、赵志皋、张位、沈一贯、于慎行、朱赓。《明诗纪事》庚签卷二十三引黄道周语云：“嘉靖初年，议臣鸷起，文章之道散于曹僚，王弇州、李历下为之归墟。万历初年，阁臣鸷起，文章之道复归词林，李大泌（维桢）、姚吴门（希孟）为之归墟。先后数十载间，轫轨相差，而堂室一致。”鉴于上述种种情况，我们说这一阶段是复古运动平稳发展的时期。

这一阶段内复古派诸子的大致经历如下：

李攀龙，隆庆元年以荐起浙江按察副使，十二月渡江，与王世贞兄弟会饮苏州三夜，除夕前抵杭州。隆庆二年摄海西道按核军实，三月还省，四月与徐中行盘桓西湖上二十天。五月升浙江参政，六月以贺太子立赴京，途中再会王氏兄弟和徐中行。九月至

---

① 《万历野获编》，第363页。

京，十月返济南便道省母，十二月升河南按察使之命下。隆庆三年二月奉母抵河南，六月母卒，扶丧归里。因悲伤过度致病，隆庆四年八月十九日卒于家，年五十七。

王世贞，隆庆元年正月赴京为父诉冤，八月其父得复官予恤。会诏求直言，乃疏陈“法祖德”等八事，寻返里。隆庆二年四月以荐起大名兵备副使，五月上疏乞病，六月接到吏部公函催促赴任，八月到任，除夕转浙江右参政之命下。隆庆三年正月自大名往济南会李攀龙，是春赴浙江，分部吴兴，九月游钓台。冬，迁山西按察使。隆庆四年正月接到任命，返里，二月请告不许，六月出发，七月抵太原。年底闻母病请告回家，不久母卒守丧。万历元年春起补湖广按察使，六月赴任，七月抵武昌。十月转广西右布政使之命下，未赴，上疏乞休，返家。万历二年三月入京任太仆卿，途中曾祭宗臣墓，游庐山。九月命以副都御史抚治郧阳①。万历三年春登玄岳太和山。五月荆州地震，王世贞在奏疏中引京房易占，谓为阴（臣）盛阳（君）衰之故，讽刺当时独掌大权的张居正②。张居正妻弟侮辱江陵县令，王世贞惩处时毫不宽容。万历四年秋，朝议召王世贞为南京大理寺卿，张居正嗾使南京给事中杨节弹劾，诏回籍另候别用。

徐中行，嘉靖四十二年任汝宁知府，遭到弹劾，当左迁，乃自罢归。四十三年赴京，改长芦盐运判官，三个月后转瑞州同知。四十四年，母讣与除山东按察佥事之命同日至，守丧归。隆庆二年秋与王世贞同时北上，至京，会李攀龙。补湖广按察佥事分巡武昌道，

---

① 后来人多称王世贞任郧阳巡抚。按明代各地巡抚称号职权并不完全相同，王世贞的官衔为“抚治郧阳等处地方兼提督军务”。见《明史·职官志二》。

② 见《弇州山人四部稿》卷一百七《地震疏》。

隆庆三年三月抵任，主持修复黄鹤楼，游赤壁、武当。汪道昆来任郧阳巡抚，会于郧中。隆庆四年擢云南左参议。六年万历皇帝登基入贺，经济南祭李攀龙墓。万历元年升福建按察副使，二年转右参政，三年升按察使，述职至京师，途中吊谢榛之丧。四年冬复率长吏朝京师。五年进江西右布政使，年底上计京师，转左。南还途中至昆山会王世贞。六年十月十三日卒于任，年六十二。王世懋经纪其丧。

吴国伦，嘉靖四十一年秋起建宁同知，数月后擢邵武知府，因戚继光介绍，与汪道昆相交。隆庆元年冬入计京师，过里。二年改知高州，三年二月抵任。在高州三年，倭寇三次进犯郡城，皆厉兵歼之。赴敌前与家人诀别，誓不反顾。隆庆六年迁贵州提学副使，返里，踟蹰数月，七月出发，八月会徐中行于武昌。到任后以考校生员取道水西九驿，往返二千里，奇诡不可名状，作《西征杂述》。万历元年摄按察司事，二年擢河南参政，便道返里，三年抵任。会入贺至京，与王世懋、欧大任等相聚。万历五年春当考察，以贪被黜。明代惯例，大计罢黜者永不叙用，吴国伦从此闲居。

谢榛，嘉靖四十三年往山西，流寓数年。① 万历元年冬自关中还，过彰德，受到赵康王的曾孙赵穆王朱常清的款待。据潘之恒《亘史》，谢榛为赵穆王制新《竹枝词》十四阕，赵穆王即把歌姬贾氏赏给他。“茂秦载以游燕、赵间，逾三年，至大名，客请赋寿诗百章，至八十余，投笔而逝，乙亥（万历三年）之冬月也”按潘之恒此说虽得自辗转传闻，然时地大抵不错。后来钱谦益《列朝诗集》亦详录

---

① 《四溟诗话》卷四：“甲子岁[嘉靖四十三年]秋日，予赴晋阳故人之招。”又同卷：“丙寅[嘉靖四十五年]春，旅寓上党。”

之。唯谢榛万历元年已七十八岁，而有贾姬之事，实属不雅。且潘谓谢榛死后，“姬率二子奉柩停大寺之旁，每月操琵琶一曲，歌茂秦竹枝词，必恸绝而罢。已乃以千金装付二子归葬，自破乐器，归老于阛阓间”。然徐中行当时亲眼所见的景况乃是“诸子生计甚微”。当以徐说属实，潘说不免夸饰。

张佳胤，嘉靖四十一年前后由蒲州知州擢河南按察佥事饬颍上兵备，寻改云南按察佥事视学政。隆庆初迁广西参议，三年春入贺京师，转大名兵备副使，又转陕西按察副使分守甘州，迁右参政，擢山西按察使。隆庆五年冬拜佥都御史巡抚应天，平定安庆兵变。按部至太仓，会正服母丧家居的王氏兄弟。张佳胤之擢由高拱、张居正两人之荐，佳胤皆不谢，高、张两疑之。隆庆六年六月高拱罢，张佳胤遂被劾，以安庆事处分过当，着回家养亲。张居正寻悔之，补佳胤为南京鸿胪卿，迁南京光禄卿。万历五年擢右副都御史巡抚真定、保定等处，刚出发而母讣至，回家守丧。

其他成员：余曰德嘉靖四十一年罢归后一直家居，与官于其地的徐中行时有酬唱，而唱和最密者则为宁藩王孙朱多煃。万历十一年腊月八日卒，年七十。魏裳嘉靖中由刑部郎中出为顺德知府，迁山西按察副使，罢归，在蒲圻家居。隆庆四年汪道昆来任湖广巡抚，聘魏裳修《楚史》76卷。万历元年王世贞任湖广按察使，以书招魏，会饮汉阳晴川阁。魏万历二年五月卒，年五十六。张九一，嘉靖四十二年左右升湖广参议，丁忧归，家居十年。隆庆四年冬曾至太仓访王氏兄弟。

在这一阶段中，有一批新成员加入了复古派阵营，其中比较重要的是王世懋、汪道昆。

王世懋嘉靖三十八年中进士，观政兵部，走密云谒父。不久父难发生，兄弟扶丧归里。建茅庐于墓侧，凡27月不肉食，每月初一进太仓城问候母亲和家人一次。期满始除服，犹衣素，不与宴会吉庆礼，唯不废诗酒。扶丧过济宁时，李攀龙单车出吊，已相识。《艺苑卮言》卷七曰："吾弟世懋，自家难服除后，一操觚，遂尔灵异。神造之句，凭陵作者。唯未为古乐府耳，其他皆具体而微。"以诗寄李攀龙，李大惊服。《沧溟集》卷三十《与王元美》之十二："自足下视小美乃雁行，即小美视助父（张九一）辈既已先鸣矣。"又之十六："敬美乃负包宗含吴之志，称天下事未可量，眈眈欲作江南一小英雄。寻将火攻伯仁，奈何不善备之也。"由于李攀龙、王世贞的游扬，王世懋声誉顿起。隆庆元年正月与兄同上京讼父冤，寓佛寺中，益刻意为诗。隆庆二年赴京谒选，至河间，报除南京礼部主事，三年入京为礼部员外郎。四年以疾请告，途中闻母讣。万历元年四月至都，十月补礼部员外郎，寻迁尚宝丞。居闲无事，益肆力于诗文创作，与黎民表、李维桢、欧大任、李言恭等相唱和，谗者称之为"游闲公子"。御史傅应桢上疏论事，触怒张居正，下狱论戍，王世懋、石星资助他上路。御史刘台劾张居正专擅威福，被逮，石星上书张居正请求从宽处理，张怀疑出于王世懋之意。王世懋、石星又至张居正亲信工部尚书李幼孜处求解，因此触怒张居正，事在万历四年。当年王世懋奉命吊秦靖王朱敬镕之丧于西安，遍游关中形胜。途中闻升江西参议之命，乃取道蓝田，经商洛，与王世贞会于郧阳，而后赴任，分部南康。

汪道昆与张居正、王世贞同为嘉靖二十六年进士，授义乌令。训练乡勇御倭，组建了一支"义乌兵"，它后来成为戚继光抗倭军队的重要组成部分。嘉靖三十年入京为户部主事，三十二年转兵部主事，三十三年升员外郎，三十六年升吏部郎中，至此仍与王世贞等人没什么交往。后来王世贞在《答汪伯玉》中说“不佞向者不得数数奉颜色，然一再从友人壁间见公文，心窃慕好”云云（《弇州山人四部稿》卷一百十八），只是客套话。嘉靖三十六年至四十年汪道昆任襄阳知府，为顾圣少诗集作序，盛称“当今诗道属李、王”。已家居的王世贞得知，作有《读汪襄阳作顾季狂诗叙有感》（《弇州山人四部稿》卷十四）。嘉靖四十年汪道昆升福建按察副使备兵福宁，四十一年回义乌招募“义乌兵”，与戚继光、谭纶等大破倭寇。四十二年以功升福建按察使，次年代谭纶为右佥都御史福建巡抚。汪道昆对时任邵武知府的吴国伦十分推重，又准备刊刻宗臣诗文集，托王世贞在福建幕府任职的一位堂兄弟向王世贞致意，请他为宗臣集作序。数年远离官场的王世贞得到汪的问候很兴奋，作有《古意赠伯玉中丞》、《长歌答汪中丞伯玉》、《再谢汪中丞兼为吴邵武致知己之感》等诗，及《答汪伯玉》等信（《弇州山人四部稿》卷十二、卷十九、卷二十、卷一百十八）。同时，王世懋也通过其兄与汪道昆相知，并首倡李攀龙、王世贞、汪道昆“鼎立”之说（《王奉常集》卷三十二《与汪中丞》）。通过汪的介绍，王氏兄弟又与戚继光通闻问，汪道昆请王世贞为戚继光的《纪效新书》作序。[①] 嘉靖四十五年，汪道昆被劾罢，归歙县家中，隆庆二年春曾至太仓访王氏兄弟。四年起为右佥都御史郧阳巡抚，晋副都御史，调湖广巡抚。隆庆六年入为兵部右侍郎。当时汪道昆很受张居正信任，王氏兄弟可能想借重他在政治上的影响。王世贞在隆庆六年夏完成的《艺苑卮言》中，对汪道昆的古文创作给予很高评价：“文繁而有法，且有委，吾得其人曰李于鳞；简而法，且有致，吾得其人曰汪伯玉。”汪道昆

---

① 序见《弇州山人四部稿》卷六十五。戚书写于嘉靖三十九年，刊于四十三年。

也为王氏兄弟在张居正面前说项(《弇州山人四部稿》卷一百十九《与汪伯玉》)。万历元年,张居正父七十大寿,大小官吏上寿序者不计其数,张居正独对汪道昆之文最满意,这对提高汪的文学声誉无疑起了很大作用。当年汪道昆以兵部左侍郎巡视蓟、辽、保定边防。万历三年乞回籍养亲被批准,没想到从此赋闲直至去世。

第二阶段内加入复古派阵营者还有多人。王世贞隆庆末或万历初重订五子篇,以李攀龙、徐中行、梁有誉、吴国伦、宗臣为"五子";以余曰德、张佳胤、张九一、魏裳、汪道昆为"后五子";以俞允文、卢柟、李先芳、吴维岳、欧大任为"广五子";以王道行、石星、黎民表、朱多煃、赵用贤为"续五子"①。俞允文,昆山人,王世贞嘉靖三十一年便道省亲时与之定交。老于诸生,万历七年八月卒,年六十八。(《弇州续稿》卷九十一《俞仲蔚先生墓志铭》)欧大任,广东顺德人,嘉靖四十一年以岁贡除江都训导,迁光州学政,以母病弃官归,寻守丧。隆庆末服满,迁国子博士,官止南京户部(一作工部)郎中。王道行,阳曲人,嘉靖二十九年进士,除邓州知州,历大名、苏州知府、陕西参政、河南按察使,官终四川布政使。石星,东明人,嘉靖四十四年进士,除行人,进吏科给事中。隆庆二年正月上疏批评穆宗为鳌山之乐,纵长夜之饮,极声色之娱等,穆宗大怒,诏杖六十,黜为民,直声震天下。后起原官,累升至少保兵部尚书。万历二十五年以日本封贡事下狱,二十七年死于狱中。黎民表,从

① 诸诗见《弇州山人四部稿》卷十四。"赵用贤"一首谓"子师名家隽,出入珠玉府"。赵中进士选庶吉士在隆庆五年(1571);《弇州山人四部稿》刻于万历四年(1576)王世贞任郧阳巡抚时。这是诸诗写作时间的上下限。又李攀龙尚以谢榛为仅次于"五子"的"二子"之一,王世贞则在《广五子》、《续五子》中也不提到谢榛,可见他比李攀龙对谢榛更绝情。

化人，嘉靖十三年举人，选入内阁为制敕房中书舍人。王氏兄弟在京侍父难时，黎来探望，遂定交，官终布政司参议。赵用贤，常熟人，隆庆五年进士，选庶吉士，除检讨。万历五年以谏阻张居正“夺情”，被杖为民。张居正卒，起春坊赞善，官至吏部侍郎，万历二十四年卒。

四、第三个十五年

从万历五年(1577)到万历二十年(1592)的大约15年，是后七子复古运动发展的第三个阶段。复古派主要成员的活动经历如下：

王世贞，万历六年诏起补应天府尹，上疏乞休不许。抵丹阳，闻南京兵科给事中王良心、福建道御史王许之弹劾他“侈秽旷肆”，即投劾归，并上疏自辩(《弇州续稿》卷一百四十二《乞恩勘辨诬蔑仍正罪削斥以明心迹以伸言路疏》)，奉旨“照旧回籍听用”。万历七年正月，始得知王锡爵女王焘贞(号昙阳子)学道之事。万历八年四月，正式拜昙阳子为师。当年九月昙阳子死后，继续学道。万历十二年正月有旨起补应天府尹，上疏乞休。二月诏升南京刑部右侍郎，三月有旨催促赴任，再上疏乞致仕，诏许在籍调理。① 其父隆庆元年得复官予恤，然赠官赐祭葬之事，则因高拱与徐阶相阋，高以徐主持为王忬平反为施恩乡里，加以阻挠而未果。张居正执政期间以“综核名实”为务，故王世贞不敢申请。② 万历十三年

① 《弇州续稿》卷一百四十四《衰病不能趋任恳乞天恩特准致仕以保余生疏》、《旧疾转剧再乞天恩赐容仍守田里冀存余生疏》。

② 《弇州续稿》卷六十二《先司马祭赠圣纶碑阴记》；卷一百七十三《与申相公》。

六月，王世贞好友王锡爵入阁。当年戚继光解广东总兵职，退休回登州，过太仓访王氏兄弟。十五年，王世贞上书请为父赠官赐祭葬，浙江抚按官及戚继光等合疏为请，王锡爵和另一阁臣申时行等从中主之。九月，王忬得赠兵部尚书赐祭葬。十月，王世贞至嘉定，答谢为王忬送葬者，会徐学谟等。十一月，诏起南京兵部右侍郎，上疏乞致仕，不许。万历十六年三月到任管事。十七年六月，通前右副都御史历过俸共 36 个月，三品俸考满，离任赴京。至淮安接邸报，升南京刑部尚书，返家哭王世懋之丧，八月到任。九月南京广西道御史黄仁荣劾其三品俸实未满，又谓其“荒淫纵肆”，并谓王忬受刑死，王世贞任刑部尚书于心何忍等。王世贞上疏辩白且乞致仕，奉旨“考满系题准事例，原无欺冒，着照旧供职”。王世贞杜门二月然后视事。万历十八年春，三度上疏以病乞致仕，三月得邸报，允回籍调理。当年秋疾转剧，十一月廿七日卒于家，年六十六①。

王世懋，万历五年以江西左参议入贺万寿节，返途中祭李攀龙墓，游泰山、阙里。还至玉山，引疾移文两台乞休，不许。万历六年迁按察副使管驿传，又兼署分巡道分巡省会。七年监乡试，八年春上计京师，上疏乞休，不允。谒张居正，许以旦夕当得大藩。五月返家，闻昙阳子事，愿挂籍为弟子。返江西百日而移陕西提学副

① 王世贞的卒年，《明史》本传谓为万历二十一年，误。钱大昕《弇州年谱》谓为万历十八年秋，近来学者多从之，亦不确。《国榷》据王氏家乘记为万历十九年正月，《明史考正》从之。然据王世贞孙瑞国《瑯玡凤、麟二公年谱合编》，王世贞卒于万历十八年十一月廿七日(公历 1590 年 12 月 23 日)。又胡应麟《少室山房集》卷四十八《挽王元美先生二百四十韵》小序：“庚寅(万历十八年)秋，闻先生病，则驰小艇过娄江。比至，先生病已革。起榻上执余手曰：‘吾日望子来而瞑。吾续集甫成编，子为我校而序之，吾即瞑弗憾矣。’余欷歔唯命，留来玉阁六旬，雪涕与先生别。卒岁抵家，则报先生逝矣。”

使，复至家，九年春赴任。不久给事中牛惟炳、御史孙承南劾王锡爵以父从女学道为怪诞不经，兼及王世贞、世懋。世懋上疏以不堪表率士行求罢，十月归家。十年诏起浙江提学副使，辞不赴。十二年冬诏起福建提学副使，岁末上道。十三年进福建左参政分守福兴道，当年夏入贺万寿节，便道至家，得报升南京太常寺少卿，犹以左参政至京竣事，谒王锡爵。到南京后，文人学子造请无虚日。万历十五年以病乞休，冬至家。万历十六年闰六月十四日卒，年五十三。

汪道昆，万历三年乞归后一直未回朝任职，原因可能为：万历五年张居正夺情，汪道昆曾表示不满，此举可能得罪了张居正。汪道昆的父母于万历六年和九年相继去世，服满后，他本人又连生大病，先是脾疾，后是肺病。张居正死后，他又被看作张的亲信，自然不可能被起用。万历十一年秋，他携弟道贯至杭州，适戚继光由蓟镇总兵调为广东总兵，路过此地，共会西湖中。然后汪氏兄弟往太仓会王氏兄弟，九月别去。十四年四月，汪氏兄弟又至太仓，与王世贞东游海滨。万历十六年前后，王世贞还给首辅申时行写信，为汪道昆谋求重新起用，没有结果。汪于万历二十一年卒于家，年六十八。

吴国伦，万历六年徐中行卒后，王世贞兄弟曾邀他来吴，并请他为徐作碑传文字，他回信拒绝，对徐的文学才能和成就颇有微词，对李攀龙、王世贞也有所讥评。王世懋再去信提出警告："于麟狷介，曩实注情足下。以足下有境外交，遂使子与得跻而上，今那可复蹈前事。足下诗多实际语，不落于麟网中，清和稳密，自可弟蓄子与，与阿奴并驱中原。然悉索国中男子胜兵者，不能当元美中军……仆恐足下离群索居，而自谓西河之上，贤于孔子，故以为规。”万历十二年春，吴国伦至太仓访王氏兄弟，祭王忬之墓。万历二十一年六月卒于家，年六十九。

张佳胤，万历七年服除，起保定巡抚，改陕西，未赴改宣、大。万历九年入为兵部右侍郎。十年三月，杭州东西两营兵因月饷被减发动兵变，张居正荐张佳胤以佥都御史巡抚浙江。至京口，约王世贞出会，王方学道不出，献策曰：“不戮则废法，多戮则生变，唯以时缓急，得其魁而已。”佳胤方至浙，杭州市民因行保甲法亦乱。他先召乱兵平乱民，许以自赎；事后复逮乱兵头目斩之，两乱皆平。王世贞作有《张司马定浙二乱志》记其功。万历十一年初，朝议召佳胤为右佥都御史兼兵部左侍郎还部理左侍郎事。八月，张佳胤顺道至太仓访王氏兄弟。九月，道拜兵部尚书协理京营戎政。十月改兼右副都御史蓟辽总督，倚李成梁击退蒙古军入侵。万历十二年初加太子少保，进太子太保。十三年十月入理兵部事，以不应请托得罪宦官，又遭言官攻击，遂以疾乞归，十五年初被批准。万历十六年闰六月二十日卒于家，年六十二。赠少保，谥襄敏。

张九一，万历初起为陕西参议，改按察副使，升参政。调密云兵备副使，升按察使，改山西，进右布政使，擢右佥都御史巡抚宁夏。万历十八年初被劾，波及王世贞。[①] 胡应麟在王世贞去世后作《五君吟》，张九一尚在世。[②]

万历十四年，王世贞作《重纪五子篇》，以汪道昆、吴国伦、余曰德、张佳胤、张九一充之，这些都是他的旧交。同时作《末五子篇》，以赵用贤、李维桢、屠隆、魏允中、胡应麟充之，这几人当是王世贞

① 《弇州续稿》卷一百七十九《与元驭相公》。

② 《少世山房集》卷十八《五君吟》并序。

眼中的复古派的继承者。[1] 李维桢，京山人，隆庆二年进士，选庶吉士，授编修，万历初以《穆宗实录》成进修撰。万历三年春出为陕西右参议，正任郧阳巡抚的王世贞作有《赠李使君本宁之陕西分省歌》，是他们前此已相交。万历十一年八月，李维桢曾至太仓访王氏兄弟。[2] 李后累升至布政使，家居。天启初，年七十余，朝议登用耆旧，召为南京太仆卿，旋改太常，不赴。四年四月召为礼部右侍郎，七月进尚书，并在南京。五年正月乞骸骨归，六年卒于家，年八十。

屠隆，鄞县人，万历五年进士，除颖上知县，调繁青浦。十年入为礼部主事，升郎中。十二年因刑部主事俞显卿挟仇诬陷被革职回家，卖文度日，漫游各地。万历三十三年卒，年六十四。屠隆任颖上知县时，即与王世懋有书信往来。万历七年左右王世懋致信吴国伦，已称"今海内谈诗者……后来之秀有屠隆者，足下知其人否"。屠隆任青浦知县时，又致信王世贞，颂美后七子，对李攀龙稍贬抑而尤推崇王世贞。又举好友沈明臣、冯梦祯、沈懋学等，愿同列名册。[3]

魏允中，南乐人，王世贞隆庆中任大名兵备副使时识之，赠诗有云："还将代兴意，对酒颂如渑。"(《弇州续稿》卷四十《魏懋权时义序》。参见《列朝诗集小传》丁集上"魏允中"条）万历八年中进士，除太常博士，迁吏部稽勋主事，移考功，与顾宪成等以名节相砥砺。寻病卒，年四十二。

---

① 见《弇州续稿》卷三。写作时间参胡应麟《五君吟》序。

② 《弇州续稿》卷二十二；卷二十一《余自庚辰来抱影昙靖……》诗序。

③ 见《明文海》卷一五四。参见《弇州续稿》卷二十三《沈嘉则屠长卿相约为古乐府……》；卷一百六十《屠长卿诗后》；卷一百九十《与沈君典》；卷二百《与屠长卿等》。

胡应麟，兰溪人。其父胡僖与王世懋为同年进士，官止云南按察副使。嘉靖末随父至京，一路上写了不少登临怀古之作。黎民表、欧大任、徐中行、沈明臣等先后抵京，览其诗皆称赞不已，临淮侯李言恭礼为上宾，是为其声名之初起，当时只有十六岁。不久胡僖出补湖广参议，应麟奉母归兰溪。工部尚书朱衡在京已知胡应麟，适过兰溪，邀相见。万历四年中举，王世懋来访胡僖，因与交谈。万历五年春试下第归，闭门读书，王世懋又至（《王奉常集》卷六《胡元瑞诗小序》），在他的鼓励下，胡应麟始致信王世贞。聚书四万余卷，筑屋三楹贮之，饥以当食，渴以当饮，黎民表题为“二酉山房”。万历八年夏往太仓见王世贞，王正闭关学道，闻应麟至，大喜，为其《绿萝馆诗集》作序曰：“前我而作者，有李梦阳、何景明、李攀龙等人”；“后我而作者，其在此子矣乎，其在此子矣乎”（《弇州续稿》卷六十三《二酉山房记》；卷四十四《绿萝馆诗集序》）。归里，适兰溪令喻邦相亦好古诗文，相与唱和。万历九年冬王世懋又至兰溪。十年赴京，过太仓再见王世贞。十一年春试复下第，在京遇张九一，秋归家。张佳胤邀至杭州，会汪道昆、戚继光至，共游西湖，又随汪道昆至太仓访王氏兄弟[①]。万历十四年复应春试不第。十六年以父命再赴来年春试，至京口而病，乃请王世贞作《石羊生

---

① 《万历野获编》：“胡元瑞好使酒，一日寓西湖，适汪太函司马携弟仲淹来杭，王元美伯仲并东南诸名士大会于湖中。仲淹正病，其诗颇有深思秀句，心薄胡之粗豪，忽傲起谓元美曰：公奈何遽以诗统传元瑞，此等得登坛坫，将置吾辈何地？汪、王三先生出仓卒不及答，元瑞亦识仲淹气盛，第怒目视。戚元敬少保实偕二汪渡江同席饮，出软语两解之，胡大怒移骂，至目为粗人。戚惊避，促舆度岭去，满座不欢而罢。”按沈德符此记有误。当时王世贞兄弟并未至杭州；在西湖上与胡应麟发生冲突者为“善书法”之“莫生”（似即莫是龙）；汪道贯（仲淹）与胡应麟之争发生在王世贞家中。见《弇州续稿》卷六十八《胡元瑞传》。参见同书卷一百八十一《与华仲达》、《与汪道贯》。

传》。十七年春返兰溪,十八年秋往问王世贞病。十九年春抵歙县见汪道昆,盘桓两月。[①]《婺书》云:"元瑞之重以弇州,弇州殁,入白榆社。白榆者,汪司马社也。司马殁,诸词客裹粮入婺者踵相接,莫敢异同。"(《明诗纪事》己签卷六"胡应麟"条引)万历二十二年又以父命赴次年春试,复不第。三十年五月卒于家,年五十二。

后七子复古运动的第三阶段,是它发生重要转变的时期。首先是复古阵营的格局发生变化,领袖人物和活动中心都发生了转移。前七子复古运动始终是北方作家唱主角。后七子复古运动一开始就是南北作家平分秋色,后期更是南方作家一枝独秀。后期的领袖人物王世贞、王世懋、汪道昆、吴国伦及末五子中的赵用贤、李维桢、屠隆、胡应麟都是南方人,而且相当集中于东南沿海。这一转变导致了复古派总体创作风格的蜕变,即不自觉地背离复古运动的初衷,渐渐向吴越诗文创作传统风格靠近,向浪漫文学思潮过渡。

更深刻的转变还在于,随着社会现实及复古派诸子生活经历的变化,他们的思想状况也发生了重要变化。他们基本上都脱离了官场,对现实政治的热情明显减退。与此同时,他们纷纷对讲求出世的佛道思想产生兴趣。汪道昆闲居期间召罗了许多和尚,行处相随,终日谈禅说佛,主持刻经修庙。吴国伦在住地附近修了一座狎鸥亭,并自营生圹,以陶潜、刘伶自许。张佳胤罢官家居后,也像许多川中士大夫一样,沉迷于道教,买田巴岳玄天宫,建靖庐,招道士共居,又谒潼川州云台观玄帝像。王世贞早年积极用世,对佛道之类是不感兴趣的。偶阅经藏,不过"以

---

① 《少室山房集》卷十二《入新都访汪司马伯玉八首》。

资翰墨耳”。后来乃精心收藏二藏，尤对道教感兴趣。《弇州续稿》卷一四五为“佛偈道赞”，卷一百五十六为“佛经书后”，以下三卷为“道经书后”，这个数字比例可作证据之一。在这方面走得最远的是屠隆，他接受一个又一个道士的引导，自称确有所遇。吴人孙荣祖挟乩仙行骗，称慧虚子，屠隆笃信之，据说病危时犹扶床凝望，盼孙荣祖来迎他升天。

我们还应该注意到昙阳子事件。昙阳子本名王桂，道名焘贞，是王锡爵的女儿。生时难产，襁褓中生疥疮，昼夜啼哭，肤色黄肿，王氏夫妇因此不太怜爱。许于参议徐廷裸之子徐景韶，婚期将近时徐病死，王桂提出要为他守节，其实她的显赫家庭也使其难有别的选择。王桂独居一小楼，不久便自称遇到了朱真君、苏元君之类，并经常展示自己的法术，如在墙上洒下“甘露”，灵魂出体到处“飞游”等，闹得全家不安。当时王锡爵因反对张居正夺情，自请归里，女儿的行为使他感到难堪。万历七年正月他将此事告诉王世贞，可能是寻求处置的办法。不久，王锡爵、王世贞、王世懋及东南名士沈懋学、屠隆、冯梦祯、瞿汝稷等先后拜师称弟子，“无虑数百人”。王锡爵、王世贞为建昙阳观于太仓城西南隅。万历八年中秋，王桂提出要去祭徐景韶之墓，剪发置于墓侧，不肯回家。王家男女老幼同往，适逢大风雨，狼藉不堪，围观者十几万人。自定飞升之期，至期不验，如此数次，家人皆怨，累相讥讽催逼。遂携此前已豢养的一条小蛇入龛，随即死去，年仅22岁。王锡爵和王世贞将龛移置恬澹观，两人还在观中住了一段时间。此事当时喧传远近，异说纷纭，这里不予考辨。用现代人的眼光来看，王桂的行为虽然怪诞，但她的心理活动过程并不难解释。据王世贞的《昙阳大师传》，她携蛇入龛后突然浑身颤抖，牙关紧咬，脸色骤变。[1]这些迹象表明，王桂很可能是被毒蛇咬死的。她最后已处于一种非死不可的境地，实际上是虚伪凶残的封建礼教的一个牺牲品。我们在这里要着重考虑的是，一个小女子的乖僻行为，竟引出了一场轩然大波，包括许多复古派作家在内的大量知名士大夫都卷入其中，这说明了什么？当然，不能排除这样的可能，即王世贞等卷入其中是为了帮助王锡爵弥缝此事，摆脱困境，同时加强自己与这位不久后的大学士的私人关系。但此事牵涉之广，诸人沉溺之深，似不能尽以此得到说明。我认为，这一事件反映了当时士大夫的一种心理趋向，即越来越失去对现实政治的热情，兴趣转到对主体的命运和终极目的的探究。这种心理趋向与追求主体和客观世界统一的古典审美理想是相悖的，因此它的发展对复古运动是不利的。同时，王世贞等人"学道"之后，对文采以至整个文学的兴趣大为减退，屡屡宣称要摒绝俗缘，焚弃笔砚。虽然他们中没有一个人真正断绝文字生涯，但这种观念徘徊在脑海，至少也使他们的文学创作越来越不加检束，时杂理语，这对追求情与理、意与象完美统一的古典审美理想也是不利的。总之，复古派作家思想状况和心态的变化，使复古运动自行趋于解体。

第三阶段也是后七子复古阵营极度膨胀的时期。王世贞、汪道昆等人的声望此时上升到最高点，复古运动成为席卷整个文坛的文学潮流。孙钅《寿茅鹿门先生九十序》云："荣名所歆，其道渐肤领而髓受。即不习辞者，或致牍于父党，亦皆庄岳语、吴越讴、新

① 《弇州续稿》卷七十八《昙阳大师传》。参见卷六十六《昙鸾大师记》、《金母记》；卷一百七十三《与申相公》；沈德符《万历野获编》第593—594页等。

都吟矣。”顾起元《具区先生快雪堂集序》云：“忆先生（冯梦祯）丁丑（万历五年）举南宫第一人，推择入史馆，于是海内名能诗赋古文辞者，罔不以坛坫而奉瑯玡（王世贞）、新都（汪道昆），盖觚翰之业未有能外二氏自为言者。”①

复古派阵营一下子涌入这么多追随者，与当时科举考试制度的变化有关。至明嘉、隆间，社会上读书的人越来越多，秀才遍地都是。他们可以获得免除租税的特权，可与地方官分庭抗礼，因而包揽词讼，横行乡里等。因此，生员（秀才）过多成为当时朝廷的一大经济负担和严重的社会问题。嘉靖十年曾下沙汰生员之令，御史杨宜争之而止。万历三年五月，张居正上言：“近郡县入学太滥，宜敕学臣量加裁省。”各地督学官奉行太过，有的州县一次只录取一名生员，推荐参加乡试的人数也相应大大减少。（见《明史·选举志一》；《明史纪事本末·江陵柄政》）于是大量读书人成不了秀才，大量秀才得不到推荐参加乡试。他们失去了进身之途和生活依靠，又不想回去务农或经商，于是在社会上到处奔波，寻找别的出路。他们大多自称“某某山人”，于是社会上又是遍地山人。有些中过举人进士当过官而因种种原因丢了官的人也混在其中。他们的出路主要有三条，一是入权贵门中作幕客。当时的朝廷大臣和高级官僚门下无一不聚集着几个山人。一是入军营。因高级将领有的是钱，且出手大方，隆庆中俺答封贡后，边关无事，将领们得以流连诗酒，于是大量山人远赴塞上。第三条路就是做诗人名士，投靠某著名文人门下，借一言以自重，然后到处招摇撞骗。② 前两

① 孙文见《明文海》卷三二〇；顾文见同书卷二四九。

② 《万历野获编》描绘当时山人状况颇详，见该书第 434、584—587、630、638 页等。

种出路往往通过第三条出路出发，因为有了一定的“文名”，才更有资格身价入权门，游塞上。于是当时童生秀才摇身一变成山人，山人摇身一变成诗人的状况很普遍。徐熥《陈惟泰诗序》云：“夫今世操觚之士，稍能占四声者，即曳裾弹铗于显者之门，将钱刀以饱妻子。”（《明文海》卷二七一）山人里面当然也有像徐渭这样真正有才华的人，但绝大多数都是些被八股文熏得神经麻木的角色。当时文坛上最得势的就是复古派，而复古派巨子王世贞、汪道昆也乐于众人追随，着意结纳，于是复古派阵营几成了藏污纳垢之所。这些山人胸中本来尘俗无识，对复古运动的宗旨也不甚了了。他们只知肉麻地吹捧复古派巨子，同时自我标榜。剽窃模拟，补缀杂凑。少见多怪，见人有一字一句稍异者，辄叱为旁门左道。对这种情况，王世贞等人也基本上是清醒的。《艺苑卮言》卷八末即全书最后一条可谓感慨系之：

> 大抵世之于文章，有挟贵而名者，有挟科第而名者，有挟他技如书画之类而名者，有中于一时之好而名者，有依附先达假吹嘘之力而名者，有务为大言树门户而名者，有广引朋辈互相标榜而名者，要之非可久可大之道也。迩来狙狯贾胡，以金帛而买名；浅夫狂竖，至用詈骂谤讪，欲以胁士大夫而取名。唉，可恨哉。

《弇州续稿》卷一八一《与汪仲嘉》：

> 近更有一种无赖子伪刻注《孙武》，批选古文、时义、谈艺诸书，纰缪庸陋，冀以规目前利。又有初学少年，勉强一见，即诡称门人；偶得两语，辄敷演为序，冀以博目前名，仆已置之度外矣，恐长公（汪道昆）所必不免。

复古派末流的这些行为，败坏了复古派的声誉，引起了有识之士的普遍厌恶。他们不自觉地做了复古运动的掘墓人。

王世贞、汪道昆、吴国伦等相继下世后不久，浪漫文学思潮狂飙突起，对复古主义形成猛烈冲击，整个文坛的面貌发生了根本变化。在这种形势下，复古派阵营发生分化。有一部分人如李维桢、胡应麟、邹迪光、冯时可、冒愈昌等，仍然坚持复古派的一系列理论主张，与浪漫文学思潮相抗衡。如李维桢认为徐渭诗文殊不足取，袁宏道喜爱它是“逐臭嗜痂”。又曰：“夫诗文自有正法，自有至境。情理事物，孰有不经古人道，而取古人所不屑道，高自标帜，多见其不知量也。昔颜延年薄汤惠休诗委巷间歌谣，方当误后生。如文长集中，疵句累字，误人不少。”(《明文海》卷二六九《徐文长诗选题词》)这就是用古典审美理想和古典诗歌审美要求，来衡量浪漫文学思潮的诗文创作。又如邹迪光，字彦吉，无锡人，万历二年进士，官至湖广提学副使。《列朝诗集小传》丁集下云：“隆、万间，王弇州主文章之盟，海内奔走翕服。弇州殁，云杜(李维桢)回翔羁宦，由拳(屠隆)潦倒薄游，临川(汤显祖)疏迹江外，于是彦吉与云间冯元成(时可)乘间而起，思狎主晋楚之盟。长卿游戏推之，义仍亦漫浪应之，二公互相推长，有唐公见推之喜，彦吉沾沾自负，累见于词章。而又排诋公安，并撼眉山，力为弇州护法，盖欲坚其坛坤，以自为后山瓣香之地，则尤可一笑也。”同书又载，冒愈昌，如皋人，曾受王世贞、吴国伦赏识，论诗亦“奉二公为祖祢，迄不少变。万历末年，抨击七子者日众，愈昌恪守师说，抗词枝柱，愤楚人(按即指公安派)之訾謷，至欲以身死之”。

另有一部分人，看到复古派末流的种种弊端，又受新的文学思潮召唤，力图改弦易辙，却不能从根本上摆脱复古观念的影响，于是陷入矛盾之中，这可以屠隆、陆弼等人为代表。据《列朝诗集小传》丙集，陆弼字无从，从嘉靖末年开始钻研诗歌，“推尊王弇州，几欲铸金鼎礼……久之，海内争抨击王、李，无从亦心动，悔其少作，而迄不能改也。”屠隆是跨复古派与浪漫派两派的一个典型人物。从人际关系看，他与王世贞等人交往甚密，与反对后七子态度最坚决的汤显祖、袁宏道等人关系也不错。他曾写信劝汤显祖尊重王世贞：“四海名不易得，若元美词林宿将，皮骨即差老弱，犹堪开五石弓，先登陷阵，愿足下无易廉将军”，又谓“两贤同栖，正不妨朝夕把臂”（《栖真馆集》卷十六《与汤义仍奉常》）。他抱有这种幻想，表明他没有充分意识到王世贞与汤显祖在文学观念上的根本分歧。要他们“两贤同栖”是不可能的，但这倒表明了屠隆本人文学主张的特色，即依违于二者之间。由于年辈较晚，屠隆最初参加复古派时，持论就已经与王世贞、汪道昆等人稍异。他侧重强调的是“奇正离合，瑰丽尔雅，险壮温夷，伺所不有”，即风格的多样化，以及文学的变化“日新”等。他与汪道昆论文时，就曾互相抵牾（《弇州续稿》卷二百《与屠长卿》、《又与屠长卿》）。在《文论》中，他批评复古派“模辞拟法，拘而不化。独观其一，则古色苍然；总而读之，则千篇一律也”。他主张文学创作应取材于经史，而镕意于心神；借声于周汉，而命辞于今日，不必字字而琢之，句句而拟之。而浩博雄浑，识者自知其为周、汉之文，不作昌黎以下语，斯其至乎”。这些话的大意是反对模拟，与浪漫派的言论约略相似。但其中“取材于经史”、“借声于周、汉”、“知其为周、汉之文，不作昌黎以下语”云云，又宛然复古派声口。在同一篇文章中他还说：“文体靡于六朝，而唐昌黎氏反之，然而文至于昌黎氏大坏焉；诗教变于唐人，而宋诸公反之，然而诗至于宋诸公大坏焉。”（《由拳集》卷二十三）在《唐诗品汇选释断序》中他又说：“唐人之音，繁华绮丽，优游清旷，盛矣。其言边塞征戍,离别穷愁,率感慨沉郁顿挫深长,足动人者,即悲壮可喜也。读宋而下诗则闷矣。其调俗,其味短。无论哀思,即其言愉快,读之则不快,何也?三百篇博大……汉魏诗雄浑……唐人诗婉壮……彼宋而下何为,诗道其亡乎?"这更是复古派的老生常谈了。总之,读屠隆的文论著作,常有一种左右摇摆自相矛盾的感觉。

还有一部分人,当初与复古阵营的关系就若即若离。他们与复古派巨子交往,只是出于应酬,他们可能一直没有接受过复古理论。随着时间的推移,他们站到了复古派的对立面,或者投入到浪漫文学思潮中,反过来对复古派的理论和创作提出了严厉批评。这可举张凤翼为代表。张凤翼和两个弟弟张献翼、张燕翼与王世贞兄弟交往甚密,凤翼、献翼还列名王世贞所谓的"四十子"之列。但王世贞在"四十子诗"序中已经说明,这些人只是与他交谊不浅,至于文学宗尚则不尽一致。张凤翼后来在《与人论文书》中痛斥复古派道:"何天下之为文者,浮慕乎古而秉丘乎今。动则曰吾能为《左》、《国》,为谟、诰,为庄、骚,为《史》、《汉》,遂至沮涩而不可读,险诐而不可为句。浅识者视之,若以为天书语,莫不啧啧称赞,而矮人看场者,又从而和之。淆混士风,变乱文体……今之为文章者,岂不欲无诡于先王之道者,而其流弊乃与秦之焚坑等。使贾谊不死,其所痛哭莫先于此矣。"这些话比起袁宏道等人对复古派的抨击来,也毫不逊色。

第七章　后七子的文学理论

后七子的文学理论，是对前七子文学理论的继承和发展。他们以后者为基础，对中国古典诗歌的审美特征及其发展变迁轨迹进行了更深入的分析和更全面的考察。他们撰写的《艺苑卮言》、《四溟诗话》、《艺圃撷余》、《诗薮》等著作，为建构系统的中国古典诗学作出了重要贡献。

一、古典诗歌审美特征论

1. 美与善的统一

复古派文学家的创作实践表明，他们积极主张用文学反映社会现实，揭露批判现实生活中的黑暗现象，以疗救社会的弊端。但他们在强调古典诗歌的社会功能方面一直是很审慎的。这是因为，宋元以来，文学理论家特别是理学家们片面强调文学的社会功能，已经达到无以复加的地步。文学几乎变成了纯粹的维护封建政治的工具，封建伦理道德说教的附庸。针对这种情况，复古派作家们似乎达成了一种默契，即基本上不重复"经夫妇，成孝敬，美教化，厚人伦"之类的旧说，有意少谈文学特别是诗歌的社会功能，而侧重于强调其艺术属性。宗臣曾打过一个比方："且凤麟之为天下瑞也，求其耕畴而驾远也，则谢牛马，而世卒不屈凤麟于其下者，以其文也。”（《宗子相集》卷十九《报张范中》）这一说法曾获得复古派作家的普遍认同，李攀龙、王世贞、徐中行、胡应麟都先后予以引述。不过，这并不意味着他们倡导唯美主义。复古派作家的目的，乃在于力图使文学特别是诗歌摆脱作为政治的附庸和道德说教的工具的处境，恢复中国古典诗歌美与善（个人与客观世界）和谐统一的审美特征。实际上，复古派作家始终是强调文学家必须热情地关注现实、文学创作必须有用于世的。而且，在所谓“兴、观、群、怨”中，复古派作家尤其注重文学“怨”的功能。李攀龙在《送宗子相序》中指出，文学创作是一项极为艰辛的事业，然而有志者却乐此不疲，除了因为他感到自己的才华智慧在其中得到表现，他有限的生命因之变为不朽外，主要就是因为他们藉此可以言所欲言，对社会现实产生影响。他说：“方吾之属类比事，结撰至思时也，倏来忽失，经营于将迎之间。既竭吾才而不得一辞，穷日之力而不得一语，犹且不能自已也，而遑及其他。无论‘明良’，‘喜起’，赓歌君臣之盛于唐虞之廷，即其次，朝不坐，燕不与，悯时政得失，主文而谲谏；言之者无罪，闻之者足以戒，达于事变，而怀其旧俗，亦何所不得于我？而况合契古人，明请一朝，实获其心；得意尺牍，千金享之，嗟叹永歌，手舞足蹈？过此以往，莫之或知。”因此，李攀龙认为文学创作是一项高尚的事业，诗人应具有责任感和使命感，诗歌应该“立乎百世之上，使百世之下闻风而兴起”。他又说：“诗可以怨。一有嗟叹，即有永歌，言危则性情峻洁，语深则意气激烈，能使人有孤臣孽子摒弃而不容之感，遁世绝俗之悲，泥而不滓，蝉蜕滋垢之外者，诗也。”（《沧溟集》卷十六）王世贞在《艺苑卮言》卷一论文学的“关系”即它对社会的作用时，特地引述了李攀龙的这段话。另外他还引用了曹丕的"文章经国之大业，不朽之盛事"、钟嵘的"动天地，感鬼神，莫近于诗"、沈约的"风动于上，波震于下"等语。在该书卷四中他甚至认为，唐朝的安史之乱能够平息，首先固然是郭子仪、李光弼等人的功劳。但杜甫、李白等人的诗歌创作，也起了一定作用；唐王朝最后不免覆灭，主要是因为宦官专权、藩镇叛乱等，但当僖宗、昭宗困于蜀中、凤翔时，温庭筠、李商隐、许浑、郑谷辈未有如"少陵、太白一语"，亦应负一份责任[①]。他说："声音之道与政通也"；"大力者为之"，"足挽回颓运"。可见他是何等重视文学的社会功用。

2. 情与理的统一

如前所述，中唐以下特别是宋元以来，诗歌创作中存在理性化和俗化两种倾向，而尤以前者为主。因此前七子在探讨古典诗歌的审美特征及其发展变迁轨迹时，侧重于批判理性化倾向，并相应地侧重于强调诗歌的情感特征。在后七子之前，唐宋派再度使理性化倾向弥漫诗坛。针对这种情况，后七子继续把批判诗歌创作的理性化倾向、强调诗歌的情感特征放在首要位置。王世贞指出，情是诗歌的本源，性情之真是诗歌的命脉所在。"天下有疑行而后有《易》，有窒情而后有诗，有迹治而后有《书》。"(《弇州山人四部稿》卷一百三十九《札记内篇》)谢榛《四溟诗话》开篇即标举"三百篇直写性情，靡不高古"，又多次强调"诗贵乎真"(卷一)；"诗乃模写情景之具"(卷四)。王世懋也认为，诗与乐同源，"即其究稍殊，而其要归于性情而已"；后来文人不能"内缘至性"，往往为创作而

---

① 按温庭筠卒于懿宗咸通七年(866)。李商隐约卒于宣宗大中十二年(858)。许浑生卒年不详。郑谷卒于昭宗乾宁四年(897)之后。温、李均未生活至僖宗(874—888在位)、昭宗(889—904在位)时代。

创作，这样的作品缺乏真情实感，不过是“世人行卷中语”、“按字捉声刻鹜之谈”，也就没有任何价值可言，“余无取焉”(《王奉常集》卷七《徐仪父诗集序》)。所谓“世人行卷中语”、“按字捉声刻鹜之谈”，与李梦阳所说的“文人学子之韵语”是同一个意思。

王世贞还以词曲评论著名，他重情的文学主张在这里得到贯彻。他认为，言情是词的根本特征，如果说诗歌应追求的是情与理的统一，那么词则更偏重于言情：“故词须婉转绵丽，浅至儇俏，挟春月烟花于闺帷内奏之。一语之艳，令人魂绝；一字之工，令人色飞：乃为贵耳。至于慷慨磊落、纵横豪爽，抑亦其次”；“即词号称诗余，然而诗人不为也，何者？其婉娈而近情也，足以移情而夺嗜，其柔靡而近俗也。诗蝉缓而就之，而不知其下也。之诗而词，非词也；之词而诗，非诗也。”(《弇州山人四部稿》卷一百五十二《艺苑卮言》附录一)像对待古近体诗一样，王世贞也是在探究词之所以为词的最根本的审美特征。我们可以认为这种看法稍过狭隘，却不能不承认它是探本之论。

王世贞认为，杂剧当以《西厢记》压卷，南戏当以《琵琶记》居首。不管后来的评论家提出过多少不同意见，王氏的这一论断实际上已为从古到今的广大读者所接受。他说：“则诚所以冠绝诸剧者，不唯其琢句之工，使事之美而已。其体贴人情，委曲必尽；描写物态，仿佛如生；问答之际，了不见扭造，所以为佳耳”；“《琵琶记》之下，《拜月亭》是元人施君美撰，亦佳。元朗(何良俊)谓胜《琵琶》，则大谬也。中间虽有一二佳曲，然无词家大学问，一短也；既无风情，又无裨风教，二短也；歌演终场不能使人堕泪，三短也。《拜月亭》之下，则《荆钗》近俗而时动人，《香囊》近雅而不动人，《五伦全备》是文庄元老大儒之作，不免腐烂。”(《弇州山人四部稿》卷一百五十二《艺苑卮言》附录一）人们往往盯住这里面的"风教"二字不放，而忽略其中对《香囊记》、《五伦全备记》等的批评。在我看来，王世贞注重"风教"，固然反映了他因醉心于追求个人与社会（美与善）及情与理完美统一的古典审美理想而具有的思想局限性，然在上述评价中贯穿着一条根本原则，这就是戏曲必须描写真情，以情动人。它的侧重点，仍在于强调戏曲的情感特征。

强调情为诗本，必然与理学家倡导的"文以明道"的主张相矛盾。在这一点上，复古派作家都非常明确地表明了自己的看法：在情与理二方面中，情是更重要的因素。理想境界是情与理达到和谐统一，否则宁存情而舍理，不能为理而舍情。如王世贞论词即云，要么不作，"作则宁为大雅罪人，勿儒冠而戎服也"。胡应麟评六朝民歌时也指出，这些作品"杂出闾阎闺阁之口，句格音响，尚有汉风。若《子夜》、《前溪》、《欢闻》、《团扇》等作，虽语极淫靡，而调存古质。至其用意之工，傅情之婉，有唐人竭精殚力不能追步者。余尝谓'相和'诸歌后，唯'清商'等绝差可继之。若曰流曼不节，风雅罪人，则端冕之谈，非所施于文事也"（《诗薮·内编》卷六）。

宋代以来的许多所谓诗论家，热衷于用理学的道德标准衡量古代诗文，吹毛求疵，往往弄到十分荒谬可笑的地步，复古派作家对此给予了辛辣嘲讽。《艺苑卮言》卷四评张籍（一说王建）的"还君明珠双泪垂，恨不相逢未嫁时"诗句时说："可谓能怨矣。宋人乃以系双罗襦少之。若尔，则所谓'舒而帨帨兮，毋使尨也吠'可称难犯之节乎哉？"同书卷二又曰："《垓下歌》正不必以'虞兮'为嫌，悲壮呜咽，与《大风》各自描写帝王兴衰气象。"胡应麟对此也表达了相同的意见："项王不喜读书，而《垓下》一歌，语绝悲壮。'虞兮'自是本色。屈子孤吟泽畔，尚托寄美人公子。羽模写实情实事，何用为嫌？宋人以道理言诗，故往往戾谬如此。”（《诗薮·内编》卷三）元末杨维桢曾写作大量艳情诗，明初以来备受理学家们的责难，王彝甚至斥之为“文妖”。然而胡应麟在《诗薮》外编卷六中，则对其才情之美反复赞叹，倾倒之状溢于言表。他认为杨维桢这些艳情诗“才情缥渺，独步当代”；“率超异神俊，追踪谪仙”。甚至说：“梦得《竹枝》，长吉锦囊，飞卿《金荃》，致光《香奁》，至老铁乃奄四家有之。如‘劝郎莫上南高峰，劝侬莫上北高峰。南高峰云北高雨，云雨相催愁杀侬’之类，其婉丽梦得靡加；‘麻姑今夜过青丘，玉醴催斟白玉舟。莫向外人矜指爪，酒酣为我擘箜篌’之类，其瑰崛长吉莫过；至《春侠词》‘美人遗我昆溪竹，未写雌雄双凤曲。爱惜长竿系钩丝，钓得西江双比目’；《鞦韆曲》‘齐云楼外红络索，是谁飞下云中仙。刚风吹起望不极，一对金莲倒插天’，无论温、韩，即子建、太白降格挥毫，未知孰胜。”

为了肯定诗歌写情的合理性，复古派作家还力图对气与理、情与道的相互关系进行探讨，从而为重情说寻找哲学根据，这是对前七子中王廷相等人的努力的继续。虽然后七子皆不以哲学研究见长，但至少表明他们由于在文学理论中重情，因而很自然地意识到了这一问题。王世贞指出，世界的本源是气，理赖气存，舍气无理。“天地间一气而已，初无有善恶也。有气必有理，以理求之，则有善有恶；以气求之，则有善有恶。”与此相应，人皆依情欲而生，托情欲而在，可以说人者一情而已。道即情中之“则”，舍情而言道，其道必不合于人情。对“情、欲”等只能“顺”之，而不能“逆”之“销”之，“生人之用皆七情也，道何之乎？舍七情奚托焉？圣人顺焉而立道，释氏逆焉而立性，贤者勉焉而就则，不肖者任焉而忘本。夫父子生于欲者也，君臣生于利者也，奈之何其逆而销之也？”（《弇州山

人四部稿》卷一百三十九《札记内篇》)

3. 意与象的统一

由于主要的批评对象是诗歌创作中的理性化倾向，因此后七子也和前七子一样，在探讨古典诗歌意与象和谐统一的审美特征时，把侧重点放在强调文采的重要性上。而且，由于唐宋派以"开口见喉咙"相标榜，把诗歌理性化倾向推到一个新的高度，后七子不得不把这个问题放到更突出的位置上来。要不要注重文采，成为复古派与唐宋派争论的焦点。

还在后七子复古运动兴起之初，李攀龙、王世贞等就把这一点看成是自己与唐宋派的主要分歧。李攀龙《送王元美序》云："以余观于文章，国朝作者无虑数十家称于世，即北地李献吉辈其人也。视古修辞，宁失诸理？今之文章，如晋江、昆陵二三君子，岂不亦家传户诵。而持论太过，动伤气格。惮于修辞，理胜相掩。彼岂以左丘明所载为皆侏离之语，而司马迁叙事不近人情乎？"李攀龙在这里提出了"理"与"辞"的关系问题，实际上也就是意与象的关系问题。他认为，像唐顺之、王慎中等人那样一味重理，认定注重辞采就一定有妨于理，就是"持论太过"了。在李攀龙看来，注重"辞"，可以更好地传达"理"，《左传》、《史记》都是"理"与"辞"完美结合的典型。即如李梦阳注重修辞，其作品又何尝有失于理？值得指出的是，后来有的评论家不顾上下文，把李攀龙所说的"宁失诸理"中的"宁"字读作"宁愿"之"宁"，从而把李攀龙的这两句话当作复古派单纯注重语言形式而忽视作品的思想内容的代表性言论，这是不合李攀龙的原意的。

王世贞与唐顺之、王慎中的追随者蔡汝楠曾发生一场争论。蔡批评李攀龙的文章只是学《史记》，"屈曲逐事变，模写相役"，即太重文辞。他认为士子为文应学六经,“根极道理,亡所蹈”。王世贞作了针锋相对的反驳:第一,“六经固理区薮也”,然而“六经具在,又宁作录中语,喋喋而佔佔,繁固奚当也”。也就是说,六经固然重理,但也不是不重文辞,根本不像唐宋派作家的某些作品那样,满口讲学话头,絮絮叨叨,没完没了。第二,如果《史记》注重文辞是无关紧要的,那为什么后来的史学著作就是赶不上它?“由秦、汉而下,二千年事之变,何可穷也?代不乏司马氏,当令人举遗编而跃如,胡至今竟泯泯哉”?王世贞一针见血地指出:“古之为辞者,理苞塞不喻假之辞。今之为辞者。辞不胜跳而匿诸理。”(《赠李于鳞序》)许多人自称重理而轻辞,实际上是因为学问空疏,缺乏才华,无法重辞。所谓“理苞塞不喻假之辞”,也再一次表明,复古派作家并不是一味地重辞而忽视理,而只是要求“理”蕴含在形象之中,含蓄地表达出来。

后七子并不是人人都对复古理论有深刻自觉的认识。像吴国伦、徐中行及汪道昆等就谈不上有什么理论建树,基本上只是笃信李攀龙、王世贞等人的观点。但对复古派与“宋儒”及唐宋派的基本界限即在于是否重文辞,他们心中还是很清楚的。吴国伦在《胡祭酒集序》中说:“乃论道讲业,名为圣人之徒也,何至叛体要之训,蹈鄙倍之戒,佚离大雅,糟粕微言,以自掩其孤陋。犹曰‘我具体圣人足矣,焉用文之’,其谁欺乎”?(《甔甀洞稿》卷三十九)徐中行在《陈山人达甫集序》和《重刻李沧溟先生集序》中,也认为“宋儒”文学创作的主要弊端是“惮于修辞”;明前期许多文学家的局限仍在于“称说宋人”,“而于修辞靡遑焉”。(《徐天目先生集》卷十三)汪道昆在《太函集自序》中也说:“宋儒以道自任,志三代而身六经,猥云质有其文,贵其质而已矣。夫蒉桴土鼓不必于《韶》,如必任质而

后宜，夔其穷矣。”(《太函集》卷首)

胡应麟在《诗薮》中，先以人体作比，继以树木为喻，反复强调文采对文学创作的重要意义。他说：“宋人学杜得其骨，不得其肉；得其气，不得其韵；得其意，不得其象；至声与色并亡之矣。”(内编卷四)又说：“诗之觔骨，犹木之根干也；肌肉，犹枝叶也；色泽神韵，犹花蕊也。觔骨立于中，肌肉荣于外，色泽神韵充溢其间，而后诗之美善备。犹木之根干苍然，枝叶蔚然，花蕊烂然，而后木之生意完。斯义也，盛唐诸子庶几近之；宋人专用意而废词，若枯枿槁梧，虽根干屈盘，而绝无畅茂之象。元人专务华而离实，若落花坠蕊，虽红紫嫣漫，而大都衰谢之风。”(外编卷五)

正因为复古派强调辞采的根本目的是恢复古典诗歌意与象完美统一的审美特征，所以他们对忽视作品的内在意蕴而专事雕章琢句的做法也是持否定态度的。上引胡应麟语即将“元人专务华而离实”与“宋人专用意而废词”同视为不可取。王世贞既批评唐宋派作家“蝇袭庐陵、南丰之遗”，也反对另一些人“掇拾江(淹)、庾(信)家残渣”(《弇州山人四部稿》卷一百十八《答汪伯玉》)。宋元以来，吴中诗歌有偏重文采的传统。因此王世贞虽为吴人，却对家乡的诗风文风屡加批评。《艺苑卮言》卷七云：“吴人顾季狂颇豪于诗，不得志吴。出游人间，每谓余不满吴子辈，至有笔之书者。间一有之，而未尽然也。”实际上顾圣少说的是真话。在该书卷六中，王世贞就对吴中人喜尚徐祯卿早年之诗，如所谓“文章江左家家玉，烟月扬州树树花”之类非常不满，以为这样的诗句是“稚俗之语，不堪覆瓿”。在《玄峰先生诗集序》中，他批评“吴中能诗者”“雅好靡丽争傅色”，“肤立”，“高者剽齐、梁，而下者不免长庆以后”。在《李氏山藏集序》中他又说：“某吴人也，少尝从吴中人论诗，既而厌之。夫其巧倩妖睇，倚闾而望欢者，自视岂下南威、夷光哉，然亦忘奈乎客之浣其质而睨之也。”(《弇州山人四部稿》卷六十六、卷六十四)至于那些纯为标新立异的文字游戏，如所谓离合体、回文体、十数体、建除体、卦名体、姓名体、鸟名体、车名体之类，复古派作家更是斥为“诗道之下流，学人之大戒。”(见《四溟诗话》卷三；《诗薮·外编》卷二)

复古派作家不仅意与辞并重，而且认为，在二者之中，意是占主导地位的。华美的文采，只有与精深的意蕴结合在一起才有意义。而情真意深的诗文，即使语言比较平淡，也具有较高的审美价值。《诗薮》内编卷五云：“诗最贵丽，而丽非金玉锦绣也。……丽语必格高气逸、韵远思深，乃为上乘。”《四溟诗话》卷二：“皇甫湜曰：‘陶诗切以事情，但不文尔。’湜非知渊明者。渊明最有性情，使加藻饰，无异鲍、谢，何以发真趣于偶尔，寄至味于澹然?”该书卷三又说：

> 古诗十九首，平平道出，且无用工字面，若秀才对朋友说家常话，略不作意。如“客从远方来，寄我双鲤鱼。呼童烹鲤鱼，中有尺素书”是也。及登甲科，学说官话，便作腔子，昂然非复在家之时。若陈思王“游鱼潜绿水，翔鸟薄天飞。始出严霜结，今来白露晞”是也。此作平仄妥贴，声调铿锵，诵之不免腔子出焉。魏、晋诗家常话与官话相半，迨齐、梁开口俱是官话。官话使力，家常话省力；官话勉然，家常话自然。夫学古不及，则流于浅俗矣。今之工于近体者，唯恐官话不专，腔子不大，此所以泥乎盛唐，卒不能超越魏晋而追两汉也，嗟夫。

必须指出，复古派作家的这些论点，与理学家轻视甚至否定文采的意义的主张是根本不同的。复古派作家只是在推崇一种平淡自然的文采,因此毋宁说他们是在追求一种更高层次的意与象的完美统一。

强调意象完美统一的根本目的,是力图使文学作品的思想感情通过生动活泼的艺术形象表现出来,从而含蓄隽永,耐人寻味。理性化和俗化倾向的一个重要表现,就是在诗中直陈其事,或直接议论,使诗歌的意蕴显露无余,而且过于固定。诗歌语言的所指与能指之间几乎画上了等号,这样诗歌就失去了激发读者进行丰富联想的功能。针对这一点,后七子复古派作家普遍强调诗歌指事不必太切,议论不必太明,妙在有意无意、可解不可解之间。他们对严羽的"盛唐诸公唯在兴趣,羚羊挂角,无迹可求,故其妙处透彻玲珑,不可凑泊,如空中之音,相中之色,水中之月,镜中之象,言有尽而意无穷"之说,都极为服膺(参见《艺苑卮言》卷一、卷四)。胡应麟甚至称严羽的"诗有别材,非关书也;诗有别趣,非关理也""十六字","在诗家即唐虞'精一'语不过"(《诗薮》内编卷五)。王世贞又反复强调"有意无意之间"乃是"文章妙用"(《艺苑卮言》卷三);诗当"以有意无意可解不可解间求之";文学作品最忌"引者发而无味,发者冗而易厌",尤其不能以"论学绳尺"即理学家的议论入诗(同上卷四)。谢榛也认为:"诗有可解、不可解、不必解,若水月镜花,勿泥其迹可也";"用事多则流于议论"。他举例说:"韦苏州曰:'窗里人将老,门前树已秋。'白乐天曰:'树初黄叶日,人欲白头时。'司空曙曰:'雨中黄叶树,灯下白头人。'三诗同一机杼,司空为优。"为什么呢?就因为前二诗多少都有直接议论的成分,司空曙之诗则只是描绘了一种特定的意象,意蕴含蓄不露,耐人寻味。"善状目前之景,无限凄感,见乎言表"(《四溟诗话》卷一)。

宋代以下的诗人多贵“立意”，这有合理的一面。但受理学影响较深的人，往往将这一主张强调到极端。在创作中把表述某种观念当作诗歌的唯一任务，急于直陈，结果使诗作枯燥呆板；在欣赏批评诗歌时对古人的每篇作品都要探求忠君爱国之类的微言大义，不免穿凿附会。复古派作家明确指出：诗不必篇篇有明确立意，“诗有不立意造句，以兴为主，漫然成篇者，此诗之化也”；“宋人谓作诗贵先立意，李白斗酒百篇，岂先立许多意思而后措辞哉？盖意随笔生，不假布置”；像李白的“划却君山好，平铺湘水流。巴陵无限酒，醉杀洞庭秋”一诗，谓之有什么“含蓄”则属于穿凿，但这并不妨碍它“至今脍炙人口”（《四溟诗话》卷一）。当然，复古派作家并不是反对重视立意和托讽，他们反对的是将这一点说得太绝对，认为每篇作品都有托讽，而且创作之前都已定好意，作品中的每句话每个词都是为表达此意服务的。王世贞说：“王武子读孙子荆诗而云：‘未知文生于情，情生于文。’此语极有致。文生于情，世所恒晓；情生于文，则未易论。盖有出之者偶然，而览之者实际也。吾平生时遇此境，亦见同调中有此。”（《艺苑卮言》卷三）谢榛也不约而同地对王武子此语产生了兴趣：“诗有辞前意，辞后意，唐人兼之，婉而有味，浑而无迹。宋人必先命意，涉于理路，殊无思致。及读《世说》：‘文生于情，情生于文。’王武子先得之矣。”（《四溟诗话》卷一）所谓“情生于文”、“辞后意”等，就是指诗人可能因某种情感冲动而开始创作；在创作过程中，又因为情感与文思的共生运动而引发新的情感，这是在创作之前所没有预料到的。读者阅读这些作品，又根据自身的生活经历和审美经验加以再创造，赋予作品以更丰富的内涵，这更是作者在整个创作过程中都没有预料到的。谢榛着重对创作过程的艺术思维活动中情与文的共生关系作了分析。他认为,“作诗本乎情景,孤不自成,两不相背”;“景乃诗之媒,情乃诗之胚”(同上卷三)。这就是说,有时是因情及景,有时刚是见景生情。在文思运行过程中,有时是字随意生,有时则是意随字生。已经跃入脑海的某个词汇的字形、字音、字意,它所指的事物的色彩、线条、性质等,都可能触发新的联想,开拓出新的思路,或改变原来的思路。他说:“诗以一句为主,落于某韵,意随字生,岂必先立意哉?杨仲弘所谓‘得句意在其中’是也。”(同上卷二)很明显,王世贞、谢榛等人的说法,是符合文学创作和欣赏过程中艺术思维的规律的。

复古派作家还认为诗不必太著题,不必太逼真。胡应麟说:“盖诗唯咏物不可汗漫,至于登临、燕集、寄忆、赠送,唯以神韵为主,使句格可传,乃为上乘。今于登临则必名其泉石,燕集则必纪其园林,寄赠则必传其姓氏,真所谓田庄牙人、点鬼簿、粘皮骨者,汉唐人何尝如此?最诗家下乘小道。”他举例道:“崔颢《黄鹤楼》、李白《凤凰台》,但略点题面,未尝题‘黄鹤’、‘凤凰’也。杜赠李但云‘庾开府’、‘鲍参军’、阴子坚,未尝远引李陵、近攀李峤也。二谢《题戏马台》,则并题面不拈,但写所见之景。故古人之作,往往神韵超然,绝去斧凿。宋、元虽好用事,亦间有一二,未若近世之拘”;“‘清晖能娱人,游子澹忘归’,凡登览皆可用;‘微云淡河汉,疏雨滴梧桐’,凡燕集皆可书;‘海日生残夜,江春入旧年’,‘北固’之名奚与?‘天阙象纬逼,云卧衣裳冷’,‘奉先’之义奚存?而皆妙绝千古,则诗之所尚可知。今题金山而必曰金玉之金,咏赤城而必曰赤白之赤,皆逐末而忘本之过也。”(《诗薮》内编卷五)谢榛认为:“诗不可太切,太切则流于宋矣”;“写景述事,宜实而不泥乎实”。又说:“凡作诗不宜逼真。如朝行远望,青山佳色，隐然可爱。其烟霞变幻，难于名状。及登临非复奇观，唯片石数树而已。远近所见不同，妙在含糊，方见作手。”（《四溟诗话》卷二、卷一、卷四）毋庸讳言，把谢榛、胡应麟的这种说法强调过头，将不免产生新的弊端。但我们必须考虑到，他们是针对宋元以来诗歌的理性化和俗化倾向而发的。他们所谈的，实际也就是中国古典诗画理论中常说的“作诗必此诗，定知非诗人”、“妙在似与不似之间”。他们的目的，仍不外乎使诗歌的意象具有最丰富的内涵和最广阔的外延，从而恢复中国古典诗歌浑朴圆融、耐人寻味的审美特征。

4. 诗与乐的统一

后七子复古派作家都继承了复古派前驱李东阳的观点，强调诗与乐的关系。首先，他们重申了诗乐同源说。如王世懋在《徐仪父诗集序》中说：“余尝谓诗与乐非二也，其始发于闾巷歌谣，而太师为之节奏而管弦之，以荐于房中之燕飨。……后世大乐寖亡，而诗律与乐律渐离为二，然曹、刘、潘、陆人各为家，犹有先王列国之风之意焉，非谓其音与其法尽出于一也。”其次，他们都很重视从诗与乐的关系的演变这个角度来考察中国古典诗歌的盛衰历程。他们认为，诗与乐的分离导致了中国古典诗歌的重大转变，音乐美特征的丧失是中国古典诗歌衰落的一个重要原因。《诗薮》内编卷一云：“三百篇存郊庙，被弦歌，诗即乐府，乐府即诗。犹兵寓于农，未尝二也。诗亡乐废，屈、宋代兴，《九歌》等篇以侑乐，《九章》等作以抒情，途辙渐兆。至汉郊祀十九章、古诗十九首不相为用，诗与乐府，门类始分，然厥体未甚远也。如‘青青园中葵’，曷异古风？‘盈盈楼上女’，靡非乐府。魏文兄弟崛起建安，拟则前规，多从乐府；唱酬新什，更创五言。节奏既殊，格调复别。自是有专工古诗者，有偏长乐府者。梁、陈而下，乐府、古诗变而律绝，唐人李、杜、高、岑名为乐府，实则歌行。”这里谈的是诗与乐府诗的关系问题，实际上也就是诗与乐的关系问题。该书同一卷中又说：“词胜而诗亡矣，曲胜而词亦亡矣。”说“亡”过于绝对，然而衰则是事实。之所以如此，一个重要原因，就在于诗和词先后与乐相分离，而词和曲则相继成为配乐歌唱的新诗体，通过与乐的融合而焕发出勃勃生机。《四溟诗话》卷一也谈到了这一点：“唐人歌诗如唱曲子，可以协丝簧，谐音节。晚唐格卑，声调犹在。及宋柳耆卿、周美成辈出，能为一代新声，诗与词为二物，是以宋诗不入弦歌也。”

在诗与乐统一的时代，诗歌的声律要求是服从于吟唱的。只要吟唱起来流畅优美，声律要求也就尽在其中了，这时声律是完全自然的。后来诗与乐脱离，人们才不得不另外探索制定一套四声八病之类的声律要求，这时的声律就带有勉强的性质了。为了遵守声律要求，人们有时不惜损害作品的情致意蕴，使之变得枯涩呆滞，这就更走到诗乐结合的反面了。因此，复古派作家指出，诗乐结合并不等于声律要求。像“古《采莲曲》、《陇头流水歌》皆不协声韵，而有清庙遗意”；“古诗不泥音律，而调自高。”(《四溟诗话》卷一)而后世诗人极力讲究声律之作，则往往不过是“按字捉声刻鹜之谈”。

不过，在诗与乐已经分离之后，讲求声律要求已必不可免。况且，诗乐结合的遗意，靠诗歌的声律之美多少能保存一点。声律只要讲究适宜，还是能造成一定的音韵节奏之美的。后代诗人欲在一定程度上恢复古典诗歌诗乐结合的审美特征，主要也只能从讲求声律着手。因此，复古派作家都十分重视诗歌的声律要求。如胡应麟就认为：“律诗全在音节，格调风神尽具音节中。”(《诗薮》内编卷五)谢榛在这方面体会尤深,有许多经验之谈。如《四溟诗话》卷一谓:"凡起句当如爆竹,骤响易彻;结句当如撞钟,清音有余";"诗宜择韵,若'秋、舟'平易之类,作家自然出奇;若'眸、瓯'粗俗之类,讽诵而无音响"。卷三又谓"凡字异而意同者,不可概用之,宜分乎彼此,此先声律而后义意,用之中的,尤见精工。然'禽'不如'鸟','翔'不如'飞','莎'不如'草','凉'不如'寒',此皆声律中之细微,作者审而用之,勿专于义意而忽于声律也"。

另外,说诗乐统一,并不是要求乐包容诗,也不是要求诗包容乐。上古时期,先有乐后有诗,或采诗以入乐,或为乐而作诗,诗寓乐而行,故《乐记》以诗从属于乐。这时,作为语言艺术之一种的诗歌还没有取得独立的地位。后来诗歌发展成熟,从乐中独立出来,但还与乐保持千丝万缕的联系,还保留着相当丰富的音乐美质素。从整个人类艺术史的进程来看,这才是诗歌的黄金时代。中国的汉魏六朝至隋唐,似乎就正属于这个时代。此后诗乐继续分离,诗歌的音乐美质素进一步丧失,越来越散文化,诗歌也就趋于衰落,并要让位给另外的艺术形式了。诗孕于乐、从乐中分离出来而又保持与它的天然联系再到与乐进一步分离的历史,在某种意义上也就是诗歌诞生、发展到兴盛然后又趋于衰落的历史。因此,诗乐结合的确切含义,是诗从音乐中独立出来而又与它保持密切联系。复古派作家对诗与乐的关系尚未有如此明确的认识,但他们也基本上意识到诗与乐的分离是必然的。因此,尽管他们在谈到诗与乐的分离时似乎不胜惋惜,但并没有提出将诗置回乐中的主张。只是在探讨诗歌的声律特征时,不限于世人所熟知的四声八病之类,而是用歌唱的要求来衡量,力图使诗作韵律优美流畅,像唐代诗歌那样可歌或接近可歌。如谢榛在《四溟诗话》卷三中说：

诗法妙在平仄四声而有清浊抑扬之分。试以东、董、栋、笃四声调之，东字平平直起，气舒且长，其声扬也；董字上转，气咽，促然易尽，其声抑也；栋字去而悠远，气振愈高，其声扬也；笃字入下而疾，气收斩然，其声抑也。夫四声抑扬，不失疾徐之节，唯歌诗者能之，而未知所以妙也。非悟何以造其极，非喻无以得其状。譬如一鸟，徐徐飞起，直而不迫；甫临半空，翻若少旋。振翮复向一方，力竭始下，塌然投于中林矣。沈休文固已订正，特言其大概。若夫句分平仄，字关抑扬，近体之法备矣。凡七言八句，起承转合，亦具四声，歌则扬之抑之，靡不尽妙。……樽前一歌，合以金石，和以琴瑟，宛乎清庙之乐。

夫平仄以成句，抑扬以合调。扬多抑少，则调匀；抑多扬少，则调促。若杜常《华清宫》一诗："朝元阁上西风急，都入长杨作雨声。"上句二入声，抑扬相称，歌则为中和调矣。王昌龄《长信秋词》："玉颜不及寒鸦色，犹带昭阳日影来。"上句四入声相接，抑之太过。下句一入声，歌则疾徐有节矣。刘禹锡《再过玄都观》诗："种桃道士归何处，前度刘郎今又来。"上句四去声相接，扬之又扬，歌则太硬。下句平稳。此绝二十六字皆扬，唯"百亩"二字是抑。又观《竹枝词》所序，以知音自负，何独忽于此邪……

若只为诵读，则讲究到平仄互节就大致可以了。但谢榛在这里实际上是在平中还要分别阴阳，在仄中还要辨上去入。因为上去入等虽同属仄声，然或扬或抑，唱起来效果大不一样。后来词曲研究者根据词曲演唱的需要，多强调平分阴阳，仄辨三声等[①]，谢榛可谓知音矣。谢榛还时时称“歌”则如何等，足见他是以能歌或接近可歌的标准来要求诗歌的音韵之美的。

综上所述，后七子复古派作家对中国古典诗歌的审美特征，进行了相当全面而深入的探讨。《四溟诗话》卷一谓：“凡作近体，诵要好，听要好，观要好，讲要好。诵之行云流水，听之金声玉振，观之明霞散绮，讲之独茧抽丝。此诗家四关，使一关未过，则非佳句。”又说：作诗“体贵正大，志贵高远，气贵雄浑，韵贵隽永”。王世贞《徐汝思诗集序》云：“盛唐之于诗也，其气充以完，其声铿以平，其色丽以雅，其力沉而雄，其意融而无迹，故曰盛唐其则也。后之操觚者日哓哓焉，窃元和、长庆之余似而祖述之，气则漓矣，意纤然露矣，耳之无声也，目之无色也，按之无力也。”这几段话，可以看作是对他们上述探讨的简略概括。

二、古典诗歌体裁论

中国古典诗歌有多种多样的体裁。正像整个中国古典诗歌有它特定的审美特征一样，古典诗歌的各种体裁也都有各自的审美特征和法度要求。而且，整个中国古典诗歌的审美特征，也必须通过它的各种体裁的各种审美特征和法度要求具体体现出来。前七

① 如王骥德《曲律·论平仄第五》云：“四声者，平、上、去、入也。平谓之平，上、去、入总谓之仄。曲有宜于平者，而平有阴阳；有宜于仄者，而仄有上、去、入。乖其法，则曰拗嗓。盖平声声尚含蓄，上声促而未舒，去声往而不返，入声则逼侧而调不得自转矣。故均一仄也，上自为上，去自为去，独入声可以出入互用。……其用法，则宜平不得用仄，宜仄不得用平；宜上不得用去，宜去不得用上；宜上去不得用去上，宜去上不得用上去。”

子复古派作家基本上还停留在对中国古典诗歌总体审美特征的感受把握上。他们也接触到了部分体裁的审美特征和法度要求，如李梦阳论七律、何景明论七言歌行、杨慎论绝句等，但往往语焉不详，也不系统。后七子复古派作家对中国古典诗歌的审美特征进行了更全面深入的探讨，这在很大程度上即体现在他们对古典诗歌各种体裁的审美特征和法度要求作了更系统细致的考察。

首先，他们强调了诗歌辨体的重要性："文章自有体裁，凡为某体，务须寻其本色，庶几当行。"(《诗薮》内编卷一)在这一点上，他们经常拿诗与文进行对比。《艺苑卮言》卷一云："诗有常体，工自体中；文无定规，巧运规外。乐、选、律、绝，句字夐殊，声韵各协。下迨填词小技，尤为谨严。《过秦论》也，叙事若传；夷、平传也，指辩若论。至于序、记、志、述、章、令、书、移，眉目小别，大致固同。"这就是说，文的各种体裁之间的界限并不严格，因为各种文的体裁本身的特征就不明确。但诗歌各种体裁的特征相当明确，于是它们之间的界限也就十分严格。各种体裁有其对题材、风格等的适应性，于是逐步形成了各自的审美特征和法度要求。不否认各种体裁之间有相互沟通之处，但如果某种体裁完全可以用另外的体裁来代替，或者说完全接受另一种体裁的特征，那么它的存在就没有必要了。

古典诗歌各种体裁的审美特征主要取决于两个方面：第一，它们诞生于中国古典审美理想和古典诗歌发展的各个阶段，都与古典审美理想和古典诗歌当时的特定形态相适应，于是各自具有了不同的审美特征。例如，从四言、五言到七言等，审美特征也从质胜文到文胜质再到文质完美统一，从理胜情到情胜理再到情理完美统一等等。诗歌体裁的演变与古典审美理想和古典诗歌审美特征的发展进程基本同步，互相呼应。《诗薮》内编卷一云："四言变而《离骚》，离骚变而五言，五言变而七言，七言变而律诗，律诗变而绝句，诗之体以代变也。……'国风'、'雅'、'颂'，温厚和平；《离骚》、《九章》，怆恻浓至；东、西二京，神奇浑璞；建安诸子，雄赡高华；六朝俳偶，靡曼精工；唐人律调，清圆秀朗：此声歌之各擅也。'风'、'雅'之规，典则居要；《离骚》之致，深永为宗；古诗之妙，专求意象；歌行之畅，必由才气；近体之攻，务先法律；绝句之构，独主风神：此结撰之殊途也。"这里，从"典则"、"深永"等到"意象"、"风神"等，古典诗歌各种体裁的审美特征，十分清晰地体现了中国古典审美理想和古典诗歌审美特征的发展变迁轨迹。

第二，古典诗歌各种体裁的审美特征，取决于它们各自的形体特点，如每句的字数（从四言、五言到七言、杂言等）、每篇的句数（从四句、八句到句数不限等）、句式、声律（平仄、押韵等）。总的来说，每句字数少，每篇句数少，声律上属古体者，一般宜质胜文，不宜文胜质；宜理胜情，不宜情胜理。反之，每句字数多，每篇句数多，声律上属近体者，则往往宜文胜质，不宜质胜文；宜情胜理，不宜理胜情。钟嵘在《诗品序》中说："夫四言文约意广，取效'风'、'骚'，便可多得，每苦文繁而意少，故世罕习焉！五言居文词之要，是众作之有滋味者也，故云会于流俗，岂不以指事造形，穷情写物，最为详切者耶？"李白也曾说："兴寄深微，五言不如四言，七言又其靡也，况束之以声调俳优哉？"钟嵘不及见到近体，李白态度稍过保守，但他们都是从诗歌体裁的形体特点来论定它们各自的审美特征。胡应麟《诗薮》内编卷二云："四言简质，句短而调未舒；七言浮靡，文繁而声易杂。折繁简之衷，居文质之要，盖莫尚于五言。"其说即与钟、李二家所论相近。该书内编卷六又曰："五言绝尚真切，质多胜文；七言绝尚高华，文多胜质。五言绝昉于西汉，七言绝起自六朝，源流迥别，体制自殊。”这便是把从历史源流和形体特点考察古典诗歌各种体裁的审美特征两方面结合起来了。

以上述两方面为二维，构成坐标系，中国古典诗歌的各种体裁及其审美特征便构成了一个逻辑系统。根据这个系统，参照历代诗人的创作实践，后七子复古派作家对古典诗歌各种体裁的审美特征和法度要求逐一考察，精见叠出。我们在前面讨论高叔嗣的创作等节中已有所征引，下面再引述数条：

论乐府。《四溟诗话》卷二云：“‘孔雀东南飞’一句兴起，余皆赋也。其古朴无文，使不用妆奁服饰等物，但直叙到底，殊非乐府本色。”又评诗中铺陈刘兰芝服饰容貌及陪嫁妆奁各节云：“此皆似不紧要，有则方见古人作手，所谓没紧要处便是紧要处也。”卷三评《木兰词》“问女何所思”至“北市买长鞭”一段云：“此乃信口道出，似不经意者，其古朴自然，繁而不乱。若一言了问答，一市买鞍马，则简而无味，殆非乐府家数。”

论五律。《四溟诗话》卷二云：“五言律首句用韵，宜突然而起，势不可遏，若子美‘落日在帘钩’是也。若许浑‘天晚日沉沉’，便无力矣。”盖五律虽为近体，却贵有古朴劲健之势。

论七律。《艺苑卮言》卷一：“七言律不难中二联，难在发端及结句耳。发端，盛唐人无不佳者；结颇有之，然亦无转入他调及收顿不住之病。篇法有起有束，有放有敛，有唤有应。大抵一开则一阖，一扬则一抑，一象则一意，无偏用者。句法有直下者，有倒插者。倒插最难，非老杜不能也。字法有虚有实，有沉有响。虚响易工，沉实难至。五十六字，如魏明帝凌云台材木，铢两悉配乃可耳。篇法之妙，有不见句法者；句法之妙，有不见字法者。此是法极无迹，人能之至，境与天会，未易求也。有俱属象而妙者，有俱属意而妙者；有俱作高调而妙者，有直下不对偶而妙者。皆兴与境诣，神完气合使之然。”凡此种种，都是强调情与理、意与象、诗与乐的自然而完美的统一。因为七言律是中国古典诗歌体裁发展演变到最充分阶段的产物，具有集大成的性质。

论七绝。如果说七律中情与理、意与象、诗与乐的统一已经达到天衣无缝的地步，七律的法度要求也繁密到了极限的话，那么七绝中情与理、意与象、歌与乐等便已浑然一体，其法度要求也由极度繁密而转为神化无迹。李攀龙《诗删序》说：“太白五七言绝句，实唐三百年一人，盖以不用意得之，即太白亦不自知其所至，而工者顾失焉。”李氏此论，获得了复古派诸子的一致认可。如王世贞《艺苑卮言》卷四加以引述。谢榛《四溟诗话》卷一也说：“七言绝句，盛唐诸公用韵最严。大历以下，稍有旁出者，作者当以盛唐为法。盛唐人突然而起，以韵为主。意到辞工，不假雕饰。或命意得句，以韵发端，浑成无迹，此所以为盛唐也。宋人专重转合，刻意精炼。或难于起句，借用旁韵，牵强成章，此所以为宋也。”

论五绝。《艺苑卮言》卷一云：“绝句固自难，五言尤甚。离首即尾，离尾即首，而腰腹亦自不可少。妙在愈小而愈大，愈促愈缓。吾尝读《维摩经》得此法，一丈室中，置恒河沙诸天宝座。丈室不增，诸天不减。又一刹那定作六十小劫，须如是乃得。”

论五言排律。五言排律从声律上看讲究平仄用韵与七律相同；从句数即全篇的规模看超过七律，稍显汗漫；但从每句的字数看又比七律古朴。因此总的来看，它的审美特征也在于情与理、意与象、诗与乐比较均衡的统一。过于古直朴质不行，过于华美舒缓也不行。《诗薮》内编卷四云：“凡排律，极宜冠裳雄浑，不得作小家语”；“大概中唐以后，稍厌精华，渐趋淡净。故五七言律清空流畅，时有可观。至排律亦仿此，则踬矣。排律自杨、卢以至王、李，靡不丰硕浑雄，盖其体制应尔。唯老杜大篇，时作苍古。然其材力异常，学问渊博。述情陈事，错综变化，转自不穷。中唐无杜才力学问，欲以一二致语撑柱其间，庸讵可乎？”《四溟诗话》卷二：“排律结句，不宜对偶。若杜子美‘江湖多白鸟，天地有青蝇’，似无归宿。”

论七言排律。七言排律句既舒长，篇复漫衍，又重声律。这种形体特点，往往使运用这种体裁的诗作偏重情、文而有歉于理、质，格调亦过于舒缓。它可以说是中国古典诗歌体裁发展过头的产物，已不适宜表达古典审美理想，所以不很流行。《艺苑卮言》卷四：“七言排律创自老杜，然亦不得佳。盖七字为句，束以声偶，气力已尽矣，又欲衍之使长，调高则难续而伤篇，调卑则易冗而伤句。合璧犹可，贯珠益艰。”

论七言歌行。从每句的字数、句式、每篇的句数、声律等方面来看，七言歌行是中国古典诗歌体裁中形体特点最自由多变的一种。从中国古典诗歌体裁的演变过程来看，楚辞、乐府诗中已有接近七言歌行体的篇章，后来七言歌行体也一直是古典诗歌中最有活力的体裁之一。因此，七言歌行体的可塑性最大，适应性最强。写作七言歌行，就必须在句子的长短、句式、篇章结构、声律节奏、意象变换、情思超忽等方面，充分发挥它灵活多变的特点。《四溟诗话》卷二：“李空同评孟浩然《送朱二诗》曰：‘不是长篇手段。’浩然五言古诗近体，清新高妙，不下李、杜。但七言长篇，语平气缓，若曲涧流泉而无风卷江河之势，空同之评是矣。”《艺苑卮言》卷一：“七言歌行，靡非乐府，然至唐始畅。其发也，如千钧之弩，一举透革。纵之则文漪落霞，舒卷绚烂。一入促节，则凄风急雨，窈冥变幻，转折顿挫，如天骥下坂，明珠走盘。收之则如橐声一击，万骑忽敛，寂然无声。”

关于古典诗歌各种题材，如咏史、咏物、赠答等的写作要求，后七子复古派作家也多有论列。关于各种文体的特点，他们也有所涉及。如《艺苑卮言》卷一论诗歌与骚赋之别云：“骚赋虽有韵之言，其于诗文自是竹之与草木、鱼之与鸟兽，别为一类，不可偏属。骚辞所以总杂重复、兴寄不一者，大抵忠臣怨夫恻怛深至，不假致诠，亦故乱其叙，使同声者自寻，修隙者难摘耳。今若明白条易，便乖厥体。”又如《诗薮》内编卷一论骚、赋之别云：“骚与赋句语无甚相远，体裁则大不同。骚复杂无伦，赋整蔚有序。骚以含蓄深婉为尚，赋以夸张宏巨为工。”

后七子复古派作家主要探讨了古典诗歌各种体裁的审美特征和法度要求，即它们之间的区别；但同时也注意到了各种体裁审美特征和法度要求的伸缩性，即它们之间的相通之处。如《四溟诗话》卷四以为，古体与近体，“若论体制则大异而小同，及论作手，则大同小异也。”该书卷二又引《文式》中的一段话：“放情曰歌，体如行书曰行，兼之曰歌行。快直详尽曰行，悲如蛩螀曰吟，读之使人思怨。委曲尽情曰曲，宜委曲谐音。通乎俚俗曰谣，宜隐蓄近俗。载始末曰引，宜引而不发。”谢榛认为，这种说法多少有些道理，但分得太死，未免拘泥：“此虽体式，犹欠变通。盖同名异体，同体异名耳。”有时同名并不一定同体，如同称为“歌”者即有多种形式和风格。异名者有时形式风格却相近。总之，“体无定体，名无定名，莫不拟斯二者，悟者得之。措词短长，意足而止。随意命名，人莫能易。所谓信手拈来，头头是道也”。

不过，像对中国古典诗歌总体审美特征一样，后七子复古派作家对中国古典诗歌各种体裁的审美特征和法度要求的理解分析，总的来说是过于刻板的。关于各种体裁审美特征和法度要求的伸缩性及它们之间的相通之处，后七子复古派作家中只有持论较通达的谢榛比较重视，其他人则往往只是轻描淡写地点缀两句即止。然而他们的刻板之处更主要地还是表现在对各种体裁审美特征和法度要求的纵向发展变化的看法上。对整个中国古典诗歌，他们专崇汉魏盛唐。对中国古典诗歌的各种体裁，他们也专崇其兴盛期创作的典型风格，如周代之四言，战国时之骚，汉之赋与乐府，汉魏之五言，盛唐之七言律、绝、歌行等；而对各种体裁此后审美特征和法度要求的种种新变，则基本上一律持排斥否定态度。如《四溟诗话》卷一云："四言古诗，当法三百篇，不可作秦、汉以下语。"《艺苑卮言》卷二论赋，以司马相如赋为正宗，以贾谊赋为非正宗，认为司马迁推重贾谊诸赋为"不知赋"；又认为荀况《成相》诸赋"便是千古恶道"；《卜居》、《渔父》"便是《赤壁》诸公作俑。作法于凉，令人永慨"；《阿房宫赋》不合赋体等等。该书卷四又引李攀龙《诗删序》语："唐无五言古诗。陈子昂以其古诗为古诗，弗取也。"《艺圃撷余》也说："唐人无五言古。"《诗薮》内编卷一云："骚盛于楚，衰于汉，而亡于魏；赋盛于汉，衰于魏，而亡于唐。"我们认为，像整个中国古典诗歌的审美特征具有规定性一样，古典诗歌各种体裁的审美特征和法度要求也具有规定性，它们的量变最终将引起质变。否认这种规定性，认为古典诗歌的各种体裁可以随便互相替代，它们的审美特征和法度要求可以无限地变迁，这无疑是荒谬的。然而，各种体裁的相互沟通，每种体裁审美特征和法度要求的发展变化，又是必不可免的。对各种体裁中属于这种情况的作品，应给予合理的评价；对具有一定积极意义的贯通和新变，都应予以肯定。

考察中国古典诗歌各种体裁的审美特征及其发展变迁，应同时顾及上述两个方面，偏重其中任何一个方面而忽视另一个方面，都将得出不合理的结论。后七子复古派作家对中国古典诗歌各种体裁的审美特征和法度要求的把握总的来说是准确的，但他们基本上忽视了各种体裁的相通之处，特别是各种体裁本身的发展变化。这就给他们的诗学理论带来了重要缺陷，使他们不能合理对待属于这种情况的作品，抨击过苛，结论太绝对，使人难以接受。至于他们强调在创作中四言应该取法《诗经》，五言古诗应取法汉、魏等，自有一定的合理性。但因排斥否定一切新变，往往走到刻舟求剑、胶柱鼓瑟的地步。如汉乐府诗当初应该都是可解的。后代因语言变化，或因传写之误，有些地方变得晦涩难解了。其实宋之词、元之曲、明代的时兴小令等，就是乐府诗在后代的变体。后七子复古派作家创作乐府诗不学它们，却要以汉代乐府诗为法。王世贞甚至说："拟古乐府，如《郊祀》、《房中》，须极古雅，发以峭峻。《铙歌》诸曲，勿便可解，勿遂不可解。"（《艺苑卮言》卷一）这就更不免东施效颦之讥了。

三、古典诗歌发展史论

1. 以古典诗歌的审美特征为考察标准

后七子复古派作家对中国古典诗歌发展史进行了更全面的反思。他们不同于非复古派而且超越前七子复古派作家之处，首先在于他们更明确地以中国古典诗歌审美特征为评价标准，以这种审美特征的发展变迁的轨迹为根本线索。这样，他们的考察就摆脱了随意式批评的状态，而变得完整系统。

例如，后七子复古派作家始终把情与理的统一当作衡量不同时代诗文创作价值的一个重要标准，把古典诗歌这一审美特征的演变看作是它盛衰兴亡的根本决定因素之一。这样，他们的考察和评价就具有了内在的依据，而不仅以年代的先后为高下。如胡应麟在考察宋元诗歌时曾反复强调这样的观点：元在宋后，元代诗歌创作的总体成就也不及宋。但以古典诗歌审美特征为标准来衡量，则元代诗歌保留这种审美特征的成分可能还要多一些。他说："宋主格，元主调；宋多骨，元多肉；宋人苍劲，元人柔靡；宋人粗疏，元人整密。宋人学杜，于唐远；元人学杜，于唐近。""近体至宋，性情泯矣。元之才不若宋之高，而稍复缘情。故元季诸子，即为昭代先鞭。"（《诗薮》内编卷二、外编卷五）

意象统一的审美特征及其发展演变轨迹，也是后七子复古派作家考察中国古代诗歌发展史的重要标准和线索。意象统一问题首先表现为文采问题。因为没有一定的文采（象），就谈不上意象统一。后七子复古派作家特别强调意象统一，也就特别重视文采。他们根据这一标准来评价古代诗歌，其看法就往往与一般人，特别是偏重伦理的和受理学影响较深的人不同。如《诗薮》外编卷二云："王仲淹（通）历评六朝文士，不取康乐、宣城、文通、明远，而极称颜延之、王俭、任昉文约以则，有君子之心。不知延之、俭、昉所以远却谢、鲍诸人，正以典质有余，风神不足耳。"历来以偏重文采受到严厉指责的，除了六朝诗文，其次大概就是宋初的西昆体了。宋以后的评论家，特别是受理学影响较深的人，几乎把西昆体骂得体无完肤。后七子复古派作家则别具眼光。胡应麟云："自李商隐、唐彦谦诸诗作祖，宋初杨大年、钱惟演、刘子仪辈翕然宗事，号西昆体，人多訾其僻涩。然诸人材力富健，格调雄整，视义山不啻过之，唯丰韵不及耳”；“九僧诸作，多在晚唐贯休、齐己上，惠崇尤杰出，……佳句不可胜数。……永叔、介甫始欲风扫前流，自开堂奥。至坡老、涪翁，乃大坏不可复理”；“专搜隐僻，巧作形模，此昆体之所以失也。然本唐遗法，故格调风致，种种犹在”。（《诗薮》外编卷五）王世贞也对六朝诗文给予了相当高的评价：“吾于文虽不好六朝人语，虽然，六朝人亦哪可言。皇甫子循谓藻艳之中有抑扬顿挫，语虽合璧，意若贯珠，非书穷五车，笔含万化，未足云也。此固为六朝人张价。然如潘、左诸赋及王文考之《灵光》、王简棲之《头陀》，令韩、柳授觚，必至夺色。”

后七子复古派作家还把文质的递变看作考察诗歌发展史的一个视角。如《诗薮》内编卷一：“文质彬彬，周也；两汉以质胜；六朝以文胜。魏稍文，所以逊两汉也；唐稍质，所以过六朝也”；“周尚文，故‘国风’、‘雅’、‘颂’皆文，然自是三代之文，非后世之文。汉尚质，故古诗、乐府多质，然自是两代之质，非后世之质。”内编卷二又说：“汉人诗，质中有文，文中有质，浑然天成，绝无痕迹，所以冠绝古今。魏人赡而不俳，华而不弱，然文与质离矣。晋与宋，文盛而质衰；齐与梁，文胜而质灭；陈隋无论其质，即文无足论者。”胡应麟的上述说法还是就某个时代诗歌的总体风貌而论，谢榛对诗歌文采的考察更为细致。《四溟诗话》卷二云：“律诗虽宜颜色，两联贵乎一浓一淡。若两联浓，前后四句淡，则可；若前后四句浓，中间两联淡，则不可。亦有八句皆浓者，唐四杰有之；八句皆淡者，孟浩然、韦应物有之。”这里揭示了初唐四杰与中唐孟、韦律诗色彩浓淡之不同，这是导致其风格差异的重要因素之一。

强调文采的根本目的还是为了达到意象统一，使诗歌意致含蓄，耐人寻味。所以后七子复古派作家在考察中国诗歌发展史时，总是十分重视意与象相结合的状况，从而把握其内在的演变轨迹。他们普遍认为，盛唐诗歌的意象达到了完美统一，中唐以后诗歌的意象趋于分裂，理性化倾向日益明显，杜甫诗歌实为其发端。入宋以后，诗歌意象进一步分裂，理性化倾向更加突出，中国古典诗歌亦随之由盛转衰。《诗薮》内编卷五云："大率唐人诗主神韵，不主气格，故结句率弱者多，唯老杜不尔。如'醉把茱萸仔细看'之类，极为深厚浑雄。然风格亦与盛唐稍异，间有滥觞宋人者，'出师未捷身先死'之类是也。"所举两首杜诗，前一首犹意融于象，含蓄不露；后一首则以议论出之，虽精警深沉，然已重意而遗象。《艺圃撷余》论绝句云："晚唐诗萎尔无足言，独七言绝句脍炙人口，其妙直欲胜盛唐。愚谓绝句觉妙，正是晚唐一未妙处；其胜盛唐，乃其所以不及盛唐也。绝句之源，出于乐府，贵有风人之致。其声可歌，其趣在有意无意之间，使人莫可捉着。盛唐唯青莲、龙标二家诣极，李更自然，故居王上。晚唐快心露骨，便非本色。议论高处，逗宋诗之径；声调卑处，开大石之门（按指词）。"《艺苑卮言》卷四论唐宋诗之别云："诗格变自苏、黄，固也。黄意不满苏，直欲凌其上，然故不如苏也。何者，愈巧愈拙，愈新愈陈，愈近愈远。"《诗薮》外编卷五亦云："眉山学刘、白，得其轻浅而不得其流畅，又时杂以论宗，填以故实。修水学老杜，得其拗涩而不得其沉雄，又时参以名理，发以诙谐。宋、唐体制，遂尔悬绝。"这就是说，在他们看来，唐、宋诗歌的主要区别之一，就是宋诗意象分裂，趋于理性化，"杂以论宗"，"参以名理"。

诗歌的意象分裂与理性化属于在艺术思维内部发生的变化，它必定通过作为思维活动之外壳的语言体现出来。其主要表现就是语言的逻辑性逐步增强，而越来越多地运用虚词又是语言逻辑性逐步增强的一个重要标志。因此后七子复古派作家都非常注意历代诗歌中运用虚词的情况，把它当作考察中国古典诗歌审美特征的发展变迁以至整个中国古典诗歌发展史的一个浮标。如《四溟诗话》卷四：

> 七言近体，起自初唐应制，句法严整，或实字叠用，虚字单使，自无敷演之病。如沈云卿《兴庆池侍宴》"汉家城阙疑天上，秦地山川似镜中"；杜必简《守岁侍宴》"弹弦奏节梅风入，对局藏钩柏酒传"；宋廷清《奉和幸太平公主南庄》"文移北斗成天象，酒近南山献寿杯"。观此三联，底蕴自见。暨少陵《怀古》"一去紫台连朔漠，独留青冢向黄昏"，此上二字虽虚，而措辞稳帖；《九日蓝田崔氏庄》"蓝水远从千涧落，玉山高并两峰寒"，此中二字亦虚，工而有力。中唐诗虚字愈多，则异乎少陵气象。刘文房七言律，《品汇》所取二十一首，中有虚字者半之，如"暮雨不知涢口处，春风只到穆陵西"之类。钱仲文七言律，《品汇》所取十九首，上四字虚者亦强半，如"不知凤沼霖初霁，但觉尧天月转明"、"鸳衾久别难为梦，凤管遥闻更起愁"之类。凡多用虚字便是讲，讲则宋调之根，岂独始于元、白。

该书同卷中还说："钱、刘七言近体两联多用虚字，声口虽好，而格调渐下，此文随世变之故尔。"谢榛和王世贞还都指出，到欧阳修等人手中，虚词越用越多。如欧阳修《明妃曲》云："耳目所及尚如此，万里安能制夷狄。"简直是讲章中语，只不过削去了"之、乎"之类的字而已。[①]

关于从诗乐统一审美特征的演变看中国古典诗歌的发展变

---

① 《四溟诗话》卷三；《艺苑卮言》卷四。

迁，本章第一节中已经谈到。由诗与乐的关系又衍生出声律问题，后七子复古派作家也很重视从声律要求的变化看古典诗歌审美特征的变迁。《诗薮》内编卷一谓："'兔丝附蓬麻，引蔓故不长。嫁女与征夫，不如弃路旁'，子美之极力于汉者也，然音节太亮，自是子美语。"内编卷三又谓："'小麦青青大麦枯，谁当获者妇与姑，丈夫何在西击胡'，三语奇绝，即两汉不易得。子美'小麦干枯大麦黄，妇女行泣夫走藏，问谁腰镰胡与羌'，才易数字，便有唐、汉之别。"上引杜甫二诗内容、语气、词汇、句法等都与汉乐府诗相近，然风格自别，这就是因为杜甫处于讲声律的时代，自觉或不自觉地注意了声律，导致了诗歌语感的不同。该书同卷分析七言歌行体演进之迹，也注重从声律的变化着眼："梁人颇尚歌行体，陈江总持、卢思道等篇什浸盛，然音响时乖，节奏未协，正类当时五言律体。垂拱四子一变而精华浏亮，抑扬起伏，悉协宫商；开合转换，咸中肯綮。"作者紧接着又说：早期七言歌行，如曹丕《燕歌行》以至《白纻词》等，皆用平韵，"至梁元帝'燕赵佳人本自多，辽东少妇学春歌。黄龙戍北花如锦，玄菟城头月似蛾'，音调始协。萧子显、王子渊制作浸繁，但通章尚用平韵转声，七字成句，故读之犹未大畅。至王、杨诸子歌行，韵则平仄互换，句则三五错综，而又加以开合，傅以神情，宏以风藻，七言之体，至是大备"。

应该承认，后七子复古派作家探讨中国古典诗歌发展史，侧重于对诗歌艺术内部嬗替传承轨迹的考察。这是因为，到当时为止的对中国古代诗歌的研究，最欠缺的就是这一方面。至于泛泛而谈"声音之道，与政通矣"、"歌谣文理，与世推移"、"文变染乎世情，兴废系乎时序"云云，则历代论文者已重复不止千百遍了。不过，复古派作家也并未忽视时代和社会现实对文学发展的重大影响。

如《诗薮》内编卷一云:“优柔敦厚,周也;朴茂雄深,汉也;风华秀发,唐也。三代政事俗习,亦略如之。魏继汉后,故汉风犹存;六代居唐前,故唐风先兆。文章关世运,讵谓不然。”《艺苑卮言》卷三评东汉末年文人五言诗曰:“‘奄忽随物化,荣名以为宝’,不得已而托之名也;‘千秋万岁后,荣名安所之’,名亦无归矣;又不得已而归之酒,曰:‘使我有身后名,不如且饮一杯酒。’‘服食求神仙,多为药所误’,亦不得已而归之酒。曰:‘不如饮美酒,被服纨与素。’至于被服纨素,其趣愈卑,而其情益可悯矣。”这就是从当时黑暗混乱的社会现实所引起的士大夫心态和审美趣味的变化来看诗歌格调的变化,可谓谈言微中。该书同卷又谓:“(东晋)渡江以还,作者无几,非唯戎马为阻,当由清谈间之耳。”这又是注意到了士风和思想界的动态对文学的影响。该书卷四还指出:“唐自贞元以后,藩镇富强,兼所辟召能致通显;一时游客词人,往往挟其所能,或行卷贽通,或上章陈颂,大者以希拔用,小者以冀濡沫。而干旄之吏,多不能分别黑白,随意支应。故剽窃云扰,谄谀泉涌。取办俄顷以为捷,使事饾饤以为工。至于贡举,本号词场,而牵压俗格,阿趋时好。上第巍峨,多是将相私人;座主密旧,甚乃津私禁脔。自比优伶,关节倖珰,身为军吏。下第之后,尚尔乞怜主司,冀其复进。是以性情之真境,为名利之钩途。诗道日卑,宁非其故。”这段话,抓住中唐政治、军事、文化制度的一系列变化以及由此引起的士风士习的变化,来探讨当时诗歌格调大变的原因,显然比一般地谈经济基础之类要中肯綮得多。又如《诗薮》内编卷二云:“诗文固系世运,然大概自其创业之君。汉祖《大风》雄丽宏远,《鸿鹄》恻怆悲哀;魏武沉深古朴,骨力难侔;唐文绮绘精工,风神独畅。故汉、魏、唐诗冠绝古今。宋、元二祖,片语无闻,宜其不竞乃尔。”同卷又曰:

“汉称苏、李,然武帝苏、李俦也;魏称曹、刘,然文帝曹、刘匹也;唐称李、杜,然玄宗李、杜流也。三君首倡,六子并驱,盛绝千古,非偶然也。”这是在强调封建君主对文学发展的重要影响。虽不免夸大其辞,但胡氏所言,仍不无道理。

2. 变中有不变,不变中有变,盛衰相倚

根据从宏观到微观、从内部到外部的详细考察,后七子复古派作家得出了一致的结论:晋、宋之际和中唐是中国古典诗歌审美特征发生重大变化的时期,也是中国古典诗歌的发展出现根本转变的时期。关于前者,《诗薮》外编卷二云:“晋、宋之交,古今诗道升降之大限乎。魏承汉后,虽浸尚华靡,而淳朴余风,隐约尚在。步兵优柔冲远,足嗣西京,而浑噩顿殊。记室豪宕飞扬,欲追子建,而和平概乏。士衡、安仁,变而徘偶愈工,淳朴愈散,汉道尽矣”;“元亮得步兵之澹,而以趣为宗,故时与灵运和也,而于汉离也;明远得记室之雄,而以词为尚,故时与玄晖近也,而去魏远也”。关于后者,李攀龙以为,唯唐中叶不堪复入。《艺苑卮言》卷四详论之曰:“昔人有言,元和以后文士,学奇于韩愈,学涩于樊宗师,歌行则学放于张籍,诗句则学矫激于孟郊,学浅易于白居易,学淫靡于元稹,俱谓之元和体。”“白极重刘(禹锡)‘雪里高山头早白,海中仙果子生迟’、‘沉舟侧畔千帆过,病树前头万木春’,以为有神助。此不过学究之小有致者。白又时时颂李颀‘渭水自清泾自浊,周公大圣接舆狂’,欲模拟之而不可得。徐凝‘千古长如白练飞,一条界破青山色’,极是恶境界,白亦喜之,何也?风雅不复论矣,张打油、胡钉铰,此老便是作俑。”

上述看法与前七子的观点大体相同。但后七子复古派作家并不满足于揭示这两道分水岭,而是上及诗、骚,下至元、明,对中国古典诗歌发展过程变中有不变、不变中有变的诸种情况进行了更全面的考察。

例如，人们往往将汉、魏并称，然汉、魏之诗实际上同中有异。如果说晋、宋之际中国古典诗歌的发展出现重大转折，那么它在汉、魏之际实已滥觞。这是因为，汉代诗歌尚以民间创作为主，入魏之后则以文人创作为主，这一转变引起了诗歌语言、风格等方面的一系列变化。后七子复古派作家注意到了这一点，并从语词、句法、声律等方面分析了这些变化。《诗薮》内编卷二云："严（羽）谓建安以前，气象浑沦，难以句摘。此但可论汉古诗。若'高台多悲风'、'明月照高楼'、'思君如流水'，皆建安语也。子建、子桓工语甚多，如'丹霞夹明月，华星出云间'、'秋兰被长坂，朱华冒绿池'之类，句法字法，稍稍透露。""汉人诗不可句摘者，章法浑成，句意联属，通篇高妙，无一芜蔓，不著浮靡故。子桓兄弟努力前规，章法句意，顿自悬殊，平调颇多，丽语错出。……严氏往往汉、魏并称，非笃论也。"毫无疑问，在辨析汉、魏诗歌之异同上，胡氏与严氏相比，实属后出转精。该书同卷中又举例曰："'人生不满百，戚戚少欢娱'，即'生年不满百，常怀千岁忧'也；'飞观百余尺，临牖御棂轩'，即'两宫遥相望，双阙百余尺'也。'借问叹者谁，云是荡子妻'，即'昔为倡家女，今为荡子妇'也。'愿为比翼鸟，施翮起高翔'，即'思为双飞燕，衔泥巢君屋'也。子建诗学十九首，此类不一。而汉诗自然，魏诗造作，优劣具见。"是否有"优劣"且不管它，但通过这样的比较以证明汉、魏诗歌之异，其结论自具有充分的说服力。谢榛、王世贞也对这一问题有所论述。如《四溟诗话》卷一谓："诗以汉、魏并言，魏不逮汉也。建安之作，率多平仄稳帖，此声律之渐，而后流于六朝，千变万化，至盛唐极矣。"该书卷四又谓："陈思王

《白马篇》,‘俯身散马蹄’,此能尽驰马之状;《斗鸡诗》‘觜落轻毛散’,善形容斗鸡之势。‘俯、落’二字有力,一‘散’字相应。然造语太工,六朝之渐也。”《艺苑卮言》卷二论汉魏之际文人五言诗云:“‘东风摇百草’,‘摇’字稍露峥嵘,便是句法为人所窥;‘朱华冒绿池’,‘冒’字更捩眼耳。‘青袍似春草’,复是后世巧端。”

又如,南朝诗坛总体上为形式主义诗风所笼罩,然它实际上处于由古体向近体发展的过渡阶段。后七子复古派作家从平仄、用韵、对仗等方面考察了古体向近体蜕变的过程。《四溟诗话》卷一以为,魏晋诗人作品中虽间有律句,但“全篇高古”;“及灵运古律相半,至谢朓全为律矣”。又说:“诗至三谢,乃有唐调。”《艺苑卮言》卷三曰:“灵运语俳而气古,玄晖调俳而气今。”“张正见诗律法已严于四杰,特作一二拗语为六朝耳。士衡、康乐已于古凋中出俳偶,总持、孝穆不能于俳偶中出古思。”《诗薮》内编卷四指出,齐、梁、陈、隋诗中,有些句子已“绝是唐律”,许多作品只是偶有失粘、上尾等病。阴铿《安乐宫》诗,“气象庄严,格调鸿整;平头、上尾,八病咸除;切响浮声,五音并协。实百代近体之祖”。而陈后主《春砌落芳梅》,张正见《关山月》、《对酒当歌》、《衡阳秋夜》,崔鸿《宝剑》,邢巨《游春》,庾信《舟中夜月》,江总“百花疑吐夜”等,则“真唐律也”。

再如,盛唐是中国古典审美理想和古典诗歌的审美特征得到相对完美实现的时期,然而盛唐诗歌也不是铁板一块的存在。某些诗人的作品,实已露出中唐之巨变的端倪。《艺圃撷余》说:“唐律由初而盛,由盛而中,由中而晚,时代声调,故自必不可同。然亦有初而逗盛、盛而逗中、中而逗晚者。何则?逗者,变之渐也,非逗故无由变。如诗之有‘变风、变雅’,便是《离骚》远祖。子美七言律之有拗体,其犹‘变风、变雅’乎?唐律之由盛而中,极是盛衰之介。然王维、钱起,实相倡酬;子美全集,半是大历以后。其间逗露,实有可言,聊指一二,如右丞‘明到衡山’篇,嘉州‘函谷、皤溪’句,隐隐钱、刘、卢、李间矣。至于大历十才子,其间岂无盛唐之句?盖声气犹未相隔也。学者固当严于格调,然必谓盛唐人无一语落中,中唐人无一语入盛,则亦固哉其言诗矣。"《诗薮》内编卷三专论七言歌行一体云:此体至高、岑、李、杜等已为大盛,然同时之"常建已开李贺,任华酷似卢仝,盛衰倚伏如此";"太白幻语,为长吉之滥觞;少陵拙句,实玉川之前导"。

还有,中唐以后,古典审美理想趋于解体,古典诗歌的审美特征开始失落,但并没有完全丧失,变中仍有不变者在。如《艺苑卮言》卷四论中唐绝句云:"李益为胜,韩翃次之。权德舆、武元衡、马戴、刘沧五言,皆铁中铮铮者。‘猿啼洞庭树,人在木兰舟’,真不减柳吴兴《回乐峰》二章,何必王龙标、李供奉!"《诗薮》内编卷四论中唐五言律云:刘长卿、钱起、皇甫冉、皇甫曾、司空曙、李嘉祐、韩翃、于良史、李益等人之作,"妙境往往有不减盛唐者"。该书外编卷四又说:"元和以后,诗道浸晚,而人才故自横绝一时。若昌黎之鸿伟、柳州之精工、梦得之雄奇、乐天之浩博,皆大家材具也";"东野之古、浪仙之律、长吉乐府、玉川歌行,其才具工力,故皆过人。如危峰绝壑、深涧流泉,并自成趣,不相沿袭。必薛逢、胡曾,方堪覆瓿瓶";"俊爽若牧之,藻绮若庭筠,精深若义山,整密若《丁卯》,皆晚唐铮铮者"。复古派作家对宋代诗歌抨击最力,然亦以为不可尽废。《诗薮》杂编卷五云,宋代"诸人制作,亦往往有参六代三唐者";如"子瞻虽体格创变,而笔力纵横,天真烂漫。集中如《虢国夜游》、《江天叠嶂》、《周昉美人》、《郭熙山水》、《定惠海棠》等篇,往往俊逸豪丽，自是宋歌行第一手”。又谓：“宋初及南渡诸家，亦往往有可参唐集者”，不当“以时代置之”。如“尤、杨、范、陆，时近元和；永嘉四灵，不失晚季。至陈去非宏壮，在杜陵廊庑；谢皋羽奇奥，得长吉风流，尤足称赏”。（俱见外编卷五）

根据上述考察，后七子复古派作家总结出一条中国古典诗歌历史发展的重要规律，这就是衰中有盛，盛中有衰，盛衰相倚。《艺苑卮言》卷四曰：

> 六朝之末，衰飒甚矣。然其偶俪颇切，音响稍谐。一变而雄，遂为唐始；再加整栗，便成沈、宋。人知沈、宋律家正宗，不知其权舆于三谢，橐钥于陈、隋也。诗至大历，高、岑、王、李之徒，号为已甚。然才情所发，偶与境会，了不知其堕者。如“到来函谷愁中月，归去蟠溪梦里山”、“鸿雁不堪愁里听，云山况是客中过”、“草色全经细雨湿，花枝欲动春风寒”，非不佳致，隐隐逗露钱、刘出来。至“百年强半仕三已，五亩就荒天一涯”，便是长庆以后手段。吾故曰：衰中有盛，盛中有衰，各含机藏隙。盛者得衰而变之，功在创始；衰者自盛而沿之，弊由趋下。又曰：胜国之败材，乃兴国之隆干；熙朝之佚事，即衰世之危端。此虽人力，自是天地间阴阳剥复之妙。

3. 作家论

正像从横向上探讨中国古典诗歌的审美特征，必须落实到各种具体的体裁一样，从纵向上考察中国古典诗歌的历史发展，也必须落实到各位具体的作家。后七子复古派既对中国古典诗歌变中有不变、不变中有变、盛衰相倚的总体发展轮廓有了完整把握，然后将具体的作家置于这种错综交织的历史背景中，来考察其创作风格的内部构成及其在诗歌流变中的历史地位，就有如八面受敌，自然无隐不烛。反过来看，一部中国古典诗歌发展史，也因每个环节都得到清晰的勾画，而变得更为生动充实。

如《四溟诗话》卷一论汉武帝："'秋风起兮白云飞'，出自'大风起兮云飞扬'；'兰有秀兮菊有芳，怀佳人兮不能忘'，出自'沅有芷兮澧有兰，思公子兮未敢言'。汉武读书，故有沿袭；汉高不读书，多出己意。"

如《诗薮》内编卷一论汉代四言诗："汉四言自有二派：《安世》、《讽谏》、《自劾》等篇，典则淳深，商、周之遗轨也；《黄鹄》、《紫芝》、《八公》等篇，瑰奇风藻，魏、晋之前驱也。"

又如《诗薮》内编卷二论五言古作家："古诗浩繁，作者至众。虽风格体裁，人以代异；支流源委，谱系具存。炎刘之制，远绍《国风》；曹魏之声，近沿枚、李。陈思而下，诸体毕备，门户渐开。阮籍、左思，尚存其质；陆机、潘岳，首播其华。灵运之词，渊源潘、陆；明远之步，驰骤太冲。有唐一代，拾遗实阮前踪，太白纵横，亦鲍近矱。少陵才具，无施不可，而宪章祖述汉魏六朝，所谓风雅之大宗，艺林之正朔也。"在这里，文学史的发展呈现为一种有规律的演进过程，环环相扣，有变有承，有合有分，线索井然。该书同卷又专论曹植曰："《鰕䱇篇》，太冲《咏史》所自出也；《远游篇》，景纯《游仙》所自出也；'南国有佳人'等篇，嗣宗诸作之祖；'公子敬爱客'等篇，士衡群制之宗。诸子皆六朝巨擘，无能出其范围，陈思所以独擅八斗也"；"备诸体于建安者，陈王也；集大成于开元者，工部也。"将曹植与杜甫相比，指出两人都处在承先启后、集大成的特殊位置上，前后遥遥相映照。两人的历史地位于是充分凸现，从汉到唐诗歌发展的分合大势也变得一目了然。该书外编卷二论陆机、谢朓曰："两汉之流而六代也，其士衡之责乎？六代之变而三唐也，其玄晖之责乎?”手眼亦与之相同。

又如《四溟诗话》卷二云:“谢灵运‘池塘生春草’,造语天然,清景可画,有声有色,乃是六朝家数,与夫‘青青河畔草’不同。叶少蕴但论天然,非也。又曰:若作‘池边’、‘庭前’俱不佳,非关声色而何?”按谢灵运此联,宋以后论者不止数十家,言人人殊,至有撰为《池塘生春草说》专文者。[①] 其中影响较大的是叶梦得在《石林诗话》中提出的“以不用意得之为妙”说。谢榛则将它放到特定的文学史背景中来考察,认为这两句诗并不仅以“自然”取胜,而且声调低昂互节,形象清丽,“有声有色”,它正是晋宋以后重声律、重辞采的诗坛风尚的产物。谢氏此说,可谓发前人之所未发。

又如论处于六朝诗歌向盛唐诗歌转变的过渡阶段的初唐诗人,后七子复古派作家一方面注意他们的不变中之变,一方面注意他们的变中之不变。《艺苑卮言》卷四曰:“唐文皇手定中原,笼盖一世,而诗语殊无丈夫气,习使之也。”这可谓一语破的。该书同卷论初唐四杰云:“卢、骆、王、杨号称四杰,词旨华靡,固沿陈、隋之遗;翩翩意象,老境超然胜之。”数语亦可谓言简意赅,深中肯綮。

陈子昂、张九龄又可视为处于初盛唐之交的诗人。陈子昂猛烈抨击齐梁诗风,力倡复古,回拨未免稍稍过头。《艺苑卮言》卷四指出:“陈正字陶洗六朝铅华都尽,托寄大阮,微加裁断,而天韵不及。律体时时入古,亦是矫枉之过。”这里揭示了文学发展史上常见的萦迂回环现象,颇具启发意义。《诗薮》内编卷二论陈子昂、张九龄在唐代五言古诗发展中的地位云:“唐初承袭梁、隋,陈子昂独开古雅之源,张子寿(九龄)首创清淡之派。盛唐继起,孟浩然、王

---

① 参见王若虚《滹南诗话》卷一。

维、储光羲、常建、韦应物，本曲江之清澹而益以风神者也：高适、岑参、王昌龄、李颀、孟云卿，本子昂之古雅而加以气骨者也。”据此，则盛唐五言古源委秩然，脉络分明。

4. 拘于格调与后七子复古派诗歌史论的局限性

综上所述，后七子复古派作家对中国古典诗歌发展史进行了全面深入的考察。王世贞、谢榛、胡应麟等对诗歌艺术都具有献身精神，潜心研究多年，其志向之精诚，用力之勤奋，实在令人饮佩。他们将探讨的触觉伸展到每个时代、每种体裁、某位作家、某篇作品，甚至某个意象、某个词汇、某个音节，对它们一一进行考辨玩味，从中筛选出具有代表性的材料，以之为依据得出结论，这样的结论当然是翔实可靠的。因此直到今天，他们的许多观点，还因其精审详切，而为中国古典诗歌的研究者们经常征引。有些精辟的见解，已成为中国古典诗学中的不刊之论。

但后七子复古派的诗歌史论也有局限性，这主要表现在他们太拘于格调，即过于强调中国古典诗歌审美特征的规定性，而对其伸缩性相对认识不足；过分醉心于作为充分实现这种审美特征之典型形态的诗歌，而对非典型形态的诗歌，特别是审美特征已发生一定程度变异的诗歌，则不能合理对待。这样，他们的诗歌史论就不免有狭隘、僵化之弊。

在后七子复古派作家看来，古诗的审美特征在汉代已得到充分实现，近体诗的审美特征在唐代得到充分实现，因此他们最推崇汉、唐诗歌。在这二者之中，他们又认为古诗的格调更为高古。如胡应麟即说过：“四言不能不变而五言，古风不能不变而近体，势也，亦时也。然诗至于律，已属俳优，况小词艳曲乎？”（《诗薮》内编卷二）这样，他们就尤为推崇汉诗。除此之外，受宗经的传统观念的影响，他们又认为《诗经》中的诗歌是至美至善的。于是给人们一种印象：似乎唐诗的总体成就不如汉诗，诗歌是越古越好。《诗薮》内编卷二云："今人律则称唐，古则称汉，然唐之律远不若汉之古。汉自《十九首》、苏、李外，余《郊庙》、《铙歌》乐府及诸杂诗，无非神境，即下者犹踞建安右席。唐律唯开元、天宝。元、白而后，寖入野狐道中。"该书内编卷一还说："文章……语其极至，则源委于六经，泐湃于七国，浩翰于两都，西京下无文矣。非无文，文之至弗与也；东京后无诗矣，非无诗，诗之至弗与也。"这种食古不化的论调，既与中国古典诗文发展的历史事实不相符合，也与他们对唐代诗歌的具体评价自相矛盾。从总体倾向看，后七子复古派作家根据古典审美理想和古典诗歌审美特征的变迁轨迹，来考察中国古典诗歌从诞生、发展到兴盛，然后又走向衰落的历程，是颇具历史发展的眼光的。然上述论调无异对此作了自我否定，而这又是他们将格调强调过头的必然结果。

由于过分拘于格调，评价尺度变得异常褊狭。对每一首诗，都专推敲其格调如何，不能进行全方位的观照。有些很有特点的作品，甚至某些历来得到公认的名篇，因为某个意象、词汇或音节稍乖于格调，即被排除在取法的范围之外。而某些被肯定为"格调甚正"的作品，却又实在平淡无奇。这一问题在李攀龙编选的《诗删》一书上得到集中体现。据王世贞《古今诗删序》："今于鳞以意而轻退古之作者间有之，于鳞舍格而轻进古之作者则无是也。以于鳞之毋轻进，其得存而成一家言，以模楷后之操觚者，亦庶乎可矣。"（《弇州山人四部稿》卷六十七）这就是说，《诗删》的编选意图在于为学诗者立楷模，所以讲究格凋十分严格。然也正因如此，其去取往往不惬人意，就是复古派内部也多有人表示不满。《艺苑卮言》

卷四曰:“于鳞选老杜七言律,似未识杜者”;“孟襄阳‘欲寻芳草去,惜与故人违’、‘林花扫更落,径草踏还生’,韦左司‘身多疾病思田里,邑有流亡愧俸钱’,虽格调非正,而语意亦佳。于鳞乃深恶之,未敢从也。”该书卷七还说:“始见于鳞选明诗,余谓如此何以鼓吹唐音;及见唐诗,谓何以衿裾古选;及见古选,谓何以箕裘风、雅。乃至陈思《赠白马》,杜陵、李白歌行,亦多弃掷,岂所谓英雄欺人,不可尽信耶?”吴国伦《报元美书》云:“于鳞《诗删》,托之非人,徒为识者姗笑。”(《甔甀洞稿》卷五十三)胡应麟致信王世懋说:“李于鳞以诗鸣,而《唐诗选》一书去取乖方,靡关轨筏。”(《少室山房集》卷一一二《杂柬次公四通》)在《诗薮》外编卷四中又说:“沈云卿《龙池篇》用经语,不足存,而于鳞亟取之。老杜律仅七篇,而首录《张氏隐居》之作,既与舆论不合,又与己调不同,英雄欺人,不当至是。”诸人对李攀龙的批评都是正确的,然而由他们来编选,情况也好不了多少。因为格调一念时时横亘于胸中,深怕贻人口实,自然就顾虑重重,取舍多乖了。

后七子复古派作家诗歌史论的狭隘、僵化之弊,更突出地反映在他们对中唐以下特别是宋元诗歌的评论上。应该承认,中唐以下特别是宋元以来,古典诗歌的审美特征确实发生了重大变化,但这种变化乃是历史的必然。因此,我们一方面要揭示这种变化,并指出它们的继续发展最终将导致中国古典诗歌生命的终结;另一方面又要承认它们的必然性和合理性,对其中种种新变和开拓,应肯定其积极意义。后七子复古派作家却缺乏这种辩证的眼光。他们在一般理论上也强调代不废人,人不废篇。在考察中国古代诗歌发展史时,对宋、元诗歌也有所论列。但出发点多是觉得这几百年毕竟不能置之不理,或曰可以从中吸取反面教训云云。即使肯定宋、元某些诗人的某些作品，也往往着眼于它们“得杜调”，“得杜意”，“得杜体”，尚“不失唐风”等等[1]，而没有就宋、元诗歌的发展变化和宋、元诗歌的特点本身立论。胡应麟《题白乐天集》中说：“唐诗文至乐天，别是一番境界，一种风流。而世规规以格律掎之，胡耳目之隘也。”(《少室山房集》卷一百五。又参见同书卷一一八《与顾叔时论宋、元二代诗十六通》)这算是正面肯定中唐以后诗歌的变化，但它在胡应麟本人及整个后七子复古派的诗歌史论中，只是一个无意中跳出来的异样的音符。对中唐以下特别是宋、元诗歌持论太苛，是后七子复古派招致世人不满的主要原因之一。

对明代复古派诗歌创作的自我评价过高，是后七子复古派作家拘于格调的另一种表现。他们自视甚高，这是众所周知的。人们往往以其好名自夸来解释，其实他们的评判标准褊狭，亦是其中原因之一。他们既然纯粹以格调之正为论诗标准，自然就像《庄子·秋水》篇中的河伯一样，“以天下之美为尽在己”了。如《诗薮》内篇卷二：“古诗，杜少陵后，汉、魏遗响绝矣，至献吉而始辟其源；韦苏州后，六朝遗响绝矣，至昌谷而始振其步。故谓杜之后，便有北地可也；谓韦之后，便有迪功可也。”该书内编卷三又以为，李、杜及李梦阳、何景明、王世贞为七言歌行之能手，“千古宗工，五君而已”。内编卷五又说：“七言律开元之后，便到嘉靖。虽圭角巉岩，锉颖峭厉，视唐人性情风致，尚自不侔。而硕大高华，精深奇逸，人驱上驷，家握连城，名篇杰作，布满区寓，古今七言律之盛，极于此矣。”“王次公(世懋)云：‘杜陵后，能为其调而真足追配者，献吉、于鳞两家而已。’然献吉于杜得其变，不得其正，故间涉于粗豪；于鳞

---

① 参见《诗薮·外编》卷五各条及《杂编》卷五“宋人诗最善人人”条。

于杜得其正，不得其变，故时困于重复。若制作弘多，体格周备，竟当属之弇州。"这些评论，便都是从格调着眼，遂步入审美判断的误区，以至执迷不悟，难以自拔。

四、古典诗歌创作论：意与法

1. 意与法

一方面要使真实的思想感情得到自由表达，一方面又要遵循与古典诗歌的审美特征相适应的一系列法度要求。如何处理好这两者的关系，一直是摆在明代复古派作家面前的首要难题。如前所述，前七子复古派内部为此产生过激烈争论。后七子复古派作家鉴于前七子复古运动自行分化以趋泯灭的教训，更加严格地强调法度要求。而同时，后七子复古派处于新的历史条件下，浪漫文学思潮兴起的前夜，人们的思想感情、心态以至思维方式和语言习惯等进一步发生变化。于是，这两个方面之间的矛盾冲突变得更加尖锐，"意"对"法"形成了更猛烈的冲击。后七子复古派作家为了调和这对矛盾，对"意"与"法"的关系作了更深入的探讨。

首先，后七子复古派作家进一步强调了遵循与古典诗歌审美特征相适应的一系列法度要求的重要性，并对这种法度要求的内容进行更全面细致的辨析。如果说李梦阳等提出"大抵前疏者后必密，半阔者半必细"之类还只是笼统言其大概的话，那么后七子复古派作家则从字法、句法、章法、声律、用典等方面一一作了详细指陈。

关于字法，如谢榛就认为诗不宜用生僻字，"自我作古，不求根据，过于生涩，则为杜撰矣"(《四溟诗话》卷一)；诗歌贵于流畅婉转，入耳便融，因此用字必须“明爽”。像庾信《咏荷》诗去“若有千年蔡，须巢但见随”，梁简文帝《纳凉》诗云：“游鱼吹水沫，神蔡上荷心。”“蔡”就是大龟，诗人用“蔡”而不用“龟”，“字面入诗”，就“殊欠明爽”（同上卷四）。谢榛还认为诗不当用粗恶和俚俗的字。例如，“凡诗用‘恩’字，不粗则俗，难于造句”；“诗中罕用‘血’字，用则流于粗恶”。如用则必须加以“调和”，化粗恶为“精雅”（同上卷四）。李攀龙也说，诗用俚字、险字，“雅道遂病”。“然险可使安，而俚常累雅”。只有“裁去”俚字，才能恢复“雅道”。关于确认险字、俚字的标准，他同意《三韵类押》一书的编者薛某的意见：“累押字不见经传者属俚，见经传而僻若不可单举者属险”（《沧溟集》卷十六《三韵类押序》）。

关于句法，《艺苑卮言》卷一曰：“古乐府、选体、歌行有可入律者，句法、字法皆然，唯近体必不可入古耳。”这就是说，近体偶用乐府、古诗等的句法字法，或可稍添古雅意味。而古体诗若用了近体的字法句法，则必有伤气格。谢榛也认为古体和近体诗句都宁拙毋巧，“拙句不失大体，巧句最害正气”（《四溟诗话》卷一）；“意巧则浅，若刘禹锡‘遥望洞庭湖水面，白银盘里一青螺’是也；句巧则卑，若许用晦‘鱼下碧潭当镜跃，鸟还青峰拂屏飞’是也”（同上卷二）。谢榛又认为，“一句一意，虽瘦而健，虽粗而雅”；“两句一意，则流入议论”（同上卷三）。他还赞同赵孟頫提出的“律诗中间两联宜实”之说，以为“实字多则意简而句健，虚字多则意繁而句弱”（同上卷一）。据钱钟书《谈艺录》，陶宗仪《辍耕录》记赵孟頫言，“作诗虚字殊不佳，中两联填满方好”。戚辅之《佩楚轩客谈》、陆友仁《砚北杂志》亦载是说。钱先生还指出，世所谓“杜样”者，乃指雄阔高浑、实大声弘之体，如“万里悲秋常作客，百年多病独登台”、“海内风尘诸弟隔，天涯涕泪一身遥”、“指麾能事回天地，训练强兵动鬼神”、“旌旗日暖龙蛇动，宫殿风微燕雀高”、“锦江春色来天地，玉垒浮云变古今”、“三峡楼台淹日月，五溪衣服共云山”、“五更鼓角声悲壮，三峡星河影动摇”一类。李商隐、欧阳修、苏轼、张耒、陈与义、陆游、元好问等为七律，已学此体，“隐开明七子之风”。[①] 这就是说，杜甫七律确有此一法，历来学杜者见解略同，则后七子如谢榛等强调这一点不无道理。

关于章法，王世懋认为：“诗有古人所不忌，而今人以为病者。摘瑕者因而酷病之，将并古人无所容，非也。然今古宽严不同，作诗者既知是瑕，不妨并去。”他举例如：古人诗有重韵者，如任昉《哭范仆射》三押“情”字，杜甫排律亦有重韵；又有重字者，如沈云卿“天长地阔”一诗三用“何”字，王维诗中重字更多，如“暮云空碛”、“玉靶角弓”，二“马”字俱押在下。“一从归白社，不复到青门”、“青菰临水映，白鸟向山飞”，“青、白”重出。王世懋说，这些“在彼殊不妨其美，然就至美中亦觉有微缺陷，今人则不当用”；“至于首句出韵一法”，“晚唐作俑，宋人滥觞”，“尤不可学”(《艺圃撷余》)。《诗薮》内编卷四分析律诗章法云：“作诗不过情景二端。如五言律体，前起后结。中四句，二言景，二言情，此通例也。唐初多于首二句言景对起，止结二句言情，虽丰硕，往往失之繁杂；唐晚则第三、四句多作一串，虽流动，往往失之轻儇：俱非正体。唯沈、宋、李、王诸子，格调庄严，气象闳丽，最为可法。第中四句大率言景，不善学者，凑砌堆叠，多无足观。老杜诸篇，虽中联言景不少，大率以情间之。”又曰：“李梦阳云，‘叠景者意必二，阔大者半必细’，此最律诗

---

① 见《谈艺录》，第96、172—174页。

三昧。如杜‘诏从三殿去，碑到百蛮开。野馆浓花发，春风细雨来’，前半阔大，后半工细也；‘浮云连海岱，平野入青徐。孤嶂秦碑在，荒城鲁殿余’，前景寓目，后景感怀也。”《四溟诗话》卷二云：“律诗无好结句，谓之虎头鼠尾。即当摆脱常格，夐出不测之语，若天马行空，浑然无迹。”

关于用典，谢榛基本上赞同赵孟頫首倡、前七子强调的“不用隋唐以下故事”之说。他认为此论稍“执”，他的意见是“隋唐以上泛用则可，隋唐以下泛用则不可”（《四溟诗话》卷二）。王世贞认为《史记》为千古绝调，后世不可能出现第二部《史记》。他说：“呜呼，子长不绝也，其书绝矣。千古而有子长也，亦不能成《史记》，何也？西京以还，封建、宫殿、官师、郡邑，其名不雅驯，不称书矣，一也；其诏令、辞命、奏书、赋颂鲜古文，不称书矣，二也；其人有籍、信、荆、聂、原、尝、无忌之流足模写者乎？三也；其词有《尚书》、《毛诗》、左氏、《战国策》、韩非、吕不韦之书足荟蕞者乎？四也。”（《艺苑卮言》卷三）按一代有一代之人物事件，一代有一代之语言，也就一代有一代之文学，它们各有特点。王世贞认为今不如古，这自然是不对的。但他指出后世之人物事件语言等已与汉代不同，这些因素都影响到文学的风格特征，因此后世人不可能写出重现《史记》风貌的作品，这又无疑是正确的。

由于过分注重法度，一味追求字法、句法、章法等的“简古”，后七子复古派作家有时也走到因法害意、吹毛求疵的地步。如谢榛评杜牧《清明》诗“借问酒家何处有，牧童遥指杏花村”二句云：“此作宛然入画，但气格不高。或者易之曰‘酒家何处是，江上杏花村’，此有盛唐调。予拟之曰：‘日斜人策马，酒肆杏花西。’不用问答，情景自见。”又评刘禹锡《乌衣巷》诗，以为“旧时王谢堂前燕，飞入寻常百姓家”二句“讲得太细”,有人改为“王谢堂前燕,今飞百姓家”。谢以为这才“不伤气格”。他又自拟云“王谢豪华春草里,堂前燕子落谁家”,以为这才“讲得不细”,即没有过于直露。按谢榛以为《清明》诗“气格不高”者,以其用了“借问”、“何处”、“遥”等词语,使语气稍缓之故也。然此诗正妙在一问一答,主人心情之闲澹、牧童之淳朴、乡村景色之优美,尽由此传达出来。刘禹锡诗也正以明畅精警、发人深省见长。经谢榛一改,语意转晦,力度全失。

不过,与少数这样死拘于法的例子相对照的,是后七子复古派作家大量关于不应拘泥于法的论述。如同是一个谢榛,他在《四溟诗话》中又反复强调,诗句固然应该力求简古,但也不是越简越好。有“简而妙”者,也有“简而弗佳”者;有简胜于繁者,有繁胜于简者。总之当以意义畅达而又含蓄为目标。简而不畅,或繁而直露,皆不佳(卷二)。他推崇杜甫“星垂平野阔,月涌大江流”诗句“句法森严,‘涌’字尤奇”。同时又说:“可严则严,不可严则放过些子。若‘鸿雁几时到,江湖秋水多’,意在一贯,又觉闲雅不凡矣”(卷一)。他一方面强调,“诗如造物,一句不工,则一篇不纯,是造物之不完也”(卷一),因此“诗不厌改,贵乎精也”(卷二)。但同时又承认创作中灵感“天机”的作用:“诗有天机,待时而发,触物而成,虽幽寻古索,不易得也”;“所谓尽日觅不得,有时还自来。”根据一般的法度,“诗以两联为主,起结辅之,浑然一气。”但有时又不尽然,“或以起句为主,此顺流之势,兴在一时。”最后,他用兵法中的奇正说来比诗歌创作中守法与不拘泥于法的关系:“李靖曰:‘正而无奇,则守将也;奇而无正,则斗将也;奇正皆得,国之辅也。’譬诸诗,发言平易而循乎绳墨,法之正也;发言隽伟而不拘乎绳墨,法之奇也;平易而不执泥,隽伟而不险怪,此奇正参伍之法也。”(卷二)

值得注意的是，后七子复古派作家还对专门讲究法度技巧的倾向提出了批评。谢榛认为："唐人诗法六格，宋人广为十三，曰：'一字血脉，二字贯穿，三字栋梁，数字连序，中断，钩锁连环，顺流直下，单抛，双抛，内剥，外剥，前散，后散。'谓之'层龙绝艺'。作者泥此，何以成一代诗豪耶"（《四溟诗话》卷一）；"杨仲弘律诗三十四格，谓自杜甫门人吴成、邹遂传其法。然窘于法度，殆非正宗"（卷二）；"《诗人玉屑》集唐人句法，悉分其类，有裨于初学。但风、骚句法，皆有标题；若'马倦时衔草，人疲数望城'，则曰'公明布卦'；若'芹泥随燕嘴，花蕊上蜂须'，则曰'东方占鹊'。殆与棋谱、牌谱相类，论诗不宜如此。"（卷二）王世贞对王维桢学杜甫专从法度技巧着眼也很不以为然："王允宁生平所推伏者独杜少陵，其所好谈说，以为独解者，七言律耳。大要贵有照应，有开阖，有关键，有顿挫。其意主兴、主比，其法有正插，有倒插。要之杜诗亦一二有之耳，不必尽然。予谓允宁释杜诗法，如朱子注《中庸》一经，支离圣贤之言，束缚小乘律，都无禅解。"（《艺苑卮言》卷七）

如何学法、守法而不为法所拘，于是后七子复古派作家不约而同谈到了"悟"的问题。"悟"就是在达到对众法的熟练掌握、烂熟于心的基础上，领悟到用法的精义，从必然王国走进自由王国。用法或正或奇，或此或彼，完全自由随意，不为法度所拘，而又无不妙合于法。当然，"悟"不可能凭空而得，必须"学"到一定程度后，才有可能"悟"。非学无以致悟，非悟无以尽学之妙，两者结合，不可偏废。《四溟诗话》卷三云："悟不可恃，勤不可间。悟以见心，勤以尽力。此学诗之梯航，当循其所由而极其所至也。"《艺苑卮言》卷一曰："首尾开阖，繁简奇正，各极其变，篇法也；抑扬顿挫，长短节奏，各极其致，句法也；点缀关键，金石绮綵，各极其造，字法也。篇有百尺之锦，句有千钧之弩，字有百炼之金，文之与诗，固异象同则。孔门一唯，曹溪汗下后，信手拈来，无非妙境。”《诗薮》内编卷二曰：“严氏以禅喻诗，旨哉。禅则一悟之后，万法皆空，棒喝怒呵，无非至理。诗则一悟之后，万象冥会，呻吟咳唾，动触天真。然禅必深造而后能悟，诗虽悟后，仍须深造。自昔瑰奇之士，往往有识窥上乘，业阻半途者。”同书内编卷五又曰：“汉、唐以后谈诗者，吾于宋严仪卿得一‘悟’字，于明李献吉得一‘法’字，皆千古词场大关键。第二者不可偏废，法而不悟，如小僧缚律；悟不由法，外道野狐耳。”

关于意与法的关系，后七子复古派作家首先指出，意是占主导地位的。在这点上王世懋的意见最值得重视。他在《艺圃撷余》中说：“谈艺者有谓七言律一句不可两入故事，一篇中不可重犯故事。此病犯者故少，能拈出亦见精严，然我以为皆非妙悟也。作诗到神情传处，随分自佳。下得不觉痕迹，纵使一句两入，两句重犯，亦自无伤。如太白《峨眉山月歌》，四句入地名者五，然古今目为绝唱，殊不厌重。蜂腰、鹤膝、双声、叠韵，休文三尺法也，古今犯者不少，宁尽被汰耶？”人们之特重法度，主要是怕有伤于格调。王世懋则认为，就性情（意）与格调而言，前者也是更为本质的东西：“今世五尺之童，才拈声律，便能薄弃晚唐，自傅初、盛。有称大历以下，色便赧然。然使诵其诗，果为初邪？盛邪？中邪？晚邪？大都取法固当上宗，论诗且莫轻道。诗必自运，而后可以辨体；诗必成家，而后可以言格。……故予谓今之作者，但须真才实学，本性求情，且莫理论格调。”

胡应麟的意见似与王世懋稍异。他认为：“作诗大要不过二端，体格声调、兴象风神而已。体格声调有则可寻，兴象风神无方可执。故作者但求体正格高、声雄调鬯。积习之久，矜持尽化，形迹俱融，兴象风神，自尔超迈。譬则镜花水月，体格声调，水与镜也；兴象风神，月与花也。必水澄镜朗，然后花月宛然。讵容昏鉴浊流，求睹二者？故法所当先，而悟不容强也。”（《诗薮》外编卷一）不过，胡应麟是从讲习的顺序的角度，是基于舍“体格声调”则“兴象风神”无由得见，而强调“法所当先”的。这并不意味着他认为“体格声调”比“兴象风神”更重要。恰恰相反，他说讲习“体格声调”的根本目的乃在于达到“兴象风神，自尔超迈”，这表明他还是认为后者才是诗歌的精蕴之所在。清代姚鼐在《古文辞类纂·序目》中说：“所以为文者，曰神理气味、格律声色。神理气味者，文之精也；格律声色者，文之粗也。然苟舍其粗，则精者亦胡以寓焉。”胡氏与姚氏一言诗，一言文，但思路十分接近。姚氏强调舍“格律声色”则无由见“神理气味”，同时又指出前者属“文之粗”，后者才是“文之精”，其意向亦与胡氏相同。

后七子复古派作家关于意与法的关系的最高理想，乃是二者的完美统一，“意在笔先，笔随意到；法不累气，才不累法”（《艺苑卮言》卷七）；“不屈阏其意以媚法，不骫骳其法以殉意。”（《弇州山人四部稿》卷六十七《五岳山房文稿序》）关于这一理想，李攀龙在《古诗后十九首》小序中用了一个很巧妙的比喻来加以形容：“制辔筴于垤中，恣意于马，使马不得旁出，而居然有一息千里之势。”（《沧溟集》卷三）王世贞在《五岳山房文稿序》中也打了一个比方：

吾来自意而往之法，意至而法偕至，法就而意融乎其间矣。夫意无方而法有体也。意来甚难，出之若易；法往甚易，而窥之若难：此所谓相为用也。左氏法先意者也，司马氏意先法者也，然而未有不相为用者也。不睹乎造物者之于兆类乎？

走飞夭乔，各有则而不失真。迨乎风容精采流动而为生气者，不乏也。彼见乎剽拟而少获其似以为真，曰吾司马、左氏矣，所谓生气者安在哉？任于才之近，一发而自以为生色，曰：何所用司马、左氏为？不知其于走飞夭乔之则何如也。

像在大道上飞奔的骏马，既自由驰骋，又不偏离道路；像在天空中自由飞翔的小鸟，飞得那样轻巧自如，却无时不符合自然的法则。这是一种多么美妙的境界！然而比喻终究只是比喻，它尽管巧妙无比，仍于解决现实问题无补。实际上，古典诗歌这种艺术形式以及与它的审美特征相联系的一系列法度要求，已经与明代中晚期人们的思想感情和思维方式等相当不适应。要完全守法，势必妨碍思想感情的自由表达；要自由表达思想感情，又势必突破法。二者的完美统一，实际上已不可能。在这种情况下，复古派作家最终还是选择了宁"屈阏其意"，也不"骫骳其法"的立场。如王世贞在《张伯起集序》等文中，就称赞张凤翼等人在创作诗古文时，为了无伤于法，"有才而不求尽"。（《弇州续稿》卷四十二）这样，后七子复古派作家关于意与法关系的理论，就终于向守法的一端倾斜、向保守的方向滑落了。

2. 学古与创新

关于学古，后七子复古派作家与前七子一样，强调取法须高，入门须正。李攀龙《诗删》欲为学诗者立楷模，宋、元诗一首不选，唐以后直接明代。谢榛也认为："有学晚唐者，再变可跻上乘；学宋者，则堕下乘而变之难矣"（《四溟诗话》卷四）；"《瀛奎律髓》不可读，间有宋诗纯驳于心，发语或唐或宋，不成一家，终不可治"（同上卷二）。

但王世贞等人同时也强调，学诗者"骨格既定"之后，齐、梁诗及宋、元诗“亦不妨看”。(《艺苑卮言》卷四)将它们一概束之高阁，眼光不免狭隘。如《艺苑卮言》卷一云:“世人选体，往往谈西京、建安，便薄陶、谢，此似晓不晓者。毋论彼时诸公，即齐、梁纤调，李、杜变风，亦自可采。贞元而后，方足覆瓿。大抵诗以专诣为境，以饶美为材。师匠宜高，捃拾宜博。”《诗薮》内编卷二也说:“齐、梁、陈、隋，世所厌薄，而其琢句之工，绝出人表。用于古诗不足，唐律有余。初学置之可也，若终身不敢过目，即品格造诣概可知矣。”同书内编卷四又以为，李商隐等善于用事，“世欲束晚唐高阁，患顶门欠只眼耳，要皆吾益友也”。

关于学古的更重要的问题，还是如何处理学古与创新的关系。后七子复古派作家的理想，是既学古人，遵古法，又有所创新，而不流于剽窃雷同。胡应麟论五古的写作云:“不用其格，便非本色;一剽其语，便非名家。”(《诗效》内编卷二)这也可以看成后七子复古派对古典诗歌整体创作的看法。他们曾反复强调创新的重要性。如对杜甫的新乐府诗不拟赋古题，即事名篇，无有倚傍，他们就一致表示赞赏。《艺苑卮言》卷四云:“青莲拟古乐府，以己意己才发之，尚沿六朝旧习，不如少陵以时事创新题也。少陵自是卓识。”《诗薮》内编卷二也说:“少陵不效四言，不仿《离骚》，不用乐府旧题，是此老胸中壁立处。然风骚乐府遗意，杜往往深得之。太白以《百忧》等篇拟‘风、雅’,《鸣皋》等作拟《离骚》，俱相去甚远。”

后七子复古派以剽窃模拟受到世人的猛烈抨击，有意思的是，他们自己对剽窃模拟深恶痛绝的程度，似乎并不亚于世人。《四溟诗话》卷二云:“作诗最忌蹈袭。”《艺苑卮言》卷四云:“剽窃模拟，诗之大病”;“乃至割缀古语，用文已陋，痕迹宛然。……斯丑方极”;“若陆机《辨亡》、傅玄《秋胡》、近日献吉‘打鼓鸣锣何处船’语，令人一见匿笑，再见呕哕，皆不免为盗跖、优孟所訾”。复古派鄙薄宋诗，原因之一就是宋代诗人多剽窃唐人诗句。王世贞举例道：“李太白有‘人烟寒橘柚，秋色老梧桐’句，而黄鲁直更之曰：‘人家围橘柚，秋色老梧桐。’晁无咎极称之，何也？余谓中只改两字，而丑态毕具，真点金作铁手耳”；“又有点金成铁者，少陵有句云‘昨夜月同行’，陈无已则曰‘勤勤有月与同归’；少陵云‘暗飞萤自照’，陈则曰‘飞萤无失照’；少陵云‘文章千古事’，陈则云‘文章平日事’；少陵云‘乾坤一腐儒’，陈则云‘乾坤着腐儒’；少陵云‘寒花只暂香’，陈则云‘寒花只自香’，一览可见”。汪道昆也认为：“故入不必同，要之遇合；适不必同，要之悦心。其或不然，直糟粕耳。”（《太函集》卷二十《秦汉文钞序》）

对于明代复古派特别是后七子复古派本身的剽窃模拟之弊，王世贞等人也具有自知之明，并给予了严厉批评。他们表示了这样的看法，即发之自然而又合于古法，乃是最理想的境界。如果不能达到这种境界，则宁愿按照自己的思想感情和学力的真实状况，因质顺势，以求小就，也不要为求貌似古人而剽窃模拟，因为剽窃模拟是比失去格调更糟糕的事情。如王世贞在回顾后七子复古运动兴起以来文坛的状况时说：

> 今天下人握夜光，途遵上乘，然不免邯郸之步，无复合浦之还，则以深造之力微，自得之趣寡。《诗》云：“有物有则。”又曰：“无声无臭。”昔人有步趋华相国者，以为形迹之外学之，去之弥远。又人学书，日临《兰亭》一帖，有规之者云：此从门而入，必不成书道（按此指苏轼言章惇学书事）。然则情景妙合，风格自上，不为古役，不堕蹊径者，最也；随质成分，随分成诣，门户既立，声实可观者，次也；或名为闰继，实则盗魁，外堪皮

相，中乃肤立，以此言家，久必败矣。（《艺苑卮言》卷五）

在《与李仲子能茂》中他更痛切地说道：

足下又谓吴、越间有动为僻棘、好创异谈，自谓追踪邃古，得非刘子威、吴瑞谷诸君哉？此不过日取三《苍》五《雅》、扬雄《方言》之类，字剽而句拟之，以文其陋。足下但读《左》、《国》、《短长》、贾谊、史迁数大家言，何尝有此也？若尔，更不如昌黎、河东、庐陵、眉山之为快。（《弇州续稿》卷一百八十一）

不过，批评归批评，剽窃模拟还是成为复古派的痼疾。因为复古派的作家们毕竟还是想“取乎其上”，不肯自动放弃复古的追求。而在学古中，古典诗歌的审美特征（格）与它的语言法度要求等（语）是密切相关的。如何“用其格”而不“剽其语”，始终是一个难题，或者说是一个根本无法达到的目标。复古派作家想得其“格”，就不免“剽其语”。结果是“格”没有真正得到，剽窃模拟之病却着实落下了。我们对后七子复古派作家的文学理论作上述梳理，主要是想证明，复古派作家并不像现代某些研究者想象的那样愚蠢。至少在理论上，他们也知道剽窃模拟为文学创作之大忌，也懂得创新的重要性。至于他们最终没有走出这道怪圈，则有更深刻的原因在。

五、关于王世贞的“晚年定论”问题

所谓王世贞的“晚年定论”，与李梦阳的“晚年自悔”之说一样为人们所熟知。后者是某些现代学者的创见，前者的发明权则属于钱谦益。他在《列朝诗集》中反复强调此说，其目的是想证明，王世贞晚年已对复古运动作了自我否定，这当然比他钱某对复古派的攻击更具有说服力。首先，王世贞前后的文学观念确实发生了较大变化，但这种变化并非始于晚年，更不是到临终前才发生，而是早年即已开始，并且经历了一个过程。七子结社之初，王世贞对诗古文所知不多，因此完全笃信李攀龙的观点。但他天分极高，又勤于用功，不久便逐步形成了自己的见解，并与李攀龙在理论上产生分歧。大约李偏重法度，王侧重才情；李严于持"格"，王较重变化；李强调"拟议"，王侧重于创新。看来他们谁也没有说服对方。胡应麟记庚辰（万历八年）夏赴太仓访王世贞，共同"谭艺"，"偶及"李攀龙文，王世贞说："余初年亦步骤其作，后周览战国、西京诸家，乃翩然改辙。于鳞初极不喜，久之，余持论益坚，李遂止弗复更言。"（《少室山房集》卷一百六《书二王评李于鳞文语》）王世贞《艺苑卮言》卷七曰："余尝有《漫兴十绝》，其一云：'野夫兴到不复删，大海回风生紫澜。欲问济南奇绝处，峨眉天半雪中看。'於乎，此义邈矣，寥寥谁解者。"《与吴明卿》曰："刻成古乐府，独以元美、于鳞耳，又得足下而三。然不佞伤离，于鳞伤合，足下亦不胜其合矣"；"夫离者病独览，合者病双阅。"（《弇州山人四部稿》卷一百二十一）《与屠长卿》又曰："于鳞居恒谓富有之谓大业，日新之谓盛德，拟议以成其变化，为文章之极则。余则以日新之与变化，皆所以融其富有拟议者也。间欲与于鳞及之，至吻瑟缩而止，不意得绝响于足下也"；"夫仆之病在好尽意而工引事。尽意而工事，则不能无入出于格。以故诗有堕元、白或晚季近代者，文亦有堕六朝或唐、宋者。仆亦自晓之，偶不能割爱"（《弇州续稿》卷二百）。凡此种种，都是表明他与李攀龙的不一致。

据王世贞《古今诗删序》，"戊午"（嘉靖三十七年）以前，他还经常把作品交给李攀龙删改，此后则不复然。这表明他从那时起开始摆脱了李攀龙的强有力的影响，在理论和创作上完全独立。因父难长期家居后，眼光变得更为通达，更少谈格调，而更重变化，重创新。隆庆三年任浙江参政时，他写信给徐中行说："仆于诗格气比旧似少减，文小纵出入。然差有真得，以告足下：大江而上，自楚、蜀以至中原，山川莽苍浑浑，江左雅秀郁郁。咏歌描写，须各极其致。吾辈篇什既富，又须穷态极变，光景长新。序论奏札，亦微异传志，务使旨恒达而气恒贯。时名易袭，身后可念，与足下共勉之。"(《弇州山人四部稿》卷一百十八《与徐子与》)

周亮工《书影》记王世贞临终前把玩苏东坡集不置，《列朝诗集》引其说，以为王世贞晚年文学规念转变之证。其实王世贞历来就喜阅白居易、苏轼集，只不过早年还欲矫情掩饰而已。《弇州山人四部稿》刻于万历四年任郧阳巡抚时，收这以前的作品。仅以该书为例，提到白、苏集的诗作就至少有：卷二十六《岁暮事稀偶展白傅〈长庆集〉不觉有入戏作》，作于嘉靖三十五年谳狱顺义时；卷五十《初夏屏居山亭与国手刘君弈倦偶拈〈长庆集〉得一绝句》，作于嘉靖四十年左右家居时；卷十五《案头苏诗一编，偶展读之，有云"龙钟三十九，劳生已强半。岁暮日斜时，还为昔人叹"，公倅余杭日作，盖取白乐天语兴感也。此公尚为摇落语，吾辈宁无穷途之恸。因成一章，兼示舍弟。虽然，公兄弟名位穹显，晚节各夭。而吾以早废弃，故相守田亩间，差为优耳，他固不敢较也》，按此诗作于嘉靖四十四年家居时。卷五十二《偶览元、白〈长庆集〉有感逝者》，作于隆庆初返朝不久。卷五十一《秋日官舍无事携元、白〈长庆集〉阅一遍题此二绝句后置之箧中矣》，作于隆庆中转山西按察使之前；卷二十一《题王晋卿〈烟江叠嶂图〉苏子瞻歌后仍用苏韵》，作于隆庆中辞山西按察使后；卷十五《偶成齿发吟作长庆体示伯龙、子念、君载》，作于隆庆中家居时；卷十五《江、黄二州谒白尚书、苏端明祠有感》，作于隆庆中起补湖广按察使时。至于《弇州续稿》中，提到白、苏二人及他们的文集之处更多。从这些作品中可见，王世贞是经常把他们的文集带在身边、置于案头的。不断的“偶阅”，也就不能算是“偶阅”了。

其次，在晚年，王世贞的文学思想继续发生变化，但最终没有放弃和否定复古的主张，这主要体现在他晚年所著的《读书后》八卷中。此时他对复古派创作的剽窃模拟之弊看得更为清楚，因此抨击更力。他批评李攀龙之文“以古语而传新事，使不可识”（卷四《书李于鳞集后》），指出复古派诸子的创作是“声响而不调，格尊而亡情实”（《弇州续稿》卷四十七《汤迪功诗草序》），是“极意于鼓铸刿镂以求肖乎作者之模，及夫真模出而不能无少索矣”（《弇州续稿》卷四十五《陶懋中镜心堂草序》）；是“方寸间先有他人而后有我，是用于格者也，非能用格者也”（《弇州续稿》卷五十一《邹黄州鹪鹩集序》）。针对这种情况，王世贞进一步强调性情之真对文学创作的重要意义。在《与颜廷愉》中他指出，“夫文有格有调，有骨有肉，有篇法有句法有字法”，但仅仅注意到这些是远远不够的。“文之所以为文者三，生气也，生机也，生趣也”，这才是更为本质的东西。“至于诗，古体用古韵，近体必用沈韵。下字欲妥，使事欲稳，四声欲调，情实欲称”，这些都是一般的“彀率规矩”。在此基础上，应该“取机于性灵”（《弇州续稿》卷一百八十二），这才是更为重要的。关于创作过程，他也推崇苏轼的“如万斛之泉，取之不竭，唯行乎其所当行，止乎其所不得不止”之说，主张由追求“人巧”达到“天巧”，即自然而然。

由于文学观念的变化，加上晚年心气趋于平和，王世贞对某些作家作品的评论不再那样偏激。如《读书后》卷四《书李西涯古乐府后》云："吾向者妄谓乐府发自性情，规沿风、雅。大篇贵朴，天然浑成；小语虽巧，勿离本色。以故于李宾之《拟古乐府》病其太涉论议，过而抑剪，以为十不得一。自今观之，亦何可少。夫其奇旨创造，名语叠出，纵不可被之管弦，自是天地间一种文字。若使字字求谐于《房中》、《铙吹》之调，取其声语断烂者而模仿之，以为乐府在是，毋亦西子之颦、邯郸之步而已。"这就是说，他从前过于贬低李东阳的乐府诗，是因为过分执于乐府诗的审美特征和法度规范；现在评价发生变化，则是因为认清了生硬模拟的严重弊端。在卷三《书韩文后》、《书柳文后》，卷四《书归熙甫文集后》中，他对韩愈、柳宗元、归有光等人的散文也给予了较高评价。

但是，细心读王世贞的这些文字，就会发现，他的这些思想只是前期思想的延伸，并没有发生根本性的转变。第一，在隆庆六年完成的《艺苑卮言》等论著中，他就反复强调过性情之真的重要性，对复古派内部的剽窃模拟之风作过猛烈批评，这些言论已见前引。第二，他后期主要是肯定了韩、柳和归有光的散文，而没有提到诗。他历来就是将中唐以下的诗与文分别看待的，如在《艺苑卮言》卷四中，他就肯定过："永叔之文雅而则，明允之文浑而劲，子瞻之文爽而俊，子固之文腴而满，介甫之文峭而洁，子由之文畅而平。"第三，即使是对这些人的散文，他的肯定也是有保留的。如评韩愈则曰："谓之文士，则西京而下，故当以牛耳归之"；评归有光则曰："故是近代名手。"这就与复古派文宗秦、汉的主张不矛盾了。（顺便指出，王世贞在《归太仆赞》中说："千载有公，继韩、欧阳。余岂异趋，久而始伤。""始伤"者，为两人之间往日的误会而伤感。也就是《书归熙甫文集后》中所说的："无言不酬，吾又何憾哉！吾又何憾哉！"钱谦益在《列朝诗集》的"王世贞小传"中，将"始伤"改为"自伤"。一字之改，这段话便成为王世贞的悔过书，成为"晚年定论"的又一佐证了。）

与此同时，王世贞仍然坚持复古派的基本观点，这首先表现为对理学的批判。如《读书后》卷五《读管子》云："昔宋之南压于金若卵矣，而濂、闽之徒，日谆谆以正心诚意之说告其君，至于用略焉。万一不幸而君任之，井吾田，车吾兵，不逾时而社稷饱敌矣。"对于文学创作中受理学影响而产生的理性化倾向，王世贞仍然毫不留情。卷三《书曾子固文后》曰："子固有识有学，尤近道理，其辞亦多宏阔遒美，而不免为道理所束。间有阘塞而不畅者，牵缠而不了者，要之为朱氏之滥觞也。朱氏以其近道理而许之。近代王慎中辈，其材力本胜子固，乃掇拾其所短而舍其长，其阘塞牵缠迨又甚者，此何意也？"卷四《书三苏文后》又认为："子由稍近理，故文彩不能如父兄，晚益近理，故益不如。"同卷《书陈白沙集后》对陈献章的部分诗歌予以肯定；"陈公甫先生诗不入法，文不入体，又皆不入题，而其妙处有超乎法与体与题之外者。予少年学为古文辞，殊不能相契，晚节始自会心。偶然读之，或倦而跃然以醒，不饮而陶然以甘，不自知其所以然也。"这主要是指陈献章那些"以山水通于理趣"的作品。至于更直露地谈道说性、语言也更熟滥的邵雍、庄昶等人的作品，王世贞则予以痛斥："若邵尧夫非不有会心处，而沓拖跐踧，种种可厌。譬之剥荔枝、荐江瑶柱以佐葡萄之酒，而馁鱼败肉、枭羹蛙炙杂然而前进，将掩鼻抉喉呕哕之不暇，而暇辨其味乎。然公甫乃极推重庄孔旸，又尧夫靡也。"

对于宋代以下的诗歌，王世贞此时的态度有所变化，但仍反复强调“用宋”，而不能为宋所用。卷四评苏轼、黄庭坚之诗曰：“苏长公之诗，在当时天下争趣之，若诸侯王之求封于西楚。一转首而不能无异议，至其后则若垓下之战，正统离而不再属。今虽有好之者，亦不敢公言于人，其厄亦甚矣。余晚而颇不以为然。彼见夫盛唐之诗格极高，调极美，而不能多有，不足以酬物而尽变，故独于少陵氏而有合焉。所以弗获如少陵者，才有余而不能制其横，气有余而不能汰其浊。角韵则险，而不求妥；斗字则逞，而不避粗。所谓武库中器，利钝森然，诚有以切中其弊者。然当其所合作，亦自有斐然而不可掩。无论苏公，即黄鲁直倾奇峭峻，亦多得之少陵，特单薄无深味，蹊径宛然，故离而益相远耳，鲁直不足观也。庄生曰：神奇化而臭腐，苏公时自犯之；臭腐复为神奇，则在善观苏诗者。”孤立地从这里面挑出一两句话，或以为王世贞对宋诗的评价已彻底改变。但完整地理解上述言论，则可看出并非如此。只是其中对苏诗为什么会趋向新变的原因进行了客观的分析，这比早期笼统地否定是中肯多了。王世贞晚年因对苏轼兴趣趋浓，还将苏轼的年谱传志及遗闻轶事等编为《苏长公外纪》十卷，在序言中极力推崇苏轼各方面的成就，言及文学方面则曰：“毋论苏公文，即其诗最号雅变杂糅者，虽不能为吾式，而亦足为吾用。”（《弇州续稿》卷四十二《苏长公外纪序》）他在为慎子正所编《宋诗选》作序时也说：“余故尝从二三君子后抑宋者也，子正何以梓之？余何以从子正之请而序之？余所以抑宋者，为惜格也。然而代不能废人，人不能废篇，篇不能废句，盖不止前数公（指欧、苏、黄、陆、杨等）而已，此语于格之外者也。今夫取食色之重者与礼之轻者比之，奚啻食色重？夫医师不以参苓而捐溲勃，大官不以八珍而捐胡禄障泥，为能善用之也。虽然，以彼为我则可，以我为彼则不可。子正非求为伸宋者也，将善用宋者也。……乃信阳之评的然矣，曰‘宋人似苍老而实疏卤，元人似秀峻而实浅俗’。之二语也，其二季之定裁乎？”(《弇州续稿》卷四十一《宋诗选序》)凡此种种，都贯穿着用宋而不能为宋所用的观点。

同时，王世贞还反复强调必须持“格”、守“法”。《弇州续稿》卷一百八十一《与华孟达》希望他为“化工之叶木”，不为“玉工之叶玉”。即要求他重视文学作品的天然生趣，不要为法度所束缚。而同卷《与华仲达》则说：“向者与足下伯氏书”，谓当为“造物之叶木也，毋为宋人之叶玉也”；虽然，“夫雕虫者文也，其谁能不叶玉？谓叶玉而不失叶木之意也。篇有眼曰句，句有眼曰字，字有字法，句有句法，篇有篇法，此三者不可一失也”。这可算是王世贞晚年既重意又重法、认为二者不可偏废的一个典型例子。在给其他文学后进的书信或为他们的诗文集作的序中，王世贞也念念不忘“格”与“法”，苦口婆心地劝导他们持“格”守“法”。如《弇州续稿》卷四十《魏懋权时义序》批评魏允中初为文“义奇甚，然不能俯就格”。同卷《沈嘉则诗选序》云：“夫格者，才之御也；调者，气之规也。子之向者，遇境而必触，蓄意而必达，夫是以格不能御才，而气恒溢于调之外。……今子能抑才以就格，完气以成调，几于纯矣。”卷四十二《陈子吉诗选序》赞陈诗“格恒足以规情，质恒足以御华”。同卷《真逸集序》曰：“余所谓诗之格者，若器之有格也，又止也，言物至此而止也。”序中还称赞毛文蔚的诗“有恒调而无越格”。卷一百九十一《与周元孚》也说：“足下能抑才以保格，舍象而先意，去色泽而完风骨，大难大难。”

当王世贞的暮年，浪漫文学思潮已在滥觞，复古运动实际上已呈自行瓦解并与浪漫文学思潮合流之势。复古理论所规定的一道道界限被打破，所谓"格"与"法"的概念成了复古阵营的最后一道防线，风烛残年的王世贞仍然力图守住这道防线。由此可见，说是古典审美理想和古典诗歌的审美特征具有迷人的魅力也好，说是王世贞的思想顽固不能跟上时代的步伐也好，他反正是至死没有放弃复古的主张。

第八章　复古运动第二次高潮的诗文创作

如果说后七子复古派作家对中国古典诗歌审美特征及其发展变迁轨迹的探讨后出转精，更趋系统和深入，因而在理论上的建树要超过前七子复古派作家，那么他们的创作成就则不如后者。就后七子复古派作家的创作本身而言，又是诗胜于文，前期胜过后期。这主要是由下列原因造成的。第一，前七子复古派作家还经历过弘治朝一段政治比较开明的时期，因此曾对现实充满信心，对前途充满理想。嘉靖中后期则是政治腐败，社会矛盾重重，要恢复古典审美理想，更加缺乏现实基础。因此，后七子复古派作家一开始就基本上不提恢复唐、虞盛世的社会理想，而把复古仅限于文学领域内。因为缺乏一种社会理想作精神支柱，后七子复古派作家的精神状态总的来说不如前七子复古派作家那样饱满、深沉、坚毅，而显得空洞、单薄、苍白。后七子结社之初，几位青年官员聚在一起酣饮高歌，要说是一场有深刻意义的思想文化活动，倒不如说是一种带有幼稚清狂色彩的浪漫之举。及至后来，复古成了一块在文坛猎取名利的招牌，它的精神实质更加流于肤廓。这一点，导致了复古派诗文创作内在精神力量的贫乏。第二，后七子复古运动已经丧失了前七子复古运动所具有的打破明前中期思想文化界沉寂局面的进步意义，在它兴起时，思想文化领域的浪漫思潮已初露端倪。这一思潮倡导反传统，突破传统。在这种新的历史条件下，复古派还停留在力图恢复古典审美理想的水平上，就不免显得步履蹒跚、落后过时了。这一点，导致了后七子复古派作家诗文创作的思想光辉趋于暗淡。第三，前七子复古运动始终与大故迭起的社会现实密切相关。后七子复古派作家则主要参加了反对严嵩集团的斗争，这一斗争在嘉靖末结束。东南的倭患，北方蒙古军队的进攻，也大致在同时平息下来。高拱、张居正、王崇古、方逢年等人主持"俺答封贡"后，北方边境更是经历了明朝历史上空前绝后的二十年安宁。从隆庆到万历前期，是明王朝中后期一段比较太平兴盛的时期。安定的社会环境，使文学家们关注现实的热情松懈下来。苍生之幸，也许正是诗人的不幸。同时，如前所述，嘉靖皇帝在夏言、严嵩等人支持下严禁"谤讪"；张居正在政治上的作为与朱厚熜、严嵩等迥异，而力戒文人学士讥议朝政却与他们如出一辙。在这种情况下，文学家们多有顾忌，不敢广泛、深入地涉及社会现实。于是，后七子复古派作家诗文创作的现实意义明显减退。

在艺术上，前七子倡导复古，基本主张已经明确，但在题材、体裁、风格等方面持论还不特别严格。各家的独立性也较大，不尽强求一律。在我们看来，前七子复古派诗文创作中最可取的，正是那些既基本遵循复古主张、力图保持古典诗歌的审美特征，又不尽为其所束缚、具有一定的独创性的作品。但前七子复古派也正因为持论不十分严格，从而分化出六朝初唐派与中唐派，并最终导致了复古运动的自我泯灭。后七子复古派作家鉴于这一教训，持论更严，趋向更专一，然而又因此走进了题材、体裁、风格更加狭窄单一的死胡同。李攀龙在复古派阵营内像一个专横的家长，稍持不同意见的成员，如谢榛，都要受到严厉处罚。在体裁方面，胡应麟曾总结道："弘、正诸贤律诗寡合，而古作时自可观；嘉、隆诸子近体偏工，而古风几复绝响。"（《少室山房集》卷一一二《杂启长公小牍九通》）这一说法是符合事实的。然古体恰恰是给作者留下了较大的自由创造余地的体裁，而近体则法度最严，对作者的束缚最大。在取法的榜样和风格追求方面，后七子界域更明，连六朝初唐和中唐也视为厉禁。如梁有誉初"尤工齐梁"，后乃"幡然悔之"（《列朝诗集》"梁有誉"条引王世贞《诗评序》语），这无疑是给自己又缚了一层绳索。前七子也最崇盛唐，但于盛唐各家中还各有所师，后七子则集中于学杜甫。宋征舆在《皇明诗选》卷一中指出："何、李刻意少陵，迪功独宗太白，神到之作，自能成一家言，不若嘉靖时七子同境也。"这一分析也是很中肯的。即在杜甫诗歌中，也是多种风格并存。而且正因如此，他能成为集大成者。后七子却认为杜甫诗歌风格技法等还不够"纯正"，还要加以拣择。《诗薮》内编卷五颇为自得地说："老杜好句中叠用字，如'高江急峡'、'小院回廊'、'桃花细逐杨花落'、'便下襄阳向洛阳'之类，颇令人厌。宋世黄、陈竞相祖袭，国朝献吉病亦坐斯。嘉、隆一洗此类，并诸拗涩变体，而独取其雄壮闳大语为法，而后杜之骨力风格始见。"殊不知这正是后七子的一个重大失误。杜诗的"骨力风格"固然主要见于此，但只有与杜诗的"血肉"组合在一起，才构成杜诗的整体。连任何变体、变格都排除在外，只学一体，只守一格，严重的重复雷同就成为必然结果了。

当然，说明上述情况，并不意味着后七子复古派作家的创作一无可取。后七子与前七子相异之处是次要的，相同之处是主要的。

第五章分析前七子诗文创作为何能取得一定成就，那些话对后七子仍然适用，只不过要稍打折扣而已。

一、李攀龙

后七子的文学主张比前七子更趋僵化，李攀龙要负首要责任。他在后七子中持论最苛刻，后七子复古派作家大多是因为盲目追随他或不得不屈从他，才走到与他同样拘泥的地步。他在文坛上声名极高，影响甚大，在很大程度上就是因为他持论极端而又倔强，引人瞩目。

李攀龙创作上的拘泥之弊在他的乐府诗写作中表现得最突出。他明确地把“胡宽营新丰，士女老幼相携路首，各知其室；放犬羊鸡鹜于通途，亦竞识其家”，当作“善用其拟者”；甚至在语言方面也认为“古字”已经“足用”，“患不博古耳，博则吾能征之矣”。于是，他的乐府诗创作一以“似古人”为目的。他在理论上也说“拟议以成其变化”，“拟议”是不假，“变化”则完全落空了。《沧溟集》卷一、卷二都是古乐府诗，基本上都是拟古之作，往往只更动原作数字，便算是自已的创作了。如《有所思》：“有所思，乃在燕山隅。何用问遗君，大秦明月珠。结以连理带，荐以合欢襦。”与汉乐府诗《有所思》相比，这里只将“大海南”换成“燕山隅”，将“双珠玳瑁簪”换成“大秦明月珠”等等，而这些词句也是从乐府诗其他篇章中移过来的。又如《陌上桑》云：“日出东南隅，照我西北楼，楼上有好女，自名秦罗敷。”这几乎等于对原作的抄袭。原作中有句云“来归相怨怒，但坐观罗敷”，其中“坐”作“由于”解，不是坐立之坐。李攀龙改为“来归但怨怒，且复坐斯须”，他似乎连原文也没有读懂。

为了保持“格”，不杂“调”，李攀龙还有一个诀窍。他模仿古乐府以汉魏之作为限，六朝以下不复涉足；模仿五古以魏晋为限，南北朝时期不复及；五七言律也以学初盛唐为主，至杜甫则有所取舍。由于熟悉古人之作，又加苦心揣摸，他的学古有时确实达到了出神入化的地步，俨然古语古调，而又出之自然，整练流畅。不像王世贞、宗臣等人生拼硬凑，有时还不免露出今人声口。如卷四《郡斋同元美赋》：

> 游子苦行役，驱车自溟渤。依依平生亲，斗酒日云没。秋风亦已厉，萧条众芳歇。何以赠君子，徙倚揽明月。燕婉当及时，霜雪变华发。高足蔽天衢，浮云望双阙。令德一见疑，积毁能销骨。中怀不复喻，邈若胡与越。绸缪有故人，知音无仓卒。常恐远别离，含意向明发。

此诗的整体意象糅合了“苏李赠别诗”和曹植《赠白马王彪》，大部分词句也采自古作，但作者将它们组合成了一个基本完美的整体，而且与所要表达的情事，即与王世贞的友谊，对王在与严嵩集团斗争中的处境的理解与同情等，都相当贴合。我们也许会嫌这样的作品含义太模糊，但复古派欣赏追求的就正是这种雅致蕴藉。

最使李攀龙获得声誉的是他的七言律绝。对李攀龙的古乐府诗，即使复古派内部也大多持怀疑否定态度；对于他的五言古，则世人疑信毁誉者参半；对于他的七言律绝，则复古派诸子异口同声推崇不已，就连后来猛烈抨击复古派者也认为它们不无可取之处。这主要是因为七言律绝是古典诗歌中审美要求最为严格的两种体裁，李攀龙严于持格、守法的主张施于这两种体裁便具有了较多的合理性。《皇明诗选》卷十一曰：“于鳞七言律是有明三百年一人”；

“有王维之秀雅，李颀之流丽，而又加以整练，高华沉浑，固为千古绝调”。其代表作是任陕西提学副使时所作的《杪秋登太华山绝顶》四首（《沧溟集》卷八）：

华顶岧荛四望开，正逢萧瑟气悲哉。黄河忽堕三峰下，秋色遥从万里来。北极风尘还郡国，中原日月自楼台。君王倘问仙人掌，愿上芙蓉露一杯。

缥缈真探白帝宫，三峰此日为谁雄。苍龙半挂秦川雨，石马长嘶汉苑风。地敞中原秋色尽，天开万里夕阳空。平生突兀看人意，容尔深知造化功。

太华高临万里看，中原秋色更漫漫。振衣瀑布青云湿，倚剑明星白日寒。东走峰阴摇砥柱，西来紫气属长安。自怜彩笔惊人在，只尺天开谒帝难。

徙倚三峰峰上头，萧条万里见高秋。莲花直扑青天色，玉女常含白雪愁。树杪云霾沙漠气，岩前日晕汉江流。停杯一啸千年事，不拟人间说壮游。

这几首诗描写华山雄奇险峻的景色，抒发作者于太华绝顶“俯三峰，望中原，见黄河从塞外来，下窥大壑，爽然自失”（《沧溟集》卷十九《太华山记》）的感受，意境开阔，格调雄浑，颇为传神。但是，四首诗除写景和抒发一般的登临之感外，没有什么深刻的意蕴。杜甫等人的七言律，虽不见得篇篇有寄托，句句有所指，也不一定要如此，但它们总体上还是透露出时代氛围，表达作者对现实的某些感触，故而耐人寻味，不厌其多。李攀龙这四首诗含蕴既然单一，内容便不免重复。施闰章曾指出：“于鳞自喜高调，于登临尤擅场。然登太行、太华山绝顶各四首，竭尽气力，声格俱壮，细看四首景象，无甚差别，前后亦少层次，总似一首可尽，故知七律不贵多也。杜老《秋兴》八首,《咏怀古迹》五首,各有所指,自不可厌。”(《清诗话》上册《蠖斋诗话》)同时,由于李攀龙写作七律过分执守雄浑流丽一种格调,适用的词汇有限,于是不免造成语言重复。仅在这四首诗中,“中原”四见,“万里”四见,“秋色”、“三峰”都是三见,其整个诗集中的情况就可想而知了。蒋一葵《尧山堂外纪》载:“李于鳞诗多‘风尘’字,人谓之‘李风尘’。”《列朝诗集》亦载有人曾集李攀龙喜用词汇为《漫兴》诗:“万里江湖迥,浮云处处新。论诗悲落日,把酒叹风尘。秋色眼前满,中原望里频。乾坤吾辈在,白雪误斯人。”讽刺可谓辛辣之极。

有时李攀龙述事抒情,兴会淋漓,不像登临写景时那样矜于格调,反而有流畅自然之作。如《沧溟集》卷七《初春元美席上赠茂秦得关字》:“凤城杨柳又堪攀,谢朓西园未拟还。客久高吟生白发,春来归梦满青山,明时抱病风尘下,短褐论交天地间。闻道鹿门妻子在,只今词赋且燕关。”作者对谢榛已十分熟悉,此诗可谓满心而发。他给这个老布衣赠诗,也不必有任何顾虑。于是,若不经意的三笔两画,就勾勒出一个活脱脱的老词客形象。作者对谢榛欣赏、同情而又不无调侃成分的神情,也轻松自然地流露出来。

李攀龙诗歌创作中最难能可贵的还是他的七绝。他对七绝“盖以不用意得之”的审美特征把握十分准确。《沧溟集》诗共十四卷,七绝几乎占了四卷。在古人诗集中,这个比例是相当大的,可见李攀龙确曾用心于此,也颇得意于此。他的七绝飘逸高迈,不粘不执,而往往含不尽之意于言外,“词甚练而若出自然,意必浑而每多可思”。(《皇明诗选》卷十三陈子龙评语)如《沧溟集》卷十三《别元美》二首之二:“白云愁色满吴门,匹马孤舟不可论。一自河梁携手后,至今犹有未销魂”;卷十三《寄元美十首》之一:“蓟门城上月婆娑，玉笛谁为出塞歌。君自客中听不得，秋风吹落小黄河。”同卷《挽王中丞》八首之二：“司马台前列柏高，风云犹自夹旌旄。属镂不是君王意，莫作胥山万里涛。”末一首为悼念王忬而作。王忬之死与夏言、曾铣、丁汝夔、杨守谦、张经、李天宠等人被杀一样，主要出于刻薄寡恩、善于以杀大臣诿过树威的世宗旨意，严嵩等不过助成之而已。诗中“属镂不是君王意”云云，可以理解为正话反说，耐人寻味。

李攀龙的古文也与诗歌一样，力图“以古语传时事”，因此多迂曲缠绕，佶屈艰涩。就连一些评诗论文的序论文字，如卷十五《比玉集序》等，意义也若明若暗，甚至文理不通。又往往故意写长句，所谓英雄欺人伎俩。如卷十五《蒲圻黄生诗集序》开头一句就是：“余观黄生所为诗，其困于贤良文学自伤不遇而不得其说而将以逸民遗老自解于斯世而非所安而遂取裁于宗工巨匠以有事其间而欲之者乎？”可谓啰嗦做作之极。不过，李攀龙凡事都很认真，他的文章语言、结构方面弊病十分明显，但内容一般较充实。赠序文章多能即事命意，引据经史，指称得失，不徒为颂美敷衍而已，如卷十七《送陈郎中守彰德序》、《送万郎中章甫谳狱湖广序》等。

二、谢榛

综观谢榛的为人、诗歌理论与创作，都可以说是高尚与庸俗的结合。他曾为替卢柟申冤而奔走，给因弹劾严嵩而遭谪的徐学诗送行，时人多称其侠义气节，他作为布衣的相对自由的身份使他能够这样做。但同一身份又使他不得不以诗为贽遍谒权贵，并借此为生。这两者之间还有着相互联系，即获得“侠义气节”之类的声誉、谒交权贵的资本就更足了。西汉初年的藩王可称是真正“爱才”的，但那是继承春秋战国时诸侯的余风，想藉此扩大个人势力。藩王与人才之间是一种相互需要的关系，因此人才不必屈从藩王。随着中央集权制度的确定和逐步加强，所谓爱士之风便失去了社会基础。藩王权贵与士子之间变成了一种施舍者和被施舍者的关系，投靠藩王权贵的士子便不得不极阿谀奉承之能事，以讨其欢心，唐代诗人李白、杜甫等也未能免此。明代社会环境与唐代又不一样，人们看重的是科第、官阶、财富。作为布衣的谢榛，想要保持自己的人格尊严就更加困难了，这是由特定的时代背景决定的。

对谢榛的诗学理论，有些研究者评价很高。四库馆臣则认为，“榛诗足以传，而论诗之语则多迂谬。”故从盛以进编《四溟集》中削去《诗家直说》(即《四溟诗话》)，仅存其目于“诗文评类”。平心而论，谢榛终生从事诗歌的研究和写作，对古典诗歌的审美特征及写作技巧确有不少独到体会。但因他把诗当成谋生的工具，故往往不是从诗如何反映并作用于社会现实着眼，考虑的只是如何才能获得达官贵人的喜欢，其识见就不免琐细卑下。他热衷于所谓“剥皮法”、“野蔬借味法”、“偷狐白裘法”、“缩银法”等等，甚至大谈“了诗债之法”、“煮无米粥法”等等，把诗歌意蕴不宜太确定这一点加以夸大，吹嘘自己在没有任何真情实感的情况下，“因字得句，因句得篇”，如出一“天”字就可造出七十多句，由一句又可造出几十首诗等等(见《四溟诗话》卷四)，这就是走入魔道了。如果四库馆臣所谓“迂谬”就是指的这些地方，那是不错的。

与他的为人及诗学理论相一致，他的诗歌创作的最大局限就在于俗。复古派作家的散文有一个共同特点，就是艺术性的作品太少，而赠送序、寿序、墓志铭之类应酬文字占了很大比例。谢榛是专门写诗的,《四溟集》有诗无文,因此他往往以诗代文作为应酬工具,诗集中十之七八是投赠之作。例如卷二《上安庆王诞第四县主天仙歌》、《嵩高篇贺张总督汝乔生孙》等,由题目可知其品格。又如卷三《岁杪行上德平镇康安庆三王》,则诉说自己的穷困潦倒之状,几乎是在乞讨:"其如旅馆惟空囊,空囊出曝悬斜阳";"春光颜色不凄凉,于今好客多淮王"。据徐学谟《鹅池生传》,与谢榛大致同时的山人宋登春(号鹅池生)"之京师,布衣谢榛诗藉甚公卿间,生得而唾之曰:此以声律佣丐者也,何诗之为?"(《列朝诗集》丁集中"宋登春"条引)此语可谓一针见血。

不过,谢榛毕竟是一个处于下层的知识分子。他长期四处奔波,广泛接触到各方面的社会现实。对统治集团而言,他是一个局外人,因此对现实保持着比较清醒的头脑。嘉靖二十九年"庚戌之变"发生时,他正在北京,亲眼目睹了蒙古军队在京郊烧杀掳掠的情景。后来他在晋、代等地栖迟,这一带也是蒙古军队经常入侵的地方,因此他写了不少反映战乱的作品,如卷二《元夕同李员外于鳞登西北城楼望郭外人家时经虏后慨然有赋》、《哀哉行》四首、《王主簿乐三归自昌平赋此志感》、《哀少妇》、《少女词》,卷四《塞上老卒》、《赋得边马有归心》,卷五《北望五首》、《野望》、《虏夏寇苛岚》,卷七《秋日即事五首》,卷九《读杨中丞石州陷后之作感而赋此二首》等。他虽未到过南方,但对倭患也很关注,作有《邹子序过邺因谈吴门之乱偶赠》、《维扬兵后寄张佥宪士直》、《哀江南八首》、《吴人郑速季入邺省兄中伯因谈倭寇之乱久而归赋此以赠三首》等。这里举《哀少妇》为例:

谁家少妇啼道傍,自言离乱摧肝肠。身无完衣科鬓发,向人颜色殊凄凉。去秋胡马犯京甸,兵戈森然夺目光。胡儿驱我到沙漠，吞声不敢呼穹苍。毳幕为庐地为榻，敲火炙牛斟酪浆。芦笳鸣咽动愁思，欲随征雁俱南翔。日落黑山木惨惨，风吹白草沙茫茫。隆冬冰雪亘千里，苦寒堕指难禁当。半载拘留今始脱，独窜荆棘何仓皇。夜乘星月认归路，空林那避豺与狼。塞门初入心稍定，万死一生还故乡。夫婿丧亡旧业破，但闻喉鸟鸣枯桑。纵填沟壑无复恨，犹胜骸骨遗穷荒。回头更指潮河水，不及妾心哀怨长。

诗中女主人公自叙的语气是平静的，但平静之中蕴含着无限酸辛，更加令人同情。少妇的遭遇，无疑是“庚戌之变”中无数深遭荼毒的下层贫民遭遇的一个缩影。

难能可贵的是，谢榛以一介布衣，敢于对朝政大事发表自己的意见。他指出战乱给人民带来深重灾难，责任在于那些“肉食者”。如《野望》中责问道：“谁为筹国者，云物渺愁予。”《哀江南》中也说：“华亭未奏捷，烽火更西湖。海舰贼来去，天兵功有无?”据《四溟诗话》卷三，谢榛也认为收复河套非轻而易举之事，但对严嵩借此陷夏言、曾铣于刑戮则表示愤慨，对当时文武大臣因此讳言收复河套、置边事于不问深为不满。卷十三《久客志感》曰：“兵气横关催走檄，仙云绕阙护垂衣。自从河套停边议，将相于今远是非。”沈錬因得罪严嵩被害，谢榛作有《有客谈沈参军事感而赋此》(卷十六)：“宝剑作龙吼，我心胡不平。独存燕赵气，长啸古今情。道丧由天地，才高系死生。行藏云共灭，凄惨月孤明”；“旧事嗟黄祖，多狂惜祢衡。文章归土苴，踪迹断边城。自失眼前策，何求身后名。越东返骸骨，风雨泣江声。”两诗一改谢榛舒缓工稳的一贯诗风，词气愤激，义形于色。

谢榛栖栖一生，经常陷入困窘境地，饱览世态炎凉。他的一些描写自己苦涩心情的作品，往往真切感人。如卷六《过故居有感》二首之一云："旧业成睽远，亲朋久失群。百年生长地，一片往来云。独立空流水，长吟但日曛。结茅何日定，西陇事耕耘。"其时他家的百年老宅已属王氏所有，"百年"两句写自己曾长期居住的地方，自己却变成了陌生人，欲入而不能，欲去而不舍，形只影单，终日在宅旁徘徊，其情其景，实为不堪。

谢榛曾多次谈到自己的学诗主张，一是不专效某家某体，而是遍采各家；二是不拘于字法、句法、篇法之类，而是从总体上领会其神情意象，然后加以融铸，自成己调。然而专效某家某体是模拟，效法众家众体也是模拟。而且所谓"融十四家为一体"、"熔太白、少陵于一炉"等，实际上也不可能做到。总的来说，谢榛诗缺乏鲜明个性，缺乏生气，但模拟痕迹没有李攀龙等人的诗作那样明显。他也不作那种最露模拟蹊径的四言、骚体、古乐府诗。谢榛最注意的是句稳字响，在安排诗歌的句式音节方面确有过人之处。他早年以写乐府闻名，晚年写的竹枝词也能入乐歌唱。他的作品大都音韵和谐，节奏流畅，读来朗朗上口。在各种体裁中，他最擅长的是五律。因为五古一般要求作者气雄意浑，七言歌行要求才气奔放，七言律要求博大深沉，唯五言律以工稳见长，所以最适合他。当时已有人专刻其五律（见《四溟集》卷首赵康王叙，《艺苑卮言》卷七）。如《四溟集》卷八这首《石门秋夜有怀》："歇马空山夕，劳歌塞上归。野霜明古剑，峡月冷秋衣。坐里蛩螀乱，愁边鸟鹊飞。酒杯时在手，不与故人挥。"讽诵之中，我们仿佛能听到它由古筝古琴伴奏咏唱出来时的那种悠扬抗坠的优美旋律。

三、宗臣

宗臣禀性正直，在吏部任职多年，熟稔当时严嵩父子招权纳贿及朝臣趋炎附势之状。所作《报刘一丈书》对此刻画惟妙惟肖，不啻是当时官场的一幅百丑图。同时文人何良俊曾往来严嵩家中，所著《四友斋丛说》卷八等处对严氏父子弄权及其家人倚势横行的状况有所描述。与《报刘一丈书》对看，尤可见出后者刻画之真切。宗臣的另外一些作品，如《报何侍御》等，揭露当时"世道日趋，士节愈卑"的现象，锋芒亦不减《报刘一丈书》。

宗臣的老家扬州兴化是遭倭寇蹂躏最严重的地区之一。他嘉靖三十一、三十二年家居时，倭警迭至，他作有《五月歌》(《宗子相集》卷五)："五月淮南寻旧庐，百花洲上杨柳疏。故人朝对白蘋渚，健儿忽传赤羽书。千山烽燧照芦荻，满地干戈尽樵渔。孤舟江海欲何之，双眼乾坤空泪予。东南半作豺虎窟，闾阎忍使蛟蜃居。苍生之血淮水赤，请问将军意何如。"焦虑之情溢于言表。在福建任职时，宗臣亲身投入了抗倭斗争。当时倭寇包围福州，宗臣分守西门，郊外数万百姓撼门大哭，要求入城避难，宗臣下令放入，使其免遭杀害，他的《西门记》详细记述了这一经过。宗臣去世后，当地人民自发建祠纪念他。宗臣的《两曾夜谈记》(并见卷十六)描写了当时的"客兵"之害，同样令人触目惊心。因沿海一带防务废弛，原有的卫所军队已名存实亡，倭寇入侵时，朝廷只好从外地招募乡勇御敌，称为"客兵"。这种队伍多属乌合之众，遇敌则溃，毫无战斗力，残害百姓则无所不为，其中从少数民族地区招募的客兵称"狼土兵"，残暴尤甚。沿海一带人民在遭到倭寇烧杀掳掠后，又受客兵骚扰，无异雪上加霜。据宗臣此文所记，当时天津等地的人一听说要招募客兵，便“心欢甚”，“有鬻其妇而南者”；“人曰：妇而鬻，归安娶妇？则曰：去鬻一妇耳，归尚获二妇，奈何不鬻哉？”又有从粤地招募的客兵，“屯玉山六日，家掠户残。会有嫁其女于人者，其夕将遣，而粤兵闻其有妇而遣也，则持刀辟门，舁其女而去。及他窥有少妇，辄舁之，而又嘱之曰：途问为谁，则曰兵所携来粤妇也，有敢言状者杀。而舆中人嘤嘤泣，途之人闻而悲之，不敢问也”；“而阅之涂中，血盈盈满路，其绒绒若丝而黑者，盖人发也，而鸡豕牛马皮毛被道矣。”作者最后感叹道：“尝谓客兵之祸甚于盗寇者，何者？寇之害，犹有方也；客兵者无不及之矣。寇之至，人犹得持梃逐之。客兵者，杀人而人不敢怒而诉也。即有诉者，反益之祸矣。今之论者辄云客兵客兵，而不知数千里间父哭其子，夫哭其妻，母哭其女，主哭其仆者，耳不忍闻也。血涂野草，四体毁残，鸡犬牛马户牖门屏俄然一空者，目不忍见也。然有闻言客兵之祸，则反勃勃怒其言者，斯何心哉！斯何心哉！”该文为我们认识倭寇入侵给东南沿海地区人民带来的深重灾难、了解明代军事制度的腐败，提供了一幅生动画面。

宗臣的诗歌创作以“气”取胜，以“奇”见长。据王世贞《宗子相集序》：“子相才高而气雄，自喜甚。尝从吴（国伦）一再论诗，不胜，覆酒杯啮之裂。归而淫思竟日夕，至喀喀呕血也。当其所极意，神与才傅，天巧自发，叩之泠然中五声，而诵之爽然，风露袭于腋而投于咽。然当其所极意，而尤不已，则理不必天地有，而语不必千古道者，亦间离得之。”（《弇州山人四部稿》卷六十五）又据《读书后》卷一《书〈项羽传〉后》：宗臣“每酒间大呼，吾宁不成而为羽，不能成而为高祖”。《艺苑卮言》卷七亦载宗臣“不屑”讲究作诗矩镬，“曰宁瑕无碱”。由此种种，我们不难想见宗臣的为人及其创作宗尚。他的诗作个性鲜明，但时失之浅露；时有佳句，然全篇往往不称。《诗薮》内编卷三云：“古诗窘于格调，近体束于声律。唯歌行大小短长、错综阖辟，素无定体，故极能发人才思。”宗臣根据自己的个性，自然选择了七言歌行作为常用体裁。他的《金山篇送子与奉使江南》、《寒夜过吴峻伯读其山中诸篇席上赋得天字》、《庐山歌寄赠明卿》、《武陵歌》、《何侍御为予谈泰山蓬莱东海之胜令人飞动辄赋长篇》等(俱见卷五)，都是用力之作。他尤为得意的是《二华篇》和《古剑篇》二首，经常向友人提起。前者为送李攀龙赴任陕西提学副使而作，后者为送王世贞赴任青州兵备副使而作。兹举后一首为例：

赤堇使者昆吾子，碧眼炯炯虬髯紫。手持双剑下山麓，上有蛟龙缺其齿。道上相逢忽相赠，怪云悲风生席几。胡僧为制珊瑚鞘，南海琅玕袭其里。佩之朝夕不离身，北游燕赵南江汜。江山秋风倚剑行，波涛山沸如山峙。老鲸毒螭数千尺，金甲火鬣中流起。刺来一一烹其髓，鲛人终夜泣瑜珥。况复山中豹与兕，又况人间鹿与豕。自吾佩此二十年，处处江山半戎垒。明时不得枹鼓旗，腐儒空复谈簠簋。国仇未报壮士耻，永夜高歌常拊髀。剑乎剑乎吾负女。吾今有友吴郡生，紫豸朱缨乘騄駬。青天开府泰山颠，落日饮马蓬莱沚。吾解一剑赠生去，星辰乱落莽不止。生乎生乎吾语汝，左挟图书右弓矢。豺狼只在大道旁，魍魉岂必深山里。生乎此剑一在握，上天入地任君使。只恐风雷日日生，海上千关尽掩耳。天吴、海若俱远徙，真宰闻之或不喜。呜呼古来神物有离合，斗间紫气无终始。他日中原倘相遇，双剑雌雄各相砥。与女并驱千万里，世上风尘空复尔。

此诗开头盛言双剑的不凡来历，继而感叹自己辜负宝剑，暗寓宝剑赠英雄之意。然后写赠剑，同时寄托自己的期望。最后以双剑之合，表达与友人早日重聚的愿望，想象奇特，词采壮丽。王氏此次外任是因为得罪严嵩父子之故，则“豺狼”、“魍魉”两句亦有所指，并非泛语。不过，“江上秋风倚剑行”以下八句写剑在江上显威与“生乎此剑一在握”以下六句写其在海上显威语意重复，结句自吞其声，气力稍弱，是此诗的不足。

历来的评论者，包括复古派作家如李攀龙、王世贞、陈子龙等，都认为宗臣诗作的主要弊病是疏于法，并因此对他评价很低，以为在吴国伦、徐中行之下。我们则认为，宗臣的许多作品确有粗疏浅露之弊，但他的诗文创作之所以能取得一定成就，又恰恰是因为他有时突破了法的束缚。如《报刘一丈书》也有司马迁《报任少卿书》、嵇康《与山巨源绝交书》的影子，然而感触极深处，信笔书之，便不尽为法度所限。这样创作出来的作品，虽有种种缺陷，却有自己的个性精神，仍不失为有瑕之玉。而像吴国伦、徐中行等完全遵循法度创作出来的作品，虽四平八稳，在法度方面没什么明显弊病，却缺乏生气，形如木偶土俑。因此我们认为，宗臣诗文创作的成就在吴、徐之上。宗臣诗文的主要弊病，仍在于过于模拟。由于他豪迈不羁的个性，他模仿起来比别人更觉吃力，更加不自然。又由于他在古代诗文方面的修养非常有限，模仿的范围十分狭窄，不像李攀龙等人积累较厚，还能加以熔铸变化，因此他模拟的蹊径更加明显。他有一篇《读太史公、杜工部、李献吉三书序》，其中说：

予采艺林，抽绎千古，盖史迁其至哉。诗则工部。予束发而读二书，今十五年矣；予读李献吉书，盖次二书焉。余为吏部郎，盖与张君助父同舍云。张君好予绝甚。予故置三书小笥，命侍史日挟之行。一日张君见予笥，意其有奇也，迫而察之，果得杜、李二集，即携去读，连日夜不休。贻予书曰：足下所读两公书，无论数千万言，乃言为之笔，笔为之精，盖千载奇觏矣。即两公复生，宁不北面，为足下称谢者。辄命其吏数十人录成二书，而以原书归予。时丙辰（嘉靖三十五年）冬十一月既望也。己未予在闽，而余君德甫以臬副至。余君予故好也，夜召余君酒。酒酣，余君请观予所读者。笑曰：子长不可得见矣，即李亦难，唯杜乎，唯杜乎。遂出杜集，观余君，余君且读且叹，盖类张君语云。

幸得宗臣耿直坦率，留下这么一篇自白。他大概一直读的就是《史记》和杜甫、李梦阳的集子。张九一、余曰德在京中都是参与后七子倡和者，竟然连这几本书也似从未见过。明代由八股起家一行作吏的士子们学养底蕴如何，即此可知矣。正因如此，宗臣模仿的对象就限于尽人皆知的几篇名作，模仿手法也极为单调，如《长歌行》之仿曹丕《燕歌行》，《留别子培弟》之仿曹植《赠白马王彪》，《还至别业》之仿陶渊明《归园田居》、杜甫《羌村三首》，《夏日池上坐》之仿谢灵运《登池上楼》等。散文方面的模仿更为滑稽，如开头语，翻来倒去都跳不出《史记》中的那几句话。如卷十四《赠金君序》云“余尝往来齐鲁燕蓟之墟”；卷十五《晋陵白公集序》云“余稽往牍，抽绎千祀，睹于群才，未尝不喟然叹息也”；卷十六《燕子矶记》云“余读金陵诸记，其东盖有燕子矶云”；《滴水岩记》：“余读汀记，归化东北五里盖有滴水岩云”；《桐乡县城记》云“余读秦、汉以下诸书，未尝不叹戎狄之为中国忧至长也”。

四、梁有誉、徐中行、吴国伦

梁有誉中进士前，在家乡与欧大任、黎民表等从学于黄佐，在学术和诗古文创作方面打下了比较厚实的基础，不像宗臣、徐中行、吴国伦等人那样空疏。粤中自元末明初孙蕡等“南园五先生”以来，诗文创作风气一直不绝，以和谐婉畅为宗，自成一派，而不免流于平淡柔弱。梁有誉早期诗作也受这种风尚影响。入京后，加入复古运动，稍重格调，求为深沉，诗风发生变化，但并未完全失去本来面目。加上他为人淡泊自守，不喜过于夸诞，于是他的诗一方面不同于粤中诗派，没有平淡软靡之弊；一方面又不尽同于李攀龙等人的诗作，较少模拟粗莽之病。而是将二者的优点结合起来，形成了清雅而深沉的风格。《皇明诗选》宋征舆评梁诗“秀而能沉，整而能健”，可称允当。他在后七子中的地位，很像前七子中的徐祯卿。钱谦益只强调他与复古派不完全一致的婉弱的一面，而抹杀他接受复古派影响的深沉慷慨的一面，是不全面的。

嘉靖三十一年返家时，梁有誉写有一篇《喜归述怀留别李于鳞、徐子与、宗子相、王元美四子一百韵》(《兰汀存稿》卷三)，是为倾注心力之作。首叙自己平生，接着回忆赴京中第入仕经过，然后描写在京中所观察到的种种情况，再描写诸子意气慷慨、结社酬唱的景象，最后抒写自己的志趣在归隐田园，表达惜别之情。全诗虽为煌煌巨制，但章法井然，结构严谨，内容充实。将个人身世之感与对朝政国势的关注糅为一体，深得杜甫《自京赴奉先县咏怀五百字》等作之遗意，而无生硬模拟之痕迹。全诗如波涛席卷，滚滚无穷。如其中写“庚戌之变”前后时势的一段：

盛极人情异，忧来物态迁。中秋入虏骑，内郡卷戈铤。岂谓建瓴地，俄惊饮马川。军声摧戊己，灾变动玑璇。仇耻谁尝胆，承平只控拳。士奔绵袷破，胡舞粉题妍。气慨吞三辅，忧疑尽八埏。射生群腰袅，送酒泣婵娟。……穹庐充子女，宇宙厌腥膻。蚊弱山能负，禽微海欲填。伤心见黔首，感旧问华颠。庙算时方倚，天骄恶讵悛。疮痍未苏息，戈甲转绵延。增赋梯航涌，征兵郡国连。岁输海陵粟，日费水衡钱。不无飞黄至，空嗟太白悬。西南犹战垒，春夏更烽烟。大将持牙纛，孤儿跨锦鞯。谋臣诧舌在，重镇掉眉燃。瑞检张天步，妖氛袭斗躔。时难同斗室，国计坐临渊。恸哭看中土，哀歌仰上乾。谟猷枫陛切，祀典竹宫虔。才勇俱收录，微才尽采甄。幽人心耿耿，烈士涕涟涟。

读罢此诗，当时那种“黑云压城城欲摧”、“山雨欲来风满楼”，举国上下一片慌乱的气氛，似向读者迎面扑来。

卷二《霜夜楼中闻笛有感》也是一篇佳作：

醉倚高楼望明月，天河无梁正愁绝。忽闻横笛起天涯，吹落江梅满城雪。往者北上黄金台，明月歌残胡笛哀。数声啾咤关榆折，大野无人铁骑来。畿辅澒洞心肺摧，天地惨淡忽异色，吁嗟此声胡为哉。自从乞身南园卧，悲歌苦调无人和。哀丝豪竹徒聒耳，海思云情独无那。此夜闻笛神扬扬，星斗阑干霜暗堕。曲飞碧落云不流，响入空山石应破。山鬼悲吟万木震，蛟龙吐沫洪涛簸。东家荡子倚箜篌，南国佳人梳倭堕。听此应复为感动，况乃志士多坎坷。怀人永夜头堪白，感旧当年计仍左。听余三弄月东出，揽衣忽向藜床坐。气酣酒尽天宇晶，人间忧乐何琐琐。丘仲、季长不可作，后来赋者徒幺麽。

我闻东南产箭藁，风梢露篠鸾凤过。拟裁数节手中吹，独向汉江放孤舸。

诗人因闻笛而浮想联翩。笛声首先勾起了他对“庚戌之变”时蒙古军队围城情景的回忆，因为那惊心动魄的一幕给他的印象实在太深了。然后思绪忽远忽近，飘忽不定。虽经多次转换，而始终若隐若现地贯穿着志士感怀的主线。诗人在月下徘徊沉吟的形象及忧思悄然的内心世界非常清晰地映现出来。复古派在探讨古典诗歌审美特征时多次强调诗应在有意无意之间，须有寄托而立意又不必太切，应耐人寻味等，此诗庶几达到了这种要求。

其他作品如卷二《怀罗浮吟》描写罗浮山的壮丽景色，也颇雄奇。《燕京侠客吟》中还有如下雄快的句子：“醉来拔剑起自舞，天边斫断黄河流。不肯敛衽事七贵，不学低眉谒五侯。问天长啸振林木，俯仰今古皆浮沤。”其他如七律、五律各种体裁之作也以深沉清秀为特色，在即事即景生感中渗透着时代氛围。如卷四的《夜宿清远江口》：

短棹依依系晚风，壮怀离思浩无穷。荒村夜急菰蒲雨，远戍秋悲鼓角风。白雁影斜江树暗，清猿声断岭云空。更堪处处征输急，深箐休论战伐功。

胡应麟《诗薮》外编卷二云：“魏称曹、刘，然刘非曹敌也；晋称潘、陆，然潘非陆敌也；宋称颜、谢，然颜非谢敌也；梁称任、沈，然任非沈敌也。非敌而并称者何？同时、同事、又同调也。”此殆为有感之言。“后七子”并称，也是因为同时、同事（同年、同官）、同调之故，其实创作成就彼此相距甚远，其中最弱的应是徐中行和吴国伦。吴国伦本人当时欲凌于宗臣、谢榛之上，众人也有认可者，这是出于一种错误的观念，即以是否像古人、遵古法作为衡量创作优劣的标准。徐、吴都以此自许，实际上过于模拟古人、过于拘守法度，正是他们的最大局限。

徐中行与王世贞兄弟私交最密，王氏兄弟对他的诗文创作每有过情之誉，其实他们内心里是清楚的。王世懋写信给吴国伦说："第子与晚节益难为，诗文多出门下客代。其文自盛时已不甚传，而诗多具大体貌，微少清新自得之致。"(《王奉常集》卷三十二《与吴明卿》)又据吴国伦《报元美书》，徐中行《青萝馆前集》篇目很少，而续集"纂自其门人汪生手传者，未必尽佳，佳者多在所遗。今更定旧本在汪、郭(造卿)二生所，匿不复出。嗟乎，子与生厄于悍妻，死又为两生所厄，可为大痛"。(《甔甀洞稿》卷五十三)然即使汪、郭两人尽出其作，估计也好不了多少。

徐中行为人宽和平易，诗文亦如其人。他不勉强追求高古的格调，不拟四言、骚体、古乐府等，因此模拟因袭的现象不特别显眼。气乏劲健故不善五古；才情不足，故不善七言歌行。比较擅长的是七言律绝，语句工稳，但缺乏个性，感染力不强。他性不喜臧否人事，故集中很少反映社会现实之作，基本上没有慷慨激昂的不平之鸣。他的诗大多为酬赠之什，比较可取的是其中一些写友情的篇章。因他笃于友谊，念别伤逝，往往真情发自肺腑，颇为感人。如《徐天目先生集》卷三《燕台感旧》："北来鸿雁已南飞，满眼风光旧侣稀。欲向月明歌郢曲，不禁霜露湿人衣。"这是复古派诸子大都离京而他独留时所作。首句既点明时节变换，又喻朋友们纷纷散去。第二句接写物是人非之感。后二句写知音不在，孤独忧伤，情意深婉悠长。李攀龙去世时，他在云南。后赴京途中路过济南，作有《祭于鳞墓》六首(卷六)，其一云："展墓复今日，登楼异昔时。三春宿草积，万里素车迟。古调钟期尽，穷交鲍叔知。肩摩与毂击,空自隘临淄。”诗中用“素车白马”等常见典故,却与实际情况十分吻合。末句写自己徘徊墓侧,以大路上人流不息反衬自己的恋恋难舍,正所谓伤心人别有怀抱。又如卷七《哭梁公实》四首之二:“五岭高秋玉树残,尺书犹自问加餐。虚传沧海窥鸿宝,岂谓青山妒鹖冠。剑失中原高斗没,诗留南岳白云寒。怀中锦字何曾灭,风雨灯前不忍看。”诸子之中,他与梁有誉交谊最深,最末一联写故友逝去后黯然神伤之况,十分真切。

他的另外一些写景诗时有佳句,如卷四《初入滇关》云:“苍然平楚望,云是古滇疆。白日开南徼,青天豁大荒。河山犹内地,花木自殊方。吹尽浮云色,雄风万里长。”写川、滇一带林密云深景象颇为传神。《明诗纪事》的编者陈田是贵州人,他以为“青天豁大荒”句“非至滇境者不知其妙”。

徐中行的文亦如其诗,不矜法度,不饾饤古文奇字,颇为舒缓,但气格不甚遒劲。有些书信笔调轻松,接近晚明小品,如卷二十《奉张助父二首》、《奉俞仲蔚一首》记述冬雪日经过嵩、少诸山时的情景,颇有空灵飘逸之致。另外,徐中行是一个比较关心民间疾苦的官吏。在刑部任职时两次谳狱,后任汀州、汝宁知府,都平反过不少冤狱。守父丧家居时,友人林某奉使谳狱浙江,他作有《奉林联峰年丈》一文(卷二十),以自己的亲身经历,揭露当时冤狱的种种内幕,劝林某务为宽恕。其中曰:“敝省自岛夷创起,死锋镝者不可胜数。又重以水旱异常之灾,而赋役繁兴,民散久矣。诖误之民不重可矜邪?至有司讼牒,则又芜甚。中情者勿论已,其次伺上指,其次快己意,最下者则委之胥吏矣。其伺上指者,狱文犹有隙可解。独快己意而委之胥吏者,则往往深文曲诋,牵制令不可反,所谓密如凝脂、苦如秋荼者也。故初问之,鲜不裂眥,谓此囚死固

□。已而气定徐讯之，则又多类东海妇事矣。盖初成者既狥胸臆而失其情，继勘者又避嫌疑而泥其旧，至录囚者又多信其文而不推其款也。经数谳勿更，遂报决矣。呜呼，岂不冤甚哉。”此文揭露当时冤狱难以平反的情由，洞中肯綮。而作者深为关切民间疾苦的心情，也自然流露出来。

吴国伦当时颇受李攀龙赏识，原因之一就是他毫无保留地追随李氏的主张。如上所述，谢榛、徐中行等都不模拟四言、骚体、乐府，宗臣、梁有誉也作得极少，吴国伦则在这方面花了很大气力。开始只有李攀龙、王世贞两人拟古乐府，后得吴国伦而为三，他大概是想藉此表示自己可与李、王并列，而超过其他人。《甔甀洞稿》前三卷全是这类东西，其中拟古乐府一项就有 300 多首，走的又是沿用古题、字比句拟的路子，大多只是改变了古作的数字数句而已。如拟曹操《碣石篇》，曹曰：“东临碣石，以观沧海”；吴则曰：“我观沧海，东临碣石。”曹操《短歌行》曰：“对酒当歌，人生几何。譬如朝露，去日苦多”，他则说：“对酒当歌，人寿几何，昼短夜长，乐少忧多。”他的五古也基本上都以古辞写今事。在后七子中，模拟剽窃倾向最严重的，除了李攀龙，就是吴国伦。后来人们抨击李攀龙而少及于他，是因为《甔甀洞稿》湮没无闻，翻阅的人更少，这也算是不幸中之幸了。

吴国伦年轻时不事家产，好赌博，十分佻达。后经其妻苦劝，才折节读书。中进士后，与李、王等人结社，又是其中最爱惹事者，许多矛盾都因他而起。晚年据说善于击鼓，颇有名士风度。[①] 但他的这种个性在诗文创作中并没有表现出来。他的诗在后七子中

---

① 《万历野获编》，第 627 页。

以工稳见称，往往随题敷衍、串合典故而成，平淡无味，读过以后几乎难以留下任何印象。他也有少量反映现实的作品，如卷四《哀江南》写倭患、卷八《闻野哭作》写百姓为租税所逼走投无路等。但过分陈腐的语言，使这些作品失去了应有的时代气息和光泽。

五、王世贞（附王世懋）

王世贞无疑是后七子复古运动最重要的作家。从这场文学运动的发展过程看，前期他与李攀龙共同主盟，交游之广已远过于李；后期他更独立领袖文坛20余年，许多文学家都是在他汲引下加入复古阵营的。从创作成就看，他也大大超过包括李攀龙在内的其他复古派作家。王锡爵《弇州续稿序》说："嘉、隆之间，与公结轸而起者，皆以公重，非能重公。"（《明文海》卷二三七）叶向高《黄离草序》说："夫七子直弇州雄也，其才情之宏富，笔调之纵横，盖于明无两焉。"（《明文海》卷二三八）朱彝尊《静志居诗话》亦曰："嘉靖七子中，元美才气十倍于鳞。……当日名虽七子，实则一雄。"这些话虽多少含有一些偏见的成分，但大体符合事实。

王世贞著有《弇州山人四部稿》174卷，分赋、诗、文、说四部；《弇州续稿》207卷，分赋、诗、文三部，无说部，后者崇祯年间才出版。另有《读书后》8卷、《弇山堂别集》100卷。董复表辑录《弇州山人四部稿》、《弇州续稿》、《弇山堂别集》等书中的史料，编为《弇州史料》30卷、《弇州史料后集》100卷，刊出于万历四十二年（1614）。中国古代文人有的著述多达数百卷甚至上千卷，但往往编选纂辑之书居多。王世贞的著作则基本上都是撰写而成。其著作之宏富，不仅在明代，而且在整个中国古代也是罕见的。张燮

《书弇园八记后》说:“古今述作之富,未有如王司寇者。非唯篇什宏多,世间有二字粘带,都被弇州用尽。”(《明文海》卷三〇三)当然,《弇山堂别集》、《弇州史料》、《弇州史料后集》等都属于历史著作,《弇州山人四部稿》和《弇州续稿》中占三分之二以上的也都是碑传志铭之类的应用文,相当部分又收入《弇山堂别集》等中。虽然文学与历史、哲学著作的界限在魏晋南北朝时期即已得到明确区分,但直到明代人们还是习惯于把一个人所有的著述都笼统称为“文”,用以衡量他作为一个“文人”的成就。现在人们还常常统计某人著述达到多少万字,用意相同。单独评价王世贞的文学成就,就只能根据他那些属于文学创作的作品立论。

大致以万历四年罢职闲居为界,王世贞的生活道路和思想发展分为前后两个阶段。当然这一划分并不排除他后期的某些思想前期已经露头,或前期的某些思想后期仍有保留。总的来看,前期的王世贞是一个热心关注时事、敢与黑暗腐朽势力斗争的勇士,写作了大量反映社会现实的优秀作品,这可以《乐府变》22 首为代表。其中 10 首收录在《弇州山人四部稿》卷六,另外 12 首直到他身后才在《弇州续稿》卷二中问世。它们几乎涉及当时社会各方面的重大事件:《白日引》歌颂隆庆朝新政;《治兵使者行当雁门太守》表彰抗倭将领任环;《白莲花》谴责勾结俺答入侵内地的败类;《石头变》、《辽阳悼》、《大地变》依次反映南京兵变、东北前线的饥荒和山西、陕西一带的大地震。其他各首大都集中于一个主题:反权贵。《楚憨王》、《寿宁泣》、《钧州变》、《江陵伎》描写皇亲国戚、封建侯王的荒淫残暴行径和可耻下场;《袁江流钤山冈当庐江小妇行》(严嵩)、《太保歌》(陆炳)、《将军行》(仇鸾)、《越台高》与《尚书乐》(赵文华)揭露当朝将相大臣;《黄河来》(曾铣)、《商中丞》(商大节)、《直中丞》(曹邦辅)是对受迫害的正直臣僚表示同情;《钦鸡行》、《暴公子》、《金吾缇骑行》难以辨认具体的人和事,但可确定诗中人物都是严嵩和陆炳的党羽。整组诗只有《凌节妇行》一首与国家大事无关。

除《袁江流钤山冈》和《治兵使者行》两首附了一个乐府旧题外,上述作品都"即事名篇"。它们也没有生硬模仿汉乐府诗的词句章法,而是一方面学习吸收乐府诗的表现技巧和语言风格,一方面又根据表达现实内容的需要加以灵活运用和自由创造,构成了复古派创作中难得的一个将学古与创新结合得相当成功的例子,其中尤为突出的是《太保歌》和《袁江流钤山冈当庐江小妇行》。

陆炳是嘉靖年间锦衣卫的头目,深受世宗宠信。《明史》称他"任豪恶吏为爪牙,悉知民间铢两奸。富人有小过,辄收没其家,积资数百万,营别宅十余所,庄园遍四方"。嘉靖三十九年病死,追赠忠诚伯。隆庆中受到御史弹劾,被削夺封爵,藉没家产。《太保歌》刻画了陆炳生前不可一世的气焰与身后的萧条结局,对这只暴君鹰犬给予了辛辣讽刺和揭露。如写他作威作福的情形:

> 太保入朝门,缇骑若云屯。进见中贵人,人人若弟昆。太保从东来,一步一风雷。行者阑入室,居者颔其颏。太保赐颜色,黄金立四壁。一言忤太保,中堂生荆棘。缇骑走八方,方方俱太保。太保百亿身,所至倏如扫。鸡鸣甲舍开,争先众公卿。御史给事中,不惜称门生。欢饮丞相邸,刻臂为父子。生非真骨肉,子贵父不喜。但呼太保名,能止小儿啼。

这些描写都有史实作依据,但它们在历史著作中只能是枯燥的叙述。经过诗人的点化,便转化成生动的艺术形象,在读者眼前活了起来。

严嵩的家在江西分宜县钤山冈,袁江从这里流过,《袁江流钤山冈当庐江小妇行》因此命题。此诗长达1595字,可以说是用诗为严氏父子写的一篇传记,是我国古代以揭露政治权要为内容的叙事诗中少见的长篇佳作。如诗中描写严嵩晚年专权一段:

县官与相公,两心共一心。相公别有心,县官不得寻。相公与司空,两心同一心。司空别有心,相公不得寻。

昔逐诸城翟,黄冠归田里。后诒贵溪下,朝衣向东市。戈矛生謦欬,齑粉成睚眦。朝疏论相公,箠榜夕已至。宁忤县官生,不忤相公死。相公犹自可,司空立杀尔。凌晨直门开,九卿前白事。不复问诏书,但取相公旨。相公前报言,但当语儿子。儿子大智慧,能识天下体。九卿不能答,次且出门去。不敢归其曹,共过城西邸。司空令传语,偶醉未可起。去者归其曹,留者当至未。九卿面如土,九卿足如枳。为复且忍饥,以次前白事。司空有德色,相公直庐喜。司空稍嗫嚅,相公直庐恚。不复问相公,但取司空旨。县官有密诏,急取相公对。相公不能对,急复呼儿子。儿子大智慧,能识天下体。一疏天怒回,再疏天颜喜。九边十二镇,诸王三十国。中外美达官,大小员数百。各各黄金铸,一一千金直。

诗人运用回环重沓的句式,准确而生动地揭示了县官(皇帝)、相公(严嵩)、司空(工部侍郎即少司空严世蕃)及众臣僚之间的微妙关系。这显然借鉴了《孔雀东南飞》中刘兰芝、焦仲卿与焦母对话的写法。诗中的其他部分,如叙述严嵩的发迹过程("十五齿邑校,二十荐乡书。三十拜太史,矻矻事编摩。五十天官卿,藻镜在留都。六十登亚辅,少保秩三孤。七十进师臣,独秉密勿谟。八十加殊礼,内殿敕肩舆"),以及对他府第的描写,对严氏父子诀别的描写等,都是《孔雀东南飞》中相应段落的移植。庐江小妇小吏缠绵悱恻的婚姻悲剧与严氏父子的身世可谓风马牛不相及，诗人却将后者的内容套进前者的形式之中，写来又那样巧妙自然，从而造成强烈的讽刺意味。正像徐朔方师所说，这是名副其实的神来之笔。王世贞对严氏父子怀有刻骨铭心的仇恨，诗中却能将它转化为冷峻的嘲弄，以入木三分的点染刻画代替激烈的抨击，事实证明这样批判效果更佳。

说王世贞反映社会现实问题的诗作以《乐府变》为代表，并不意味着他富有现实主义精神的作品仅限于此。总的来看，他前期的诗文大都有为而作，并往往与反严嵩斗争有关。如《弇州山人四部稿》卷二的《老妇赋》，以"楚王有好老之癖"，讽刺世宗与严嵩之间的丑恶关系；卷二十五《咏鹰》揭露赵文华甘为严氏父子及世宗的鹰犬的丑恶嘴脸，对他落得兔死狗烹的下场拍手称快；卷十四《见边庭人谈壬子三月事有述》为边将有功不赏抱不平，同时斥责奸臣营私，小人纷纷冒功升官，并指出这种赏罚不明将造成将士解体的严重后果，对最高统治者提出警告："死生已独当，宠辱他人擅。东邻酒家胡，洛阳业商贩。甲胄为何物，勋名首腾荐。人奴岂卫青，通侯及韩嫣。纷纷貂尾续，汲汲羊胃烂。天子实明圣，涂肝亦何惋。所虑缓急膺，诸边将士玩。请剑天茫茫，王室勿多难。"

特别值得注意的是，由于父亲被杀等惨痛经历，王世贞对世宗昏庸残暴的本质有了较清醒的认识，并敢于在诗文中表示不满。上述《太保歌》、《袁江流钤山冈当庐江小妇行》、《老妇赋》等，都已明确揭示，朱厚熜是陆炳、严嵩等人的总后台。正是因为他的刚愎自用和纵容，这些奸佞才得以为所欲为。嘉靖十九年，太仆卿杨最以谏世宗服药求长生并准备以太子监国，被杖死。二十年，御史杨爵以谏世宗日事斋醮、大兴土木被杖，死而复苏。主事周天佐、御史浦铉疏救杨爵，先后杖死狱中。杨爵出狱不久亦死。三十二年，杨继盛又以劾严嵩被杀。当年夏天，王世贞作《三杨诗》（《弇州山人四部稿》卷十四），对他们表示敬仰和哀悼，表现出令人钦佩的正义感和勇气。在《玄岳太和山赋》（同上卷一）中，王世贞力言神仙之虚妄，批判世宗等宠信道士、乞求长生的愚昧行为："暂闪尸而可即，忽希夷其难方。假使人王常伯，若虞初之卜吏，骈骢衣黄者二十余霜，卒莫得其要领。徒文绣乎土木，而宫室乎陵冈。……因天成人合乃神兮，虚有实无；众则愚兮，灵宠光艳；趣则验兮，岑牢往祀。"世宗又贪求淫乐，术士以至士大夫纷纷以献房中术得宠。据《万历野获编》等载，世宗服用道士陶仲文用童女初次月经炼成的丹药后，觉有奇效，遂"于壬子（嘉靖三十一年）冬，命京师内外选女八至十四岁者三百人入宫。乙卯（三十四年）九月，又选十岁以下者一百六十人，以供炼药用"①。这些少女的身心备受摧残。王世贞在《宫词》中写道："色色罗衫称体裁，铺宫新例一齐开。菱花小样黄金盒，昨夜真人进药来"；"两角鸦青双筋红，灵犀一点未曾通。自缘身作延年药，憔悴春风雨露中"。历来文人宫词，不外写宫女的衣饰容貌及寂寞望幸之心事。王世贞则把描写宫女生活与揭露君主卑鄙荒淫的行径结合起来，充分体现了他的诗文创作的现实主义倾向。

王世贞晚年虽官至尚书，但生活经历和仕途并不平坦。因此，他在创作大量反映社会现实的作品的同时，也写了许多自抒怀抱感慨的诗文。如《醉后信口便成九韵》，写于在刑部任职时："王生劝汝一杯酒，自古英雄落人手。冠星饭露竟何限，马足车轮为谁

① 参见《万历野获编》，第541—548页。

久。昨者磬折少年前，顾影俄然见老丑。枵腹晨昏不得谢，归来仓皇詈其妇。新诗赋就掩关读，风雷为我排晴昼。千秋受驱万象役，曹、刘失魄扬、马走。但使古人百不欺，笑任雌黄世间口。吴江鲥鲈蟹秋熟，七尺尚属王生有。"此诗抒发他在政治上失意后的苦闷，以及在文学事业中寻求寄托的愿望，十分传神。又如《闻谮》二首，写于谳狱三辅时。他因料理杨继盛丧事，引起严氏父子嫉恨，诗中表示自己对此无所畏惧，也无意改变自我，并作好了罢官的准备："薄谮元非假，高名敢遽攀。未归惭地下（自注：谓容城也。按即杨继盛），且住看人间。湖海藏锋色，云霄递客颜。五噫何敢吟，挥手出燕关"；"故旧纷相谓，狂名得已迟。卿仍用卿法，吾更爱吾诗。枉责元龙礼，虚劳惠子疑。灵山青片片，或恐妒妇期"。疏狂佻达之中，蕴含的是一种可贵的锐气与傲骨。

遭受父难是王世贞一生的重大事件，从此他的为人及诗文创作的风格由狂放豪迈转为悲凉深沉。《艺苑卮言》卷三自言"自庚申（嘉靖三十九年）后"，每览刘琨"何意百炼钢，化为绕指柔"二语，"未尝不掩卷酸鼻"，"歔欷罢酒也"。父难前后，他饱尝世态炎凉、人情淡薄的滋味。《怅怅行闻吴明卿至遗之》一诗写道："当时意气迥堪怜，家难飘零燕市边。乞食监河无羡粟，橐馆深室不论钱。骠骑沉沉似九阍，低头抢地欲销魂。生男未免仓公辱，失势方知狱吏尊。吞声余息还如死，削迹何人是知己。"庐墓期间写的《罢官杂言则鲍明远体十章》之一云："肃肃南山松，本不畏霜雪。东家牛羊西家斧，剥琢憔悴令人伤。丈夫四十彊乃仕，我今三十四还乡。非因倦游恋丘壑，直是家难谢冠裳。邻里老翁怪我红颜未凋歇，前劝葡萄美酒玻璃觞。再拜谢老翁，我今有酒不敢尝。"这是诗人刚从巨创中平静下来时的诉说，从那黯然神伤的语气中，我们不难体会到他心中的深深的隐痛。

王世贞诗文创作中也不乏刻意模仿古人的例子，特别是《弇州山人四部稿》"诗部"开头几卷所收的四言诗和五言古，大都作于与李攀龙等结社之初，模拟痕迹相当明显。不过，第一，王世贞创作宏富，这些作品占的比例不大，因此不那样引人瞩目。第二，王世贞的拟古之作，大都是有为而作，不像李攀龙等人只是为模仿而模仿，没有任何实际内容。如他的《明雅》四言诗25首，除第一、二首颂扬明太祖和孝宗属官样文章外，其余都是"感时虞身"之作，有为自己和父亲的处境担忧者，有纪夏言"敖而中祸"者，有"纪留京乱"者，有"刺上谷抚臣"者等。第三，王世贞在拟古时，一般力求在原作基础上有所生发。如他拟北朝乐府民歌的一些作品："莫作中女郎，懊侬不可言。大姊得早嫁，小妹得娘怜"；"女郎初嫁时，日日称阿母。女郎抱儿归，日日称儿父"；"阿母不嫁女，阿母故相恼。教作绣鸳鸯，鸳鸯是何鸟"：这些作品的基本意思都来自北朝乐府民歌，但多少都有一点新的想象，故不像李攀龙、吴国伦的拟古之作那样令人生厌。如前所述，嘉靖三十一年以后，王世贞摆脱了李攀龙的影响，诗风有所变化。从艺术的角度看，自嘉靖三十一年到隆庆初，是王世贞诗歌创作的个人风格达到成熟的时期，也是将学古与创新结合得比较好的时期。如任青州兵备副使时作的《登太白楼》(《弇州山人四部稿》卷二十四)："昔闻李供奉，长啸独登楼。此地一垂顾，高名百代留。白云海色曙，明月天门秋。欲竟重来者，潺湲济水流。"这首诗开合照应，章法严谨，而又一气呵成，转承自然。格调高迈，意境壮阔，艺术上达到了相当完美的境地。

隆庆二年复出后，王世贞在政坛上的地位越来越高，在文坛上的声望越来越大，思想则渐趋保守。特别是万历四年罢官家居后，诗文创作的现实主义精神锐减，而庸俗的应酬之作则越来越多。《弇州续稿》中，赋1卷，诗24卷，其余都是文，而寿序、赠序、墓志铭之类十居七八。仅墓志铭神道碑一项，就占了从卷九十到卷一百三十五的46卷。卷三十三《潘次公吴媪偕寿九十序》自称："自不佞与伯玉后先解省台，而东南乞言之士，不走吴，则走徙中，以相重。"卷一百二十六《孝廉何次公墓表》又说："余前后所为墓志，于海内几遍。"诗歌方面也是世俗应酬多，寿诗、谈禅说佛之诗多，咏闲适之趣者多。在艺术上，王世贞虽在理论上仍强调复古，惜"格"，创作上实已很少拘忌，基本上随意而发，信口而书。任郧阳巡抚时所作的《偶题小斋》（《弇州山人四部稿》卷三十）中就写道："事念了无涉，起居初有恒。佛书闲自展，何肉久堪憎。铃阁栖禅观，辕门坐老僧。多惭少年日，绮语任凭陵。"从昙阳子学道后，他反复强调自己已专心学道，"不复措意于工拙矣"，"不复能论工拙矣"，"不知作何语矣"。这种对待生活和文学创作的态度，与他曾经反对过的唐宋派和道学家们已相去不远了。

王锡爵首倡王世贞诗文创作晚年胜早年之说。他在《弇州续稿序》中说："当公少时，一二俊士句钉字饾，度不有所震发，欲藉大力者为帜，而以虚声撼公。公稍矜踔应之，不免微露有余之势。而瓴建云委，要归于雄浑。迨其晚年，阅尽天地间盛衰祸福之倚伏，江河陵谷之迁流，与夫国是政体之真是非，才品文章之真脉落，而慨然悟水露石出之旨于纷浓繁华之时。故其诗若文尽脱去角牙绳缚，而以恬淡自然为宗。即孱妇小竖有尺寸可记录，随叩随应，神凑合响，精结而采流，心苦而味甘，目到而足步，泱泱乎球钟畅，鸟兽舞，宫商鸣，草木动。譬之观海，唯是汪洋浩渺天水相合之为巨观，而岂必待夫怒涛颠波流风蒸雷阴火夜燃蜃市晓结骇然望洋而叹，乃称大哉。”这段文字实在漂亮，但它体现的是一位台阁大臣的文学眼光。王锡爵还为袁炜文集作序，后者以撰青词得到世宗赏识，并因此得入阁。王却对他的“台阁体”文章赞扬备至。（并见《明文海》卷二三七）由此足见王氏眼光之偏颇。后来钱谦益等对王锡爵的说法加以发挥，在力倡王世贞理论方面有“晚年定论”的同时，也认为王世贞的诗文创作后胜于前。然而，有识之士早已对此提出异议。胡应麟对王世贞服膺之至，但他尖锐指出：“凡诗初年多骨格未成，晚年则意态横放，故唯中岁工力并到，神情并茂，兴象谐合之际，极可嘉赏。……元美郧台之后，务趋平淡，视其中年精华雄杰，往往如出二手。盖或视之太易，或求之太深，或情随事迁，或力因年减，虽大家不免。世反以是为工者，非余所敢知也。”（《诗薮·续编》卷二）钱钟书《谈艺录》亦云：“《四部稿》中，莫非实大声宏之体。然《弇州续稿》一变矜气高腔，几乎刿言之瘢，刮法之痕，平直切至。……故钱牧斋《列朝诗集》丁集、周栎园《因树屋书影》卷一皆记弇州临歿手坡集不释。要可征祖祧唐、宋，有关年事气禀矣。按此特明弇州早晚年诗学之不同，非谓弇州晚年诗胜早年也。吴梅村《家藏稿》卷三十《太仓十子诗序》有‘拯挽近诗弊者，芟抹弇州盛年用意之瑰词雄响，而表晚岁颓然自放之言，诎申颠倒’云云，议论极工。《弇州续稿》中篇什，有意无韵，木强率直，实不如前稿之声情并茂。盖变未至道，况而愈下者也。”①

当然，即使在晚年，王世贞仍不失为比较正派的士大夫。他此时的诗文创作，也并非全无关注现实的作品。如他万历十一年写的《书癸未二月十九日事》，对当权者无视暴风雨给下层百姓造成

① 《谈艺录》，第4页。

的灾难表示不满："吏民日望黄纸诏，一字不济闾阎穷。"万历十六年，他在南京兵部侍郎任上还写了"啼饥哭死遍长干"这样的绝句。张凤翼听说王世贞临终时"以官高子贵为慰"，曾严加指责："第令稍存体面，岂有位列八座，阶跻二品，易箦之际，一言不及国事者哉？"(《处实堂集》卷八《答汤考功书》)张氏所言，至少不能代表王世贞整个晚年的情况。《弇州续稿》卷一百七十六至一百七十九收致王锡爵信共74封，始于王锡爵万历十三年返朝时，中经王世贞赴任南京兵部侍郎、升刑部尚书，止于万历十八年底，即王世贞临终前不久。其中有论朝政大事如开言路、立储者，有论南京及各地官员贤否者，有谈吴中和其他地区灾荒者。海瑞卒于万历十五年十月，当时不少士绅对他进行诬蔑，王世贞则予以赞颂。万历十八年初，大理寺评事雒于仁上"酒、色、财、气"四箴，抨击神宗，王世贞对此也予以肯定。可见他晚年政治态度总的来说还是正直的。

由于不再矜守格调，王世贞后期创作还出现一种值得注意的倾向，即向浪漫文学风尚靠近。何良俊曾在席间以妓鞋行酒，王世贞作《酒间赠何翰林良俊》云："昨过何翰林，宛如李供奉。离披宫锦袍，错落琉璃瓮。自言长干娇小娃，纤弯玉窄干红靴。袖携此物行客酒，欲客齿颊生莲花。却谓龌龊子，但饮莫相诧。令我身后名，令我作仆射。不如且共此一杯，人生有情良快哉。诸君倘过长干里，双蛾扫尽黄金堆。"这里歌咏对感官刺激的追求，显然已背离古典审美理想。他在万历初作的《将抵浔阳戏作短歌》云："逾月不啖东家猪，又不及买武昌鱼。橐中干菜配浊酒，日日看山还读书。男儿三十兴阑悬赤芾，及至之官垂五十。欲辞白发头不能，纵脱青衫泪堪湿，为龙为蛇心自知，呼牛呼马哪敢辞。有书且作老博士，得酒便唤高阳儿。"诗人以诗为戏，以官为戏，以人生为戏，杂之公安派诗作中，已难分辨。同时所作《石公山观日出没歌》、《泛湖风浪小横嘲同游者》、《庐顶放歌》、《淮北吟》（俱见《弇州山人四部稿》卷二十、二十一等），风格大体相同。《明诗纪事》“王世贞”条下引《龙性堂诗话》谓：“王元美再召入京，一时亲知出饯，置酒金山，醉后有曰：‘送客总归唯日在，游人欲老奈山何。’袁小修（中道）最激赏之，谓《四部稿》中所无妨语，读之信然，然自晚年语耳。”此说亦不无可能。

王世懋的文学创作活动开始时，复古运动的弊端已经暴露出来，因此在《艺圃撷余》等中，他对剽窃模拟的现象提出了批评，并对复古理论有所修正，但这是作为后来者很容易做到的事情，困难的是真正有新的开拓，而在这方面王世懋似乎没有什么建树。他的诗不拟四言、乐府，也少有古体，模拟痕迹不太明显。近体以稳秀雅致为尚，但缺乏个性。据王世贞所撰《行状》，王世懋似颇用力于文，以“详婉”为尚，亦与其诗风略近。

王夫之《夕堂永日绪论内编》云：“王敬美风神蕴藉，高出元美上者数等。而俗所归依，独在元美。元美如吴王夫差，倚豪气以执牛耳。势之所凌灼，亦且如之何哉。”按王夫之论诗最重蕴藉，反对直露，这自有合理性。但他评论具体作家作品时，往往先入为主，又好标新立异，故翻成说。他认为符合蕴藉要求的作品，有些是真正意蕴丰富的，有些则实际上空洞平淡，而给人以一种蕴藉的假象，王夫之以自己的理解填塞进去，而断定它们蕴藉。他对王世懋的评论就属于后一种情况。这与他认为曹丕远胜曹植、苏轼毫无可取等观点一样，都属偏激之论，不足征信。

六、汪道昆

汪道昆《太函集》自序云："余少而好古，长受民事，莅戎行，用志既分，卒鲜专一之效。壮而游方之内，乃始有闻；彊而为方外游，乃始有觉。要之闻则任耳，觉则撄心。"《太函集》卷二十二《副墨自序》也有同样的叙述。实际上，汪道昆是个用世之心很强的人，早年以功业自期，故不暇于文学；中年功业有所成就，而有意与王世贞等交纳，用心于文学，是为了以文学作为功业的点缀；晚年专心于文学，在文名中寻求寄托，则是功业失意后的自我慰藉。

汪道昆当时主要以古文著名。《皇明诗选》卷十二曰："汪司马诗如薪蒭满地，英楚甚寡。"其中比较值得注意的是《孤愤诗》七首，它们为悼胡宗宪而作。胡宗宪嘉靖末因严嵩案牵连被逮自杀，隆庆初录先朝诸臣功，独不及胡。曾作过胡宗宪幕客的沈明臣自福建赴胡的家乡绩溪，为诔哭之。汪道昆等迎沈，共为诗吊胡宗宪，编为《孤愤集》。汪与胡是同乡，曾在其部下抗倭，这时亦因遭弹劾罢职闲居。两人抱负相同，遭遇类似。组诗赞颂胡的功绩，为他的不幸鸣不平，同时也自寓愤懑。仿曹植《赠白马王彪》，各篇首尾相衔，虽语言因拟古显得陈旧，但情真意切，悲愤淋漓。如第六、第七两首："风雨何方来，浪浪沾我襟。公其游帝乡，乘云翱故林。死生成契阔，天地高且深。一哭彻重泉，再哭结重阴。何以报知己，盈盈径寸心"；"寸心何所施，天命讵有常。冥冥泉下室，安得皦日光。伊昔百战功，愿言著旌常。盖棺亦已矣，众口犹雌黄。长跽歌德馨，申言慨以慷。一歌再三叹，呜咽不成章。天末起悲风，萧萧吹白杨。招魂意何之，吾欲问巫阳"。

《艺苑卮言》卷七曰:“文繁而有法,且有委,吾得其人,曰李于鳞;简而法,且有致,吾得其人,曰汪伯玉。”所谓“繁”与“简”,似主要就句式而言。李攀龙散文的句子往往冗长拖沓,汪道昆则务为短句,以三字句、四字句居多,表面上给人以简洁峭拔的感觉,而从全篇看,则累赘散缓。内容则基本上都属应酬之作。

汪道昆散文中比较重要的是《水浒传序》。该文不见于《太函集》,原存于万历年间新安刻本《水浒传》前(见石渠阁补修《忠义水浒传》),署名天都外臣,写作时间是万历十七年十月。据《万历野获编》卷五,天都外臣是汪道昆的托名。此序是目前所能看到的较早肯定《水浒》英雄和这部小说的文字。它指出,《水浒》英雄都是国家的有用之才,是被贪官污吏逼迫、被当权者排挤走上反抗道路的,蔡京、高俅之流才是真正的窃国大盗。对前者应招募为国家出力,对后者则当诛灭之。作者还赞美小说内容丰富生动,“纪载有章,烦简有则”;“如良史善绘,浓淡远近,点染尽工”,其警策处可比《史记》。当时汪道昆已沉废多年,复出基本上已无希望,他对《水浒》中所描写的那种贤愚倒置、英雄失路的情形,自然容易产生强烈共鸣。不过,他在此序中所表达的理想,仍是人才为朝廷所用。他还认为宋江等不能厕于“韩忠武、梁夫人、刘、岳二武穆”之列,而只能作“李全、杨氏辈”,这又表现出他的思想受古典审美理想影响而具有的局限性。此后浪漫文学思潮中的作家评《水浒》,宗旨便有所不同。

汪道昆在襄阳知府任上创作了分别以楚襄王、陈思王曹植为主角的《高唐梦》和《洛水悲》,以大夫范蠡、京兆尹张敞为主角的《五湖游》和《远山戏》。前二剧是献给襄王朱厚熲的,后二剧则具有咏怀性质。每种一折,共四折,合称《大雅堂杂剧》。这几个剧本基本上是敷演历史传说，内容上没有出色之处。臧懋循《元曲选序》批评它曲文“纯作绮语”，近于诗词，不够本色。这些可能都与汪道昆的思想状况和文学宗尚有关。徐朔方师已经指出，当时集中在王世贞周围，即与复古派或多或少有联系的戏曲作家，如梁辰鱼、张凤翼等，其作品的思想倾向往往偏于保守，剧本的语言也往往偏重文采。凌濛初在《谭曲杂札》中已强调后者与王世贞及复古运动的文学宗尚的关系，他说：“张伯起……为习俗流弊所沿，一嵌故实，便堆砌饼饾，亦是仿伯龙使然耳。今试取伯龙之长调靡词行世者读之，曾有一意直下而数语连贯成文者否？多是逐句补缀”；“《明珠记》尖俊宛转处，在当时固为独胜，非梁、梅派头，……元美以‘未尽善’一语概之，以其不甚用故实，不甚求丽藻，时作真率语也。赖有‘凤尾笺’、‘鲛鮹帕’、‘芙蓉帐’、‘翡翠堆’等语未脱时尚，故犹得与伯龙辈同类而共评。不然，几至不齿及矣。我谓‘未尽善’正在此，不在彼。”这是因为，复古派追求的是情与理相统一的古典审美理想，并很重视作品的艺术形式，力求古雅。这种对诗文的要求波及戏曲，便出现了上述情况。汪道昆写这几个剧本时，尚未加入复古派，但思想和文学主张无疑接近复古派。他的剧作，也就成了以新瓶装陈酒的例子。

第九章　复古运动第三次高潮兴起的历史条件及发展过程

明代文学复古运动的第三次高潮兴起于天启末、崇祯初，主要表现为复社、几社等社团的文学活动。它既是明代文学思潮发展变迁的必然产物，也与明末社会现实及由它所决定的明末士大夫学风和心态的变化有关。

一、复古运动第三次高潮兴起的历史条件

1. 浪漫主义狂飙之后的文坛风尚

在复古运动第二次高潮与第三次高潮之间，即从万历二十年左右到天启末、崇祯初的三四十年中，一种与复古主义截然对立的浪漫主义文学思潮曾席卷整个文坛。如前所述，王世贞、汪道昆、吴国伦等复古派巨子在万历二十年前后相继去世，而新的文学思潮的代表人物袁宏道即于这年中进士，这一巧合是两种文学思潮兴替的一个标志。更值得注意的是，万历二十年左右，明王朝的政治、经济、军事等方面都发生了一系列重大事件，王世贞等的去世和袁宏道的中进士适与这些重大事件同时发生，这是一个更有意

义的巧合。政治方面，晚明的朝廷党争始于万历二十年左右发生的阁部科道之争，导火索是立储与考察两大事件。前者起于万历十四年，至二十年而进入白热化；后者则起于万历二十一年初。万历中晚期，科道与阁部之争演化为东林党与非东林党之争，天启中又演化为东林党与阉党之争，崇祯以至南明弘光王朝再演变为东林党的继承者复社与阉党余孽之争。甚至在此后的南明永历朝中，党争仍然纠缠不休，真可谓与明王朝共存亡。军事方面，也是从万历二十年前后开始，隆庆初年以来边境相对安宁无事的局面被打破，东西南北，战火重燃，其中最重要的是平哱拜、援朝鲜、平杨应龙三大战役。前者发生在万历二十年，后二者也起于该年，而绵延数载方息。三大战役表面上都以明王朝的胜利而告终，但实际上它们特别是其中的援朝鲜之役使明王朝的军事力量受到严重削弱，以至后来与迅速崛起的满洲军队作战时虚弱无力。更重要的是，三次战役耗去军费过千万，加上重建失火烧毁的紫禁城三大殿、修造神宗的定陵等，国库为之空虚。神宗遂遣矿监、税使到各地搜刮财物，举国骚然，大量贫民破产，而这又是引发明末农民大起义的根源。总之，万历十年张居正去世后，明王朝各方面的弊端重新发作。但到万历二十年止，还属于隆、万新政松懈解体的时期。自万历二十年起，新的灾难开始了，此后明王朝便再也没有出现过真正的重振局面。此时开始产生和激化的一系列社会矛盾再也得不到真正解决，而是一直延伸到明末，而且愈演愈烈，最终导致了明王朝的崩溃。

朝政腐败、国事日非的社会现实，使广大国民特别是知识分子阶层产生一种强烈的离心离德倾向。他们由对社会现实严重失望和不满发展到厌恶、憎恨并力图逃避它，似乎不愿把自己与这个黑暗污浊、荒谬绝伦的时代联系在一起，并且已失去了拯救这个时代的信心和热情。与此同时，人们也对与封建社会现实相适应的一整套伦理道德规范和价值观念产生怀疑，过去曾经信仰并努力追求过的社会理想、人生理想、审美理想等，现在看来是那样的幼稚可笑。于是人们纷纷把目光转向自我，觉得只有个人的精神自由甚至个人的感官情欲满足等，才是唯一真实有价值的东西，一切束缚压抑人的自然情欲的伦理道德规范都是虚伪不合理的，人应该率性而行，纯任自然。以上就是晚明一度风靡于士大夫之间的异端思想的要义，也是在它直接孕育下诞生的浪漫主义文学思潮审美理想的宗旨。

晚明异端思想的杰出代表、浪漫主义文学思潮的先驱李贽的第一本著作《焚书》于万历十八年在麻城出版，《童心说》、《杂说》、《忠义水浒传序》等重要文学论文皆在其中，奠定了浪漫主义文学思潮文学主张的基石。在他的启迪下，袁宏道在万历二十二年所作的《答李子髯》等诗文中，已表现出浪漫主义文学主张的倾向。袁在万历二十四年任吴县知县时所作的《叙小修诗》，则可视为浪漫文学思潮的正式宣言。他的主张得到了其兄宗道、其弟中道及当时著名文学家汤显祖、屠隆、焦竑、谢肇淛等人的支持，知名文士江盈科、陶望龄、丘坦、袁蕴璞、陶若曾、虞淳熙、梅守箕、潘之恒、黄辉、顾天埈、李腾芳、梅国桢、曾可前、雷思霈等也群起响应，于是以三袁为核心的所谓“公安派”的文学活动在万历二十六、二十七年间达到高潮。与此同时，作为晚明浪漫文学思潮重要一翼的戏曲、小说、民歌等通俗文学领域也出现了整理、创作和出版的热潮。浪漫文学思潮作家的诗文和大量的通俗戏曲、小说、民歌等，都穷形尽相地刻画当时政治黑暗、社会秩序混乱、道德沦丧、人欲横流的丑恶现实，这在成为当时文坛主流的暴露文学的几个重要类别——公案文学、色情文学和世态人情讽刺文学中分别得到集中体现。人们揭露的笔触还伸延到历史、宗教等领域，一座座笼罩着神圣光环的圣君贤相、英雄豪杰、才子佳人、高僧老道的偶像面目被戳穿，露出的是一幅幅同样有着七情六欲甚至更加丑陋狰狞的世俗众生相。与此同时，浪漫主义文学思潮的文学创作为人类本有的情欲、平凡人物的日常生活、离经叛道之士的洒脱个性等高唱赞歌，猛烈抨击虚伪陈腐的程朱理学和封建礼教。在艺术上，浪漫文学思潮的作家也一反古典审美理想追求意与象完美统一的传统，把凸现张扬主体精神放在首位。往往有意将许多丑陋怪诞的物象写进作品中，加以夸张变形或歪曲颠倒，把不伦不类的东西任意组合在一起，以显示出主体精神的睿智与高超。他们猛烈抨击复古派，蔑弃古典诗文体裁、结构、语言、音律等方面的一系列法度要求，提倡"独抒性灵，不拘格套"，求新、求奇、求怪，而往往近平、近俳、近俚。用王夫之的话来概括就是："自李贽以佞舌惑天下，袁中郎、焦弱侯不揣而推戴之，于是以信笔扫抹为文字，而稍含吐精微、锻炼高卓者为咬薑呷醋。故万历壬辰（二十年）以后，文之俗陋，亘古未有。"（见《清诗话》上册《薑斋诗话》）

但是，由于在16世纪末17世纪初的中国，封建经济还占主导地位，封建政治和意识形态还占统治地位，晚明进步思想潮流及浪漫文学思潮缺乏坚实的社会基础，加上封建统治集团和卫道士们的残酷镇压和疯狂反扑，于是它在如狂飙突起之后，即遽然回拨。大约以万历三十年春李贽在狱中自杀为标志，晚明进步思想潮流即趋于低潮，浪漫文学思潮也随之发生蜕变。虽然此后它仍在社会上广泛蔓延，但这属于思想文化运动发展的一种惯性现象。在这股思想文化旋风的中心，作为其领袖人物的袁宏道等人的思想，实际上已经回落。袁宏道万历二十六年入京后，即“觉龙湖（李贽）所见，尚欠稳实。以为悟、修两毂也，向者所见，偏重悟理，而尽废修持，遗弃伦物，偭背绳墨，纵放习气，亦是膏肓之病。……遂一矫而主修，自律甚严，自检甚密。以澹守之，以静凝之”（《袁宏道集笺校》附录袁中道《袁中郎行状》）。与此相应，他在作于万历二十八年的《雪涛阁集序》和作于万历三十四年的《哭江进之》等诗文中，对自己及其他浪漫文学思潮作家前期创作的粗疏刻露等弊病作了自我批评，对自己此前倡导的“信心而出，信口而谈”的主张作了修正以至一定程度的自我否定，并开始强调保持和遵守古典诗歌审美特征及体裁法度的重要性。他本人此后的诗文创作也渐趋谨严，总体上表现出某种向复古主义回归的倾向。袁宗道、袁宏道分别于万历二十八年和三十八年去世后，袁中道成为公安派的代表人物。他对公安派的文学主张作了更多的修正和自我否定，对公安派末流之弊提出严厉批评：“至于一二学语者流，粗知趋向，又取先生（袁宏道）少时偶尔率易之语，效颦学步，其究为俚俗，为纤巧，为莽荡，譬之百花开而棘刺之花亦开，泉水流而粪壤之水亦流，乌焉三写，必至之弊耳，岂先生之本旨哉？”（《袁宏道集笺校》附录袁中道《袁中郎先生全集序》）与此同时，他强调：“文法秦汉，古诗法汉魏，近体法盛唐，此诗家三尺也”（《珂雪斋集自序》）；“夫情无所不写，而亦有不必写之情；景无所不收，而亦有不必收之景，如此乃可以言诗矣”（《明文海》卷二七〇《蔡不瑕诗序》）。从而在向复古主义回归的道路上走得更远，更接近复古派。

晚明浪漫文学思潮蜕变的另一个重要表现，就是公安派在诗文领域的主导地位被钟惺、谭元春为代表的“竟陵派”所取代。“竟陵派”约兴起于万历四十五年左右，历明末清初而不衰，它实际是当时最重要的诗文流派之一。[①] 钟、谭对公安派特别是其末流提出了更严厉的批评：“学袁（宏道）、江（盈科）二公与学济南（李攀龙）诸君子何异。恐学袁、江二公，其弊反有甚于学济南诸君子也。眼见今日牛鬼蛇神，打油钉铰，遍满世界，何待异日。慧力人于此尤当着紧著眼。”（《隐秀轩文集·往集·与王稺恭兄弟》）与此同时，他们进一步认识到学古人、遵古法的重要性，如谭元春《操镘草》云：“董伯甘曰：‘书无不阅也，唯不爱阅近代文集耳。’呜呼，得之矣。诗之衰也，衰于读近代文集苦多，而作古体之诗苦少也。近代之集，势处于必降，而吾以心目受其沐浴，宁有升者？子之不阅诚是也。”（《明文海》卷二七〇）这与李攀龙等提出的不阅中唐以后书、取法乎上的观点就如出一辙。总之，与晚年的袁宏道、袁中道等相比，钟、谭在向复古主义回归的路上又走了一步。他们的诗文主张，是一方面继承公安派的“性灵说”，一方面又强调遵循古典诗歌的体裁法度要求，并力图将二者统一起来。这种折衷调合的主张，受到当时曾经晚明进步思想潮流和浪漫文学思潮洗礼而又认识到公安派特别是其末流诗文创作种种弊端的广大文学家的共同欢迎，故能不胫而走，风靡一时。但它的内部矛盾也迅速暴露出来。因为浪漫主义文学思潮所倡导的“性灵”与古典诗歌的体裁法度要求等是不可能完美统一的。竟陵派力图调和二者，结果是后者没有得到真正遵守，前者也没有得到酣畅淋漓的表达。于是竟陵派就陷入一种尴尬境地，无论是重法度的还是重性灵的，都对它产生不满，在短暂追随之后即群起而攻之。竟陵派作家试图选择

---

① 参见《谈艺录》，第418页。

体与客观社会现实的统一的古典审美理想若合符契，因此它们实际上构成复古运动第三次高潮的思想基础。东林学派、蕺山学派学术思想的盛行，转移了当时广大知识分子的关注焦点和审美心态，从而造成了复古主义审美理想和文学观念广泛流行的特定思想氛围。从复社、几社与东林党的关系来看，复社是东林党的继承者，几社又是从复社中相对独立出来的一个社团。实际上，几社就属于复社，复社就属于东林党，它们本身就是东林党的组成部分。复社、几社人士大多都是东林学派学术思想的信徒，其思想旨趣一脉相承。从具体人际关系看，陈子龙中进士座师是黄道周，师生情谊甚笃。陈子龙任绍兴推官时，刘宗周正家居讲学，陈曾赴讲席，与论天人性命之旨。总之，明末复古运动第三次高潮，与当时思想领域东林学派和蕺山学派的盛行密切相关。

二、复社

东林学派的思想对明末复古运动第三次高潮的兴起起了引导作用，但东林党的活动本身并不标志着后者的正式开始。因为东林党首先是一个政治宗派，其次是一个理学门派，而恰恰不构成一个文学集团。东林党人最关心的是当时的朝政得失，如立储、矿税、兵事、宦官专权等，其次是探究性命之学，注重道德修养，而对文学兴趣不大，一般不以能诗文著称。其中叶茂才、刘宗周等稍喜作诗，但因意在朝政、理学，其诗往往不过是论朝政、谈理学的工具。如《明儒学案》载叶茂才“喜为诗以寓时事”，“云‘还宣侍讲王昭素，孰易螭头取象拈’，伤经筵之不举也；云‘三党存亡宗社计，另言曲直咎休占’，刺门户也；云‘乾坤不毁只吾心’，哀毁书院也”。

又同书载刘宗周有诗云："只圈圆相形容似，才点些儿面目肥。"这些句子很容易使人联想起庄昶的"太极圈儿大，先生帽桶高"之类，难以称为合格的诗作。

不过，东林党人杨涟、顾大章、魏大中、高攀龙等临难前都有绝笔、血书、遗表、自叙年谱、别亲友书柬等，缪昌期、李应昇被捕至遇害前还作了一些诗。[①] 这些用鲜血和生命写成的文字，悲愤淋漓，具有震撼人心的艺术感染力。其次，东林党人虽不重文学，却没有否定文学的言论。如邹元标即认为："圣门道术首言学文，虽非世文辞之文，而文辞未必非其流绪焉。今世俗讲学家不及文章，文章家畏言理学，两失之矣。"他还指出："文章全要一气呼吸，自始至终提掇得起。若世俗斗凑，极力做来，不过六朝粉靡态格。"（《明文海》卷二二三孙慎行《记论文》）这种观点虽仍有理学气息，但重气势，轻粉靡，与当时浪漫文学思潮的创作风尚迥不相同，而与复古派的文学主张则有相通之处。这大约是东林党人共同的看法。邹元标本人的《类鉴序》、《代庖录序》皆文笔爽朗，顾宪成《重刻怀师录题辞》，高攀龙《阐幽录序》、《昆陵人品记序》，孙慎行《读北门诗》等均精警有气骨（《明文海》卷二二三）。更值得注意的是，由于思想趋向相通，东林党人在浪漫文学思潮风行之时，还对复古派给予了一定的肯定。如赵南星《明十二家诗选序》云："明诗自北地、信阳之外，其传与否，未有定论也。即近所称七子者，人未必尽服。卢柟雄艳诡特，庶几雅颂之博徒，不在七子中，则七子者亦未必能自为定论也。懋忠兄弟……即七子之中余其四，而取卢柟，其见卓矣。诸子之论，其自兹定乎？"（《明文海》卷二二七）由此可见，东林

① 见《中国历史研究资料丛书·东林始末·碧血录》。

党人的活动虽不意味着明末文学复古运动第三次高潮的正式开始,却可视为其嚆矢。

明末文学复古运动第三次高潮的开端,可从复社、几社的形成算起。经过天启年间阉党的迫害,东林党的领袖和主要成员都离开了人世,其他成员也纷纷罢谪,东林书院及各地与之相呼应的书院都被拆毁。自定《三朝要典》后,东林党人被目为“奸党”、“妖人”,举世皆以东林为讳。天启七年八月,熹宗死,崇祯皇帝继位。十一月诛客氏,魏忠贤、崔呈秀自杀,魏忠贤党羽纷纷伏法或降谪,然东林党冤案仍继续维持。当年十月,吏科都给事中陆尔翼还上言:“东林余孽,遍布长安,每欲因事起衅,忧不在小,乞敕下厂卫严缉禁之。”更为荒谬的是,当时邸报中,凡攻魏忠贤、崔呈秀者,必引东林为并案,俱指为邪党。崇祯元年正月,才有翰林院编修倪元璐上言,要求辨别魏、崔与东林,为东林党人平反。此后东林党死难诸君子次第得到平反昭雪,东林党的支持者韩炉重新入阁,刘鸿训、钱龙锡亦入阁。东林党的后进刘宗周、文震孟、黄道周、倪元璐等纷纷崭露头角,于是东林党的活动重新活跃起来,作为东林党之继承者的复社应运而生。

复社虽以东林党的继承者出现,其性质与东林党又有一定差异。这表现在:它首先是一个科举会社,其次是一个政治宗派,再次是一个文学集团,而基本上不构成一个理学宗派。复社的建立,最初主要是为士子们揣摸交流八股文的写作服务的。它之所以在几年内影响遍及海内,重要原因之一便是这个社团中有许多八股文高手,他们的八股文选本具有权威性。在复社声气渐广之后,凡列名其中的,经过社中巨子的推荐请托,在各级考试中容易被录取。复社人士与阉党余孽进行了坚决斗争,后来又积极投入到抗清救国斗争之中，在这一点上他们是东林党当之无愧的继承者。复社之所以在当时社会上特别是普通民众中享有广泛声誉，与这一点是分不开的。但在具体的斗争方式方法上，东林党人比较关注与国计民生有关的重大政治问题，主要是采取正面交锋的方式，与黑暗势力进行斗争。复社人士也关心当时的重大政治问题，如蠲租税、抗清等，但相对来说比较关注本派别的利益，如科举之中否，官位之进退等。有时为了本派的利益，不免有偏见。不属复社者，虽正人亦攻之；对本派中人，则往往护短。在斗争中往往运用一些权变计谋，甚至暗中利用宦官的力量。对于东林党人特别注重的性命义理之学，复社人士基本上弃而不讲。而东林党人很少顾及的诗古文创作，复社人士则倾注了一定精力，从而成为明末文学复古运动第三次高潮的开创者。

天启年间，海内八股文社最著名者，一为江西临川陈际泰、罗万藻、章世纯、艾南英，四人八股文风行天下，号"章罗陈艾"。一为山东莱阳宋玫。宋氏父子兄弟自成一派，声势不广，但科第最显。一为金沙周钟。当时娄东张溥与张采两人同学，号"娄东二张"。他们见当时八股文卑靡之极，思有以振之，乃别标一格。张溥文仿樊宗师、刘知几，每次参加科、岁试都列下等。闻周钟之名，乃与张采同往请教，一见相得甚欢，三人一齐切磋此道。张溥改旧习更尚经史，于是每试必列高等。天启四年建立应社，天启七年改名为广应社，参加者除张溥、张采、周钟外，还有苏州杨廷枢、徐汧、松江夏允彝、陈子龙等。张溥手定应社凡例，应社和广应社就是复社的前身，所以吴伟业《复社纪事》说："复社之举自此始。"

从一开始，张溥等人就参加了反对阉党的政治斗争。天启七年阉党倒台，阉党头目原任大学士顾秉谦致仕后借居苏州，张溥、张采率诸士子驱逐之，檄文脍炙人口，并合诸士绅五十余人赞助勒石，张溥等人名声大显。

天启七年乡试，张采、徐汧、周镳、罗万藻、蒋德璟等社友中举，崇祯元年共赴京会试，张溥、周钟亦以贡生身份来到北京国子监。张溥廷对高等，诸贡生入太学者闻其名，皆愿与交，因集诸人为成均大会。在北京，他还遇到赴京会试的杜麟征（天启元年举人）、夏允彝（万历四十六年举人）及王崇简等，倡为燕台七子之会，参加者还有杨廷枢、徐汧、罗万藻、艾南英、章世纯、张采、宋存楠等共20余人。“是时，在朝击珰诸君子，斩刈已无噍类，唯有庶常黄石斋先生道周、郑鋆阳先生鄤、项水心先生煜，晨星落落。三人深相结纳，时一过从，借文章欣赏通达声气，冀得扶不绝之绪于一线而已。”见张溥等人有志继承东林，亦与相交，于是张溥名满京华。他感叹道：“我国家以经义取天下士，垂三百载。学者宜思有表章微言，润色鸿业。今公卿不通六艺，后进小生剽耳佣目，幸弋获于有司，无怪乎椓人持柄，而折枝舐痔，半出于诵法孔子之徒。无他，诗书之道亏，而廉耻之途塞也。新天子即位，临雍讲学，丕变斯民，生当其时者，图仰赞万一，庶几尊遗经、砭俗学，俾盛明著作比隆三代，其在吾党乎？”“乃与燕赵卫之贤者，为文言志，申要约而后去”。[①] 张溥此时即已基本确立了后来复社的宗旨。所谓“复”意为“兴复古学”，古学又包括两个方面，在八股文方面，就是要转变当时八股文风卑靡的局面，力图使之转到以儒家经典为根柢的轨道上来，使士大夫皆有实学。另一方面就是倡导诗古文。这两方面又是相互联系的，这样士大夫就可以成为学有根柢、才具宏通之士。同时，“兴

---

① 《中国历史研究资料丛书·东林始末·复社纪事》。

复古学”与倡明古道是一致的。张溥等人倡导“兴复古学”的根本目的，就是在阉党横行、士大夫廉耻扫地之后，重新提倡重廉耻、讲操守的古道，也就是提倡东林党人那种持正不阿的高尚节操。总之，复社的宗旨，一开始就包含八股文写作、经典研究、诗古文创作、政治斗争、道德风尚等多重含义。

崇祯元年会试，张采、徐汧、周镳、蒋德璟、黎元宽、金声等中进士，蒋德璟授翰林院编修，徐汧、金声选庶吉士，黎元宽、周镳为礼部主事(周在南京)，张采为临川知县。其他诸人下第南归；张溥、周钟亦归，乃“相订分任社事，昌明泾阳(顾宪成)之学，振起东林之绪”。[①] 张溥归家后，大力从事经典和历代文献的整理研究，又芟订当年会试八股文，题为《表经》，风行于世。当时正逢湖广人熊开元来任吴县知县，爱士喜文，与张溥常相游从。吴中大姓沈氏、吴氏子弟皆从张溥学，四方慕名造请者纷至沓来，沈氏、吴氏为之提供食宿。张溥热心奖掖，督学使者亦视其言为去取，于是声名益广。《表经》选本压倒了其他所有八股文选本。

就在此时，发生了陈子龙与艾南英的论战。艾南英曾参加燕台七子之会，与复社诸子称知交。但由于八股家法不同，又为争名之故，天启中就与周钟书信往返，有过争辩。这时看到张溥等人名声超过自己，马上从齐鲁客所赶到吴中，约周钟等相会共证文体，欲挫之而独伸己说。艾南英享八股文名已久，甚矜诞，人多畏之。是时陈子龙年方十九，诗古文已倾一时，且意气慷慨，与夏允彝等扁舟逆艾南英于苏州，相互争辩，日移晷乃退。陈子龙复手书诘难，推重李梦阳、王世贞等复古派。艾南英复书云，“向在娄江舟

---

① 《中国历史研究资料丛书·东林始末·社事本末》。

中，见足下谈古文，辄轻诋欧、曾诸公，而守一李于鳞、王元美以为足，即评骘他文亦未当。盖足下未尝读古人书，故欲足下读书十年，学渐充，心渐细，而后可也。足下行后，友人持足下《俏心赋》至，如此乃《昭明文选》中之卑腐，欧、曾大家力排之者，足下斤斤师法之，无怪乎侈口骂欧、曾、宋景濂，骂震川、荆川也。足下谓宋文最近，不足法，当求之古，其究竟则归重王、李二人耳。何足下所志甚大，而所师甚卑也。足下谓宋之大家未能超津筏而上，又谓欧、曾、苏、王而上，有左氏、司马氏，不当舍本而求末。夫足下不为左氏、司马氏则已，若真为左氏、司马氏，则舍欧、曾诸大家何由法。”（《明文海》卷一五九）陈子龙得书愤甚，复作报书，夏允彝劝止。夏又致信艾南英，言两人之书不必外传，以免滋物议。

迨当年张溥所选《表经》问世，艾南英对当年其他各家选本皆无异议，独对张溥选本大加攻击。其《房选删定序》称张溥以《表经》标目是“黠者”“于史不能，于子不可，又逃而曰遵经”，并攻击吴中士子“目不视丁”。张溥、吴昌时等十分愤怒，俱致信时任临川知县的张采，请他对艾南英的行为加以制止。艾南英执意不从，又选《四家摘谬》继续攻击张溥等。于是张采将张溥的书信公开，并致信陈际泰、罗万藻、章世纯及宋玫等，以图孤立艾南英。当年秋，吴中士子得知艾南英又至吴中，谬约之会于弇山园。酒酣论文，艾仗气骂座，大约谓秦汉文不足学，而曹、刘、李、杜诗皆不可取，詈李梦阳、李攀龙等尤甚。陈子龙以年少在末座、起与之争。艾对他不屑一顾，曰：“此年少何所知！”陈子龙直前殴之，周钟之弟周镕共挟之，艾南英乘夜逃去。于是三吴士子传单各邑，共绝艾南英，社集去其名。张溥、陈子龙等与艾南英关系破裂，一是在八股文上争名，二是在诗古文创作上双方旨趣不同。张溥、陈子龙等倾向于学先秦汉魏六朝唐，倾向于复古派，艾南英则倾向于学宋代欧、曾等，倾向于唐宋派。他们的分裂是必然的，这种分裂标志着张溥、陈子龙等在文学方面的复古主张已趋于明确。

崇祯二年，张溥等人的影响更大，从学者更多，乃为尹山大会。是时吴中有广应社，松江有几社，江北有匡社，中州有端社，莱阳有邑社，浙东有超社，浙西有庄社，黄州有质社，各分坛坫。张溥乃合诸社为一，定名为复社，定条规曰："自世教衰，士子不通经术，但剽耳绘目，几幸弋获于有司。登明堂不能致君，长郡邑不知泽民。人材日下，吏治日偷，皆由于此。溥不度德，不量力，期与四方多士共兴复古学，将使异日者务为有用，因名曰复社。"张溥、周钟又选定诸人八股文，共700余人，2500余篇，编为《复社国表》，张采作序。集中详列姓氏地理。从来八股文选本，未有如是之盛者。

崇祯三年江南乡试，诸人皆集，张溥又为金陵大会。榜发，解元为杨廷枢，而张溥、吴伟业、陈子龙、吴昌时等俱中举。其他省份列名社中中举者复有数十人。次年春试，吴伟业会试第一，殿试第二，授翰林院编修。张溥、夏曰瑚、杨以任、马世奇、成德、管正传、周之夔、刘士斗等列名《复社国表》者并中进士。张溥选庶吉士，吴伟业以张溥门人联捷，钦赐归娶，天下以为荣。远近士子谓出于张溥之门者必易中选，于是争称弟子。张溥尚在京师时，各地士子相率过娄东，造庭陈币，南面设位，四叩定师弟礼，谓之遥拜，求掌门籍者登其名而去。崇祯五年春，张溥请假葬亲归里，途中舟过之处，挟策造请者无虚日。及抵里，从学者益众。适逢张溥妻金氏卒，四方会吊者至，吊毕，退而大集虎丘，为虎丘大会，与会者数千人，大雄宝殿不能容，生公台、千人石鳞次布席皆满，往来丝织。游于市者，争以复社会命名，盛况空前。浙西一带士大夫家之舟楫，皆书“复社”字样，一人用之，戚里交相借托。四方士子皆以“两张先生”为宗，称张溥为“西张”，张采为“南张”，又曰“两张夫子”，张溥亦以孔子自拟。于是好事者指社中翘楚赵自新等为“四配”，门人吴伟业等为“十哲”，以张溥叔伯兄弟十人为“十常侍”，又有在门下奔走者五人为“五狗”。张溥等奖掖弟子亦不遗余力，每岁、科两试，有转荐，有独荐，有公荐，私拟等第名目，嘱托学使者，及榜发，十不失一。得荐者，虽已经黜落，仍复取之列为高等。

当时在朝的东林党后进也与复社互通声气。陆世仪《复社纪略》卷二：“社事以文章气谊为重，尤以奖进后学为务。其于先达所崇为宗主者，皆宇内名宿，南直则文震孟、姚希孟、顾锡畴、钱谦益、郑三俊、瞿式耜、侯峒曾、金声、陈仁锡、吴甡等；两浙则刘宗周、钱士升、徐石麟、倪元璐、祁彪佳等；河南则侯恂、侯恪、乔允升、吕维祺等；江西则姜曰广、李邦华、熊明遇、李日宣等；湖广则梅之焕、刘弘化、沈惟炳、李应魁等；山东则范景文、张凤翔、高弘图、宋玫等；陕西则李遇知、惠世扬等；福建则黄道周、黄景昉、蒋德璟、刘长等；广东则陈子壮、黄公辅。诸公职任在外，则代之谋方面；在内，则为之谋爰立。皆阴为之地而不使之知，事后彼人自悟，乃心感之，不假结纳而四海盟心。门墙之所以日广，呼应之所以日灵，皆由乎此。”

张溥中进士后，将评选八股文的任务交给周钟独立承担，自己把主要精力放在社务方面，并立即卷进了政治斗争的旋涡中。崇祯元年以来，东林党后进大量起用，但阉党余孽气焰仍炽。从崇祯元年十月至三年正月，刘鸿训、钱龙锡、韩爌相继被劾去位，刘、钱且遭遣戍。崇祯元年十一月会推阁员，属东林党的礼部侍郎钱谦益在推荐的名单之内，礼部尚书温体仁则无缘。温乃上言主持会推者结党徇私，并攻击钱谦益天启中任浙江乡试主考时作弊。崇祯皇帝大怒，钱谦益及吏科给事中章允儒削籍为民，给事中瞿式耜、御史房可壮俱降谪，东林党后进重新遭到打击。崇祯三年六月温体仁入阁，专与东林党后进为仇。张溥入翰林院后，遇事敢争，同馆皆忌，温体仁便放出话来："是何足患！庶吉士有教读成例，成材则留，不成材则去。去之亦何难。"张溥闻之，乃搜集温体仁交通宦官、结党营私诸事，缮成疏稿，命吴伟业参之。吴伟业不敢，乃对疏稿稍加增损，改参温体仁的亲信蔡奕琛。温体仁大怒，将欲重处，阁臣周延儒劝解方免。张溥遂请假归里。不久，温体仁之弟温育仁撰《绿牡丹》传奇，讽刺复社子弟招摇之状。复社子弟深以为耻，诉于张溥、张采。两张亲赴浙江，托于督学黎元宽。黎亦复社中人，遂禁书肆，毁刊本，并追究作者，执温氏家人下狱，于是温体仁更恨复社。崇祯七年，温体仁指使亲信疏参黎元宽"进学冒滥"、"取录徇情"，黎遂于当年十二月革职。东林党后进文震孟崇祯八年七月入阁，十一月即罢。刘宗周、黄道周、倪元璐等也纷纷遭贬，郑鄤被加上逼父杖母的罪名磔死。崇祯十年正月，常熟人章从儒（一作张汉儒）讦奏钱谦益、瞿式耜居乡不法，温体仁拟旨逮下刑部狱。钱谦益曾为故太监王安作过祠记，是时权阉曹化淳出王安门下，感激钱谦益，为之出力，章从儒枷死，钱、瞿方得释。

崇祯六年至九年，还发生了周之夔讦奏复社事。周之夔与张溥等为同年进士，亦列名复社，任苏州推官。后因《复社国表二集》只选其文一首，评无褒语，加之他与太仓知州刘士斗（亦崇祯四年进士、复社成员）因事相讦，张溥，张采等都站在刘士斗一边，周之夔遂上言漕运总督及巡漕御史，谓刘士斗、张溥、张采等紊乱漕规，致激兵变，刘士斗降四级调用。两张遂发动吴中士绅驱逐周之夔，朝中复社支持者黄道周等也施加压力，周遂被迫于崇祯八年七月请求致仕离任。崇祯九年，温体仁嗾使亲信授意周之夔诉冤，官可复得，且有不次之擢，周遂赴京上《复社首恶紊乱漕规逐官杀弁朋党蔑旨疏》，又上崇祯八年作的《复社或问》，攻击张溥字天如为"名号比天"，"复社"意为"倾覆社稷"等。是时又有怨复社者，托名徐怀丹，作《复社十大罪檄文》，攻击复社煽聚朋党，妨贤树权，伤风败俗，讪谤横议等。有旨查奏。应天巡抚东林党后进张国维具疏回奏：漕储无误，周之夔挟私诬告。张国维受责，然事亦得已。

崇祯十年三月，又发生了陆文声讦奏复社案。陆文声与张采自幼同学，后张采从临川知县任上归里，欲揭发某劣绅恶行。陆先泄露其事。张采大怒，将陆殴打，陆忿恨不已。适逢朝廷以星变求言，陆乃搜集张采交通上官把持武断诸事，入京上告。温体仁得知，命他并弹张溥，陆乃上疏曰："风俗之弊，皆原于士子。太仓庶吉士张溥、前临川知县张采，倡复社以乱天下。"有旨命南直提学御史倪元珙严查回奏，倪遂据苏松道冯元飏（与倪俱为东林党后进）所报回奏，极言陆文声之妄，曰："臣受命督江南学政，奉有复社一案。夫结社会友，乃士子相与考德问业耳，此读书本分事，不应以此为罪。"有旨："倪元珙隐徇，着降二级调外任。"接任督学方玮寻丁艰归，继任张凤翩卒置再查之旨不理，以久不回奏外转。复社人士同时又说服陆文声父子息讼。夏允彝、陈子龙适在北京会试，资助银两，使陆得选永州府道州吏目以去。温体仁命陆再上第二疏，陆推脱不应，此事终于不了了之。

崇祯十年六月，温体仁罢职。同年八月薛国观入阁，次年六月杨嗣昌入阁。他们承袭温体仁衣钵，继续与复社和东林党后进为仇。经过上述几次事变，"西铭（张溥）之心已隐然大伤，虑乎祸患将及，无可解免，虽门弟子日进，而社局之盟会，寝以少息”。然当时三吴青年士子钱瑛、尤侗、徐枋、朱隗、汪琬、侯玄演、玄泓、玄瀞兄弟、黄淳耀、归庄等纷纷倡为文会，虽各自一宗，“不敢齿及复社二字者数年，然原原本本，无一非复社之子弟也，无一非娄东之及门与其门人小子也”（《社事本末》）。崇祯十二年夏江南乡试前，扬州许力臣举大会于金陵，闽、粤、楚、豫及三吴名流毕集，推周钟、周立勋、徐孚远为盟主。张溥闻之，颇喜后继有人。此次乡试，周钟终于中举，于是将评选八股文的任务移交给徐孚远。

崇祯十三年六月，薛国观罢职，随即被杀。十四年，杨嗣昌自任督师围剿李自成、张献忠农民起义军，失败自杀。此前，在京任礼部主事的吴昌时致信张溥等，约共同活动，使周延儒重新入阁。周虽为张溥等中进士的座主，但在崇祯二年十二月至六年六月间任阁臣时，依附温体仁，共仇东林。被温体仁排挤去位归里后，乃与复社诸人交往，关系有所改善。于是张溥、钱谦益、项煜、徐汧、马世奇等共谋于虎丘石佛寺，遣精明仆人王成送书信给吴昌时，打通关节，周延儒遂于崇祯十四年十月重新入阁。赴任前，张溥提出救时十余事，请周复出后施行之。周至京，得到崇祯皇帝信任，于是蠲免拖欠租税，举荐被罢谪的官员，撤去各地监视宦官，停止紫禁城内宦官操练等，做了一些好事，复社处境有所好转。而张溥于崇祯十四年四月暴病去世，海内会葬者万人。崇祯十五年春，复社又大会于虎丘，扬州郑元勋、松江李雯为主盟，方以智、龚鼎孳、陈名夏、宋之绳、严沆、吴百明、陆圻、查继佐、彭孙贻、曹溶、杜濬、余怀、邓汉仪、冒襄等皆与会。此后复社不再举行大会。崇祯十六年五月，周延儒及吏部尚书郑三俊、吏部郎中吴昌时俱免，十二月，周延儒赐死，吴昌时被杀。次年三月，李自成农民起义军攻入北京，东林党后进及复社人士范景文、倪元璐、李邦华、凌义渠、马世奇、成德、金铉等自杀以殉。

三、几社

崇祯十年之后，复社的影响虽继续蔓延，但就其中坚力量而言，已呈渐衰之势。张溥去世后，更成群龙无首局面。而与此同时，几社的活动在陈子龙等人领导下却日渐兴盛，并逐步成为明末文学复古运动第三次高潮的主流。几社成立于崇祯二年，稍早于复社。“几”者，绝学有再兴之几之意也。复社成立后，几社即从属于复社。例如，几社从崇祯二年到十二年刻成《几社会义》初、二、三、四集，成员发展到数十人，皆为游于夏允彝、陈子龙、徐孚远、周立勋之门者，然这数十人“出娄东之门者居其七”，“四先生所得士，必引之以就正于娄东”。但几社又保持一定的独立性，性质上与复社也有所区别。

首先，张溥、周钟之意“主于广大”，门下挂籍者多达数千人，影响遍及全国。而夏允彝等人之意则“主于简严”，“唯恐汉、宋祸苗，以我身亲之，故不欲并称复社，自立一名”。所以几社主要是社中人相互唱和，影响亦基本上限于松江一地。

其次，在政治斗争中，几社成员不像复社人士那样意气用事，门户之见甚深。杜登春《社事本末》云：“然几社六子，自三六九会艺诗酒酬唱之外，境外交游，概置不问。至于朝政得失，门户是非，尤非草莽书生所当与闻。”按杜氏说得过头了，几社人士也是积极参与了当时反对阉党余孽的政治斗争，并与复社相呼应的。不过，几社的政治斗争作风确与复社有异。陈子龙《徐詹事（汧）殉节书卷序》云:“曩时吴中士大夫君宗自负,钟之鼓之,以为设权谋,仰机利,枉尺直寻,无害于义,独公以为不然,与予意合。两人尝私相议,士君子当执信守正,不宜轻托于巽行达节,徒损于道,无益于事。而党同伐异,以私乱公,尤所痛戒。”(《陈忠裕公全集》卷二十六)由此即可见二者作风之不同。在郑鄤一案中,黄道周等力为郑鄤辩护,陈子龙则以为“其人贪险,内行不修,无乡曲誉”,劝黄道周“弃之”,以免牵连正人。夏允彝临死前曾著有《幸存录》,对万历晚叶以来的党争予以评说,其中对东林党及复社人士基本上是肯定的,但对他们门户之见太深的一些言行也提出了批评,谓“两党(东林党与浙党、阉党)之于国事,皆不可谓无罪”;“东林中亦多败类,攻东林者亦间有清操独立之人,然其领袖之人殆天渊也。东林之持论高,而于筹边制寇,卒无实著;攻东林者自谓孤立任怨,然未尝为朝廷振一法纪,徒以忮刻胜。可谓之聚怨,而不可谓之任怨矣。其无济国事,两者同之耳”。对梃击、红丸、移宫三案,夏允彝也意主调停,认为东林党人持论太过,又以为阉党中之杨维垣、张捷甚至温体仁也不无可取之处。后来有人认为《幸存录》乃“憸壬之夫”伪托而作,然夏完淳有《续幸存录》,《幸存录》为夏允彝作无疑。黄宗羲则认定为夏允彝所作,并作《汰存录纪辨》,一一予以批驳。[①]黄宗羲是继承东林、复社门户者,由此皆可见几社与复社政治作风态度之差异。

又次,复社的宗旨虽包括研习八股文、政治斗争、经典研究、文学创作等多方面,但后期活动日益偏重于前两个方面,文学创作相对被忽视。几社最初成立时有六人:夏允彝、杜麟征、周立勋、徐孚

---

① 《中国历史研究资料丛书·东林始末·汰存录纪辨》。

远、彭宾、陈子龙。主事者为夏、杜两人，因为他们在此前已经中举，其他四人还是秀才。崇祯二年刻《几社六子会义》，每人六十首。同时李雯、宋存标、顾开雍、王元圆、陆庆曾、徐凤彩、盛翼进、何刚、郁汝持等刻《几社会义初集》，扩至百人。二书皆为八股文选本，可见最初几社也是为科举考试服务的，但不久它的旨趣即逐步转到以诗古文创作为主，这是它与复社的又一个区别。这一转变与陈子龙的作用是分不开的。陈子龙生于万历三十六年(1608)，天启二年(1622)即学作诗赋，天启五年交夏允彝、周立勋、顾开雍、宋存标、宋征璧、彭宾、朱灏、周钟。天启六年始交钱栴、侯峒曾等。在夏允彝等人游扬下，诗文之名日显。天启七年交张溥、张采、杨廷枢、徐汧等。崇祯元年与艾南英论战，周钟等人争的是八股文法和评选八股文的名声，陈子龙争的则是诗文创作的主张。在争论中，陈子龙已基本确立了复古运动第三次高潮的理论宗旨，即继承前后七子的复古理论，以先秦汉魏六朝初盛唐为师，批判诗文创作中的理性化俗化倾向，追求高古等。崇祯二年，始交李雯、徐孚远等，共结几社，“益切劘为古文辞”。三年江南乡试中举，冬与夏允彝赴京。四年春，陈、夏在京与同赴会试的宋征璧、彭宾、杜麟征、张溥、杨廷枢、吴伟业、杨廷麟及已在京任职的徐汧等相会，“拟集燕台之社，以继七子之绩”。陈、夏、彭、宋下第，四月归里，“即从事古文辞，间以诗酒自娱”。崇祯五年，诸子“治古文辞益著”，乃编刻《壬申文选》，选入上述四人及周立勋、徐孚远、李雯、顾开雍、宋存标、朱灏、王元圆等人的古文，又有《几社六子诗》。王沄《春藻堂宴集序》云：“我郡(松江)之有古文辞也，自崇祯壬申(五年)昉也”；“上溯《三百》，下迄六朝，靡不扬扢”。这两本诗文集的问世，标志着几社由八股文社到文学创作团体的转变正式实现，明末复古运动第三次高潮亦自此进入一个新的阶段。随着社团性质的转变，陈子龙也自然成为它的领袖人物。

崇祯六年，陈子龙“文史之暇，流连声酒，多与舒章（李雯）唱和”，又出版《陈李倡和集》。七年春试复不第，归而与宋征舆等相唱和。崇祯十年与夏允彝俱中进士，观政刑部，“登白云楼，嘉靖中王、李诸子所倡和之地也”，赋诗百首，编为《白云草》。夏末就选，陈子龙为广东惠州推官，途中闻母讣归。夏允彝为福建长乐知县，在任五年，以廉能著称，崇祯十五年冬丁母丧归。次年吏部举天下贤守令，夏允彝为第一。

陈子龙归里后，读书松江城外南园。崇祯十一年夏，与徐孚远、宋征璧网罗明代历朝“名卿巨公之文，有涉世务国政者，为《皇明经世文编》，岁余梓成，凡五百余卷”。又与徐孚远合撰《史记测义》120卷。十二年，仍读书南园。已故大学士徐光启留心经世之学，首重农事，编《农政全书》而未成，有草稿数十卷藏于家。陈子龙从其孙得之，“慨然以富国化民之本在是，遂删其繁芜，补其缺略”，巡抚张国维、松江知府方岳贡赞助刻印，凡60卷。陈子龙又合刻唐代中兴名相陆贽、李德裕二人之集，“颇行于世”。陈子龙的上述行为，充分体现了他讲求经世致用、积极用世的人生态度和学术旨趣。由他主持编纂或修订完成的《皇明经世文编》和《农政全书》，也成为明末清初经世之学的重要成果。

崇祯十三年，陈子龙服满赴京，六月补绍兴推官，八月赴任，摄诸暨县令。十四年，绍兴一郡大饥，陈子龙主持赈灾，活人10余万。十五年摄绍兴府事，五月平息浙东闽省流民之乱，八月赴省为乡试分校，解元黄涛出其门。十六年督运饷米至南京，年底至次年初以监军参与平定东阳诸生许都之乱，因功升南京吏部主事，回青浦省亲。四月中，改官兵科给事中之命至。五月二日，北京陷落之信亦至。

陈子龙任绍兴推官期间，一直没有放弃文学活动和诗文创作。从崇祯十三年到十六年，他与李雯、宋征舆合选了《皇明诗选》，贯彻其诗论主张[1]。他们又编了《唐诗选》，大约意欲与竟陵派《诗归》相抗，因国变未完成，后散失[2]。三人还时相倡和，有《三子诗选》。陈子龙因公往返于绍兴、杭州，这一带的士子以其有文名，争师事之，于是杭州有所谓“西泠十子”。毛先舒《白榆集小传》：“先舒著《白榆集》，流传山阴祁中丞（彪佳）之座，适陈卧子于祁公座上见之称赏，遂投分引欢，即成师友。其后西泠十子，各以诗章就正，故十子皆出卧子先生之门，国初（清初）西泠派即云间派也”。西泠十子为：陆圻、柴绍炳、张丹、孙治、陈廷会、毛先舒、吴百朋、丁澎、沈谦、虞黄昊。又据王昶等人考证，当时吴越一带受到陈子龙赏识和指点的诗文作家还有王翃、徐白、彭孙贻、蒋平阶、潘集、姜庭梧、

---

① 《皇明诗选》有明刻本清补足刻本，吴门蒋复贞梓。入清后，封面挖去“皇”字及“陈卧子”署名。《凡例》云：“此书始于庚辰（崇祯十三年），成于癸未（十六年），凡四载矣。阅各家文集四百一十六部，各家诗选三十七部。”徐孚远亦参与此选，“未几北上，遂不获观成”。据陈子龙《三子诗选序》，他任职越中期间，李雯、宋征舆两人家居，“尝一再过从，相与上会稽、探禹穴”。《皇明诗选》大约由三人分头选定，在陈子龙官署中聚合修订而成。

② 王沄《宋辕文选唐五言古诗跋》：“崇祯之季，吾师大樽先生（陈子龙）与李舒章（雯）、宋辕文（征舆）有明诗之选。既竣事，乃取《唐诗纪》参阅之。岁在癸未，舒章北行，予从先师在越，命予与辕文佐校雠之役。初、盛唐诗选始毕，会有甲、乙之变，未暇及中、晚也。丙戌（顺治三年）秋，师游虎丘，遇吴门朱云子（隗）论诗。……师归以语予，……时在富林庐居，因举所选《唐诗纪》授予曰：子善藏之。明年丁亥，庐居被兵，是书遂失所在。”

史奕楠、沈之泰等多人[①]。可以说，陈子龙来越中任职后，越中便成为又一个文学复古运动相当活跃的地区。

在夏允彝、陈子龙离开松江的几年里，松江几社的活动仍然不衰。杜麟征已于崇祯六年正月去世，周立勋不久亦客死南京国子监，社务主要由徐孚远主持。几社诸子的昆弟姻亲及门弟子宋征舆、张安茂、张宽、张密、张宫、杜麟征、骏征、钱谷、王溥（后改名沄）、徐桓鉴等经常聚会，“每月课艺，皆以徐孚远为宗师”。徐于崇祯十五年赴北京国子监，并中当年顺天乡试，于是《几社会义六集》乃委托张宽主持编选。其时几社又分化出求社、景风社两个团体，分别有《求社会业》和《景风初集》之刻。后者主要继承了几社重视诗古文创作的一面，“多涉猎诗酒游宴间”，原几社成员多归之。求社则主要继承了几社讲习八股文的一面，基本上另收新人，中举者多，士子多归之，于是求社与几社（景风社）“骎骎有并立之势”。当年冬，景风社中的松江西郊诸子聚为一会，有《雅似堂》之刻，为景风社之分支。彭宾又率其子弟顾雍等成立赠言社，亦有初集之刻，似乎求社之分支。以后又有“昭能社”之刻，“野腴楼”之刻，《东华集》之刻等等，都是从原几社中分化出来的。崇祯十六年徐孚远春试下第归，又命杜登春等几社子弟与求社相合。崇祯十六、十七年间，还有《几社会义七集》、《诗义》之刻，分别由徐允贞（徐凤彩之

---

① 见《陈子龙诗集》，第669—670页引《杭州府志》等。又彭孙贻《茗斋集》附王士祯撰《彭孙贻传》：“壬午（崇祯十五年），试琐闱，分校司理云间陈公子龙得公卷，奇其才，荐之主司，已拟元，乃以病不克竣试。撤棘，陈公谓盐令刘公尧珍曰：‘恨彭公不出吾门，吾虽不及欧阳，此子实不愧子瞻也。’公感陈知已，遂称及门。后陈公以义全，而公终隐，人称公为不负所知也”；“公于书自经史百家下至氏族、方技、释志、稗乘之书，靡不毕究，且手摘录之。为文皆有法，于诗则上自汉魏六朝、三唐宋元以迄明之何、李七子，无体不备，亦无不逼似。”

子)、夏维节(夏允彝兄夏之旭之子)与王溥、钱谷、张宫主持。

在几社诸子的子弟中,最能继承其关注现实、积极参与政治斗争的精神和诗文复古的文学主张的,是夏允彝之子夏完淳。他生于崇祯四年,天资聪颖,有神童之誉。五岁通《五经》,陈继儒《夏童子赞》云:“包身胆,过眼眉,谈精义,五岁儿。”六岁能诗赋,七岁随父至京,钱谦益异其早慧,赠诗曰:“背诵随人诘,身书等厥躬。倒怀常论日,信口欲生风。”八岁随父至福建长乐,九岁时便有《代乳集》。崇祯十五年冬随父返家,时年十二,即博极群书,为文千言立就,如风发泉涌,谈军国事及九边情形,凿凿奇中,其父见客,往往使之作陪。陈子龙等选《皇明诗选》,夏完淳就参加了校订工作,见宋征舆《皇明诗选序》。此序且为引与夏完淳的相互问答之语而成,可见陈子龙等对他已是何等的赏识与器重。他拜陈子龙为师,又与杜登春(杜麟征之子)、王奭等“有心结纳,思续前人”,“乃于少年场中留意人物,以社事为己任”。崇祯十六年春,他们举行了“西南得朋会”,作为几社的后继组织。十七年正月,他们又自称“江左少年”,上书乡绅四十家,乞举义勤王,为众绅所嫉。又于崇祯皇帝死讯到达松江,松江士绅“哭临”时,草檄讨伐投降李自成的官绅,“一时投闯之辈皆侧目”。主持这些事件的,主要就是夏完淳、杜登春二人。

崇祯十七年五月,南明弘光王朝在南京建立,东林党后进和复社、几社人士都积极投身到抗清救国斗争之中。史可法、姜曰广任大学士,吕大器为兵部侍郎,张慎言为右都御史,刘宗周召为左都御史,黄道周起为礼部尚书掌詹事府事。陈子龙、夏允彝在松江闻北京被围时,曾倡议组织水师,由海道抵津门,迎太子南来。松江知府陈亨筹饷,陈、夏等捐产资助,募得水军 2000 人,购船 35 只。

方在经营中，而北京陷落之信至。夏允彝随即扁舟渡江，与史可法计议策立恢复事，闻南京已立福王，遂返。弘光王朝起陈子龙原官兵科给事中巡视京营，擢夏允彝吏部考功主事，夏乞终丧，不赴。陈子龙于六月望后入南都，而是时朝中东林党后进和复社人士与阉党余孽又已斗得不可开交。前者最初倾向于立潞王，而凤阳总督马士英手握重兵，拥立福王，并把持了朝中大权。阉党余孽阮大铖是马士英的密友，他自崇祯初由光禄卿罢谪为民后，一直寄寓南京，写作戏曲打发岁月，但时时觊觎复出。当时复社人士多聚于桃叶渡、雨花台一带，以时任南京礼部主事的周镳为首领，排击阮大铖不遗余力。饮酒高会，辄以大骂阮大铖为快。阮大铖曾试图和解，遭到拒绝。会李自成、张献忠起义军打到江北瓜步一带，诸人疑阮大铖将为内应，作《留都防乱揭帖》以逐之，顾杲为首，而陈贞慧、吴应箕、沈寿民、杨廷枢、侯方域、徐孚远等参与。阮大铖被迫移居牛首之祖堂，对复社人士恨入骨髓。崇祯十七年六月，阮大铖靠贿赂宦官，又进剧本取悦福王，加上马士英的推荐，被任命为兵部添注右侍郎兼右佥都御史巡阅江防，寻升兵部尚书。其他阉党中人杨维垣、袁宏勋等次第起用。他们联合马士英，煽动福王，以史可法等人当初皆主立潞王为把柄，将刘宗周、姜曰广、吕大器、张慎言等倾轧去位，将史可法、黄道周等排挤出都。阮大铖一旦大权在手，便专事报复。复社巨子周钟崇祯十六年中进士，选庶吉士。李自成入京，周钟投降受职。李自成败离北京，周钟南归，阮大铖捕杀之，并以此为由将周镳、雷演祚下狱杀害，同时追捕陈贞慧、吴应箕、侯方域等，复社人士四处逃散。

陈子龙赴任后，即上言立即组建水师，将松江所募水军交何刚（时任兵部主事）率领；又劝福王勤学定志，以立中兴之基。经略荆、襄，布置两淮，以为奠定南朝之本。陈先朝致乱之由，在于上下相猜，朋党互角，以为鉴戒；又劝阻马士英起用阉党，排挤东林党后进及复社人士；又上疏论阉党逆案不可翻；又上疏谏止追恤崇祯朝主张与满洲议和的兵部尚书陈新甲；又上疏荐崇祯中因为刘宗周、黄道周说话得罪的举人祝渊、监生涂仲吉；又疏论楚、蜀军情及处置长江上游左良玉等群帅之策；又与袁彭年等合疏谏止复设厂卫，谏止宦官借选淑女为名敲诈勒索，谏止勋臣揽权等。陈子龙在任不过50余日，而上30余疏。他的这些建议和批评得罪了马士英、阮大铖、刘孔昭等权臣，不得不于九月请假归葬祖、父。回家后又于次年初请求侍养祖母，得允。

此时三吴地区复社、几社士子与阉党余孽的斗争也很激烈。松江士绅为崇祯皇帝“哭临”时，阉党余孽欲随班行礼，复社、几社士子草檄攻之。阉党余孽忿愤，雇佣打手数十人，欲侮辱诸生。复社、几社人士亦募东阳义乌壮士数十人，手执白棒，见打手即予击逐，阉党余孽遂不敢露面。及阮大铖起用，乃授意督学御史朱国昌，凡复社子弟考试皆置三等，而对几社子弟则稍放松。弘光元年（顺治二年）四月，又起用周之夔于废籍，特命巡按苏、松。周之夔声称将以严按社局为事，复社人士闻之无不畏惧，几社士子亦有刻不自保之势。顾开雍携家口避居东阳，李雯亦奔其父丧北上，就馆燕台。但周之夔刚离南京，清兵便已渡江。

清军于弘光元年（顺治二年）五月攻入南京，派安抚使至松江，必欲见夏允彝、陈子龙二人。夏严词拒绝，陈避不与见。六月，原任兵部尚书张国维、兵部员外郎钱肃乐、举人张煌言等以鲁王朱以海称监国于绍兴，遥授陈子龙兵部尚书节制七省漕务。闰六月，原任兵部尚书黄道周、福建巡抚张肯堂、南安伯郑芝龙等以唐王朱聿键称号于福州，改元隆武，遥授陈子龙兵部左侍郎、左都御史。这时江南、浙西一带，义师蜂起。江南方面，兵部职方主事吴易等起兵于吴江，诸生陆世钥、戴之儁等起兵于苏州陈湖，左通政使侯峒曾和进士黄淳耀等起兵于嘉定，佥都御史王永祚和编修朱天麟等起兵于昆山，行人卢象观等起兵于宜兴，典史阎应元等起兵于江阴，指挥使侯承祖等起兵于金山卫。浙西方面，吏部尚书徐石麒等起兵于嘉兴，举人周宗彝等起兵于海宁，马万方等起兵于平湖，陈万良等起兵于崇德，职方监军钱栴和主事钱棅等起兵于嘉善。闰六月十日，松江义兵起，陈子龙、夏允彝、徐孚远与兵部侍郎沈犹龙、中书舍人李待问等设明太祖像誓众，沈犹龙称总督兵部尚书，与李待问、章简等负责守松江城。陈子龙称监军左给事中，与徐孚远等招募泖滨渔夫绿林，结营泖湖间，军号振武。时江南副总兵威虏伯吴志葵顿兵海上不肯降清，吴本夏允彝门人，陈子龙请夏以书招之，吴与参将鲁之屿率舟师三千至，与陈子龙、徐孚远义兵合，由吴淞江入淀泖，将窥苏州。总兵镇南伯黄蜚适以兵两万自无锡来，亦与会合。八月三日，清兵破松江，沈犹龙、李待问、章简等皆死。六日，吴志葵、黄蜚等败于春申浦，两人俱被执，后被杀。陈子龙八月四日与夏允彝告别，携家走昆山、金泽、陶庄。徐孚远逃至吴易军中。二十五日，吴易军败于长白荡，举家被害，徐孚远长子徐世威亦死于军。吴易血战溃围出，徐孚远逃至信州。清军镇帅必欲招致夏允彝，夏乃赋绝命词，于九月十七日自沉于松塘口。

陈子龙至陶庄后，寄家于门人丁文博处，自己寓迹水月庵，依庵僧衍门，托为浮屠，法名信衷，字瓢粟，又号颍川明逸，门人张采随侍。十月初，门人王沄、张宽、徐桓鉴等往晤。十一月，移居嘉禾徐滩。次年即顺治三年三月，祖母高太安人卒，陈子龙再无牵挂，欲赴鲁王、唐王之招，因清军逻禁甚严，未能成行。适逢吴易在太湖重新起兵，连下嘉善、吴江二城。吴与陈子龙为旧交，遂请陈驰蜡帛向鲁王报捷。鲁王封吴易为长兴伯，谥夏允彝为文忠，荫夏完淳为中书舍人，陈子龙也接受了鲁王原授官衔。五月，吴易登坛誓师，请陈子龙至太湖中，夏完淳及其岳父钱栴、钱栴之子钱熙、王沄等同往，见吴军军纪不振，知将无成。六月，清军大举来攻，吴易兵败被俘，执至杭州被杀。陈子龙、夏完淳、钱栴等逃脱。

是时鲁王、唐王之兵也相继溃败。顺治三年五月二十日清军至杭州，二十七日渡钱塘江，守将方国安尽弃战舰，逃回绍兴，劫鲁王南行。六月一日清军入绍兴，鲁王逃至台州下海，张国维、余煌等皆死。清兵继克金华，督师大学士朱大典阖门死。鲁王航海至石浦，定西侯张名振来从。至舟山，守将黄斌卿不纳，乃航海至厦门，遂走南澳。唐王于顺治二年十二月从福州进军建宁。三年七月清军克衢州，八月克建宁、延平，唐王奔汀州，被清兵追获。

陈子龙因吴易兵败，鲁王、唐王相继溃败，复寄居僧寺，混身缁流。顺治三年七月遣家还青浦，十一月葬祖母高氏。这二年中，陈子龙来往于苏州、青浦之间，处境十分危险，然有所感触，不废吟咏。所与往来者，吴江则吴祖锡（崇祯十五年副贡，吴昌时之子。后追随鲁王、桂王抗清，桂王死，恸哭而卒）、徐尔谷（徐石麒之侄，立为嗣，后坐事被逮，死于南京）；青浦则钱栴及其弟钱棅、其子钱默、钱熙、其婿夏完淳等；至松江，常寓僧舍，故人唯张昂之（天启二年进士，曾官川东道）及弟子王沄、徐元圆、张宽、张宫等相伴。王沄、徐元圆、张宫时与陈子龙唱和，陈称之为“三子”。陈又作《报夏考功书》，自叙生平，怀念夏允彝，并明己志。顺治四年初，已任清朝中书舍人的李雯自北京返乡葬父，至青浦富林访陈子龙，相向而泣，旋别去[①]。陈子龙念故友周立勋已死数年，其祖、父二代之丧未毕，乃捐地葬之。三月，又葬夏允彝，赋诗二章。又作《寒食》、《清明》二词，是为绝笔，不久即有吴胜兆反正之事。吴胜兆本辽人，以降将从清军至吴，授提督，招纳吴郡复社人士戴之儁等数百人至幕下，后徙松江。巡抚土国宝与吴胜兆不睦，上书谮之。总制洪承畴上奏劾其滥收降卒。吴胜兆在戴之儁等人鼓动下遂决意反正。舟山守将黄斌卿为黄道周族子，曾与陈子龙有过交往，后来还屡次致信陈子龙倡言恢复。至是戴之儁遂请陈子龙写信约黄斌卿以舟师至松江，为吴胜兆外援，定于四月十六日举事。因消息泄露，清军已有准备。至期舟师不至，吴胜兆部将遂变志，劫吴胜兆，尽杀戴之儁等，吴解至南京被杀。狱词连及陈子龙等，追捕甚急。陈子龙与夏之旭同奔嘉定，告急于侯岐曾，匿其仆刘驯家，又迁至昆山侯岐曾之婿顾天逵处。清军捕获陈子龙随行童子，以软语诱之，得知踪迹，陈子龙等遂被捕，押至松江。清江宁将军巴山等审问之，陈子龙植立不屈，神色不变。乘守卒稍懈，投水死。清军割头弃尸，时五月十三日也。弟子王沄、徐元圆等收殓之。

因吴胜兆一案牵连被害的还有张宽、徐尔谷、殷之辂、徐开祚等，皆死于江宁。因藏匿陈子龙被害者有侯岐曾、顾天逵、顾天遴及两家仆人多名。顾氏兄弟之父顾咸正以通款鲁王同时被害。夏之旭五月二十五日自缢于文庙。徐元圆亦以当年逃死桐城。六、七月间，夏完淳也因上表鲁王谢恩事被发觉，在松江被捕，押至南京，其岳父钱栴同时受审讯。汉奸洪承畴想软化夏完淳，夏慷慨不

① 《松江府志·李逢申传》："长子雯，丙戌（顺治四年）以父丧归葬，事竣还朝卒。"吴伟业《梅村诗话》则谓李雯北返，"未渡江而卧子及祸。舒章郁郁，道死云间"（《清诗话》）。

屈。钱栴有求生之意，夏完淳厉声道："当日者，公与督师陈公子龙及完淳三人同时歃血，上启国主，为江南举义之倡，江南人莫不踊跃。今与公慷慨同死，以见陈公于地下，岂不亦奇伟大丈夫哉！"钱栴遂亦不屈。夏完淳于九月十九日遇难，友人杜登春、沈羽霄等收殓遗骸，葬于曹溪附近荡湾夏允彝墓侧。

除上述诸人外，从弘光元年（顺治二年）起，复社、几社人士在抗清斗争中捐躯者还有：史可法、何刚守扬州死，侯峒曾率其子玄演、玄洁、黄淳耀率其弟渊耀守嘉定死，徐汧、杨廷枢于苏州城破日死，周铨于金坛破日死，祁彪佳、陆培于杭州破日死，黄道周起兵死于徽州，刘宗周闻南京破，于山阴家中绝食死。姜曰广在左良玉部将金声恒反正时被迎往以资号召。金军败，姜投偰家池死。陈朱明起兵死六和塔，冯元飏、冯元飙起兵死于宁波，华允诚死于梁溪。左懋第为弘光王朝出使清营讲和，不屈死。刘曙与夏完淳同以奉表鲁王遇害。杨廷麟唐王时拜兵部尚书东阁大学士，清兵入赣时力战不支投水死。杨以任亦以举义死，施召征死粤东，吕云孚死太仓，张肯堂、朱永祐等皆入海死于兵。

顺治四年陈子龙等大量复社、几社人士遇害后，各地汉族人民的抗清斗争并没有停止，复社、几社人士的抗清斗争及文学活动也仍未停息，这里特别值得提到的是徐孚远与张煌言。

徐孚远弘光元年（顺治二年）秋逃至信州，遇黄道周。黄疏荐于唐王朝，被任命为天兴府（福州）推官，旋擢兵科给事中。顺治三年唐王溃败被俘，徐孚远脱身归吴，避居吴兴，因转入浙之舟山，依黄斌卿。顺治七年三月黄斌卿被杀，徐孚远又逃至厦门。时厦门诸军都隶属于郑成功。郑少时曾肄业南京国子监，尝欲从徐孚远学诗。及闻徐至，郑亲迎之。郑已于顺治五年改奉桂王永历年号。

顺治十五年(永历十二年),桂王遥授徐孚远左副都御史,徐欲赴桂王行在,绕道安南,至交州,安南王欲屈以臣礼,徐不可,遂返厦门。康熙元年(永历十六年)四月,吴三桂杀桂王于云南。五月,郑成功卒于台湾。九月,鲁王卒于金门。郑成功之子郑经仍奉永历年号。康熙二年十月,厦门破,徐孚远欲挈家还乡不果,止于潮州之饶平山中。康熙四年五月二十七日痛哭卒,年六十七①。

张煌言,字玄著,号苍水,浙江鄞县人,崇祯十五年举人。弘光元年(顺治二年)与钱肃乐起兵邑中,奉鲁王至绍兴监国,被任命为翰林检讨掌制诰兼行人司事、兵科给事中。顺治三年绍兴破,定西侯张名振奉鲁王至闽海,张煌言留舟山。四年,张名振由闽海返舟山,诏张煌言以右佥都御史监其军。松江吴胜兆反正,乞师黄斌卿,黄不允。右都御史沈廷扬劝张名振行,张煌言与冯京第同往,至崇明遇飓风,全军覆没,煌言间道返舟山。五年,宁波人华夏等谋复宁波,乞师黄斌卿,煌言往,则事泄,谋内应者被执,无功而返。六年,张煌言募军结寨于平冈,始有隶属自己的队伍,连破浙东郡县。七年,清军大举攻闽,鲁王军溃,张名振率军迎之,并合诸勋镇讨杀黄斌卿,夺舟山。张煌言率部入朝,晋兵部侍郎兼学士。八年,清军大举攻舟山,张名振、张煌言奉鲁王至吴淞,舟山破,大学士张肯堂、礼部尚书吴钟峦、兵部尚书李向中、吏部侍郎朱永祐,通政使郑遵俭、安洋将军刘胤之、左都督张名扬等皆死。九年,张名振、张煌言复奉鲁王入闽,郑成功不肯奉鲁王,鲁王去监国号,共奉滇中桂王永历年号。十年,张煌言在厦门,寻入吴淞。十一、十二

---

① 见《钓璜堂存稿》卷首林霍序、陈乃乾等所编《年谱》。清代文献多有言徐孚远卒于台湾者,误。又,宋征璧任清朝潮州知府,于康熙元年到任。徐孚远避居饶平山中,或得到过他的照顾。

年，张名振、张煌言两度率军由海口入长江，以上游声援不至而返。十三年，张名振卒，张煌言统其众。十四年，张煌言屯兵舟山[①]。十五年，桂王遥授兵部尚书、大学士。十六年，与郑成功分兵北征，连下芜湖等四府、三州、二十四县。因郑成功军攻江宁不克而败退，张煌言及所部被隔在芜湖一带，潜行二千里，返回台州。十八年，郑成功取台湾，张煌言困守闽北。及至桂王、郑成功、鲁王相继死[②]，张煌言孤立无援，康熙三年六月解散部伍，退居悬岙岛。七月因叛徒出卖被捕，同年九月在杭州就义，年四十五。

张煌言与徐孚远为同年举人，他们于顺治七年和九年到厦门后，都遭到郑成功部下的排挤。闲居无事，两人时相唱和。全祖望《张苍水集序》云："尚书（张煌言）诗古文词，皆自丁亥（顺治四年）以后。才笔横溢，藻采缤纷，大略出华亭一派。明人自公安、竟陵狎主齐盟，王、李之坛几于阨塞。华亭陈公人中（子龙）出而振之，顾其于王、李之绪言，稍参以神韵，盖以王、李失之廓落也。人中为节推，于浙东行其教，尚书之薪传出于此。及在海上，徐都御史闇公（孚远）故与人中同主社事，而尚书壬午同年也，是以尚书之诗古文词无不与之合。"（见《张苍水集・附录》）

到徐孚远、张煌言为止，复社、几社人士的抗清斗争基本结束，明末文学复古运动第三次高潮也基本结束了，但它的余波依然逶迤不息。许多复社、几社人士，虽未在战场或刑场上为国捐躯，却避居佛寺道观和穷乡僻壤，坚决不与清王朝合作，写下了许多感怀

---

① 顺治八年清军占领舟山后，郑成功复夺之，清军再取之，并迁其民于大陆，弃其地。至是张煌言乃屯兵其地。

② 关于鲁王的卒年，有康熙元年、康熙三年二说，当以前者为是。见《张苍水集》附录全祖望撰《年谱》和赵之谦撰《年谱》。

国破家亡之恨的诗文。据杜登春《社事本末》粗略统计，熊开元国变后出家苏州灵岩寺，号蘖庵和尚。许誉卿、倪长玗、方以智、张若曦、张昂之、张玢之、林垐、林之蕃、王镐、祁豸佳、侯玄瀞皆终身披缁。陆圻云游卖药以终。[①] 其他如"归玄恭、张洮侯之酒狂，黄心甫、朱云子之诗癖，王玠右、名世兄弟之躬耕海上，侯秬园、研德伯仲之混迹寰中，葛瑞玉、陈言夏、华健龙字天御、陈济生字皇士、魏允枘字交让、钱肃润字础日、张子退、吴日千、计子山、叶圣野、金道宾、穆苑先、张来宗、唐服西、王周臣、彭仲谋、林平子、白孟稠、范树镲、徐昭法、马端午、许九日、沈东生、许在公、陈子威、陆亮中、杜徕西"等，"皆两社翘楚，终身高隐"。侯方域、吴伟业、宋琬、龚鼎孳、宋征璧、杜登春等或出应清朝科举，或仕于清，但在文学主张和创作风格上，仍在一定程度上继承了复古主义传统。清顺治十七年，因防止社团与抗清武装相呼应，颁令严禁社盟。但各地人士仍秘密结社，如苏州顾炎武等人的惊隐诗社，淮上阎望龄等的望社，宁波六狂生陆宇燝等两湖八子、南湖九子社，广东屈大均等的西园诗社，沈阳僧可前的冰天诗社，台湾沈光文等的海外几社等。这些社团大多与复社、几社有渊源关系。总之，在清初，明末文学复古运动一直绵延不绝。

---

① 见《渔洋诗话》七十一、吴骞《拜经楼诗话》三五，俱载《清诗话》。

第十章 复古运动第三次高潮的文学理论与诗文创作

陈子龙等人的文学创作取得了很高成就，这一点为历来评论家所公认。他们的文学思想与明代前后七子复古运动有密切联系，这同样是历史事实。但由于人们一直对前后七子复古运动抱有误解和偏见，故在研究陈子龙等人的文学思想和诗文创作时，都有意或无意地忽略这一事实。即使提到，也往往注重强调陈子龙等人修正前后七子文学主张的一面。我们应该尊重历史，还历史以本来面目。诚然，陈子龙等人的诗文创作，是明末清初特定历史时代的产物。但同是国破家亡的社会现实，既可孕育出逃离现实、消极遁世的文学，如唐末司空图等的诗作；也可诞生出愤激骂世之作，如唐末罗隐、皮日休等人的诗文，还可诱导出凄清悲凉的哀鸣苦吟，如南宋末许多作家的诗文，如明末清初继承竟陵派文学风尚的部分作家的诗文等。陈子龙等人的文学创作与他们都不同，在历代亡国遗民文学中独具一格。全祖望《张苍水集序》指出："古来亡国之大夫，其音必凄楚郁结，以肖其身之所涉历，盖亦不自知其所以然者也。独尚书之著述，噌吰博大，含钟应吕，俨然承平庙堂巨手，一洗亡国之音。故阁公之序，欲以尚书之作，而卜崦嵫之可返。此其故良有不可解者。”全氏又说:“当是时,以蛎滩鳌背为金汤,以鲛人蜑户为丁口,风帆浪楫,穷饿零丁,而司隶威仪,一线未绝;遗臣故吏,相与倡和于其间。其遇虽穷,其气自壮,斯其所以为时地之所不能囿耶”。按这不仅是张煌言一人诗文的风格,也是明末复古运动第三次高潮的大多数作家文学创作的共同风格。这种风格,也是这些作品具有不朽的艺术价值的主要缘由。而它的形成,在很大程度上即源于这些作家继承和发展了复古主义的文学主张。

首先,在思想观念方面,复古派力图恢复古典审美理想和古典诗文的审美特征,追求个人与社会、情与理的统一。这种观念对追求个性解放的浪漫文学思潮来说是桎梏,但与明末文学的爱国主义主题是完全吻合的。陈子龙等人努力追求这种境界,自觉用这种标准来要求自己,力图实现和表现这样一种高尚的理想人格,以天下为己任,热忱关注现实,积极投身到拯救现实的斗争中去,对前途充满信念,始终不灰心丧气。于是,作为其精神世界之外在物化形态的诗文创作,便回荡着一种博大深沉的胸襟气魄,具有着崇高的审美品格。也就是说,古典审美理想和古典诗文的审美特征,在爱国主义这一传统主题回归时,再一次爆发了它的生命力。其次,在艺术风尚方面,陈子龙等人重视古典诗文的体裁法度要求,力图使之具有雄浑劲健的格调,古雅含蓄的语言风格,沉郁顿挫的音韵节奏之美等,也对表达爱国主义起了很好的辅助作用。明末清初,公安竟陵派的声势仍盛,崇尚理性化诗风文风者也颇具规模。但他们那种或尖新佻达、纤仄僻涩,或散缓疲沓的诗风文风,都不适宜表达爱国主义这一雄伟庄严的主题。反映这一时代主旋律的重任,只能由复古派的作家来承担。这一事实,也从反面证实了复古主义对明末清初爱国主义诗文创作的积极作用。

当然，由于所处的历史背景不同，复古运动的第三次高潮与前两次高潮也具有一定差异。前两次高潮影响遍及全国，持续的时间都很长。第三次高潮延续的时间稍短，盛行的地区主要在东南沿海一带。前两次高潮的作家们对古典诗歌的审美特征和体裁法度进行了潜心研究，比较注重艺术形式方面的探索。第三次高潮的作家生当兵荒马乱、国破家亡的时代，他们的诗文是其艰苦卓绝的斗争生活的写照，往往直抒胸臆，受体裁法度要求的束缚较少。而且他们所吟唱的爱国主义主题，比前后七子诗文创作中的反权阉、反奸相、批评昏君的主题更重大，更具有强烈的艺术感染力。因此，他们的创作成就在某些方面超过了前后七子。另外，在取法的对象、推崇的艺术风格等方面，第三次高潮的作家也与前后七子稍有不同。

总之，陈子龙等人是明代文学复古运动的继承者。他们对前后七子的文学主张有所修正，但继承的方面是占主导的。复古主义给他们的文学创作带来了某些弊端，但积极影响是占主导的。他们的文学创作之所以能取得辉煌成绩，主要原因不在于他们“抛弃”了复古主义的文学主张，而恰恰在于他们继承和发展了这种主张。

下面即对复古运动第三次高潮的文学理论和诗文创作作一简述。

一、继承前后七子，重倡复古主义

当浪漫文学思潮盛行之日，前后七子成为众矢之的，嘲笑谩骂他们成为时尚。陈子龙等人则对前后七子深表仰慕，明确以他们的继承者自期。崇祯元年和四年，张溥等人两次在北京举行燕台之会，“以继七子之绩”。陈子龙为张溥《七录斋集》作序，倡议重振复古主义，推张溥为领袖：“国家景命累叶，文且三盛。敬皇帝时，李献吉起北地为盛；肃皇帝时，王元美起吴又盛；今五六十年矣，有能继大雅、修微言、绍明古绪，意在斯乎。天如勉乎哉。”他为李雯《仿佛楼诗稿》作序，又自称：“盖予幼时，既好秦汉间文，于诗则喜建安以前。然私意彼其人既已邈远，非可学而至。及得北地、琅玡集读之，观其拟议之章，沨沨然何其似古人也。因念此二三君子者去我世不远，竭我才以从事焉，何遽不若彼。”（俱见《陈忠裕公全集》卷二十五）崇祯十年陈子龙在刑部观政，作《嘉靖五子诗》，小序云：“白云楼在刑部中，即嘉靖时王、李诸子游息咏歌之地也。风流邈缅，迨将百年。瞻眺之余，每增寤叹，遂作《五子诗》。敢云对扬前哲，聊以寄我延伫云耳。”（《陈子龙诗集》卷六）崇祯十一年陈子龙重游王世贞故居弇山园，作诗曰：“放艇春寒岛屿深，弇山花木正萧森。左徒旧宅犹兰圃，中散荒园尚竹林。十二敦槃谁狎主，三千宾客半知音。风流摇落无人继，独立苍茫异代心。”（《陈子龙诗集》卷四）对这位文坛前辈的仰慕溢于言表。又据《明诗综》“陈子龙”条下引龚蘅圃语：“予尝购得《甔甀洞集》，系先生（陈子龙）手自施铅，自越江度钱塘，往返点笔无虚日，卷尾必以朱墨识之。”这大约是为了编《皇明诗选》，由此可见陈子龙即使对吴国伦的诗文集也作过认真阅读。陈子龙等称“云间六子”，也是有意比拟前后五子、七子的。

关于明以前中国古典诗歌的发展变迁轨迹，前后七子基本上已把头绪理清。作为生活在明末的评论者，陈子龙等主要是以古典审美理想和古典诗歌的审美特征为标准，对有明一代古典诗歌的发展变化过程进行了总结。他们明确认为，复古派是明代古典诗歌的主流，并对台阁体、理学家诗派、唐宋派，特别是浪漫文学思潮的作家的古典诗歌创作提出了批评。同时表示，他们之所以分辨明代古典诗歌的原委流变，之所以发起复古运动的第三次高潮，就是要将古典诗歌从荆榛之途中挽救出来，使之复归于正道。李雯《皇明诗选序》云：

洪、永之初，草昧云雷，灵台偃草，艺林未薙。而精英澄湛之风，已魄已兆。时则有季迪、伯温唱之，而袁、杨诸公和之。皆飓然特起，才颖初见。虽腾踔甫惊，而流风不竞。俚者犹元，腐者犹宋。至于弘、正之间，北地、信阳起而扫荒芜，追正始。其于风人之旨，以为有大禹决百川、周公驱猛兽之功。一时并兴之彦，蜚声腾实，或咢或歌，此前七子之所以扬丕基也。然而二氏分流，各有疆畛，劲者乐李之雄高，秀者亲何之明婉。盖才流竞爽，而风调不合者。又三四十年，然后济南、娄东出，而通两家之邮，息异同之论。运材博而构会精，譬荆棘之既除，又益之以涂茨，此后七子之所以扬盛烈也。自是而后，雅音渐远，曼声并作。本宁、元瑞之俦，既夷其樊圃。而公安、竟陵诸家，又实之以萧艾蓬蒿焉。神、熹之际，天下无诗者盖五六十年矣。予小子不敏，尝与同学之士卧子陈氏、辕文宋氏切磋究之，痛蜩螗之群鸣，悯英韶之莫嗣。遂揆材覃思，绍兴绝业，历序一代之作者，裒其尤者，附于采用之义。亦其勉厥所学，昭示来者，用彰本朝之巨丽云。

李雯这里所表达的观点，乃是复古运动第三次高潮作家们的共同看法。[1] 这种看法也得到后来许多明诗研究者的认同，如朱

① 参见《陈子龙诗集》附录徐孚远《陈李倡和集序》、宋存楠《陈李倡和集序》。又见《钓璜堂存稿》中林霍《徐阁公先生诗集后序》引徐孚远论诗之语。

彝尊及其《明诗综》、沈德潜及其《明诗别裁集》、陈田及其《明诗纪事》等。

陈子龙等的《皇明诗选》，就是根据上述原则和意图选编的。它选录复古派作家的作品最多，而茶陵派、唐宋派、公安派、竟陵派及徐渭、汤显祖等人的作品选录极少，台阁体尤其近乎阙如。《凡例》中说："万历、天启之间，作者或盛有时名，而于法未合，故所选寥寥，至有阙如者。然其全集，相与谛视，殊不敢忽。"卷一"李梦阳"条下评云："与何景明齐名，为国朝诗人之冠。"古乐府一体，袁凯一首之后，下即直接李梦阳等复古派作家之作。李东阳以乐府著名，而不选一首。五言古诗一体，李梦阳多达 42 首，李东阳只 1 首。五言律诗，何景明多至 58 首，而李东阳及公安、竟陵派作家皆无一首。凡此种种，都证明了《皇明诗选》这个选本的鲜明倾向性，也明确体现了陈子龙等人继承前后七子、重倡复古主义的文学主张。

二、重雅正

前后七子都把古典诗歌创作中的理性化倾向当作主要批评对象，因此他们的文学理论首先强调的是诗歌的情感和文采。复古运动第三次高潮的作家力图矫正的乃是浪漫文学思潮以情反理的倾向，所以他们把重雅正，即强调以理制情、发乎情止乎礼义，倡导温柔敦厚的诗教，放在自己文学理论的突出位置上。陈子龙在《佩月堂诗稿序》中指出，诗歌取材须"雅"，辨体要"严"，依声要"谐"，连类要"广"，托兴要"永"；要"荡秩而不失其贞，颓怨而不失其厚，寓意远而比物近，发词浅而蓄旨深"，这样才能"继风雅，应休明"。"若偶流逸焉，谐慢轻俊则入于淫，淫则弱；偶振发焉，壮健刚激则入于武，武则厉。求其和平而合于大雅，盖其难哉”（《陈忠裕公全集》卷二十五）。这也就是说，不能任凭情感自由发泄，要以理约情，保持适当的度，达到情与理的和谐统一。

浪漫文学思潮作家们的文学创作，是为追求个性解放的思想斗争服务的。因此他们把文学当作表现自我、抒写性灵的工具，当作寄托主体精神的对象，他们侧重强调的是文学适己和自娱的功能。复古运动第三次高潮的作家们的文学创作，则是为挽救明王朝的衰亡、抗清救国的现实政治斗争服务的，因此陈子龙等人就特别重视文学的社会效果，对不负责任地不加节制地发泄个人情感的倾向表示不满，强调文学颂美怨刺的社会作用。陈子龙说："诗者，非仅以适己，将以适诸远也"；"今之为诗者，我惑焉。当其放浪山泽之中，意不在远，适境而止"；"如是则国家之文安能灿然与三代比隆，而人主何所采风存褒刺哉？""夫作诗而不足以导扬盛美，刺讥当时，托物联类而见其志，则是《风》不必列十五国，而《雅》不必分大小也，虽工而余不好也。"（《陈忠裕公全集》卷二十五《白云草自序》、《六子诗序》）这也就是说，文学不应仅仅是个人自适自娱的工具，而应该是反映时代现实，作用于时代现实，应达到个人与客观世界的统一。

文学的社会作用包括颂美怨刺等多个方面，不同时代不同思想倾向的作家往往各有侧重。复古运动第三次高潮的作家处于各种社会矛盾激化到极点的衰乱之世，他们自然强调的是怨刺的一面。但怨刺也有各种不同的态度和手法。如果说浪漫文学思潮的作家们对现实的批判和否定也属于一种怨刺的话，那么复古运动第三次高潮的作家们提倡的怨刺与它是不同的。首先，前一种怨刺极力揭露现实社会生活中的阴暗面，发泄主体对社会现实的强烈不满，主体对客观现实往往持嘲弄的态度，似乎它与自己毫不相关，这种怨刺近乎诅咒。复古运动第三次高潮的作家则对社会现实持积极关注的态度，为它的恶化忧心如焚。他们揭露它黑暗腐朽的一面，不是为了逞一时之痛快，或表现自己的睿智与超然。而是为了引起世人特别是当权者的注意，为了挽救社会。因此，他们强调“怨而不怒”，强调“怨出于爱”。《皇明诗选》卷二评李梦阳《弘治乙丑年四月坐劾寿宁侯逮诏狱》诗云：“怨而不怒。虽在幽愤，无忘德音”；“若少有怨怼，便非雅音。”在《诗论》中，陈子龙批评了那种唯求矫激、“诋诬相加”的文风诗风(《陈忠裕公全集》卷二十一)。在《白云草自序》中他又说：“远则怨，怨则爱；近则颂，颂则规”；“怨之与颂，其文异也；爱之与规，其情均也。”这里表述的，正是古典审美理想的要义之一，即人们不管是歌颂还是怨刺社会现实，都应出自维护社会正面理想的高尚目的和真诚愿望。

其次，浪漫文学思潮的作家极力否定社会现实，对它已几乎不抱什么希望。复古运动第三次高潮的作家在揭露种种社会弊端时，则仍怀有拯救它的愿望和信念。这不是因为后者所处的现实状况比前者所处的社会状况好，恰恰是因为他们面临的形势更加危殆。在这种情况下，一味的冷嘲热讽，只会使人们更加灰心丧气。因此，陈子龙等反复强调，诗人应本着对现实负责的态度，诗歌应能起到鼓舞士气、增强信念的作用，应使人们从绝望中看到希望。陈子龙在《方密之流寓草序》中说：建安、天宝之时，社会动乱，故当时诗人如陈琳、王粲、李白、杜甫等的诗作多有怨愤之语，然“其词哀伤而婉，不离雅也，此霸图之启也”；“李之词愤而扬，杜之词悲而思，不离乎风也，王业之再造也”。只有梁、陈及唐大中以后的诗人才“纤以荒，无忧世之心焉微矣”；“弱以野，西归之音渺焉不作，王泽竭矣”。在《皇明诗选序》中陈子龙又说：“诗由人心生也，发于哀乐而止于礼义，故王者以观风俗知得失自考正也。世之盛也，君子忠爱以事上，敦厚以取友，是以温柔之音作而长育之气油然乎中，文章足以动耳，音节足以竦神，王者乘之以致其治。其衰也，非僻之音生而亢厉微末之声著，粗者可逆，细音可没，而兵戎之象见矣，王者识之以挽其乱。故盛衰之际，作者不可以不慎也。”（均见《陈忠裕公全集》卷二十五）凡此皆可见陈子龙等提倡温柔敦厚、重雅正的苦心。

一方面是忧时念乱，悲愤淋漓；一方面又怀有百折不挠的坚定信念，慷慨豪壮。这种悲与壮的结合，成为复古运动第三次高潮的作家们共同的美学追求。陈子龙赞扬方以智的《流寓草》“大约皆忧愁感慨之作也，然其情怨而不怒，其词整浑而达，其气激壮而沉实”。在《三子诗选序》中他又自陈道：“夫鸟非鸣春，而春之声以和；虫非吟秋，而秋之声以悲。时乎为之，物不能自主也。当五六年间，天下兵大起，破军杀将，无日不见告，故其诗多忧愤念乱之言焉。然以先朝躬秉大德，天下归仁，以为庶几可销阳九之厄，故又多恻隐望治之旨焉。念乱，则其言切而多思；望治，故其词深而不迫；斯则三子之所以为诗也。”

三、重情采和体裁法度

陈子龙等倡导温柔敦厚的诗教，追求雅正，似与理学家的文学观相近，然两者之间实际上有着根本差别。理学家们企图将文学变为宣扬空洞陈腐的封建伦理道德观念的工具，陈子龙等强调的是诗文创作要为挽救国家民族命运的现实斗争服务。理学家们主张以理遏情，贬低情的地位，陈子龙等则追求情与理的统一，肯定情的地位和价值，强调文学表情的本质特征。理学家们把“明道”当成文学的唯一目的，陈子龙等则重视文学作品的文采和法度技巧等。

彭宾《岳起堂稿序》引陈子龙之语云：“诗之为道，本于性生，而亦随其闻见睹记情绪感触之浅深以递进。”沈雄《古今词话》也引陈子龙之语云：“宋人不知诗而强作诗，其为诗也言理而不言情，终宋之世无诗。然宋人欢愉愁怨之致，动于中而不能抑者，类发于诗余，故其所造独工。”这就是说，真情实感乃是诗歌的命脉所在。周立勋《岳起堂稿序》云：“诗者，性情之作，而有学问之事焉。凡论美刺非，感微记远，皆一时托寄之言，学士大夫赋以见志。”（均见《陈子龙诗集》附录三）《皇明诗选》卷十一李雯评语亦云：“本朝七言律，境事多而神情少，所以工于唐而不及唐也，余尝病之。”可见情为诗本，乃是复古运动第三次高潮作家们的共同看法。正因如此，他们对何景明强调“诗本性情之发者也”的《明月篇叙》就别有会心，不像一般人那样，认为该叙只是谈了七言歌行的音节问题。如宋征舆在《皇明诗选》中说：“此叙不独为七言古立说，亦殊有功于风雅。”陈子龙也说：“此序深得风人之旨。”

对于理学家和深受理学影响的文学家们言理而不言情的诗作，陈子龙等给予了坚决否定。理学门徒们多认为王守仁、唐顺之等早年诗文犹耽于丽情绮语，中年讲学之后乃“更进一格”。陈子龙等人的评价则恰恰相反。《皇明诗选》卷三李雯评王守仁曰：“文成才情振拔，少年颇擅风雅。自讲学后，作学究语，乃不堪多录耳。”该书不选王慎中一首。卷六陈子龙又评唐顺之曰：“应德气象爽迈，才情骏发，使能深造，当有超乘。其后驰骛功名，诡托讲学，遂颓然自放。”

这里有必要谈一谈陈子龙等的为人。就个人气质而言，陈子龙之风流倜傥、豪迈飘逸，毫不亚于汤显祖、袁宏道等人。如他也生活在汤、袁所处的时代，他很可能亦是浪漫文学思潮的一员骁将。只是他所面临的现实已不允许他风流自赏，他不得不承担起历史赋予的重任。尽管如此，他的志向仍是以丰功伟业和文采风流辉映当代，流芳千古。规规老儒畏缩呆板的行径，他是非常鄙视的。《陈子龙诗集》卷十三《自慨》云：“交游泛爱属英姿，儒雅当年自羽仪。应接百人如北海，追随七子似南皮。风云江左轻浮体，金石邯郸绝妙辞。各有耽情难遣放，壮夫何用日相规。”又云：“五陵游侠鲁诸儒，意气皆云非我徒。”即此可见其胸襟气度。卷一《君子行》，显系仿阮籍《咏怀诗》第六十七首“洪生资制度”，为讽刺假道学而作：“君子夜梦游，晨起犹惴惴。胡来妖丽人，令我魂魄悸。出门遇桃李，闭目不敢视。读书废《郑风》，常饮必欹器。三十始议婚，百拜举一觯。暗室每拱手，遇盗始徐谇。买鉴严问讯，恐曾照冶媚。策马尤慎思，疑是游人骑。汉帝召儒生，思系长安縋。建章多佳人，公孙非布被。方怒长卿狂，又遇东方戏。行道来帝都，端然自憔悴。”这种口吻，已与浪漫文学思潮的作家对假道学的抨击十分接近。复古运动第三次高潮的其他重要作家，如夏完淳、张煌言以及吴伟业、侯方域等，气概风致亦与陈子龙相类似。他们的这种人生旨趣及在它支配下形成的文学宗尚，自然与理学门徒们格格不入。

与诗歌的情感特征密切相关的是诗歌的文采问题。人们的情感活动复杂微妙，表达这种情感的诗歌也必定意象变幻，丰富多彩。复古运动第三次高潮的作家既强调诗歌的情感特征，自然就特别重视诗歌的文采。张溥《壬申文选序》曰："或谓诸子文辞太盛，无束帛丘园之义，疑与儒者不合。然则六经非圣人作乎？委巷之言，君子所鄙；言文行远，国家赖之。且其人孝于而亲，忠于而君，即不闻犹传；又有文焉，其事全矣。今人闻谈性命，不察其生平，称为儒家者流。方言里谚，视若《太玄》，谓圣人在是。讽雅、颂之音，览竹素之字，则等于邹衍九洲，滥耳不信。此固明诏所不许，亦诸子当日所窃笑也。"宋存楠《陈李倡和集序》更对这一问题作了充分申发：

夫诗之为术，郁舒壮发，事异平淡。神仙妇女，荒惑之余事；虫吟鸟思，幽微之下听。而昔之贤人，或有天下之大虑，沈噤而不发者，往往睹秋风而动容，揽春荑以抽怨。驰四海者，措情房帏之中；期钟鼎者，闲吟登栖之事。盖游思荡神，荒忽若此之甚也。不如是又何以腾踔文彩、震动胸腹者乎？若夫儒之正流，好经实，寡风尚。高楼织妇，等于墙茨之言；白马、名都，以为狡童之作。斯则远背风骚，拟迹铭诰矣。乃有雅命达人，屡怀止足，吟格所限，绿葵紫蓼之俦；冲怀所值，布帽绳扉之素。床灶之间，所营六尺；麯茗之具，为乐数端。固不能激越英旨，生其宏丽矣。

当然，对于那种一味追求文采，忽视了真情实感这个根本，使诗歌的格调趋于萎靡浮浅的倾向，复古运动第三次高潮的作家也提出了批评。如宋存楠在上述申论之后接着说："亦有裙屐之子，腐毫而拟《玉台》；狎客之徒，色飞而作宫体。事穷雕刻，已尽草虫；工劘淑诡，止存烟雾。则靡思弱气，谢于壮夫矣。"（《陈子龙诗集》附录三）他们追求的目标，乃是情感与文采达到完美统一，两者都不偏废，从而使诗歌具有隽永深长的艺术感染力。陈子龙《佩月堂诗稿序》云:“盖古者民间之诗,多出于衽织井臼之余,劳苦怨慕之语,动于情之不容已耳。至其文辞,何其婉丽而隽永也。得非经太史之采,欲以谱之管弦,登之燕享,而有所润饰其间与?若夫后世之诗,大都出于学士家,宜其易于兼长,而不逮古者,何也?贵意者率直而抒写,则近于鄙朴;工词者黾勉而雕绘,则苦于繁缛。盖词非意则无所动荡,而盼倩不生;意非词则无所附丽,而姿制不立。此如形神既离,则一为游气,一为腐材,均不可用。夫三代以后之作者,情莫深于十九首,文莫盛于陈思王。今读其'青青河畔草'、'燕赵多佳人',遂为靡丽之始。至《赠白马王彪》、《弃妇》、《情诗》诸作,凄恻之旨,溢于词调矣。故二者不可偏至也。”(《陈忠裕公全集》卷二十五)

正因为特别重视诗歌的文采,陈子龙等便非常推崇以文采斐然见长的六朝诗文,这是复古运动第三次高潮的一个重要特点。在张溥之前,张燮编有《七十二家集》,自宋玉至薛道衡,凡364卷,附录72卷,现存404卷。张溥则精心整理校刻了《汉魏六朝百三名家集》,并集有题词,可见当时整理汉魏六朝文献已成风气。汉魏诗文之价值早已得到公认,故张溥此举主要是为了表彰六朝文学的价值。在全书总《叙》中,他也着重为六朝诗文重文采的特征进行辩护:“两京风雅,光并日月。一字获留,寿且亿万。魏虽改元,承流未远。晋尚清微,宋矜新巧。南齐雅丽擅长,萧梁英华迈俗。总言其概,椎轮大辂,不废雕几;月露风云,无伤骨气。江左名流,得与汉朝大手同立天地者,未有不先质后文、吐华含实者也。人但厌陈季之浮薄,而毁颜、谢;恶周、隋之骈衍,而罪徐、庾。此数家者，斯文具在，岂肯为后人受过哉”?①

陈子龙等人对六朝诗文的评价与张溥若出一辙。他在《宋尚木诗稿序》中说:“典午沿汉、魏之后，风流映照。而潘、陆、张、左，俱在中朝。永嘉南渡，清言弥盛，而作者寡闻，唯弘农为中兴第一，见称艺苑。其后独运风规，一变古调，唯柴桑而已。而《游仙》之作，虎豹榛梗，实露峥嵘;《三良》、《庆卿》，弥多感激。信乎有伤乱思治之情焉。”(《陈忠裕公全集》卷二十六)在《皇明诗选序》里，他还从重情采的角度出发，认为齐梁之诗胜过宋元之诗:“或谓诗衰于齐梁，而唐振之。衰于宋元，而明振之。夫齐梁之衰，雾縠也;唐黼黻之，犹同类也;宋元之衰，砂砾也。明英瑶之，则异物也，功斯迈矣。”

陈子龙等对六朝诗文以及师法六朝初唐的作家作品的看法，不仅与一般人见解不同，而且与前后七子稍异，而略近于杨慎等人。前后七子都特别重“格”，为了惜“格”，往往不敢染指六朝。陈子龙评李攀龙曰:“于鳞五言古规摹建安以前，不减新丰缔造。特潘、陆以后，涉笔便少，未免取境太狭。”刘凤是刻意学六朝初唐，喜堆砌词藻典故者，王世贞对他评价甚低。陈子龙则曰:“子威深厚雅赡，不仅涉颜、谢之藩。但意存独造，颇伤冗仄耳，岂遽出宗、梁下。而元美比之桧后，恐乖公允。”

一般来说，秾丽的词藻不适宜表达痛苦忧伤的思想感情。陈子龙等生活在一个国破家亡的时代，寓目时艰，义愤填膺。这种思想感情如何与秾丽的词采相统一，两者的结合会形成一种怎样的艺术效果?陈子龙《宋子九秋词稿序》作了回答:“今宋子之为词

① 见殷孟伦:《汉魏六朝百三名家集题词注》，人民文学出版社出版。

也，外则写云物之光华，耽渔猎之逸趣，以极盘衍之娱；内则绘花月于帘幕，扬姿首于闺襜，以畅清狂之放。举夫憭栗激楚之景，若过我前而不知也者。宋子岂真不知耶？叩钟钟声，击磬磬响，其音在内耳。韩娥曼歌而市人为之泣者，市人善哀也；雍门周微吟而孟尝为之恸者，孟尝善悲也。假令市人欢笑，齐相康乐，则二子必将毁丝裂管，终身不敢言歌矣。我谓告哀于方今之人，将有毁丝裂管之惧，是故陈其荒宴焉，倡其靡丽焉，识其愉快焉。使之乐极而思，思之而悲可知已。都人之咏，垂带卷发也，伤于《黍离》；招魂之艳，蛾眉曼睩也，痛于《九辨》。此昔人所谓鱼藻之义也，宋子有取焉。”（《陈忠裕公全集》卷二十六）这就是说，悲愤淋漓的思想感情与秾丽的词采相结合，乃能形成一种“哀感顽艳”的艺术风格。这种作品看似艳丽，实际上痛彻骨髓，所谓以乐景写悲情则更增一层悲耳。

陈子龙等人还强调了遵守古典诗歌体裁法度等方面的要求的重要性。他们批评公安、竟陵派诗人“举古人所为温厚之旨，高亮之格，虚玄沉实之分殊，珠联璧合之体，感时托讽之心，援古证今之法，皆弃不道”（《陈忠裕公全集·答胡学博书》）。在《皇明诗选序》中，陈子龙陈述了他们全面衡量古典诗歌的多项标准：“一篇之收，互为讽咏；一韵之疑，共相推论。揽其色矣，必准绳以观其体；符其格矣，必吟诵以求其音；协其调矣，必渊思以研其旨。大较去淫滥而归雅正，以合于古者九德六诗之旨。”所谓“色、体格、音调、旨”等，也就是诗歌的文采、体裁、音律、立意等方面的要求。他们还提出了所谓“审情、审气、审声”的“三审”说。李雯《湘真阁稿序》云：“李子（雯）、宋子（征舆）、陈子（子龙）相聚于逆旅之舍，相得而征诗。李子曰：‘凡诗之情，和厚而浑深，悲离而近真，留连于物而无黩餍之心，毋苟为逞极而失其平。道之以观其通也，湫之郁之以鸣其不得已也，隐之以观其思也，约之以示其不淫也。故审情之作，十不失四五焉。'宋子曰：'凡诗之气，桀立而负雄者高，体实而屡变者长，滔漭而善制者胜。体有时而激，有时而夷；节有时而疾，有时而舒；材有时而蓄，有时而驰。高山极之，岿炭乎其有望也；深渊渟之，而不可遨竭也。故审气之作，十不失三四焉。'陈子曰：'凡诗之声，发于内心，流寓于物变，殽杂乎山川。是以明堂、清庙，取其和以平也；故国故都，取其感以思也；边风朔雪，取其壮以悲也；劳人思妇，取其幽以怨也。纯大，则皆鼓与角也；纯细，则皆丝与竹也；纯浮，则韦缦而不震也；纯切，则强绝而不酲也。故审声之作，十不失一二焉。'盖三子之所以言诗者备矣。"(《陈子龙诗集》附录三)这里无论是审情、审气还是审声，都贯穿着一个根本的美学要求，那就是"和"。他们以"审声"作为衡量古典诗歌的终极标准，尤其符合古典审美理想诗乐结合之宗旨。

关于各种诗歌体裁的审美规范和取法的榜样，陈子龙《六子诗序》作了比较全面的论述："乐府谣诵，调古而旨近，似其音节，侧笔可追。然而太文则弱，太率则俗，太达则肤，太坚则讹，太合则袭，太离则野，此一难也。五言古诗，苏、李而下，潘、陆而上，意存温厚，辞本琬琰，声调上口，便欲揣摸。然集彼常谈，侈为新制，宛然成章，实见少味。至于宗六季者，多组已谢之华；法盛唐者，每溢格外之语：此一难也。七言古诗，初唐四家极为靡沓，元和而后亦无足观，所可法者，少陵之雄健低昂，供奉之轻扬飘举，李颀之隽逸婉娈。然学甫者近拙，学白者近俗，学颀者近弱。要之体兼风雅，意主深劲，是为工耳：此一难也。五七言律用意贵隐约，而每至露直；使事欲变奥，而每至平显；轻与重必均，而殊少合作；雄与逸并美，而未见兼能。此一难也。五七言绝句，盛唐之妙在于无意可寻，而风旨深永。中晚主于警快，亦自斐然。今之法开元者，取谐声貌而无动人之情；学西昆者，颇涉议论而有好尽之累，去宋人一间耳：此一难也。"总的来看，陈子龙的上述见解，与前后七子的看法大体一致。柴绍炳在《西冷十子诗选序》中，持论与陈子龙之说若合符契，大约即受教于陈子龙。其略曰："考镜五言，气质为体。俳俪存古，仰逮犹近；浏亮为工，失之逾远。近体务竭情澜，求谐音节。托兴汉魏，选材六朝。意贯语融，靡伤气格。变调无取，旁门益乖。故武德而降难为古，元和而还难为近也，又况宋习鄙钝，元音俚下，艺林阨运者乎？"①

关于遵古法与写真情、学古与创新的关系，陈子龙提出了"情以独至为真，文以范古为美"（《佩月堂诗稿序》）的口号。即一方面要表达真实的思想感情，一方面又要遵循古典诗歌的体裁法度要求。根据这一主张，他对专重模拟剽窃雷同和信口信手蔑弃法度两种倾向提出了批评。《仿佛楼诗稿序》云："夫诗衰于宋，而明兴尚沿余习，北地、信阳力返风雅，历下、琅琊复长坛坫，其功不可掩，其宗尚不可非也。特数君子者模拟之功多，而天然之资少。意主博大，差减风逸；气极沉雄，未能深永。空同壮矣，而每多累句；沧溟精矣，而好袭陈华；弇州大矣，而时见卑词。唯大复奕奕，颇能洁秀，而弱篇靡响，概乎不免。后人自矜其能，欲矫斯弊者，唯宜盛其才情，不必废其简格；发其呦渺，岂得荡然律吕。不意一时私心诡貌，唯求自别于前人，不顾几笑于来祺，此万历以还数十年间，文苑有罔两之状，诗人多侏儒之音也"。当然，古典诗歌的艺术形式及

① 《明诗纪事》辛签卷二十三"陆圻"条。

其体裁法度等方面的要求与当时人们的思想感情的矛盾，复古运动第三次高潮的作家们也遇到了。他们也没能完美解决表真情与遵古法两者之间的矛盾，并为此感到困惑。陈子龙《思讹室集序》即表达了他们的这种困惑："予尝怪今之作者，乐其易便，操笔遣辞，如语僮妾，不复修择。不则依古设声，丧我而拟物。二者交讥，皆不胜，今之所难也。余尝深痛二者之弊，性幸不近野俗，时堕于拟议。既已力祛坚距矣，又武凿而难驯。故辄深思废食，而忧其终无所成也。"不过，由于复古运动第三次高潮的作家借鉴了前后七子的经验教训，更由于他们所吟唱的爱国主义主题与古典诗歌的艺术形式及其体裁法度等方面的要求比较适应，他们对表真情与遵古法、学古与创新的关系相对处理得比较成功，"依古设声，丧我而拟物"的情况，远不如前后七子严重。

四、张溥

张溥是复社的领袖，声望笼罩一世，复古运动第三次高潮得以蓬勃兴起，他功不可没。但他本人在文学理论方面的建树和在诗文创作方面的成就都有限，这主要是因为，为了组织和主持复社的社务活动，奔走联络，应酬调解，他倾注了大量心血。剩下的有限的时间和精力，他又投到复社诸宗旨中他认为更紧迫、更重要的政治斗争和经典研究两方面。他本擅长于《易》，天启末应社诸子分任诸经选义时，他即与朱隗"主《易》"。[1] 但他对其他经史文献也都有研究。《明史》本传称他去世后，"有诏征溥遗书"，"有司先后

① 见《七录斋诗文合集·存稿》卷三。

录上三千余卷”。现存者尚有《春秋四传断》(卷六以后缺)、《春秋书法解》一卷、《春秋列国论》24卷,以上合称《春秋三书》。他对《通鉴纪事本末》、《宋史纪事本末》、《元史纪事本末》均有“论正”,原书分别为239卷、109卷、27卷。谭宗浚将张溥评语分别辑出为《历代史论》12卷、《宋史论》3卷、《元史论》1卷,与高士奇《左传纪事本末》和谷应泰《明史纪事本末》中的“论”合编在一起,有光绪五年裴氏刻本。另外张溥还编有《汉魏六朝百三名家集》100多卷,家有“题辞”。影响张溥文学成就的又一个重要原因,是他写作、编选、评论八股文花的工夫太多。台北伟文图书出版社影印《七录斋诗文合集》,除《馆课》、《论略》各一卷外,《古文近稿》六卷和《古文存稿》五卷共收文226篇,其中仅八股文选本序即有113篇,占到一半,这还不包括给主要为八股文写作服务而略带有经典研究性质的各种经传“注疏大全”所作的序。这个比例在明清所有号称古文家的文人的文集中都是罕见的。

《七录斋集》据说现存崇祯时刻本,中有诗三卷,未见。[①] 台北伟文图书出版社影印之《七录斋诗文合集》,实际上有文无诗。据《宋九青诗序》,张溥坦言“学诗非予能也”(《七录斋诗文合集·近稿》卷四)。又据《张受先稿序》、《张受先稿再序》,张采平生几乎不作诗,“至为文一端……弹毫之始,即喜说道理,引绳墨,全以识相长”。(《七录斋诗文合集·存稿》卷四)看起来张溥与张采文学宗尚相近,这是由他们相同的人生旨趣和生活经历决定的。张溥的古文创作中,较值得注意的还是那些表彰与东林党有关的人物事件的作品,世人所熟知的《五人墓碑记》可视为代表。其他如《周来

---

① 见《中国大百科全书·中国文学卷》,中国大百科全书出版社1986年版。

玉(宗建)墓志铭》、《祭魏廓园(大中)先生文》,皆愤激之气溢于言表。如后者最末一段,针对有人认为东林党诸君子是过于矫激以取祸,张溥写道:

当时众正在朝,事幸可为,黾勉同心,义不敢后。及一阴渐长,君子道衰,举国呼号,犹惧弗及,苟有退者,孰遏其流?至于击之不胜,避之不可,不得已而以死继之,古之忠臣义士,放逐流离,殒身社稷者,皆由是也,何为独疑于今日哉?且正人蒙祸,身被五毒,而奸邪幸保首领,犹擅国家之利,穷声势之娱。即或有时一二贤者获见进用,而谗人随其后,倾危者相属也。是故小人虽败有余宠,君子虽进有余惧,善可为而不可为,亦已久矣。然宁为此不为彼者,盖以秉君父之命,扶人心之绝也。

这里对那种自以为明哲保身而实属胆怯自私者给予了痛斥。从"不得已"、"可为而不可为"等语来看,作者对朝廷腐败、统治者残酷的现实充满愤慨。可见他正气凛然,但并不迂腐冬烘。另如《刘少司马(之纶)传》述崇祯二年满洲军队包围北京时明军守城情形,《哭苏太母文》叙自己与张采交谊始末,《先考虚宇府君行状》写其伯父南京工部尚书张辅之仗势欺凌其父致使含冤而死之状,皆笔锋饱含激情,颇为动人。

张溥古文的语言力求简古,这与他的作品的思想内容是相互适应的,简古的语言有利于构成一种劲健凝重的格调。他的文章也有拟古的痕迹,一瓣心香尤在两汉诸家。[①]《静志居诗话》描绘当时在张溥、张采影响下,"列郡人文,一时风尚,口谈朝事,案置

① 张采曾编《两汉文选》,张溥作序,序见《七录斋诗文合集·近稿》卷二。

《汉书》。”《五人墓碑记》显然借鉴了《史记·游侠列传》的笔法，只因所述情事本有相似之处，所以该文辞气顺畅，而无组造之弊。张溥散文的主要缺点是结构笔调缺少变化，文采不足。

五、陈子龙

《陈子龙诗集》开卷为四言诗《曜灵之什》八首，题下自注：“天子遇旱而忧，省忧减刑，雨以时降，诗人美之也。”据编者王昶等考证，这组诗作于崇祯十年。当年“四月癸巳，旱，清刑狱。闰月壬寅，敕群臣，洁己爱民，以回天意。”陈子龙这组诗对崇祯皇帝的举动作了热情赞美。这很容易使我们联想到前面引述过的汤显祖《闻都城渴雨时苦摊税》一诗，后者对神宗类似的行为给予了辛辣嘲讽。从中我们可以看出处于不同时代背景下崇尚不同审美理想的诗人的风格差异。陈子龙并不冬烘，对崇祯皇帝的种种失德，对现实已腐败到无以复加的地步，他并不是不清楚。但当时挽救明王朝这座大厦免于崩溃已成当务之急，对它的埋怨批评暂时必须放在其次。诗人不得不压抑自己的愤怒与不满，将现实中出现的某些零星的亮光放大，还制造出一些理想的幻象，把它们当作希望所在。在当时历史条件下，皇帝毕竟还是整个国家和民族的代表。于是诗人对整个社会现实的宽恕和理想化的态度，也体现在对皇帝的态度上。换言之，陈子龙对皇帝的关切，反映的实际上是他对国家民族命运的关切。明乎此，我们就能理解陈子龙为什么要写《曜灵之什》这样的作品，就不会将它们视为粉饰现实歌功颂德之作，就不会责备陈子龙对最高统治者过于温情脉脉了。

像杜甫等人一样，陈子龙对古典审美理想的崇尚和对现实的热诚关注，使他对社会现实的揭露批判不是那样尖刻，但并没有影响其广度深度和总体强度。正因爱之深，所以责之切。他的诗歌，揭露封建统治集团的腐败无能，描写广大下层人民饥寒交迫的生活状况，为我们展示出一幅遍地战火、满目疮痍、风声鹤唳、凄风苦雨的时代画卷。举凡万历末至南明弘光王朝的种种弊政，无一不在他的文学创作里得到反映。如《陈子龙诗集》卷二《薤露》斥责督师杨镐懦弱无能，导致萨尔浒大败，使明军损失惨重，并遗患无穷。卷四《凌河》批评廷臣无识，放弃大凌河等军事要塞，致使锦州失守。卷六《杂诗》揭露辅臣王应熊迎合崇祯皇帝，阿谀取位，结党营私。卷八《白靴校尉行》描写自天启中魏忠贤擅权以来，锦衣卫隶役到处刺探，告讦之风盛行，无耻官僚亦与之相勾结。诗的末尾指出，这种现象崇祯年间依然如故："万事瓦裂岂足怜，至今呼吸生风雨。"对崇祯朝的重要弊政之一——派宦官到处监军、监饷等，陈子龙更是反复强调它的危害。如卷四《惜捐》批评崇祯皇帝有始无终，登位之初扑灭阉党，起用刚正廉明之臣，不久却将后者一一罢黜，重新宠任宦官。诗中说："即今五载余，庶事伤初终。前者胡唯烈，其后内设罘。貂珰满都镇，四野多块垿。"卷九《檀州乐》抓住一个典型事例，对用宦官监军造成的严重后果进行了生动刻画。太监邓希诏奉命总监东西二协，逢其生辰，蓟辽总督吴阿衡暨文武大吏俱为之上寿，清军乘虚入关，吴阿衡闻变急还败死，邓希诏遁去。陈诗写道：

檀州使宅夜开宴，伎乐纷纷拟天馔。帘垂红锦附氍毹，蜡和沉香焚甲煎。猩唇熊白不知名，碧玉黄金满深院。谁其坐者中贵人，盘龙织绮稳称身。赐炙传呼动千骑，上寿逡巡来九宾。渔阳老将邯郸儿，竞前昵昵谁最亲。皆言禁中出颇、牧，指挥万里无烟尘。山头嵯峨烽火绝，此时胡雏窥汉月。明驼快马凌风雪，帐前健儿沙中血，回首华堂灯未灭。

这真是一出令人哭笑不得的闹剧，然而它的意蕴是那样的沉痛悲愤，发人深省。

由于朝廷连年增派赋饷，加上贪官污吏敲诈勒索，下层贫民纷纷破产，背井离乡，流民问题成为明末的一个严重社会问题，陈子龙的诗歌对此作了反映。在《蒿里行》(卷二)中他指出，官府治理无方，官军杀良冒功，乃是迫使下层人民走上反抗道路的根本原因："懦帅不御众，散溃以流亡。天灾降秦晋，相煽而猖狂。反者如蝟毛，凭险为阻藏。汉将捕不道，亦闻尝杀良。转战万余里，至今防荆梁。中原故城廓，荆棘参天长。悲哉此赤子，望望泪沾裳。"卷三《小车行》、《卖儿行》等，都以小见大，反映当时下层人民的苦难。《小车行》作于崇祯十年赴任惠州推官途中。当年两畿大旱，山东蝗灾，流亡遍野。诗人亲睹饥民流离之状，以高度凝练的笔墨，描写一对流民夫妇挣扎在流浪途中的情景：

小车班班黄尘晚，夫为推，妇为挽。出门茫然何所之，青青者榆疗我饥，愿得乐土共哺糜。风吹黄蒿，望见垣堵，中有主人当饲汝。叩门无人室无釜，踯躅空巷泪如雨。

在极其悲惨的处境里，这对饥民夫妇仍对前途抱有一丝希冀，并以此相互慰藉。但最后这一丝幻想也破灭了。这无疑是当时千千万万个流浪家庭悲惨遭遇的一个缩影。乐府诗单纯的对话体句法和朴素的语言风格，凝聚着无限辛酸。沈德潜《明诗别裁集》评曰："写流人情事，恐郑监门亦不能绘。"(北宋郑侠绘有《流民图》)

然而陈子龙诗作中最引人瞩目的，还是那些规模宏大、声情激越的七律组诗，如《感怀》八首(卷十三)、《初秋》八首、《书丙子秋事》四首、《燕中秋感》四首、《辽事杂诗》八首(卷十四)、《都下杂感》四首、《晚秋杂兴》八首(卷十五)等。这些组诗所吟不限于一事,亦不专作客观描写,而是揽物起怀,思绪腾挪,夹叙夹议,感慨系之,滔滔莽莽,浑厚悲壮,准确地传达出当时风雨飘摇的时代氛围,表达了诗人忧心如焚的情怀。如《都下杂感》四首,写于崇祯十三年重上京师谒选之际。是时朝政益非,人心益散。陈子龙的座师黄道周又以谏阻杨嗣昌夺情被逮。陈子龙本不欲赴选,看到这些情况,心情更加悲愤。他写道:

帝里交游十载余,蓟门景色定何如。眼中不见悲歌士,怀里空悬痛哭书。阿世久知长孺拙,微官敢道曼容疏。莫将襟抱倾人意,放论高谈忆故庐。

榆关山险通烽火(清军进逼),巫峡云深乱鼓鼙(张献忠农民起义军打到夔州一带)。不见雄风生楚甸,忍看明月照辽西。涓人苑里牙旗动(宦官在禁中操练),缇骑城边玉勒齐(锦衣卫卒四出捕人)。携酒欲寻行乐地,登高客思转凄迷。

明王朝灭亡后,诗人的心情更加沉痛悲凉。同时,他参加了一次又一次抗清复国的激烈斗争,抱定了为国捐躯的决心,意气更加慷慨激烈。两方面的情感交织在一起,他在这几年所创作的诗歌更加悲愤淋漓。如他在松江起义失败后逃居吴中时所作的《秋日杂感》十首(卷十五):

满目山川极望哀,周原禾黍重徘徊。丹枫锦树三秋丽,白雁黄云万里来。夜雨荆榛连茂苑,夕阳麋鹿下胥台。振衣独上要离塞,痛哭新亭一举杯。

行吟坐啸独悲秋,海雾江云引暮愁。不信有天常似醉,最怜无地可埋忧。荒荒葵井多新鬼,寂寂瓜田识故侯。见说五湖供饮马，沧浪何处着渔舟。

正所谓风景不殊，而河山有异。放眼四望，无事无物不触起诗人的国破家亡之恨。然他绝不肯徒为新亭对泣。悲愤到极点处，他仰首问天，不相信眼前的现实会变成长久的存在。"不信"二句，以逆势出之，一扬一抑，沉郁顿挫，力重千钧。作于同时的《杂诗》十首（卷七）、《白日行》、《前缓声歌》、《岁晏仿子美同谷七歌》（卷十）等，格调都与此相近。

陈子龙诗歌的艺术风格，可以用"高华"一词来概括。所谓高，是指他的诗歌表达了对国家民族命运的热诚关注，回荡着爱国主义的主旋律，体现出诗人的高尚人格，格调悲壮慷慨。所谓华，是指他的诗歌文采斐然。这种风格，乃是陈子龙在艺术上有意努力追求的结果。在他看来，诗歌的体裁音调等，变化有限，前人已作过充分探索。欲在这方面有所建树，已极为困难。若想有所突破，则往往违离法度，事与愿违。前后七子偏重对前人之作体裁法度的模仿，结果是剽窃雷同的痕迹宛然。唯有诗歌的文采变幻无穷，后来人尚可独运匠心，自成新面目。他在《仿佛楼诗稿序》中阐述了这一观点："盖诗之为道，不必专意为同，亦不必强求其异。既生于古人之后，其体格之雅，音调之美，此前哲之所已备，无可独造者也。至于色彩之有鲜萎，丰姿之有妍拙，寄寓之有深浅，此天致人工各不相借者也。譬之美女焉，其托心于窈窕，流媚于盼倩者，虽南威不假颜于夷光，各有动人之处耳。"李雯《属玉堂集序》引陈子龙论诗之语，"大约以为诗贵沉壮，又须神明。能沉壮而乏神明者，如大将军统军，刁斗精严，及其鼓角既动，战如风雨，而无旌旆悠扬之色。有神明而不能沉壮者，如王夷甫、卫叔宝诸人握麈谈道，望若神仙，而不可以涉山川冒险难，此所谓英雄之分也。以乐府古诗论之，曹孟德雄而不英，曹子桓英而不雄，而子建独兼之。以唐诗言之，则高达夫雄而不英，李颀英而不雄，王右丞则英中之雄，王龙标则雄中之英，而子美独兼之”。这里所谓“沉壮、神明”、“雄、英”等，都表明了他追求一种高古悲壮之格与流丽生动之文采相结合的艺术风格的意图。

从整个中国古典诗歌的发展来看，汉魏稍质，六朝稍华。初晚唐诗饶有文采，而格卑调靡；韩愈等人之诗格调奇崛，而色或不浓。李、杜等可谓文质兼备，格调并美，然李白诗格不尽高，杜甫诗色或过于苍老。陈子龙力图以汉魏盛唐之格调，运以六柳初唐之词采，从而形成一种高华的艺术风格，故能别开生面。王士祯《渔洋诗话》云：“明末七言律有两派，一为陈大樽，一为程松圆(嘉燧)。大樽远宗李东川、王右丞，近学大复。”《分甘余话》云：“明末暨国初歌行，约有三派。虞山源于杜陵，时与苏近；大樽源于东川，参以大复；娄江(吴伟业)源于元、白，工丽时或过之。”朱隗云：“卧子七古，直兼高、岑、李颀之风轨，视《长安》、《帝京》更进一格”；“卧子五古，初尚汉魏，中学三谢，近相见辄讽太白诸篇，其才性故与相近。”魏楚白云：“五古学汉魏者，大抵转关必在大谢，唐之曲江，明之北地，皆是如此。黄门亦祖其说，能于质闷之中，兼以俊秀，信是雅宗。”这些评语都抓住了陈子龙诗歌的一个总体特点，即高格与华采的结合。其中王士祯反复强调陈子龙诗作与何景明诗作的渊源关系，尤为具眼。前引陈氏《仿佛楼诗稿序》，即表明他于明代诗人中最推崇何景明。而何景明之诗最令他倾倒之处，即在其格高而词华。《皇明诗选》何景明《津市打鱼歌》下陈子龙评语云：“调古辞俊，便觉少陵之作不免伧父。”即透露出此意。

总之，陈子龙诗歌高尚的爱国主义精神，既已具有震撼人心的艺术感染力，其流丽多姿的文采又足以赏心悦目，摇荡性灵。诗人往往在浓墨重彩着意描绘之后，稍加点染，则全篇意味大变。细心谛视，但觉悲凉之雾，遍被华林；要渺之音，皆化为变宫、变徵之调。越是描写满眼韶华，越有一种如幻如梦之感，使人悲怆不已。陈子龙诗歌独特的艺术魅力即在于此。有人认为他是杜甫之后个性最鲜明成就最高的诗人之一，不是没有道理的。

从前后期的发展变化来看，陈子龙早年的诗作更重文采，内容亦多写艳情，如《春游》八首、《消夏》八首（卷十三）等。大致从崇祯中叶开始，随着局势的恶化和他本人心境的变化，他的诗风有所转变。约作于崇祯七年至九年的《送勒卣之金陵》、《春感》、《元夕》（卷十三、十四）等诗中，就屡有“当年轻薄夸宫体，此度凄清满石头”、“文章绮艳羞江左”、“少年此夕不知愁，竞逐香车彻晓游。……今日春风传战斗，横江明月照扬州”之类的句子。可见他对自己的诗风作了自觉的蜕变。陈田《明诗纪事》云：“忠裕虽续何、李、李、王之绪，自为一格。有齐、梁之丽藻，兼盛唐之格调。早岁少过浮艳，中年骨格老成。”（《明诗纪事》辛签卷一）这一评价十分准确。不过必须强调的是，即使在后期，陈子龙的诗作仍保持了文采斐然的特征。只是由于内在情调的变化，它们给人的印象已由绮丽华艳变为雄浑深郁。

与此相应，陈子龙前期诗作拟古的痕迹也明显一些。与前后七子的创作一样，陈子龙诗作中模拟蹊径最明显的是古乐府和五古。《陈子龙诗集》卷一至卷三收古乐府 171 题共 306 首，全部作于崇祯十年以前，此后未见再作。卷五收《拟古诗十九首》、《拟公宴诗》八首、《拟古》八首等，也作于崇祯十年以前，此后也基本不再作。遇难前不久所著《湘真阁稿》、《焚余草》中又有少数拟古之篇，但这些作品内容都非常充实，只是因为诗人当时亡命草泽，处境危险，故采用了拟古的形式，使它们的意旨稍为含蓄隐晦一些而已。他的后期诗作，基本上做到了既遵循古典诗歌的体裁法度要求，又不为其所束缚。从稍过模拟到摆脱模拟，自铸伟辞，这是诗人艺术探索的自然过程，更是客观社会现实和诗人生活经历的变化影响的结果。

陈子龙还是一位卓有成就的词人。词这种文学样式南宋中期以后走向衰落。有些词人在词逐渐与乐分离、实际上已不能歌的情况下，大讲“七音谐四声”之类，专在按字模声上用工夫。另有一些词人则刻意雕章琢句，使词成为炫人眼目的“七宝楼台”。上述趋向具有一个共同点，就是忽视了词表情的本质特征，这是南宋中叶以后词趋于衰落的根本原因。元代至明中叶，词一脉仅存，几成绝响。复古派作家王世贞等人在力图恢复古典诗歌审美特征的同时，也对词的审美特征进行了探讨。可以说，经过两百年的衰敝之后，词的领域内也出现了一个与诗的领域内相似的“复古运动”，但它的影响和成就都不能与诗的领域内的复古运动相比。这是因为，第一，诗歌领域的复古运动，自叶梦得、严羽等人首倡，已经过长期酝酿准备。而词方面的复古，在王世贞等人手中才始发其端。这种主张本身渐臻明确和完备，并逐步为人们所接受，需要一个过程。其次，王世贞等人过分醉心于古典审美理想，而词在一定程度上已背离古典审美理想，因此他们对词总体上抱轻视的态度，没有花大力气去研究、创作和倡导。王世贞所作词，较重情采，这是他探讨并力图恢复词的审美特征的结果。但其所表之情还是太雅正，文采还是太凝重含蓄，还不够本色当行，显然受到他的诗歌美学观点的制约。陈子龙继承王世贞等人的主张，对词的审美特征作了进一步体认，认识更趋明确。他牢牢把握词表情的本质特征，注意诗与词的区别，写出了许多足称当行本色的词作。《古今词话》云："大樽先生文高两汉，诗轶三唐，苍劲之气，与志节相符。乃其词风流婉约，堪付十八歌喉。"王世贞等倡导的词的"复古"，在陈子龙手中结出了丰硕果实。往后看，清词号称中兴，虽由波谲云诡、流派纷呈而蔚为大观，但追溯其源头，则始于对词表情的本质特征的认识，而王世贞、陈子龙等实为其先导。龙榆生编《近三百年名家词选》，以陈子龙为第一人，这是十分允当的。

陈子龙的词从内容上看大致可分两类，一是抒写男女恋情之作，一是表现国破家亡之恨的作品。他的写情之作与王世贞等人的同类作品相比，描摹情致更加细腻生动，风格更加婉丽。这是因为陈子龙的文学观念比较活泼，他虽然力图恢复古典审美理想和古典诗歌的审美特征，但在词方面并不尽受前者的束缚。同时，在人生观和生活态度上，陈子龙也以风流倜傥自许，不像王世贞等人那样拘谨。他与名妓柳如是的交往，是当时及后来人津津乐道的话题，也可能是他的部分写情之作的背景。如其中《少年游·春情》一首：

> 满庭清露浸花明，携手月中行。玉枕寒深，冰绡香浅，无计与多情。奈他先滴离时泪，禁得梦难成。半晌欢娱，几分憔悴，重叠到三更。

此词描写有情人难得一聚，而又要匆匆告别，两情缱绻之时，恨比欢多的情景。女主人公柔情万种，不胜怨郁；男主人公欲劝无语，徒为神伤。这种恋情对双方的心灵不啻一种痛苦的折磨，然正在这种煎熬中见出情爱的刻骨铭心。清邹祇谟评曰："词不极情者，未能臻妙如此。朦胧宕折，应称独绝。"

顾琦坊云:“《湘真词》皆申、酉以后作,故令人如读《长门篇》,幽房为之掩泣。”按陈子龙词并非尽为国破家亡而作,然这类作品在陈词中确占了很大比例。与他的诗相比,他的诗歌中最常见的是“悲秋”的意象,而词中最常见的是“伤春”的意象。这是因为诗多写于明末,他用悲秋来感叹当时岌岌可危的形势。而词多写于明亡以后,因而他用伤春来表达对故国的怀念。同时,这也与两种体裁不同的审美特征有关。悲秋的意象,往往给人以沉郁顿挫、悲壮苍凉之感;伤春的意象,则易造成一种哀婉密丽、缠绵悱恻的情致。前者较宜于诗,后者较宜于词。陈子龙无意中遵循了这一法则。下举《点绛唇·春日风雨有感》一首为例:

满眼韶华,东风惯是吹红去。几番烟雾,只有花难护。梦里相思,故国王孙路。春无主,杜鹃啼处,泪染胭脂雨。

据《陈子龙诗集》所附王沄撰《陈子龙年谱》卷下,清顺治四年三月,“霖雨浃旬”,陈子龙避居青浦富林,此词当作于是时。当时江南一带的抗清斗争已渐趋沉寂。词人孤行静处之际,如火如荼的往事不时在脑海中映现,眼前遍地春光被狂风暴雨摧残殆尽的景象,自然触动了他的心弦。在他的眼里,“红”、“花”幻化为故国与抗清复国大业的象征,“风雨”、“烟雾”给他带来的感触,又与清兵南下后发生的一系列事变在他意识屏幕上留下的印象相叠加。于是伤春惜花的表层意象,便与眷恋故国的深层意蕴融为一体。词人一心护花,但天意不遂人愿,“花”终于飘散零落了。词人深感无可奈何,但又怨愤难消。一个“惯”字,一个“只”字,真是叹恨交集。下片开头写梦境,时间上经历了一次跳跃,然句断而意连。词人对故国与抗清复国大业片刻不曾释怀,悠悠一念直带至梦中。“故国王孙”,指已在长汀被俘的唐王和逃居南澳的鲁王。词人对他们的命运深为关切。最后三句又从梦境回到现实。由于王孙已去，梦中难觅，梦醒后更觉得满目凄凉，春光无主。杜鹃啼血，在这里既是用典，也是写实，它仿佛是“故国王孙”的孤魂所化。那与被桃花染红了的雨水相和而流的，不仅是杜鹃鸟的口脂，也有词人的血泪。作品至此，景愈惨，情愈哀，词人凄苦欲绝之声情如闻似见。

陈子龙虽然继承了前后七子的复古主张，但在古文创作上并没有像李梦阳、李攀龙、汪道昆等人那样，刻意模仿秦汉文的章法句法，以致诘屈纽造。《明诗综》“陈子龙”条下引龚蘅甫语云：“卧子定几社六子之作，目曰《壬申文选》，东乡艾千子贻书诮之。盖学前后七子之诗，而并学其文，千子非之是也。”按几社诸子中，周立勋、顾开雍之文模拟古作，故为奇崛的弊病明显一些，陈子龙、夏允彝等人则不然，他们并没有故意与艾南英不同。陈子龙的赋稍有拟古痕迹，其他散文则基本上文从字顺。同时，陈子龙论文重经世济用，他在《经世文编序》中，对明代“士无实学”的状况进行了批评：“抱残守阙，则训诂之文充栋不厌；寻声设色，则雕绘之作永日以思。至于时王所尚，世务所急，是非得失之际，未之用心。”他本人的文章，多与时务有关，很少风花雪月游宴应酬之作。其中《报夏考功书》怀往事，叙友情，吐肺肝，矢素志，娓娓道来，如与故人相晤对，是最为感人的篇章。

六、夏完淳

夏完淳牺牲时年仅十七岁，是我国历史上少见的少年民族英雄和文学家。他的一生虽然短暂，却因为他抗清救国的英勇业绩和文学创作的杰出成就而放射出耀眼的光芒。他在文学上接受了陈子龙等人的影响，崇尚复古主义，连名字也原名复，字存古。其幼年诗文颇有流连光景之作，内容稍显空泛。有些拟古之作，如拟古乐府、拟五言古诗等，模拟的痕迹也比较明显。不过，这些作品同时也已显示出他扎实的文学功底和卓异才华。

郭沫若曾评夏完淳云："他本来是才子，故不免也有些风流，十五岁便著《青楼篇》、《杨柳怨》"；"国变前无疑的曾和一些少年侪辈征逐于歌舞之场，所谓'壮游不让五陵豪，酒酣却笑三河侠'(《题曹溪草堂壁》)"；"乐府有《艳歌行》、《三妇艳》诸篇，诗余多写情写恨之作。"[①]其实夏完淳幼年即有大志，关心国事。其父夏允彝为人亦以醇谨方正著称，所以夏完淳少年生活即非常严肃。1645年南明弘光王朝瓦解，夏允彝自沉殉国，当时夏完淳才15岁，谈不上"征逐歌舞之场"。此后他国破家亡之恨集于一身，颠沛流离，并投身于艰苦险难的抗清斗争，更谈不上"风流"。《青楼篇》据余怀《板桥杂记》，乃为李香君之事而作，乃颂李香君之气节，叹其流落者。《杨柳怨》亦为抒写亡国之痛而作，其中云："枯柳不知亡国事，乘春偏发大江头。江南江北愁如带，画船箫鼓知何在。"《题曹溪草堂壁》中"壮游云云"，乃是回忆与杜登春等人于少年辈中物色人物，继承复社几社事业，发起驱逐阉党余孽等活动经历，与狭邪之游无涉。乐府诗之《艳歌行》、《三妇艳》乃是乐府古题，二诗皆拟古之作。看到这样的题目，就与"风流"之类联系起来，属于望文生义。

夏完淳现存大部分诗文都作于明亡以后到他牺牲前的三四年间。这个时期内明王朝的"国变"接踵而至，他的父亲和师友相继殉难，他的作品大多反映了他亲眼目睹的种种社会现实，表达他悲

---

① 见《夏完淳集·前言》引。

愤慷慨的思想感情，其中《大哀赋》是一篇特别值得注意的作品，它作于松江起义失败、夏允彝自沉之后。作者痛定思痛，从明王朝由盛转衰的过程开始写起，对晚明政治的腐败、外患的陵逼作了沉痛的回顾和总结，然后依次写到农民起义的兴起和攻入北京，满洲军队的入关和南明王朝的覆亡。接着写江南人民的抗清斗争，而以亲身参加的松江一带的起义为主，最后叙说自己在起义失败后亡命江湖的悲愤和复仇的决心。时间跨度大，叙及的历史事实极为纷繁，然作者却处理得繁简得当，条理清晰。既陈述了个人的身世遭遇，又概括了整个社会的巨变，具有史诗的意义。此赋乃仿庾信《哀江南赋》而作，马积高师在《赋史》中指出："其文辞的老练苍劲，虽稍逊于庾信的《哀江南》，而其思想境界却高过了它，这是由他们的境遇、思想品格不同所决定的。"庾信对梁朝虽有深厚感情，但梁亡之先未能尽力挽救，梁亡之后又屈身事敌，故赋中虽充满着悲愤之感，甚至对西魏、北周的统治者有所讽刺，但全赋的基调未免低沉，正是所谓"亡国之音哀以思"。夏完淳则不然。明亡之前，他虽年幼，即以天下为己任，追随父辈师友，与腐朽势力作斗争，力图挽救明王朝的命运。明亡之后，他更亲身投入到抗清斗争之中，之死矢靡它。故他在分析明朝亡国的原因、描写抗清救国斗争的景况时，就义正辞严，理直气壮。如赋中描写南明福王荒淫误国一段，笔锋就犀利无比：

> 而乃东昏侯之失德，苍梧王之不君。玉儿宠金莲之步，丽华长玉树之淫。柏梁、建章，则读西京之赵鬼；临春、结绮，则号学士之孔嫔。吴歈越艳，鲁酒梁樽，先见乎玉杯象箸，复征夫酒池肉林。问蛙鸣于为官为私，御龙衮于若亡若存。视江都而未武，拟长城而不文。冠盖之银青俱满，朝堂之铜臭相

因。但知安石之赌墅，何止元规之避尘。楚囚无新亭之泪，《越绝》非石室之音。南徐之兵甲不劲，淝水之草木无神。拜蒋侯为灵帝，弋白雁为国宾。柱石则孔愉、江总，阃外则祖约、王敦。将相尽更始之羊胄，衣冠多南渡之雁民。宜其及矣，况有强邻。

当时许多人抒写亡国之痛，都将灾难的根源归于"流贼"构乱、"虏夷"侵犯。对故国的眷恋，把对故国统治者的清醒认识和严厉批判抵消掉了。夏完淳毕竟年轻，因袭的思想负担要轻一些，故敢于直率地陈说。他主要从明王朝统治者自身找原因，以为福王的行径比历史上任何一位亡国之君的失德都有过之而无不及，因此南明王朝的覆灭是必然的。在《续幸存录》中，夏完淳也表达了同样的看法。

夏完淳的诗文中，最令人感动的还是那些描写作者火热的斗争经历和慷慨赴难的情怀的作品。陈子龙等人阅历丰富，对抗清斗争的前景看得很清楚。他们只是义不容隐，知其不可为而为之，因此不屈的斗争精神中还交织着复杂的思想感情。面对失败和死亡，他们的感慨也更为深长一些。夏完淳则凭着一股少年的热血和锐气，朝着自己认定的理想目标，几乎是不假思索地向前奔去。他的诗文比不上陈子龙等人之作的沉郁苍凉，忧愤深广，却独有一份少年的执著与纯真。如《鱼服》一诗：

> 投笔新从定远侯，登坛誓饮月氏头。莲花剑淬胡霜重，柳叶衣轻汉月秋。励志鸡鸣思击楫，惊心鱼服愧同舟。一身湖海茫茫恨，缟素秦庭誓报仇。

此诗作于入吴易军中做参谋时。当时陈子龙早已知事将无成，而夏完淳却意气慷慨如此，诗中洋溢着浓厚的浪漫气息。

被捕之后，夏完淳的慷慨豪迈意气丝毫没有折损。他坚信“二十年后，淳且与先文忠为北塞之举矣”(《狱中上母书》)，因此他宣称：“英雄生死路，却似壮游时。”(《柬半村先生》)当然，这位少年志士也是一位感情非常丰富的儿子、丈夫，他对母亲、妻子及师友和故乡有着深挚的依恋，对斗争的失败和死亡也有着强烈的悲伤。但这些情感丝毫没有动摇他为国捐躯的决心，他以惊人的毅力抑制住种种情感，并将之升华，他把为国捐躯，看作是对亲人、师友和故乡的深挚之爱的最好表达。这样，他用坚定的信念和炽热的情感凝聚成的诗文便既悲且壮，愈悲愈壮，从而具有了一种揪人心肺而又使人发尽上指的艺术感染力。如他为悼念陈子龙而作的《细林夜哭》：

细林山上夜乌啼，细林山下秋草齐。有客扁舟不系缆，乘风直下松江西。却忆当年细林客，孟公四海文章伯。昔日曾来访白云，落叶满山寻不得。始知孟公湖海人，荒台古月水粼粼。相逢对哭天下事，酒酣睥睨意气亲。去岁平陵鼓声死，与公同渡吴江水。今年梦断九峰云，旌旗犹映暮山紫。潇洒秦庭泪已挥，仿佛聊城矢更飞。黄鹄欲举六翮折，茫茫四海将安归。天地跼蹐日月促，气如长虹葬鱼腹。肠断当年国士恩，剪纸招魂为公哭。烈皇乘云御六龙，攀髯控驭先文忠。君臣地下会相见，泪洒阊阖生悲风。我欲归来振羽翼，谁知一举入罗弋。家世堪怜赵氏孤，到今竟作田横客。呜呼抚膺一声江云开，身在罗网且莫哀。公乎公乎为我筑室傍夜台，霜寒月苦行当来。

陈子龙与夏完淳不仅是师生，而且还是战友和同志。作此诗时夏完淳也已被捕，这是一个将死者对已死者的悼念。诗人睹物思人，抚今思昔，既是怀人，又是自伤。悲愤交集，情感经历多次起伏，而卒归于慷慨激昂的呼唤，对师长的深情与慷慨赴义的信念完全熔铸为一体了。

夏完淳诗歌的不足之处，是语句意象不免重复。如《夏完淳集》卷四《即事三首》，第一首有句云"雄风清角劲"，又有句云"胡笳千古恨"；第二首又云"半夜起悲笳"；第三首复云"月明笳鼓切"。又如《寒食杂作同钱二不识赋》四首之三："孤臣伏腊犬羊天，野哭茫茫几岁年。笛里关山吹汉月，帐中霜雪满胡烟。风尘独上要离墓，江海空浮范蠡船。云水滔滔归不得，千金骏骨有谁怜。"《虎丘遇九高》："竹马交情十五年，飘流湖海竟谁怜。知心独吊要离墓，亡命难寻少伯船。山鬼未回江上梦，楚囚一去草如烟。姑苏明月愁人醉，剪烛无言更惘然。"（以上俱卷五）《别子韶顾大妹倩》："凤去秦楼信杳然，返魂香尽断肠天。茫茫两泪难为别，竹马交情十五年。"《钱漱广为余内兄弟……》十八首之四："三春湖海兴如烟，十载交情竟惘然。重到西江秋似水，芙蓉坠粉更谁怜。"（以上俱卷六）造成这种情况可能有如下几方面的原因，一是夏完淳本人来不及对自己的诗文进行编选，没去剔除其中语意词句重复之篇。二是夏完淳一心投入抗清斗争，诗多出于信手而作，无意于整饬修饰。当然，主要原因还应是夏完淳毕竟年轻，学力毕竟不如陈子龙等深厚。

夏完淳的词确实多为"写情写恨"之作，然除少数篇章是写早熟少年敏感的愁绪外，大多都与陈子龙的词一样，是以春恨、闺情表达亡国之痛、故国之思的作品。如《卜算子·断肠》：

> 秋色到空闺，夜扫梧桐叶。谁料同心结不成，翻就相思结。十二玉阑干，风动灯明灭。立尽黄昏泪几行，一片鸦啼

月。

从黄昏到深夜，词人在空室中踟蹰徘徊，眼窥秋色，耳听秋声，回忆起往事，无限惆怅。全首词都是词人的自言自语，或者说内心独白。整个画面是那样的静谧，无声无息，然词人心中翻滚着激情的波涛，那潸然泪下的细节，已告诉我们一切。

七、徐孚远、张煌言

徐孚远的诗文创作现存《钓璜堂存稿》20卷，附《交行摘稿》1卷。其中文只有姚光收录的《陈李倡和集序》、《皇明经世编序》等数篇而已。侧重于诗并长于诗，这是复古运动第三次高潮的作家的共同特点。徐孚远气概不如陈子龙豪迈，才华亦不如陈子龙丰赡，然忠心报国、誓死抗清之志同样坚定笃诚。他的诗风如其为人，不事雕琢，真诚袒露自己的心灵，以平淡质朴为特点。特别值得注意的是，他在福州、舟山、厦门、潮州等地颠沛流离，坚持抗清斗争十几年，艰苦备尝。他的诗作，反映了他的所见所感，为我们了解当时抗清斗争的实际情况提供了最真实的材料。

反映义军内部的矛盾冲突和种种黑暗现象，是徐孚远诗歌内容的一个重要方面。当时在西南的永历王朝中，李定国与孙可望两家斗得不可开交。最终孙可望叛变降清，李定国孤军血战，兵败牺牲。在东南沿海一带，原拥立鲁王的臣僚与拥立唐王的臣僚也互相猜忌残杀。熊汝霖、郑遵谦到闽中后，被郑彩所害。张名振、张煌言在闽中也受到排挤，不得不北返浙东。后来又发生了张名振等讨杀黄斌卿的事件。徐孚远与这几方面的人物都有交情，深为他们的互相残杀感到痛心。《钓璜堂存稿》卷三《闲居》云："自居沧海中，所见多瑕衅。古来栖隐地，今时金鼓震。势均乃相图，往往互推刃。朝华暮已落，有似缘薉蕣。”同卷《杂诗》又曰：“如何秉麾者，各自矜胸臆。所适迷其方，意南而更北。神龟不知钻，怒蛙乃见式。寸心殊不然，处群方默塞。岂无素心人，叩之亦寡识。蹈海虽可奇，柱天无由力。所以翳深林，且为六月息。”

徐孚远作为一介书生，对抗清救国斗争抱有真诚愿望。而对这种武人跋扈、强者称雄的状况，他十分困惑，又无能为力。困惑之余，思念往日的知心朋友，便成为他经常咏叹的又一个主题。如卷四《同志近多蒙难追感陈、夏作》：

> 二君相继去，佩玉揖江妃。自尔十年来，魂梦不相违。每念同心友，如挟白云飞。音容俨昔日，仿佛举手挥。余亦海潮里，余年宁有几。怡情岫上云，养生篱下杞。四顾浩茫茫，岩栖余一纪。猰貐互相侵，真龙何日起。况闻忠义徒，蒙难复联轨。宿草不及哭，操笔不遑诔。生存与死亡，天公等一视。灵均不我拒，迎我琴高鲤。

全诗词句朴素无华，语气平静，似与老友相晤对，而自然流露出一种至性至情。

同年张煌言的到来，曾给他带来许多慰藉。他们经常在一起分析形势，评论是非，相互酬唱，他们的心灵是完全相通的。张煌言能文能武，徐孚远在赠诗中屡予鼓励，如卷三《赠张玄箸》、卷六《长歌赠张玄箸》、卷十二《张玄箸拟辞军府去诗以止之》等。

徐孚远在厦门的十余年，实际上过着自耕自给的隐居生活，故他的诗作中有不少描写田园生活的作品。如卷三《偶然作》：“远游力已倦，偃息南海滨。清晨起荷锄，白云盈我门。虽无数亩田，税得主人园。菜甲方出土，升槔汲清泉。以此遣长日，乐之不为烦。

归来把明月，有酒已倾樽。独进杯中物，余子又何论。”切莫以为诗人已忘情时事，陶醉于隐居生活。当时厦门随时都有陷落的危险，徐孚远对此并非不清楚。他是已抱定为国捐躯的决心，故能做到镇静自若。他在《粤信至感怀》（卷十一）中表明了自己的心迹：“骨朽名焉用，神伤志不移。虽然无一就，所执亦非疑”；“余生真可厌，必死反忘危。……沧海非全地，三闾是我师。”而且，诗人的心情并不总是这样平静。每当国破家亡之恨涌上心头时，他便悲不自禁。如卷五《旅愁》：“夜半狂风移大壑，石燕纷飞如卷箨。千岁老蛟作龙吟，曳铜泠泠愁人心。昆仑西倾谁当补，以诚叩天天不语。久客思归隔烟雾，杳杳河梁不可渡。”诗人因大海的风暴联想到社会的巨变，面对苍天大海发出悲愤的呼唤。可见他表面上的平静乐易中，实际上蕴藏火山一样激烈翻滚的情感。

张煌言在极端艰苦险难的条件下坚持抗清长达十九年。他在这一时期内的生活和思想只有一个内容，那就是抗清复国；他的诗文也只有一个主题，没有一篇一首与此无关。举凡儿女情长、流连光景之类的作品，从不曾在他的笔下出现。整部《张苍水集》，即是一部爱国主义主旋律反复咏叹所构成的雄浑悲壮的乐章。他在《奇零草自序》中说：

> 余自舞象，辄好为诗歌。……会国难频仍，余倡大义于江东，毂甲敵干，凡从前雕虫之技，散亡几尽矣。于是出筹军旅，入典制诰，尚得于余闲吟咏性情。及胡马渡江，而长篇短什，与疏草代言，一切皆付之兵燹中，是诚笔墨之不幸也。余于丙戌始浮海，经今十有七年矣。其间忧国思家，悲穷悯乱，无时无事，不足以响动心脾。或提师北伐，慷慨长歌；或避虏南征，寂寥短唱。即当风雨飘摇，波涛震荡，愈能令孤臣恋主，游子

怀亲，岂曰亡国之音，庶几哀世之意。乃丁亥春，舟覆于江，而丙戌所作亡矣；戊子秋，节移于山，而丁亥所作亡矣；庚寅夏，率旅复入于海，而戊子、己丑所作又亡矣。然残篇断简，什存三四，迨辛卯昌国陷，而笥中草竟靡有孑遗，何笔墨之不幸，一至于此哉。嗣是缀辑新旧篇章，稍稍成帙。丙申昌国再陷，而亡什之三；戊戌覆舟于羊山，而亡什之七；己亥长江之役，同仇兵燹，予以间行得归，凡留供覆瓿者，尽同石头书邮，始知文字亦有阳九之厄也。年来叹天步之未夷，虑河清之难俟，思借声诗，以代年谱，遂索友朋所录、宾从所抄次第之，而余性颇强记，又忆其可忆者，载诸楮端，共得若干首，不过如全鼎一脔耳。独从前乐府歌行，不可复考，故所订几若《广陵散》。

这篇自序，是我们了解张煌言文学创作的一把钥匙。它表明，张煌言的诗文，都是其艰苦卓绝战斗经历的真实写照。现存文集《冰槎集》，诗集《奇零草》、《采薇吟》和自叙《北征录》等，只是他整个诗文创作的一小部分。

将近七千个日日夜夜，张煌言和抗清队伍的将士们都在苦苦地支撑等待。他们只能在满目阴霾中捕捉希望的微光，或者说是在明知其不可为的情况下而勉力为之，这是对人的毅力的一种残酷的考验。张煌言的《辛丑长至舟次祝圣》二首，即展示了他和抗清将士们在这种处境里的内心世界。其二曰：

岁华方剥极，何意泰重来。国脉真如线，天心未似灰。山呼愁节秃，海晏待槎回。赖有黄钟动，梅花雪自开。

冬至是一年四季中最寒冷的时节，然而阴极阳复，它也是春回大地的起点。张煌言及抗清将士们似乎从这一自然现象中受到了启示和鼓舞。他们清醒地意识到抗清斗争的形势已越来越严峻，但并不因此而悲观绝望。他们相信形势最危急的时刻，转机也即将出现。同时，他们也绝不愿因此而改变自己的节操，有如傲雪而开的梅花，在苦寒中更显示出其铁骨冰心。

东南沿海地区的抗清斗争，自顺治三年鲁王和唐王政权相继溃败后即陷入低潮，直至顺治十六年郑成功与张煌言联军北伐，直逼南京，才迎来第一次也是最后一次高潮。当时郑军有十余万，西南桂王政权尚存。如能攻克南京，各地义军必定群起响应，抗清斗争确有可能出现重大变化。盼望已久的时刻终于来到，张煌言情绪极其激昂。他率领数千部下奋勇进击，充满必胜信心，毫无迟疑反顾之念。其《师入太平府》一诗写道：

天骄取次奉冠裳，畿辅长驱铁裲裆。王业昔谁开采石，伯图古亦起丹阳。百年礼乐还丰镐，一路云霓载酒浆。此去神京原咫尺，龙蟠虎踞待重光。

此诗情辞俱壮，字里行间洋溢着诗人的豪迈情怀。张煌言的诗文不仅是自适的工具，而且是抗清斗争的武器。试想在当时挥师北伐的征途中，这样的诗歌将会起到何等的激励人心的作用。

张煌言的诗作在谋篇造句、选声定辞等方面不如陈子龙之作功力深厚，风格也不如后者沉郁顿挫，然气概之豪迈却有过之而无不及。这与他们的个性和身份的差异有关。陈子龙参加抗清斗争主要是从事设谋定计的工作，他的诗作终究还是诗人之诗。张煌言最初在鲁王政权中也担任同类的职责，但斗争的发展使他由一介书生变为独当一面的军事统帅，亲身冲锋于矢石之间，他的诗作便成为将军之诗。它们往往是作者战斗情怀的慷慨吐露，因此不假雕琢，时见粗豪。如下列二诗：

敕水鞭潮势自雄，此身原不畏蛟龙。明朝鹢首还东指，禁

得谁挎万里风。(《舟行阻风口号二首》之二)

仗剑浮身几度秋,关河遍誓客孤舟。一尊酒尽千山晓,七字诗成华谷沤。浩气填胸星月冷,壮怀裂发鬼神愁。龙池一日风云会,汉代衣冠旧是刘。(《海上二首》之一)

由于身份的变化,张煌言不再仅以忧时念乱、感慨兴亡的诗人自许,而是以扶倾定危、倒转乾坤的英雄自期,岳飞、于谦等民族英雄成为他理想中的楷模。兵败被俘后,他也以能与岳、于一并埋骨西湖为慰。他的《甲辰八月辞故里》二首之二写道:

国亡家破欲何之,西子湖头有我师。日月双悬于氏墓,乾坤半壁岳家祠。惭将素手分三席,拟为丹心借一枝。他日素车东浙路,怒涛岂必属鸱夷!

面对死亡,他的心情十分坦然。他坚信自己的一片丹心,将永存于乾坤之间,与日月同辉。他表示自己的肉体虽然即将被消灭,然灵魂绝不屈服,它将化为汹涌的波涛,永远发出雷霆般的怒吼。

张煌言的词作现仅存六首,其风格也与陈子龙等词作的风格有所不同。后者多以春恨闺情写国破家亡之恨,前者则直陈感慨;后者力返晚唐五代词之风轨,以婉约蕴藉为宗,前者则颇具苏、辛豪放词之格调。尤其是两首《满江红》,都与岳飞的"怒发冲冠"词风格相近。题为《怀岳忠武》的一首自不待言,兹举另一首:

萧瑟风云,埋没尽英雄本色。最发指,酡酥羊酪,故宫旧阙。青山未筑祁连冢,沧海犹衔精卫石,又谁知铁马也郎当,琱弓折。

谁讨贼,颜卿檄;谁抗虏,苏卿节。拼三台坠紫九京藏碧。燕语呢喃新旧雨,雁声嘹呖兴亡月。怕他年西台恸哭人,泪成血。

全词语气抑塞，却并不消沉。转折低回之中，始终回荡着一股强烈的悲愤慷慨之气。张煌言的文学创作，既为明末抗清复国斗争奏出了最后一个悲壮的音符，也为明代文学复古运动的第三次高潮画上了句号。

结　语

一、复古派与明代社会

复古派的创作为什么会出现种种弊端？复古运动为何在总体上成就有限？历来最流行的解释，是说复古派只重形式不重内容，这种看法纯粹出于想当然。综前所述，明代文学复古运动，与明代社会现实特别是政治斗争密切相关。它的每一次高潮的兴起，都是当时各种社会矛盾激化的产物。复古派的作家，大都属于当时统治集团中比较正直的士大夫。前七子复古阵营的作家，就与昏君、外戚，特别是刘瑾为首的宦官集团等腐败势力作过顽强斗争。后七子复古运动，也与反对权相严嵩及其党羽的政治斗争紧密联系在一起。明代复古运动的第三次高潮，即明末以陈子龙为代表的"云间派"的大部分成员，更积极投身到了抗清救国的民族斗争中去。复古派作家热诚地关注现实，积极参与现实，始终保持着积极用世的人生态度，既不同于粉饰太平、对最高统治者歌功颂德的台阁体文学家，也不同于遗弃现实、追求自我解脱的浪漫派作家。他们强调文学创作应具有高尚的格调，注重诗文兴、观、群、怨的社会功能，以文学创作作为进行政治斗争的手段，又从现实政治斗争中汲取丰富的创作题材。举凡明中后期的各种重大社会问题，如皇帝的昏庸堕落，朝廷的党争，蒙古、倭寇、满族的入侵，下层人民的流离失所和农民起义等，都在复古派的诗文创作中得到深刻反映。认为复古派只重形式不重内容者，大概对复古运动的具体发展过程未作详细考察，对它与明代社会现实特别是政治斗争的密切联系有欠关注，对复古派作家的文集未及全面深入研究，忽视了其中大量现实主义之作的存在。总之，就对重大社会现实问题的揭露、对腐朽黑暗势力的批判和对下层人民的同情而言，复古派作家不仅超过浙东派、江西派（台阁体）、茶陵派、道学家诗派、唐宋派等，也超过后人所称道的公安派和竟陵派。在明代诗文领域内，复古派创作乃是现实主义的主流。

二、复古派与明代文学思潮

目前明代文学研究的基本状况，是重小说戏曲而轻诗文，重晚期而轻前中期。忽视对明代复古派的研究，即是其主要表现之一。从文学鉴赏的角度来看，用现代人的价值标准来衡量，这样做自有充分理由。但文学思潮史的研究是另外一回事，它的目的是力求全面准确地描述文学思潮发展的本来面目。在明代，诗文仍然是知识分子们表达思想感情的主要载体，而明前中期文学思潮的演进，也是明晚期文学思潮发展的必要先导。从这个意义上来说，不将复古派纳入研究的视野，就不可能把握明代文学发展的全貌，也不可能了解晚明文学思潮的来龙去脉。

明代文学复古运动的宗旨，在于恢复主体与客观社会现实、情与理、意与象、诗与乐完美统一的古典审美理想及古典诗歌的审美特征，称之为“复古”，可谓名副其实。但与此同时，针对宋代以来盛行的理学家倡理贬情的文学观，复古派作家着重强调主体情感的地位与价值，倡导向民歌学习，恢复文学创作表达真情实感的传统，这实际上是明中叶社会生活中一系列新变化在文学领域的反映，是明前期高压思想统治解冻的结果。因此，复古派实际上是以复古的形式，不自觉地表达了当时人们力图摆脱程朱理学的束缚、开始追求主体自由的新的历史要求。复古运动就不仅是复古，同时也具有创新的意义。拿复古派作家抨击程朱理学的言论及其发扬蹈厉的行为，与成化、弘治以前士大夫视程朱理学如四体之不可伤的情形相比，就可见复古运动的兴起给明代思想文化领域带来了多么显著的变化。总之，复古运动打破了明前期文坛以至整个思想文化领域程朱理学一统天下的沉寂局面，开启了明后期浪漫文学思潮和进步思想潮流的先河，是明代文学思潮和思想发展由前者演进为后者的必要过渡。

当然，由于复古派作家醉心古典审美理想，他们的思想便具有较大的局限性。复古派反对理学家文学观重理而轻情、重理而轻文采等，并强调了情与文采的地位，但对理学家所强调的“理”本身，即封建伦理道德规范，复古派作家一般没有从根本上产生怀疑。例如何景明就认为：“汉之文士工于文而昧于道”，“宋之大儒知乎道而啬乎文”(《大复集》卷一《述归赋序》)。在这里，何景明对“宋之大儒”所“知”的“道”，基本上持肯定态度。在复古派作家看来，这种“道”本身是合理的，理学家文学观重“理”也没有错，它的失误只是在重“理”的同时忽视了“情”与文采，而这两方面本来是可以统一的。实际上，作为封建社会后期统治思想的程朱理学所倡导的“理”，根本上是为维护封建社会秩序服务的，它必然排斥和压制社会成员丰富复杂的思想感情的自由发展和自由表现,两者是根本对立的。只有彻底否定扬弃这种“理”,才能真正解放“情”。虽然复古派作家对“情”和文采的强调,客观上必然对“理”形成一定冲击,但由于他们不能对这种“理”进行直接的剖析批判,他们强调“情”和文采的主张就缺乏深度,对理学家文学观的批判也就不够有力。就复古派所强调的“情”这一方面而言,除杨慎等稍有涉及外,其他人对情本身的合理性还没有作深入思考。他们只是在程朱理学文学观倡理而贬情的具体情况下,才特别侧重于强调情,其目的还是为了达到情与理的和谐统一,实质上也就是在主体情感要求与封建伦理道德规范之间寻求调和。因此,他们对情的肯定也就还不够明确大胆。如复古派作家大都强调过诗歌应该描写男女夫妇之情,认为它在人类各种情感中最真切。但他们一般还不能肯定这种情本身的意义,还不能倡导文学创作单独描绘两性之间的情爱本身,而往往只把它当成寄托君臣、朋友之义的最佳寓体。在《明月篇序》等文中,何景明等未尝没有一点倡导歌咏这种“情”的意思,但毕竟还是遮遮掩掩,要拿“君臣朋友之义”等堂而皇之的话头作招牌。后起的浪漫文学思潮及进步思想潮流,则明确地倡导以情反理,猛烈抨击虚伪的程朱理学,大胆肯定人的自然情欲的合理性。与它相比,复古运动便不免黯然失色。因此,当后者蓬勃高涨之时,复古运动的历史使命就基本完成,并被后者扬弃、超越了。

及至明末,由于本身的社会基础还太薄弱,又由于民族救亡成为压倒一切的紧迫任务,晚明浪漫文学思潮及整个进步思想潮流趋于低落,复古主义再次回归。它谱写了一曲爱国主义的悲歌,具有崇高的品质,但从文学思潮发展的角度来看,它无疑属于倒退。

这是一个近于残酷的结论，但事实就是如此。其责任不在复古派作家，而在那个时代的社会现实。不过，它虽然对浪漫文学思潮作了回拨，但毕竟没有退回到理学家倡理贬情的文学观。而且，从另一角度看，复古主义的回归在某种程度上还有助于晚明浪漫文学思潮及进步思想潮流的自我反思，使之由比较单纯片面地强调情特别是男女之情，比较空洞地倡导自我的解脱等，转而更关注社会现实，对政治、经济、伦理等方面的问题进行更严肃认真的思考，从而向纵深的方向发展。明末清初实学思想的杰出成果，在某种程度上即是晚明进步思想潮流和复古主义两股合力共同作用的结果。

由此可见，复古运动在明代文学思潮以至整个明代思想史的发展中的作用，既有积极进步的一面，也有保守落后的一面。现代某些研究者，囿于对复古派的传统偏见，又受简单化思维方式的影响，看不到复古运动性质的复杂性，以为它既然以“复古”为口号，就只能是纯粹的复古和倒退，从而对它作出了“和八股文异曲同工，同样束缚人的思想，使人脱离现实”[①]的结论，这显然有欠于公允。在人类社会发展史上，处于新旧两种事物和观念交替时代的人物的作用往往最容易被忽视和误解，明代复古运动即是如此。复古派作家重理而兼重情，力求二者的和谐统一。在当时代表封建伦理道德规范的保守思想家看来，他们已在某些方面触犯了封建伦理道德规范，于维护封建社会秩序有害而无益。而在稍后的浪漫派作家特别是现代人看来，复古派又太保守，他们倡导的古典审美理想不啻为桎梏，几乎把他们与保守的理学家们等量齐观。

---

① 参见中国社会科学院文学研究所编：《中国文学史》第三册，第880页。

于是，复古派的前后左右，便都被一片斥骂声所包围。只有运用辩证的眼光，对历史的本来面目进行详细考察，我们才能对复古运动在明代文学思潮以至整个明代思想发展史中的作用予以合理的评价。

从前面的叙述中还可以看出，复古运动前革台阁体，后启浪漫文学思潮，最后又对浪漫文学思潮作了回拨，在明代文学思潮中占有重要地位，构成了其中重要的一翼。如果说明前期文学思潮的主导倾向是古典审美理想的解体，那么从明中叶起，便由此分化出两种倾向，一是力图恢复古典审美理想的倾向，体现为茶陵派和复古运动的第一、第二、第三次高潮。一是浪漫主义倾向，体现为唐宋派、公安派、竟陵派等。复古主义与浪漫主义的对峙，构成明代文学思潮的基本格局；古典审美理想的逐步解体、力图复振和不自觉蜕变，以及浪漫文学思潮的长期酝酿、如狂飙涌起、又遽然回拨，构成明代文学思潮演进的基本轨迹；古典审美理想及与之相适应的传统文学形态向带有近代色彩的新的审美理想和新的文学形态的转移徘徊，构成明代文学思潮发展的总态势。有明一代文学流派之纷繁，文坛动荡之迅猛，文学论争之激烈，在整个中国古代文学思潮史上是少见的。郭绍虞先生归因于明人学风都有一股“霸气”(见《照隅室古典文学论集》)，可谓妙于形容，然仅道其然而未进一步揭示其所以然。明代政治特重谏官，谏官弹章往往词气峻刻，锋芒逼人，甚至深文罗织。在这种风气影响下，明代文人士大夫品诗论人，往往言辞过激，撰文尽如劾疏，上述状况与此多少有些关系。类似这样的因素还有不少，但它们都处于次要位置。我认为，造成上述状况的最根本的原因，就是古典审美理想及传统文学形态与带有近代色彩的新的审美理想和新的文学形态的对立与冲突。这不是一般的风格之争、技法之争，而是两种不同的审美理想之间的搏杀，因此明代文坛论战之激烈，就超过了此前的大量文学论争。文学流派风起云涌，文坛动荡迅猛异常等，也正是审美理想和文学形态发生重大转变时期必然出现的现象。往后看，似乎只有“五四”运动前后文坛的激剧论战和动荡比明代文坛有过之而无不及，而它恰恰也是新旧两种思想观念猛烈交锋的时代。而且早就有学者指出了它与明代文坛论争的遥远而又脉络宛然的渊源关系，它可以说是后者在新的历史条件下的继续。总之，忽视了复古运动这一翼，我们就不可能深刻把握明代文学思潮的根本特征，也就不可能清晰地看出明代文学思潮在整个中国古代文学思潮发展史上的特殊地位和意义。

三、复古派与古典审美理想和古典诗歌的发展变迁

考察复古运动，不仅使明代文学思潮的轮廓趋于完整，也为认识中国古典审美理想和古典诗歌的发展变迁提供了一个有益的视角。

首先，复古派诞生在中国古典审美理想和古典诗歌的发展已经历一个由盛到衰的完整过程之后，因此他们比严羽等处在更有利的观照位置上。古典审美理想的进一步解体和古典诗歌审美特征的进一步失落，形成一种客观动力，迫使他们对中国古典审美理想和古典诗歌审美特征的内涵及其发展变迁轨迹作了更全面深刻的反思。他们的一系列精辟见解，至今仍对我们具有启发意义。

其次，复古派本身的实践，有助于我们认识中国古典审美理想

和古典诗歌审美特征的封闭性和稳定性，并揭示了古典审美理想及与之相适应的古典诗歌形式已经与当时人们的生活内容、思维方式、语言习惯等相当不适应这一事实。从对古典诗歌的理性化倾向和俗化倾向的剖析中，复古派作家充分认识到遵守古典诗歌的一系列体裁法度要求的重要性，因而予以反复强调，但他们并没有忽视文学作品的内容的重要地位。他们是力图将二者结合起来，“以古之辞，述今之事”，写出既符合古典诗歌的审美规范，又反映现实生活、富有真情实感的作品。然而，他们虽作出了不懈的努力，终究未能达到目的，总是在守法与达意之间踟蹰，而且往往宁“抑才以就法”，将一些相当具有战斗锋芒、相当鲜活的思想感情，按照古典诗歌审美规范加以压缩修饰，然后装进古色古貌的古典诗歌艺术形式中，使之变得苍白、软弱、模糊。如果说复古派的创作被人目为内容空虚，思想陈腐，其本身也有责任，那么很大程度上即因为这一点。

曾有人责难复古派在艺术形式上只重模仿，不重变化。他们似乎以为，复古派若对古典诗歌的艺术形式作了充分的改造变化，就肯定能创作出完美的古典诗歌。这种设想又是以下面的观念为前提，即任何一种艺术形式，都可以永远不断地加以变化改造，从而与新的思想内容相适应，它本身也因此而永葆生命力。这种观念显然是荒谬的。中国古典诗歌，也像人类文学艺术史上其他所有艺术形式一样，有它特定的审美规范。它们具有一定的伸缩性，但也有很强的封闭性和稳定性，其中的一些基本原则就非遵守不可，否则就不成其为古典诗歌了。因此，古典诗歌这种艺术形式必将变得与人们的生活内容、思维方式、语言习惯等不相适应，终为新的文学样式所替代，乃是必然的。

与此相关联的还有文学史观的问题。人们往往指责复古派的文学史观是“一代不如一代论”。就整个文学而言，日新月异，自然不能说今不如昔。但就某种特定的文学样式而言，则又另当别论。任何一种文学样式，都与某个民族特定历史阶段的生活内容及思想感情相适应。中国古典诗歌这种文学形式，与中国封建时代的社会生活及人们的思想感情相适应。随着后者的发展演变，它也经历了一个由兴起发展到繁荣然后又走向衰落的过程。汉、魏、唐是它最兴盛的时期，中唐以后则开始走下坡路。复古派在古典诗歌领域内倡言今不如古，并非没有道理。在这里，简单援引某些现成的教条，笼统强调文学的“发展”与“变化”，以批评复古派，同样不中肯綮。

再次，复古运动在明代的反复兴起，浪漫文学思潮的遽然回拨，又反映了古典审美理想及与之相适应的传统文学形态向新的审美理想和新的文学形态转移的艰难性，证明前者还有较强的生命力，与人们的生活内容、思维方式、语言习惯等还有较强的适应性。人们的审美理想和文学观念，根本上是由社会现实生活决定的。明代文学复古运动的反复兴起，根本上乃是中国封建社会发展到特定阶段的必然产物。这时封建社会制度已相当腐朽，但它的社会基础还相当牢固。封建伦理道德规范已相当虚伪僵化，但仍具有一定的合理性。与此同时，社会生活中已萌生出一种突破封建伦理道德规范的束缚、追求个性解放的新要求，但它的社会基础还极为薄弱，这种要求本身也还处于非常朦胧的状态。总之，整个社会现实还没有出现实质性的变化，人们的审美理想和文学观念就不可能发生根本转变，古典审美理想就还为人们普遍信仰，复古运动也就还能得到人们的积极响应。用历史的眼光来看，复古主张在当时还具有较大的合理性；复古派文学家的努力及其失败，还具有悲壮的品格。只有到20世纪初，当中国社会已发生深刻变化之后，那些遗老遗少们还抱住古典审美理想和旧的文学形态不放，才纯粹属于荒谬的闹剧。

没有意识到古典诗歌这种艺术形式已不可能重现昔日盛况，而将毕生精力倾注在力图恢复古典诗歌审美特征的事业中，这是复古派的悲剧。醉心于古典审美理想，不能辩证地评价古典文学领域中发生的种种变化，将之一律视为卑俗凡近，加以排斥，没有从中探寻新的文学样式的雏形，这是复古派的失误。创造一种新的文学样式，这是复古派及所有当时文学家唯一有远大前途的出路。然而又谈何容易！首先，这需要有宏远的历史眼光，能跳出整个中国古典诗歌以至整个古典文学的圈子，认识到它们也不过是诗歌史文学史上的一种特定形式和形态。不仅它内部经历过种种蜕变，而且它最终还要彻底衰亡，还将整个地被新的诗歌形式和文学形态所代替、超越。这对今人不过是基本常识，而对受历史局限，还只看到古典诗歌及古典文学这种特定形式和形态内部的发展变化，因而自然相信它们是诗歌和文学的永恒形式和形态的明代文学家来说，是难以想象的。而且，新的文学艺术形式往往应新的思想内容的强烈召唤而生。文体的革命不仅是文学形式的变换，而且是审美理想的革命、思想观念的革命，而它们又有赖于社会的革命。明代复古派作家距此太遥远了。代替古典诗歌的应该是新体自由诗，作为其间之过渡的应该是民歌民谣。复古派作家曾十分推崇民歌民谣，他们几乎已经找到并跨上了通往新的诗歌形式的桥梁。但是，民歌民谣那种“淫艳亵狎，不堪入耳”；“并桑间濮上之音亦离去已远”，形式上也非常自由的风格情调，终于为尚未摆脱古典审美理想之羁縻的诗文作家们所难于接受，他们终于止步。李梦阳模仿民歌民谣写作过《郭公谣》、《空城雀》、《欸乃歌》（分别见《空同集》卷六、卷七、卷八）等作品，但他没有将它们写成自已热烈赞赏过的《琐南枝》、《山坡羊》那种新兴民间歌谣的形式，而是把它们打扮得古装古貌，写成属于古典诗歌范围内的汉乐府形式。即使后来的公安派作家，也只是改造利用了小品文这一旧有的文学样式，至多只是倡导了戏曲、小说等文学样式，而没有向更高的层次，如提倡白话文、大量写作新体诗歌、小说、戏剧、散文迈进。袁宏道曾模仿民谣写过《徽谣戏柬陈正甫》等作品，倒是真正接近明代民歌的面貌（见《袁宏道集笺校》卷九）。但题为“戏”，可见袁宏道还只是兴之所至，偶尔为之，并未予以充分注意，认真探索。公安派、竟陵派作家仍以古典诗文为主要艺术形式，而且越到后期，越向复古派靠拢。这是因为他们的审美理想和思想观念同样还存在较大局限性。归根到底，这是由当时社会历史发展的特定状况决定的。总之，复古运动的反复兴起及总体上归于失败，浪漫文学思潮的涌现及回拨，都是历史的必然。

附录:主要引用参考书目

《明史》	中华书局 1974 年版
《明史纪事本末》	中华书局 1977 年版
《宋元学案》	中华书局 1986 年版
《明儒学案》	中华书局 1985 年版
《明史考证》	中华书局 1979—1986 年版
《中国历史研究资料丛书》	上海书店 1982 年 3 月印行
《菽园杂记》	中华书局 1985 年版
《四友斋丛说》	中华书局 1959 年版
《万历野获编》	中华书局 1959 年版
Dictionary of Ming Biography	Columbia University Press, 1976
《明文海》	中华书局 1982 年 7 月版
《皇明诗选》	明刻清补刻本
《列朝诗集小传》	上海古籍出版社 1959 年版
《明诗综》	清康熙四十四年刻本
《明诗别裁集》	中华书局 1975 年版
《明诗纪事》	商务印书馆 1936 年版
《影印文渊阁四库全书》	台湾商务印书馆版

《圭峰集》

《陈白沙集》

《定山集》

《石田诗选》

《瓠翁家藏集》

《怀星堂集》

《怀麓堂集》

《空同集》

《顾华玉集》

《王文成全书》

《对山集》

《柏斋集》

《大复集》

《迪功集》

《太白山人漫稿》

《少谷集》

《升庵集》

《考功集》

《甫田集》

《苏门集》

《沧溟集》

《弇州山人四部稿》、《弇州续稿》、《读书后》

《宗子相集》

《蠛蠓集》

《少室山房集》

《古今诗删》	
《明代论著丛刊》	台北伟文图书出版社 1976 年版
《王氏家藏集》	
《渼陂集》	
《边华泉集》	
《兰汀存稿》	
《甔甀洞稿》	
《四溟山人全集》	
《徐天目先生集》	
《由拳集》、《白榆集》	
《七录斋诗文合集》	
《思玄集》	万历四十四年翁宪祥重刻本
《李开先集》	中华书局 1959 年版
《震川先生集》	上海古籍出版社 1981 年 9 月版
《荆川先生文集》	《四部丛刊初编》本
《遵岩先生文集》	隆庆五年刻本
《白华楼藏稿、续稿、吟稿》	万历十一年家刻本
《钤山堂诗选》	嘉靖二十五年刻本
《太函集》	万历十九年刻本
《王奉常集》	万历十七年刻本
《徐渭集》	中华书局 1983 年 4 月版
《汤显祖诗文集》	上海古籍出版社 1982 年 6 月版
《焚书·续焚书》	中华书局 1974 年版
《袁宏道集笺校》	上海古籍出版社 1981 年 7 月版
《陈子龙诗集》	上海古籍出版社 1983 年 7 月版

《陈忠裕公全集》	清嘉庆八年簳山草堂刻本
《钓璜堂存稿》	1926 年金山怀归楼刻本
《夏完淳集》	中华书局 1959 年 9 月版
《张苍水集》	中华书局 1959 年 4 月版
《历代诗话》	中华书局 1981 年版
《沧浪诗话》	
《谈艺录》	
《艺圃撷余》	
《历代诗话续编》	中华书局 1983 年版
《岁寒堂诗话》	
《滹南诗话》	
《升庵诗话》	
《艺苑卮言》	
《四溟诗话》	
《国雅品》	
《麓堂诗话》	
《清诗话》	上海古籍出版社 1978 年版
《薑斋诗话》	
《梅村诗话》	
《渔洋诗话》	
《诗薮》	上海古籍出版社 1979 年版
《美学》(黑格尔)	商务印书馆 1981 年版
《明代文学》(钱基博)	商务印书馆 1933 年版
《谈艺录》(钱钟书)	中华书局 1984 年版
《读史劄记》(吴晗)	三联书店 1956 年版

《中国文学批评史》
(郭绍虞)　　上海古籍出版社 1979 年版
《赋史》(马积高)　　上海古籍出版社 1987 年版
《宋明理学与文学》
(马积高)　　湖南师范大学出版社 1989 年版
《徐朔方集》(徐朔方)　　浙江古籍出版社 1993 年版
《汉语史稿》(王力)　　中华书局 1980 年版

后　记

1987年初春，我从湘江之滨来到西子湖畔，就学于徐朔方教授门下。先生不满足于帷帐授经，三年中又带我行万里路，漫游了大江南北不少地方。我们曾在福州乌石山上探寻过屠隆"幅巾白衲，奋袖作《渔阳掺》"的凌霄台遗址，遥想当年"鼓声一作，广场无人，山云怒飞，海水起立"的情景。也曾在凌晨三四点钟相携踏进黑魆魆的武当山，那里仍可觅得包括王世贞在内许多明代著名文人的游踪。然而最令我难以忘怀的，还是在栖霞岭上的一次次漫步。每当清晨或黄昏，我们穿行于溪声鸟鸣之中，兴之所至，无所不谈。先生对学术事业的热诚、严谨的治学精神，对文学艺术作品的妙解等，使我如沐春风。没有先生的督导，本书不可能写成。

上海古籍出版社钱伯城编审、魏同贤编审、复旦大学古籍研究所章培恒教授、北京大学中文系陈贻焮教授、杭州大学中文系吴熊和教授、湖南师范大学中文系马积高教授都曾给我以热情的鼓励和指点；钱先生还不顾九四酷暑，欣然赐序，勉励有加：在此一并致以诚挚的谢意。

廖可斌

1994年10月于杭州

重版后记

此书1994年由上海古籍出版社出版，倏忽已经十四年。在此期间，我攻读硕士学位时的导师马积高教授、攻读博士学位时的导师徐朔方教授及曾参加我的博士学位论文答辩的陈贻焮先生先后辞世。值此书在商务印书馆重版之际，我深切缅怀两位恩师和陈先生。对曾给我指点和帮助的钱伯城先生、魏同贤先生、章培恒先生、吴熊和先生和原杭州大学校长沈善洪先生等，也充满感念之情。谨附志于此。

廖可斌

2008年10月于杭州